Nachkriegszeit in Deutschland – nach 30 Jahren Mord, Hunger und Verwüstung. Auch in Kurköln wird der im Oktober 1648 geschlossene Westfälische Friede gefeiert. So lädt Herr Sechem von Merhoffen zu einem Friedensbankett ein. Sein Gast, Carl Caspar von der Leyen, vertraut ihm den Plan eines Feldzugs an, den das Trierer Domkapitel gegen seinen Kurfürsten wegen dessen Rechtsbrüche führen will. Auch die ausgeplünderten Bauern von Friesdorf wollen Gerechtigkeit und überfallen zwei Soldaten im nächtlichen Wald. Einer entkommt verletzt. Christoph Salentin, Sohn des Herrn von Merhoffen, nimmt sich seiner an. Damit bringt er sich wie seinen Vater in Lebensgefahr.

Gabriele Hamburger, geboren 1953 in Karlsruhe, ist verheiratet und lebt in Königswinter. Sie ist promovierte Juristin mit wissenschaftlichem Interesse an frühneuzeitlicher Geschichte. Zehn Jahre lang recherchierte und schrieb sie an ihrem Debütroman »Vanitas«.

Gabriele Hamburger

Vanitas

Historischer Kriminalroman

cmz

Bibliografische Information der Deutschen Nationalbibliothek

Die Deutsche Nationalbibliothek verzeichnet diese Publikation
in der Deutschen Nationalbibliografie; detaillierte bibliografische Daten
sind im Internet über http://dnb.d-nb.de abrufbar.

An der Glasfachschule 48, 53359 Rheinbach
Tel. 02226-9126-26, Fax 02226-9126-27, info@cmz.de

Satz (Aldine 401 BT 11 auf 14,5 Punkt)
mit Adobe InDesign CS3:
Winrich C.-W. Clasen, Rheinbach

Technische Beratung:
Frank Münschke dwb (Klartext Medienwerkstatt GmbH), Essen

Papier (Alster 90 g mit 1,5 f. Vol.):
Salzer Paper GmbH, St. Pölten / Österreich

Umschlagbild:
Abraham Storck, *Das Bonner Rheinufer mit dem Zollschloss* (Ausschnitt), 1674;
Öl auf Leinwand, 87 × 109 cm, Stadtmuseum Bonn

Umschlaggestaltung
(nach einem Entwurf von Raphaela Rutschke, Nersingen):
Lina C. Schwerin, Hamburg

Gesamtherstellung:
Majuskel Medienproduktion GmbH, Wetzlar

ISBN 978-3-87062-130-8

20111017

www.cmz.de

Mein sind die Jahre nicht die mir die Zeit genommen/
Mein sind die Jahre nicht/ die etwa möchten kommen
Der Augenblick ist mein/ und nehm' ich den in acht
So ist der mein/ der Jahr und Ewigkeit gemacht.

Andreas Gryphius (1616–1664)

Man sagt: Die Zukunft jedes Menschen steht in den Sternen. Das mag stimmen. Aber warum soll Gott unser Schicksal in den Himmel schreiben? Wir sind aus der Erde gekommen und kehren auch wieder zu ihr zurück. Während alle Welt den Astrologen ehrfurchtsvoll Glauben schenkt, missachtet man die irdischen Zeichen des Allmächtigen wie auch oft genug das, was Herz und Gewissen uns sagen. Aber zu dieser Einsicht kam ich erst viele Jahre später, als Mord und Totschlag um mich herum mein Leben zerstörten, in dem ich bis dahin so manche Klippe glücklich umschifft hatte.

Nun, ich wurde im Sternbild des Widders auf Burg Merhoffen, unweit der kurfürstlichen Residenzstadt Bonn, geboren. Es war der 26. April 1639 – ein Dienstag – und das Osterfest lag zwei Tage zurück, so sagte mir meine Mutter. Das Horoskop, auch Nativität genannt, das mein Vater neun Jahre später erstellen ließ, versprach mir zwar keinen Reichtum, aber Ansehen, eine gute Gesundheit, Kinder und eine leidliche Ehe.

»Eine Nativität, die auf jeden zutrifft«, murrte mein Vater.

Trotz seiner Skepsis gab er dem bekannten Astrologen Franciscus Agricola auf, auch für meinen ein Jahr jüngeren Bruder Philipp Leander die Zukunft vorauszusagen. Diese fiel weniger glückverheißend aus. Philipp, zart, mit träumenden graublauen Augen und über die Schultern reichendem Blondhaar, das meistens einen Teil seines Gesichtes bedeckte, ohne dass er sich allzu oft die Mühe machte, die Strähnen zur Seite zu streichen, Philipp werde – so sagte der Astrologe – erst spät zu einer Profession finden und – Agricola seufzte – ähnlich wie sein Bruder, in Geldnöte geraten, die aber Einkünfte aus einem geistlichen Amt halbwegs milderten. Ein langes Leben sei ihm gewiss, sofern er in nächster Zeit einige Krankheiten überstände; hier runzelte mein Vater die

Stirne. Sofort beruhigte ihn der schmiegsame Mann mit Hilfe seiner Wissenschaft, der die Heiligen Drei Könige die christlichen Weihen verliehen hatten. Den Zeigefinger hebend verkündete er: Jupiters günstiger Einfluss sei zum Glück bestimmend. Auf unseren eichenen Esstisch legte er eine Zeichnung und erklärte, wie die Konstellation der Sterne in der Stunde der Geburt, die Tierkreiszeichen, Häuser, Konjunktionen, Mond- und Sonnenzeichen, Mars, Venus, Jupiter und Saturn ihn zu seinem Ergebnis geführt hätten.

Gebannt verfolgten Philipp und ich seine Rede. Meine Mutter hatte, wie sie später gestand, es bald aufgegeben, dem gelehrten Wirrwarr zu folgen. Sie war eine in sich gekehrte, hagere Frau, deren besonderer Schmuck ihr helles Engelshaar war, das sie modisch schulterlang trug. Ihrem Gatten überließ sie stets alle Entscheidungen über die »großen Sachen«, nämlich die über den Gang der Weltgeschichte und die Geheimnisse der Wissenschaften. Selbst in Fragen der Religion hielt sie sich zurück, obwohl sie sich oft mit frommen Schriften beschäftigte. Ihre Kräfte setzte sie ausschließlich nutzbringend ein. So schweiften ihre Gedanken ab, nachdem sich Herr Agricola in den Details verloren hatte. Mein Vater hingegen strich sich nachdenklich über den schmalen Knebelbart, der wie sein kastanienfarbenes welliges Haupthaar schon ergraute. Mir als Erben eines ansehnlichen Adelssitzes war der Lebensweg vorgezeichnet. Für Philipp, den Zweitgeborenen eines mit Gütern nicht übermäßig gesegneten Landedelmannes, bot die Kirche die bequemste Möglichkeit, ein standesgemäßes Leben zu führen. Alles war auch ohne Sterne vorhersehbar. So mochte der Lauf seiner Gedanken gewesen sein, während er, der dahinplätschernden Rede des Sterndeuters zuhörend, seinen weißen Spitzenkragen glatt zog. Agricola bemerkte das erlahmende Interesse seines wichtigsten Zuhörers und wendig beendete er seine Ausführungen: »In summa: Überraschende Gefahren können leicht den Kopf kosten. Wer's Böse kennt, das ihn erwartet, ist gewappnet und braucht sich nicht zu fürchten.«

Meine Eltern brachten zwar der Astrologie ein gesundes Misstrauen entgegen, gleichwohl waren die Voraussagen für sie ein Hoffnungsanker, der sie getroster in die Zukunft blicken ließ. Sie hatten gefasst die Zeiten des Großen Krieges ertragen, den man schon bald nach dem Friedensschluss in Münster und Osnabrück am 24. Oktober 1648 den Dreißigjährigen nannte. Klaglos erduldeten sie ihre sich verschlechternde wirtschaftliche Lage. Gottergeben nahmen sie den Verlust dreier ihrer acht Kinder hin. Der Tod meines Bruders Georg Heinrich, der im 16. Lebensjahr an der *Bräune* starb, war ein Schicksalsschlag, von dem sie sich kaum erholten. So glaubten sie gern an den rosigen Schein der angekündigten aussichtsreichen Zukunft ihrer beiden verbliebenen Stammhalter. Mein Bruder Maximilian zählte noch nicht. Einem Säugling drohten zu viele Gefahren, als dass man sein Herz allzu sehr an ihn hing. Ich jedoch baute fest auf die Voraussage. Bei wilden Spielen wagte ich nun mehr, da ich – laut der Prophezeiung – ja groß werden und heiraten sollte und keinesfalls vorher sterben konnte. Allerdings zeigte sich bald, dass auch mir die süßen Trauben nicht in den Mund wuchsen.

April 1649

Wenn ich den Zeitpunkt nennen soll, an dem sich die ersten durchsichtigen Fäden spannen, welche sich Jahre später mit zahlreichen anderen zu einem verhängnisvollen Netz verknüpften, so war es der 27. April 1649, der Tag des Friedensbanketts in Merhoffen, mit dem wir das Ende des Krieges feierten. Das Datum des Festes ist eines der wenigen, das mir selbst dann in Erinnerung geblieben wäre, wenn ich nicht ein Jahr später in einer verzweifelten Lage mein Monatsbüchlein mit diesem Tag begonnen hätte. Die Bilder des Nachmittags dieses unvergessenen Tages, an dem mein Bruder Philipp und ich von unserem Fischweiher zurückkehrten, trage ich noch heute mit Farben, Geräuschen und Gerüchen in jeder Einzelheit in mir: Sonne und ein leichter Wind trocknen die Regentropfen auf den apfelgrünen Blättern des Buschwerks, durch das sich der Pfad schlängelt, der den Weiher mit Burg Merhoffen verbindet. Rauch, gesättigt mit dem Duft gebratenen Fleisches, mischt sich mit dem erdigen Geruch des regenfeuchten Bodens. Das Wohlgefühl der Geborgenheit, welches die Küchendüfte verbreiten, paart sich mit einer wilden Freude über die weite Welt und den unbegrenzte Freiheit verkündenden Himmel über mir. Das Aroma dieses so einzigartigen Moments voller angenehmer Gegensätze destilliere ich heraus, mache es für immer und ewig haltbar, damit ich jederzeit das Fläschlein mit diesem Reiz glückseliger Geborgenheit und endloser Freiheit öffnen kann, um mich daran zu berauschen, denn die Knappheit solcher Augenblicke leichtlebiger Ungebundenheit hatte meine junge Seele schon früh erfahren.

Lange waren meinem Freiheitsdrang enge Schranken gesetzt, da die feindliche Fremde voller Schrecken gleich hinter den heimischen Mauern lag. Ereignisse, deren Grauen selbst den abgestumpftesten Gemütern das Blut gefrieren ließ, wusste jeder zu erzählen. Zwar hatte Kurfürst und Erzbischof Ferdinand nach dem Durchzug der Schweden 1631 und 1635 es verstanden, Kurköln vor den Kriegswirren zu bewahren, wogegen Bayern, in dem sein Bruder Maximilian Kurfürst war, viele Male schwer verwüstet wurde. Doch als zu Beginn der Friedensverhandlungen in Münster und Osnabrück anno 1645 alle Welt Hoffnung schöpfte, zogen wieder Soldaten gnadenlos mordend, brennend und Geld erpressend durch Kurköln. Die Menschen um Bonn herum schimpften »verfluchter Hesse«, die Leute auf der rechten Rheinseite von Siegburg bis nach Mondorf, Königswinter und Honnef schalten »du Schwed«. So setzten sie denen ein Denkmal, die in ihrer Gegend besonders übel gehaust hatten. Die Hessen blieben bis Ende August 1648 in ihrem Lager zwischen Brühl und Bonn und schanzten sich zudem bei Godorf und Wesseling ein. Jeder zahlte für ihren Abzug schließlich so viel Kontribution wie er nur konnte; trotzdem trieben Horden landläufiger Soldaten noch lange ihr Unwesen.

Ich selbst traf zusammen mit meinem Vater im Wald auf einen Trupp Kriegsleute – einige abgerissen, manche gut, ja luxuriös gekleidet, bunte Federn an den Hüten und die schreienden Farben ihrer weiten Wamse versuchten sich in ihrer Grellheit zu übertreffen. Das war lustig anzusehen. Ein Reiter, unter dessen Umhang eine rote Schärpe zu sehen war, wie sie kaiserliche Offiziere trugen, rief einem Burschen etwas zu, der vier gefesselte Spitzbuben bewachte. Was ich nicht wusste: Es waren arme Geiseln, mit denen die Soldaten von deren Angehörigen Lösegeld erpressten. Als einer der Gefangenen stolperte, gab ihm ein Pikenträger einen Stoß, damit ihm das Laufen leichter fiele. Alles sah manierlich aus.

Doch mein Vater kauerte mit mir hinter einem Busch, meinen Nacken fest im Griff. Ich fragte, was das solle, da hielt er mir derb den Mund zu. Sobald die Soldaten außer Sicht waren, versetzte er mir einige Maulschellen und warnte mich: Soldaten brächten bestenfalls Hunger und Krankheit, meistens aber gleich den Tod für diejenigen, die in ihre Hände gerieten.

Festen Schrittes ging er voran und ich folgte ihm wie ein geprügelter Hund.

»Das waren Kaiserische«, sagte ich nach einer Weile.

»Was weißt du von kaiserlichen Soldaten, du Mauskopf?«, war die mürrische Antwort, die aber so versöhnlich klang, dass ich fragte: »Der Kurfürst ist gut kaiserlich, warum schlagen wir uns vor den eigenen Leut in die Büsche?«

»Es macht heutzutag kein' Unterschied, ob Freund oder Feind. Alles ein Gelichter und keins um ein Haar besser als das andere« – er blieb stehen –, »wo sie einfallen, fressen sie alles kahl. Sieh du nur zu, dass sie dich nicht zu packen kriegen, sonst stecken sie dir ein Sperrholz ins Maul, schütten heiße Jauche hinein. Sie lassen dich die Suppe gleich zweimal schmecken und springen fleißig auf den Bauch. Kinder stecken sie dann in eine Weinpresse und zerquetschen sie.«

»Sind das die vier Reiter?«, fragte ich, nachdem ich vor allem die Weinpresse verdaut hatte. Er runzelte die Stirn. »Ich meine die Reiter auf dem Bild.«

»Das Bild der apokalyptischen Reiter in meinem Kabinett?«

Ich nickte und sah die Reiter, unerbittlich über die am Boden liegenden Menschen stürmend, vor mir: Wie die grinsende Pest mit Pfeilen schießt, der langnasige Krieg sein Schwert hochreißt, wie die feiste Gestalt der Teuerung grimmig das Pferd anspornt – in einer Hand die Balkenwaage zum Münzwägen. Und dann der hohläugige, nackte Tod auf seinem Klepper, auch er hält erbarmungslos mit.

»Ja«, knurrte er, »das sind die apokalyptischen Reiter!«

Auf weitere Ausritte musste ich nach diesem Erlebnis verzichten. So vertrieb ich mir die Zeit meist in den Stallungen bei Kühen, Säuen und Pferden. Dort lernte ich viel Nützliches wie Misten oder Melken. Ich war kräftig und selbst beim Dreschen des Getreides wurde mir die Zeit selten zu lang. Mein Vater duldete dies, bis ich eines Tages die Kuhpocken bekam. Er sah das wohl als eine wenig standesgemäße Krankheit an und befahl unserem Hauslehrer, *Präzeptor* Hasenius, uns öfter mit Latein zu schurigeln. An der vermehrten Tintenkleckserei fand ich allerdings keinen Gefallen und mein Einfallsreichtum, mich dem Unterricht zu entziehen, war weitaus beachtlicher als die Schulleistungen.

Nach dem Friedensschluss streiften mein Bruder und ich auch außerhalb der Burggebäude herum. Unser Lieblingsplatz wurde bald der Weiher, der uns aber immer nur kurzzeitig vor den Blicken der vielen Menschen in Merhoffen abschirmte. So auch am Tag des Friedensbanketts, als Philipp und ich – mit schlechtem Gewissen, denn wir hatten uns heimlich davongemacht – durch den Torturm in den Vorhof der Burg witschten. Der von meinem Großvater erbaute Torturm, ein zerfallender alter Wehrturm und das Herrenhaus, ein zweistöckiger Backsteinbau, waren die aristokratischen Attribute unseres Rittersitzes, der ansonsten, wegen der weitläufigen Wirtschaftsgebäude aus Fachwerk, eher einem Bauernhof glich. Der Burggraben, der üblicherweise das Herrenhaus von den Wirtschaftsgebäuden trennt, war bei Umbauarbeiten zugeschüttet worden und nur hinter dem Herrenhaus erhalten geblieben. Trotz dieses Mangels war unsere Burg aber ein beachtlicher kurkölnischer Rittersitz. Meine Familie genoss hohes Ansehen und zum Friedensfest wurden viele Gäste erwartet.

Eine Kutsche, begleitet von einem Reiter, rollte in Richtung des Herrenhauses, zwei gackelnde Hühner aufscheuchend. Herr Jobst von Kolff schwang sich von seinem Schimmel. Er lüftete seinen breitkrempigen, mit einer Marabufeder geschmückten Hut, um sich den Schweiß abzuwischen und schlug gekonnt die linke Seite seines knielangen Umhangs über die rechte Schulter. Kaum war der Wagenschlag geöffnet, streckte er seiner Frau galant die Hand entgegen. Nach ihr kletterten Marie Elisabeth – kurz Marisa genannt – und Ernst Friedrich, die beiden ältesten Kinder des Paares, aus dem Gefährt und folgten ihren Eltern, die würdevoll auf das Herrenhaus zuschritten. Marisa, ein Jahr jünger als ich, lächelte mir verlegen zu, während ihr drei Jahre älterer Bruder mich feixend angrinste. Ich ging darauf nicht ein, sondern sah Frau von Kolff nach. Unter ihrem Mantel kam eine Schleppe aus grobem, sackfarbenem Stoff hervor, die sie durch den Schmutz hinter sich her zog. Eine der Kutschendecken hatte sich in ihrem Kleid verfangen und stand zu ihrem gravitätischen Gang im kuriosen Gegensatz. Marisa trat auf die Decke, um ihre Mutter von deren merkwürdigen Aufzug zu befreien. Frau von Kolff strauchelte und hielt sich an ihrem überraschten Ehemann fest. Wütend wies er seine Tochter zurecht, die eilig die Decke aus dem Kleid löste. Mit den Kolffs schlüpfte Philipp ins Haus, während ich diesen günstigen Moment verpasste. An der Schwelle drehte ich mich noch einmal um. Die Decke an sich gedrückt stand Marisa immer noch an derselben Stelle. Nun, ich war in einem Alter, in dem man sich lieber in einen Ameisenhaufen setzt als in die Nähe eines Mädchens: Das eine zeigte mannhaften Mut, das andere war einfach jämmerlich. Zwar wurde ich angehalten, den Weibern gegenüber ritterliche Courtoisie zu zeigen, aber dieses affige Verhalten galt unter Jungen keineswegs als ehrenvoll und ruinierte unweigerlich den Ruf. Mehr als ein ermutigendes Winken konnte das Mädchen daher kaum erwarten. Ich öffnete die Türe einen Spalt. Die Stimme unseres *Präzeptors* gellte mir entgegen. Jetzt beschloss ich doch, den affigen Kavalier zu spielen und ging auf Marisa zu. Ihre lichtgrauen Augen blickten mich hoffnungsvoll an. Wortlos nahm ich ihr die Decke aus der Hand. Auf ihr leises »Danke« knurrte ich ein »Komm« und sie folgte mir gehorsam.

Präzeptor Hasenius hatte an diesem Tag die Aufgabe des Maior Domus übernommen und kümmerte sich um den standesgemäßen Empfang der noblen Gäste. Sein Willkommen mir gegenüber fiel indes recht grob aus. Doch beim Anblick Marisas lächelte er und schickte sie zu meinen beiden Schwestern. Wie ein Chamäleon die Farbe wechselt, so schnell änderte sich wieder der Ausdruck seines rosafarbenen Gesichts. Er fuhr mich an, warum ich meine Pflichten versäumt hätte. Mutig erwiderte ich, Gästen den Weg gezeigt zu haben, was ja durchaus zutraf.

»Wir erwarten keine blinden Gäste. Wenn du schon Ausreden benutzt, so sollten sie nicht so dumm sein. Dummheit wird in der Welt immer sofort bestraft!«, und er versetzte mir einige Ohrfeigen, denen ich auszuweichen versuchte. Dabei stieß ich mir das Messer, das ich am Weiher mit dem Heft nach unten in meine Hosentasche gesteckt hatte, ins Fleisch. Weil ich es aus der Küche entwendet hatte, musste ich den Schmerzensschrei unterdrücken. Noch bevor Hasenius zu der üblichen ermahnenden Himmel-und-Hölle-Rede kam, riss Hennes, unser Pferdeknecht, die Tür auf und bat um Hilfe, da sich die Kutscher der verschiedenen Herrschaften um die besten Schlafplätze in den Stallungen prügelten. Ein dienstbeflissener Maior Domus wie mein Präzeptor hatte jede Art von Protokollfragen zu klären; daher eilte er sofort davon. Geistesgegenwärtig drückte ich Hennes die Decke mit der Bitte in die Hand, sie dem Kutscher der Kolffs zu geben.

Der Messerstich schmerzte. Ich lief die Treppe hinauf in die Kammer, die ich mit Philipp teilte. Im mürben Gewebe meines Hemdes, das schon meinem Vater gute Dienste geleistet hatte, fand ich einen Riss, doch außer einer geröteten Stelle war mein Leib heil, obwohl ich den Stich deutlich gespürt hatte. Ich erschrak. Es gab Menschen, die durch einen Zauber gefroren oder fest wurden, wie man den Zustand der Unverwundbarkeit nennt. Um dies zu bewerkstelligen, musste man sich dem Teufel verschreiben und zur Besiegelung des Bündnisses dessen Hintern küssen, was ewiges Schmoren in der Hölle bedeutete. Da das Weltende und das Jüngste Gericht nicht mehr fern sein sollten, war es weiser, sich von allem Teufelswerk fernzuhalten. Ein Klicken an der Türe störte meinen Gedankengang. Ernst von Kolff schaute herein. Barsch forderte er mich auf mitzukommen. In der Erwartung, dass ich ihm folgte, drehte er sich um und ging. Seinen groben Ton war ich gewohnt, denn Ernst war älter, größer – und bewundernswert. Ich übersah seine füllige Gestalt, das von Pockennarben übersäte nichtssagende Gesicht mit den blassblauen Augen, die über den dicken Backen standen wie zwei Fettringe auf einer mageren Suppe. Nur sein Lächeln war gewinnend. Es gab seinem Gesicht Ausdruck und Charakter, was ihm sonst abging. Vor allem seine an Überheblichkeit grenzende Selbstsicherheit zog mich magisch an. Seine Grobheit reizte eher, mich mehr um ihn zu bemühen, als dass sie mich kränkte. Ich folgte ihm auch jetzt, aber nur ein Stück, da ich das Messer noch in die Küche bringen musste.

Gedämpft hörte ich Stimmen und Gelächter der im Rittersaal versammelten Gäste. Jost, der Diener meines Vaters, stieg die Treppe hoch, in der Hand einen Korb. Er stutzte, als er mich oben an der Wand lehnend stehen sah, setzte dann aber wortlos seinen Weg fort. Jost konnte nur lallen. Bei einem Überfall auf seinen Bauernhof hatten ihm Soldaten die Zunge herausgeschnitten, da er das Versteck seiner Barschaft nicht verraten wollte. Bösmeinende behaupteten allerdings, er habe einen Meineid geschworen und sei deshalb vom Scharfrichter so verstümmelt worden. Eines Tages stand er am Brunnen in unserem Wirtschaftshof, in der Hand einen knorrigen Stock und auf dem Kopf nicht einmal einen Hut. Sein Gesicht verschwand unter einem Gewirr brauner Barthaare. Die Hunde schlugen an, behandelten ihn dann aber so, als gehöre er zum Haus. Mein Vater bot dem Mann ein Almosen an, das dieser jedoch kopfschüttelnd ablehnte. Stattdessen nahm er ein Beil, das gegen die Brunnenmauer gelehnt war und schwang es, so dass alle um ihn herum erschrocken zurückwichen. Mein Vater begriff, was dies bedeuten sollte. Er ließ ihn für das Bettelgeld Holz hacken und behielt ihn dann als Knecht »nur für kurze Weil«. Mit geschnittenem Haar und rasiert machte der Bettler, der nicht betteln wollte, einen fast jugendlichen Eindruck. Seine ruhigen grauen Augen, die selten den Kontakt zu anderen suchten, aber vieles wahrnahmen, was den meisten entging, hätten ihn als Philosophen ausweisen können, wenn nicht sein kräftiger Körperbau doch den Bauern verraten hätte. Die Schweigsamkeit des neuen Hausgenossen gefiel meinem Vater und so wurde die »kurze Weil« zur kleinen Ewigkeit.

Als Jost mit leerem Korb zurückkam, zog ich das Messer aus der Hosentasche und bat ihn, es in die Küche zu bringen. Mich argwöhnisch musternd nahm er es an.

Auf der Suche nach Ernst von Kolff sah ich die sonst stets verschlossene Tür zur Jagdkammer halb offen stehen, ein verlockendes Angebot, einmal ungestört die Waffen zu untersuchen, besonders die Hellebarde. Sie war bestimmt gut geeignet, gegen eine Vogelscheuche eine Attacke zu reiten. Mitten im Zimmer bemerkte ich, dass ich nicht allein war. Ein kräftiger Mann mit kunstvoll gelocktem Haar zielte mit einem Gewehr durch das geöffnete Fenster an der Stirnseite des Raumes. Mein Vater stand neben ihm, die Hände auf einen Tisch gestützt, auf dem zwei mit Silberornamenten beschlagene Radschlossbüchsen lagen. Unbemerkt rettete ich mich hinter den Schrank, in dem Netze, Kugeln und Pulverflaschen aufbewahrt wurden.

»Eines muss man den Franzosen lassen, ihre Steinschlossgewehre sind exquisit«, sagte der Fremde und betätigte mit einem »Klack« den Abzug. »Wollt Ihr nicht wieder in alter Profession die Waffen nutzen?« Er legte das Gewehr ab und wandte sich meinem Vater zu, der die Arme verschränkend fragte: »Wie meinet Ihr das, hochgeehrter Herr von der Leyen?«

»Lieber Freund, Eure *Meriten* im Krieg sind doch in aller Munde«, schmeichelte Herr von der Leyen, »viel Ruhm ließe sich erwerben, statt sich hier um die Gesundheit der Schweine und die Zahlwilligkeit der Pächter zu sorgen.«

»Hochwürdiger Domherr, wart Ihr jemals Soldat?«

»Nein, ich bin zwar so alt wie der Große Krieg, aber sonst verbindet mich wenig mit der disciplina militaris. Doch warum versteckt ein glorreicher Offizier den Goldschatz, aus dem sich reichlich Münzen schlagen ließen?«

»Goldschatz?« Mein Vater lachte gallig: »Wohl mehr des Teufels Strohtaler und der Soldatenstand ist kaum ehrenvoll.«

Auf eine Erklärung dieser dunklen Behauptung warteten ich wie Herr von der Leyen vergeblich, der endlich das Schweigen brach: »Warum so bitter? Ich bin der kaiserlichen Armee äußerst dankbar, ansonsten ächzten wir unter schwedischem Joch. Es ist alles übel genug. Der Papst hat zu Recht das Friedenswerk verdammt. Die ketzerischen Protestanten hetzten uns die Schweden auf den Hals und jetzt sitzen sie noch fester im Sattel als zuvor.«

»Mag sein, aber am End hat Kardinal Mazarin, der große Minister seiner Allerkatholischsten Majestät, dem König von Frankreich, sich mit den irrgläubigen Schweden verbündet und zwar gegen den katholischen Kaiser, den jedoch die protestantischen Fürsten unterstützten.«

»Nun, darüber sollten wir uns nicht ereifern! Doch ich gesteh', ich würde gern etwas über die Kriegserlebnisse hören.«

»Da gibt's wenig Gutes!«

»Der Herr versteht's, Neugier zu wecken, ohne ihr ein Schlafliedlein zu singen«, reizte ihn der Domherr.

»Was soll ich denn erzählen?«

»Kriegsabenteuer! Das, was zu erzählen gefällt!«

Ein Stuhl knarrte. Herr von der Leyen setzte sich. Mein Vater nahm ebenfalls Platz.

»Ja«, sagte mein Vater, »Bilder drücken dies besser aus als Worte! Doch diese Bilder will selbst ich nicht mehr vor Augen haben. Aber gut: Der Schatz des Krieges! Darunter versteht man reiche Beute und Ruhm. Rotzige Bauernbuben hoffen, es Johann von Werth oder Holzappel gleichzutun, die adligen Offiziere sehen sich als zukünftigen Tilly oder Wallenstein. Ein solcher Sohn der Fortuna war auch ich und wollte zur Ehr der Gottesmutter die Schweden nach Haus hetzen. Das Soldatenleben war ganz nach meinem Herzen, obwohl der Tod stets um einen herumschleicht. Aber man denkt, Fuchs und Wolf genug zu sein, um seine Haut zu retten und viel Beute zu erschnappen. Ja, kein Edelmann schämt sich, Bürgern und Bauern Geld und Gut abzujagen.

Doch dann – bei der üblen Niederlage im April 1632 am Lech, wo Generalleutnant Tilly seinen Wunden erlag, war auch ich arg zerhauen. Eine Marketenderin nahm sich meiner an. Sie versprach sich von mir ein besseres Leben. Da ich aber bald meinem End näher war als sie einem neuen Anfang, warf sie mich eines Tags kurzerhand auf die Straße. Ein Bauer war so barmherzig, mir nicht die Kehl durchzuschneiden und quartierte mich in einem Wirtshaus ein. Meine Stiefel reichten dem Wirt, bis ich heil war. Danach lernte ich die Wahrheit des Sprichworts kennen: junge Soldaten, alte Bettler. Da ging's mir so jämmerlich wie der Welt, durch die ich kroch: verkohlte Dörfer, in denen verstümmelte Tote faulten und verwilderte Hunde hausten. Der Hunger war so grausam, dass ich die Geschichten über das menschliche Pökelfleisch gern glaube.

Nun, die Kriegsgräuel sind bekannt, aber man muss sie gesehen haben – ja, man muss den tollwütigen Hunger spüren, die Kraftlosigkeit, gegen die das Leben anrennt und einen weitertreibt. Nein, der Ruf des Soldaten ist zu dem eines raffgierigen Schlächters heruntergekommen. Und die meisten Soldaten sind wie ihr Ruf. Pardon, ich komme ins Schwatzen.«

Noch nie hatte ich meinen Vater so ausführlich über seine Kriegserlebnisse reden hören. Selbst wenn der Wein ihm die Zunge gelockert hatte, gab er sie äußerst spärlich zum Besten. Wie eine Schlange ihre alte Haut hatte er die Vergangenheit abgestreift, die er nur gelegentlich mit Schaudern betrachtete. Dennoch lockte ihn das abenteuerliche Soldatenleben. 1643 hatte er diesem heimlichen Verlangen noch einmal nachgegeben und war mit dem bayerischen Heer unter Franz von Mercy gegen die Franzosen gezogen. Dies hatte seinen Soldatenruhm begründet und darauf sprach ihn nun Herr von der Leyen sehr direkt an.

»Ja, dem Bayernfürst blieb ich treu«, war die Antwort, »da Maximilian von Bayern der Bruder unseres Kurfürsten ist, sehe ich ihn auch als unseren Schirmherrn an. Die Franzosen, gegen die es damals in Tuttlingen und Freiburg ging, bedrohten zudem auch Kurköln. Aber es ist vorbei und darauf sollten wir jetzt trinken!«

Der Domherr räusperte sich: »Mit Verlaub, ich führ etwas im Schilde, das noch der Diskretion bedarf. Vielleicht besteht doch eine Notwendigkeit zu den Waffen zu greifen.«

»Nein, gewiss nicht! Aber was ist's?«, fragte mein Vater. Da der Domherr bedeutsam schwieg, fuhr ihn mein Vater an: »Ja, dann sag der Herr doch, in drei Teufels Namen, kurz und rund, was er will! Verzeihet die groben Worte. Aber aus mir wird wohl keine Exzellenz mehr werden.«

Offenbar hatte er sich im letzten Moment daran erinnert, dass man Angehörige des angesehensten Hauses in der Umgebung höflich behandeln sollte. Nach den sehr deutlichen Worten entstand gleichwohl eine Pause.

»Gut, *recte et candide,* geradeheraus«, der Domherr richtete sich auf, »der Kaiser musste ja auf Druck Frankreichs den Erzbischof von Trier, Christoph von Sötern, aus seiner jahrelangen Gefangenschaft entlassen und ihn in sein Amt wieder einsetzen. Vor dem rachsüchtigen Kurfürsten haben sich nun alle Trierer Domherren nach Köln zurückgezogen. Wir wollen den Tod des über 80 Jahre alten Mannes abwarten. Nun bläst der schlaue Fuchs aber zu seiner letzten Schlacht und hat diesen Franzosengünstling, den Herrn von Reifenberg, zu seinem Stellvertreter ernannt, damit er ihm auf dem kurfürstlichen Bischofsstuhl nachfolgt und dies ohne Wahl durch das *Domkapitel*. Ein Rechtsbruch, den von Sötern frech wagt, wobei er auf die Libertät – die Freiheit der Fürsten – hofft. Aber auch ein Kurfürst muss das Recht achten und kann nur mit Zustimmung des Domkapitels das Amt des *Koadjutors* vergeben …«

»Ihr hättet da gute Aussichten«, warf mein Vater ein.

»Nun, wer weiß, wie eine Wahl ausgeht«, wiegelte der Domherr ab, »aber votiert muss sein, zur Not mit Gewalt.«

»Mit Gewalt?«, rief mein Vater überlaut, »die Königin Anna und Kardinal Mazarin werden dies sehr krumm nehmen. Ein Spiel mit dem Feuer des Krieges!«

»Pah, so kurz nach dem pompösen Friedensschluss wohl kaum. Zudem rebellieren in Frankreich der Adel und das Volk gegen das Königshaus und Mazarin. In Paris sind Barrikaden errichtet. Die Königin ist mit ihren beiden Söhnen geflohen. Königstreue und Aufrührer der Fronde – der Königsgegner – liefern sich Schlachten. Jetzt springen die Franzosen kaum für den Erzbischof von Trier in die Bresch'. Ein kurzer Kampf, den Kaiser freut's und Frankreich schluckt's.«

»Großer Gott, der hochersehnte Frieden ist kaum beschlossen und schon wieder Krieg, nur weil einem Domkapitel der Koadjutor seines Kurfürsten nicht genehm ist?«

»So ist's nicht«, widersprach der Domherr scharf, »Frieden ohne Recht ist das Papier nicht wert, worauf er steht.«

»Ja, aber die Kriegsheere sind doch noch alle präsent und Hunderttausende sind mehr als bereit wieder zuzuschlagen. Wir sitzen auf einem Pulverfass. Da ist's besser, der Kaiser ächtet den Rechtsbrecher!«

»Gewiss, nur hat das Friedenstraktat die Macht des Kaisers arg beschnitten. Jetzt haben die Fürsten freie Hand. Es ist nur … wir wollen Land und Leut schonen. Da helfen allein gute Offiziere und harte Disziplin. Deshalb bitt ich den Herrn um Beistand, mit Rat, lieber noch mit Tat.«

»Hinterm Ofen lassen sich keine Schlachten schlagen«, entgegnete mein Vater, »ich möcht's nicht rundweg abschlagen, aber wenn die Horden hier wieder vorbeiziehen, muss ich Haus und Hof schützen.«

»Ha, da ist's doch gut, das Kriegsvolk zu führen. Viel Beute kann ich zwar nicht versprechen, Kurtrier ist ausgeblutet. Aber ich werde meine Dankbarkeit gewiss zeigen.«

Wie langweilig! Ein neuer Krieg, das war das Einzige, was ich aus dem ermüdenden Diskurs entnahm. Leise schlich ich mich fort, doch nicht leise genug, denn mein Vater drehte sich um. Ich erstarrte. Doch gnädig winkte er mich heran, um mich vorzustellen. Ich blickte in das Antlitz des Mannes, der so alt wie der Dreißigjährige Krieg war. Obwohl er behauptete, kein Soldat zu sein, konnte ich ihn mir gut als Kriegsknecht vorstellen. Das derbe Gesicht mit der breiten Stirn, der kräftigen, unregelmäßigen Nase und dem modischen Schnauzbart mit der Fliege am Kinn gaben seinen Zügen etwas rücksichtslos Zupackendes. Die mich musternden großen Augen aber zeigten einen wachen Geist. Er runzelte die Stirne und fragte: »Ist Euer Sohn nicht Edelknabe beim Grafen Manderscheid?«

»Ja, das war Georg Heinrich«, der Blick meines Vaters verlor sich in der Ferne, »aber er ist … an einer Krankheit gestorben. Dies ist Christoph Salentin.«

Er legte die Hand auf meine Schulter. Mir wurde unbehaglich. Die Worte des Domherrn zum Tod meines älteren Bruders passten in diesem Augenblick auch auf mich: »So schmerzlich Gottes Prüfungen auch sind, die er uns auferlegt, wir müssen uns dreinfinden. Ich werde eine Messe für ihn lesen lassen.«

Noch eine Totenmesse! Wozu? Mein Bruder war schon jetzt ein Heiliger. Mein Vater dankte dem Domherrn mit jenem heiseren Klang, der seinen Tonfall immer dann veränderte, wenn er von diesem toten Sohn sprach. Die viele Monate auf uns lastende Trauer meiner Eltern, deren immenses Ausmaß man nur ahnen konnte, verstand ich nicht. Georg Heinrich war im Himmel und auf der Erde vermisste ich ihn nicht, weil er – bis auf einen Besuch – schon über zwei Jahre nicht mehr zu Hause gewesen war. Das Seufzen, die düstere Stimmung, in der man schon für ein lautes Wort zurechtgewiesen wurde, hasste ich. Die unzähligen Gebete, in denen sein Name genannt wurde, machten mich eifersüchtig. Aber ob sein Name ausgesprochen wurde oder nicht, spielte kaum eine Rolle. Unsichtbar stand er stets im Mittelpunkt und nahm mir mehr von meiner Lebensfreude als ihm zustand. Die Vorbereitungen zu dem Friedensfest vertrieben den schwarzen Spuk. Doch es war eine Täuschung. Weder das Lachen der Gäste noch geistreiche Gespräche verscheuchten den allgegenwärtigen Toten. Der Domherr schien diese jede Lebensäußerung erstickende Atmosphäre ebenfalls zu spüren. Er sah auf seine Hände, als zelebriere er selbst schon die versprochene Messe. Leise erkundigte er sich: »Wann ist er in die Ewigkeit gegangen?«

»Letzten Sommer, im *Heumonat* war's«, flüsterte ich.

»Zu langes Trauern ist nicht gottgewollt …«, begann der Domherr.

»Gewiss«, unterbrach ihn mein Vater, »ja, die Toten finden keine Ruh, wenn man zu viele Tränen um sie vergießt.«

»Es ist das ewige Leben, das zählt – das ist unser christlicher Trost«, die Stimme des Herrn von der Leyen nahm den Ton priesterlicher Eindringlichkeit an, »und bedenkt, Gott hat Euch auch keine solch schwere Prüfung auferlegt wie Hiob, dem er alle Kinder nahm. Hier steht ein kräftiger Knabe, der die schmerzhafte Lücke füllen wird.«

Im Rittersaal war eine lange Tafel entlang der Fensterfront aufgebaut. Links von der Tür stand das mehrstufige, mit weißem Tuch bedeckte Kredenzbuffet voller Gläser und Karaffen mit rubinrotem und honiggelbem Wein. Auf der anderen Seite loderte ein sattes Feuer im mannshohen Kamin. Die Flammen strahlten schon Behaglichkeit aus, obwohl das Tageslicht ihnen noch viel von dieser Wirkung nahm. In Gruppen zusammenstehend plauderten vornehm gekleidete Damen und Herren. Drei Paare hoben sich durch ihre altmodisch schwarzen Kleider von den anderen ab. Zu ihnen gehörten auch ein junger Mann und ein Mädchen, die stumm abseits standen. Die bescheiden Gekleideten hatten ebenso klangvolle Namen wie die übrige Gesellschaft, waren aber verarmt. Herr von Holtorff, dessen Sohn und Tochter das schweigsame junge Paar waren, ging fast am Bettelstab. Das Fachwerkhaus, das ihm noch geblieben war, verfiel, weil der Hausherr jede Handarbeit als nicht standesgemäß ablehnte. Sein Sohn hatte sich als Freireiter in der kaiserlichen Armee dürftig durchgeschlagen. Das Ehepaar von Zandt hatte die Geldverschlechterung in der Kipper- und Wipperzeit ruiniert, obwohl manche behaupteten, schon vorher sei alles verzehrt und überschuldet gewesen.

Als mein Vater den Namen von der Leyens nannte, zog der Domherr sofort die Blicke der Schwarzgekleideten auf sich. Frau von Holtorff packte ihre Tochter am Handgelenk, um sie möglichst unauffällig in dessen Nähe zu ziehen. Herrn von der Leyen entging nun gerade dies nicht. Geschmeichelt lächelte er und folgte meinem Vater, der ihn zuerst den vornehmsten Gästen vorstellen wollte.

»Pardon, edler Herr von der Leyen«, auf einen Stock gestützt hielt ihn Herr von Zandt auf, »den Herrn Vater kenne ich. Verzeiht die Neugier eines alten Mannes. Mein Freund hatte mehrere Söhne, mit welchem haben wir die Ehr?«

Auf seinem Fuchsgesicht zeigten sich zwei senkrechte Falten tiefen Grübelns. Dass er den »Herrn Vater« kannte, war möglich, aber der »Freund« war zweifellos übertrieben.

»Carl Caspar von der Leyen, Domherr zu Trier.«

Sofort kam die nächste Frage, diesmal von Frau von Holtorff: »Die Trierer Herren sind doch nach Köln eseliert.«

»Nein, Madame, wir sind nicht exiliert«, antwortete er.

»Oh doch«, beharrte sie – und obwohl von der Leyen einen Kopf größer war als sie, senkte sie den Blick so, dass man den Eindruck hatte, sie sähe auf ihn herab. »Da gab's eine Zeitung, die Trierer Domherren sind in Köln exaltiert.«

Herr von Holtorff packte seine Frau am Arm. Rigoros schüttelte sie ihn ab. Die anderen lächelten peinlich berührt.

»Madame«, konterte der Domherr, »das *Domkapitel* hat sich nach Köln retiriert. Das ist richtig. Köln ist aber kein Exil. Über kurz oder lang sind wir wieder in Trier!«

»Wenn der Fürst das Zeitliche gesegnet hat!«, ergänzte sie.

»Weiß Sie das auch aus den Flugblättern und *Pasquillen*?«

»Es ist allgemein bekannt!«

»Voilà, da wissen die Plackscheis ... Plackschmierer und Drucker wieder vieles besser als der liebe Gott. Wann die Stund seiner Gnaden, des Kurfürsten von Trier, kommt, liegt beim Allmächtigen. Dazu kann ich nichts sagen. Aber eines weiß ich: Das *Domkapitel* wird schneller wieder in Trier sein als der Wein dieses Jahres zapffertig ist!«

Er nahm ein Glas vom Büfett, prostete mit weit ausholender Bewegung allen im Saal zu, denn jeder war auf den Disput aufmerksam geworden. Beifällig nickend tranken alle ihren Wein aus. Mein Vater beschränkte sich aufs Nicken, da er kein Glas hatte und rief: »Hochgeehrte Freunde, auch ich wünsche Gottes Segen für eine baldige Rückkehr des *Domkapitel*s nach Trier. Nun, gute Wünsche mögen süß klingen, mutige Worte mögen der Rede eine gepfefferte Würze geben oder sauer schmecken, beides füllt den Magen nicht! Deshalb, was Küche und Keller auf Merhoffen zu bieten haben, wird heut aufgetragen, um den lieben Frieden gebührend zu feiern. Nach vielen mageren Jahren kommen nun die fetten. So wollen wir sie denn auch mit einem üppigen Mahl begrüßen. Darauf sollten wir jetzt nicht so lange warten wie unsere Eltern und wir auf den Friedensschluss.«

Lachen, Kleiderrascheln, Stimmen in allen Tonlagen leiteten das Bankett ein. Während die Gesellschaft an der Tafel Platz nahm, schnappte ich manches auf. »... die Holtorff hat die Hosen an. Eine Tracht Prügel würd's wieder ins Lot bringen«, »... der Domherr nimmt's Maul zu voll, mit fein gedrechselten Worten wird er den Sötern nicht aus dem Sattel heben und zum Dreinschlagen fehlt denen der Mut.«

Viele Teller, Messer und Löffel, schneeweißes Brot, silberne Salzfässlein und Senfgefäße zierten schon die mit damastenen Tischtüchern bedeckte Tafel. In der Mitte des Tisches standen zwei kunstvoll gearbeitete Figuren: Ein Ritter und eine Dame im Schäferkostüm hielten einen aus Lorbeer geflochtenen Kranz hoch, auf dem in goldenen Lettern geschrieben stand »Pax optima rerum«. Diesen Satz, der Frieden ist das Höchste aller Dinge, hatte Präzeptor Hasenius als zu abgedroschen kritisiert und stattdessen Ciceros Spruch empfohlen: »Cedant arma togae« – die Waffen weichen der Staatskunst. Mein Vater tat dies mit den rätselhaften Worten ab: »Einen Sieg der gelehrten Doctores feiere ich nicht.«

Es war so weit. Die spanische Suppe, Olla Potrida genannt, servierte ich dem Domherrn, dem ich als Page aufwartete. Geflügel war in diesem Gericht ebenso enthalten wie Rind, Hammel und Schinken. Alles wurde zusammen mit Gemüse, Zwiebeln, Knoblauch, Muskat, Nelken, Pfeffer und Ingwer viele Stunden gekocht. Am Schluss kam noch Parmesankäse und geriebenes Brot in die Speise, die bei keinem Fest fehlen durfte. Nach dem Tischgebet trank mein Vater auf einen immerwährenden Frieden. Einmütig erhoben alle ihre Gläser und wiederholten das »Pax perpetua« so ergreifend ernst wie in der Kirche. Selbst der Domherr sprach die zwei Worte ohne Zögern, obwohl er den Riss des ewigen Friedensbandes bereits plante. Bei jedem großen Mahl ist auch ein Judas dabei; unser Friedensbankett machte hier keine Ausnahme. Nach der Suppe bat mein Vater die Gäste um Gehör:

»Es ist zwar Sitte, Tischgespräche über Politisches oder Religion zu vermeiden. Doch der Anlass der Feier entschuldigt einen Verstoß, zumal wir aus berufenem Munde hören können, warum es bis zur Unterzeichnung des Friedenswerkes so lange dauerte.

Mein hochgeehrter Freund, Herr von Kolff, war im Gefolge des Kardinals Franz von Wartenberg in Münster und kann uns gewiss viel erzählen.«

Einen Augenblick kostete Herr von Kolff die allgemeine Aufmerksamkeit aus und schmunzelte geschmeichelt: »In einem Punkt muss ich unserem hochgeschätzten Gastgeber widersprechen: In Münster und Osnabrück gelang es in sehr kurzer Zeit, die Streitigkeiten beizulegen.« Hohnlachen der Tischrunde quittierte diese Behauptung. »Ja, in kurzer Zeit«, bekräftigte er seine These, »was die Militaria in dreißig Jahren nicht zustand' brachte, erreichten wir in drei!«

»In sieben!«, rief einer dazwischen.

»Nein, in drei«, widersprach Herr von Kolff, »vor sieben Jahren einigte man sich auf die Orte des Kongresses. Erst vier Jahre später begannen die Verhandlungen. Es hätte schneller gehen können, wenn nicht die gelehrten, bürgerlichen Rät' mit ihren Bedenken, den *Propositionen* und Repliken den Fortgang gehemmt hätten. Diese Leute sind wahrhaft ein Fluch!« Beifälliges Gemurmel unterbrach den Vortrag. »Die Beratungen waren schwierig«, Herr von Kolff legte bedeutungsvoll eine Pause ein, »der Krieg nahm seinen Fortgang und wurde auch am Verhandlungstisch kontinuieret. Wer auf dem Schlachtfeld überlegen war, beanspruchte den Vortritt vor anderen; ja, die Form bestimmt nun einmal den Inhalt. Die Franzosen kehrten sehr die Herren heraus und legten sogar ihre Propositionen nicht in Latein, sondern auf Französisch vor. Da die hohen Herren nicht schnell einig wurden, dachten sie, die Doctores würden's express zuweg bringen. Weit gefehlt! In dem staubtrockenen Juristengerede hörte ich oft das Totenglöcklein für den Frieden läuten. Ja, wenn nicht die Bankette gewesen wären! Bei einem Glas gutem Wein fand man Kompromisse, nicht aber in den muffigen Stuben der gelehrten Maulhelden. Die Feste des französischen Prinzipalgesandten, Herzog von Longueville …«

»Ja, die Feste!«, rief der alte Herr von Holtorff dazwischen. »Mit Verlaub, es gab nicht nur das berühmte Wettrennen zwischen

Oldenburg und Bremen, wer die ersten Austern nach Münster liefert. Nein, es kamen wohl auch Schmiralia in schwindelnder Höhe oder, wie man's feiner nennt, Handsalben den Herren *Ambassadeurs* zugute.«

»Ich will nichts verschweigen.« Herr von Kolff senkte die Stimme. »Die Annahme von Geschenken ist bei Gesandten Usus und nicht ehrenrührig. Aber der Brauch wurde bald so fleißig praktizieret, dass man's nur noch eine Krankheit nennen konnte – nicht aber aus Habgier.«

»Was sonst?«, knurrte einer der Herren: »Wenn nur ein Bruchteil der Summen stimmt, von denen man munkelt, haben viele fein prosperiert.«

»Nein, keiner wurde reich«, widersprach Herr von Kolff, »die hohen Potentaten steckten ihre Taler lieber in den Krieg als in den Frieden. Aber selbst für den Krieg ging das Geld aus und die Gesandten erhielten oft nicht einmal ihr armseliges Salär. Der Graf von Nassau verschuldete sich so, dass kein Jud ihm mehr etwas leihen mochte. Einige wagten sich kaum mehr auf die Straße, weil die Barschaft nur noch für die immensen Kosten der dürftigen Unterkunft reichte, aber nicht mehr fürs Flicken der Kleider. In der Not nahm so mancher eine goldene Verehrung an und zeigte wohl auch ein wenig Realdankbarkeit. Erfolg hatte aber eigentlich nur der Oldenburger Graf, der mit der steten Belieferung der Gesandtschaftsküchen um Gotteslohn seinen Weserzoll durchsetzte. Ja, das Leder will geschmiert sein!«

Der junge Herr von Holtorff schleuderte sein Mundtuch auf den Tisch und brüllte: »Ihr könnt's drehen und wenden, wie Ihr wollt. Zum Himmel stinkt der verrottende Unrat des faulen Sumpfes hinter der glänzenden Fassade des Amüsements! Was auf dem Schlachtfeld mit Blut gewonnen wurde, haben auf dem Kongress die Ambassadeurs um ihres Profits willen verschachert! Jeder Soldat, der Geld vom Feind nimmt, wird gehenkt. Da mag der Sold ewig ausbleiben und der Kriegsknecht verhungern, was gewiss keine Seltenheit ist, das aber rechtfertigt niemals … Verrat!«

»Verrat? So wurd's weder gesagt noch gemeint«, sagte Herr von der Leyen bedächtig und fixierte sein Glas Rotwein. »Zudem wundert's mich, dass der Herr Söldner und Gesandte über einen Leisten schlägt. Fürst, Edelmann, Bauer oder Bürger sind nicht gleich. Jeder erfüllt seine Aufgaben zu den ihm gemäßen *Conditiones*. Soldaten dürfen requirieren und ungefragt Dinge nehmen, wo andere ohne Umschweif an ihrem besten Hals aufgeknüpft werden.«

»Marodeure werden auch gehängt«, warf der Offizier ein.

»Ein gewisses Maß an Disciplina muss überall herrschen. Aber: Haben Soldaten nie fremdes Vieh als Fourage weggeführt, das Stroh von den Bauernhütten geholt und ohne viel Fragen alles Brauchbare genommen?« Herr von der Leyen sah seinen Kontrahenten bedeutsam an.

»Das ist Soldatenbrauch«, sagte der Angesprochene.

»... den andere besser nicht befolgen«, führte der Domherr den Satz zu Ende. »Die Gesandten haben auch ihre Usancen, deren Auswüchse gewiss zu verurteilen sind, aber es sind doch keineswegs alle?«

»Keineswegs!« Herr von Kolff beeilte sich, seinen Missgriff wieder gut zu machen. »Die Herren aus Venedig, der aufrechte Graf Trauttmansdorff haben nie ...« Seine Worte gingen im erregten allgemeinen Gerede über Bestechlichkeit unter.

Bevor die Herren zum Degen griffen, wurde der nächste Gang aufgetragen. Ein Diener präsentierte auf einer Platte eine Taube, die zwar gekocht, aber samt Schnabel und Federn so hergerichtet war, dass es aussah, als lebte sie. Bald war die Tafel mit Schüsseln und Platten bedeckt, auf denen Fisch, Geflügel, mit Nelken und Speck gespickte Hasen, Maronenpüree und eingelegter Kürbis zum Schlemmen einluden. Ein mit Ingwer bestreuter Kalbskopf in Speckbrühe roch am verführerischsten. Draußen dämmerte es und die Diener zündeten die Kerzen der Kronleuchter an. Die Gäste wurden fröhlicher. Der Domherr verzichtete auf meine Pagendienste und jetzt durfte auch ich mich »dick essen«. Man setzte mich neben Ernst von Kolff, der sich langweilte, denn die Herren sprachen über die Jagd und die Damen über ein noch belangloseres Thema. Ich langte zu, bis mir der Saft der Delikatessen in die Ärmel troff: Pastete, Wild und Bohnen in Mandelmilch. Ein Fleischstück war so gepfeffert, dass ich nicht unterscheiden konnte, ob es Reh oder Rind war und ich bat Ernst, davon zu versuchen. Er winkte ab und meinte, er sei schon »sticke-wicke voll«. Aus Brot knetete er Kügelchen und schnippte sie mir zu – ein Spiel, das ich freudig aufnahm. Kaum waren Konfekt und Kuchen aufgetischt, kamen zu dem Lauten- und *Virginal*spieler, die uns bisher mit Tafelmusik unterhalten hatten, noch weitere Musikanten hinzu. Mit rhythmischen Melodien forderten sie die vom Essen trägen Gäste zum Tanz auf.

»Wir sollten tanzen! Kannst du die Volte?«, fragte Ernst.

Obwohl ein französischer Tanzlehrer, der unserem *Virginal* herrlich perlende Töne entlockte, mir alle Tänze beigebracht hatte, erinnerte ich mich nicht mehr an die Volte, was ich aber nicht zugeben mochte.

»Tanzen ist mehr Weibersache«, erklärte ich.

»Du kannst es ja gar nicht, Jämmerling!«

»Doch, aber es ist geziert. Wer läuft schon aus freien Stücken in Kringeln, außer kleinen Kindern und Narren?«

Ernst stutzte. Zum ersten Mal widersprach ich. Die Philosophia über den Tanz hatte ich von Melchior, dem Sohn unserer Köchin, der mich mit meiner großen Schwester Sophia einmal bei unseren kuriosen Tanzversuchen im Garten überrascht hatte. Ernst grinste und deutete nach hinten: »Sieh mal da, dein kindischer Herr Vater und deine närrische Frau Mutter, selbst der Domherr tanzt.«

Tatsächlich! Sich gegenüberstehend hatten die Tänzer in zwei Reihen Aufstellung genommen. Zu einer langsamen Pavane schritten die Paare, mit Verbeugungen sich graziös im Takt der Musik bewegend, aufeinander zu. Melchior hatte recht, es sah weibisch aus. Dennoch konnte ich mich nicht satt sehen. Viele Kerzen ließen den Saal in goldgelbem Licht erstrahlen, das aber noch genug geheimnisvoll dunkle Nischen und Schatten zuließ, aus denen weiße Spitzen, funkelnder Schmuck, silberne und goldene *Posamente* an den Kleidern der Tanzenden aufblitzten und sich im Dunkeln wieder verbargen. Alles war voll heiterer Bewegung. Bei der Galliarde erlaubten sich die Musiker den Scherz, das Tempo immer rascher werden zu lassen. Meine Augen wussten gar nicht, wohin sie zuerst sehen sollten, alles änderte sich mit jedem Wimpernschlag. Das Alberne bezauberte. Ernst stieß mir in die Seite und brüllte mir ins Ohr: »Hei, dir ist wohl's Maul zugefroren! Bald wachsen dir da Spinnweben.«

»Was willst du?«, fragte ich.

»Tanzen! Tanzen, tanzen!« Er wippte mit dem Oberkörper.

»Hol Frau von Zandt«, schlug ich vor.

»Die Hutzel mit dem zusammengerumpelten Gesicht und dem Krückstock? Nein, wir holen Sophia, komm!«

Voll Feuer zerrte er mich aus dem Saal. Im dunklen Flur trafen wir schon meine tanzbesessene Schwester, die mit Marisa gerade einen Tanz beendete. Sie warf ihre hellbraunen Locken mit einem Ruck zurück und rief: »Die Galliarde ist immer zu kurz. Saltin, tanzt du mit mir?«

Ich nickte, was sie erstaunte, da ich sie sonst abwies.

»Pardon, Mademoiselle«, fuhr Ernst dazwischen, »es wär mir eine Ehr, wenn Mademoiselle mir den Vortritt gestattete, vor dem edlen Herrn Bruder.«

»Avec plaisir, Monsieur«, Sophia lachte, »wenn der edle Herr Bruder zustimmt?«

»Mademoiselle, keine Sorg«, beruhigte sie Ernst sofort: »Er führt Marisa zum Tanz; sie ist exzellent.«

Wieder stand ich vor der schmalen Marisa und hatte wenig Lust, die in mich gesetzten Erwartungen zu erfüllen. Ernst zog Sophia mit sich fort. Vor der Tür wehrte sie sich wie ein störrischer Esel, weil uns das Tanzen im Saal verboten war. Ich unterstützte sie, woraufhin Ernst mich anfauchte: »Ach was, du Hasenfuß, spiel mit deiner Trommel!«, dann bettelte er: »Bitte, Sophia, nur einmal richtig getanzt!«

Mit den Worten »einmal richtig getanzt« hatte er gewonnen. Im Saal mischte er sich mit Sophia unter die Tanzenden. Marisa und ich taten uns an Pfefferkuchen gütlich, was Frau von Zandt mit deutlichen Worten missbilligte. Sofort bat Marisa mich, sie hinauszubringen. Ich aber wollte nicht erneut mit dieser Klette durch den Saal laufen.

»Nein, ich bleib hier! Willst du tanzen?«, fragte ich großspurig, denn die Antwort meinte ich zu kennen. Sie schüttelte auch den Kopf, sagte dann aber »Ja«. Ich erschrak.

»Ja?«, fragte ich und sie nickte. »Wenn ich's mir recht überlege, hab ich jetzt wenig Lust zum Tanz.«

Sie richtete ihren Blick auf Ernst und murmelte: »Man braucht viel Mut, um mitzumachen.«

Erneut als Feigling beschimpft zu werden, war zu viel. Ich stand auf und verneigte mich vor ihr. Ihre Augen wurden groß.

»Was treibst du hier, Marisa?« Herr von Kolff stand plötzlich vor uns, neben ihm seine Frau und meine Eltern

»Wir wollen tanzen, Herr Papa«, antwortete sie.

»Wahrhaftig«, Herr von Kolff wandte sich an meine Eltern: »Die liebe Jugend findet sich von selbst. Unser zukünftiges Paar will zum Tanz.« Er beugte sich zu mir herab und eine Wolke Tabaksqualm, vermischt mit Alkohol, strich an mir vorbei. »Meine Marie Elisabeth gefällt dir wohl?«

Widerwille stieg in mir hoch. Ich fühlte mich wie ein Affe eines Possenreißers, der zur Belustigung der Gaffer auf Zuruf Kunststücke ausführt.

»Marisa ist nett, aber Ernst ist mir lieber«, erwiderte ich halbwegs ehrlich.

»Das ändert sich bald!« Er schlug mir auf die Schulter.

Mein Vater schickte uns hinaus. Als wir zur Tür gingen, verstummte die Musik und alle Blicke richteten sich auf uns. Jemand flüsterte: »Sie gehen wie Bräutlein und Bräutigam.« Kaum hatte sich die Tür geschlossen, schüttelte ich Marisa ab wie eine lästige Fliege.

»Tanzen wir hier, sie spielen eine Volte«, bat sie.
»Nein! Jetzt nicht und niemals!«, und ich rannte davon.

Mai 1649

In den ersten Maitagen fiel Schnee. Der harte Winter, zu dessen Beginn schon die zähesten Fliegen erfroren von der Wand fielen und der – nach dem Urteil der alten Leute – so kalt war wie keiner zuvor, jagte noch einmal eisige Winde über das Land. Schnee hüllte die zartgrünen Zweige der Bäume in ein erstarrendes Totenkleid. Aber dem Frost fehlte der Biss und die Erde vermischte sich rasch mit dem reinen Weiß zu einem schmutzigen Brei.

»Scribe! Scribere!« Präzeptor Hasenius demonstrierte die Bewegung des Schreibens und fuhr mich an: »Schreiben! Nicht aus dem Fenster gaffen wie ein Narr!«, und dann starrte er selbst in die Winterlandschaft.

Nur kurz streiften meine Augen den lateinischen Text auf der Wachstafel, dann wanderten sie in dem Gemach meiner Mutter umher, zu dem Kachelofen und dem Medaillonspiegel an der Wand. Die Tür zur Kammer stand offen und gab den Blick auf das Himmelbett mit den blauen Vorhängen frei. Philipps Feder kratzte. Er nahm die Lektionen sehr ernst und hatte mich schon überflügelt, was meinen lahmen Ehrgeiz nur wenig anstachelte. Hasenius trommelte mit tintenfleckigen Fingern leise auf den Tisch. Er war wohl müde, da er sonst bei solchen Gelegenheiten las. Zehn Bücher standen auf einem Brett über seinem Bett aufgereiht. Sein ganzer Stolz war das Stammbuch, in das seine Bekannten Gedichte und Epigramme geschrieben hatten, und alle waren fast so berühmt wie Erasmus von Rotterdam, der gewiss auch einen lateinischen Spruch für ihn verfasst hätte, wenn er nicht schon vor über hundert Jahren gestorben wäre. Sein Leben hatte er in mit Tinte bedecktes Papier verpackt, sein Inhalt waren die römischen Dichter, die griechischen Philosophen, seine eigenen Poetereien.

Die Tintenfinger klopften weiter, während ich meine Hände betrachtete, die ebenso schwarz verschmiert waren. Der Gedanke, womöglich für eine Zukunft zu lernen, die einmal so trostlos wie das Leben meines Präzeptors sein würde, war erschreckend. Doch ich war ja der Erbe Merhoffens und Philipp ging wohl eher diesem Schicksal entgegen. Meinen Bruder mitleidig betrachtend strich ich mit der Feder über mein Kinn. Sich räuspernd fragte der Präzeptor: »Effecisti opera?« Da ich ihn stumpf ansah, wiederholte er spöttisch: »Opus finitum est?«

Nein, mein Werk war noch nicht fertig. Kopfschüttelnd hauchte ich »nondum«. Das »noch nicht« hatte eine Reihe lateinischer Belehrungen zur Folge, die ich nur halb begriff.

»Ich bin ein Herr und brauche kein Latein«, murrte ich.

»Esel! Wer wie ein Herr befehlen will, muss auch wie ein solcher reden und mehr Verstand haben als die Bauern. Schreib! Citissime!« Er nahm das spanische Rohr zur Hand.

Sofort schrappte meine Feder sehr schnell – citissime – über das Papier. Stiefeltritte in der benachbarten Kammer kündigten meinen Vater an. Frischen Wind hereinfegend trat er ein.

»Das Gemach der Hausmutter ist wieder einmal die Studierstube?«, fragte er Hasenius, der ehrerbietig aufstand.

»In unserer Kammer friert die Tinte ein, mit Verlaub.«

»Gar so schlimm ist's wohl nicht.« Mein Vater legte die Hände auf die dunkelgrünen Kacheln des Ofens. »Der Ofen ist eine nützliche Invention. Aber ich wünsch nicht, dass meine Söhne verzärtelt werden. Ein kühles Frühjahr rechtfertigt's noch nicht, gleich hintern Ofen zu kriechen.« Mit einem Tritt verscheuchte er eine Katze, die neben der Wärmequelle zusammengerollt schlief. Er sah Katzen als Landplage an, während er Hunde liebte.

»Machen meine Söhne Fortschritte?«, fragte er Hasenius.

»Oh ja, Philipp ist exzellent, Christoph etwas träger!«

Mein Vater setzte sich auf den Stuhl des Präzeptors und nahm mein Blatt.

»Eine Schönschreibübung«, erklärte Hasenius.

»Fürwahr, Schönschreibübung in Latein«, brummte mein Vater abfällig, »wisst Ihr, Herr Schulmeister, mein Großvater gab sich mit diesen verdrießlichen Dingen gar nicht ab, denn er hatte einen Schreiber. Mein Vater hatte lesen gelernt, verstand aber nur wenig Latein. Ich kann schreiben und etwas Latein. Meine Söhne machen Schönschreibübungen in Latein. Bald treten sie in Schreiberdienste.«

»*Salva venia* – mit Verlaub ...«, begann der Präzeptor.

»So viel Latein kann ich, um salva venia zu übersetzen«, raunzte mein Vater ihn an.

»Salva venia, so war's nicht gemeint. Kaiser- und Fürstensöhne lernen Latein und eine schöne Schrift.«

»Ja, ja, Hasenius, o tempora, o mores!« Er schlug mit der Faust auf das Buch, als wollte er die Sätze aus ihm herausprügeln, »ja, die Zeiten haben sich geändert. Wenn schon die hochgeborenen Knaben den Cato kennen müssen, dann erst recht die eines Landedelmannes. Vor lauter Schulweisheit vergessen sie noch ihren Stand. Gut, wie wär's mit einer Prob. Christoph, übersetze dein Scriptum.«

Hasenius räusperte sich. Ich war ein unsicherer Kandidat und das Herz meines Präzeptors klopfte wohl so aufgeregt wie das meine.

»Versuche nicht, hm, consilium dei ... den Rat Gottes,« ich stockte, dann fiel mir der Satz wieder ein, den wir schon übersetzt hatten: »Versuche nicht, Gottes Ratschluss durch Zauberei zu erfahren«, leierte ich triumphierend herunter.

»Gut, dies war auch leicht«, meinte mein Vater und begann in dem Buch zu blättern, »nehmen wir etwas Schwierigeres!«

»Mit Verlaub, gnädiger Herr«, mischte sich Hasenius leise ein, »die Verba aus dem Cato sind noch nicht alle bekannt.«

»Es wird ihn den Kopf schon nicht kosten«, knurrte mein Vater sich in den Cato vertiefend, »hola, da ist etwas!«

Die Wärme, die erwartungsvolle Stille und die auf mich gerichteten Augenpaare fegten den Rest meines kläglichen Wissens aus meinem Hirnhäuslein. Mein Vater musste mir fast alles vorsagen. »... uxor, abhorret. Uxor kenne ich nicht!«, flüsterte ich.

»Deiner Dummheit hat der liebe Gott keine Grenzen gesetzt«, brüllte mein Vater und schlug mir das Rohr über die Finger, »Philipp, sag's deinem trägen Bruder!«

»Das Eheweib, die Hausmutter«, rief er widerlich eilfertig.

»Richtig! Und abhorrere kommt von Horror – der Schrecken – abhorrere ist zurückschrecken, verabscheuen. Der Satz heißt: Glaube nicht deinem Weib, wenn es sich über deine Diener beschwert, denn tatsächlich verabscheut das Eheweib meistens gerade den, den der Mann mag. Herrje, Christoph, du hast den Verstand eines Hundes und als solcher kannst du jetzt mit mir auf die Jagd gehen.«

»Auf die Jagd? Gern, Herr Papa!« Erlöst sprang ich auf.

»Ja, das liegt dir im Blut. Aber freu dich nicht zu früh, du wirst mit den Hunden rennen und ich verspreche dir, dass du das Wort Horror nie mehr vergisst.«

Ich musste wahrhaftig laufen, während unser Stalljunge Thierry mein Pferd ritt. Thierry hatte mein Vater von seinem letzten Kriegsabenteuer mitgebracht. Der damals zwölfjährige französische Bauernjunge mit roten Backen, grünen Augen und einem braunen Haarschopf war in bayerische Gefangenschaft geraten. Da ihn in Frankreich niemand vermisste, nahm ihn mein Vater mit nach Hause. Der Franzose war fröhlich und pfiff bei der Arbeit, so dass er sehr schnell den Spitznamen »Fleutgen«, also Flötchen, bekam. Wie ich war er ein Pferdenarr und er verhalf mir zu Erfolgen in den Französischlektionen. Bei meinem Lauf zum Jagdrevier feuerte er mich wild fuchtelnd an, doch den Wettkampf gegen Hunde und Pferde musste ich verlieren. Dreckbespritzt hetzte ich durch Matsch und Pfützen. Das Wasser lief in die Stiefel, die kalte Luft schnitt scharf in Hals und Lunge. Ich rang nach Atem und mein Gesicht glühte wie Höllenfeuer. Schließlich verfiel ich in den gleichförmigen Schritt des Hoffnungslosen und die würgende Bangigkeit des Gehetzten legte sich.

Der Abstand zu den Reitern wurde kürzer. Sie warteten.

»Wie gefällt dir das Hundeleben?«, fragte mein Vater.

»Nicht übel«, keuchte ich.

»Nur bist du der lahmste Hund, den ich mein Lebtag gesehen habe. Steig bei Thierry auf, damit wir weiterkommen!«

Die Sonne schien warm, als wir den Waldrand erreichten. Dort erwartete uns Hennes, unser Stallknecht, mit zwei Packpferden, von denen eines Sauspieße trug. Einige Bauern, die er für die Hetzjagd zusammengetrommelt hatte, begrüßten uns ehrerbietig. Die Bauern erhofften sich etwas Fleisch für ihren Kochtopf, denn im Frühjahr war vieles aufgezehrt und der Vorrat knapp. Ein Stück Wildbret konnte Kraut und Rüben nahrhafter und schmackhafter machen, auch wenn am Ende nur noch das Aroma im Topf an den einstigen Schmaus erinnerte. Mein Vater war auf ein Wildschwein aus. Dieses Jagdrecht stand zwar dem Kurfürsten zu, der meinem Vater aber einige zugebilligt hatte. Hasen und Kaninchen durfte er jederzeit schießen, das war das Recht des Edelmannes. Mit einem Bauernburschen sollte ich nach Wildspuren suchen. Der Knecht schritt stracks zu einem Bach. Voller Tatendrang sprang ich auf die andere Seite des Rinnsales und versank im Morast. Kaum hatte ich mich herausgearbeitet, rutschte mein linker Fuß in ein Loch. Ein wilder Schmerz durchfuhr mein Bein. Schreiend versuchte ich es aus dem Loch zu ziehen. Vergeblich! Die Zähne eines Tieres bohrten sich in meinen Knöchel. Mit den Händen schaufelte mein Begleiter die Erde beiseite und befreite mit mich wenigen Griffen aus dem Wolfseisen, in das ich geraten war.

Ich hatte Glück. Der Stiefel hatte meine Haut geschützt, allerdings konnte ich nur unter Schmerzen auftreten. Mein Vater fluchte ärger als ein Fuhrmann über das Wilddiebsgesindel, das die Falle aufgestellt hatte. Dies tröstete mich kaum, denn für mich war die Hetzjagd bereits zu Ende. Ich hinkte in die Hütte und sank auf die Bettstatt. Den Strohsack hatte man wohl schon vor dem Großen Krieg gefüllt. Jedenfalls hüllte mich eine Staubwolke ein, als ich mich darauf fallen ließ. Hennes breitete eine schmutzige Decke über mich. Nachdem er die Tür zugezogen hatte, lag ich fast im Dunkeln. Nur durch ein winziges, mit Ölpapier bespanntes Fensterchen drang etwas Licht. Obwohl es mitten am Tag war, schlief ich ein.

Türknarren weckte mich. Eine schmächtige Gestalt näherte sich mir. Ich schloss die Augen. Der Mann blieb vor meinem Bett stehen. Der stockige Hauch ungewaschener Kleider und Alkoholdunst stiegen mir in die Nase. Regungslos lag ich da. Kaum wagte ich zu atmen. Er entfernte sich und durch die Lider blinzelnd sah ich, wie er mit einem Säcklein in der Hand hinausschlich. Er sah einem der Treiber ähnlich, konnte aber auch ein Dieb sein. Die Neugier trieb mich aus dem Bett. Mit stechenden Schmerzen im linken Fuß hinkte ich zur Tür und öffnete sie. Erfrischend kühle Waldluft schlug mir entgegen. Auf der Bank vor der Hütte saß der kleine Mann.

»Usjeschlafe, junger Herr?«, redete er mich an.

Er sagte »usjeschlafe«, weil er, wie alle Bauern, den Buchstaben »g« rheinisch weich wie ein »j« oder in der Endsilbe eines Wortes meist wie »ch« aussprach. Er trug eine blaue Jacke und braune Hosen. Um seine Augen breitete sich ein Faltengespinst aus, das sich in seine wettergegerbten, rotgeäderten Wangen hineinzog, wenn er lächelte, wobei er passable Zähne mit nur einer Lücke zeigte. Von dem Branntwein meines Vaters hatte er sich wohl einiges einverleibt, denn die Flasche stand neben einem Kanten Schwarzbrot und zwei hutzeligen Äpfeln, die wohl die Wegzehrung des Männleins waren.

»Setzt Euch!« Er machte mir Platz. »Aber seid vorsichtig mit dem Tisch. Dat Brett liegt nur auf'm Baumstumpf. Am andern End hab ich zwei Stämpel angenagelt.« Die Tischbeine, die »Stämpel«, bestanden aus zwei dicken Buchenästen und waren so ihrem Pendant, einem hohen Baumstumpf, perfekt angepasst.

»Warum sind auf der anderen Seite des Tisches keine Beine?«, fragte ich.

»Zum Schutz! Wer stiehlt schon ne Tisch mit nur zwei Stämpel, obwohl die Leut heutzutag alles ungefragt nehmen. Dem Herrn gefällt's. Er sagt, dat ist ne löblich Intention.«

»Invention«, verbesserte ich ihn.

»Ja, ja. Die Herrn reden immer so wunderlich, dat es kein Mensch nit versteht. Ich red', wie mir's Maul gewachsen ist. Habt Ihr Hunger?« Skeptisch blickte ich auf die Äpfel. »Oh nein! Für Euch gibt's: frisch' Brot, Speck und fein' Schmalz.« Er zog das *Felleisen* meines Vaters heran, auf dem die Köstlichkeiten lagen. Der Deckel des Schmalztopfs fiel herunter.

»Das ist Euch gewiss auch gut bekommen?«, entfuhr es mir.

»Wie mir? Ihr denkt doch nit … wollt Ihr sagen, ich bin ein Dieb? Dat hat mir noch niemand nit ins Gesicht gesagt. Nee, der Brausekopp ist ne kreuzehrliche Haut.«

»Vergebt, wenn ich Euch gekränkt hab«, bat ich kleinlaut.

»Fragt Gott um Vergebung, junger Herr, nit mich. Ihr braucht auch nit ›Euch‹ sage'. Ich bin nur ein Mann.«

»Ich rede Fremde meistens so an. Aber gut! Wer bist du?«

»Ach, Herr Jesus, mich kennt doch alle Welt und auch's größte Schandmaul kann nur's Beste von mir verzählen. Ich bin der Jakob Brausen von Friesdorp, Brausekob genannt. Ich mach' auch Reime:

Ist e Radspeich oder Achs entzwei,
der Brausekob macht's wieder heil
und auch Hand und Fuß,
wenn sie machen Verdruss
ich schwör's, bald seid ihr von allen Plagen frei.«

Der Vers gefiel mir besser als Hasenius' Gedichte. Da mir aber so rasch kein Lob einfiel, schwatzte er weiter: »Wenn Ihr wollt, richt' ich Euren Fuß. Ja, darauf versteh' ich mich. Doch ich will mein eigen Verdienst nit zu sehr ausläuten. Aber Ihr wolltet's ja wissen. Hier sind Speck, Brot und Schmalz, greift tapfer zu.«

Von allem war nur wenig übrig geblieben. Während ich kaute, kümmerte sich Brausekob um meinen Fuß. Sparsam goss er Branntwein auf den geschwollenen Knöchel, wobei er einerseits den Weingeist als gute Medizin gegen alle Gebresten pries, andererseits aber beklagte, dass der Fuß zwar stets rieche, aber keinesfalls etwas schmecke. »Euch gilt's wohl nit viel, Ihr habt Branntwein gewiss alle liebe Täg'«, sprudelte er weiter, während er mit einem Lappen, den er um den Hals getragen hatte, mein Fußgelenk verschnürte: »Aber trinkt nit zu viel, dat macht ne jung' Mensch schnell ne dolle' Kopp.«

Ich beendete meine Mahlzeit und stand auf. Das Gehen fiel mir in der Tat leichter, aber in den Stiefel kam ich nicht mehr hinein und ich setzte mich wieder.

»Wo nur der Herr Vater bleibt?«, fragte ich.

»Wird schon komme'«, er hob den Zeigefinger, »mit dem gnädigen Herrn Vater sind wir oft erst im Dunkeln zurückgekomme', wo's jeden brav' Christenmensch graust.«

»Hat er nicht gesagt, wann er kommt?«

»Heut, wenn's die Umständ zulassen. Oder morgen! Einer sollt bei Euch bleiben. Wir haben gelost, ich hab verloren. Der Servaß hat betrogen, dat Rabenaas! Heiliger Hubertus, gib, dat für mich von der Sau noch ein gut's Stück vom Bauchspeck abfällt und nit nur dat Gelöng, wat die Hund übrig lassen. Der verfluchte Servaß! Ja, Herr, der liebe Gott mag zwar die Gerechten und Guten im Himmel belohnen, die Welt aber gibt nur den Schurken und Spitzbuben. Die haben allzeit ein gut's Leben. Aber Euer Herr Vater ist sehr großmütig. Die anderen Jagdherrn meinen, ne maulvoll Wildbret würd' den Bauren übel bekommen. Nur der gnädige Herr Vater hält's anders. Jeder hilft ihm recht gern beim Treiben, keiner will dann zu Hause bleiben, die andern Edelleut aber können lange fragen, bis sie ne handvoll Leut zusammen haben.«

Von einer Geschichte zur anderen springend, gereimt und ungereimt, plätscherten Brausekobs Reden dahin. Der Mond zog auf und stand bald hoch über den schwarzen Bäumen. Er streute helle und dunkle Flecken über den Waldboden. Diese Vielecke und Rundlinge bewegten sich, als wanderten unförmige Giftkröten um uns herum. Das Gesicht Brausekobs nahm groteske Züge an. Die Nase schien länger als zuvor, das Kinn verschwand im Dunkeln, die Stirn schimmerte hell.

Der Ort, der eigenartige Mann werden mir fremd und unheimlich.

»Ach, der Himmel treibt üble Späß ... zu arge Kält, auch wenn der Schnee fort ist«, flüstert dieser seltsame Brausekob.

Sein Kopf sinkt auf den Tisch. Schon halb im Traum nuschelt er noch etwas vom Wildschwein, dann drückt ihm der Schlaf endgültig die Augen zu. So allein gelassen, stiere ich eine Weile in das düstere Gebüsch. Es raschelt im Unterholz. Das Mondlicht überzieht skelettartiges Gestrüpp mit kaltem Glanz, als solle es für einen Totentanz zum Leben erweckt werden. Knochendürre Äste schaukeln im Wind. Wieder knackt es im Dickicht. Etwas schleicht sich an ... groß und düster. Ich erstarre. Auf dem Boden kriecht ein Heer schwarzen und weißen Getiers. Die schwarzen Bestien verschlingen die weißen, werden fetter und fetter, aber ihre Umrisse diffuser, bis nur noch fahles, schwammiges Ungeziefer in einer dunkelgrauen Brühe schwappt. Es winkt verzweifelt, schlingt sich umeinander, würgt und wird erwürgt. Wie Wasserwellen nähert sich mir das Höllengebräu. So flüchtet mein Blick höher zum Himmel; doch dieser ist mit den Baumkronen zu einer düsteren Masse verschmolzen. Schutzsuchend drücke ich mich gegen die Hüttenwand und ziehe die Beine an, um nicht in das hexenhafte Netzwerk zu geraten. Zu spät! Das rabenschwarze Gespinst legt sich um mich – hüllt mich in bissige Winterkälte. Ein leichter Wind gleitet über mein Gesicht. Etwas nicht Greifbares, welches das letzte armselige Mondlicht verdeckt, schleppt sich in quälender Langsamkeit auf mich zu. Es ist nicht sichtbar, aber ich kann das Rischel-raschel der Blätter, durch die es sich bewegt, hören, seinen feuchten Atem spüren, der alles in völlige Dunkelheit taucht. In mich zusammengekrümmt sitze ich da. Grabesstille umgibt mich, in die nicht einmal der Wind einzudringen wagt. Und dann berührt das körperlose Wesen meinen Nacken – saugt mir die Wärme aus dem Leib, bis ich zitternd friere. In höchster Not rufe ich: »Heiliger Christophorus hilf!«, und da antwortet das Wesen: »Tschind«. Sein Eishauch streicht über meine Haut, durchdringt meinen Leib bis in mein Innerstes, nimmt mir den Willen, alle Kraft und füllt mich mit herzrasendem Entsetzen. »Chrr«, faucht der Geist mir ins Ohr und nach kurzer Unterbrechung noch einmal: »Tschind«. In Todesangst ducke ich mich und berge meinen Kopf hinter den Knien. Ein zweiter eisiger Luftzug streicht über meinen Hals, meine Hände. Wie Reif legt sich die Feuchtigkeit um meine Knochen und lähmt mich. Wassertropfen laufen den Rücken hinunter. Dann ist es totenstill. In kaltem Schweiß, ohne Gefühl und Gedanken lässt mich das Wesen zurück. Das Pochen meines Herzens steigt mir in die Ohren. Es wird heller. Vorsichtig dehne ich die verkrampften Glieder. Mein Blick fällt auf Brausekob, der den Kopf auf seine Unterarme gebettet schläft. Er ist so blass und ... er atmet nicht mehr. Ich schreie, packe den leblosen Mann und schüttle ihn. Die Luft heftig einziehend gibt er einen Schnarchlaut von sich und fährt auf.

»Himmel und Höll, du weckst ja Tote auf!«

»Brausekob, da ist ein Geist.«

Ich klammere mich an ihn. Eine angenehm wärmende Lebendigkeit geht von ihm aus. Betroffen starrt er ins schwarze Gebüsch, wo ich das Grauen vermute.

»Nein, sieh da nicht hin, da steckt der Geist.«

»Ein Geist? Und wie heißt der?«, fragt er spöttisch.

»Chind oder Tschind. Geister sprechen nicht so wie wir.«

»Und Ihr habt ihn wahrhaftig gehört und gesehen?«

»Ja, etwas Schwarzes, Kaltes kam – mit feuchtem Atem.«

»Hm, dat ist übel. Ne Geist, der Schind. Zwei Weiber aus Friesdorp haben in der Nacht so ne schwarz' Gespenst gesehen mit glühenden Kohleaugen. Ein paar Täg später war'n beide krank und sind kurz hintereinand' gestorben.«

»Vielleicht war er das. Mit nassen Fingern strich er über mich, so grausig. Danach lagst du da wie ein Toter.«

»Und Ihr habt's nit geträumt?«

»Geträumt? Dazu war's zu kalt. Hier, der Tisch ist nass!«

Der sonst so quecksilbrige Mann verfällt in langes Schweigen. Dann hebt er zwei Äste auf und hält sie, ein Kreuz bildend, gegen das Gebüsch.

»Kalter, nachtschwarzer, wandelnder Geist, kehr dahin zurück, woher du gereist, aus tiefem Wasser schlammfaulgen Grund, aus des Erdbodens bröckelnder Krum', aus höllischen Flammen oder rauschender Luft, ach, kehre zurück in deine Gruft. Gott geb deiner arm' Seel Frieden, Amen.«

Nach diesen feierlichen Worten, bei denen er sich um bestes Kanzleideutsch bemühte, murmelt er noch Beschwörungen und bricht so den Zauber, der mir bis heute das Blut gefrieren lässt.

Ein Luftzug bog die Äste der Büsche sanft und der Wald lag wieder friedlich im Mondlicht. Brausekob wies zum Gebüsch: »Da! Da! Er ist fort!«

»Ja! Bist du ein Hexenmeister?«

»Scht, sagt so wat nie! Die Hex ruft die Dämonen, der Pfarrer vertreibt die höllisch' Gesellen!« Sich die Hände reibend erhob er sich.

Ein scharfer Knall durchbrach die Stille, im Echo nachdonnernd. Und noch ein Schuss und noch einer … erschrocken fiel er auf die Bank zurück. »Herr Jesus«, rief er, »Schüss! Ha, sie haben die Sau erlegt. Da muss ich hin, damit auch in mein Pöttgen fett Fleisch schmurgelt und nit im Hui in fremde Säck' wandert.«

»Bitte, geh nicht!«, flehte ich mich an ihn klammernd.

»Bin bald zurück mit dem Herrn Vater. Macht Euch keine unnütz Sorg! Die Schatten der Nacht bringen schwarze Gedanken, die die Sonn am Morgen wieder hinweglacht. Also lasst Euch nit täuschen. Die Giftschlang im Mondlicht ist bei Tag nur ein armseligs Würmlein«, er klopfte mir auf den Rücken.

»Bitte bleib, du bekommst dann ganz viel Sauspeck!«

»Ist alles verteilt, kann selbst der Herrgott nichts geben, wenn er nit will stehlen. Nee, muss fort! Gott befohl'n, junger Herr!«

Er drückte mir den Sauspieß in die Hand und lief davon, ohne auf mein Gebrüll zu achten. Wieder war mir angst und bang in diesem verhexten Wald. Zum Schutz gegen Dämonen legte ich mit Brausekobs Ästen ein Kreuz und fühlte mich gleich wohler. Aber womöglich hatten die Wilddiebe geschossen, in deren Falle ich geraten war? Ach, diese verdammte, endlose Nacht! Ich bekreuzigte mich wegen des Fluches, faltete die Hände und betete: »Barmherziger Gott, gib, dass der Herr Papa kommt oder Brausekob oder ein Freund. Ich bitt dich von Herzen. Ich bete auch zehn Tage lang zehn Vaterunser und Ave-Maria und tue ein gutes Werk, Amen.«

200 Gebete und zehn gute Taten waren ein Opfer, das Beachtung verdiente. Doch Gottes Mühlen mahlen langsam, schrecklich langsam. Das gleichgültige Rauschen der Blätter ließ mich in meiner Einsamkeit verzweifeln. Ich fror jämmerlich. Auf den Spieß gestützt hinkte ich in die Hütte – dort war es zumindest wärmer. Hinter der Türschwelle kauerte ich nieder. Weiter hinein in die Stockfinsternis wagte ich mich nicht. Um Gespenster fernzuhalten, schlug ich die Stöcke, mit denen Brausekob den Geist gebannt hatte, im Takt aufeinander, denn Geister hassen Lärm. Plötzlich trommelte jemand mit. Ich lauschte. Der dumpfe Ton kam von draußen. Hufschlag, erst Trab, dann Schritt, der langsamer wurde. Ich spähte hinaus. Der Reiter musste schon die Abzweigung zur Hütte genommen haben. Der Pfad lag versteckt, so dass ein Fremder ihn bei Nacht kaum finden konnte. Es musste mein Vater sein! Da ich wusste, wie sehr er meinen Leichtsinn hasste, nahm ich den Spieß und blieb auf der Türschwelle sitzen. Merkwürdig, das Pferd blieb stehen. Dann wieder Hufschlag, aber unregelmäßig. Der Reiter trieb den Gaul nicht an, so dass er, wie es ihm gefiel, vor sich hin trottete. Ich stand auf und blickte zu dem schmalen, im Mondlicht undurchdringlich verschatteten Weg. Das Pferd schnaubte und kam ohne Eile auf die Lichtung. Erschrocken

hielt ich den Atem an: Die Gestalt, die vorneübergebeugt nicht auf einem Pferd, sondern einem Maultier bei jedem Tritt wie ein Betrunkener hin und her schwankte, war zwar wie mein Vater von athletischer Statur, aber das Lederwams, die roten Hosen und die hellen Haare waren mir fremd. Zehn Schritte von mir entfernt blieb das Tier stocksteif stehen. Der Mann sah wie ein Soldat aus. Das verhieß nichts Gutes – nein, es war beängstigend! Das Maultier glotzte zu mir hinüber, schien jedoch keinen Einwand gegen meine Gegenwart zu haben, denn es begann emsig Gras zu rupfen. Sein Herr rutschte nach vorne und drohte aus dem Sattel zu fallen. Gespannt wartete ich. Der Fremde richtete sich auf, stöhnte und griff sich an die Brust. Er versuchte abzusteigen, verlor aber den Halt und stürzte auf den Waldboden, wo er reglos liegen blieb, einen Fuß noch im Steigbügel. Auch als das Maultier ihm ins Gesicht schnaubte, rührte er sich nicht. Neugier, gebotene Vorsicht und Angst fochten einen harten Kampf in mir aus. Der Reiter war krank, deshalb wohl harmlos. Andererseits konnte sein Verhalten auch eine Falle sein. Raubgesindel hatte schon oft eine Notlage vorgetäuscht, um arglose Helfer umso leichter auszuplündern. Die Neugier ist jedoch gewohnt, gegen alle Bedenken zu siegen. Die Vorsicht unterlag als erste und gegen die Angst half der Spieß, mit dem ich mich an den Mann heranschlich. Seine linke Hand, die in einem ledernen Reiterhandschuh steckte, lag auf der Brust. Quer über dem Handrücken klaffte ein Riss, durch den Blut sickerte. Unter dem offenen Wams kam das weiße Hemd zum Vorschein. Es war blutdurchtränkt, ebenso das *Bandalier*, ein schön verziertes Lederband, das von der rechten Schulter quer über die Brust zur linken Hüfte führte, wo eigentlich der Degen hängen sollte. Die Degenscheide war jedoch leer. So viel Blut hatte ich nur beim Schweinschlachten gesehen. Abgestoßen und doch fasziniert betrachtete ich den Verletzten. Sein Gesicht war kalkweiß: eine leicht gebogene kräftige Nase, ein heller Knebel- und ein schmaler Schnurrbart, alles wohl proportioniert. Seine Züge wirkten eher sanft als furchterregend, obwohl eine Narbe auf der linken Wange ihm ein verwegeneres Aussehen gab. Blonde Haarsträhnen klebten schweißnass an der Stirne. Ich hob seinen Fuß aus dem Steigbügel und ließ ihn zu Boden fallen. Da er weiterschlief, kniete ich neben ihm nieder. Um den Hals trug er ein Lederband, an dem ein zylindrisches Behältnis hing, das silbern glänzte. Ich griff danach. Mein Blick wanderte zu seinem Gesicht: Eisig blaue Augen starrten mich in erschreckend feindseliger Ruhe an. Ich ließ die Kapsel fallen und wollte fliehen. Doch schon hatte er mich gepackt. Hilflos wie eine Fliege im Honigtopf zappelte ich in seinem Griff. »*Bosche muj*«, murmelte der Mann und fügte noch einige fremde Worte mit vielen »scheje«, rollenden drrsschs und trrrs hinzu. Mein verständnisloser Blick erinnerte ihn wohl daran, in Deutschland zu sein.

»*Potz Velten*«, fluchte er, »was suchst du, kleiner Käfer?« Vergeblich rang ich nach Worten. Er blickte mich mitleidig an. »Klein oder groß, hier alles Mauser und Diebsgesindel.«

Das »hier« klang wie »chier«, wobei er das »ch« tief im Hals formte, wie überhaupt das rollende R und seine Betonung, die meist auf der ersten Silbe lag, fremdartig klangen.

»Ich wollt nicht stehlen«, verteidigte ich mich.

»Hola, der kleine Mauser kann reden. Dann kannst du mir auch einen Trunk bringen.«

»Ja, aber Ihr müsst loslassen.«

»Gut, doch keinen Schritt zu viel, Käferchen, es könnt sonst ein böses End mit dir nehmen.« Er griff in seinen Stiefel und hatte im Handumdrehen einen Dolch in der Hand, den er wie einen Degen auf mich richtete. Mit einer Kopfbewegung bedeutete er mir zu gehen. Zum Aufstehen wollte ich den Spieß zu Hilfe nehmen.

»Weg mit dem Spieß!«, fuhr er mich an.

»Herr, mein Fuß tut höllisch weh«, jammerte ich.

»Spieß weg! Oder du siehst die Morgensonn nicht mehr.«

Ich rappelte mich auf. Aber trotz meiner Angst kam ich keinen Schritt weiter. Mein ganzes Elend in einer verständnislosen Welt übermannte mich. Meine Knie zitterten. Ich sank zu Boden und fing bitterlich an zu weinen. Der Fremde nahm meine Verweigerung seltsamerweise schweigend hin.

»Mit Verlaub«, presste ich endlich heraus, »ich will Euch gern zu Diensten sein, aber ich hab Angst.«

»Angst? No, no, koom her, *broutschku muj*«, lockte er mich, steckte den Dolch weg und hielt mir die Hand entgegen, »no, no, nicht weinen, koom her.« Melodiös sanfte Worte! Für ein wenig Trost hätte ich mich jetzt auch in die Fänge des Teufels in persona begeben. Ich kroch wieder in die Reichweite seines Armes. Seine breite Hand umklammerte mein Handgelenk. Ich zuckte zusammen und er lockerte den Griff. »Wenn du gehorchst, brauchst du dich nicht fürchten. Nicht weinen, no, no!« Aufmunternd klopfte er mir auf die Hand und deutete auf das Maultier: »Sieh mal da, die Rosa sieht schon zu uns herüber und vergisst sogar's Fressen, was sie doch am liebsten tut. Da, jetzt legt sie die Stirn in Falten und strengt ihr Pferdehirn an, was es wohl gibt. Na, na, Käferchen, lach wieder, der Rosa zur Freud, sonst verhungert sie.«

Das Maultier wandte uns tatsächlich den Kopf zu, geradeso als verstünde es alles. Diese unerwartete Hätschelei, die eher einem Kleinkind Freude gemacht hätte als einem Jungen meines Alters, beruhigte mich und unter kleinen Aufschluchzern lächelte ich über die Albernheiten des rauen Mannes. Wahrscheinlich war er ein guter Mensch, der nur durch widrige Umstände zu Grobheiten gezwungen war. In meiner kindlichen Vorstellung gab es nur gute oder böse Leute. Verstellung und hinterhältige Freundlichkeit waren mir noch unbekannt. Mein Misstrauen schlug deshalb sofort ins Gegenteil um, und ich glaubte nun fest, Gott habe mir den Helfer geschickt, den ich in meinem Gebet erfleht hatte.

»Seid Ihr Schwede?«, fragte ich, während ich mir die Nase mit der Hand wischte. Von den Schweden erzählte man sich die ärgsten Untaten und ich hoffte inständig, dass mein neuer Freund die Frage verneinte. Er hatte sich aber wieder zurückgelegt, die Augen geschlossen und schwieg. »Seid Ihr Kroate?«, riet ich weiter. »Herr, wer seid Ihr?«, rief ich, ihn anstoßend. Er öffnete die

Augen und blickte mich finster an. »Seid Ihr ein Schwede?«, wiederholte ich.

Er schüttelte den Kopf und packte meinen Arm. Schmerzhaft spürte ich seine Kraft, die aber schnell erlahmte: »Käferchen, du stellst mir keine Fragen!«, zischte er, »wie der Wind komm und geh ich, wann's mir beliebt, ohne dir Red und Antwort zu stehen.« Er ließ mich wieder los.

»Herr«, wisperte ich, »aber hier sagt man, wer man ist. Ich bin Christoph Salentin Sechem von Merhoffen.«

»Das ist kein Name, das ist ein Roman.« Er lächelte. »No, kleiner Junker, wann's hier so Sitte ist, beim ersten Sehen gleich die Lebenshistori' zu erzählen, will ich nicht unhöflich sein, obwohl viel Geplapper manchen dem Strick näher bringt als vornehmes Schweigen. Ich bin Jan *Lharsch* aus Nemalessemewes. Ich hoff, damit gedient zu haben und jetzt bring mir einen guten Schluck – prestissime, ohne die Blutspritz«, er deutete auf den Spieß und sah mich streng an, aber am Ende seiner Rede ging sein Atem schwer.

Dennoch war er so unberechenbar wie ein waidwundes Tier. Humpelnd holte ich die Branntweinflasche. Als ich zurückkam, saß der Reiter an einen Baumstumpf gelehnt ganz in der Nähe der Büsche, in die sich der Geist zurückgezogen hatte. Da mir diese Stelle nicht geheuer war, blieb ich einige Schritte von ihm entfernt stehen.

»Was ist?«, fragte er, sich die Stirn wischend.

»Herr, hinter Euch im Busch steckt ein Geist.«

»Ha, denkst du, mich mit solch' Märlein zu schrecken?«

»Ihr könnt's mir glauben, Herr. Der Geist heißt Schind.«

»No ja, wenn er sich so artig vorgestellt hat, wird er kaum die Unhöflichkeit besitzen, uns mitten im Gespräch zu attackieren. Und mit dem Teufel steh ich auf gutem Fuß. Hola, Herr Schind, bring Er mir ein Glas Hochheimer.«

»Oh nein, bitte, Herr. Er bringt uns auf der Stell um.«

Gebieterisch winkte er mich heran. Notgedrungen gab ich ihm die Flasche, zog mich aber sofort wieder zurück. Er trank und lehnte sich müde zurück. Die Kapsel an seinem Hals glänzte im Mondlicht.

»Du bist nicht allein?«, murmelte er.

»Nein, der Herr Vater kommt bald und Brausekob.«

»Käferchen, ich muss weiter, meinen Kamerad suchen!«

»Ach, bleibt doch, Ihr seid verletzt!«

»Werd mich schon durchhauen. Ist mein täglich Brot!«

»Wollt Ihr was essen?«

»Nein! Du bist ein gutes Kind, broutschku. Der liebe Gott behütet dich, ich kann's nicht und sag jetzt besser adio.«

Jan Harsch machte einen vergeblichen Versuch aufzustehen und ich bot ihm den Spieß als Gehstock an. Er nickte. Erfreut über das unerwartete Zutrauen hob ich den Spieß auf. Da kam mit weit ausgreifenden Schritten Brausekob zurück. Ganz außer Atem rief er: »Ist der Herr Vater da? Einer ist im Galopp an mir vorbei.«

»Nein, hier, der Herr kam«, ich deutete auf Jan Harsch.

Kritisch musterte Brausekob den »Herrn«, wobei sich ein Faltennetz über sein Gesicht spannte. Er ging auf Jan zu, der ihm gelassen entgegensah und beiläufig sein Bein anzog.

»Brausekob«, rief ich, »sei vorsichtig, der Herr ...«

»Ja, ich weiß, wie man mit solch' losen Vögeln umspringt.«

Respektvoll blieb er einen Schritt von Jan entfernt stehen. Die Hände in die Hüften gestemmt fragte er: »Wohin des Wegs, Landsknecht?« Da er keine Antwort erhielt, trat er kräftig gegen den Fuß des Reiters.

»He«, rief er, »ich hab dich wat gefragt oder haben die Leut, die dich so artig zugericht' haben, dir auch die Zung rausgeschnitten, Holunke?«

»Ich bin kein Kriegsknecht!«, behauptete Jan.

»Ha, wir Bauren riechen euch Gesindel schon meilenweit. Wer's nit gekonnt hat, fault auf'm Kirchhof. Feste Stiefel, ein Lederwams, scharlachrote Hosen und dat *Bandalier* von ne Edelmann sind die Beut' von ne Landsknecht. Und hier«, er griff nach der silbernen Kapsel Jans, »ich kenne solche Dinger. Ein Passauer

Zettel steckt drin, vielleicht die Schrift von Sankt Johannes mit Fledermausblut auf ne Hostie geschrieben? Hieb- und stichfest soll's machen. Hat wohl nichts genutzt, ha!«

Er ergriff die Kapsel, um sie abzureißen. Das Lederband war aber zu fest und der rohe Ruck riss den Oberkörper des Verwundeten nach vorne. Sofort zog dieser den Dolch, stach zu und erwischte Brausekob am Arm. Kreischend sprang der Bauer zurück.

»Hör zu, du Knollfink!« Jan hielt ihm den Dolch entgegen: »Ich will dir nicht ans Fell, deshalb lass mich! Oder du bist bald auf'm Kirchhof bei all den andern Bauerntölpeln.«

»Schindhund verfluchter«, brüllte Brausekob seinen Arm haltend, »dat büßt du! Wir Bauren haben schon viel' Reitern den Garaus gemacht. Du bist nit der Erste!«

Unvermittelt riss er mir den Sauspieß aus der Hand und stürmte auf den Verletzten los, um ihn zu durchbohren. In Todesangst warf sich Jan zur Seite. Keinen Moment zu spät! Der Spieß fuhr durch seinen Mantel tief in den Baumstumpf, gegen den er sich gelehnt hatte.

»Brausekob, lass ihn!«, schrie ich, während der Bauer an dem Spieß zerrte, um ihn aus dem Holz zu ziehen. Jan versuchte kriechend zu fliehen, woran ihn aber sein aufgespießter Mantel hinderte, der ihn am Hals würgte. Er warf sich auf den Rücken, um sich von dem Umhang zu befreien, was nicht gelang. Mit einer Hand suchte er nach dem Dolch, der ihm entglitten war. Vergeblich! Seine Bewegungen wurden matter, bis er auf Flucht und Gegenwehr verzichtete.

»Quartier«, bat er leise, aber eindringlich, »Quartier.«

»Quartier« war die Bitte eines Soldaten um Gnade, Schutz und Hilfe. Sie klang aus dem Mund des Verwundeten weder mitleiderregend noch bettelnd, sondern gottergeben wie ein letztes Gebet. Es rüttelte mich wach. Abgedankte, meist hinkende Soldaten, die in Merhoffen um Obdach nachfragten, fanden stets Hilfe. Mein Vater bezeichnete sie oft als »braver Gesell« oder gelegentlich sogar als »Kamerad«, wenn er sie über ihre Armee und ihr Fähnlein ausfragte. Keiner wurde je misshandelt. Den Rücken mir zugewandt zog Brausekopf den Spieß aus dem Holz – da warf ich mich mit aller Kraft auf ihn. Wir stürzten zu Boden. Mit einem Stoß gegen die Brust schleuderte er mich von sich. Sofort grapschte er wieder nach dem Spieß. Bevor er jedoch zustechen konnte, kauerte ich mich vor den Verletzten und breitete schützend die Arme aus.

»Fort mit dir«, befahl der Bauer rigoros, »dat Rabenaas stößt dir gleich's Messer in den Rücken.«

Mir wurde unbehaglich, trotzig blieb ich aber sitzen.

»Quartier«, bat der Mann hinter mir noch einmal.

»Ja, Quartier«, Brausekob lachte höhnisch, »ich verschaff dir Quartier in der Höll, wo du dir beim Tanz mit Düvels Großmutter die Zeit aufs Beste vertreiben kannst, verfluchter Bauernschinder, aber hier auf der Erd sagst du bald weder Gicks noch Gacks. Junkerlein, aus'm Weg!«

Er packte meinen Arm. Ich wehrte mich.

»Lass mich, wenn du dem Kameraden meines Vaters was antust, bekommst du keinen Sauspeck.«

»Ach, Speck, wenn wir tot sind, kümmert mich nichts!«

»Aber den Herrn Vater kümmert's, wenn sein Kamerad tot ist.«

»Dat ist der Kamerad vom gnädigen Herrn?« Ich nickte. Im weitesten Sinn waren alle Soldaten Kameraden meines Vaters. Mein Arm entfiel seiner Hand. »Dat ist nit wahr?«

»Doch!« Ich freute mich über die Wirkung.

Zweifelnd schüttelte er den Kopf und hob Jans Dolch auf, den er in eine leere Messerscheide an seinem Gürtel steckte. Er hockte sich nieder und betrachtete den Kameraden seines Jagdherrn so ausgiebig, als hätte er den Auftrag, ihn zu malen. Jan hatte die Augen geschlossen und rührte sich nicht.

»Wir sollten ihn in die Hütte bringen«, schlug ich vor.

»Wen? Den?« Brausekob deutete auf Jan. »Wozu? Der hat mehr unter Mond und Stern' geschlafen als unterm Dach.«

»Aber in der Kälte stirbt er«, wisperte ich, um nicht den Tod herbeizureden. Brausekob zuckte mit den Achseln und ging. »He«, rief ich ihm hinterher, »hilf mir, ihn in die Hütte zu bringen!«

Brausekob drehte sich langsam um: »Ich möcht mein' Kopp verwetten, dat der uns ausplündern und halbtot liegen lassen würd', wenn er an unserer Stell wär. Er kann's uns also kaum krumm nehmen, wenn wir's auch so halten. Dat ist heutzutag so und keiner erwartet's besser.«

»Nein«, widersprach ich, »in Merhoffen helfen wir allen. Der Herr Pfarrer predigt auch Barmherzigkeit.«

»Ja, ja, die schön' Worte«, er hob resignierend die Hände, »aber die Welt ist anders, deshalb muss die Mildtätigkeit auch immer gepredigt werden. Du hilfst ihm heut und morgen erschlägt er dich. Man muss sie wie die Pest ausrotten, damit's Fried' gibt. Dat ist bei Gott so. Und der Herr Pfarrer wird auch niemals nichts anderes sagen.«

»Er ist anders«, verteidigte ich meinen Schutzbefohlenen.

»Nee, alle sind so. Der Reiter reitet sein Pferd und den Reiter reitet der Teufel. Und der hier ist besonders blutrünstig. Kommt jetzt in die Hütt!«

Seine Worte machten Eindruck. Widerstrebend folgte ich ihm. An der Tür blickte ich mich noch einmal um. Das Maultier, die Rosa, schnupperte an ihrem Herrn. Als die Tür knarrte, wandte sie uns den Kopf zu, als bäte sie um Hilfe. Es ist nicht richtig, dachte ich, sprach das auch gleich laut aus und hinkte wieder zurück. Brausekob seufzte.

»In die Hütt kommt der nit«, sagte er in einem Ton, der mir seinen unumstößlichen Willen deutlich machte. Bockbeinig stand er vor mir, die Arme über der Brust verschränkt. Ohne ihn konnte ich den kräftigen Mann aber keinen Schritt weiterbringen. Verzweifelt sah ich mich um.

»Der Tisch!«, rief ich, »wir drehen den Tisch um, legen ihn darauf und wickeln ihn in seinen Mantelsack.«

»Mein Tisch! Nee!«, protestierte Brausekob.

»Guter Mann«, ich stemmte die rechte Faust nach Feldherrenart in die Hüfte, »mein Herr Vater wird's blutübel nehmen, wenn sein Kamerad stirbt. Also, Hütte oder Tisch!«

Das war der richtige Ton. Der Bauer schleppte das Holzgestell heran, holte den Mantelsack vom Maultier und breitete ihn über den umgedrehten Tisch. Recht grob zerrten wir den Verwundeten auf die Tischplatte, aber er stöhnte nicht einmal, da er das Bewusstsein verloren hatte. Seine Habseligkeiten aus dem Mantelsack, stopften wir in einen Futtersack aus der Hütte, obwohl Brausekob mit dem Bügeleisen und dem Tabak liebäugelte.

»Wie heißt der Kamerad des Herrn?«, fragte Brausekob, nachdem er die Rosa hinter der Hütte angebunden hatte.

»Jan Harsch und er kommt von weit her.«

»Fein«, lachend zog er sein Gesicht in tausend Falten, »Jan Arsch von Nirgendwo. Seltsamer Kamerad des gnädigen Herrn! Na, der bleibt mir wohl vom Leib bis zum Jüngsten Tag. Gut Nacht, Jan Arsch! Wünsch ne himmlische Ruh, bevor du zur Höll fährst!«

Übertrieben tief verbeugte er sich vor dem Ohnmächtigen, um mit seinem Spott gegen den Hilflosen mich zu treffen. Seine Falschheit erfühlte ich mehr, als dass ich sie verstand. Sie stieß mich aber so ab, dass ich die Hütte keinesfalls mit diesem Grobian teilen wollte, was Brausekob nun ganz und gar nicht passte. Nachdem jedoch selbst sein letzter Trumpf – nämlich der Geist, vor dem ich mich maßlos fürchtete – nicht stach, knallte er die Hüttentür zu. Einmal kam er noch heraus und legte mir eine Decke auf die Schultern. Bald darauf hörte ich sein Schnarchen, das wie das Ächzen eines alten Gauls am Berg klang. Zum Schutz vor dem Geist zog ich mit einem Stock einen Kreis um den Kranken und ritzte in alle Himmelsrichtungen Kreuze in den Boden. Tausende Sterne standen über mir – wie Diamanten auf einem nachtblauen Tuch ausgebreitet, so unendlich weit entfernt und doch mit ihrem bescheidenen Glanz meinem Herzen so tröstend nahe. Ich verstand nun den Spruch: Der Mond ist für die Welt, aber die Sterne sind für die Seele. Das erdenentrückte hoheitsvolle Funkeln betrachtend, vergaß ich den schmerzenden Fuß, den Schind, mein kaltes Nachtlager. Ich griff nach der Hand des Verletzten, die angenehm warm war. Dann strich ich ihm über die Stirn, wie es oft meine Amme und meine Mutter bei mir taten, wenn ich krank war. Er stöhnte, schlug die Augen auf und bewegte die Lippen. Frierend klapperte ich mit den Zähnen.

»Geh in die Hütt, broutschku«, glaubte ich zu verstehen.

»Nein, heut Nacht bleibe ich bei euch.«

Er legte seine Hand auf meinen Arm und ich kroch zu ihm unter die Decke. Warm und geborgen schlief ich ein.

Die Strahlen der Morgensonne brachen durch die Wolken, als ich erwachte. Eine Welle des Lichts ließ das stumpfe Grün der Blätter zu einem leuchtenden Smaragdgrün werden und schmeichelte selbst den knorrigsten Ästen ein warmes Braun ab. Vogelgezwitscher begleitete das harte Klopfen eines Spechts. Die friedvolle Stimmung, die wärmende Helle, die schützenden Äste der Bäume über mir und das Glück, die Dunkelheit überwunden zu haben, um den Morgen erleben zu dürfen, schenkten mir eine dankbare Freude.

Ich wollte meine Hände zum Gebet falten, was mir gegen den Widerstand der enganliegenden Decke nicht gelang. Ich blickte zur Seite – auf die blutige Brust des Jan Harsch. Obwohl der Morgen die Nachtgespenster so unwirklich wie einen bösen Traum erscheinen ließ, drangen mir die finsteren Erlebnisse blitzartig in Herz und Sinn. Der idyllische Ort verlor seinen Glanz. Graue Äste mit welken Blättern umgaben mich, totenknochengleich. Ein Windhauch berührte mein Gesicht, aber die Luft rieselte so frostkalt wie in der Nacht durch meinen Leib. Womöglich lag ich neben einer Leiche. Lauthals nach Brausekob brüllend, kämpfte ich mit der wilden Kraft des Verzweifelten gegen das Jan und mich umhüllende Tuch. Kaum stand ich neben dem leblosen Mann, flüchtete ich wie von Hunden gehetzt in die Hütte. Sie war leer. Nur ein schrumpeliger Apfel, der mich an Brausekobs Gesicht erinnerte, lag auf dem Tisch. Ich biss in den Apfel. Er schmeckte bitter. Vielleicht war er verhext? Es hätte mich nicht verwundert, wenn er sich in Brausekobs Schädel verwandelt hätte. Ohne Zweifel lag auf diesem Ort ein böser Zauber. Hinter seinem freundlichen Gesicht zeigte sich die Fratze eines unbegreiflichen Totengrinsen, das für alles Lebendige eine Gefahr für Leib und Seele war. Mühsam zog ich meinen zweiten Stiefel an und verließ die Hütte. Draußen suchte ich das Maultier. Es war weg. Wie die Hufspuren zeigten, war Brausekob damit schnurgerade nach Friesdorf geritten. Ich folgte seiner Fährte, weil mir vor der Lichtung grauste, wo der Tote lag. Gleichgültig wie ein müdes Kutschenpferd hinkte ich durch den Wald. Auf einem moosbewachsenen Felsblock ruhte ich aus. Da hörte ich Hufschlag. Rettung! Doch nun packte mich die Angst vor neuem Unheil. Ich versteckte mich hinter einem Baum. Ein Reiter galoppierte, Erde zur Seite spritzend, auf mich zu. Erst als er nur noch wenige Galoppsprünge von mir entfernt war, erkannte ich meinen Vater. Ihm winkend schrie ich meine Freude heraus.

»Gottlob und Dank«, er sprang vom Pferd und presste mich an sich. Meine Tränen der Erleichterung wischte ich heimlich weg, denn Kindergeplärr war ihm verhasst. Aber seinen wässrigen Augen las ich ab, wie nahe auch ihm unser Wiedersehen ging. »Gott sei gelobt«, wiederholte er, »bist du heil? Dieser Brausekob schwatzte so wirres Zeug. Ein Geist oder ein Kriegsknecht habe dich erwürgt. Heute morgen wärst du, neben einem Toten, blass wie eine Leich gelegen. Gütiger Gott, was ist geschehen?«

Auf dem Felsblock sitzend hörte er sich meine Geschichte an. Sofort wollte er zur Hütte, um dem Verletzten zu helfen, wogegen ich mich wegen des Schindgeists heftig wehrte.

»Am Tag gibt's keine Geister!«, hielt er mir entgegen.

»Aber der Ort ist verhext. Hinter einem schönen Bild zeigt sich immer wieder ein Totenskelett.«

»Dass du das in deiner Jugend siehst, verwundert mich«, sagte er leise, mehr zu sich als zu mir. Ich sah ihn fragend an und er fuhr fort: »Ich meine, das schöne Bild, hinter dem der Tod hervorgrinst! Christoph, dieses Bild, es gehört zum Leben. Hinter einer gelben Tulpe, einer halb geöffneten roten Rose steht die braune Farbe ihres Abwelkens. Sie kommt schnell zum Vorschein, wenn wir sie gepflückt haben. Deshalb umgeben wir die Toten mit geschnittenen Blumen als Zeichen der kurzen Schönheit des Lebendigen, dem der Tod gleich mitgegeben ist. In jedem von uns steckt das Skelett des Sensenmannes! Jederzeit kann es die Oberhand gewinnen. Wie Schnee im Frühling zerschmilzt das Leben und du stehst vor deinem Richter. Da wird dir die Rechnung deiner Taten präsentiert, deren Summe über dein ewiges Leben entscheidet. Deshalb: Nimm dir von dem Schönen, Vordergründigen, so viel du magst, aber sieh zu, dass dein Handeln in jedem Momento Bestand vor dem Allerhöchsten hat.«

»Ja, sonst komm ich in die Höll«, warf ich ein.

»Unser Erdendasein ist ein Pilgerweg zum Paradies oder zur Hölle. Hier wird die Spreu vom Weizen getrennt. Und damit wir nicht unter die Spreu fallen, reiten wir jetzt zur Hütte. Uns kostet's nicht das Leben, aber ihn, wenn wir nichts tun.«

Schneller als mir lieb war erreichten wir die Lichtung. Der Anblick des unförmigen Bündels in der grauen Decke, zu dessen Füßen die groben Tischbeine in die Höhe ragten, versetzte mir einen Stich ins Herz. Gnadenlos ließ mich mein Vater auf den Boden gleiten, bevor er selbst abstieg und mir die Zügel in die Hand drückte. Neben dem Bündel kniete er nieder. Ich sah den hellen Haarschopf, den Arm mit der behandschuhten Hand und wandte mich ab. Zu oft hatte ich schon in die wächsernen Totengesichter gesehen, die so teilnahmslos abweisend waren wie bei keinem Lebenden. Mein Vater rief mich zu sich. Jans Gesicht war keineswegs totenblass.

»Er lebt?«, flüsterte ich, während ich niederkniete.

»Ja, er lebt. Das nächste Mal sieh dir die Leut an, bevor du sie zur Erd bestatten willst. Ich geb zwar keinen roten Heller für sein Leben, aber sehen wir, wie groß das Loch ist.«

Er holte aus seinem Mantelsack eine Flasche und goss Wein auf Blutverkrustetes, das sich von Jans Hüfte bis zur Mitte des linken Brustkorbes zog. Behutsam wischte er das angetrocknete Blut weg. Der Ekel stieg mir in den Hals.

»Hola, das ist's«, rief er und deutete auf eine dunkle Vertiefung, »eine Kugel hat ihn gestreift und Fleisch weggerissen.«

Ich kämpfte gegen eine aufsteigende Übelkeit und kroch zur Seite.

»Bleib!«, befahl er schroff, doch dann wurde sein Ton versöhnlicher: »Christoph, das hier ist gewiss keine Aufgab für einen Edelmann. Aber wir sind nun mal auf uns gestellt. Zum Glück müssen wir kein Bein absägen. Im Krieg hat mir ein Wundarzt gesagt, Branntwein ins Maul, Branntwein auf die Wunde und lustig gesägt und jetzt hilf!«

Er schmierte etwas »Oleum bapolium«, das ist Pappelöl, auf die Wundstelle und wir verbanden Jan.

»Wird er wieder heil?«, fragte ich.

»Die Wunde sieht gut aus, aber das Fieber setzt ihm zu.«

»Können wir gegen das Fieber etwas tun?«

»Ja! Kühlen, damit die Lebenssäfte in Harmonie kommen.«

»Dann machen wir das!«

»Du wolltest ihn doch dem lieben Gott überlassen«, er lachte, aber das Lachen blieb ihm im Halse stecken.

Hufgetrappel, als würde ein wilder Reiter sein Pferd über Stock und Stein jagen, schreckte uns auf. Hilfesuchend stürzte ich zu meinen Vater, der auf dem Boden kniete und Jan in den Armen hielt. Wir starrten in Richtung des Weges. Ein gesattelter Rappe sprengte heran. Das reiterlose Pferd wieherte und blieb stehen. Mein Vater stand auf und ging auf das Tier zu.

»Nein«, rief ich, »nicht anfassen, es ist verhext!«

Er hörte nicht auf mich. Besänftigende Worte murmelnd, ergriff er die Zügel.

»Es ist verzaubert, Herr Vater«, wiederholte ich, »hier ist alles verflucht!«

Er führte das unwillig schnaubende Ross zur Hütte, wo er es neben seinem Braunen anband. Dann hob er Jan auf. Der Kopf des Bewusstlosen hing überstreckt nach hinten, der Arm baumelte wie ein Glockenschwengel hin und her. In der Hütte legte er ihn auf das Bett. Mit Quellwasser kühlte ich den Kopf des Kranken.

»Woher der Rappe wohl kommt?«, sinnierte mein Vater, als wir später vor der Hütte in der Sonne saßen.

»Vielleicht gehört er dem Mann, den Jan suchen wollte.«

Mein Vater stand auf und gab dem zugelaufenen Pferd Hafer, den es dankbar annahm. Dann schwang er sich in den Sattel. Das Ross stieg, bockte und schoss davon. Es jagte zum Weg, kam aber in Bocksprüngen wieder zurück und schlug so heftig aus, dass mir der Dreck ins Gesicht spritzte. Als ich die Augen öffnete, hatte es seinen Reiter abgeworfen. Der Rappe versuchte durch das Unterholz zu brechen, hetzte aber dann um den abgeworfenen Reiter im Kreis herum, bis er schließlich zitternd stehen blieb. Mein Vater stand auf. Er beruhigte das Tier mit Hafer und stieg, trotz meines Jammergeschreis, erneut auf. Der Gaul war nun zu matt, um noch hartnäckig Widerstand zu leisten und ließ sich schließlich willig festbinden. Während wir uns vor der Hütte ausruhten, kam Hennes geritten. Seine Freude, mich lebendig zu sehen, presste ihm aufrichtige Tränen ab. Er übernahm die Krankenwache. So konnte ich endlich den verfluchten Ort verlassen. Ich ritt Hennes' Pferd und mein Vater führte den Rappen am Zügel. An einer Weggabelung schimmerte die Feder eines Hutes rot durch das Grün. Ich rutschte aus dem Sattel und holte den Männerhut.

»Der ist von Jan. Er hatte keinen Hut«, rief ich.

»Ja«, brummte mein Vater, »hier war also der Überfall.«

»Aber an Kreuzwegen sind doch Dämonen. Der Geist …«

»… könnte geschossen haben?«, vollendete er meinen Satz. »Nein, gewiss nicht, es war Menschenhand – aus Habgier oder Rache oder beidem.«

»Ist Euch Jan schon einmal begegnet?«, fragte ich, mich wieder in den Sattel schwingend.

»Nein!« Abrupt drehte er sich mir zu. »Die Mär von dem Kriegskameraden, die dieser Brausekob herumerzählt, hast du wohl aufgebracht?« Ich nickte schuldbewusst. »Was?«, herrschte er mich an, »und wenn der ein Strauchdieb ist? Mit solchen Freunden ist keine Ehr einzulegen.«

»Herr Papa, ich tat's nur, weil der Brausekob den Jan sonst mit dem Spieß erstochen hätte, nur deshalb sagte ich das von der Kameradschaft. So war es, ich schwör's.«

»Gut«, versetzte er verblüffend verständnisvoll, »ab jetzt hüte deine Zunge! Lügen sind schwere Sünden und es ist schändlich, wenn ein Edelmann beim Lügen ertappt wird.«

Bedrückt nickend fragte ich: »Sollten wir nicht den Brausekob zwingen, alles zu widerrufen?«

»Zu spät!«, rief er mir über die Schulter zu, »wenn ein Gerücht einmal in der Welt ist, lebt es, selbst dann, wenn der Urheber es für tot erklärt.«

Thierry und zwei Knechte wurden mit einem Wagen zur Jagdhütte geschickt, um den Verwundeten zu holen. Das Maultier, das Brausekob meinem Vater übergeben hatte, um nichts mehr von dem verfluchten Kriegsknecht zu besitzen, zog den Karren. Mein Vater und ich blieben bei dem Bauern, der uns den Wagen überlassen hatte. Ich erhielt eine Schüssel Hirsemus, über das ich mich mit Heißhunger hermachte, wobei mich zwei kleine Kinder anstarrten. Ich kannte die Blicke der Bauern, die jedem, der nicht zur Dorfgemeinschaft gehörte, in argwöhnischer Neugier nachgingen. Beim Essen war ich bisher jedoch noch nie so ausgiebig beäugt worden. Während ich die Schüssel auskratzte, steckte ich den beiden die Zunge heraus. Das Mädchen im Hemd neigte den Kopf zur Seite, ohne den Daumen aus dem Mund zu nehmen. Der Junge sah mich gespannt an, wohl in der Hoffnung, ich würde noch weitere Attraktionen bieten. Ich seufzte. Die Blödigkeit dieser Bauernkinder war kaum noch zu überbieten. Die Hausmutter bemerkte mein Unbehagen und rief ihre Kinder. Der Junge flüchtete auf den Dachboden und das Mädchen spielte nun beim Herdfeuer mit einem Holzscheit. Der Hausvater, Gierhart Kerris, stellte zwei Becher Bier vor uns hin.

»Gierhart, setz dich!«, forderte mein Vater ihn auf, »könntest du, mir zu Gefallen, vielleicht den Verletzten vom Lüfthildisholz aufnehmen? Für diesen Christendienst will ich dich auch gut entlohnen.« Kerris rieb sich nachdenklich die Stirn. Nur das Prasseln des Feuers war noch zu hören. »Bedenke, dass du mich schon jetzt um Herabsetzung der Pacht gebeten hast«, drängte mein Vater.

»Oh, Herr«, der Bauer sackte in sich zusammen.

»Na? Was gibt's da noch zu überlegen?«

»Viel, Herr, viel«, war die gedehnte Antwort, »ich würd's Euch danken, wenn Ihr mich nit dazu zwingen wollt'.«

»Ist's denn so eine Beschwer, den Mann zu pflegen für einen Sack Sorgen weniger ums liebe Brot?«

»Nee, nur kann ich nit für sein Leben eintreten.«

»Wenn er stirbt, mache ich dir keine Vorwürf.«

»Dat ist's nit allein!«

»Was dann?«, drängte mein Vater ärgerlich.

»Dieser Verletzte ist ein Kriegsknecht«, behauptete Gierhart. Mein Vater zuckte gleichgültig mit den Achseln. »Ja, Soldaten sind hier übel angesehen, weil die Lothringer bei uns bös gehaust haben. Mein Jüngstes ist krepiert, weil wir im kalten Wald ausharren mussten, bis die Teufel fort sind. Dann war alles verbrannt und zerschlagen. Drei sind ermordet. Der Gertgin wurd' Gewalt angetan. Die ist bis heut sonderbar ...«

»Gierhart«, unterbrach ihn mein Vater, »jetzt ist Frieden! Recht, nicht Rache soll regieren!«

»Ja, gnädiger Herr, als Christenmensch soll man vergeben. Ich tu's auch. Doch so denkt nit jeder. Wenn ich den Kriegsknecht nehm, spucken die Leut vor mir aus. Sie löschen mein Herdfeuer als Zeichen, dat ich ein unordentliches Haus führ. Sie schaufeln vor meiner Haustür ein' Graben, der jede Nacht tiefer wird, so lang bis der Mann aus'm Haus ist. Der Nachbar leiht mir den

Ochs' nit mehr zum Pflügen. Ach, ein Reicher mag's überstehen, aber nit ich.«

»Wird's denn so übel aufgenommen, wenn man dem Beispiel des guten Samariters folgt?«, fragte mein Vater, sich noch einmal Bier einschenkend.

»Mit so'n Kranken ja, zumal ...«, Kerris stockte.

»Zumal ...? Herr Gott, Gierhart, so mach's Maul auf!«

»Ach«, seufzte der, »mit Verlaub, der Verletzte war beim Überfall der Lothringer im Herbst auf unser Dorf dabei.«

»Wer sagt das?«

»Die Merg, die Tochter vom Hermann Pleiß. Die hat sich beim Überfall versteckt und sah den blonden Reiter und wie der gestern hier beim Schmied war, hat sie ihn erkannt.«

»Er war also bei den Lothringern?«

»Ja, Herr, aber die Leut reden viel. Sie sagen auch, dat der blonde Reiter Euer Freund ist.«

»Dummes Geschwätz, ich war nie bei den Lothringern.«

»Der ist also nit Euer Kamerad? Herr, nehmt's nit krumm, aber jetzt wünscht' ich, der Brausekob hätt' den Hund erstochen. Sackertürken, am besten legt man dem Rabenaas gleich den Kopp vorn Hintern, wat noch barmherzig ist!«

»Gierhart, die Merg kann sich doch geirrt haben!«

Gierhart Kerris senkte den Kopf. Seine Frau trat hinter ihn.

»Bitte«, flehte er, »verlangt nit, den Mann zu pflegen.«

»Gut, ich suche ein anderes Quartier.«

»Danke«, ehrerbietig neigte Kerris das Haupt, »ich tu auch alles, um die Pacht zu *Michaelis* zu erbringen, doch dat Wetter hat jetzt schon arge Schäd' angericht'. Die Leut sind hitzig und streiten viel. Jetzt ist der Aufruhr noch gewachsen, wegen dem Landsknecht. Leut aus'm Dorf sind wohl in der Nacht über die Reiter hergefallen.«

»Weißt du, wer's war?«, fragte mein Vater scharf.

»Nein«, sagte der Bauer gleichmütig, doch sein Blick verriet selbst mir, dass er mehr wusste. Zum Abschied legte mein Vater eine 2-Albus-Münze auf den Tisch – eine üppige Bezahlung für die magere Bewirtung und den klapprigen Wagen, den er uns geliehen hatte. Kerris dankte auch überschwänglich. Als wir schon draußen waren, kam er noch einmal hinter uns her und riet, den Verletzten nicht ins Dorf zu bringen.

Nach dem ärmsten Pächter suchte mein Vater nun seinen reichsten auf. Dieser lebte in einem großen, einstöckigen Fachwerkhaus mit anmutigem Schnitzwerk. Auf dem Querbalken über der Tür stand neben dem Namen des Erbauers und der Jahreszahl 1598 »An Gottes Segen ist alles gelegen«. Der Hausherr Jakob Wolstorff, ein untersetzter Mann und bis auf einen Haarkranz schon kahlköpfig, begrüßte uns herzlich. Die Hausfrau und eine Magd knicksten ehrerbietig. Als wir eintraten, fiel mein Blick gleich auf einen mannshohen Küchenkamin, in dem ein Kupferkessel hing. Auf den vielen Regalen, die in Türhöhe begannen, waren nur drei Zinnteller und zwei Becher zur Schau gestellt. Vor dem Kamin stand ein riesiger Esstisch. Schinken und Würste hingen an Haken von der Decke. Meine bewundernden Blicke, die vor allem den Würsten galten, bemerkte Wolstorff und er meinte stolz, sein Haus könne durchaus mit dem eines Kaufmanns verglichen werden. Neben dem Kamin führten zwei Stufen in die Stube, in der das Himmelbett der Eheleute prunkte und eine weitere Feuerstelle das Gemach wärmte. Ein Säugling schlief in einer Wiege. Wir setzten uns zum Feuer. Die Magd brachte meinem Vater einen mit Wein gefüllten Pokal, während ich einen Becher Bier erhielt. Auch Jakob Wolstorff wusste alles über den Kriegsknecht, Merg und den nächtlichen Überfall. Die Bitte meines Vaters, uns für eine Nacht Obdach zu gewähren, ließ auch ihn stutzen.

»Also, auch für den Kriegsknecht?« Irritiert fuhr er sich mit der Hand über den kahlen Kopf bis zu dem sich über den Kragen ringelnden Haar. Müde ins Feuer starrend nickte mein Vater. »Ja, Herr«, seufzte Wolstorff, »Ihr seid mir stets willkommen. Gott geb's, dass alles gut geht.«

Die Wärme, das starke Bier lockerten meine Glieder, wohlige Müdigkeit umfing mich. Ich rutschte von meinem Schemel auf den Boden und schlummerte vor dem Feuer ein. Die sanft dahingleitende Kutsche, in die mich der Schlaf gesetzt hatte, holperte über knotige Wurzeln. Laute Rufe, Durcheinandergerede und Flüche trieben mich gewaltsam in die Wirklichkeit zurück. Schlaftrunken wankte ich aus der Stube in die Diele und wäre fast die zwei Stufen hinuntergefallen. Das Gesinde des Pächters und auch unsere Knechte hatten sich eingefunden. Thierry saß auf einem der Kornsäcke, die an der Eingangstür standen, und blutete aus der Nase, während Hennes sich auf einer Truhe niedergelassen hatte und sich den Oberschenkel hielt. Sein rechtes Hosenbein war blutbefleckt. Jan Harsch lag schlafend vor dem riesigen Küchenkamin auf dem Boden. Von draußen drangen Lärm und vielstimmige Drohrufe herein. Fackelschein fiel durch die Fensterläden und etwas prallte gegen die Haustür. Im Haus dagegen herrschte eine Stille wie bei einer Versammlung von Heiligenfiguren in der Kirche. Die Magd Marie, ein knochiges Mädchen, schleppte eine Liege herbei und bat, den Verwundeten darauf zu betten.

»Ich hab den Hurensohn schon genug rumgeschleppt!«, brüllte einer der Knechte los, »am End musst' ich den Vogel noch vor meinen Freunden schützen. Wozu ein Bett? Ich schlaf mein Lebtag auf Stroh im Stall!«

Da sich keine Hand regte, stand Hennes auf – aschgrau im Gesicht. Mit müden Schritten ging er zu dem Verletzten und versuchte vergeblich ihn hochzuheben.

»Theiß, Barthel«, Marie wandte sich, die Hände in die Hüften gestemmt, an die Hausknechte, »pfui! Seit wann verweigert ihr dem Hausvater den Gehorsam?«

Theiß kratzte sich hinter dem Ohr: »Dienste, für die man nur Prügel kriegt, müssen wohl überlegt werden.« Er grinste: »Ich hab's mir überlegt. Barthel, heb ihn auf!«

Alles lachte. Eine zum Hof führende Tür öffnete sich und die Hausfrau kam herein. Streng ordnete sie an, Jan auf das Bett zu legen und mit Fackeln in den Hof zu kommen. Ein Schlag gegen die Haustür und lautes Stimmengewirr von draußen zeigten jedem den Ernst der Lage an. Ohne Murren wurde alles in Windeseile ausgeführt.

Im Hof sprach mein Vater mit seinem Pächter.

»Also, nach vorn! Wir brauchen Spieße, um sie uns vom Leib zu halten«, sinnierte mein Vater.

»Mit Verlaub«, mischte sich die Hausfrau ins Gespräch, »ich hab große Sorg, wenn Ihr vors Tor geht. Die Leut sind so wild – vom Fenster aus kann man doch auch sprechen.«

»Nein«, mein Vater schmunzelte nachsichtig, »von dort verjagen sie uns mit Steinwürfen. Wenn die Menge erst ihre Macht spürt, kann's leicht das Leben kosten. Frau Katharina, die Überraschung hat in manchem kriegerischen Treffen den Feind eher bezwungen als Kanonen. Deshalb wollen wir ihnen zunächst nur mit Fackeln entgegentreten.«

»Ihr seid tollkühn!«, entfuhr es ihr.

»Er ist ja nit allein, ich gehe mit«, sagte Wolstorff markig.

Sie stieß einen Schreckensschrei aus und Wolstorff zog sie tröstend an sich. Alle Knechte kamen nun in den Hof, jeder mit zwei Kienspänen, die angesteckt wurden. Als das Tor aufgestoßen wurde, schwoll der Lärm beängstigend an. Der Hütejunge warf die Fackeln weg und flüchtete. Ich griff sie mir und trat neben meinen Vater vor das Tor. Was ich sah, erschreckte mich zutiefst. Fackeln und Laternen erhellten unzählige Köpfe, über die Dreschflegel, Mistgabeln und sogar Flinten hinausstakten. Die Meute skandierte im Chor: »Gebt den Mordbruder raus, Mohordbruder …!«

Die Lautesten begannen die Haustür mit Hacken zu bearbeiten.

»Wo sind die Spieße?«, raunte mein Vater nach hinten. »Holt Spieße, schnell, sonst sind wir verloren!«

Hennes hörte die Aufforderung und lief los. Erstaunte Stille folgte, als die Bauern uns hell erleuchtet in feierlichem Schweigen stehen sahen.

»Freunde, wat soll der Lärm?«, rief Wolstorff, »wir hören euch gern an. Kommt, aber ohne Waffen!«

Vier Männer, mit Beilen und Dreschflegel bewaffnet, stürmten auf uns zu. Thierry stieß mich beiseite und hielt, wieselschnell die Richtung ändernd, den Angreifern eine Mistgabel entgegen. Wir anderen streckten unsere Fackeln nach vorn, so als wollten wir Wölfe verscheuchen. Der entschlossene Gegenangriff ließ die Bauern zurückweichen.

»Wenn wir in guter Ordnung reden, stecke ich den Degen weg«, rief mein Vater in die plötzlich atemlose Stille. Einer erhob dennoch sein Beil gegen Wolstorff. Im Handumdrehen zog ihm mein Vater den Degen über die Hand und setzte ihm die Spitze auf die Brust. Die Rädelsführer erstarrten und einer rief den hinten Stehenden zu, ruhig zu sein.

»Die Waffen weg!«, herrschte mein Vater die Bauern an. Zögernd fielen die Beile und Dreschflegel der vorderen Reihen. »Was wollt ihr?«

»Dat wisst Ihr doch«, grölte einer, »wir wollen den Galgenvogel. Er hat drei von uns totgeschlagen und unsere Häuser angezünd't.«

Jeder nickte. Alle warteten gespannt auf eine Antwort.

»Wer behauptet das?«, erwiderte mein Vater.

»Meine Tochter Merg«, antwortete der Schreier sein Hütlein ziehend, »Hermann Pleiß.«

»Hermann Pleiß!« Mein Vater sprach so laut, dass ihn jeder hören konnte. »Ich stehe nur einem Hilflosen bei, der sich wohl bald vor Gott verantworten muss.«

»Ha«, brüllte Pleiß, »Ihr lasst ihn laufen. Er ist Euer Freund, den ihr nit in den sicheren Tod schickt. Raus mit ihm!«

Mein Vater schüttelte den Kopf: »Warum wollt ihr euch mit dem Halbtoten abmühen? Wenn er stirbt, kostet das so manchen hier den Kopf, schon wegen des Aufruhrs.«

Einige verstanden die Drohung und wichen zurück, die meisten aber wandten sich Pleiß zu.

»Herr«, Pleiß richtete sich stolz auf, »wir wollen den, weil wir Bauern sonst wieder betrogen wer'n. Der Überfall vor ein' Jahr war unsere Sach! Niemand hat's gekümmert. Jetzt, wo wir den Schuldigen gefangen haben, ist's nit mehr unsere Sach? Jetzt will die Obrigkeit ihn laufen lassen. Ja, die Mordbrenner schützt sie und die Bauern lässt sie abschlachten wie Säu! Raus mit ihm und er kriegt die Gerechtigkeit, die er redlich verdient hat!« Er schrie »Gerächtigkeit« wie einen Racheruf mit ganzer Lungenkraft heraus, wozu viele »joho« riefen und Mistgabeln in die Höhe streckten.

»Pleiß, für die freche Red allein kannst du in Ketten gelegt werden«, zischelte mein Vater dem Aufrührer zu.

Es kehrte wieder Ruhe ein. Doch die Lunte des Pulverfasses brannte erneut. Mein Vater senkte den Kopf, hob ihn aber gleich wieder.

»Pleiß, du irrst«, rief er laut, »gefangen habe ich ihn! Liebe Leut, eure Not nach dem Überfall der Soldaten kenne ich, deshalb überließ ich euch Bau- und Brennholz aus meinem Busch. Und der Kurfürst? Ja, der Kurfürst hat in der traurigen Zeit alles getan, um uns vor dem Krieg zu bewahren. Lauft ins Bayernland! Seht euch die Wüstungen in der Pfalz an! Dann könnt ihr ermessen, wie gut die Obrigkeit sich hier um euch sorgt. *Item*, ihr wollt Gerechtigkeit? Ja, zur Höll mit Gewalt und den Rechtsbrüch' des Kriegs. Jetzt wollen wir zur Ehr Gottes nach gutem Recht und Gesetz leben. Nur ein vom Hochgericht Verurteilter darf hingerichtet werden, so will's das Gesetz und so will's Gott. Wenn ihr darwider handelt und duldet, dass der Kriegsknecht ohne gottgefälliges Urteil erschlagen wird, so wird der Allmächtige euer ganzes sündiges Dorf verdammen. Deshalb überlasst den Mann dem Amtmann. Geht nach Hause!«

Obwohl nicht jeder begriff, was mein Vater sagte, so machte doch die Kompliziertheit der Sache, die schließlich in die göttliche Verdammnis führte, Eindruck. Keiner sprach ein Wort – bis auf einen.

»Wenn der Kriegsknecht fort ist, können wir fordern, wat wir wollen«, rief Pleiß, »und der Amtmann? Ha, unsere Toten verlangen's von u n s, ihn zu richten. Unser Hunger und unsere Not verlangen's. Der Allmächtige hat uns den Vogel geschenkt und keiner darf ihn jetzt leichtfertig fliegen lassen. Deshalb müssen wir dat Urteil sprechen! Gottgefällig!«

Diese eingängige Rede erntete laute Beifallrufe, die das Klappern der Dreschflegel begleitete.

»Freunde!« Wolstorff versuchte die Schreier zu übertönen. »Freunde, beim Sakrament, hört mich an! Hört! Herr von Merhoffen kommt hier nur mit Waffengewalt raus. Und wenn Blut fließt, wird der Amtmann die Vorfäll haarklein untersuchen, und da verliert mancher hier den Kopp. Deshalb schlag ich euch wat vor.«

Wenigstens die letzten beiden Sätze erreichten die Ohren aller. Die folgende Ruhe verblüffte wohl auch Wolstorff, da er sich aufgeregt räusperte, bevor er rief: »Freunde, lasst uns die Vorwürf gegen den Kriegsknecht selbst prüfen. Wir sind kein Hochgericht, dürfen also kein Urteil sprechen. Aber wir können feststellen, ob der Mann beim Mörderpack war. Deshalb sollen drei Schöffen der Bauernbank und der Schreiber in mein Haus kommen. Die Merg und all die, die zur Sach wat zu sagen wissen, sollen sich im Hof einfinden. So erfahren wir, ob der blonde Reiter wahrhaftig einer von den Mordbrennern ist.«

»Und wenn er's ist, wat dann?«, schrie einer.

»Wir werden alles niederschreiben, auch schreiben, dat Herr von Merhoffen sich selbsten verpflicht', den Mann ans Gericht auszuliefern und dann lassen wir ihn ohne Blutvergießen ziehen. Wenn ihr aber auf dem blindwütigen Rumor beharrt, bringt ihr euch vors Hochgericht und ums Seelenheil. Dat ist dat Rabenaas nit wert. Überlegt's euch! Klopft dreimal ans Tor und ich lass einen ein.«

Pleiß protestierte. Ein Weißhaariger brüllte ihn an, endlich das Maul zu halten, woraufhin Pleiß sich auf ihn stürzte. Wir nutzten das Durcheinander zum Rückzug. Kurz bevor das Tor zugeschlagen wurde, schlüpfte mein Vater herein. Anerkennend klopfte er Wolstorff auf die Schulter.

»Das Wagstück ist gelungen, aber es war knapp, grausam knapp«, seufzte er, »ich hoffe, sie halten jetzt Ruh.«

»Sie haben sich müd gebrüllt«, meinte der Pächter optimistisch.

Mein Vater lehnte sich gegen den Brunnen, auf dessen Rand jemand eine Laterne abgestellt hatte. Er legte die Hand auf meinen Nacken: »Du warst mutig, Christoph!«

»Herr Papa, hattet Ihr Angst?«, platzte ich mit dem heraus, was mich am meisten beschäftigte.

»Dafür war wenig Zeit. Ich wusste nur: In Gefahr und großer Not ist der Mittelweg der Tod. Hattest du Angst?«

»Nein, wenn Ihr da seid nie, Herr Papa.«

»So denkt wohl mancher.« Er lachte grimmig. »Aber das macht's für mich kaum leichter.«

Seine Augen waren müde. Um den Mund herum hatten sich die Falten tief eingegraben. Johlen drang von draußen in den Hof. Er deutete zum Tor: »Was wohl die Hühner da ausbrüten? Zum Glück wissen Hühner nie, wann ihnen der dumme Kopf abgehackt wird und so leben sie fröhlich.«

Auf die drei Schläge gegen das Tor warteten wir lange. Thierry und Theiß öffneten. Ein Mann trat ein. Er verneigte sich vor meinem Vater und Wolstorff.

»Hans Thöniß, Schöffe und Vertreter des Dorfvogts«, stellte er sich vor. Das weiße Haar und sein sicheres Auftreten nötigten meinem Vater ein höfliches Nicken ab. »Wir nehmen den Vorschlag an – mit einer Abweichung.«

»Die wäre?«, fragte mein Vater.

»Auch der Umstand soll kommen und zuhören.«

Die Bauernbank oder die Umstehenden bei Gerichtsverhandlungen wurden Umstand genannt; dieser umfasste alle Männer des Dorfes.

»Gott behüte, nein!«, stöhnte Wolstorff entsetzt auf und mein Vater fügte hinzu: »Die Befragung ist eine *Inquisitio*, bei der stets nur Amtsleut anwesend sind.«

»Aber alle wollen sehen, ob's mit rechten Dingen zugeht«, widersprach Thöniß.

»Ha, was maßt sich der Pöbel an?«, brauste mein Vater auf.

»Ich bitt herzlich um Vergebung, Herr«, beschwichtigte der Schöffe, »aber die Sach trifft uns im Innersten.«

»Sieben mögen kommen«, entschied Wolstorff schnell.

Der Schöffe Thöniß verbeugte sich und ging. Draußen wurde es still. Klirren und gellende Schreie drangen plötzlich aus dem Haus. Alle rannten, um zu sehen, was es war. Ein Kerl war durchs Fenster gestiegen. Eine Axt schwingend ging er auf den Verletzten zu, vor dem Marie kreischend mit einem Beil in den Händen stand. Kaum sah der Eindringling uns kommen, flüchtete er durchs Fenster. Mein Vater brüllte »Ruhe« in das nun entstandene Chaos aufgeregt schreiender Menschen. Erst als Thierry den Schöffen Thöniß und zwei weitere Männer hereinführte, gelang es ihm, die Ordnung wiederherzustellen.

Thöniß erklärte, dass Wolstorffs Vorschlag angenommen worden sei und stellte seine Begleiter, den Schöffen Michael Karstgen und den Schreiber, vor. Während Thöniß' Auftreten man schon nobel nennen konnte, unterstrich dessen Kollege seine Grobheit noch mit einer unangenehmen Diskantstimme. Karstgens Blick ging neugierig zu dem Bett. Er knurrte: »Der also raubt mir den wohlverdienten Schlaf!«

»Ja, er ist kaum mehr zu schützen. Eben wollte ihn einer mit der Axt erschlagen.« Mein Vater trat mit den Schöffen ans Bett.

»Ach, es ist erbärmlich. Sie sind wie die unvernünftigen Tiere«, entschuldigte sich Thöniß.

»Ist er schon krepiert?« Karstgen deutete gähnend auf Jan.

Auf einen Wink von Wolstorff hin trat Marie heran.

»Nein«, antwortete sie auf Karstgens Frage, »vorhin war er wach, trank Milch und sagte ›Danke‹.«

»Höflich ist der ja, dat können wir getrost aufs Grabkreuz schreiben«, prustete Karstgen heraus.

Die sieben Vertreter des Umstands kamen. Jeder warf einen neugierigen Blick auf den Verletzten. Mein Vater nahm mit den beiden Schöffen und dem Schreiber am Tisch Platz. Vor ihnen erhellten einige Talgkerzen die nächtliche Diele. Hinter ihnen schürte der Hütejunge das Feuer, so dass die »Richter« und der halbtote Angeklagte gut ausgeleuchtet waren, der Umstand aber im Dunkeln lag. Barthel stellte sich mit einem Spieß wie ein Schutzengel neben Jan. Ich setzte mich auf die Treppenstufen neben dem Kamin. Mein Vater ermahnte die Anwesenden. Sie seien die »auserwählten Apostel«, die ihre Nachbarn zur Besonnenheit anhalten sollten, selbst wenn sich erweise, dass der Mann ein Marodeur sei. Zuerst berichtete Brausekob, wobei er, seinen Mut herausstreichend und seinen Mordversuch beschönigend, den Reiter als überaus gefährlich beschrieb. Mein Vater brachte ihn durch geschickte Fragen wieder auf den Boden der Tatsachen. Selbst die Messerattacke des Reiters wurde als Antwort auf Brausekobs vorangegangene Handgreiflichkeit verständlich. Wegen dieser Verhandlungsführung zischelten Zuschauer aus dem Dunkeln, mein Vater stecke mit dem Kriegsknecht unter einer Decke, woraufhin der Gescholtene erklärte: »Allen Gerüchten zum Trotz kenne ich den Mann nicht. Da der Verletzte keinen Fürsprech hat, will ich – wenn's Not tut – Fragen zu seiner Verteidigung stellen. Mir wär's nur lieb, wenn dies ein anderer tät'.«

»Herr«, erwiderte Thöniß, nachdem sich keine Hand gerührt hatte, »es ist uns recht, wenn Ihr der Fürsprech seid und den Umstand bitt ich, stillzuschweigen.«

»Gnädiger Herr«, flüsterte Brausekob meinem Vater zu, »wenn Ihr mir von der Wildsau ein klein wenig gebt, mich tät's herzlich freuen.«

»Mich hat wiederum nicht gefreut, dass du meinen Sohn im Wald im Stich gelassen hast. Nun geh und ruf die Jungfer Merg Schmits.«

Als das Mädchen eintrat, drängte sich Hermann Pleiß mit seinem Sohn mit hinein. Thöniß und mein Vater wollten den Unruhestifter nicht im Raum dulden, aber Karstgen setzte sich für ihn ein, und »um des lieben Friedens willen« durfte er bleiben. Merg, ein gutgewachsenes Mädchen, dessen hellbraunes Haar zu einem dicken Zopf geflochten war, hätte man hübsch, sogar sehr hübsch nennen können, wenn nicht die Pocken ihr Antlitz zerstört hätten. Die hellen, großen Augen waren das einzig Glatte in dem mit wulstartigen Unebenheiten übersäten Gesicht.

»Jungfer Merg! Wie alt bist du?«, fragte sie mein Vater.

»19 Jahr ungefähr«, hauchte sie, zu Boden blickend.

»Sprich lauter! Hab keine Angst! Merg, wie verdienst du dein täglich Brot?«

»Ich arbeite auf dem Hof meines Stiefvaters und helf auch den Kindbetterinnen.«

»Was? Das machen doch nur Weiber, die Kinder haben?«

»Meine Mutter hat mich bei Geburten helfen lassen und wie sie tot war, kamen die Kindbetterinnen zu mir.«

»Gut, und nun erzähle von dem Überfall vor einem Jahr!«

Er sah sie aufmunternd an, aber das Mädchen schlug die Augen nieder und schwieg. Thöniß gab Barthel einen Wink, der ihr einen Schemel zuschob, auf den sie sich setzte.

»Warum sagst du nichts?«, erkundigte sich mein Vater.

»Ach, Herr«, sie seufzte, »die Leut fragen und fragen und mir geht's bald so wie der Gertgin, die immer nur weinen kann, wenn die Leut fragen.«

»Bitte, Merg, erzähl!«, bat Thöniß eindringlich, »du kennst doch die Ursach für den Aufruhr!«

Merg nickte. »Ich kam von einer Kindbetterin zurück«, sie stockte, aber nicht aus Nachlässigkeit, sondern weil sie in Gedanken zu diesem Tag zurückging, »dat Dorf war leer, so leer, wie's nie war. Nit mal die Ziegen haben gemeckert. Alle hatten's Vieh in den Wald getrieben, damit's nit in die Händ von den Soldaten fiel. Da hört ich wat – wie Töpf, die zerspringen. Eine Kuh stand im

Weg. Dahinter waren Männer. Die warfen Hausrat auf die Gass, einer schlug mit einem Beil auf ein Fass. Da rannt' ich ins Haus vom Wolstorff.«

»Und dann?«, fragte mein Vater.

»Ich stieg unters Dach und hab durchs Fenster gespingst. Einem Nachbarn schossen sie in die Knie. Dann packten sie ihn an Händ' und Füß' und haben ihn hin und her geschwungen. Ich sah's – und hör bis heut die Schreie und wie er ums End betteln tat. Es dauerte ewig, bis der Gnadenschuss fiel. Wie ich dann eine Mädchenstimm draußen hör, hab ich Gertgin gesehen. Ganz nackig trieben die Buben sie vor sich her. Ach, ich ... ich fing an zu beten.« Merg blickte auf ihre krampfhaft gefalteten Hände. Sie holte tief Luft. »Später polterte Kriegsvolk ins Haus. Die zerschmissen unten Teller und Töpf. Wie's still wurd', wollt ich fliehen, aber alles knarrte erbärmlich, da blieb ich. Am Morgen lärmten sie weiter und Bratenduft zog bis zu mir. Ich dacht' schon, sie hätten genug Kurzweil. Aber bald trampelten sie im Stockwerk unter mir, wo sie Kornsäck aufschlitzten. Die Leiter knirschte. Ein blonder Mann mit einem Federbett stieg zu mir rauf. Wie er mich sah, erschrak er und grinste dann. Von unten riefen sie wat – wohl in Französisch. Er stach mit dem Degen ins Bett und ließ die Federn durch die Luke rieseln wie Schnee und dann ... dann ging er. Ich hatte große Angst, er würd' wiederkommen, um ... ja, Herr, damals hatte ich noch ein schönes Gesicht. Mein Durst war grausam, ... aber die Angst ... Erst wie der Rauch kam, bin ich die Leiter runter und fand ein' Krug Wasser. Wie's Vieh in der Mittagshitz soff ich's ein. Und unser Haus hat gebrannt und wir leben noch immer in verkohlten Mauern. Dat verdanken wir dem Unflat.«

Es herrschte völlige Stille. Merg blickte fragend zu ihrem Stiefvater, der ihr zunickte.

»Warum ist's Feuer hier nit angegangen?«, fragte Thöniß.

»Zu nass«, antwortete sie. »Die Kriegsknechte verspritzten Wasser, sie haben viel so närrische Dinge getrieben, die kein Christenmensch nit versteht.«

»Fing denn irgendetwas Feuer?«, warf mein Vater ein.

»Ja, zwei Balken! Hier!«, antwortete Wolstorff auf die Holzbalken zeigend, »Heu und Stroh gab's genug.«

Alle starrten auf die rauchgeschwärzten Stützpfeiler.

»Jemand hat wohl das Feuer gelöscht und den Wasserkrug hingestellt?«, spann mein Vater den Gedanken weiter.

»Kann sein«, erwiderte Thöniß gemächlich.

»Ha«, schrie Pleiß, »jetzt macht ihr aus'm Rabenaas noch'n Heiligen, der die Merg rettet!«

Der Umstand rumorte. Karstgen wurde auch munter.

»Der Kerl wollt dat Mädgen für sich aufsparen, ist aber nimmer dazu gekommen«, schlug er sich auf die Seite der Dorfmehrheit, »mit dem Feuer haben sich die Kriegsknechte auch sonst wenig Müh gemacht.«

Thöniß schüttelte den Kopf: »Seltsam, warum verlöschen brennende Balken? Wasser am Boden springt kaum rauf!«

»Warum legten sie nit gleich am Dachboden Feuer, wie sonst auch?«, hielt Karstgen hitzig dagegen, »ich kann's euch sagen: Allesamt war'n betrunken, gottslästerlich betrunken und löschten ihr eigen Feuer wieder.«

»Beides ist möglich«, entschied mein Vater, »Merg, hast du den Kriegsknecht später wiedergesehen?«

»Herr«, fuhr Karstgen ungeduldig dazwischen, »die Merg soll sich den Mann jetzt ansehen!«

Verhaltenes Trampeln und beifälliges Gemurmel aus dem Hintergrund unterstützten ihn.

»Später, der Amtmann muss alles wissen. Also, Jungfer?«

»Weil mein Vater denkt, die Mordbuben kommen eines Tags zurück, musst jeder ihm Fremde melden. Die hab ich mir all angesehen. Gestern kam mein Bruder Hermann, der dem Schmied hilft und meldete zwei fremde Reiter, ein Blonder und ein Vornehmer, der seinen Rappen beschlagen ließ.« Alle blickten auf den Jungen, während seine Halbschwester leise weitersprach: »Da bin ich hin und hab den Blonden erkannt. Dat war der vom Dachboden mit dem Bett. Dem Schmied hab ich's gesagt. Wat dann kam, weiß mein Bruder besser.«

Der Junge bekam rote Ohren, erzählte dann aber ohne Scheu, dass er die Reiter zur Dorfschänke gebracht habe. Der Vornehme wollte übernachten, der Blonde war dagegen. Sie seien später mit einigen Bauern in einen handfesten Streit geraten und noch in der Nacht aufgebrochen.

»Eines ist unfassbar«, sagte mein Vater, »anstatt den Blonden in eurem schönen Turmhaus hier festzusetzen, lasst ihr ihn angenehm tafeln und dann auch noch davonreiten.«

»Im Suff hätten sie vielleicht geprahlt, dat sie beide Marodebrüder sind«, erklärte Pleiß, »aber flugs hatten sie den Degen in der Hand und vom Dreinschlagen verstehen die Kriegsleut mehr wie wir.«

»Ja, wer nicht gut spielen kann, dem schlägt man die Laute auf dem Kopf entzwei«, stellte mein Vater fest.

Pleiß sah ihn erst verständnislos an, dann grinste er: »Jetzt verstehen wir die Laute zu spielen. Er wird hängen!«

»Mag sein, aber manche von euch werden ihm Gesellschaft leisten«, entgegnete mein Vater

»Wie meint Ihr dat?«

»Pleiß, das versteht hier jeder, auch du. Gut, ich konstatiere, der Mann, den die Jungfer beim Überfall aufs Dorf gesehen hat, beging vor ihren Augen keine Untat…«

Die weiteren Worte gingen im lauten Protest unter: »Hängt den Schindhund…gefangen – gehangen…der hat mehr auf'm Gewissen wie ein Hund Haar!«

»Ruhe«, brüllte Thöniß erbost, »wenn ich noch ein Sterbenswörtlein vom Umstand hör, geht ihr! Jungfer Merg, sieh ihn dir an!«

Sofort kehrte Ruhe ein. Zögernd stand das Mädchen auf. Der glühende Schein des Feuers fiel auf ihr Gesicht, als sie sich neben das Bett stellte. Zaghaft blickte sie den Mann an. Jan Harsch trug noch immer das blutdurchtränkte Hemd. Sein Gesicht war aufgedunsen, die Augen darin waren eingefallen, als schaue schon der Tod aus ihnen. Der Mund aber wirkte freundlich. Trotz der Grausamkeiten, die das Leben dieses Mannes bestimmt haben mochten, hatte sein Mund wohl öfter gelächelt, als dass seine Lippen hasserfüllt zusammengepresst wurden. Merg ließ sich Zeit. Sie bekreuzigte sich, trat zur Seite und ihre Hand strich beiläufig, tröstend, über die des Verwundeten, was nur ich sehen konnte.

»Nun, Merg, hast du ihn erkannt?«, fragte Thöniß.

»Ja, dat ist der Reiter von gestern, aber nit der vom Dachboden, wie die Soldaten unser Dorf niedergebrannt haben.«

Keinen einzigen Satz hatte sie bisher so unerschütterlich fest ausgesprochen wie diesen einen. Niemand begriff ihn sofort. Thöniß und mein Vater waren offensichtlich die Ersten, die ihn verstanden, da beide sich gleichzeitig zurücklehnten. Dann brach das Unwetter los. Laut schimpfend lief der Umstand nach vorn. Pleiß ging auf seine Stieftochter los und brüllte: »Verdammt, du gottlos' Mädgen, wat sind dat für Possen, wie kannst du solch' Lügen erzählen. Nimm's zurück, auf der Stell oder sei verflucht!«

Merg stand, den Blick gesenkt, inmitten der empörten Menschen. Einige fingen an nach ihr zu treten. Barthel drängte sie mit dem Spieß zurück. Nachdem Ruhe eingekehrt war – man nur noch das Knistern und Knallen des Feuers hörte – ergriff mein Vater wieder das Wort.

»Jungfer Merg, es war mutig, die Wahrheit zu bekennen. Allein, es wäre an der Zeit zu erklären, warum du jetzt etwas anderes sagst als zuvor?«

Pleiß nickte finster blickend. Merg wischte sich mit dem Ärmel ihres Barchenthemdes die Augen.

»Ich … ich bitt um Vergebung. Aber ich kann … ich kann nit sagen, der hier ist der Mann vom Dachboden.«

»Und gestern hast du ihn erkannt?«, fragte Karstgen.

»Die Stimm, die blauen Augen, das Haar waren ähnlich. Nur, jetzt ist er mir ganz fremd«, erklärte sie.

»Ha«, rief Pleiß, »wenn dat Rabenaas wach wär und sprechen würd', dann würd' dat Merg gleich sehen, der ist's.«

Er ergriff einen Eimer und Barthel verhinderte gerade noch, dass er Jan einen Schwall Wasser über den Kopf goss. Mein Vater sprang auf: »Genug mit den Narrheiten, Pleiß!«

»Dat glaub ich gern«, höhnte der Bauer, »ihr tut ja alles für euer Schoßhündlein und die braven Schöffen helfen da noch fleißig. Auf dem Krankenlager kennt mancher nit mal die eigen' Mutter wieder. Das Mindeste ist, ihn aufzuwecken!«

»Dass der verwundet in Ohnmacht liegt, verdankt er wohl dir, Pleiß«, rief der erboste Thöniß.

»Und sei's drum, sonst wär der über alle Berge ... ihr könnt ja nichts anderes außer jammern und beraten«, keifte Pleiß zurück. Er holte Luft, stutzte und schwieg.

»Pleiß, du gestehst also, die Reiter überfallen zu haben, die sonst über alle Berge wären«, stellte mein Vater fest.

»Nein! Und ich hab auch so wat nie gesagt!«

»Doch, denn du hast auf die Frage, ob dieser Mann seine Wunden dir zu verdanken habe, geantwortet: Und sei's drum, sonst wär er über alle Berge. Ich bitt das ins Protokoll zu nehmen«, beharrte mein Vater.

»Verflucht, Ihr dreht mir's Wort im Maul um. Nun, wollt Ihr den Mann aufwecken oder nit?«

»Gut«, entschied Thöniß, »es ist der letzte Versuch, den ich nit dir, Pleiß, zum Gefallen tu, sondern für die Seelenruh der Leut hier. Danach gibt's keine Zweifel mehr.«

Marie wurde gerufen. Sie rieb Jans Schläfen mit Essig ein, aber bis auf ein Seufzen blieb er stumm. Alle umringten das Bett und gaben Ratschläge. Einer wollte den Bewusstlosen ohrfeigen, ein anderer ihn mit Nägeln in die Füße stechen. Die spannungsgeladene Granaten- und Pulverfassatmosphäre verflog. Endlich schlug Jan die Augen auf. Trotz wiederholter Aufforderung, den Mann anzureden, starrte Merg ihn nur an. Jemand raunte mir zu, ich sollte mich dem Verletzten zeigen, weil ich ihm ja bekannt sei. So stellte ich mich neben Merg. Jans glasiger Fieberblick richtete sich auf mich und er bewegte die Lippen.

Als ich mich über ihn beugte, verstand ich: »Kamerad ...«.

»Den Kamerad suchen?«, fragte ich und er schloss kurz die Augen. »Euren Freund sollen wir im Wald suchen?«

Er lächelte bestätigend und seine Lider fielen wieder zu.

»Nun, liebe Tochter, jetzt hast du ihn erkannt«, beeilte sich Pleiß das Eisen zu schmieden, solange es weich war, »die blauen Augen, die Narb, dat war doch der Mann vom Dachboden? So hast du's erzählt.« Er berührte ihre Schulter: »Merg, Lügen sind Todsünden, bedenk's!«

»Vater«, sagte sie, »lang mussten wir auf den Marodeur warten und da stand einer, ähnlich, aber doch ein anderer.«

»Nein«, polterte Pleiß los. »Du lügst, du lügst ...!»

Dieselben Worte wiederholend, schrill wie die Schreie eines Schweines beim Schlachten, schlug er auf das Mädchen ein. Barthel und Wolstorff ergriffen ihn und beförderten ihn nach draußen, wo er weiter tobte. »Du bringst mich an den Galgen für halbtote Verbrecher ... ich zerschlag dir alle Knochen«, war das letzte Verständliche, was wir von ihm hörten. Merg sank auf den Schemel. Totenstille trat ein.

»Jungfer Merg«, zart wie das Streicheln einer Feder klang die Stimme meines Vaters, »du hast uns eine Nacht voll Schrecken bereitet, uns aber zugleich gelehrt, nicht maßlose Wut darf über Recht und Unrecht entscheiden, sondern das herzliche Bemühen um die liebe Wahrheit, das ist's, was der Himmel von uns fordert. Niemand kann die Toten aufwecken und die Not im Hui auslöschen. Aber: Es ist Frieden! Wer jedoch sein Leben mit Rachegedanken verbittert, Hass predigt und weiter totschlägt, für den kommt der Frieden nie. Ehrt die Toten, vergebt und beginnt ein glückseliges Leben im Recht für euch und eure Kinder.«

Einer wisperte »Amen, der Pfarrer sagt's nit schöner ...«

»... nur länger«, ergänzte ein anderer laut.

»Liebe Nachbarn, gute Freunde!« Thöniß hob die Hände. »Es ist spät und draußen rumoren noch immer Leut. Ich hoff, sie gehen jetzt friedfertig heim. Morgen lassen wir Freiherr Sechem mit dem Verletzten in Frieden ziehen. *Item* bitt ich den wohlgeborenen gnädigen Herrn, den Aufruhr nit dem Amtmann zu melden und Gnad vor Recht ergehen zu lassen!«

Mein Vater wiegte dazu zweifelnd den Kopf.

Schweigend verließen die Bauern das Haus.

Den ersten Hahnenschrei verschlief ich, ebenso den Beginn des Tagwerks im Hause Wolstorff. Mein Vater nahm nach seiner morgendlichen Biersuppe schon seine zweite Mahlzeit ein, als ich mich hungrig zu ihm an den Tisch vor dem Küchenkamin setzte. Meine sehnsüchtigen Blicke nach den Würsten, die von den Deckenbalken hingen, deutete Frau Katharina richtig. Sie legte Brot, Butter, Schinken und Wurst vor mich hin. Ich aß, als ständen sieben Hungerjahre bevor. Mein Vater – bedächtig Specksuppe mit Graupen löffelnd – war in ein landwirtschaftliches Gespräch mit Wolstorff vertieft und versäumte es, mich zu mehr Bescheidenheit anzuhalten. Kauend sah ich mich um. Jans Bett stand an der Wand neben der Türe. Der Verletzte stöhnte gelegentlich. Hennes saß auf seinem Strohlager. Der Säugling schrie. Die Jungmagd brachte Wasser herein. Der träge Alltag legte sich wie der Mantel einer Schutzheiligen um mich, die Erinnerungen an die Schrecken der Nacht vertreibend. Eine Hacke in der Hand riss der Knecht Barthel, von draußen kommend, die Haustür auf.

»Herr, dat ist ein bös' Ding«, sprudelte er hervor.

»Ja, die Pflänzlein haben gelitten«, sagte Wolstorff.

»Nee, da ist wieder ein Rumor im Dorf…ja!«

»Und? Steh nit rum wie ein Ochs!« Wolstorff erhob sich.

»Ja, wie ich zum Feld ging, um Rüben zu hacken, standen am Hof vom Pleiß viel Leut rum, die sagten, dat Maß ist voll.«

»Dat Maß ist voll?«, wiederholte Wolstorff die Augen verdrehend und herrschte den Knecht an, endlich das Maul aufzumachen. Barthel erzählte nun, die Bauern hätten Pleiß aufgefordert, das Dorf zu verlassen, aus Furcht vor Gottes Zorn, falls sie ihn weiter duldeten. Wolstorff atmete auf. Doch als Barthel von den

Freunden des Pleiß berichtete, die Wolstorff eine Strafe androhten wegen der schimpflichen Behandlung ihres »Bruders«, sank sein Mut wieder.

»Leere Drohungen«, beschwichtigte ihn mein Vater, »viel Geschrei und wenig Wolle sprach der Teufel, als er eine Sau schor.« Wolstorff lächelte gequält. »Es ist besser, wir verlassen das Dorf bald«, meinte mein Vater, »Hennes, du reitest zum Lüfthildisgraben und holst Thierry, auch wenn der zweite Mann noch nicht gefunden ist!«

Hennes stand schwankend auf. Er griff nach seinem Hut, verlor das Gleichgewicht und fiel zu Boden.

»Was ist mit dir?«, fragte ihn mein Vater.

»Zum Henker, nichts!« Hennes rieb sein verletztes Bein.

»Wohl besser, wenn ich reite«, sagte mein Vater leise.

»Wäre mir nit so lieb.« Wolstorff deutete auf Jan.

»Ich reite, ich kenne den Weg!«, bot ich meinem Vater an.

»Danke, mein Sohn, aber den Sack Sorgen, den du mir gestern aufgepackt hast, den erspar ich mir heut!«

»Ich könnte den Barthel schicken, aber der kann nit reiten«, gab Wolstorff zu bedenken.

Mein Vater ging zum Fenster und starrte hinaus.

»Es waren schwere Stunden, guter Wolstorff«, er drehte sich um, »Christoph, du reitest und zwar mit Bedacht.«

Fröhlich trabte ich in den Tag hinein. Weißgraue Wolkenfelder zogen nach Osten und warfen Schatten über Wiesen und Felder. Einige Bauern arbeiteten auf den Äckern. Sie beachteten mich aber kaum, vielleicht weil sie mich nun kannten oder die Mühen um das tägliche Brot sie ganz in Anspruch nahmen. An der Wegkreuzung, an der ich Jans Hut gefunden hatte, traf ich auf die Knechte, die den zweiten Reiter suchen sollten. Unter einer riesigen Ulme schaufelten zwei ein Loch, die anderen standen um etwas herum. Ich sprang vom Pferd. Unsere Hunde begrüßten mich und Thierry kam auf mich zu.

»Ich habe ihn gefunden«, raunte er mir auf Französisch zu.

Die Knechte traten zur Seite. Der Anblick des Toten ließ mir den Atem stocken. Um seine Füße waren jeweils zwei Seile geknotet, an denen man ihn aus dem Wald herausgezogen hatte, wie die Schleifspur quer über die Wegkreuzung zeigte. Aus einer Wunde im Bauch quollen die hellen, mit Dreck vermischten Eingeweide heraus, wohl weil sich ein Tier über die Leiche hergemacht hatte. Ich schloss kurz die Augen. Dann wanderte mein Blick hoch. Die Kleidung des Toten war vornehm. In seinen Gesichtszügen lagen noch die Spuren eines harten Todeskampfes. Neben der Leiche schaufelten Theiss und ein Knecht verbissen das Grab.

»Der ist in der Höll, und wenn der sich gut teuflisch hält, darf er den Hexen hinter die Haut kommen«, spottete einer, unbändiges Lachen erntend.

»Die Stiefel sind aus schön geschwärzt' Leder, die sollten nit ins Loch. Ich will mir zwar nit die Ehr abschneiden und in den Schuhen des verreckten Hunds rumlaufen, aber man kann sie verkaufen«, schlug ein anderer vor, was Zustimmung fand, nur wollte keiner den »Hund« berühren, was nur einem ehrlosen Henker oder Schinder zuzumuten war, jedem anderen aber unweigerlich sein Ansehen für den Rest seines Lebens kostete.

»Ihr müsst ihn auf dem Kirchhof begraben!«, befahl ich.

»Selbstmörder und Verbrecher dürfen nit in geweihte Erd«, erklärte ein Drahtiger und spuckte auf ein Bein des Toten.

»Ja, aber der da war kein Verbrecher oder Selbstmörder.«

»Es gibt gewiss ne schönere Weis', sich's Lebenslicht auszupusten,« rief der Drahtige und alle lachten.

»Verflucht!« Theiß stieß den Spaten in die Erde. »Ihr wisst sehr wohl, der kam beim Überfall ums Leben.«

»Dann fass' ihn doch an, wenn der so ne ehrliche Haut ist!«

»Hört auf zu schwatzen, damit der Kadaver endlich ins Loch kommt«, fuhr ein anderer dazwischen, der wohl Respekt genoss, weil nun alle still den Totengräbern zusahen. Als die Grube tief genug war, blickten mich alle erwartungsvoll an.

Ich trat an den Toten heran, um zu beten, da sah ich, dass seine Augen noch halb geöffnet waren. Scheu schaute ich zur Seite. Die Hände ineinandergelegt, starrten die Knechte andächtig zu Boden. Ich kniete nieder, bekreuzigte mich und schloss dem Toten die Augen. In dem durch die Äste der Ulme fallenden Sonnenlicht funkelte golden ein Siegelring an einem seiner Finger. Ich wollte den Ring nehmen, aber mir war, als verschnüre ein fest umhüllendes Tuch mir die Arme.

»Nehmt's Euch nicht so zu Herzen!«, flüsterte Thierry auf Französisch, meine Schulter berührend. Da fiel das Tuch von mir ab. Ich sah Thierry an und deutete auf den Siegelring. »Ja, nur wer was nimmt, der hat was«, sagte der einstige Kriegsknecht im perfekten Deutsch.

Ich streifte den Ring ab. Dann sprach ich ein Ave-Maria, dem ich die Bitte hinzufügte, dass Gott dem Ermordeten alle Sünden verzeihen möge, auch wenn der Arme selbst nicht mehr um Vergebung bitten konnte, angesichts der Leiden in seiner letzten Stunde. Ich hoffte, so seine Seele vor der Hölle zu retten. Kaum hatte ich geendet, ergriffen die Knechte die Seile, die an den Füßen der Leiche befestigt waren, um den Toten in die Grube zu schleifen.

»Halt«, rief ich, »könnt ihr's nicht würdevoller tun?«

»Junger Herr«, entgegnete Theiß, »wer weiß, wat der für einer war. Ein' Scharfrichter will keiner zur Lebzeiten anfassen und tot schon gar nit.«

Der vornehm gekleidete Tote hatte zwar erkennbar nie ein unehrliches Handwerk ausgeübt, dennoch duldete ich die wenig pietätvolle Beerdigung.

Im Dorf kam uns ein Zug fröhlicher Menschen entgegen – mit *Sackpfeife*, Trommeln und Pfeifen, die wahre Katzenmusik von sich gaben, als wäre die Fastnacht eingekehrt. Ein Junge ging mit einem Wägelchen vorneweg. Ich lachte, drehte mich zu Thierry um und zeigte auf die Leute: »Sieh mal, die verstehen sich auch auf Fröhlichkeit.«

Doch das Lachen verging mir, als ich sah, dass die Bauern Pleiß mit diesen Ehren bei seinem Auszug begleiteten. Sie hatten ihm die Hände vorne zusammengebunden und ein tapsiges Kind mit blöden Augen führte ihn an einem Seil. Den Wagen zog sein Sohn Hermann, der ängstlich vor unseren Hunden stehen blieb. Wir stiegen von den Pferden, scheuchten die Hunde beiseite und ließen die Leute passieren. Der Trottel grinste ins Leere. Hermann Pleiß ertrug die Schandstrafe erhobenen Hauptes.

»Ha, junger Herr«, rief mir einer zu, »der Pleiß hat uns allzeit am Narrenseil rumgeführt und Unruh gestift'. Jetzt bringt ihn ein richtiger Narr am Seil aus'm Dorf.«

Er machte einen Luftsprung. Ein Junge ergriff einen der Pferdeäpfel, die mein Brauner hinterlassen hatte und bewarf Pleiß damit, andere folgten. Sein Sohn stand erst fassungslos da, dann sah er mich um Hilfe flehend an. Doch nach den Erlebnissen der letzten Nacht wollte ich mich nicht in den Dorfstreit einmischen. Da ich tatenlos blieb, stürzte sich der junge Hermann auf einen der mistwerfenden Jungen. Sofort packten ihn vier Burschen und prügelten auf ihn ein, bis ein Mann mit einer Rute einschritt.

Im Haus Wolstorff war mein Vater im Gespräch mit dem Schöffen Thöniß.

»Gut, die Merg nehme ich mit, damit Ruh einkehrt ... Hola, mein Sohn! Wieder zurück?«, rief er gutgelaunt.

»Ja, aber ich habe eben einen wunderlichen Umzug gesehen. Die haben den Pleiß gefesselt aus dem Dorf geführt.«

Mein Vater blickte Thöniß streng an. Der kratzte sich am Kopf und meinte: »Wenn sie ihn selbst richten, ist's am besten. Niemand versteht's, wenn sie den Pleiß aufhängen und der Marodeur vielleicht freikommt.«

»Ist der Reiter gefunden?«, fragte mich mein Vater.

»Ja, er ist tot – ein Schuss oder Stich in den Bauch.«

»Mein Gott!« Mein Vater schloss kurz die Augen. »Wo ist er?«

»Begraben an der Wegkreuzung am Lüfthildisgraben.«

»Was? Schon begraben? Im Wald?«

»Ihr wolltet's doch so, Herr Vater?«

»Mitnichten! Jeden Ermordeten muss ein Wundarzt besehen. Schindhunde! Erde auf den Toten, damit er bald vergessen ist. Aber Gott vergisst nie und ich auch nicht.«

»Man munkelt, der Pleiß ist der Mörder«, raunte Thönniß.

»Redet nit so!« Merg, die unbeachtet in einer Ecke gewartet hatte, trat heran. »Ihm ist genug Schimpf angetan worden, da sollt niemand ihn noch Mörder schelten.«

»Mädgen, halt dein los' Maul«, tadelte Thöniß sie scharf, »nimm dein Bündel und geh!«

Mit versteinerter Miene knickste sie und ging. Mein Vater wandte sich nochmals an den Schöffen: »Der Pleiß ist der Bock aus biblischer Zeit, den man mit allen Sünden beladen in die Wüste jagte, um den Himmel milde zu stimmen. Den ehrbaren Schöffen sollte aber das Recht mehr gelten als das Opfer eines Sündenbocks. Lasst euch hier nicht das Schöffenamt aus der Hand nehmen!«

Wir verließen Friesdorf im Nieselregen: mein Vater vorneweg, dann ich mit dem herrenlosen Pferd am Halfter, anschließend der Verletzte auf einem Leiterwagen, der von dem Maultier Rosa gezogen wurde, das Thierry führte. Zwei Pferde mit Jagdbeute waren am Wagen angebunden. Merg ging, den Kopf gesenkt, neben dem Wagen und Hennes bildete mit müde gekrümmtem Rücken den Schluss. Die Straße war menschenleer. Aber hinter winzigen Fenstern verbargen sich neugierige Augen und verfolgten jeden Tritt der Pferde, jede Umdrehung der Räder, jeden Schritt der ihr Dorf verlassenden Merg. So unangenehm die übertriebene Aufmerksamkeit der Bauern sonst war, die zur Schau getragene Nichtachtung unseres Abschieds glich einer Kriegserklärung. Hinter dem letzten Haus sah ich mich um. Viele Bauern standen auf der Straße und blickten uns nach.

Juni 1649

»Die Wolke ist ein Werwolf, der ein Kind auffrisst.«

»Ach Saltin, du siehst nur Ungeheuer, selbst wenn's eine chinesische Porzellanschale ist.«

Sophia saß neben mir inmitten einer Blumenwiese, die sich an den verwilderte Garten Merhoffens anschloss. Ihre Beine hatte sie mit den Armen umfasst, das Kinn auf die Knie gestützt und ihr hellblauer Rock bauschte sich über die Hände.

»Ihr Weiber habt nur Fayencen im Kopf«, behauptete ich.

»Und tanzen! Wie wär's, Brüderlein?« Sie sprang auf und drehte sich, ihren Strohhut in der Hand haltend.

»Nein, danke, such dir einen anderen!«

»Ja, am besten einen Esel, der weiß mehr als du.«

»Ihr gebt gewiss ein vorzügliches Paar ab!«

»Na, dann starre nur weiter in die Wolken, Narr!«

Mir einen verächtlichen Blick zuwerfend raffte sie ihren Rock und rannte davon. Erleichtert legte ich mich ins Gras zurück. Hoch über mir flogen drei Mauersegler. Ihr langgezogenes »sriii-riii – siir-riii« schien die endlose Größe des Himmels singend zu beschreiben. Meine Seele schwebte mit den sich im Azurblau abzeichnenden Vögeln, deren Flügel schwalbenartig nach hinten gebogen waren und ließ mich einen Hauch des Paradieses spüren. Ich, so ganz ein Element der Erde, umgeben von himmlisch leuchtenden Farben, fühlte mich dem göttlichen Firmament ganz nahe. Ein Gewebe vollkommener Zufriedenheit und angenehmer Schwere erfüllte mich. Das Brummen einer Hummel trug noch zu meinem schläfrigen Wohlbefinden bei.

Durch das Gras raschelnde Schritte näherten sich. Melchior, der Sohn unserer Köchin Katharina, schlenderte heran, in einer Hand zwei Stöcke. Er war mein Milchbruder, denn seine Mutter war meine Säugamme gewesen. Er ließ sich neben mir nieder und gab mir einen Stengel Sauerampfer. Der saure senfartige Saft weckte die Lebensgeister.

»Christoph«, er legte sich neben mich, den Kopf in die Hand gestützt, »was heißt mertiren?«

»Du meinst meritieren, das heißt etwas verdienen.«

»Ihr meritiert, hoch *estimiert* zu werden, Monsieur. Kann man das sagen?«

»Ja, das habe ich schon oft gehört. Aber ich wäre dir sehr *obligiert*, wenn wir den Diskurs nicht kontinuierten, da diese Konversation mich wenig konteniert.«

»Verstehe! Konteniert heißt ja gefallen … Also, der Herr will nicht mit mir reden.«

»Ach, Melch, wozu Latein, das nützt dir doch nichts?«

»Nein, es nützt mir nichts«, er blickte verträumt in den Himmel, »aber es macht Spaß, vielleicht weil's keinen Sinn hat. Gillis schwatzt oft vom Schlaraffenland, wo überall Bratwürst' sind, weißes Brot mit dick' Butter wie Blumen wachsen und der Honig einem ins Maul tropft – alles Bauerngeschwätz! Besser sind die Reden der Herren, der Fürsten und des Kaisers – oh, Monsieur, finalmente bin ich ihnen aufs äußerste obligiert, salva venia. Es klingt doch nach Gold, Brokat, mit Damast ausgeschlagenen Kammern, nach Dienern in prächtigen Livreen, die sich verneigen.«

»Du hast einen Sparren«, ich tippte an die Stirn, »klingt medio in culo wie Gold?«

»Ja! Es hat einen weichen Klang. In culo habe ich schon gehört. In der Kirch! Pater noster, qui in culo! Oder culi?«

»In culo ist kein Kirchenlatein«, prustete ich los, »es heißt nämlich: im Arsch und medio in culo ist mitten im Arsch.«

»Und was heißt in culi?«

»In coelis heißt im Himmel«, ich fing wieder an zu lachen, »Pater noster, qui in culo, pater …«

Melchior mit diesem lästerlichen Scherz zu reizen, gefiel mir; besonderes genoss ich es, ihn damit zu demütigen. Wütend sprang er schließlich auf, warf mir einen seiner Stöcke zu, rief »en garde« und ging in Fechtstellung.

Ich schleuderte den Stock weg.

»Mit einem Knecht schlag ich mich nicht.« Ich legte mich wieder zurück und er setzte sich wieder.

»Christoph, wir sind doch Milchbrüder. Wir haben mit dem Blasrohr die Weiber geärgert, aus Rohr Flöten gemacht und sind auf Stelzen gelaufen. Auf einmal gilt das nichts mehr und seit dem Schind ist's ganz aus.«

Verblüfft richtete ich mich auf: »Vom Schind hab ich nie was gesagt.« Mein Vater hatte mir streng verboten, von dem Spuk auch nur ein Sterbenswörtlein verlauten zu lassen. »Wer hat's dir erzählt?«, fragte ich.

»Überall hört man's – in der Spinnstub, alle reden davon.«

»Im Dorf also auch? Was schwatzen sie denn?«

»Von dem Herrn Christoph, der den Schind gesehen hat.« Melchior zupfte Gräslein aus dem Boden. »Der Schind ist aus Luft, Feuer und Wasser zugleich. Eins aber ist wahr, seit dem Schind drehst du mir den Rücken zu.«

Er hatte recht. Mit Melchior und Gillis, dem Findelkind, hatte ich früher gespielt, bis die unterschiedlichen Pflichten uns keine Zeit mehr dazu ließen. Außerdem verbrachte ich jetzt meine Mußestunden vornehmlich am Krankenlager Jans, der mich jedoch kaum wahrnahm, da er lange mit dem Tod oder dem Leben rang, das ihn nicht gehen ließ.

»Erzähl vom Schind«, drängte Melchior, »ich sag's keinem! Ich schwör's!«

»Versprich's, schwör's oder sag's jedem, es ist alles gleich. Ein Windstoß, eine Regenwolke vorm Mond, das war der Schind, nichts mehr.«

Ich hatte die nüchterne Erklärung meines Vaters wiederholt. Sie widersprach meiner Ansicht, weil ich die Anwesenheit des Geistes gespürt hatte. Da ich nicht überzeugt war, überzeugte ich auch Melchior nicht.

»Wind und Regen waren der Spuk?«, murmelte er. Ich nickte und hätte ihm doch lieber die wahre, phantastische Geschichte erzählt. »Aber alle sind ernstlich überzeugt, dass der Herr Christoph ein

Gespenst gesehen hat.« Schweigend sah ich an ihm vorbei. »Doch, ich bin froh, wenn's keinen Schind gibt, denn Höllengeister bringen nur Tod und Verderben. Tod demjenigen, der sie sieht, Verderben für alle in der Gemeind', denn sie sind ein bös' Zeichen für das, was kommen wird.« Ich erschrak. »Außerdem …«, sagte er und verstummte.

»Außerdem? Los, was noch?«

»Nun, der Geist ist eine arme Seel, die keine Ruh find'.« Den Gedanken hatte ich auch schon gehabt. »Und die Leut sagen, der Geist ist die Seel eines Verwandten des Herrn von Merhoffen.« Ich starrte ihn entsetzt an. »Ja«, fuhr er fort, »weil er zu dir gekommen ist, muss er ein Blutsverwandter sein, der um Hilfe bittet oder Unheil ankündigt.«

Der Himmel war blau, die Sonne stand im Zenit. In der flirrenden Mittagshitze verbreiteten der vielstimmige Zirpton der Grillen und das Summen der Bienen eine wohlig schläfrige Stimmung. Doch der freundliche Tag konnte Melchiors düstere Prophezeiung nicht aus meiner Seele wischen. Sie hatte mich ins Herz getroffen. Mich verfolgte ein übernatürliches Grauen: die sich in meinen Leib bohrende Messerspitze, wobei kein Blutstropfen geflossen war, dann die Erscheinung am Lüfthildisgraben! Hierfür gab es nur eine Erklärung: Eine arme Seele bat mich verzweifelt um Hilfe! Dies konnte nur die Seele meines Bruders Georg Heinrich sein, dem die übergroße Trauer meiner Eltern die Totenruhe raubte. Ich schloss die Augen, um mir seine Gestalt ins Gedächtnis zurückzurufen. Er war groß gewesen … braunes welliges Haar wie ich, doch dann verschwand er hinter einem alle Details verwischenden Schleier. Je angestrengter ich grübelte, desto mehr entzog er sich mir. Das Einzige, woran ich mich erinnerte, war sein Sieg in einem Fechtkampf; triumphierend wandte er sich meinem Vater zu, der ihm zunickte. Dieser Gesichtsausdruck im Augenblick meiner grenzenlosen Bewunderung hatte die Jahre als einziges Andenken überdauert. Mein Magen knurrte. Melchior hatte mir zum Abschied erzählt, Schläge erhalten zu haben, weil er Eier zerbrochen hatte. Er zerbrach gerne Eier, weil die sparsame Katharina daraus meist »Arme Ritter« machte, eine Köstlichkeit, die wir beide liebten. Früher hatten wir uns beim Eierzerbrechen abgewechselt, obwohl ich die »Eierprügel« öfter aushalten musste, weil Katharina zu mir zahmer war.

Licht durchflutete die Küche, denn beide Fenster mit den Butzenscheiben an der Längsseite des Raumes waren geöffnet. Kochlöffel, Siebe, Kupferkessel, Schöpfkellen und Pfannen hingen an Haken unter einem zwei Wände bedeckenden und bis zur Decke reichenden Holzregal, in dem in vier Etagen hunderte Teller aufgereiht waren. Am Tisch saß der einarmige Till. Er verhökerte alle Arten von Waren, diesmal wohl die Rheinlachse, die auf der Kommode neben der Tür lagen. Katharina stand am Spülstein, ihre Hände schüttelnd, dass die Tropfen spritzten. Sie hatte, wie es sich für eine Amme gehörte, einen großen Busen und war stämmig, wie man es von einer Köchin erwarten konnte.

»Junger Herr, was verschafft uns die Ehr?«, fragte sie.

»Ich wollte gute Zeit wünschen«, sagte ich, da man ein Gespräch nicht mit Bitten beginnt.

»Danke«, sie lachte, »vor allem eine gute Zeit, den Kopf hereinzustecken. Es gibt »Arme Ritter« und wir teilen gern.«

Melchior nahm die Pfanne vom Rost der Feuerstelle und machte, als er das Wort »teilen« hörte, ein säuerliches Gesicht. Dennoch saßen wir drei bald schmausend am Küchentisch. Merg kam herein und brachte Wasser. Der Krämer beobachtete sie, bis sie wieder gegangen war.

»Bleibt dat Merg Schmits hier Küchenmagd?«, fragte er.

»Wohl ja«, erwiderte Katharina, »sie ist fleißig.«

Zweifelnd wiegte er den Kopf hin und her und forschte weiter: »Und der Kriegsknecht? Ist der auch noch da?«

»Ja, Gevatter Till, dass es Gott im hohen Himmel erbarm!« Katharina schlug sich auf die Brust. »Ein Jammer, dieser wüste Galgenvogel in unserm Haus! Und der Teufel hat noch mehr

Leben wie ne Katz. Fünf Täg' hat er wie ein tollwütiger Hund um sich geschlagen, mit Schaum vorm Maul. Und wie er dann so reglos dalag, dacht' jeder, der Teufel hätt' ihn jetzt, aber er lebt und Jost holt für ihn immer Hafermus.«

»Jost füttert den Höllenhund?«, fragte Till.

»Ja, aber selbst der tut's nur widerwillig!«

»Keiner versteht, warum der Herr den Lump erhält.«

»Er tut nur seine Christenpflicht«, entgegnete sie knapp.

Der Krämer verabschiedete sich bald. Wenig später verließ auch ich die Küche, nachdem ich noch ein Schmalzbrot für Jan Harsch eingesteckt hatte. Während meiner Krankenbesuche gab ich ihm zu trinken oder fütterte ihn mit Brei. Er hätte sonst kaum überlebt, da der sonst so genaue Jost in der Krankenflege erstaunlich nachlässig war. In letzter Zeit unterstützte mich aber noch ein geheimnisvoller Helfer. Frische Milch stand neben dem Bett. Ein andermal lag Essiggeruch in der Luft und der Kranke war sauber wie nach einem Bad. Diesmal war die Kammer frisch gefegt. Ein Luftzug streifte bei meinem Eintreten meine Wange, so, als habe der stille Helfer gerade die Kammer verlassen. Ich setzte mich auf den Schemel neben dem Bett. Jans schmales Gesicht bedeckte ein wilder, heller Bart. Müde blickte er zu mir auf.

»Wie befindet Ihr Euch heut?«, begann ich das Gespräch, von dem ich wusste, dass es nur einseitig verlaufen würde. Zu meinem Erstaunen flüsterte er diesmal »besser«. Voller Freude verabreichte ich ihm gleich zwei Löffel Theriak, eine Arznei, die bei allen Leiden hilft. Als Nächstes fütterte ich ihn mit dem Schmalzbrot. Bereits nach wenigen Bissen schlief er ein. Ihm Ruhe gönnend begann ich, die Kammer nach der Geheimtür abzusuchen, durch die mein heimlicher Helfer ungesehen immer entwischte. Neben dem Bett hingen an zwei Nägeln Jans Mantel, Hut und *Bandalier*. Darunter stand eine Kiste, in der seine übrigen Habseligkeiten verstaut waren. Weder dort noch an den anderen Wänden, von denen der Putz bröselte, konnte es eine Geheimtür geben. So suchte ich unter dem Bett nach einer Falltür. Meine Hand glitt über unzählige

Kerben der alten Steinplatten und stieß schließlich gegen einen metallenen Gegenstand, der wegrollte. Es war die Kapsel, die Jan damals im Wald um den Hals getragen hatte. Er musste sie unter das Bett geworfen haben, was erstaunlich war, denn schon am Tag nach seiner Ankunft hatten wir einen Priester gerufen, weil wir mit seinem Ableben rechneten. Wenn der Sterbenskranke die Kapsel verbarg, musste sie etwas Kostbares enthalten. Ich steckte sie ein. Zum Abschied nahm ich Jans Hand. Er schlug die Augen auf und fragte mit schwerer Zunge: »Warum tust du das?«

»Ihr seid mein Freund«, antwortete ich, ohne zu überlegen.

Die Kapsel ließ ich verschlossen, denn sie konnte mit einem bösen Zauber belegt sein, der jeden traf, der sie unbefugt öffnete. Nach dem Abendbrot zog sich mein Vater stets in sein neben dem Speisezimmer gelegenes Schreibkabinett zurück, um sich eine der langen weißen Tonpfeifen anzuzünden, mit denen er »Tabak trank«. Obwohl durch ein hohes Fenster viel Licht in das Gemach fiel, verdüsterte die halbhohe, die Wände bedeckende Holzvertäfelung den Raum, die nur von dem mit Schnitzereien verzierten Raritätenschrank sowie einer Feuerstelle und dem kleinen Kabinettschrank unterbrochen war. Der Druck der vier apokalyptischen Reiter verlieh dem Raum noch zusätzlich bedrückenden Ernst. Zwar wirkte der im Schachbrettmuster verlegte Steinboden belebend, doch lockerte das geometrische Ornament die dominierende Strenge kaum auf. Voll Behagen blies mein Vater Rauchkringel in die Luft, als ich ihn in seiner Mußestunde störte und den Anhänger auf den mit einem orientalischen Teppich bedeckten Tisch legte und erklärte, woher er stammte.

»Fürderhin hältst du dich von dem Kriegsknecht fern. Jost sorgt für ihn, mehr ist nicht vonnöten«, mahnte er mich.

Ich nickte und sah zu, wie er die Hülse aufschraubte. Etwas Hanf von einem Strick, ein längliches Stück einer schwarzen harten Masse und ein eingerollter Zettel rutschten nach einigem Schütteln heraus. Unzählige winzige Buchstaben standen auf dem

Streifen. Wir lasen: »Der König von Sero ist gefangen gelegen/wie man ihn hat richten wollen, kont ihn niemand verwunden. Da tät man ihn fragen, wie das sey/da sprach er: es kam auf diese Weis/ Er gab einen brieff herfür und sprach nachfolgendes in nahmen GOttes des vatters, des sohns und heiligen geistes: XO XO XZ XH X V XJXB Y 9YS eleison, recent pax Christi!«

»Hieb- und stichfest will er sein«, murmelte mein Vater.

»Und macht die Zauberkapsel unverwundbar?«, fragte ich.

»Wie wir gesehen haben, wohl nicht. Selbst der Teufel hat Grenzen. Nacken und der Rücken unter den Schulterblättern werden nie fest. Überdies hilft der Zauber nur gegen Blei und Eisen. Wird einer Kugel Silber beigemischt, bricht das den Schutz dunkler Mächte.«

»Warum machen's dann die Kriegsknechte?«

»Mein Sohn, das alles ist gottslästerlicher Aberglaube und ich sag's dir nur, damit du solch' Unfug lässt.«

»Habt Ihr nie einen Zauber besessen, Herr Vater?«

Er stand auf und ging zu seinem Kabinettschrank. Es war ein schlichter Aufsatz aus Eichenholz, der auf einem Tisch stand, an dem seit Menschengedenken der Hausherr seine Schreibarbeiten erledigte. Er zog die beiden Türen auf und viele Schubladen mit Messingbeschlägen kamen zum Vorschein. Aus einem Schubfach nahm er ein Kreuz.

»Das ist mein Schutz, aber nie das Hexenabrakadabra dieser Bilwisskinder.« Er legte mir das Kreuz in die Hand.

Ich gab es ihm zurück. Die Zauberkapsel fesselte mehr.

»Wofür sind der Faden und die schwarze Substanz, die in der Hülse waren?«, wollte ich wissen.

Mein Vater zuckte mit den Schultern und knurrte: »Die Fasern können von einem Seil stammen, mit dem jemand gehenkt wurde. So etwas soll bei Wunden und Krankheiten helfen. Das Schwarze mag ein Stück Bollwurz sein, die aus der blutgetränkten Erd eines Schlachtfelds ausgegraben wurde. Sinnloser Kripskraps, Kripskraps!«

Er drehte den Zettel um. Gemeinsam starrten wir auf feine Linien, Zahlen, Häuser, Bäume, Buchstaben und Kreuze.

»Eine Karte«, wisperte ich.

»Ja, hier steht VFris, dann Bäume, eine Wegkreuzung, eine Hütte, 430, dann steht da »dub« – der Weg zu seiner Beute.«

»Sein Schatz, wir könnten ihn finden …«

»Wir sind keine Diebe!«

»Und wenn er stirbt?«

»Dann soll das Gold der Toten mit ihnen begraben bleiben!« Er rollte den Plan ein.

»Eine Kapsel, die man am Hals trägt, kann man leicht verlieren«, kam ich auf das alte Thema zurück.

»Andere können mit dem Plan wenig anfangen, aber wenn der Böhm jemandem in die Hände fällt, kann ihm sein Geheimnis abgepresst werden. Deshalb hat er die Hülse wohl unterm Bett versteckt.«

»VFris steht wohl für Village Friesdorf …«

»Genug!« Drohend hielt er die Kapsel hoch. »Kein Sterbenswörtlein davon. Geldgier ist das Hauptübel der Welt und hat bereits unermesslich viel Blut gekostet. Im Übrigen: Nachdem unser Haus mit Geistergeschichten schon im Gerede ist, ist Schweigen das beste Mittel, um den neugierigen Vögeln das Futter auf unserem Acker vorzuenthalten, damit sie woanders hinfliegen. Also Schweigen! Versprich's mir in die Hand.«

Er hielt mir seine Hand hin, in die ich einschlug und mich wie ein Mann fühlte.

»Wie steht's denn um den Verletzten?«, fragte er.

»Viel besser! Heute hat er sogar mit mir gesprochen.«

»Gut, dann gehen wir morgen gemeinsam zu ihm.«

»Oh, ja! Und: Jost sollt ihm auch einmal ein Specksüpplein geben, nicht immer nur Ei, Mus und Sauermilch!«

»Ja, noch heut mag er's haben, damit er bald auf der Straß ist oder beim Henker«, erklärte mein Vater.

Dem Gespräch fieberte ich entgegen, da ich mir Jan schon in den kräftigsten Farben als unermesslich reichen Herrn ausmalte, der mich aus Dankbarkeit belohnte. Die Neugier meines Vater war allerdings gering. Er ließ viele Tage verstreichen, bis wir Jan eines Abends aufsuchten. Im Licht einer im tiefen Rot untergehenden Sonne hatte das Gesicht des Kranken einen frischeren Farbton. Mein Vater nahm auf dem einzigen Schemel Platz und begann sofort das Gespräch.

»Nun, wie ich sehe, befindest du dich besser. Du lagst hier lange auf Leben und Tod und kannst Gott danken, dass er sich doch noch erbarmt hat.« Der Kranke musterte ihn, sichtlich bemüht, sich zu erinnern, wen er vor sich hatte. »Ich bin Georg Sechem von Merhoffen«, stellte sich mein Vater vor, »wie ist dein Name?«

»Jan«, sagte er nach einigem Grübeln, »aus Bemmen.«

»Aus Böhmen, ja, man merkt's an der Aussprach. Und für welche Partei hast du gekämpft?«

»Gut Kaiserisch … auch einmal in spanischem Sold.«

»Hm, der Kaiser wie die spanischen Habsburger sind aber bei den Böhmen höchst unbeliebt. Verständlicher wär's, wenn du bei den Schweden oder Franzosen gegen den Kaiser gekämpft hättest.« Die blauen Augen Jans wichen einen Wimpernschlag lang dem Blick meines Vaters aus. Er schwieg aber. »Nun gut! Meine Gastfreundschaft ist für jeden Bedürftigen, soweit er sie nicht missbraucht. Und derjenige missbraucht sie, der mir die Unwahrheit sagt, denn ich habe ein Recht zu wissen, wen ich beherberge.«

»Ihr seid streng, Herr.« Jan lächelte gewinnend.

»Ja! Wie ist dein weiterer Name? Jan Smrt? Djabel?«

»*Bosche muj*, Ihr könnt meine Sprach?«

»Nur wenig! Nun, deine Antwort?«

»Nicht Tod oder Teufel. Ich bin Jan Chudák – ist mehr armer Teufel«, sagte Jan langsam.

»Chudák? Nicht Harsch, wie du meinem Sohn sagtest?«

»Chudák ist in Deutsch armer Teufel. Ich bin mehr ein armer Teufel als der wirkliche Teufel.«

Mein Vater hatte keinen Sinn für solche Spitzfindigkeiten und donnerte ihn nun an.

»No«, antwortete Jan ungerührt, »wie Euer Sohn sagte: Jan Harsch oder in unserer Sprach *Lharsch*. Das ist die Wahrheit, bei meiner Seel!«

Mein Vater lächelte skeptisch und forschte weiter: »Noch eine Frag. Warst du vor ein oder zwei Jahren schon einmal in dieser Gegend, in Friesdorf oder dort im Wald?«

»Möglich, bin viel rumgekommen«, sagte Jan bedächtig.

»Gut, ich nehm's als Ja.« Mein Vater zog die Zauberkapsel hervor. »Das wurde bei dir gefunden und enthält einen Plan zum Auffinden eines Verstecks bei Friesdorf.«

Jans müdes Gesicht erstarrte einen Augenblick.

»Das habe ich von einem Freund«, behauptete er.

»Nein, so gute Freunde gibt's in keinem Heer, denen man das Versteck seiner Beute anvertraut. Entweder du hast den Schatz einem abgepresst oder ihn selbst da vergraben.«

»Herr, Ihr könnt alles haben.«

»Ich will kein Blutgeld. Sag nur, ob du's vergraben hast?«

»No ja, ein Topf und ein Krüglein.«

»Gut! Aber warum rückst du so ungern mit der Sprach raus, dass du schon einmal hier warst?«

»Aus Vorsicht, Kriegsleut sind schlecht angesehen ...«

Jans Worte erstarben und er schloss die Augen. Mein Vater strich sich über den Bart und sagte schließlich: »Für heut mag's genug sein. Ich komme ein andermal wieder.«

Quietschend rückte er den Schemel zurück, da flüsterte der Kranke: »Eines ist falsch. Es gibt Leut denen man Beute anvertrauen kann. Wo ist der Herr, der mit mir war?«

»Er ist tot und begraben!«

Es dauerte eine Weile bis Jan den Satz begriff, dann riss er zweifelnd die Augen auf und hob den Kopf. Als mein Vater bestätigend nickte, sank er auf sein Lager zurück, legte den Arm über die Augen und biss sich auf die Lippen.

Nach der Unterredung ging mein Vater mit mir zu der zwischen dem altem Burgturm und dem Herrenhaus gelegenen Terrasse. Drei Stufen führten zu ihr hinauf. Eine Balustrade schirmte sie zum Hof hin ab. Auf der anderen Seite verband eine Mauer das Herrenhaus mit dem Turm. Wir setzten uns auf eine Bank und blickten zu dem Turm hinüber, der gegen den nachtblauen Himmel noch gewaltiger aussah als bei Tag. Jost brachte eine Laterne und mein Vater begann, die Balustrade zu untersuchen. Den Zeitpunkt hätte er kaum schlechter wählen können, doch um solche Dinge scherte er sich nie. Die Tat folgte meist unverzüglich auf den Gedanken. In dem an der Mauer aufwuchernden Unkraut schimmerten Glühwürmchen. Er kam zurück.

»Die Frau Mutter hat recht«, mein Vater setzte sich, »hier ist viel im Argen. Nur verlangt heutzutag jeder Taglöhner einen Batzen Geld. Zur Fron kann ich nur ein paar armselige Habnits zwingen, die für wenig Arbeit viel essen wollen … Na, mein Sohn, was hältst du von dem Böhmen?«

Die Frage war ernsthaft, ohne Prüfungston gestellt, als erwarte er tatsächlich einen Rat von mir.

»Er ist wohl ein Kriegsknecht, aber nicht bös!«

»Ob er bös ist, das gilt's herauszufinden, finalmente. Er will mit der Sprache nicht so recht heraus, sogar mit seinem Namen hält er hinterm Berg. Ja, die Böhmen verstehen sich aufs Ausreden. Sie besitzen viel Phantasie und spüren die verborgensten Dinge auf«, er lachte trocken.

»Werdet Ihr ihn dem Amtmann übergeben, Herr Vater?«

»Ja, wenn er sich etwas zu Schulden kommen ließ.«

»Er wird dann bestimmt gefoltert.«

»Gut möglich.«

»Und dann gehenkt?«

»Wenn er Unrecht getan hat, ja«, versetzte er und ich seufzte, »mein Sohn, ich weiß, du hast dich mit Eifer bemüht, sein Leben zu retten. Aber wenn er gerichtet wird, so wird er mit seinem Tod seine Verbrechen vor Gott sühnen.«

»Oh nein, liebster Herr Papa, er soll nicht sterben!«

»Christoph, eine Seele vor ewigen Höllenqualen zu retten, ist mehr wert als das Leben. Die meisten gehen gefasst zum Richtplatz, weil sie wissen, durch die Strafe gewinnen sie den Himmel, der ihnen schon lang verloren war.«

»Ja, aber muss er wirklich hingerichtet werden?«

»Vielleicht! Der Schatz deutet auf einen Marodebruder hin. Doch andererseits, in dem neuen Frieden ist immerwährendes Vergessen und Amnestie für alle Gräueltaten des Kriegs gelobt worden, doch mit den Lothringern gibt's noch keinen Frieden. Es können aber auch Hessen gewesen sein, die Friesdorf überfallen haben. Kriegsknechte verständigen sich meist auf Französisch, weil bei jeder Kompanie Leut aus verschiedenen Nationen sind. Letztlich ...«

»Letztlich, Herr Vater?«, drängte ich ihn.

»Nun, letztlich werden die Missetaten der Soldaten vom Militär abgeurteilt. Aber ob jeder Räuberhaufen sich darauf berufen kann, muss der Amtmann entscheiden und an ihn werde ich den Böhmen ausliefern, wenn nur ein Fünklein Zweifel an seiner Unschuld bleibt.«

Träge verstrichen die Tage und immer öfter zeigte ich Hasenius meinen Widerwillen. Erbittert hielt er mir vor, dass unser Schweinehirt – Gillis, das Findelkind – bald mehr wisse als ich. Dies spornte mich ein wenig an, weil ich hinter dem Schweinehirt nicht zurückfallen wollte. Gillis hatte Rechnen von Katharina gelernt, deren Münzen er gelegentlich zusammenzählte. Das Zählen half ihm beim Schweinehüten und eines Tages kam er hinter das Geheimnis der Multiplikation. Oft saß er rechnend mit Stöckchen oder Steinchen da. Eine Flugschrift reizte ihn, auch noch Lesen zu lernen. Auf die Rückseite des Blattes schrieb ich »Gillis das Findelkind«. Die drei Worte kratzte er überall in die Erde. Die ihm so bekannten Buchstaben suchte er in der Schrift. Als ich ihm aus Bosheit nicht mehr half, wandte er sich an den Präzeptor, der ihn seltsamerweise Lesen und Schreiben lehrte. Mir gegenüber zeigte Hasenius weniger Großmut. Vor einem Jagdausflug wurde ich zu einem Tribunal vor meinem Vater ins Schreibkabinett beordert.

»Ich bin übel zufrieden mit dir! Willst du Landläufer werden?«, brüllte mein Vater mich an, »Widerspruch, Faulheit und mangelnder Fleiß, all den Übeln entgegenzuwirken – diese ewigen Beschwerden des Präzeptors habe ich satt!«

Er schlug mit dem spanischen Rohr auf den Tisch. Bisher hatte er es dem Präzeptor überlassen, für Disziplin zu sorgen. Mein Herz schlug bis zum Hals, während ich auf seinen Befehl hin die Hose herunterzog. Vor einem Scherenschemel kniete ich nieder, auf den ich Kopf und Arme legte. Die Abscheu gegenüber dieser unwürdigen Behandlung stärkte meinen Willen, mich mit meinen Mitteln zur Wehr zu setzen – David gegen Goliath. Die ersten Schläge klatschten. Ich ließ keinen Laut hören. Das aber stachelte seine Wut an. Die Schläge prasselten immer heftiger auf mich nieder. Mit einem Ruck schob er mein Hemd hoch und hieb völlig entfesselt auf meinen Rücken ein, so lange, bis ich laut schrie. Erst da ließ er von mir ab und warf das Rohr ins Feuer.

»Mein Sohn«, er sah mich streng an, »lerne mit Fleiß! Gehorche ohne zu fragen, dann kannst du auch einmal befehlen ohne zu fragen.«

Hasenius wurde gerufen. Bestürzt sah er auf meinen blutenden Rücken, während ihn mein Vater mit den Worten abkanzelte: »Ich hoffe, der Herr Präzeptor sorgt jetzt für das Fortkommen meines Sohnes!«

In unserer Kammer wartete Philipp. Bedrückt beobachtete er, wie Hasenius mir das Blut abwischte. Das Bauchweh, über das er vorher gejammert hatte, um von der verhassten Jagd befreit zu werden, verging ihm nun rasch. Eilig verließ er mit dem Präzeptor die Kammer. Bald hörte ich Gebell. Sie zogen zur Jagd. Das Herz voll Groll strich ich über mein Jagdwams. Meine Finger berührten etwas Hartes in der Tasche. Es war der Ring des Toten vom Lüfthilidisgraben. Mit ihm ging ich zu meiner Mutter. Sie verbesserte gerade eine Handarbeit Sophias. Kurz aufschauend fragte sie: »Christoph, warum gibst du stets Ursach zur Klag?«

»Er ist wohl zu dumm für Latein«, stichelte Sophia.

»Das zu sagen, steht dir nicht an«, tadelte sie meine Mutter, »sei deinem Bruder gut, sonst ist's besser, du gehst!«

Sie ging! Mir war's recht. Meine kleine Schwester, die vierjährige Margaretha, malte Sterne und störte nicht.

»Wirst du jetzt mehr Fleiß an den Tag legen?«, fragte meine Mutter und da ich, wenn auch störrisch, nickte sagte sie: »Das freut mich, denn ohne Mühen gibt's nichts im Leben.«

Sie nahm mich in den Arm und ich verlor die Fassung. Schluchzend erzählte ich ihr von meiner Angst, dass der Geist vom Lüfthildisgraben mich verzaubert habe. Sie hörte mich an und riet mir, ich solle nur fleißig beten. Wer fest auf Gott vertraue, sei frei und keine böse Macht hätte Gewalt über ihn. Ich gab ihr den Siegelring des Toten und wir drückten ihn in rotes Siegelwachs. Ein in vier Felder geteiltes Wappen kam zum Vorschein. Die diagonal gegenüberliegenden Bilder enthielten identische Motive, ein drachenartiges Tier und ein Muster mit Kreisen.

»Das Wappen ist nicht von hier«, sagte sie, abwechselnd Siegel und Ring begutachtend. »In vier Felder geteilt sind die Wappen der Molbergs, der Hatzfeldts und der von Ramingen. In dem der Ramingen ist ein steigendes Pferd, aber das hier ist ein … ein Greif! Eine feine Goldschmiedearbeit.« Sie hielt den Ring bewundernd in die Höhe und drehte ihn im Sonnenlicht.

Margaretha schaute zu dem glitzernden Schmuckstück auf und streckte die Hände nach dem »Goldringelein« aus.

Meine Mutter streifte den Ring über ihren Daumen. »Für dich, mein lieb Herzgen, ist's schon ein Armreif«, sagte sie, »der Mann hatte wohl riesige Händ'.« Sie lachte, aber mir jagte die Erinnerung Schauer über den Leib.

Der Groll meines Vaters war meist nur von kurzer Dauer. Schon am nächsten Tag applaudierte er mir bei einem ritterlichen Reitspiel, dem Ringelstechen. Im Galopp warf ich einen Speer durch einen aufgehängten Ring und holte dann mit einer Lanze den Ring herab. Danach beorderte er mich in sein Kabinett. Auf dem Tisch lagen der *Petschierring* des Toten vom Lüfthildisgraben und eine Bibel aus dem Mantelsack des zugelaufenen Rappen. Er steckte den Ring ein und nahm die Bibel.

Zusammen mit Jost gingen wir in Jans Kammer. Der Kranke richtete sich aus eigener Kraft auf und ich erschrak über seine Abgezehrtheit. Sein hohläugig bleiches Gesicht war ich gewohnt, aber der dünne Hals mit dem hervorspringenden Schlüsselbein und die sich unter der fahlen Haut abzeichnenden Rippen erinnerten mehr an den gekreuzigten Jesus als an den kräftigen Mann, dem ich im Wald begegnet war. Er erriet wohl meine Gedanken und zog sein zerrissenes Hemd zusammen, während er vor meinem Vater den Kopf neigte und ihn mit den Worten begrüßte: »Wohlgeborener, edler Herr, ich dank Euch von Herzen für meine Rettung und die Pfleg…«

»Es war meine Christenpflicht«, wehrte mein Vater den Dank ab. »Wo hast du das gute Deutsch gelernt?«

»Ich bin im Krieg ins Reich gekommen«, sagte er mit kräftiger Stimme, wobei sein böhmischer Akzent unüberhörbar war.

»Sprichst du noch weitere Sprachen?«, fragte mein Vater

»No, ja. Kroatisch ist nicht schwer, Spanisch – je nach den Völkern, mit denen ich zusammen gekämpft hab.«

»Und Französisch?«

»Auch«, Jan zögerte, »das, was jeder braucht – *demeurez là, donnez dessus, qui va là*.«

»Gut, was weißt du von dem Mann, der bei dem Überfall getötet wurde?«

»Das ist schnell gesagt. Begegnet sind wir uns in der Schänke ›Zu den Güldnen Sternen‹. Wir waren Landsleut, haben uns untern Tisch gesoffen und blieben zusammen.«

»Wie war sein Name?«

»So ganz genau kenne ich den nicht.«

»Wie?«, fuhr mein Vater ihn an, »du bist mit ihm gereist und kennst nicht einmal seinen Namen?«

»Mit Verlaub, Soldaten geben wenig auf Namen. Man sagt zur Begrüßung nicht viel mehr als ›Potz Fickerment, Bruder, dass dich der Hagel erschlag‹ und das reicht für die Ewigkeit.«

»Also war er Kriegsknecht wie du?«

»Ja, wohl schon«, gab Jan zu.

»Und wie hast du ihn genannt?«

»Sagt ich schon: Bruder«, erwiderte Jan provozierend.

»Erkennst du das?« Mein Vater warf das Buch aufs Bett.

»*Bosche muj*, seine Bibel!« Liebevoll strich der Kranke über das in Leder gebundene Buch.

»Der Ring ist von dem Toten im Wald.«

Mein Vater gab ihm den Ring. Jan barg das Kleinod in seinen Händen, schloss die Augen und flüsterte: »Gott sei seiner Seel gnädig«, bevor er den Ring zurückreichte. Ungerührt fragte mein Vater weiter: »Weißt du, wer euch überfallen hat?«

»Nein, wer kennt schon die Galgenvögel, die einem nachts im Wald auflauern?«

»Vielleicht war jemand auf deinen Schatz aus?«

»Nein, ich bin nicht so dumm, das auszuschreien.«

»Oder waren es Bauern aus Friesdorf?«, fragte mein Vater.

»Herr, wir hatten im Dorf schon Quartier genommen! Und wie sollten die Bauern unsern Weg kennen?«

»Wenn ihr nicht querfeldein geritten wärt, was Fremde nachts nicht tun, blieb nur der Weg zum Lüfthildisgraben oder zum Rhein hinunter. Beide Wege hatten die Bauern besetzt. Einige haben im Gasthaus einen Raufhandel vom Zaun gebrochen, um euch zu vertreiben.«

Mein Vater sah Jan triumphierend an, doch der widersprach: »Beim Heilgen *Vitzliputzli*! Warum die Umständ? Sie hätten uns im Schlaf leichter erschlagen können.«

»Nein, der Wald bietet mehr Vorteile. Soldaten kann man nicht so ohne Weiteres den Garaus machen. Schreie hätten Aufsehen im

Dorf erregt. Im Wald sind fremde Wegelagerer meist die Mordbuben und dort lassen sich Tote heimlich begraben. Und es ist besser, wenn der Geist der Erschlagenen im Wald spukt als im Dorf. Du siehst, das ist schon ein Buch voller Argumente für einen Mord im Wald.«

»Ja, Bauern sind Schelme, aber da waren sie freundlich.«

»Nein, du warst auch misstrauisch und wolltest das Dorf schnell verlassen«, wandte mein Vater ein.

»Ja, wir hatten's eilig. Aber warum sollten sie uns töten wollen?« Unschuldig fragend blickte Jan uns an.

»Gut, wenn du das so gar nicht weißt, dann sag ich's dir: Du hast mit den Lothringern Friesdorf gebrandschatzt und die Rache der Bauern hat deinen Begleiter getroffen.«

»*Nemoschne*! Unmöglich«, kam es klagend über Jans Lippen.

»Doch, die Bauern wollten dich sogar vor meinen Augen erschlagen, so rasend war ihr Hass.«

Das Gesicht des Kranken überzog fleckige Röte, er schluckte und mein Vater brüllte: »Bist du mit den Lothringern oder Hessen in das Dorf eingefallen?«

Der Gefragte bewegte die Lippen, aber außer schwerem Atmen war nichts zu hören. »Ich …«, begann er und hustete, »ich habe dort niemals niemandem ein Leid getan, ich schwör's bei meiner Seligkeit und wollt drauf sterben.«

»Gut! Jost, hole die Merg!«, befahl mein Vater dem Diener.

Merg trat ein und blieb verlegen an der Tür stehen.

»Merg, komm, nicht gar so scheu«, forderte mein Vater sie auf und wendete sich wieder an Jan, »hier, Böhm, hier ist eine, die dich wiedererkannt hat. Erinnerst du dich an sie?«

»Ja«, antwortete Jan, »sie war oft hier mit guter Speis.«

»Was? Jost, dir habe ich die Pflege aufgetragen!«

»Er war oft in Eil und ich half nur«, mengte sich Merg ein.

Die Augen meines Vaters wurden zornschwarz, doch er bezwang sich und fragte sie: »Was hast du so geschwatzt mit dem Mann hier?«

»Nichts, Herr! Ich hab ihn gefüttert und Umschläg gemacht, so«, sie tauchte einen Lappen ins Lavoir, wrang ihn aus, drehte ihn zu einer Rolle, wischte Jan damit über die schweißnasse Stirn und legte sie unter seinen Nacken.

»Mädchen!«, fuhr mein Vater sie an, »wenn ich eine Frage stell, will ich eine akkurate Antwort, aber keine Schaustellung der Dienste!« Sie senkte reuig den Kopf, während mein Vater sich Jan zuwandte: »Du hast das Mädchen vor einem Jahr schon gesehen! Ihr Gesicht war damals glatt, ganz ohne Narben. In einem Haus bist du mit einem Federbett eine Leiter hinaufgestiegen und hast in die Augen dieses Mädchens geblickt. Erinnerst du dich an diese Augen? »

Jan starrte Merg an. Dann sagte er leise: »Mit Verlaub, wohlgeborener Herr, ich erinnere mich nicht.«

»Und deine Dienste bei den Lothringern, hast du die auch vergessen? Denn diese Jungfer behauptete das«, mein Vater sah ihn scharf an und Jan senkte kopfschüttelnd den Blick, »nun denn – Merg, erzähl's ihm!«

Sie schwieg eine Weile. Dann strich sie sich eine Haarsträhne aus dem Gesicht und erzählte alles, schonungslos und präzise alles. Je länger sie sprach, desto genauer schilderte sie die Ereignisse. Es war eine Beichte, die sie vor dem ablegte, den sie als Einzigen auf Erden um Vergebung bitten konnte. Als sie geendet hatte, streckte der Kranke ihr die Hand entgegen, die sie zögernd ergriff: »Jungfer Merg«, sagte er, »ich dank für den Mut … für mich gegen alle einzutreten. Der Tod meines Freundes – meine Schuld«, er ließ Mergs Hand los und sank zurück.

»Deine Schuld?«, rief mein Vater, »also, lief dein argloser Freund in die für dich gestellte Falle?«

Der Kranke wischte sich über die Augen, legte die Hand aufs Herz und sagte: »Herr, ich war Soldat, hab getötet, Dörfer angezünd't, damit der Feind nicht Nahrung und Unterschlupf finden konnt, alles wie's Kriegsbrauch ist. Viel liegt auf meinem Gewissen. Aber ich habe nie Weibern Gewalt angetan, nie, auch wenn ich viel geschehen lassen musst. Das schwör ich bei meiner Seel und wollt drauf sterben!« Er rieb mit dem Handrücken über die Stirn, »ich … ich war oft ein Heiliger unter Teufeln, aber vielleicht doch noch eine Ausgeburt der Höll. Ich danke Euch – es hätt' Euch's Leben kosten können, jetzt schulde ich Euch meins.«

»Schlag mein Verdienst nicht zu hoch an. Ich habe gegen den Aufstand der Bauern fürs Recht gekämpft und damit wohl einen Schuldigen seiner gerechten Straf entzogen.«

Juli 1649

Die Sonne brannte auf die grünen Ähren des Roggenfeldes, die in der ungebrochenen Grelligkeit farblos wirkten. Der Sommerwind bog die Halme schmeichelnd, aber auch er war so heiß, dass ich die Wüstenhitze schmecken konnte, obgleich beim Reiten die Luft kühler über mein Gesicht strich. Jeder Hufschlag vermehrte Staub und Trockenheit. Das Ziel, einen verknorpelten Apfelbaum, erreichte ich zuerst. Ich drehte mich nach Hennes um, gegen den ich das Wettrennen gewonnen hatte.

»Dass die Hitz der Hagel erschlag!«, keuchte er, »Ihr sitzt im Galopp genauso im Sattel wie viele im Schritt.«

»Ja, man darf nur nicht wie ein Mehlsack auf dem Esel über Stock und Stein schaukeln«, ich lachte boshaft.

Er überging die Beleidigung, ritt los und ich folgte ihm. Als Sohn seines Herrn durfte ich mir zwar Grobheiten herausnehmen, ansonsten musste ich aber nach seiner Pfeife tanzen, weil er der Erwachsene war. Am Torturm Merhoffens wartete ein in eine graue Kutte gehüllter Mann, der einen Welpen mit kurzem Fell im Arm hielt. Anstelle eines Gürtels trug er eine Wagenkette. Er war wohl einer der vielen Einsiedler aus der »Wildnis«, einem ins Kraut geschossenem Brachland, das in Richtung Bonn lag. Er bettelte uns an und Hennes schimpfte: »Du bist stark genug, um zu arbeiten.«

»Ich bin Bruder Sebastian und im Dienst Gottes«, antwortete der Mann mit tiefer Stimme.

»Bruder, wenn du nur Gott und nit auch den Menschen dienst, so helf dir Gott. Sag dein Sprüchgen anderswo auf!«

»Mich wundert die Hartherzigkeit. Der Herr hier soll barmherzig sein und seine Diener werden auch gerühmt.«

»Mit Schmeicheleien richtest du bei mir nichts aus, alter Hühnerfänger«, erwiderte Hennes, »du versteckst dein Gesicht wie ein echter Galgenstrick.«

Abfällig lachend zog der Eremit die Kapuze herunter. Zum Vorschein kam ein hageres Gesicht mit unzähligen Narben, die wie Ackerfurchen hell durch einen Filz schwarzer Bartstoppeln schimmerten.

»Allmächtiger, wie der Schrammenhans!«, rief Hennes.

»Mit dem Feldmarschall Graf Pappenheim verglichen zu werden, ist mir immer noch eine große Ehr, obwohl ich ein bußfertiges Leben gelobt habe.«

»Auf dem Weg der Bußfertigkeit bist du?« Hennes lachte laut: »Du bist doch eher auf dem Weg zur Höll.«

»Hüte deine Zunge!«, brauste der Eremit auf und wandte sich an mich: »Junger Herr, den Jagdhund hier schenk ich Euch. Ich kann ihn nit ernähren.«

Hunde hatten wir zur Genüge und Welpen oft zu viele, so dass nicht wenige von ihnen schon in ihren Kindertagen ihr Leben lassen mussten.

»So leid mir's ist«, antwortete ich, »ich kann ihn nicht nehmen. Aber hole dir Wegzehrung in der Küche.«

»Danke, doch, mit Verlaub, eben hat man mir die Tür gezeigt und jetzt setze ich keinen Fuß mehr über die Schwell.«

»Ich schicke dir etwas«, sagte ich gönnerhaft und er nickte.

»Junger Herr«, raunte Hennes mir zu, bevor er die Pferde zum Stall führte, »nehmt Euch in Acht. Dat ist kein demütiger Bettler. Der gehört zum frechen Diebsgesindel und der Hund ist gewiss gemaust.«

Ich lief zu Katharina in die Küche. Sie ließ zwar kaum einen Bedürftigen mit knurrendem Magen gehen, sah aber stets darauf, die armen Teufel nur mit dem Allernotwendigsten abzuspeisen, damit es den Bittstellern nicht einfiele, in Massen heranzuströmen. Ich schmeichelte ihr einiges ab, auch einen alten Knochen für den Hund. Melchior sollte die Speisen dem Bettler bringen. Da dieser aber vorm Tor wartete, wo niemand half, wenn der Mann gewalttätig wurde, begleitete ich ihn. Freudig kam der Einsiedler mir entgegen.

»Herr, Ihr selbst! Wollt Ihr doch den Hund?«, fragte er.

»Nun ja«, sagte ich unsicher, was er als ein Ja auffasste.

»Ich danke! Der Schelm hat den Mut von Sankt Georg. Er verteidigt Euch selbst gegen den *Bösen Feind* und wird ein guter Jagdhund«, pries er das Tier überschwänglich. Dann bedankte er sich hundertfach sogar für den alten Knochen, den er mit der Bemerkung »der wird mir die Supp lang würzen« in seinen Sack stopfte. Er drückte mir den Hund in den Arm und schritt mit einem »Gott behüt Euch, Herr« gleichmütig in die stehende Luft der Mittagshitze – eine dunkle Gestalt, die sich in der grün-braunen Weite verlor.

»Mit seiner Kette wird der wohl bald den Leib eines anderen kasteien, um ihn von der sündigen Last des Geldes zu befreien«, knurrte Melchior.

»Hast du ihm die Zukunft aus der Hand gelesen?«

»Ne, dem stand die Zukunft mit Degenklingen im Gesicht geschrieben. Aber er sieht die Welt«, er seufzte sehnsuchtsvoll, »neue Länder mit den merkwürdigsten Tieren und Menschen. Die Leut sind schwarz, dottergelb oder krapprot. Vielleicht gibt's auch grüne.«

»Grüne? Und im Herbst fallen ihnen die Arme ab!«

»Ich werde zum Meer wandern«, träumte er weiter, »das Meer rauscht so wie die Muschel aus dem Raritätenschrank des gnädigen Herrn.«

»Du bist schon tot, bevor du Köln erreichst.«

»Das sagt meine Mutter auch, weil mein Vater aus Afrika nimmer wiederkam. Aber ich gehe nach Amerika und komme reich zurück.«

»Reich? Pah, wenn's so wär', wären alle Leut schon dort.«

»Ha, denen reicht der Hirsebrei, das Hacken und Schneiden. Kommt ein Possenreißer mit nem Aff' daher, sperren sie's Maul auf. Wenn der von wundersamen Ländern erzählt, dann wollen sie wie Fortunatus mit seinem Wunschhütlein dahin. Ist er fort, erzählen sie sich seine Geschichten. Mehr wollen sie nicht. Ich aber geh' bald, wie der.«

Melchior deutete auf den Einsiedler – ein winziger Strich in der Ferne. Mein Hund hatte auch Fernweh und wollte seinem Herrn nachlaufen.

»Er braucht Futter«, meinte Melchior, »bin nur neugierig, was der gnädige Herr dazu sagt.«

Der »gnädige Herr« war wütend. Er fütterte gerade so viele Hunde, wie er benötigte. Doch gegen mein Versprechen, von jetzt an alle meine Pflichten aufs Beste zu erfüllen, durfte ich das Tier behalten. Sobald ich aber nachließ, sollte der Hund beim Abdecker sein Leben lassen. Ich nannte das Tier Ferd, nach unserem Kurfürsten Ferdinand. Ferd war sehr anhänglich, zeigte aber wenig Gehorsam, weshalb er für die Jagd völlig ungeeignet war. Melchior stibitzte aus der Küche manchen Leckerbissen für ihn, so dass er bestens gedieh.

Zum Dank für diese Dienste gewährte ich Melchior eine nächtliche Fechtstunde. Als alle friedlich schnarchten, schlichen wir im Mondschein mit Holzdegen zum Weiher und begannen auf der Wiese mit den Fechtübungen. Ferd, den wir an einem Baum angebunden hatten, fand wenig Gefallen daran. Er bellte, knurrte, jaulte – was wir großzügig überhörten. Erst nachdem wir müde ins Gras gefallen waren, streichelte ich ihn, aber trotzdem knurrte er in Richtung des Waldes. Ich versuchte meine schlechten Erinnerungen an nächtliches Buschwerk zu vertreiben und wollte weiter fechten. Melchior hielt mich jedoch zurück und deutete auf eine

Eiche. Ich erschrak. Etwas Weißes wuchs dort in die Höhe. Der Streifen leuchtete aus dem Dunkel, darüber erschien ein Kopf. Das Mondlicht fiel auf ein Hemd und blondes Haar. Jan! Er kam auf uns zu.

»Ihr versteht's, einen in Angst und Schrecken zu jagen«, rief ich ihm entgegen.

»Und Ihr, junger Herr, versteht's, aus schlechten Erfahrungen nichts zu lernen. Es ist leichtsinnig, sich nachts im Wald herumzutreiben und diesmal noch mit viel Lärm.«

»So schlecht waren die Erfahrungen nicht, immerhin konnte ich Euch das Leben retten«, erwiderte ich.

Auf einen Wanderstab gestützt blieb Jan vor uns stehen: »Der Herr Vater ist auch damit einverstanden?« – diese Frage verschlug mir die Sprache –, »no gut, und hier ist eure Fechtschul.« Er musterte die Gegend.

»Ja, ich will durch die Welt reisen«, sagte Melchior.

»No, dann geh lieber auf die Lateinschul, werde Präzeptor und begleit' die wohlgeborenen Herren auf ihrer Kavalierstour. Mit dem Degen wird man nur Soldat und da lebt man nicht lang.« Er wandte sich an mich: »Junger Herr, vielleicht gebt Ihr mir eine Prob?«

»Gern, wenn Ihr Euch schon stark genug fühlt.«

»Sorgt Euch nicht, schlagt nur tapfer zu!«

Seine gemächliche Sprechweise, die merkwürdige Betonung der Wörter und das harte »R« ruinierten immer noch sein makelloses Deutsch. Aber diese Besonderheit klang so gemütlich in den Ohren, als säße man an einem kalten Winterabend nüsseknackend hinter dem Ofen. Von seiner bedächtigen Art ließ ich mich jedoch nicht täuschen, da ich sein zupackendes Wesen schon kannte. Jan nahm Melchiors Holzschwert prüfend in die Hand, ganz so, als handele es sich um besten Solinger Stahl. Meine Attacken parierte er aufreizend behäbig und im Handumdrehen schlug er mir die Waffe aus der Hand. Beim nächsten Versuch feuerte er mich mit Schneller-Rufen an. Hitzig schlug ich drauf los und verlor wieder den Degen. Obwohl ich flinker wurde, versagte ich kläglich. Nach einem Dutzend solcher Gefechte machten wir uns auf den Heimweg.

»Könntet Ihr mir Fechtlektionen geben?«, fragte ich Jan.

»Es ist mir eine Ehr«, entgegnete er, die Hand aufs Herz legend und eine Verbeugung andeutend, »doch nicht nachts im Wald und nur, wenn's der Wille des Herrn Vaters ist.«

»Könnt ich auch Lektionen haben?« Melchiors Stimme war so leise, dass Jan die Frage leicht übergehen konnte, doch er sagte freundlich: »Gewiss! Allerdings habe ich hier nur noch eine kurze Gnadenfrist.«

Eigentlich wollte er uns schon vor einer Woche verlassen, aber mein Vater gab ihm noch Zeit, ganz zu Kräften kommen. Aus Dankbarkeit verrichtete er vielerlei Dienste und half sogar beim Bau der Balustrade, einer Arbeit, für die er offenbar noch zu schwach war, weil er danach fiebernd in seiner Kammer lag. Ihm war bewusst, nur ein geduldeter Gast zu sein. Daher ließ er sich tagsüber selten sehen. Sein zurückgezogenes Leben machte ihn beim Gesinde aber noch suspekter. Es trafen ihn oft abschätzige Blicke und grobe Worte hörte er wohl täglich.

Am nächsten Tag sehnte sich Präzeptor Hasenius nach frischer Luft, weil er sich am Abend zuvor toll und voll gesoffen hatte. So hielt er eine seiner ungeliebten Fechtstunden ab. Bei seiner Bewerbung um die Stelle des Präzeptors hatte er auch mit seiner Fechtkunst geprahlt, wohl weil er ein Fechtbuch besaß, in das er beim Unterricht immer wieder hineinsah. Wir mussten die Hiebe lehrbuchmäßig präzise und langsam ausführen. Von einem Ausritt kommend, beobachtete mein Vater unser behäbiges Schneckenballett und schüttelte den Kopf. Die Sterne standen also gut! Gleich beim Nachtessen erzählte ich von Jans Offerte, mich in die »Fechtschul« zu nehmen.

»Es ist Aufgabe des Präzeptors, fechten zu lehren. Er lehrt alles, was vonnöten ist«, wies mich meine Mutter zurecht.

Sein Weinglas drehend schwieg mein Vater zunächst, sah sich dann aber doch bemüßigt, Stellung zu beziehen.

»Der Präzeptor bleibt dein Fechtlehrer«, unterstützte er sie, »aber gegen zusätzliche Lectiones hab ich nichts. Sag dem Böhm, er soll mir eine Prob von seinen Künsten geben. Morgen Mittag im Rittersaal!«

Meine Mutter runzelte die Stirn, während ich mich stürmisch bedankte.

Meine Schritte auf den Dielen des Rittersaales hallten durch den langgestreckten, mit dumpfer Luft erfüllten Raum. An der Stirnseite standen eine Reihe Stühle und unter den Fenstern zwei Tische, auf denen Westen und Übungsdegen lagen. Jans mageres Gesicht strahlte und er schnalzte mit der Zunge, nachdem er eine ihm zusagende Waffe gefunden hatte. Mehrmals hieb er damit in die Luft. Wir zogen die Westen an. Mein Vater trat ein und Jan verneigte sich, ein »Steh zu Diensten, wohlgeborener Herr« murmelnd .

»Ob ich der Dienste bedarf, wird sich zeigen, Böhm!«, entgegnete jener kalt.

Zuerst musste ich mehrmals Terz und Quart in immer schnellerem Tempo schlagen. Jan korrigierte meine Haltung, an der Hasenius noch nie etwas ausgesetzt hatte. Schließlich forderte er mich zu einem Gefecht auf. Mit einem Hagel von Hieben stürmte ich auf ihn ein. Mühelos parierte er meine Angriffe, bevor er mir – wie zuvor im Wald – die Waffe aus der Hand warf. Wutentbrannt trat ich auf den Degen, woraufhin er mich am Arm packte und anherrschte: »Junger Herr, Zorn mag zwar die Kräfte verdoppeln, aber er macht auch blind. Einem Blinden nützen solche Kräfte wie dem Tauben die Musik. Deshalb bewahrt ruhiges Blut! Seid ein Falke zu Beginn des Kampfes. Umkreist den Gegner, lernt ihn kennen, widersteht seinen Lockrufen, ihn anzugreifen, so lange, bis sich eine günstige Gelegenheit bietet, erst dann attackiert. Die Waffe darf nie die Hand verlassen, denn das kostet's Leben.«

»Ich schieße besser«, versuchte ich meine Ehre zu retten.

»Gut, aber jeder Schütze hat nur einen Schuss, dann ist er Euch ausgeliefert. Den Degen könnt Ihr immer einsetzen.«

Den nächsten Angriff parierte ich, was mir sogar das Lob meines Vaters einbrachte. Am Ende des Unterrichts war ich jedoch enttäuscht, da ich erwartet hatte, ohne harten Drill die Fechtkunst zu erlernen. Jan legte den Degen auf den Tisch und verneigte sich vor meinem Vater.

»Du verstehst's, höchst kunstfertig mit dem Degen umzugehen«, lautete das Urteil, »wo hast du das gelernt?«

»Ich danke, gnädiger Herr! Gelernt hab ich's im Krieg.«

»Das meine ich nicht«, die Miene meines Vaters verdüsterte sich, »Kriegsknechte schlagen grob drauf los, nicht so kunstfertig wie du. Also, die Antwort ohne Ausflüchte!«

»No ja, meine Antworten scheinen wenig zu gefallen.«

»Bisher nicht eine einzige!«

»Ach, aber die Wahrheit wird Euch noch weniger Freud machen. Ich bin kein böhmischer Edelmann, obwohl genug von denen hungrig im Reich herumlaufen. Mein Vater war Bauer. Vor dem Krieg war er begütert und arm zu meiner Geburt, so sechs Jahr nach der Schlacht am Weißen Berg. Unser böhmischer Herr wurde vom Kaiser Ferdinand von seinem Besitz gejagt, den ein Vasall des Kaisers bekam. Der holte die Jesuiter, um uns katholisch zu machen. Wer sich widersetzte, wurd' hart bestraft, der Zwang wurde größer, ebenso die Not. Wie ich zehn Jahr war, flohen wir und wollten in die Niederlande. Meiner Mutter und Schwester wurde grausam Gewalt angetan, was nur die Mutter überlebte. Ich hab gehört, wie sie dem Vater davon berichtete. Wenig später starb sie. Nun, ich hab's nicht vergessen, wie's ihr und der Schwester ergangen ist und hab mich deshalb nie zu solch Werk anstiften lassen, obwohl ich mit zwölf Jahren als Waise im Tross des sächsischen Kurfürsten und später bei den Schweden vieles tagaus tagein sah.«

»Aber wo hast du so fechten gelernt?«, drängte mein Vater.

»Ich war bei einem deutschen Marketender. Der verstand's, in gezierter Sprach seine Sachen als einzigartig anzupreisen. Er war gelehrt, aber sonst ein grober Geldwolf. Da ich trotz viel Prügel bei ihm ausharrte, lehrte er mich Rechnen, Lesen und sogar etwas Schreiben. Bald bot ich mit blumigen Worten die Waren an, während mein Meister hurte. Einem böhmischen Edelmann, der sich unter falschem Namen damals bei den Schweden durchschlug, fiel meine böhmische Aussprach auf. Ich ging in seine Dienste. Bei ihm habe ich die Fechtkunst gelernt.«

Mein Vater runzelte zweifelnd die Stirn.

»Ja, Herr, Ihr wundert Euch, aber es kam so: Der Edelmann erteilte seinem Sohn Fechtlektionen. Ich sah zu und übte heimlich die Hiebe und Stiche. Einmal rief mein Brotherr verzweifelt über die widerwilligen Stöß seines Sohnes aus, dass jeder Bauerntölpel es besser könnt, und gab mir den Degen. Es war meine Glücksstund. Bald fochten wir Knaben gegeneinander. Später geriet ich in Gefangenschaft. Hab dann meinen jungen Waffengefährten erst im Frieden wiedergesehen und ihm gedient bis – zu seinem Tod.«

Eine fette Fliege summte zwischen den beiden Männern hin und her.

Mein Vater verschränkte die Arme und starrte nachdenklich vor sich hin. »Wie war der Name des Edelmannes?«, fragte er endlich.

»Herr, er ist tot und kann keine Empfehlung mehr geben.«

»Verflucht!«, brüllte mein Vater, »ist sein Name so schmutzig, dass man ihn nicht in den Mund nehmen kann?«

»Nein!«, donnerte Jan zurück, »man muss ihn mit Ehrfurcht nennen! Es ist Christoph von Redern, Herr von Friedland und Reichenberg. Er half treu seinem Onkel, als der auf der Flucht war. Das war Andreas Graf Schlick, dem Kaiser Ferdinand in Prag Hand und Kopf abschlagen ließ, nur weil er sich auf das verbriefte Recht der böhmischen Ständ' berief und sich nie dem kaiserlichen Unrecht beugte.«

»Unrecht? Nein!« Die Stimme meines Vaters schnitt schrill ins Ohr. »Dieser Mann war der Übelste aller Landsverräter und die Ursach für den barbarischen Krieg. Einen solch ehrlosen Hund und wahnwitzigen Teufel verabscheue ich aus tiefster, allertiefster Seel.« Er ging zum Fenster, riss es auf und schaute hinaus in den Sonnentag.

»Auch im Frieden keine Versöhnung?« Trostlos blickte Jan auf den Rücken seines Kontrahenten. »Herr, Ihr habt so edel und christlich gehandelt wie Herr von Redern. Warum redet Ihr so über Leut Eurer Art, die gleich denken, gleich handeln? Ja, wenn wir's bei meinen guten Lügen belassen hätten, wär mein Abschied jetzt friedvoller.«

»Wer die Wahrheit wissen will, muss sie auch vertragen«, mein Vater wandte sich abrupt um, »gut, ich habe auch schon manch wackeren Mann von der Gegenseite kennengelernt. Die Kriegstreiber und Landsverräter aber sind mir zuwider, davon weich' ich kein Jota ab.«

»Ich danke für die langmütige Gastfreundschaft«, sagte Jan und verbeugte sich ungewöhnlich tief. »Ich kann das, was Ihr für mich getan habt, nicht in Gold aufwiegen, aber ich wär froh, wenn ich Eure Auslag für meine Pfleg' ersetzen dürfte. Ich bitte um den Abschied.«

»Du willst fort? Du hast noch nicht die Kräfte!«

»Ich steh in Gottes Hand.«

»Ja, aber der Schöpfer hat dir so viel Witz gegeben, damit du nicht geradewegs ins Verderben rennst.«

»Es ist doch Zeit für mich zu gehen. Mit Verlaub, warum sorgt Ihr Euch so um mich – fast wie um einen Sohn?«

Mein Vater stierte ihn an, als habe er den Verstand verloren. Dann sagte er: »Ich habe Lust auf ein Gefecht!«

»Stehe zur Verfügung, Herr!« Jan neigte höflich den Kopf.

»Gut, aber ich knüpfe eine Bedingung daran. Gewinnst du, kannst du gehen und ich gebe dir einen Degen. Gewinne ich, erteilst du meinem Sohn zwei Monate lang Fechtlektionen.«

»Wie's beliebet! Aber bei dem Handel gewinne nur ich!«

Die sich steigernde Dynamik eines Gefechts zeigten mir die beiden nun in Vollendung: das Abtasten, das Herausfordern des Gegners, um ihn zu einer gewagten Attacke zu verleiten. Ich bewunderte die Geschmeidigkeit Jans, der angriffslustiger war. Mit einem Hagel feuriger Hiebe versuchte er, die parierenden Schläge meines Vaters zu durchbrechen. Als sei er müde geworden, gab er anschließend meinem Vater die Möglichkeit anzugreifen, doch darauf folgte wieder – wie Blitze bei einem schweren Gewitter – Hieb auf Hieb, bis es ihm gelang, zum Stich zu kommen. Die Weste meines Vaters gab nur leicht nach, der parierende Hieb kam einen Wimpernschlag zu spät. Die Finger gespreizt, hob der Böhme die linke Hand und senkte mit einem leisen »Touché« den Degen.

»Ein Stich«, erklärte Jan nach Luft ringend.

»Wurde pariert«, japste mein Vater, »was sagt mein Sohn?«

»Ja, ich hab's gesehen«, antwortete ich.

»Was hast du gesehen, den Stoß oder meine Abwehr?«

Keine Frage, diesen Fechtlehrer musste ich haben. »In der Windeseil konnte ich keinen Stoß erkennen«, log ich.

Jan grinste jungenhaft und beugte sich meinem Urteil. Diesmal griff mein Vater an, eine Attacke, die zurückgeschlagen wurde. Ein Zermürbungskampf begann. Jans Angriffe verloren an Brillanz, zumindest hätte er sich um ein höheres Maß an Schnelligkeit bemühen müssen, wenn er seinen Gegner in Verlegenheit bringen wollte. Eine Unachtsamkeit ließ meinen Vater zum Stich kommen. Aschfahl verzichtete Jan auf eine Revanche. Kaum war mein Vater gegangen, wollte ich mit den Lektionen beginnen.

»Ach, broutschku«, Jan nahm mich in den Arm, »gebt mir noch ein wenig Zeit. Der Herr Vater … er ist exzellent.«

»Aber Ihr seid besser!«, behauptete ich.

»Hola, ich habe verloren!«

»Aber die Finten, die rasend schnellen Hiebe!«

»Ach, das Spektakel! Nein, die Kunst liegt woanders.«

»Wo denn?«

»Beim Einschätzen der Kräfte.«

»Ihr habt meinen Vater falsch eingeschätzt?«

»Vor allem mich überschätzt. Meine Hiebe verpufften wie Feuerwerksraketen ohne Effekt. Danach hatte ich gerade noch Kraft zum Defendieren und das Gefecht war verloren.«

»Und wenn Ihr Euch richtig eingeschätzt hättet?«

»Das aber ist die Kunst. Lasst Euch nie vom Ruhm eines Helden beeindrucken und schon gar nicht vom Ruf eines Tölpels. Auch Täppische kennen oft eine gute Finte.«

In jeder freien Minute hielten wir Fechtübungen ab, entweder draußen oder in einer Scheune. Jans aufopferungsvoller Dienst stieß jedoch auf Kopfschütteln. Hasenius rügte, ich sei in Gedanken bei dem »verfluchten Kriegsknecht«. Hennes, Sprecher des Hausgesindes, machte dunkle Andeutungen über die »diebischen« Böhmen. Meine Eltern warnten, ich solle mich in keinen Wahn hineinsteigern und meine Geschwister hänselten mich mit dem »bemmischen Käfferchen«, weil ich ihnen verraten hatte, dass »broutschku muj« »mein Käferchen« bedeutete. Ich ignorierte alle Bissigkeiten. Meine Augen hingen an Jans Lippen, wenn er etwas erklärte, an seinem Arm, wenn er mir eine Finte zeigte, an seiner Gestalt, wenn er mir den Bewegungsablauf verdeutlichte. Einer großen Liebe ähnlich existierte für mich nur dieser eine Mensch, der mein ganzes Denken ausfüllte. Nur noch Melchior teilte meine Bewunderung. Als stiller Beobachter verfolgte er viele meiner Fechtlektionen. Mein überspannter Ehrgeiz störte jedoch auch Jan. An einem heißen Hundstag lockte er mich zum Baden an den Weiher.

Übelgelaunt saß ich am Ufer und sah zu den grünschillernden Rändern auf der anderen Seite des Sees, während sich Jan im Wasser räkelte.

»Könnt Ihr überhaupt schwimmen?«, fragte er

»Ist wohl simpel, wenn's die dummen Fische können.«

»No gut, morgen bringt Ihr mir's Fliegen bei. Die Vögel sind kaum schlauer als die Fische.«

»Es gibt Monster mit Fangarmen, die einen nach unten ziehen und einen jämmerlich ersäufen. Der Kurfürst hat deshalb das Baden verboten.«

»Bei meiner Seel: Monster sind nur im Rhein!«

Ich glaubte ihm jedes Wort und lernte die Schwimmkunst.

❧ August 1649 ☙

»Wie Ihr wisst, junger Herr, könnt Ihr in alle Finten stoßen«, Jans Stimme drang durch den Staubnebel, den die Sonnenstrahlen durch das halb geöffnete Scheunentor zum Leuchten brachte, »also, wenn Euer Gegner eine Finte in der Terz macht, dann stoßt Ihr die Terz überm Arm. So, hier, die Terz und Ihr stoßt! Gut! Wenn nun Euer Adversus in der Quart fintiert, so stoßt die Quart inwendig und wenn er eine Finte hoch in der Sekunde setzt – dann? Nun?«

»Dann stoße ich die Sekunde unten«, war meine müde Antwort.

»Richtig«, lobte er mich, obwohl die Frage nun kinderleicht war, »warum so missmutig?«

»Ach, es ist dieses Wenn und Dann. Terz überm Arm und verhangene Sekunde, das kenne ich schon von Hasenius.«

»No, wenn Ihr alles könnt, dann zeigt's!« Er gab seinen Degen Melchior, der wie so oft bei uns im Heu saß.

»Mit einem Knecht schlag ich mich nicht«, knurrte ich.

»Ich bin kaum mehr und damals am Weiher wart Ihr Euch auch nicht zu schad, mit ihm zu fechten«, widersprach er.

Alle Regeln missachtend griff ich sofort an. Doch Melchior parierte und versetzte mir einen Stich – eine gelungene *Risponte*. Er bot mir Revanche an, die ich, den Degen zu Boden pfeffernd, ablehnte.

»Junger Herr, mit Verlaub«, Jan hielt mich am Arm fest, »dies sollte nur eine kleine Lehr zu unserer ersten Lektion sein: Man muss jeden Gegner ernst nehmen!«

»Auch Küchenjungen? Woher kann der das?«, brüllte ich.

»Er hat's von mir gelernt, wie ich's ihm versprochen habe.«

Zorn schnürte mir die Kehle zu. Die Fechtkunst war ein Zeichen meines elitären Standes und Jan sah lächelnd zu, wie mich unser Knecht im Nu besiegte. Die mitleidlos harte Demütigung ließ mich zum Nichts herabsinken. Meine Augen schwammen im Wasser, und als Melchior die Scheune verließ, stolperte ich hinter ihm her. Draußen sah ich drei Bauern auf das Herrenhaus zuschreiten. Ich blieb stehen.

»Junger Herr, ich bitt um ein Wort«, Jans reuevolle Stimme kam näher. Ich drehte mich um und warf mich weinend ins Heu. Er ließ sich neben mir nieder. »Verzeiht! Meine Absicht war die beste, nur – hab ich vieles nicht bedacht.« Den Kopf im Heu vergraben lauschte ich. »Ich wollte einen Gegner in Eurem Alter. Melchior ist eifrig, aber er kann Euren Vorsprung nie aufholen.«

»Ich bin besser als Melch?«, fragte ich den Kopf hebend.

»Himmelweit, nur die Überheblichkeit hat Euch besiegt.«

»Aber er hat richtig pariert. Die *Risponte* war gut.«

»Ja, zufällig hab ich genau das mit ihm geübt.«

Jost stieß die Tür auf und bedeutete Jan, mit ihm zu kommen. Ich folgte ihnen ins Kabinett. Dort standen die Schöffen Karstgen und Thöniß; vor ihnen saß ein feister Mann. Er hatte auffallend dicke Lippen und dünnes Haar, das ihm schweißfeucht an der durchschimmernden Kopfhaut klebte. Sein imposantes Wams mit geschlitzten Ärmeln war für die Jahreszeit zu warm. Ihm gegenüber saß mein Vater. Neugierig musterten die Besucher Jan, der sich verlegen auf seine flüchtige Art verneigte.

»Nun, Jan Harsch«, sprach mein Vater ihn an, »das ist der ehrsame Vogt von Friesdorf«, er deutete auf den Dicken, »und die Schöffen Thöniß und Karstgen. Sie wollen wissen, ob du eine Supplik beim Kurfürsten eingereicht hast?«

»Nein, keineswegs«, antwortete Jan mit belegter Stimme.

»Mit Verlaub, edler Herr«, der Vogt nickte meinem Vater zu und wandte sich an Jan, »uns ist zu Ohren gekommen, der Herr Böhm klagt beim Amtmann wegen der Angriff' in der Schänk und im Wald, die er den Friesdorfern ankreidet.«

Jan verneinte auch das und ergänzte: »Die Obrigkeit hätte viel zu tun, wenn sie wegen all der Püff und blutigen Köpf in Schänken einschreiten wollte.«

»Und der Überfall im Wald?«, gab der Vogt zu bedenken.

»Dagegen klag ich auch nicht!«

»Er hat also im Wald niemand erkannt?«, fragte Karstgen.

»Ah, daher pfeift der Wind!« Jan grinste. »Wenn mir keiner Böses will, lasse ich meine Nebenmenschen auch in Ruh.«

Der Vogt atmete auf: »Und der Herr ist wohlauf?«

»Allein das Verdienst des gnädigen Herrn«, sagte Jan kühl.

»Wir sind dem wohlgeborenen Herrn ohne Maßen *obnegiert*«, wieder verbeugte sich der Vogt, »vor allem für den cour-arsch-ierten Mut und …«

»Ja, ja, Dank für die Wertschätzung«, erstickte mein Vater die Lobeshymne im Ansatz, die er zuvor wohl schon einmal gehört hatte, »und wenn die Friesdorfer sich fürderhin solch' gefährlichen Aufruhrs enthalten, dann ist die Sach vergessen!«

»Ich dank Euch dienstschuldigst, gnädiger Herr. Es – es wär uns nun eine große Ehr, wenn wir Euch zu einem Versöhnungsfest empfangen könnten, wenn's beliebet.«

Dies schien ein schwieriger Teil seiner Mission zu sein, denn der Vogt wischte sich mit dem Ärmel über die Stirn, bevor er sagte: »Es würd' uns freuen, wenn der wohlgeborene Herr zu einer Lustbarkeit unser Gast wär. Wann wär's genehm?«

»Morgen, guter Vogt, morgen«, mein Vater lachte.

»Morgen? Dat ist bald!«

Der Vogt presste die dicken Lippen zusammen, was ihm weitaus besser stand als der Naturzustand, dann hellte sich seine Miene auf. »Doch, dat kommt gelegen«, er rieb sich die Hände,

»sehr gelegen. Morgen büßen zwei Sünder, da fällt die Lustbarkeit üppiger aus.«

»Gute Leut!« Mein Vater runzelte die Stirne. »Mit großer Sauferei ist keinem gedient. Wenn meine Pächter mitten in der Ernte mit schweren Köpf' im Bett liegen und ich zu *Michaelis* nur die Hälfte der Pacht erhalte, macht mir's keine Freud und euch auch nicht, wenn im Frühling die Kinder Hungers sterben.«

»Ach, Herr, sorgt Euch nit«, entgegnete der Vogt und fragte dann Jan: »Der Herr Böhm kommt doch auch?«

»Ich?« Unverständnis zeichnete sich in Jans Miene ab, doch dann nickte er. »Ja, wenn Ihr mir wieder meinen Degen verschafft. Er ging mir beim Überfall verloren.«

»Wir suchen ihn. Nun, kommt der Herr Böhm?«

»Ja«, stimmte Jan steif zu.

Nachdem Jan und die Bauern gegangen waren, brachte Jost eine Schale glühender Kohlestücke, die er auf den Tisch stellte. Mit der Kohle entzündete mein Vater seine Pfeife.

»Herr Vater, warum hat der Vogt Jan eingeladen?«

»Musste er wohl, wenn er's mit der Versöhnung ernst meint, aber ob jeder so denkt?«, brummte mein Vater.

»Ich sage Jan, er soll zu Hause bleiben.«

»Der wird kaum drauf hören.« Mein Vater blickte in die pilzkappenförmige Rauchwolke über sich. »Kein Soldat gibt sich die Blöße, vor Bauern Angst zu zeigen. Immerhin haben sich die Friesdorfer zu guter Letzt besonnen.«

»Die Bauern verdienten eher Prügel, als dass wir mit ihnen Bruderschaft trinken«, schwatzte ich prahlerisch.

»Was fällt dir ein, ich trinke keine Bruderschaft mit ihnen!« Aufgebracht wischte er über den Tisch und warf die Kohlenschale um. Mit der Zange legte ich die Kohlen zurück, aber ein Loch hatte sich bereits in den Tischteppich eingebrannt. »Mein Sohn«, belehrte er mich, »wenn man die Bauern in guter Ordnung hält, sind sie zutraulich wie die Schafe und die sind heutzutag rar. Jetzt geben die Fürsten durch den Krieg verwaiste Höfe umsonst an jeden, der bei ihnen anklopft und darüber hinaus Steuererlass über Jahre. Da sagt schnell einer Lebwohl. Du vergibst dir nichts, wenn du deinen Pächtern bei der Kirchweih Guten Tag sagst, dann können sie dir auch kein X für ein U vormachen. Wenn die Scheunen voll sind, müssen sie die Pacht ohne Abschläg' zahlen.«

Wir schwiegen. Ich starrte auf den einzigen Zeiger der kleinen Tischuhr. Diese stammte noch aus der Zeit, als man nur den Stundenzeiger kannte, aber auch er rückte näher an die Zwei, die Stunde, in der Hasenius' Lektionen begannen.

Hennes und Thierry wechselten erstaunte Blicke, als sie merkten, dass Jan mit uns zum Lüfthildisgraben ritt. Sie hielten sich von ihm fern, so dass er einsam den Schluss unserer Gruppe bildete. Gewohnt, von den anderen gemieden zu werden, fiel ihm seine Isolierung wohl gar nicht auf. Mein Vater ging auf Hasenjagd, während Jan mit mir Netze und Leimruten zum Vogelfang aufstellte. Ich hatte eine Blaumeise, an der meine Schwestern sehr hingen, aus ihrem Käfig befreit. Die Freilassung gefangener Tiere aus ihrer Enge beglückte mich unaussprechlich, so dass ich Käfigvögel immer wieder fliegen ließ, stets jedoch für Ersatz sorgte. Diesmal ging mir ein graublau-rostroter Buchfink mit schwarzweißen Flügeln ins Netz.

Weder die Jagd noch der Trubel des Friesdorfer Festes am späten Nachmittag rissen Jan aus seiner düsteren Gleichgültigkeit, obwohl die Bauern sich alle Mühe gaben, uns zu erfreuen. Unter der Linde vor der Dorfschänke waren ein Tisch und zwei Bänke aufgestellt. Drei Fässer Bier standen bereit. Drei Säulein wurden rußgeschwärzt an Spießen über einem Feuer gedreht. Unmengen dunklen Brotes ergänzten den Speiseplan. Der dicklippige Vogt hob in einer mit Ehrerbietigkeitsfloskeln gegenüber dem »wohlgeborenen Herrn« gespickten Begrüßungsrede hervor, dass man den Wanst zwar nicht – wie's gute Sitte sei – bis zum Erbrechen füllen könne, aber hungrig oder gar durstig werde keiner nach

Hause gehen. Schließlich solle man neben dem Fressen auch des hehren Zweckes des Festes gedenken, nämlich der Versöhnung. Kaum hatte er seine Ansprache beendet, stürzte sich alles auf die Speisen. Nur drei Männer, die der Vogt – unter schadenfrohem Gelächter – als Spender der Schweine und des Bieres spöttisch gerühmt hatte, rührten nichts an. Die anderen neckten sie, hielten ihnen Bratenstücke unter die Nase oder prosteten ihnen hämisch zu. Ein Bezechter goss einem armselig gekleideten Mann Honigbier ins Haar, damit wenigstens dessen Kopf wisse, was der Mund versäume, wie er unter Gegröle verkündete. Die Gehänselten verbüßten so eine Strafe, zu der sie die Bauernbank verurteilt hatte. Sie mussten Speis und Trank der Gemeinde stiften, wobei ihnen Anwesenheit und Enthaltsamkeit während des Schmauses auferlegt worden war. Der Dicke hatte immer über die Grenzen seines Ackers hinaus geerntet. Der »Hungerleider« borgte von fast jedem im Dorf Nahrungsmittel und Saatgetreide, gab aber nie etwas zurück und musste nun seine einzige Sau opfern. Mit lauter Stimme gebot der Vogt Ruhe.

»Wohlgeborener Herr!« Er verbeugte sich in Richtung meines Vaters, neben dem Jan stand. »Wir haben den Degen des Herrn Böhm gesucht, doch trotz viel Müh nit gefunden Ich kann daher nur die *Wehr* des Freunds überreichen. Sie soll dem Herrn Böhm guten Schutz geben, möge aber nie Blut der Rachlust dran kleben. Dat ist der Wunsch aller hier, die das Unglück des Herrn Böhm von Herze bedaueren, da wir selbst wissen, wie's ist, wenn man Freunde verliert. Wenn weniger die Bäum' der Rache und mehr die der Verzeihung wachsen, dann könnt die Welt fürwahr zum Paradies erblühen. So nehmt den Degen im Namen Jesu Christi.«

Die Angst vor der Rache der Verwandten des Ermordeten, die der Böhme leicht auf die richtige Fährte setzen konnte, schimmerte aus allen Fugen der Rede. Die gespannten, auf Jan gerichteten Blicke waren Bitten jedes Einzelnen, das Vergangene nun ruhen zu lassen. Der Vogt erwartete, dass Jan sich den Degen abholte. Der aber blieb mit eisiger Miene stehen. So musste sich der Vogt bequemen, ihm die Waffe zu präsentieren. Bedächtig nahm sie Jan entgegen.

»Ich danke dem Herrn Vogt«, sagte er feierlich, »ja, wenn's mehr Vergebung als Vergeltung gäbe, wäre die Welt schöner; da sind sich die Weisen einig. Nur streiten sie sich immer noch über die Frag, wer mit der Vergebung denn anfängt.«

»Wie meint der Herr das?«, fragte der Vogt betroffen.

»Wie ich's gesagt habe«, versetzte Jan. Den Degen hochhaltend rief er: »Ich dank euch und vergeb, was mir angetan wurde, das schwöre ich und wollt drauf sterben!«

Alle hoben die Becher und tranken. Ein Fiedler, zwei *Sackpfeifenspieler*, Flöten und ein Trommler spielten zum Tanz auf. Manche Frau zog recht grob ihren von der Feldarbeit müden Mann zum Reigen. Die jungen Männer schwenkten die Mädchen herum, dass man mehr zu sehen bekam, als dem Pfarrer lieb sein konnte. Mit Lachen, Pfiffen, Juchzen, Klatschen feuerten sie sich gegenseitig an, bis das Drehen, Springen, Trampeln sich mit dem aufgewirbelten Staub zu einem wogenden Inferno steigerte. Abendlicht überschüttete die Tanzenden mit purpurnem Prunk, als würden überirdische Kräfte das derbe Bauernspektakel zu einem königlichen Fest erheben. Bewundernd hingen meine Augen an dieser Darbietung von himmlischer Schönheit und erdverbundener Lebenslust.

Das Honigbier stieg mir zu Kopf und auf einmal befand ich mich inmitten der Tanzenden. Ein Mädchen wirbelte mit mir im Kreis, wir hüpften, stampften und grölten wie die anderen. Mein Kopf wurde leer und leerer, bis ich dachte, meine Seele hätte sich von meinem Leib getrennt und mein Körper drehe sich von selbst. Das Wort »Herzenslust« bekam für mich einen Inhalt. Frei und doch im Rhythmus der Musik liefen meine Füße, mein Mund schrie, losgelöst von jedem Gedanken. Fremde Hände drängten sich in die meinen. Man bildete einen Kreis, in dem sich ein kleinerer zweiter Ring formierte, der sich gegen unsere Laufrichtung drehte. Juchzend und atemberaubend schnell fegten wir aneinander vorbei.

Nach dem Tanz suchte ich Jan. Mein Fechtlehrer beobachtete, wie der quirlige Brausekob, den ich nach langer Zeit jetzt zum ersten Mal wiedersah, Reste von den Knochen eines Schweins absäbelte. Ein neuer Tanz begann und ich verlor die beiden aus dem Blick. Als meine Augen Jan wiederfanden, setzte er seinen Hut auf – das einzige Kleidungsstück, das er als Tribut an die Hitze abgelegt hatte – und ging. Neugierig folgte ich ihm durch die leere Gasse. Er verschwand in einem Seitenweg, der zu einem Gehöft führte, dessen Wetterseite aus Stein, die übrigen Wände aber aus Holz bestanden. Dem Hof gegenüber stand eine Lehmhütte, deren Tür, wie in allen Bauernhütten üblich, zweigeteilt war, so dass man den oberen Teil wie ein Fenster öffnen, den unteren aber geschlossen halten konnte. Ich stieß gegen die offene Fensterlade. Es quietschte. Ein alter Mann rief: »Wer da?« Voller Scham, wie ein Dieb um Bauernhütten geschlichen zu sein, floh ich hinter die Scheune des Gehöfts. Ich lehnte mich an die Wand. Hinter mir polterte es. Ich presste ein Ohr an einen Spalt.

»Mach's Maul auf, dreckiger Rübenfresser, oder ich schlitz dir's auf, von einem Ohr zum anderen!«, fauchte Jan.

Nach einem erstickten Jammerlaut flehte die zitterige Stimme Brausekobs: »Erbarmen, ich weiß nit, wer den Herrn erstochen hat. Ich war doch in der Jagdhütt … ahh!«

»Einer hat doch geprotzt, uns den Rest gegeben zu haben!«

Wieder ein unterdrückter Schrei, dann ein Gurgeln.

»Herr Jesus«, winselte Brausekob, »einer hat gesagt, der Pleiß hätt' dem Reiter den Spieß in den Leib gerannt …«

Wieder ein Schrei! Ich rannte zum Scheunentor und stieß es auf. Eine dunkle Gestalt drehte sich mir zu.

»Wer seid Ihr?«, fragte ich vorsichtig.

»Ach, Ihr seid's!«, antwortete Jan im gemütlichen Plauderton, »ist's Fest schon zu End?« Breitbeinig stand er da, den Degen vor sich auf den Boden gesetzt. Sein Wams war offen, weil Brausekob ihm wohl Knöpfe abgerissen hatte. »Geht nur, ich komme gleich.«

Noch die Folterschreie im Ohr, verwirrte mich seine Ruhe.

»Nein, bleibt, um Gotts Wille!«, brüllte Brausekob von hinten und tauchte aus dem Schwarz der Scheune auf.

Seine Wangen waren blutverschmiert.

»Ist's wieder besser?«, wandte sich Jan scheinheilig an sein Opfer, »setze Er sich ein wenig, Gevatter Brausekob!«

Roh drückte er den widerstrebenden Mann ins Stroh.

»Bitte, bleibt, junger Herr«, bettelte Brausekob, sein Gesicht in tausend Kummerfurchen ziehend, »ich will auch Abbitt leisten, weil ich Euch im Wald allein gelassen hab.«

»Schon gut! Du hast ja Hilfe geholt, um sein Leben zu retten«, ich deutete auf Jan.

»Ja, ja«, Brausekob nickte eifrig, »ohne mich wär er tot.«

»Merkwürdige Art, einem das Leben zu retten«, höhnte Jan, »ich weiß nur, dass du mit dem Sauspieß auf mich eingestochen hast. Also red nicht so dummes Zeugs.«

»Er hat Euch nicht verletzt, aber Ihr habt ihn jetzt übel zugerichtet«, verteidigte ich Brausekob, der sofort frohlockte: »Du bist zu frech, Kriegsknecht!«

»Hüte dich, du Knollfink!«, zischte Jan, als kündigte er eine Feuersbrunst an: »Ich nagele dich sonst an die Wand! Hier durch!« Er stupste mit seinen Zeigefinger gegen Brausekobs Stirn.

»Seltsam«, bemerkte Brausekob, »vorhin hat der Herr *Urfehd* geschworen und versprochen, alles Üble zu vergeben.«

»Ja, meine Blessuren, aber nicht den Mord. Wie ein Fluch liegt er auf deinem elenden Dorf bis zum Jüngsten Tag!«

»Vergessen müsst Ihr, Herr Böhm, vergessen«, triumphierte Brausekob, »die Männer find' Ihr nie. Die sind wie Nadeln im Heuhaufen oder Eure Knöpf hier unterm Stroh.«

»Ha, ich find die Knöpf hier im Stockdunkeln und wenn ich sie finde, krieg ich auch die Mordbuben am Kragen?«

Jan tastete sich in die Scheune zurück. Wir hörten ihn wühlen und kratzen. Lallender Gesang, Gelächter und das Stimmengewirr heimkehrender Bauern schwoll an und verklang in Wellen.

Ein brabbelnder Betrunkener hämmerte beharrlich gegen eine Tür, woraufhin eine keifende Frauenstimme ihm mit der gleichen Zähigkeit befahl, Ruhe zu geben. Brausekob verdrückte sich und auch ich ging. Auf der Dorfstraße holte mich Jan ein und legte eine Hand auf meinen Nacken. Ruppig schüttelte ich sie ab.

»No, was ist, *broutschku*?«, brummte er.

Wie Essig reizte diese gleichgültige Gelassenheit meine Seele. Ich wollte weglaufen, doch er zog mich am Arm zur Kirche, auf deren Schwelle wir uns niederließen.

»Was ist, junger Herr?«, fragte er liebevoll.

»Ach, Brausekob hat ganz recht: Ihr habt versprochen, alles zu vergeben und dann schlagt Ihr einen Mann blutig, der beim Überfall gar nicht dabei war. Ihr lügt!«

»Junger Herr«, Jan räusperte sich, »der Bauer hat mit meinem Dolch ein Stück Sauspeck abgeschnitten …«

»Den hatte er doch von der Jagdhütte«, warf ich ein.

»Ja, heiliger *Vitzliputzli*, aber er hatte ihn! Käferchen, ich hab doch keine Wahl. Sie haben Herrn von Redern heimtückisch erstochen. Alles, was ich noch tun kann, ist, die Mörder zu bestrafen, damit seine Seel Ruh findet. Die brave Obrigkeit tut für einen Protestanten nichts und hier sagt mir keiner auch nur ein Sterbenswörtlein, außer im Suff. Und bis die mit mir Bruderschaft trinken, ist der Jüngste Tag angebrochen.« Er blickte hoch zu einer Fledermaus, die über uns hinwegsegelte. »Bei Gott, dem Hund wird's übler ergehen als meinem seligen Herrn. Er wird betteln, dass ich ihm endlich die Kehl zudrücke«, er presste mir etwas in die Hand.

Es waren die Knöpfe, die Brausekob ihm wohl abgerissen hatte.

»Es ist ein Zeichen. Es wird lange dauern, aber am End find ich den Mordbuben, den Pleiß. Daran glaube ich so fest wie an die Wahrheit der christlichen Lehr!«

Oktober 1649

Die Tage kamen und gingen gemächlich. Im diesiggrauen Frühlicht stand ich auf und legte mich nach Einbruch der Dämmerung schlafen, dem die Welt ewig bestimmenden Rhythmus von Hell und Dunkel, fröhlichem Leben und totengleicher Ruhe folgend. Ein träger Fluss, dessen Eintönigkeit mich in wohliger Geborgenheit wiegte, nach der ich mich in späteren, wildbewegten Zeiten oft sehnen sollte. Da ich nichts erwartete oder begehrte und mir schon gar nichts Besseres als das, was mir beschieden war, vorstellen konnte, lebte ich im Zustand eines fast vollkommenen Glücks. Das Carpe diem – nütze den Tag – bedeutete für mich, in der Fechtkunst voranzukommen, obwohl ich jetzt auch die Schule ernst nahm. Auf Wunsch meines Vaters duzte mich Hasenius nun nicht mehr, was ihn aber nicht daran hinderte, mich zu schlagen. Da mir das kalte distanzierende »Er« oder »Ihr« missfiel, bot ich Jan das »Du« an.

»Junger Herr«, sagte er, »wenn ich Euch früher schon mit ›Ihr‹ anredete, sage ich jetzt kaum du. Findet Euch damit ab, allmählich in die Schuh des Herrn Vaters zu wachsen.«

Ja, ich spürte, dass man mir die viel zu großen Schuhe meines Vaters anpassen wollte. Er, der stets Gesunde, hatte einen schweren Gichtanfall – das böse *Podagra* – und konnte wochenlang nicht laufen, was ihn in Melancholie stürzte. Häufig musste ich bei dem Schmerzgeplagten sitzen und mir seine Ratschläge anhören, wobei ich so oft wie möglich das Thema auf unsere Jagdausflüge lenkte und nie vergaß, meinen Wunsch zu äußern, bald wieder mit ihm zu reiten. Da sein Gichtfuß in keinen Reitstiefel passte, versprach er mir einen zweitägigen Ausflug mit Hennes. Wegen des schlechten Wetters musste ich mich bis zum *Weinmonat* gedulden. Doch kaum schien die Sonne, war Hennes krank; so schlug ich meinen Eltern Jan als Begleiter vor. Mein Vater saß, das bandagierte Bein auf einem Schemel gelagert, vor dem Kamin. Die Flammen flackerten in der von zwei Fenstern umrahmten Feuerstelle aus schwarzem

Stein, über der ein Gemälde hing, das die Begegnung des Heiligen Hubertus mit dem das Kreuz tragenden Hirsch in Grün- und Brauntönen zeigte. Über dem Feuer wärmte sich meine Mutter die Hände. In dem Kleid mit dem weißem Kragen und gebauschten Ärmeln erschien mir ihre Gestalt elfenhaft schön.

»Es ist recht kühl draußen, auch wenn die Sonne scheint«, gab sie zu bedenken, »bei kaltem Wetter bleiben Kinder besser im Haus. So haben wir's immer gehalten.«

»Und das wird sich jetzt ändern«, sagte mein Vater, »mein Sohn soll keine elende Katze werden, die hinterm Ofen hockt. Wohin die eifrige Besorgnis um die liebe Gesundheit führt, sieht man an Philipp, der wieder malad ist.«

»Er ist von Natur aus zart«, widersprach sie, neben ihn tretend – ihre Finger umklammerten den Löwenkopfknauf der Lehne seines Stuhles –, »aber mit dem groben Kriegsknecht sollte auch Christoph Salentin nicht reiten.«

»Ja, er ist grob«, pflichtete ihr mein Vater bei, »aber wie roh die Soldaten auch sind, für ihren Herrn lassen sie sich in Stücke hauen. Der Böhm wird für Christoph gut sorgen.«

Er legte seine Hand auf ihren Arm und lächelte sie an. Doch es bedurfte noch viel Überredungskunst, bis sie nickte und ich Jan holen durfte, der sich auf seine knappe Art verbeugte.

»Guter Böhm«, sagte mein Vater freundlich, »mein Sohn soll einen langen Ausritt machen.«

Jan strahlte so, als sähe er geradewegs ins Paradies.

»Ich sattle die Pferde, wann's beliebet«, bot er an.

»Es ist noch nicht entschieden«, knurrte mein Vater unwillig, »draußen treibt sich viel Gesindel herum und bei kaltem Wind und Regen ist ein Ritt der Gesundheit abträglich.«

Obwohl ich seine Launen kannte, wunderte ich mich nun doch über die Haken, die er schlug. Es gefiel ihm wohl, wie ein Gott Hoffnung und Enttäuschung nach Gutdünken zu verteilen. Die Wirkung dieses Spieles konnte man mühelos an Jans sich verdüsternder Miene ablesen.

»Mit Verlaub, gnädiger Herr«, sagte Jan ungewohnt devot, »ich schwöre, Euren Sohn so zu schützen, als wär's mein eigen Leben, und wenn's regnet, suche ich sofort ein Obdach.«

Mein Vater erhob sich und hinkte auf einen Stock gestützt zum Fenster. Die Sonne schien und die sich im Raum sammelnde Wärme gaukelte einen Sommertag vor.

»Vom Lehnstuhl aus sieht die Welt oft gefährlicher aus als im Sattel«, bemerkte er. »Gut! Reitet! Aber, Böhm, wenn ihm etwas zustößt, jag ich dir bis in die Höll nach! Und in Friesdorf nimmst du kein Quartier!«

Wir bewaffneten uns mit Pistolen und Jan trug gleich zwei Degen, was mich belustigte. Wenig später waren wir im Sattel. Ich ritt den Braunen meines Vaters und Jan den wilden Rappen seines seligen Herrn. Auf der Straße schlug uns ein rauer Nordwind entgegen. Jan wollte zum Lüfthildisgraben, weil ich ihm das Grab seines Herrn zeigen sollte, das er bisher nicht gefunden hatte. Geschmeichelt, meinem verehrten Fechtpräzeptor eine unverzichtbare Hilfe zu sein, stimmte ich zu, obwohl mir der Gespensterwinkel immer noch suspekt war. Jan, ein forscherer Reiter als Hennes, ließ sich sofort auf ein Wettrennen über die Stoppelfelder ein. Der Braune stürmte entfesselt davon. Ich duckte mich, richtete mich auf den Rhythmus der weit ausgreifenden Galoppsprünge ein und hielt den Blick streng auf das Ziel gerichtet: das Gatter eines einsamen Gehöfts. Meine Begeisterung übertrug sich auf das Pferd, das mich im atemnehmenden Tempo durch die Luft trug. Ich preschte über die dunkle Erde, den hohlen, rasenden Klang der Hufe im Ohr. Die Schläge verdoppelten sich sogar, was mein rauschhaftes Glück noch steigerte, bis ich begriff, dass der schwarze Hengst gleichauf mit mir war – seine Mähne fliegend wie Feuerbrand. Unbarmherzig trieb ich den Braunen an, aber im zähen Zweikampf rang mir Jan jeden Vorteil wieder ab. Der schwarze Teufel gewann.

»Herr, Ihr reitet das Ross zuschanden, wenn Ihr's so grausam antreibt«, rief Jan in das Schnauben der Pferde hinein.

»Die Schindmähre verdient's nicht besser!«

»No, no, das ist ein exzellentes Pferd.«

»Dann war ich wohl schlecht«, schimpfte ich.

»Nein, Ihr seid ein mutiger Reiter, doch wie so oft gingt Ihr's ein wenig zu schnell an und gegen diesen Satan hat jedes Pferd einen schweren Stand. Ihr solltet ihn reiten. Der Gaul passt zu Euch – beide wild und kräftig.« Ich sah ihn zweifelnd an, »Warum nicht? Der Schwarze lässt nur keinen Fremden aufsitzen. Aber wen er kennt, zu dem ist er lammfromm.«

»Aber er gehörte doch Eurem Herrn.«

»Ja, doch Verwandte gibt's nicht mehr. Kurz vor seinem Tod kaufte mein Herr den Rappen, obwohl er noch sehr jung war. Das hat ihn wohl das Leben gekostet. Während ich meine Rosa bei dem Überfall schnell ins Dunkle trieb, stieg der Schwarze mitten auf der Wegkreuzung – dort, wo der Mond am hellsten schien. Wie er das Pferd wieder in der Gewalt hatte, stach einer mit einem Spieß zu. Das ist das letzte Bild, das ich von meinem Herrn hab: wie ein König zu Pferd in Parade und dann …« Versonnen blickte er über das Feld. Er ritt an und rief: »Kommt! Euch ist kalt und die gnädige Frau Mutter sorgt sich um Eure Gesundheit.«

»Meine Mutter hat doch gar nichts gesagt!«, rief ich ihm hinterher, woraufhin er sich umdrehte.

»Ja, dafür aber der Herr Vater und der schert sich herzlich wenig um einen Schnupfen und wenn er befiehlt, auf die Gesundheit zu achten, dann tut er's nur der Frau Mutter zulieb. Hinter manchem Wort eines Mannes stehen zehn klagende Sätze einer Frau. Ich kenne die Weiber.«

Die alte Ulme an der Wegkreuzung beim Lüfthildisgraben trug noch grüne Blätter, während die übrige Welt schon herbstlich rot und gelb leuchtete. Jan fegte unter dem Baum mit dem Fuß Laub zur Seite und blickte mich fragend an: »Ist er hier beerdigt?« Ich schüttelte stumm den Kopf. »Dann habt die Güte abzusteigen und zeigt mir die Stell!«

Zögernd rutschte ich aus dem Sattel. Jan band mein Pferd an einen Baum und ich zeigte ihm das Grab.

»Aber da ist ein Felsbrocken«, er kniete nieder und untersuchte den Boden, »ja, hier ist die Erd locker. Das ist's!«

Er holte einen kurzen Spaten aus seinem Mantelsack.

»Was habt Ihr vor?«, fragte ich argwöhnisch.

»Ach«, sagte er, während er Mantel, Degen und Wams ablegte, »ein Offizier kann sich die Grabstell nicht aussuchen und die gemeinen Soldaten verfaulen meist über der Erd. Doch wer in der Gnad Gottes ist, kann liegen, wo er mag – alles andere ist nichtige Eitelkeit. Das hat mein seliger Herr einmal gesagt. Aber eine Eitelkeit hatte er.« Er gab mir einen der beiden Degen. Es war ein breiter Soldatendegen, mehr Schwert als elegante Waffe: »Seht, wie gut er in der Hand liegt! Und der soll nun zu meinem Herrn ins Grab. Ich bitt Euch von Herzen, ihm diesen letzten Dienst erweisen zu dürfen.« Ich nickte, aber das Grauen presste mir schon jetzt die Luft ab. »Ich danke Euch«, seine Augen strahlten, »wisst Ihr, die Toten sind die friedfertigsten Leut, gleichgültig, ob sie am Galgen baumeln oder in der Erd liegen.«

Ich setzte mich auf einen Stein. Jan grub gleichmäßig wie ein Uhrwerk, und wenn seine Arbeit nicht so ernst gewesen wäre, hätte er dabei gepfiffen. Ich zog meinen Mantel enger. Trotzdem drang der aufkommende Wind durch das Tuch – strich kalt über die Haut. Die Pferde schnaubten angstvoll. Die raspelnden Blätter der Ulme, die abnehmende Helligkeit, die Kühle, das Knacken der Zweige – die geheimen Zeichen einer mir bekannten Gefahr. Kreuzwege sind Lieblingsplätze böser Geister und der leichtsinnige Mann störte unbekümmert die Totenruhe. Von einer geheimen Kraft bewegt wirbelten Blätter inmitten des Wegs umeinander: eine Warnung: die letzte Möglichkeit zu fliehen – die letzte Möglichkeit! Und da spürte ich es. Es war hier … nicht fassbar, nicht sichtbar, das Licht und Farbe verschlingende Wesen aus Luft und Wasser näherte sich – kalt und feucht. Klamme Kälte rieselte mir den Rücken hinunter. Diesmal würde mich das Grauen vernichten. Noch bevor es mich lähmte, stürzte ich zu meinem Pferd, saß im Sattel. Mein rechter Fuß fand den Bügel nicht, trotzdem gab ich dem Pferd die Sporen. Zu spät! Der sanfte Braune wieherte und bockte. Verzweifelt trieb ich das Tier an, es bäumte sich auf, einen grellen, menschlichen Schrei ausstoßend. Ich umklammerte den Hals des Pferdes, das mich erbarmungslos hin und her schleuderte. Ich glitt zur Seite, ein Bein wie einen Haken um den Rücken gekrümmt, die Arme um den Hals geschlungen, die Finger ins Fell verkrallt... ich sah die trampelnden, alles zermalmenden Hufe, die Finger lösten sich und dann ... dann wurde ich von Engeln ergriffen, weggerissen und fiel zu Boden. Zwei Arme legten sich schützend um mich – Schutz vor dem Donnerknall über mir. Ich schrie hemmungslos.

»*Broutschku muj*«, flüsterte Jan; es folgte Böhmisches, unverständlich, aber trostvoll, »joja, der Himmel jagt uns in Angst und Schrecken. Donner im Herbst ist selten.«

»Jan«, sagte ich heiser, »das war der Geist, der Schind.«

»Am Tag zeigen sich keine Geister«, widersprach er.

»Der ja! Glaubt Ihr nicht an Geister?«

»Oh ja, aber mein Leben ist in Gottes Hand und wann's ihm gefällt, wird er's beschließen und kein unseliger Geist. Und wenn er mit Pesthauch mir ans Leder will, so kann er's nur, wenn Gott es will. Warum soll ich mich also fürchten?«

»Und wenn einer mit dem Messer da steht, dann sagt Ihr, stoß ruhig zu«, ergänzte ich.

»Wir sollten Gott nicht mit Tollkühnheit herausfordern, so wie Ihr eben. Junger Herr, gebt einem angebundenen Pferd nicht die Sporen! Ihr habt den Gaul so wild gemacht, dass ich kaum mehr an Euch rangekommen bin und ein Huf hat mich obendrein gestreift.«

Sanft entzog er mir seinen Arm und stand auf. Sich die linke Hüfte haltend, holte er seinen Mantel, in den er mich wickelte, da ich am ganzen Leibe zitterte. Schweigend machte er sich wieder an sein Werk und legte wenig später den Degen in die Grube. Kniend betete er erst stumm, dann laut auf Böhmisch. Sein Gesicht verdeckte das blonde Haar, doch aus seiner rauen, um Beherrschung bemühten Stimme hörte ich den Schmerz heraus. Er brach von der Ulme einen Zweig ab, den er zu dem Toten legte. Nachdem er das Grab wieder mit Erde gefüllt hatte, stand er sehr lange andächtig davor. Endlich kam er zu mir und schimpfte: »Verdammte Grabschänder haben seine Stiefel gemaust!« Die Soldaten lassen die Toten nackt zurück, dachte ich, während er weiter schalt. »Und sie haben den Stein auf seinen Kopf gerollt, damit seine Seele nicht aus dem Mund fährt und sie verfolgt. *Potz* Blut, Gott wird sie strafen!«

Wir verließen den schaurigen Ort. Nachdem wir Friesdorf umritten hatten, fielen die ersten Tropfen. Keine halbe Meile weiter peitschte der Regen vom Himmel. An einem abseits der Straße gelegenen Gasthof stiegen wir ab. Während mich Jan durch Matsch und Pfützen trieb, erhaschte ich einen Blick auf das verwitterte Wirtshausschild, das an einem galgenähnlichen Holzgestell am Haus angebracht war. »Zum Goldenen Heller« las ich, wobei jemand den Heller mit roter Farbe in »Henker« verbessert hatte. Ein armseliger Name, da nützte auch das »Golden« nichts! Jan schubste mich ins Haus. Innen war es dunkel. Durch zwei Fenster an der Längsseite des Raumes fiel graues Wolkenlicht durch Butzenscheiben. Ein unförmiger Ofen, an dem mehr schadhafte als heile Kacheln klebten, beherrschte die Stube. Um einen Tisch neben dem Ofen saßen vier Männer. Der Wirt, feist, mit einem weißen fleckigen Schurz bekleidet, kam auf uns zu und fragte nach unseren Wünschen.

»Was denkst du, guter Mann, was wir wollen: ein Quartier, den besten Trunk und ein ebensolches Essen«, erwiderte Jan, mir meinen Mantel von den Schultern nehmend, den er an einen Nagel hängen wollte.

Der Wirt aber trat dazwischen: »Nit so eilig, Bruder, kann Er auch die Zech zahlen oder sollen die kleinen Waldvögelein für mich das Zehrgeld sammeln?«

»Keine Sorg, Herr Wirt. Ich hab genug.«

»Dann wird's auch genehm sein, wenn Er Vorschuss gibt!«

»Teufel, erst die Speis, dann das Geld! Eselsschwanz!«

Blitzschnell packte der Wirt Jans Arm, drehte ihn auf den Rücken und brüllte: »Ich mag keine groben Gäst'. Du billigst jetzt meine Conditiones auf höfliche Weis' oder marschierst gleich da wieder raus, wo der Zimmermann ein Loch gelassen hat.«

Ruckartig drückte er den Arm nach oben, so dass Jan meinen Mantel fallen ließ und ein »Heiliger Sankt Grobian, ja, *d'accord*«, hauchte.

»Zwei Albus!«, forderte der Wirt und gab Jan frei.

»Draußen stehen zwei Pferde, die dienen als Pfand!«

»Ja, die lieben Pferde, die zahlen auch nit; die sind in aller Herrgottsfrüh gleich mit den Gäst' fort«, seufzte der Wirt.

»Wundert mich, dass überhaupt einer dableibt!«

»Für die Nacht muss der Herr mit der Gaststub vorlieb nehmen, denn in einer Kammer logieren schon Offiziere mit ihren Burschen, in der anderen Kaufleut«, erklärte der Wirt. Jan blickte misstrauisch auf den gestampften Lehmboden, auf dem die Tropfen aus unseren Kleidern kleine Pfützen bildeten. Sich am Kopf kratzend meinte der Wirt: »Seid unbesorgt, mein Boden schwitzt keine Krankheit nit aus.«

Kaum hatte er das Geld eingestrichen, wurde er gefällig. Man stellte die Pferde in den Stall und ich erhielt trockene Hosen und ein Hemd aus grobem Stoff. Diese Kleider, zu klein und mehrfach geflickt, machten aus mir einen Bauernjungen. Um mich aufzuwärmen, setzte ich mich neben einen alten Mann mit schlohweißem Haar auf die Ofenbank. Er war der Vater des Wirtes, so viel verstand ich zumindest aus seinem zahnlosen Mund. Die beiden anderen Herren stellten sich als Kaufleute aus Köln vor und luden Jan zu einem Trunk ein. Ich hätte gerne das Gespräch verfolgt, aber der brabbelnde Großvater ließ mir keine Ruhe, weshalb ich mich auf die Bank legte, ein Appell, den der Alte sofort begriff. Fürsorglich deckte er mich mit seiner Decke zu. Ich schloss die

Augen und hörte, wie eine Bierkanne auf den Tisch geknallt wurde, während sich einer der Kaufleute darüber ereiferte, dass die Engländer ihren König Karl I. Anfang des Jahres enthauptet hätten: Die Strafe für die Hinrichtung eines von Gott eingesetzten Königs müsse dieser Tat auf dem Fuß folgen, Übleres könne es ja nicht geben. Der andere Kaufmann schlug ein Spielchen vor, »nur um die Ehr«.

Jemand spuckte auf den Boden, Spielkarten wurden auf den Tisch geworfen, die Fensterläden klapperten im Wind. In den Geruch der Unschlittkerzen und den Tabakrauch mengte sich der Kraut- und Schweinebratenduft des zu erwartenden Nachtessens. Die Haustür wurde aufgestoßen. Ein feuchtkalter Luftzug strich herein. Zwei Herren zogen ihre Mäntel aus. Der Ältere trug einen silbernen Brustkürass, als wolle er gleich in die Schlacht reiten. Er setzte sich an einen Tisch am Fenster. Als er an mir mit klirrenden Sporen vorbeiging, bemerkte ich, dass er eine Vorliebe für Silber haben musste. Eine silberne Borte lief um den Kniebund seiner Hose, deren Außenseiten jeweils mit einer Reihe silberner Prunkknöpfe von der Hüfte bis zu der Bordüre am Knie besetzt waren. Silbern glänzte auch sein *Bandalier*. Den Degen legte er nicht ab, aber einen solchen Kavalier wagte niemand an seine Pflichten zu erinnern. Der andere Herr war jung. Er trug unter einem westenartigen Lederkoller ein Wams mit geschlitzten Ärmeln, aus denen das Hemd weiß hervorblitzte. Die silbernen Knöpfe und die Silberborte an der Hose hatte er seinem Meister wohl nachgeahmt. Sein Gesicht blieb im Schatten des Hutes, unter dem ein Schwall dunkelbrauner Locken hervorquoll. Die Türe ging nun immer wieder auf und zu. Dürftig gekleidete Männer traten ein und drei herausgeputzte Mägde gesellten sich dazu. Alles schwatzte, lachte; die Weiber spannen und scherzten mit den Burschen wie in einer dörflichen Spinnstube.

Jan, den das Spiel ganz gefangen nahm, zumal es jetzt nicht nur um die Ehre ging, sondern auch um Geld, blickte misstrauisch um sich.

»Merkwürdig, wie viel Leut es reintreibt«, bemerkte er.

»Ja, ja«, erwiderte einer der Kaufleute, »viele, volle Pfützen tun den Wirtsleut nützen. Noch ein Spiel?«

»Danke, schätze wohl, ich hab genug«, sagte Jan, die Karten zusammenschiebend.

»Ach, warum? Der Herr hat doch gewonnen?«

»Die letzten Spiele nicht.«

Die Kaufleute murrten, akzeptieren aber Jans Weigerung, zumal das Essen aufgetragen wurde. Das Kraut und der Braten waren gut. Mit Speck hatte der Wirt nicht gespart. Heißhungrig verschmauste ich das Fleisch, löffelte das Kraut in mich hinein und tunkte noch viel Brot in die Soße. Obwohl so viele Menschen beieinander saßen, hörte man außer Schmatzen keinen Ton. Erst nach der Mahlzeit wurde es laut. Einer spielte auf der *Sackpfeife* und einige tanzten. Die Kaufleute zogen sich in ihre Kammer zurück. Mit Säcklein oder Bündeln suchten einige Gäste sie dort auf und kamen mit leeren Händen wieder heraus.

Jan brummte »Hehlerpack!« in Richtung der Kammer.

Ich rutschte von der Ofenbank und fixierte den älteren, »silbernen« Offizier, der allein vor einem Schachspiel saß. Rauchend sah er den Tänzern zu, die sich in der Enge ständig anrempelten.

»Nun, du Dreikäshoch, spielst du Schach?«, redete er mich an. Ich wurde rot und ging an ihm vorbei.

Er lachte höhnisch hinter mir her und rief: »Das hätte ich mir denken können, mehr als Schweinehüten kannst du nicht.«

»Da irrt Ihr!« Ich stieß die Hände in die Hosentaschen.

»Ja, Schweine fressen kannst du auch!«

»Und wenn's mir gefällt, renne ich dir den Degen in den Wanst.«

»Dass mich der Hagel erschlag, das wär verdrießlich, blutübel verdrießlich. Ist das eine Forderung?« Er grinste.

»Ja! Wer mich beleidigt, verdient kein besseres End.«

»Lass mich aus Großmut noch einmal ungeschoren. Bauern müssen großmütig sein. Notgedrungen!«

»Ich bin kein Bauer. Ich bin Christoph Salentin Sechem von Merhoffen.«

»*Potz Velten*, Vergebung, wohlgeborener Herr. Aber wenn Er wie Harun al Raschid in Lumpen herumläuft, ist mein Irrtum wohl verzeihlich. Spielt der Herr Schach?«

Ich nickte gelangweilt und setzte mich ihm gegenüber. Auf dem Spielbrett waren einige Bauern durch Kieselsteine ersetzt und die weiße Partei hatte schon fast verloren.

»Euer Gegner hat einen schweren Stand«, bemerkte ich.

»Ja, mein Freund war nicht ganz bei der Sach.« Er stellte die Figuren neu auf. »Wer hat Euch Schach gelehrt?«

»Mein Herr Vater.«

»Und wo ist der jetzt?«

»Daheim! Dort sitzt mein Präzeptor!«

Ich drehte mich um und sah, wie eine der aufgeputzten Mägde sich bei Jan niederließ. Der Fremde stellte noch viele Fragen und wir plauderten, bis er meine ganze Familie kannte. Das Spiel fing für mich wenig erfolgversprechend an, aber dann machte mein Gegner drei Fehler, so dass ich gewann. Sofort packte er alles zusammen und ich kehrte zur Ofenbank zurück. Jan nickte mir kurz zu, während er mit dem Mädchen tuschelte, das sich zu ihm gesetzt hatte.

»Geht mit mir in de Himmel«, bat sie, rotwangig mit großen Augen und legte ihre Hand auf seinen Schoß.

»Mit dem Himmel hat's noch Zeit«, er lachte geziert.

»Nein, ich meine nit's Jenseits, sondern dat da«, sie deutete kichernd auf die Leiter, die zum Dachboden führte, »wir nennen's die Jakobsleiter, weil sie in den Himmel führt.«

»Durch dieses schwarze Loch geht's ins Paradies und alles ist um Gotteslohn?«, fragte er, während er den Arm um sie legte und seine Hand in ihrem Mieder versank.

»Zum Gotteslohn nit, aber der Herr wird's nit bereuen.«

Sie schmiegte den Kopf an seine Schulter und hatte nichts gegen das sanfte Streicheln ihres Busens. In der Deckenluke erschien ein

Fuß, dem der blaue Rock einer der Spinnerinnen folgte. Sie kletterte hinunter und hielt die Leiter für einen Mann, der ihr nachkam.

»Jungfer Grietgen«, Jan hielt ihr die Hand hin, »kannst du mir aus der Hand lesen? Wenn man auf eine Reis' in den Himmel geht, sollt man wissen, was einen erwartet.«

»Könnt Ihr's Euch nit denken?«, gurrte sie, »aber wie der Herr wünscht. Hat Er ein' Zehrpfennig?«

Er gab ihr eine Münze, die sie erfreut im Rock verschwinden ließ. Mit einem Finger über seine Handfläche streichend flüsterte sie ihm Dinge ins Ohr, die ihm wohl gefielen, denn er machte ein seliges Gesicht. Vielleicht täuschte das Licht der Unschlittkerzen, aber mir war, als mache sie sich mit der anderen Hand unterm Tisch an ihm zu schaffen.

»Du bist eine Teufelin, Grietgen«, rief er, von ihr abrückend, »bei dir verliert selbst der Frommste den Verstand. Eine Zigeunerin hat mir was anderes gesagt: Mein Leben sei nur 55 Liebschaften lang. 55, das ist verflucht wenig und ich hatte schon 54. Soll ich nun bald sterben oder Papst werden? Deshalb, liebs Kind, spar dir dein verführerisches Honiggift und die Lügenspinnweben für andere auf!«

Bei den harten Worten war sie zusammengefahren, doch dann lispelte sie süß: »So schlimm ist die Lag nit. Wer mich heiratet, hat ein langs und lustigs Leben!«

»Lustig? Du ruinierst sogar schlimmere Buben wie mich! Für meine Kurzweil hast du schon ein guts Zehrgeld und zusätzlich die Heller, die du grad aus meiner Tasche gemaust hast. Damit scher dich zum Teufel!«

Sie sprang auf. Ihre Augen sprühten Feuer: »Du verfluchter Narr du – ja, geh zur Höll, wenn du den Himmel nit magst, armselig elendiger Furz in der Luft!« Sie stolperte davon, während er laut hinter ihr herlachte.

»Müsst Ihr wirklich nach der nächsten Liebschaft sterben?«, fragte ich Jan, als sie fort war.

»Bei 54 bin ich noch nicht.« Schalkhaft blinzelte er mir zu.

»Dann geht doch mit Grietgen in den Himmel!«

Er nahm einen Schluck. Nachdenklich drehte er seinen Becher in den Händen. Als Grietgen wieder glucksend lachte, warf er einen sehnsuchtsvollen Blick zu ihr hinüber.

»Ich war nah dran, doch keine Buhlschaft ist's Geld wert. Ich habe aber früh das wahre Paradies kennengelernt ... nach sechs Jahren ist sie gestorben. Jetzt suche ich diesen Himmel wieder und hab doch Angst, noch auf der Erd in die Höll zu kommen.« Er beobachtete, wie Grietgen mit einem kleinen Kerl die Jakobsleiter hinaufstieg. »Auf dein Wohl, Grietgen, und den garstigen Zwerg«, Jan hob seinen Becher, »dein Diebsgriff hat mich kuriert!«

Doch sah er unzufrieden aus und wäre wohl besser ins Paradies gegangen. In einem Zug leerte er den Becher und befahl mir, mich schlafen zu legen. Da das Wirtshaus einsam lag, läutete kein Bier- oder Weinglöcklein vom Kirchturm, um dem Wirt anzuzeigen, dass er nichts mehr ausschenken durfte. So lärmten die Zecher bis tief in die Nacht und machten mich mehrmals wach.

Morgens weckte mich mehrstimmiges Schnarchen. Jan lag halb unter dem Tisch, den Kopf auf seinem *Felleisen*. Schabende Geräusche, leises Gemurmel – alles gedämpft, als sollte die Stille des frühen Morgens ungestört bleiben. Barfuß schlich ich an den Schläfern vorbei nach draußen. Niemand störte das Knarren der Tür. Es hätte wohl eines Kanonenschusses bedurft, um die Gäste aus ihrer Betäubung zu reißen. Das Morgenlicht blendete. Die Konturen eines Pferdes hoben sich gegen die Helligkeit des Firmaments ab. Das Tier stand wie aus schwarzem Stein gemeißelt in der träumenden lichtübergossenen Landschaft. Ein derbes Rumpeln zerriss die feenhafte Stimmung. Eine Gestalt glitt aus dem Fenster des Wirtshauses. Es war der scheue junge Herr, der am Abend zuvor zusammen mit dem Offizier in die Gaststube gekommen war. Das Licht fiel in sein Gesicht und beleuchtete unbarmherzig die roten Pockennarben auf Stirn und Wangen. Kaum hatte er mich bemerkt, griff er nach seinem Hut, den er auf seine Locken stülpte. Er musste ein sehr eitler Mensch sein, da er so etwas Alltägliches wie frische Pockennarben verbergen wollte. Er versuchte einen Ballen aus der Kammer zu heben und ich bot ihm meine Hilfe an, die er leise ablehnte. Trotz der abweisenden Worte war seine Stimme freundlich, so dass ich den Inhalt seiner Rede missachtete. Mit einem Satz war ich in der Kammer und hievte mit ihm zusammen das Bündel über die Fensterbrüstung. Zwei Burschen kamen aus dem Stall und trugen den Packen zu dem Lasttier. Der silberne Offizier folgte ihnen und feuerte sie mit Gebärden zur Eile an. Als sie das Bündel auf den Rücken des Packpferds legten, sträubte es sich und wieherte. Der Offizier fluchte über den Lärm. Die Haustür klapperte. Eine alte Muskete in einer Hand, die Gabel in der anderen stürmte der Wirt herbei – nur im Hemd. Ich lachte über seinen für einen ehrenvollen Abschiedssalut wenig passenden Aufzug.

»Halt«, schrie er, den Lauf des Feuerrohrs auf die Gabel legend und auf den Offizier zielend, »erst zahlt die Zech und dann könnt ihr reiten.«

»Sapperment, hol mich!«, fluchte der Offizier. »Du hast Courage, aber zu viel. Ohne Lunte schießt das Ding nicht. Also pack dich zu deinen Schweinen!«

»Hierfür brauch ich kein Feuer«, behauptete der Wirt. Der Offizier drehte ihm ungerührt den Rücken zu und der Wirt zeterte: »Vier Taler!«

»Vier Taler?« Der Offizier fuhr herum, »dass dich der Donner erschlag, Beutelschneider! Du hast schon genug für deinen kalten Wind- und Wetterpalazzo und den Essigwein.«

»Ihr wart lang hier, da sind die Taler schnell verzehrt.«

»Da! Sechs Heller, passend zu deinem Wirtshausschild«, der Offizier warf dem Wirt das Geld vor die Füße, »auf geht's, Brüder, bevor sich der faule Tross dort *armiert*!«

Der faule Tross waren Gäste, die der Lärm vor die Tür gelockt hatte. Das Bündel war endlich auf dem Packpferd verzurrt, als die Wirtin ihrem Mann die brennende Lunte brachte. Der Hausknecht und sechs Gäste, zwei mit Spießen, die anderen mit Heugabeln »*armiert*«, umliefen die Reiter und nahmen – ihnen den Weg abschneidend – hinter ihnen Aufstellung. Weitere Männer kamen vor die Tür; einer lud ein Gewehr. Die Reiter schwangen sich auf die Pferde und die Jungen drückten Pulver und Kugeln in ihre Pistolen. Sie kehrten zwar sehr die Herren heraus, konnten aber kaum fliehen, da sie Gefahr liefen, von hinten beschossen und von vorne mit Spießen und Heugabeln angegriffen zu werden. Aufgeplustert wie Kampfhähne standen sich die Kontrahenten nun gegenüber, unsinnige Entschlossenheit demonstrierend. Der Wirt war wohl bereit, für die Ehre seines Hauses zu sterben. Er ging noch einen Schritt vor, während ich mich aus der Schusslinie zurückzog.

»Stehenbleiben, Kerl! Sonst kann sich die Morgensupp heut den Umweg durch's Maul sparen, weil du's gleich in den Wanst gießen kannst!«, brüllte der Offizier.

Ich erstarrte, doch nicht ich war gemeint.

»Beim *Vitzliputzli*, ich bin unbewaffnet!«, rief Jan.

»Bleib stehen!«, befahl der Offizier, »Joss, schieß ihn nieder, wenn er noch einen Schritt macht!«

»Wie Ihr wünscht«, sagte der Junge und zielte auf Jan.

»Ich weiß, was du willst, alter Hühnerfänger«, rief der Offizier, sein Pferd Jan entgegentreibend – doch dann beugte er sich blitzschnell zu mir hinunter und zog mich mit einem Ruck auf sein Pferd. Ein Pistolenschuss krachte. Ein donnernder Schuss aus der Büchse des Wirtes folgte. Die Kugel ging über uns hinweg. Im nächsten Augenblick spürte ich die Degenklinge an der Kehle. Jan stürzte auf uns zu.

»Zurück!«, brüllte der Offizier, die Klinge an meinen Hals drückend. Ich schrie. Jan stand mir gegenüber, in seinem Gesicht maßloser Schrecken.

»Was wollt Ihr mit meinem Stalljungen?«, rief er.

»Wenn wir ungeschoren abziehen können, lass ich ihn leben«, verkündete der Offizier.

»Die kümmert ein Lumpenkind nicht«, widersprach Jan.

»Bruder, wenn sie's Söhnlein des Herrn von Merhoffen erschießen, hängen die alle ohne viel Federlesen.«

Noch bevor Jan antwortete, hörte ich die Stimme des jungen Offiziers neben mir: »*Potz* Blut, die Raben sollen dich fressen, jetzt ist's genug! Gib ihn frei!«

Vorsichtig drehte ich ihm den Kopf zu. Die Augen des jungen Mannes waren schwarze Schlitze, die Spuren der Pocken dagegen flammend rot, am Hals lief noch eine Narbe blutfarben an, die ich fasziniert anstarrte. Wahrscheinlich hatte man versucht, ihm die Gurgel durchzuschneiden, so wie man es mir gerade androhte.

»Lass ihn runter, Bruder«, sagte er sanft, aber bestimmt.

»Gerg, du Narr, das ist kein Kinderspiel!«

»Ja, deshalb lass das Kind aus dem Spiel!« Der junge Mann sprang vom Pferd. Flehend streckte er die Arme nach mir aus.

»Keine Sorg! Ich bin doch kein Herodes.«

»Nein, deshalb gib ihn! Wir kommen auch so heil raus.«

»Zum Henker mit so viel grausamer Dummheit!«, schimpfte der Offizier, ließ mich aber trotzdem in die Arme des jungen Mannes gleiten, der mit mir an der Hand zum Wirt ging. Er holte zwei Münzen aus seinem Beutel.

»Herr Wirt! Gott sei's geklagt, ein Vierteltaler ist meine ganze Barschaft. Den Rest zahl ich später«, wie ein edler Ritter verneigte er sich vor dem grobschlächtigen Mann im Hemd, der ihm das Geld aus der Hand riss.

»Nenn dein Loch ›Zu den Tausend Talern‹ oder ›Zum Henker‹ – zu dem scher dich!«, krakeelte der Offizier.

»Heiliger Antonius«, der Hausknecht warf die Heugabel hoch, »sie haben die Zech' gezahlt. Legt die Waffen nieder!«

Hüpfend lief er zum Haus, gefolgt von seinen Mitstreitern. Der Wirt fügte sich, ungeachtet seines Verlustes.

Mein Beschützer lächelte mir aufmunternd zu. Fürsorglich wischte er mit seinem Schnupftuch über meinen Hals und gab es mir. Es war blutverschmiert. Ich drückte das Tuch erneut auf die Wunde; außer einer schmalen hellroten Blutspur blieb es weiß. Als ich aufblickte, galoppierte mein Retter mit den anderen davon. Tränen liefen mir über die Wangen.

»Na, *broutschku*, bald gibt's die Morgensupp«, tröstete Jan mich und träufelte mir darauf den Balsam einer friedvollen Welt in die Seele. »Wisst Ihr, was das dankbarste Tier ist? Nein? Da, die Hühnerchen, nach jedem Picken heben sie den Kopf, um dem lieben Gott für die Speis zu danken!«

»Je dümmer, desto dankbarer«, stellte ich fest, auf das dankbar pickende Federvieh starrend.

»Na ja, das sollt allerdings nicht die Lehr sein. Aber da kann man was lernen«, er deutete auf den Kettenhund, der inmitten von Knochen döste, »bellende Hunde beißen nicht und kauende Hunde bellen nicht.« Ich blickte ihn fragend an. »Seht, damit der Hund beim Abgang der Kriegsleut nicht anschlug, haben sie ihm Leckereien gegeben. Die ehrlose Kreatur hat ihren Herrn ohne Skrupel verraten.«

Der Hund wälzte sich genüsslich auf die Seite. Das Dasein einer ehrlosen Kreatur war wohl besser als das eines treuen Dieners. Aber diese Weisheit behielt ich diesmal für mich. Mein Leben hatte an einem seidenen Faden gehangen, und dies war wohl die letzte Mahnung, die Seele meines Bruders zu retten oder bald sein Schicksal zu teilen.

»Was ist, warum sagt Ihr nichts?«, fragte Jan.

»Der Geist hat mich fast in sein Reich gezogen.«

»Der Geist? Was redet Ihr immer von einem Geist?«

»Keiner versteht's, auch der Pfarrer nicht!«

»No ja, wenn der Pfarrer nicht hilft, dann vielleicht eine Hex oder sind die hier schon all verbrannt?«

Er lachte über seinen Scherz, aber ich horchte auf. Das war es! Eine Hexe! Die Weiße Hexe Katharina aus Plittersdorf. Man munkelte, sie sei auch mit Geistern vertraut. Ich überredete Jan, Katharina für mich um Hilfe zu bitten, wovon allerdings mein Vater nichts wissen durfte, da er Zauberei als übelste Gottlosigkeit ablehnte.

»Oh weh«, jammerte Jan, »wenn der Herr Vater mich jetzt nicht zum Teufel jagt, weil ich Euch eben in Leib- und Lebensgefahr rennen ließ, nach der Hex schickt er mich gewiss zur Höll! Doch wenn's Euch hilft – gut, ich geh zu ihr.«

»Auf Eure Ehr?«, fragte ich sofort.

»Meine Ehr?« Er grinste, »nein, ich gelob's von Herzen!«

Aus dem Haus kam Gejohle, denn der Wirt spendierte zur Feier des Sieges Bier. Die Becher wurden mit einem »Vivat« auf den Landesherrn Erzbischof Ferdinand geleert. Die Lobpreisung des ungeliebten Kurfürsten behagte den Kölnern nicht und sie gaben eine Runde mit einem »Vivat Colonia, auf die freie Reichstadt« und »*Kölle alaaf*« aus, was gleichfalls akzeptiert wurde. Bald feierte man aber wieder die eigene Heldentat wie die Schlacht von Lepanto vor hundert Jahren. Der Sackpfeifenspieler schusterte ein Lied zusammen und alle grölten den Refrain: »Wir tränken all Soldatenblut, wenn unsere Mäuler fänden's gut, doch besser ist der teure Wein, drum schnell, Herr Wirt, so schenk uns ein!«

Neben mir ballte der Großvater die knochige Hand, sein zahnloser Mund hauchte: »Rips-raps haben wir den Spieß umgedreht. Jetzt rennen die Bluthund wie Hasen. Gesegnet sei der liebe Fried!«

April 1650

Der Frühling 1650 ließ lange auf sich warten, obwohl der Winter nicht so klirrend kalt war wie der vorangegangene. Unsere Gänse waren fett wie Ferkel und ihr saftiges Fleisch hellte die dunklen Tage auf, in denen viele wieder verzagt für den Erhalt der Welt und des Friedens beteten. Der einstige Freudentaumel war einer bangen Skepsis gewichen, über welche die süßen Sommertage noch hinwegtrösteten, aber im November überwältigten die meisten die Zweifel. Weniger der andauernde Krieg zwischen Spanien und Frankreich und auch nicht die vielen abgedankten, bettelnden und raubgierigen Soldaten auf den Straßen beunruhigten die Menschen, vielmehr bestürzte jedermann die Revolution in England, die mit der Hinrichtung Karls I. Ende Januar 1649 begonnen hatte und der zum Krieg ausartende Aufstand des französischen Adels – der Fronde – gegen die Königin Anna, ihren Sohn Ludwig XIV. und ihren Ersten Minister, Kardinal Jules Mazarin. Dies waren, neben Kuriositäten und Mordtaten, die Favoriten der Flugschriften und Avisen, die bedenkenlos aus Geldgier die Angst schürten. Die Grausamkeiten des Krieges waren bejammert worden, aber der anmaßende Übermut der Menschen, die die gottgewollte staatliche Ordnung umkehrten, war eine Freveltat, in der sich der Weltuntergang ankündigte. Ein Schwarm Rabenvögel, der sich aus dem Kirchhof in Plittersdorf nicht vertreiben ließ, wurde als übles Omen gewertet, das selbst die Unerschrockensten zur Beichte jagte. Den Übergang zum Jahr 1650 erwartete man deshalb mit Bangen. Die Kirchen waren immer gefüllt, aber ebenso die Schänken und Spinnstuben, in denen die Leute das Kommen des Jüngsten Gerichts durchhaspelten. Nachdem der Jahreswechsel und die Unglück bringenden »verworfenen Tage« endlich überstanden waren, kehrte die Zuversicht zurück. Nur mein Vater sah in der Änderung einer Jahreszahl keinen Anlass, trübe Gedanken zu begraben.

»Welche Grenzen wollen die Menschen noch überschreiten?«, fragte er mit allertiefstem Seufzen Herrn von Kolff, den wir während eines Jagdausflugs besuchten, um ein »friedvoll und seligs Jahr« zu wünschen.

»Grenzen? Jeder kann doch jede Gotteslästerung herausschreien«, erwiderte unser Gastgeber, »für die lutherische Häresie wurden wir mit dem Krieg hart gestraft. Jetzt gehen die Ketzer in England noch weiter. Und wen kümmert's? In Münster sagte einer der gelehrten Räte einmal – lasst mich überlegen. Ja: Alles, selbst die Staatskunst verkommt zu einem alchemistischen Experiment: Die Menschen erforschen alles, was sie wissen wollen und sie wollen alles wissen, was sie erforschen können, gleichgültig, wie weit sie die moralischen Grenzpfähle ins Ungewisse hinein versetzen. Wie Gott bauen wir eine neue Erde, ohne die göttliche Weitsicht zu haben. Das Pflücken verbotener Früchte ist das Emblem unserer Zeit. Eine neue Erkenntnis und Geld sind jetzt jedes Opfer wert. Unsere eitle Überheblichkeit bereitet den Untergang unserer schönen Welt.«

Er nahm einen Schluck Wein.

»Hoffentlich treffen die Folgen des Königsmords nur England und nicht die ganze Christenheit. Die Franzosen sind, Gott sei's gelobt, von frommerer Sinnesart.«

Mein Vater war pessimistischer, was aber wohl an seinen Gichtschmerzen lag. Er sah eher sein eigenes Ende kommen als das der Welt und traktierte mich jeden Tag mit Lehren über »allerlei Nützliches«, wobei seine Zornesausbrüche mir diese ohnehin harten Stunden noch saurer werden ließen. Andererseits war er sehr um mein Wohl besorgt. Als ich Fieber bekam, brachte er mir zu meiner Erheiterung aus seinem Raritätenkabinett die meerrauschende Muschel und eine altrömische Münze. Zudem ließ er alle in der Christnacht geweihten Kräuter in meiner Kammer aufhängen, um schädliche Ausdünstungen des Bodens zu hemmen.

Die Erscheinung am Lüfthildisgraben hätte ich in den Tagen der Bratäpfel und Honigkuchen vergessen, wenn mir nicht ein Bettler, dem ich kein Almosen geben konnte, zugeraunt hätte, der böse Geist, der mich besäße, würde mich »in die Höll schleifen.« Der Fluch traf mich ins Mark. Dem Rat des Pfarrers folgend, betete ich oft in der Gertrudiskapelle. Das Wallfahrtskirchlein, einen Steinwurf von Merhoffen entfernt, diente auch als Grablege. Nur meine Großeltern ließen sich in Plittersdorf beerdigen, da der Strom der Pilger zur Heiligen Gertrudis, der Helferin gegen Mäuseplage und Schädlingsbefall der Felder, abgebrochen war und dort kaum noch Messen gehalten wurden. In einer chorartigen Nische befand sich ein mit einem hölzernen Kruzifix geschmückter Altar. Dahinter war ein verblichenes Fresko der Heiligen Gertrudis mit einem Ährenbündel sichtbar. Meine Gebete für die Befreiung der zwischen Diesseits und Jenseits gefangenen Seele sprach ich immer an der Grabstätte meines Bruders, den Blick auf den Gekreuzigten gerichtet. Mein inständiges Flehen beachtete aber der sanfte Jesus nicht, dessen mir zärtlich zugeneigtes Haupt mich in seiner liebevollen Ergebenheit stets stärkte. Ist es überhaupt ein gütiges Gesicht? Nein, gleichgültig lächelt er über mein Leid.

In meiner Verzweiflung sprang ich eines Tages auf und schlug blindwütig auf Christus ein, der mit dem Kreuz gegen die Wand kippte. »Narr! Warum hörst du nicht?«, hallte meine Stimme, »warum lachst du?«

Zwar betete ich später um Vergebung für die Gotteslästerung, dennoch blieb mir das Bild des umgekippten Holzkreuzes als Symbol der Hilflosigkeit vor Augen und ich erhoffte keinen göttlichen Beistand mehr. Von mir gedrängt, überbrachte mir Jan endlich eine Nachricht der Hexe Katharina: Ich könnte kommen, müsse aber Haare oder einen Gegenstand mitbringen, den nur derjenige am Leibe getragen hatte, dessen Geist sie rufen solle. Die Aussicht erleichterte mich, auch wenn ich auf den Besuch noch warten musste.

Der Frühling brachte zwar den im Winter erträumten Sonnenschein, aber auch Schatten in unser friedliches Leben. Der von Carl Caspar von der Leyen am Tage unseres Friedensmahles angekündigte Feldzug gegen den Erzbischof von Trier begann. Mein Vater unterstützte den Domherr von der Leyen und empfahl Jan als Hauptmann, der die abenteuerlustigen Söhne einiger Bauern aus der Umgebung drillen sollte. Doch kein Bauer oder Knecht wollte sich von dem »fremden Landsverderber« Befehle erteilen lassen. Einige Väter, für die es bitter genug war, ihre Söhne vielleicht bald zu verlieren oder als Krüppel durchzufüttern, wenn sie nicht betteln sollten, kamen zu meinem Vater und baten, einen anderen für dieses Amt zu empfehlen. Eindringlich führte mein Vater ihnen vor Augen, wie wichtig ein erfahrener Offizier für das Wohl ihrer Kinder sei.

»Mit Verlaub, edler Herr«, versuchte der Wortführer noch einmal sein Glück »aber es fällt schwer, einem zu vertrauen, der keiner von uns ist und fremdländisch red't.«

»Nicht wegen seiner Wohlredenheit wird der Böhm Hauptmann, sondern wegen seiner Kriegskunde. In jedem Heer befehlen Italiener, Spanier oder Franzosen deutsche Soldaten. Ich hab dem Böhm meinen Sohn anvertraut und so vertraut ihm eure Söhne an, damit sie in der brodelnden Teufelswelt einen haben, der sie heil wieder herausbringt.«

»Es ist was anderes, mit einem auszureiten, als sein Fell zu Markt zu tragen«, hauchte einer, dem die anderen zustimmten.

»Ich habe euch aus Mitleiden angehört«, fuhr mein Vater die Bauern an, »aber eure verstockten Frechheiten könnt ihr woanders verkünden. Damit Gott befohlen.«

Er stand auf, pfiff seinem Hund und schritt mitten durch die verdutzt zurückweichenden Männer.

Als der Heerzug den Rhein heraufkam, vergaß mein Vater alle Beschwerden, und eines regnerischen Tags trabten wir nach Plittersdorf. Ich ritt den Rappen, der uns am Lüfthildisgraben zugelaufen war und mich inzwischen als seinen Meister anerkannte. Im Schein einer müden Nachmittagssonne stiegen wir im Soldatenlager ab. Zwei Wagen, ein Zelt, einige Männer mit Piken oder Musketen und mehrere Feuerstellen, die allesamt der Regen gelöscht hatte, mehr gab es nicht zu sehen. Freudestrahlend kam Jan auf uns zu, riss den Hut vom Kopf und verneigte sich.

»Es freut mich, den Herrn Hauptmann so wohlauf zu sehen«, begrüßte ihn mein Vater.

»No, gnädiger Herr, keine Sonn ohne Schatten!«

»So, also doch Schatten?«

»Wenn's beliebet, sprechen wir später darüber. Aber seht da den Regenbogen, das ist ein Vorbot für freundlichere Tage.«

Wie alle seltenen Naturerscheinungen ist der Regenbogen aber eher ein böses Zeichen, so dass Jans Prophezeiung keinesfalls überzeugend war. Wir kamen im Gasthof unter, weil der Wirt kurzerhand einige Soldaten aus einer Kammer ausquartierte. Nachdem wir uns aus den nassen Kleidern geschält hatten, legte sich mein Vater ins Bett, obwohl es noch hell war. Sobald er schlief, schlich ich zur Wirtin und schmeichelte ihr eine Joppe und Hosen ab, um möglichst unerkannt der Hexe Katharina einen Besuch abzustatten. In meinen Hosenbund klemmte ich einen Handschuh meines verstorbenen Bruders. Eigentlich waren alle Andenken an ihn mit ihm vergangen, doch der einzelne Handschuh, den nur er getragen haben konnte, hatte in eine Ecke meiner Truhe gepresst die Jahre überdauert. In meiner Tasche klimperten ein paar Heller, die mir Jan zugesteckt hatte – Lohn für die Hexendienste.

Katharina lebte in einem zu den Nachbarhöfen leicht zurückversetzten Fachwerkhaus. Da zwei tratschende Frauen mich beäugten, schlenderte ich daran vorbei, denn mein Geschäft musste geheim bleiben. Ein Junge kam mir entgegen und rief, der Heerzug nahe. Im Nu füllte sich die Gasse. Kaum aufeinander hörend, beratschlagten die Bauern, ob man den Versicherungen glauben konnte, dass die Diebsbuben sich aller Übergriffe enthalten würden. Auch Katharina war darunter und ich sprach sie an. Ihr Blick glitt rasch über mein Gesicht. Dann raunte sie mir zu, unauffällig »in die Hütt zu schlüpfen«, was ich sofort tat. Fünf empört gackernde Hühner und ein Hahn empfingen mich dort. In einer Ecke befand sich das Bett in einem Verschlag. Daneben, unter der Leiter, die zum Dachboden führte, lagen Rutenbündel und davor stand ein Korb, dessen nicht zu Ende geflochtenen Seiten käfigartig nach oben stakten.

»Mit den Körben verdient mein' Tochter Entgin Geld neben dem, was sie als Magd vom Auerhofbauer kriegt«, erklärte Katharina mir später, »außer Spinnen kann ich nit mehr viel ausrichten.« Hilflos hob sie ihre knotigen Hände und zeigte auf einen Tisch, der an das einzige, zum Garten gelegene Fenster gerückt war, auf dem Rocken und Spindel lagen.

Wir setzten uns an den Tisch. Sie sah mich ernst an.

»Kein Mensch erfährt, wat wir berede'«, versicherte sie, »wer so wie ich am Rand der Grub steht, fragt nit mehr nach der Bewunderung der Leut und wenn man ein wenig von Nutz sein kann, tut man's mit größerer Freud wie früher.«

Ich glaubte ihr. Ihre gutherzigen Augen glichen das Bedrohliche ihrer hexenhaft gebückten Gestalt aus. In ihrem Gesicht war keine Bitternis, nur in den Furchen um den Mund herum lag ein wenig Schmerz. Während ich ihr von meinen Erlebnissen berichtete, hörte sie, die Hände auf dem Tisch gefaltet, aufmerksam zu, ohne Schrecken oder Ekel zu zeigen. Diese milde Freundlichkeit ermutigte mich, ihr fast alles zu offenbaren.

»Lieber Herr, hört auf die Eltern«, sagte sie, »auch wenn's wie Teufelswerk aussieht, kann's doch ein Fingerzeig Gottes sein. Böses kommt oft in schöner Gestalt und die Boten Gottes furchterregend wie der brennende Dornbusch bei Moses oder armselig wie der Bettler bei Sankt Martin.«

»Was soll ich tun?«

»Wartet auf ein eindeutiges Zeichen.«

»Warten, warten! Mein Bruder fleht um Hilfe …«

»Euer Bruder?«

»Ja, der Geist ist mein seliger Bruder. Meine Eltern haben zu viel um ihn geweint und jetzt findet seine Seel keine Ruh. Sie verfolgt mich, weil ich ihn einmal verflucht habe.« Das Unsagbare quoll aus mir hervor. Prüfend sah sie mich an und nickte schließlich bedächtig.

»Gut, ich will's versuchen. Nur ist's kein leichtes Werk, solch Geister zu rufen. Diese Kunst hab ich lang gemieden, weil sie so viel Scheiterhaufen aufgericht' haben … Ach, alles liegt doch in Gottes Hand und keine Hex kann sein Wille verkehren.« Sie sah mich flehend an: »Ich weiß nit, ob ich helfen kann oder Euch gar großer Gefahr aussetz', doch dann lasst's nur mich büßen, nit mein' Tochter Entgin.«

»Auch wenn du nicht helfen kannst, bin ich dir dankbar.«

»Und Entgin?«, fragte sie, mich beschwörend ansehend.

»Ich werde sie schützen. Ich schwör's, bei meiner Ehr!«

Aus meiner Hosentasche fischte ich zwei Münzen.

»Lasst dat!«, befahl sie, »wenn alle heil aus der Sach rauskommen, ist's mir Lohn genug. Und der Böhm passt auf zwei Soldaten auf, deren Gevatterin ich bin. Nur damit hat er mir die Zusag zum Hexenwerk abgerungen.«

Sie stand auf und holte ein in einem schwarzen Tuch eingeschlagenes Büchlein und ein Kistchen, an dem noch Erde klebte und auf dem ein Pentagramm gemalt war. Daraus entnahm sie ein Kreidestück, eine mit Ruß geschwärzte Unschlittkerze und ein Bündel Hölzchen von einem Holunder. Während ich das schwarze Tuch auf dem Tisch ausbreitete und mit den Stöckchen das Monogramm meines Bruders – GHSvM – legte, stellte sie einen Wassertopf an meinen Platz. Aus dem Kistchen holte sie noch eine Alraunenwurzel und einen skelettierten Mauskopf als Signum des Todes, den sie auf das schwarze Tuch vor das G legte. Die Alraune, ein magisches Zeichen für Heilung, Erlösung und das Leben, sah einem vertrockneten Männlein ähnlich. Diese setzte sie neben das M. Da sie Analphabetin war, musste ich ihr aus dem Buch vorlesen. Es war ein wüstes Kauderwelsch, in dem ich einige lateinische Worte erkannte. »Sendes in tenbrix« sollte wohl heißen »Sedentes in tenebris«, also »die da in der Finsternis sitzen«. Ich las den Text richtig vor. Sofort bat Katharina mich, genau zu lesen, da sonst die Wirkung ausbliebe. Nach einmaligem Memorieren des Wortlautes konnte sie alles fehlerfrei hersagen.

»Weil wir eine arm' Seel rufen, die mit dem Wasser verbunden ist, sieht man sie auch nur im Wasser«, erklärte sie, »eigentlich müsst ich in den Topf sehen, aber da der Geist so oft bei Euch war, seid Ihr der bessere Seher, ich aber fühl's, wenn er da ist. Denkt fest an den Herrn Bruder. Gebt mir seinen Handschuh und legt die Hand drauf.«

Sie zündete die schwarze Kerze an, verbrannte ein Hölzlein, das einen süßlichen Duft verbreitete und legte ihre rechte Hand auf das aufgeschlagene Buch, die linke auf den Handschuh, den auch ich mit den Fingern berührte. Sie schloss die Augen. Den grinsenden, kalkweißen Mauskopf mit den spitzen Zähnchen und die gespenstische Wurzel, deren Arme in besenartigen Händen endeten, erweckte der Kerzenschein in dem verdämmernden Tag zum Leben. Das Männlein winkte und der Mauskopf starrte mich unheilvoll an. Als Katharina mit den Worten »Adonai bracha« begann, blickte ich in den Topf. Die Stimme der Hexe wurde tiefer, fast wie bei einem Mann. Ich erinnerte mich an meinen Bruder, lachend den Degen in der Hand, »bitte, Georg, komm! Vergib mir meine bösen Gedanken, die ich hatte, weil der Gram die Fröhlichkeit wegfraß ... sieh her, Georg Heinrich, gib ein Zeichen!«

»Ex corporis Georg Heinrich Sechem von Merhoffen«, hörte ich Katharina, »erscheinet in Fried zum eigen Wohl und Seelenheil. Adonai bracha con abraxas kabra froxen senut tibrianixi e udin ...« Mein Spiegelbild versank im bewegten Wasser und mich fröstelte wie damals im Wald, »... sutus, alabraxas fro son altan fexenes ...« – nichts geschah – »... fro altan fexenes arun.«

Beklemmend kalt klangen die monotonen Worte in dem uns umgebenden Dunkel. Allmählich wurde ihre Stimme höher, bis sie wieder die natürliche Tonlage erreichte.

»Er ist nit gekommen,« murmelte sie, die Augen öffnend.

»Wir sollten's noch einmal machen«, bat ich.

»Nein, Euer Bruder ist nit der Geist. Ich hätt' ihn gespürt.«

»Ach, Jesus, all meine Hoffnung hab ich darauf gesetzt!«

»Junger Herr, vertraut auf Euer Herz, dann wird Gott Euch den Weg zeigen. Und wenn Ihr Geister vertreiben wollt, dann malt mit Kreide ein Pentagramm ans Fußende Eures Bettes, aber nur eine Spitze des Sterns darf nach oben zeigen, bei zweien lockt Ihr den Teufel an.«

Meine späte Heimkehr, vor allem aber mein heimlicher Weggang brachten mir allen Zorn meines Vaters ein, zu dem er fähig war. Die Gichtschmerzen und die Annahme, ich nütze seine Schwäche frech aus, mischten sich zu einem explosiven Pulver – eine höllische Mixtur, die keinen Funken mehr benötigte, um ein Donnerwetter auf mich herabhageln zu lassen, wie ich es noch nie erlebt hatte. Seine Wut über meine erbärmliche Kleidung, die den Sohn eines Edelmannes zu einem Hanswurst machte, insbesondere aber die Tatsache, dass ich mich heimlich fortgeschlichen hatte, trugen mir Schläge ein. Nicht mehr in der Lage, ihm noch eine Lüge aufzutischen, erzählte ich von meinem Besuch bei der Hexe Katharina, was ihn fassungslos machte. Seine geifernde Wut, aus der ein flammender Hass sprach, den er mir zischend mit Schaum vorm Mund ins Gesicht schleuderte, traf mich härter als die scharfen Backpfeifen. Ein Strohkopf, ein schlaffer Nichtsnutz, ein verfluchtes Opfer des Teufels sei ich, einer, der die Ehr unseres Hauses verunglimpfe und niemals mehr vor Gott Gnad finden könne, so einen wolle er nimmer Sohn nennen, dem hätte die Hex nun endgültig den Garaus gemacht. Das Mildtätigste sei, mich auf die Straße zu jagen. Von Eltern und Gott verlassen auf einsamen Wegen herumzuirren, löste in mir Todesangst aus, die mein Herz rasen ließ. Heiser geworden beorderte er mich auf mein Strohlager, was mich erleichterte, da ich so wenigstens eine Gnadenfrist erhielt. Ja, ich hatte mich von Gott abgewandt, weil er mir nicht geholfen hatte! Jetzt steckte der Fluch des Bösen in mir wie eine unheilbare Krankheit. Der Zauber verdüsterte tatsächlich lange mein Leben, selbst dann noch, als ich schon glaubte, mich von ihm befreit zu haben. Zunächst aber kostete mich die Hinwendung zur Hexerei das Vertrauen meines Vaters. Selbst als Erwachsener spürte ich gelegentlich noch seinen Argwohn, ob ich nicht ein vom Teufel Besessener sei, dessen Worten und selbst guten Taten man misstrauen sollte, weil sie aus einer verdorbenen Seele kamen.

Minuten später fegte Jan einen Windstoß lärmende Fröhlichkeit der zechenden Gäste in die gramvolle Stickigkeit unserer Kammer. Auf die Frage meines Vaters nach den »Schatten«, die Jan bei unserer Ankunft erwähnt hatte, scherzte dieser unbekümmert: »Jetzt sind die nur im Mondschein zu sehen!«

»Verflucht, zum Possenreißen hab ich dich nicht einbestellt!«, brüllte mein Vater so, dass er zusammenzuckte.

»Vergebung, gnädiger Herr«, entschuldigte sich Jan, »nun, drei widerborstige Gesellen aus Friesdorf haben die anderen aufgewiegelt. Den Rädelsführer hab ich gut durchbläuen lassen, was er krumm genommen hat. Nachts haben sie mich überfallen. Weil ich solche Holzköpf schon kenne, hatt' ich sie schon erwartet. Kaum waren die Tölpel in der Kammer, haben mein Bursch und ich hurtig zugeschlagen. Da sind sie ausgerissen. Dem Anführer habe ich am Morgen gesagt, ich hätt' alle erkannt und ihn vor die Wahl gestellt, ob er's ordinari oder extra will.«

»Ordinari, extra, was soll das heißen?«

»Ordinari ist, wie's denn bei Meuterei üblich ist, nämlich alle gleich henken. Extra heißt: Die Aufrührer sind jetzt treue Soldaten, dann will ich den Spaß in der Nacht vergessen. Die nächtliche Geschicht schrieb ich auf, hab sie den Lumpen vorgelesen und drohte ihnen, dass im Fall meines Todes der Brief dem Obristen ausgehändigt wird und sie dann stracks am nächsten grünen Baum hängen«, Jan lachte, »jetzt räumen sie mir alle Steine aus dem Weg, damit ich mir nur nicht den Hals brech. Hier, der Brief!«

»Guter Schachzug«, lobte mein Vater und nahm den Brief.

»Ja, die Bauern sind einfältige Tröpf'«, sagte Jan fröhlich, »die Buchstaben sind für sie wie schwarze Magie. Schreib auf des Teufels Horn ›guter Engel‹ und alle glauben's. Aber auch wenn sie jetzt springen, so ganz geheuer ist mir's nicht. Herr, ich schwör, ich werde tapfer kämpfen, aber wenn man meine Leich find' mit einer Wunde im Rücken, so denkt nicht, ich sei wie ein Has geflohen.«

»Hinterrücks erstechen? Ein Hauptmann ist zwar wenig beliebt, aber ein Mord im Kampf? Nein!«

»Ja, beim alten Kriegsgesindel war die Fahne alles und die Mitstreiter Brüder, aber die Leut kennen nur ihr Dorf.«

Mein Vater nickte brummig und entließ Jan, der sich in seiner zwanglosen Obenhin-Art verbeugte.

Trotz seines schmerzenden Beines besuchte mein Vater am nächsten Tag das Heerlager, was ich aus seinen Anweisungen an Hennes entnahm, denn mich würdigte er keines Blickes. Wie ein Hund in der Meute richtete ich mich nach ihm, eifrig bemüht, zu gefallen ohne aufzufallen.

Eine riesige Menschenmenge hatte sich vor dem Dorf angesammelt. Die durcheinander schreienden Stimmen, das Wiehern der Pferde, das Blöken der Schafe und die unbegreiflich vielen grauen Gestalten, deren Konturen sich vor der aufgehenden Sonne abzeichneten, trank ich mit aufgeregt klopfendem Herzen gierig in mich hinein. Einige packten, sattelten, schirrten Pferde an schwere Wagen; andere aßen Brot, spielten Karten oder würfelten, alles war laut, voll derber Lebenslust. Wir stiegen vor einem Zelt ab. Fünf Herren – soldatenmäßig gekleidet in Stulpenstiefeln und Lederkollern – begrüßten uns. Sie fragten meinen Vater, ob er nicht als Ratgeber mitziehen wollte.

»Es schmeichelt, wenn junge Kriegsherren den alten Haudegen um Rat fragen«, antwortete mein Vater, »wir sollten's jedoch beim *Flattieren* belassen, hochedele Herren. Ich will nur von Herzen gutes Gelingen wünschen und noch einmal das sehen, was mir einst Luft und Wasser war.«

»Nicht so *modest*«, sagte ein Offizier mit kantigem Kinn, »Schmeicheleien werden bei Hof verteilt, nicht im Heerlager. Der Herr hätt' gewiss auch Freud daran, dem Erzbischof von Trier die Lehr zu erteilen, dass französische Schoßhunde ihren Platz in den Betten Pariser Damen haben, nicht aber auf dem Thron eines Kurfürsten.«

Lachend spendeten die Herren Beifall, während mein Vater höflich schmunzelte. Der Offizier deutete auf eine Karte von Koblenz und fragte, wie die zwischen zwei Flüssen gelegene Stadt am besten zu erstürmen sei. Das war das richtige Lockfutter! Hennes und mich schickte man fort.

Wir schlenderten durch das Lager. Viel Volk in meinem Alter lief dort herum, das sich gewiss nicht mit Latein und böswilligen

Präzeptoren abmühen musste. Wir blieben bei einer Gruppe stehen, die der Predigt eines Mönches zuhörte.

»Tapferkeit und Tugend wachsen auf einem Holz. Hurerei, Prasserei, Sauferei, Spielerei, Schlägerei, Marodirerei ...«

»... ei, ei, ei«, rief einer dazwischen und alles lachte.

»Richtig, mein Freund, halt dich von all diesen ei-ei-ei fern«, nahm der fromme Mann den Faden wieder auf, »mord-dieu, dies alles bringt eure Seel nicht nur stracks in feurige Höllenpein, sondern es befördert euch auch ebenso gestracks in höchst irdische Qualen bis hin ins vorzeitige Grab. Für euer Geld geben euch die Huren die *Franzosenkrankheit*, an der ihr krepiert wie ausgestoßene Straßenhund, die Fresshansen und Saufgurgeln handeln sich leere Taschen, dicke Köpf und ein Elend ein, bei dem sie sich ein baldiges Ende wünschen, aber nit bekommen, das nämlich erhalten sie flugs beim Marodieren, weil der Strick schnell alle Leiden kuriert. Summa summarum: Ein gottgefällig's Leben ist ein angenehm langes Leben, auch wenn der Teufel in seiner Bosheit Süßeres vorgaukelt. Deshalb: Meidet die Lotterbuben, die euch zutrinken und mit Würfeln winken! Die Freud ist kurz, das irdische Leid lang und die brennende Höllenqual ist für die Ewigkeit, Amen.«

»Dieser alte Hühnerfänger versteht's, selbst dem Teufel Weihwasser anzudrehen«, knurrte Hennes, »Euch hat er diesen verfressenen Verbellköter als Jagdhund aufgeschwatzt und hier schnorrt er als Heiliger Geld.«

Wie Schuppen fiel es mir von den Augen. Die Standpauke hatte der narbige Eremit Sebastian aus der Wildnis gehalten, der mir damals Ferd schenkte. Seine begeisterten Zuhörer höflich abwehrend kam er auf uns zu.

»Ei, die Welt ist klein«, vertraulich berührte er meinen Arm, »oder die Plätz, wo's heiß hergeht und sich mannhafte Leut treffen, sind heutzutag so erbärmlich wenig, dass man sich gar nit mehr verfehlen kann.«

»Ja, ja, die Erd ist wohl nit groß genug, um dir aus'm Weg zu gehen«, blaffte Hennes.

»Warum so giftig, Pferdeknecht?«, fragte Sebastian.

»Heuchler mag ich nit!« Hennes grinste frech.

»Verflucht, was weißt du von mir? Nicht mehr als der Maulwurf von der Sonn«, zischte der Mönch.

»Wahrhaft fromme Sprüch, Schindhund!«

Der »Schindhund« war zu viel. Der *Frater* stürzte sich auf Hennes, der ihn mit einem Faustschlag ins Gesicht empfing, selbst aber einen so harten Hieb in den Leib bekam, dass er, sich krümmend, zurücktaumelte. Ohne Gefahr und Nutzen abzuwägen, trat ich zwischen die beiden, um sie zu trennen. Zu spät! Der drahtige Hennes und der große Mönch gingen wie blutrünstige Kampfhähne aufeinander los, die in ihrer Verbissenheit nur ihren Gegner sahen. Ein Schlag traf mich so heftig, dass ich in eine Pfütze fiel. Ein stechender Schmerz fuhr mir in den linken Arm. Blut sickerte an meinem Handgelenk durch eine Dreckschicht. Die Rufe der Gaffer zogen mein Augenmerk wieder auf die Kämpfer. Hennes lag auf dem Rücken. Der Mönch schüttelte ihn, dass sein Kopf aufschlug. Aus Leibeskräften schrie ich um Hilfe, bis eine Frau rief: »Bruder! Bruder Sebastian, lasst's gut sein!«

Der Mönch gab Hennes frei, wischte sich über die Augen, als wolle er die Wut aus seinem Blick scheuchen. Er murmelte, »hab den falschen Faden gesponnen«, stand auf und ging. Ein zerlumpter Mann kniete neben Hennes und tröstete ihn mit den Worten: »So wat gibt's all liebe Täg' und oft geht's ärger aus.«

Weder Hennes noch ich legten Wert darauf, meinem Vater von dieser Heldentat zu berichten, der auch anderes im Sinn hatte. Er eilte mit einem Obristen zu Jans Kompanie, die unter Trommelschlag antrat. In einer Rede appellierte der Offizier an die Männer, treu zu ihrer Fahne zu stehen, mit der sie durch Eid und Pflichten verbunden seien. Doch die Gesichter der Leute zeigten wenig Ehrerbietung, weshalb wohl der Offizier seine Ansprache so beschloss: »Legt mit eurem Hauptmann Ehr für eure Fahne ein.«

Da rief jemand aus der zweiten Reihe: »Ein ketzerischer Böhm als Hauptmann guter deutscher, katholischer Kriegsleut, damit legt man keine Ehr ein!« Der Ausruf war zu laut, um ihn unbeachtet zu lassen.

»Du!« Der Obrist wies auf den vorlauten Burschen mit apfelroten Backen: »Du Narr! *Profoss*, leg ihn in Ketten! Und ihr!« Er stemmte die Faust in die Seite und brüllte die Männer an: »An jedem hier hängt der Makel dieses Aufrührers, denn ihr seid der sumpfige Nährboden, auf dem dieses Unkraut sprießt. Mit scharfem Schwert jäte ich jedes Sprösslein des Widerwillens aus! Und damit hier nichts, aber auch gar nichts mehr gegen die gute Ordnung aufkommt, ruht mein Aug nunmehr auf jedem Einzelnen von euch, mit wenig Wohlgefallen und ohne Erbarmen.«

Unbewegt sah Jan zu, wie die Steckenknechte den Aufrührer abführten. Als der Delinquent an ihm vorbei ging, senkte er kurz den Kopf, dann gab er zügig Befehle für den Abmarsch. Der Obrist kam auf meinen Vater zu.

»Nehmt's Euch nicht zu Herzen, Freiherr Sechem«, hörte ich ihn sagen, »es ist das alte Liedlein: Die liebe Disziplin aufrechtzuerhalten ist die schwierigste Aufgab. Der Bursch wird morgen *exempli causa* für alle gehenkt, dann werden sie auf alle Befehle hören, gleichgültig, ob der Offizier ein Ketzer, Türke oder der Teufel in persona ist.«

Das Signal zum Abmarsch wurde geblasen. Der Zug setzte sich in Marsch. Wir ritten im Schritt, was mich aber kaum störte, da ich mich an den vielen marschierenden, reitenden, Lasten schleppenden, fluchenden oder gleichmütig einherschreitenden Menschen nicht sattsehen konnte. In bunten Kleidern herausgeputzte bis hin zu in Lumpen gehüllte Soldaten oder Trossbuben – alle zogen in eine Richtung, Schritt für Schritt kaum links und rechts blickend.

Zu Mittag gönnten wir uns eine Pause. Schweigend aßen wir und sahen, wie der schwerbewachte Pulverwagen sich schwankend fortbewegte. Dahinter marschierte eine Schlange Fußvolk. Die meisten trugen lange Musketen. Das Klappern der Patronen an den *Bandalieren* klang bis zu uns.

»Eine schöne Musik, sie greift einem ans Herz«, sagte mein Vater, zu Hennes gewandt.

»Ja, da würd' ich gern mitreiten«, pflichtete ich ihm eifrig bei.

»Ach ja?«, bemerkte er spöttisch – das erste Wort, das er an mich richtete, »aber was so hübsch aussieht, kann die Höll sein; schönes Kleid schmückt auch böses Herz. Wer da ausreißt, wird gehenkt. Du triffst es da besser. Du wirst auf die Kölner Jesuitenschule gehen. Dort lernst du Gehorsam!«

Köln? Das war zwar besser als die Landstraße, aber ich hoffte schon, nur mit den Prügeln davongekommen zu sein.

»Nicht Köln! Ich bitt um Vergebung«, bettelte ich.

»Die Reue kommt zu spät«, er sah mir streng in die Augen, »du hast mich hintergangen, wie soll ich dir da noch vertrauen? Wenn die Patres keine Klagen haben, darfst du in vier Jahren wieder nach Haus.«

Vier Jahre! Fast die Hälfte meines bisherigen Lebens! Die Ausritte, das Fechten, Melchior, die Geschwister und meine Mama – alles, was ich liebte, sollte ich verlassen, um in eine Steinwüste zu ziehen? Ich schluchzte auf.

»Christoph Salentin, lass das Bad im verfluchten Selbstbedauern! Es gibt, weiß Gott, Übleres in der Welt als eine gute Schule zu besuchen«, wies mich mein Vater zurecht.

Das Nachtlager wurde in einem Dorf aufgeschlagen. Zur Verteilung der Schlafplätze warfen die Offiziere verschiedener Fähnlein ihre Messer in den Hut des »Furiers«, wie ihn mein Vater nannte. Der Furier steckte jeweils eine Klinge in den Türpfosten eines jeden Hauses, das als Unterkunft dienen sollte. Die meisten mussten aber im Freien nächtigen. Uns wurde eine winzige Kammer zugewiesen, in die für meinen Vater ein Feldbett gestellt wurde. Ich schlief auf Stroh. Bald war es so stickig, dass ich die Tür zur Stube öffnete, doch das Schnarchen der Soldaten hielt mich nun wach. Ich hörte Tritte. Eine Laterne in der Hand näherte sich Jan unserer Kammer. Ich empfing ihn an der Tür.

»Verzeiht die Störung zu später Stund«, flüsterte er, »aber ich muss den Herrn Vater sprechen.«

»Ich höre, Herr Hauptmann«, kam es aus dem Dunkel.

»Ah, ich danke«, Jan schloss die Tür und lehnte sich müde gegen sie.

»Was gibt's?«, fragte mein Vater, »rund und kurz!«

»Sie wollen den Michel Bur hängen, der heut wegen der Widerworte verhaftet wurde.«

»Recht so, Meuterern gebührt nichts Besseres!«

»Mit Verlaub, aber der gute Michel war einer der Pflichteifrigsten.« Jan stellte die Laterne ab.

»Sehr freundlich hat er vorhin nicht über dich geredet.«

»Ja, aber er hielt immer zu mir. Deswegen haben die anderen ihn verprügelt und ihn den ›Unflat eines böhmischen Marodeurs‹ genannt. Sie hatten ihm versprochen, dass, wenn er heut sein Maul aufmacht, sie uns beide in Ruh lassen. Er ist ein wenig einfältig.«

»Da hast du den Nagel auf den Kopf getroffen!«

»Ach«, seufzte Jan, »meine Gegner triumphieren, weil man den Einzigen umbringt, der mir gut will. Verzeiht, aber den armen Tropf könnte man doch zum *Gassenlaufen* begnadigen, auch das ist für alle eine Lehr. Gnad hat's in den wüstesten Zeiten des Krieges gegeben und Gnad könnt's doch auch hier geben.«

»Gnade? Dem Obrist vor der Mannschaft eine Meuterei gegen den Hauptmann anzudrohen, das kann keiner mit Stockschlägen aus der Welt schaffen, das weißt du, Böhm. Das Gericht hat sich für den eisernen Besen entschieden und der muss jetzt fegen, auch dir zulieb.«

»Mit Verlaub«, Jan senkte den Kopf, »es ist hart, einen hängen zu sehen, der viel ausstehen musste gerade wegen seiner Treue zu mir. Und die boshaften Hunde jubeln, weil ich meinem Helfer noch die Schlinge um den Hals legen muss.«

»Mag sein«, mein Vater schlug einen mitfühlenden Ton an, »aber der Mauskopf hat sich offen gegen dich gestellt.«

»Ja, aber er meint jetzt, ein paar Worte können nicht den Kopf kosten. Mit dem Gassenlaufen würde er sich abfinden.«

»Guter Böhm, ich habe starke Männer unter den Stockhieben ihrer Kameraden tot zusammenbrechen sehen.«

»Wenn man den Fähnrich von der anderen Seite her frühzeitig losschickt, damit er die Fahne über ihn schwingt und ihm den Rest der Schläge erspart, so könnte man ihn retten.«

»Kaum! Deine Leut würden ihm gleich so zusetzen, dass der schnellste Fähnrich zu spät käme. Ja, ›würde‹ und ›wäre‹ führen ins Leere. Lassen wir's, wie's ist. Gut Nacht!«

Es wurde keine gute Nacht. Mein Vater wälzte sich und auch mir drückte die Erschöpfung erst spät die Augen zu.

Schnell ging es von Mund zu Mund, dass es eine Hinrichtung geben sollte, eine Besonderheit in dem Dorf. Trotz der Furcht der Bauern vor den Soldaten trieb die Neugier sie auf die Gasse, denn jeder wollte das Ereignis miterleben. Da Ort und Zeitpunkt unbestimmt waren, flogen die Gerüchte von einer Ecke zur anderen.

»Jeder sagt's, niemand weiß wat«, raunzte ein O-beiniger Mann, der vor seinem Haus den zerbrochenen Stiel einer Hacke ersetzte.

»Die han kein' Galge' nit«, versetzte seine Nachbarin, während sie den Hauseingang fegte, »die hänge' ihn im Feld, an der alten Buche, da wett ich all, wat ich han.«

»Dat is' nit viel, Frau Nachbarin«, der O-Beinige grinste, »seitdem deine Unschuld verlore' ist, hast du nur noch dein bös' Maul und wer will dat schon han.«

«Ah, du Bube!» Sie ging mit dem Besen auf ihn los, den er ihr entwandt.

»Lieb Frau Nachbarin, dat war nur Spässgen, nit bös sin«, bat er treuherzig und präsentierte ihr den Besen auf der flachen Hand, den sie lächelnd annahm, mit dem sie dann aber doch noch einmal unversehens auf ihn einschlug.

Mein Vater liebte »das Spektakel um eine unumgängliche Notwendigkeit« nicht, befahl mir aber, die Hinrichtung anzusehen, damit ich sähe, wohin Widerspruch führe, denn der Henker richte den vor ihm und drohe denen, die hinter ihm stehen. Die alte Buche, von der die Bauersfrau gesprochen hatte, stand am Rande eines Niederwalds – breitstämmig, alle anderen Bäume mit ihrer ausladenden Krone überragend. Wie Ameisen scharten sich die Menschen um sie herum. Eine Kompanie marschierte auf den Baum zu und dahinter kam der Zug mit dem Delinquenten, den zwei Trommler begleiteten.

»Meiner Seel«, stöhnte Hennes, »mir ist unheimlich. Ich war mal bei einer Enthauptung. Da musst der Scharfrichter dreimal zuschlagen, bis der Kopp ab war. Hola, seht mal, dort geht ja der brave Prügelmönch.«

Betend begleitete Bruder Sebastian den armen Sünder. Dieser hatte wohl schon mit der Welt abgeschlossen. In sich gekehrt schritt er mit gesenktem Blick voran. Als er an uns vorbeiging, schluchzte er auf. Die würdige Schicksalsergebenheit war in Wahrheit nichts weiter als die Todesfurcht eines gebrochenen Mannes.

»Dass mich der Hagel erschlag, eine närrische Welt«, flüsterte mir Hennes zu, »der Priester hat gewiss mehr auf'm Kerbholz als mancher Gehenkter und der zum Tod Verurteilte ist ein halbes Kind und hat nur ein dummes Wort gesagt. Man sollte ihn begnadigen.«

So dachten wohl viele, weil die gaffgierigen Blicke schnell in mitleidige umschlugen. Seufzen und Rufe wie »dass Gott erbarm!«, »der Herr sei deiner jungen Seel gnädig!«, begleiteten den Todgeweihten. Ein Trossjunge brüllte: »Kopf hoch, Bruder, du gehst ins Paradies«, ein anderer: »Mut, Bruder, und gewinn den Himmel«. Viele Weiber mit Kindern säumten den Weg des Unglücklichen, obwohl Frauen doch eher Grund gehabt hätten, die Nähe der Soldaten zu meiden. Bei der Buche hatten die Kriegsknechte Aufstellung genommen und die Bauern bildeten dahinter einen Halbkreis. In der Nähe des Baumes, hinter niedrigem Gebüsch, ergatterten wir einen Logenplatz. Vom Sattel aus sahen wir über die Köpfe hinweg direkt auf den Richtplatz. Jan stand starr vor seinen Leuten. Der Obrist hielt eine Ansprache über die Folgen der Auflehnung gegen Offiziere, wobei er herausstrich, dass diese erste Hinrichtung auf dem Heerzug eine Warnung an jeden Einzelnen sei. Schließlich wurde das Urteil verlesen. Der Verurteilte wurde aufgefordert, noch etwas zu sagen. Er schwieg. Die Zeremonie ging mir so zu Herzen, dass ich dachte, ich selbst stünde anstelle des armen Michels dort unten. Mich an den Sattelknopf klammernd, kämpfte ich gegen eine aufkommende Schwäche meines Magens. Die beiden Trommler begannen wieder mit ihren dumpfen Schlägen. Einer der Steckenknechte ging auf Michel zu und packte seinen Arm. Ich sah die Holzleiter vor mir und an ihrem Ende den Strick mit der Schlinge. Der Henker stand breitbeinig in dem Grün des Baumes, dessen gelbliche Blütentrauben wie Brautkränze die Hinrichtungsstätte unangemessen schmückten.

Bruder Sebastian segnete Michel mit dem Kreuz. Der Delinquent fiel auf die Knie, mehr aus Schwäche als aus ritueller Frömmigkeit, denn als der Priester ihm das Kreuz zum Kuss hinhielt, sank er ganz zu Boden. Mit Gewalt richtete ihn der Steckenknecht wieder auf und trieb ihn zu seinen letzten Schritten zur Leiter. Gemurmel und Seufzen gingen durch die Reihen der Schaulustigen.

Noch bevor der Knecht den Verurteilten gewaltsam nach oben pressen konnte, drängte ihn Bruder Sebastian zur Seite. Er nahm Michels Hände und sprach mit ihm zusammen mehrere Ave Maria. Den Offizieren zum Trotz, die deutliche Zeichen gaben, nun endlich zum Schluss zu kommen, ließ er sich Zeit. Als der Obrist ihn aufforderte, den Vollzug der Strafe nicht weiter zu verzögern, rief der Mönch: »Wenn der Herr Obrist sich für den Heerzug Gottes Segen wünscht, so muss er ihn auch nach Christi Lehr ausführen. Das, was ihr den geringsten meiner Brüder tut, das tut ihr mir, so hat's der Herr gesagt. Nur mit Erbarmen findet man göttliche Gnad!«

Die Miene des Angesprochenen verfinsterte sich, während die meisten Soldaten andächtig nickten. Sie wünschten sich nichts mehr als Gottes Hilfe für das Kommende und waren bereit, noch Stunden auszuharren, um den Allmächtigen gütig zu stimmen. Freundlich wandte sich der Mönch wieder dem nur mit Hemd und Hose bekleideten jungen Mann zu und sprach eindringlich auf ihn ein. Endlich ergriff Michel die Leiter und stieg nach oben. Wie ein kleiner Teufel kletterte der Steckenknecht hinterher. Was dann geschah, verdeckten die Buchenzweige oder ich sah nicht so genau hin, weil die Todesfurcht mir die Brust bis zur Unerträglichkeit zusammenpresste. Eine Bewegung … ein erstickter Schrei – der Leib des armen Michels fiel herab und federte wieder nach oben – die Hände gefesselt, die Augen mit einem Tuch verbunden. Mehr konnte ich nicht ertragen und kniff die Augen zusammen. Als ich wieder aufschaute, zogen sich die Offiziere bereits zurück, die anderen folgten ohne Zögern, denn die versäumte Zeit musste wieder aufgeholt werden. Ich sah immer noch den Michel vor der Buche stehen – warm, lebendig, zitternd vor Angst, die auch ich fühlte – dann: Sprosse für Sprosse stieg er seinem Ende entgegen. Und mit einem Schlag wurde er ein lebloses Ding, das wie ein Sack am Baum hing. Ich rutschte aus dem Sattel und ging zum Richtplatz. Hennes wollte mich zurückhalten, aus Angst, die Seele des Gehenkten könnte uns verfolgen, aber ich ließ mich nicht beirren und sprach dort ein Ave-Maria. Es war das Einzige, was ich für den Unglücklichen getan habe.

Wir blieben in dem Dorf, während der Heerzug sich weiterwälzte. Gegen Mittag kam Jan zurück und überbrachte meinem Vater eine Nachricht des Heerführers, auf die mein Vater, freudig überrascht, eine Antwort schreiben wollte, währenddessen der Bote eine Stunde Urlaub erhielt. Im Sonnenschein spazierte ich mit Jan zu einer Obstwiese. Unter einem Apfelbaum, der bei jedem Windhauch weiße Blütenblätter auf uns herabrieseln ließ, machten wir es uns bequem. Jan blickte genießerisch über die Wiese, auf der sich weiße und gelbe Blütenkelche zeigten.

»Seltsam! Am Morgen sind wir hier vorbeigezogen, aber die Spuren hunderter Pferde und der Bagagewagen sehe ich nicht«, sagte er versonnen, »nichts – alles fortgeblasen.«

»Ich würde gerne mit dem Heer mitziehen.«

»No, so kommt«, Jan streckte sich aus, »es ist noch Platz auf der Landstraß. Aber wenn der erste Kitzel zum Kamin raus ist, werdet Ihr die alte Bequemlichkeit vermissen und wenn's Schießen angeht, die Freunde links und rechts zerschmettert in den Dreck fallen, dann werden selbst die Großen klein. Broutschku, ohne Not wird keiner Soldat.«

»Und wieso seid Ihr jetzt zur Fahne gegangen?«

»Ha, Ihr wisst, wieso« – sein Blick war vorwurfsvoll –, »es ist der Wunsch des Herrn Vaters. Wenn ich aber am Leben bleibe, dann lass ich das Bluthandwerk und nehme ein Weib … Es ist nicht mehr die Freiheit wie früher. Jetzt drückt's mich, wie ein Gefangener von Ort zu Ort zu ziehen.«

»War's früher denn besser?«

»Ja«, er pflückte einen Grashalm, mit dem er spielte, »wer mit Freud dabei ist, selbst will, was er tun muss, sieht die dicken Mauern nicht, die ihn umgeben. Erst wenn's zwickt, man zur Seite und nach oben blickt, merkt man, dass man gefangen ist. Jetzt sehe ich die Mauern – Zeit zu gehen.«

Traurig dachte ich an mein künftiges Gefängnis – das steinerne Köln, gespickt mit Büchern und Gelehrsamkeit.

»Ich war dabei, wie sie den Michel gehenkt haben«, bemerkte ich. Jan presste, wie bei einem jähen Schmerz, die Augen zusammen. Herzlos plapperte ich weiter: »Warum wurde der Michel nicht begnadigt? Alle haben's gewünscht.«

»Es ging nicht«, sagte er leise, »in aller Herrgottsfrüh hab ich den Obristen um Gnad gebeten, obwohl bei Meuterei gibt's keine Gnad. Der Obrist dankte, weil ich mich so christlich für einen Mann einsetzen würd', der mich frech beleidigt hatte.« Jan stand auf. »Ja, Dank für mich und für den, der tapfer zu mir stand – den Strick.«

»Aber er hat verfluchter Böhm gesagt«, warf ich ein.

»Broutschku muj, treue Freundschaft wie offene, ehrliche Feindschaft sind selten, aber dafür gibt's genug falsche Freunde, hinterlistige Feinde. Michel war ein wahrer Freund, der den bösen Buben glaubte, dass sie uns dann beide in Ruh lassen. So hat er's gesagt.«

Wir schwiegen, bis wir den friedlichen Ort verließen. Am Dorfeingang kam uns Bruder Sebastian entgegen, dessen finsterer Blick uns nur streifte.

»Der hatte Glück«, knurrte Jan, »der Obrist wollt ihn in Ketten legen wegen seiner Frechheiten bei der Hinrichtung. Aber gegen Bibelsprüch ist kein Kraut gewachsen, schon gar nicht bei einem Gottesmann, obwohl der nicht mal Mönch ist. Woher kennt Ihr den?«

»Er hat mir den Hund geschenkt, den Ferd.«

»*Potz* tausend Sack voll Enten«, Jan lachte, »der versteht's wahrhaftig, jedem das Leben zu versauern und dann fröhlich fortzuziehen, diese Geißel Gottes.«

Am nächsten Tag ritten wir nach Merhoffen. Von Weitem sah ich den armen Michel in den hellgrünen Zweigen hängen. Eine Mattigkeit überfiel mich und beschwerte meine Beine. Mein Vater dagegen war guter Laune und forderte uns auf, zum nächsten Wald zu galoppieren. Ich spornte mein Pferd an, kam aber aus dem Gleichgewicht und zügelte den Rappen gleich wieder, doch er schoss im Höllentempo davon. Die Welt flog vorbei – wirr und rasend. Hinter mir jagten mich, ohne es zu wissen, Hennes und mein Vater. Ich rutschte nach rechts, fiel nach hinten, nach links, fing mich gerade noch, hatte aber die Gewalt über mein Pferd verloren, das, von den Verfolgern getrieben, weiterhetzte. Mit letzter Kraft riss ich das Tier herum, weg von den donnernden Hufen hinter mir – ein Sprung! Ich flog aus dem Sattel, Zweige prasselten, ich prallte zu Boden. Ein Stich fuhr mir in die Brust. Ich hörte Rufe. Durchs Gras streifende Schritte näherten sich. Mein

Vater kam und kniete neben mir nieder. Er strich mir über die Stirn und fragte, warum mein Pferd zur Seite hin ausgebrochen sei. Ich schüttelte stumm den Kopf.

»Wie? Hast du's selbst etwa in die Büsch gejagt?« Ich nickte. Er sah mich fassungslos an. »Herrje, wieso?«

»Zu schnell«, presste ich hervor, weil die Brust schmerzte.

»Zu schnell? *Mon dieu*, ein sachter Galopp kann für dich doch kaum zu schnell sein?« Da ich schwieg, fragte er: »Hast du jetzt einen Namen für dein Pferd? Dein Hund heißt Ferd und das Pferd dann Hund?«

»Nein, nicht Hund, Gerg!«

»Gerg? Nein! Nero oder Furioso, das sind Pferdenamen.«

Ich zog mein Schnupftuch heraus und hielt es ihm hin.

»Das ist von Gerg – dem jungen Mann, der mich beim ›Goldenen Heller‹ vor dem wilden Offizier gerettet hat. Das Tuch bringt Glück, sonst hätte ich mir den Hals gebrochen.«

»Glück gehabt, sagte der Gehenkte, meinen Kopf habe ich heut nicht verloren.« Er lachte unfroh.

Ich versuchte aufzustehen, war aber zu schwach. In den Armen meines Vaters musste ich den Ritt fortsetzen, doch selbst das wurde bald zur Qual.

Mai bis August 1650

Ich verschlief den ersten Mai. Die Stimmen meiner Eltern – die mütterlichen Laute vorwurfsvoll, die väterlichen knurrig kleinlaut – drangen zu mir. Doch in meiner bleiernen Mattigkeit ersparte ich mir die Anstrengung, die Augen zu öffnen. Ein harmlos kleiner, weißer Gegenstand rollte auf mich zu – eckig und schal lag er in meinem Mund, wo er sich in pelziger Weichheit ausbreitete und dennoch spürte ich winklig scharfe Kanten auf der Zunge. Er blähte sich auf, so dass ich meinte zu ersticken, und dann sprang er in die Hand, wo er sich wie Flaum ausdehnte. Dieses arglistige

Gebilde brachte mir das Fieber. Ich wurde in eine separate Kammer gebracht. Ein Arzt fühlte meinen Puls und hielt ein halb gefülltes, bauchiges Uringlas gegen das Licht. An dem Urin sah er, welche Lebenssäfte bei mir im krankhaften Zuviel oder Zuwenig vorhanden waren, um die Rezeptur der Arznei zu ermitteln. Danach löschte der Schlaf das Leben um mich herum aus. Die reale und eine phantastische Welt mischten sich zu traumhafter Wirklichkeit. Blasse, kleine Gestalten umstanden mein Bett. Im Halbdunkel erkannte ich meine Eltern, die Geschwister, darunter auch Georg Heinrich. Er ging zum Fenster, wo er sich auflöste. Alle anderen folgten ihm auf gleiche Weise geisterhaft verdunstend. Im bleichen Morgenlicht stand allein der Tisch fest.

Tag und Nacht verloren ihre Bedeutung. Wenn ich aufwachte, saßen Merg, eine Magd oder meine Mutter oft im Kerzenschein neben mir. Sie gaben mir bitter schmeckendes Wasser zu trinken und streichelten, mir Mut zusprechend, meine Wangen. Die Stimme meines Vaters lockte mich einmal aus meiner dumpfen Gleichgültigkeit. Eine wollige schmutziggraue Kugel lag auf der Bettdecke – der Kopf meines Vaters. Ohne mich anzusehen, schluchzte er: »Dein Wille geschehe, im Himmel wie auf Erden, aber wenn du nicht hilfst, dann mach ein gnädigs End!«

Seltsam, das Vaterunser lautete doch anders? Ich bewegte den Kopf. Aus rotgeweinten Augen sah er mich an. Meinem Blick wich er fahrig aus und da verstand ich, warum er in Abwandlung des Gebets von einem gnädigen Ende gesprochen hatte. In meiner umnebelten Schwachheit hatte selbst der Tod jeden Schrecken verloren, doch der Schmerz meines Vaters spornte meine kümmerlichen Kräfte an. Es gab ein »Dennoch« und ein »Trotzdem«.

Weihrauchduft, Wasser und Gebete weckten mich ein weiteres Mal. Jemand presste meine Finger um eine Kerze, wogegen ich mich wehrte, doch unnachgiebig drückten die Hände gegen die meinen, deren Widerstand sie wohl nicht wahrnahmen. Der Pfarrer in Chorhemd und Stola stand an meinem Bett. Ich wollte ihm zurufen: »Ich lebe und werde leben!«, aber kein Laut kam über die Lippen. Rufe klangen durch die Nacht, aus einer Welt, von der sich meine Seele immer weiter entfernte. In meinen Träumen schwebte ich und einmal erblickte ich einen goldenen Thron, der ein Licht ausstrahlte, das meine Seele wie ein befreiendes Aufatmen dehnte. Eine herrliche Freude erfüllte mich. Jemand rief meinen Namen. Ein anderer antwortete: »Er ist tot« – und das Licht verglomm.

Ein süßer und ein scharfer Duft stiegen abwechselnd in meine Nase. Etwas kratzte erst hart, dann strich es samtig über meine Arme und schließlich ergoss sich Wasser über sie. Ich erinnerte mich an den Spruch: Die Höllenqual ist die ewige Eintönigkeit, das Paradies die Abwechslung. Ich war also im Garten Eden angekommen: Kirschen, Trauben, Mandeln, Pfirsiche, zahme Löwen und zärtliche Engel. Ich öffnete den Mund in der Hoffnung, ein Engel würde mir Leckereien hineinstecken. Und wahrhaftig: Auf meine Zunge tropfte süßer Sirup. Gleich sperrte ich wieder den Mund auf, um neuen Nektar aufzusaugen, den mir der Engel einträufelte. Danach schlief ich ein.

Unverständliche Worte, die wie Beschwörungsformeln klangen, weckten mich. Eine Hand umgriff meine Finger. Leise bat mich die Stimme, die Augen zu öffnen. Aber den behaglichen Zustand genießend, scheute ich mich, der Aufforderung Folge zu leisten. Da entzog mir der Engel seine Hand. Ängstlich spähte ich in das gleißende Tageslicht und sah einen Kopf, den ein goldener Kranz umgab. Das weibliche Wesen mit der Aureole eines Engels hatte keine Flügel, deshalb hielt ich es für Maria, die Gottesmutter. Als meine müden Augen das Gesicht richtig erfassten, hatte es tatsächlich madonnenhafte Züge: vergißmeinichtblaue Augen, ein voller roter Mund und eine sommersprossige Stupsnase, die wohl kein Maler der Gottesmutter anzudichten gewagt hätte. Das vielleicht fünfzehnjährige Mädchen mit den kupferfarbenen Locken, die im Sonnenlicht wie ein Heiligenschein schimmerten, lächelte mir zu.

»Maria«, hauchte ich an die Gottesmutter denkend.

»Nein«, sie ergriff meine Hand, »ich bin Entgin, die Tochter der Katharina aus Plittersdorf.«

Dunkel erinnerte ich mich an die gebückte Gestalt der Hexe. Es lag so undenkbar weit zurück, so fern, als riefe sich ein alter Mann Belanglosigkeiten aus der Jugend ins Gedächtnis. Die nächsten, die sich über mich beugten, waren die neue Küchenmagd und Jost. Das mir unbekannte Mädchen bekreuzigte sich und flugs berührte es dreist meine Hand. Für den Fall, dass mir der Teufel geholfen hatte, schützte das Kreuzzeichen, wenn mir aber der Beistand himmlischer Mächte zuteil geworden war, konnte die Magd wie von einer Reliquie durch mich überirdische Kraft an sich ziehen. Wenig später versammelte sich das ganze Haus um mein Bett. Mein Vater sprach ein Dankgebet. Obwohl ich vor Müdigkeit kaum die Augen aufhalten konnte, wartete ich, bis außer meiner Mutter und Entgin jeder meine Kammer verlassen hatte, ohne sich wie in meinem Wachtraum geisterhaft zu verflüchtigen.

»Das ist Entgin«, sagte meine Mutter, »sie wird dich pflegen, bis du wieder springen, reiten und fechten kannst.«

Springen, reiten und fechten konnte ich nicht mehr. Schon das Essen war mühevoll. Ich betrachtete meine ausgemergelten Arme, befühlte meine Brust, in die der Tod schon sein Zeichen eingebrannt hatte. »Skelett« nannte mich Philipp. Doch das Totenskelett war ja immer in mir und ich musste es nur wieder für einen späteren Zeitpunkt an seinen Platz zurückbringen. Daher aß ich alles, was Entgin mir einlöffelte. Tagsüber saß das Mädchen Garn spinnend neben meinem Bett. Mit flinken Fingern zwirbelte sie den Faden im Takt einer unhörbaren Melodie. Sie musste immer angenehme Gedanken haben, denn auf ihrem Mund lag stets der Anflug eines Lächelns. Nachts schlief sie auf einem Strohlager in meiner Kammer. In ihrer bescheidenen Art erinnerte sie mich an Merg, die inzwischen zu ihrer Gevatterin nach Dietkirchen gegangen war. Merg trauerte ich nach. Sie hatte sich in unseren Alltag so vollständig eingefügt, als sei sie schon immer in Merhoffen gewesen, denn sie besaß die anspruchslose Unauffälligkeit der Menschen, die wissen, dass sie vom Leben nur wenig zu erwarten haben. Jede Heirat musste schon an ihrer Mittellosigkeit scheitern und mit ihrem zerstörten Gesicht konnte sie kaum auf einen wohlhabenden Freier hoffen, der es sich leisten konnte, eine arme Schönheit zur Frau zu nehmen.

Überaus langsam schleppte sich meine Genesung voran. Aus Gesprächen mit meiner Mutter und Sophias Geplapper entnahm ich, was in den verdämmerten Wochen meines Daseins geschehen war. Als die ratlosen Ärzte mit den Achseln zuckten und mein abgezehrter Körper mit den astdürren Ärmlein kaum mehr die Hoffnung zuließ, dass in ihm noch genug Kraft stecken könne, in die Welt zurückzukehren, schlug Merg meiner Mutter vor, sich an Moen Katharina in Plittersdorf zu wenden, da ihre Tinkturen oft wirksamer seien als die teuersten Pulver der Apotheker. Ein obskures Kräuterweib, das sich wohl auch der Kräfte des Teufels bediente, wollte meine Mutter jedoch nicht zu mir lassen. Da ich vom Leben nur noch wenig zu erwarten hatte, war es völlig widersinnig, neben meinem Sterbelager eine Hexe zu stellen, die mich mit Teufelssprüchen ins Jenseits geleitete und mich so noch um mein Seelenheil brachte. Merg widersprach. Sie meinte, jeder Christenmensch müsse sich der Medizin bedienen, die der Allmächtige ihm schenke, auch wenn das Rezept dafür von einer armen Frau stamme, die aber schon manchem Hoffnungslosen das Leben erhalten habe. Diese mutige Rede der sonst so schweigsamen Magd beeindruckte meine Mutter. Und da die folgende Nacht zeigte, dass meine Eltern bald wieder ihren ältesten Sohn zu Grabe tragen sollten, gedieh der Gedanke, nun auch den dünnsten Strohhalm zu ergreifen. Katharinas Tochter Entgin kam, um die Medizin frisch zuzubereiten.

Mein Vater leistete allerdings heftigen Widerstand, erlaubte aber schließlich doch, dass mir in Anwesenheit des Pfarrers ein Elixier des »Teufelsweibes« verabreicht werden durfte. Erst nach der Versicherung des Priesters, Entgin sei rein wie ein Engel, selbst wenn ihre Mutter wegen der Schwarzen Kunst ins Gerede gekommen sei, ließ er das Mädchen allein an mein Bett. Entgin musste versprechen, auf Zaubersprüche zu verzichten, woran sie sich wohl nicht hielt. Obwohl ihre krautig-bitteren Arzneien mir das Leben retteten, schickte mein Vater sie fort, kaum dass ich kräftig genug war, einen Becher selbst zum Mund zu führen.

Dumpf starrte ich zu dem durch die Fenstersprossen in regelmäßige Rechtecke zerteilten Himmel hinauf. Nachdem die Wolken wieder die Formen kämpfender Ritter und feuerspeiender Ungeheuer angenommen hatten, begann das Warten. Ich wartete auf den morgendlichen und abendlichen Besuch meiner Mutter, auf das Essen, auf Philipp, auf Melchior, ganz besonders aber wartete ich auf Sophia, die mit mir immer Triktrak spielte. Aber alle hatten zu wenig Zeit, um mir die Langeweile der sich unendlich dehnenden Stunden der Sommertage zu vertreiben. Ich begann zu lesen. Die Abenteuer des Ritters Palmerin und zwei Bücher über den heldenhaften Königssohn Amadis de Gaula ließen mich lange allen Gram vergessen. Dann biss ich mich durch die »Oeconomia« meines Vaters, ein Buch, in dem die ordentliche Haushaltung des klugen »Hausvatters« und der sparsamen Hausmutter beschrieben wird und dem ich entnahm, auf welche Weise man Kinder wie Gesinde zum Gehorsam anhält. Ebenso lernte ich etwas über Feld-, Wald- und Wiesenwirtschaft, das Bierbrauen, über die Kerzen- und Seifenherstellung, die Ungezieferbekämpfung und das Waschen. Danach unterhielten mich Heiligenlegenden, nur die »Gebete in großer Not« legte ich beiseite, denn seitdem ich festgestellt hatte, dass meine Beine selbst mein geringes Gewicht nicht trugen, betete ich ohnehin oft. Die Bitte meiner Mutter aufzustehen schlug ich ihr immer ab, weil ich mich schämte, mein Unvermögen vor ihr zu demonstrieren. Als Nächstes versuchte mein Vater sein Glück. Umständlich schilderte er mir eine Fuchsjagd. Mitten in der Erzählung fasste er meine Hände, zog mich an die Bettkante und wollte mit mir in den Stall zu meinem Rappen gehen. Ich wehrte mich und sagte ihm, nicht stehen zu können. Er wedelte mit meinen Händen und rief: »Wohlan, ein rechter Mann wagt wenigstens einen Versuch!«

Das hätte ich auch getan, aber wenn ich vor seinen Füßen zusammengebrochen wäre, hätte ich nun gerade bewiesen, kein rechter Mann zu sein. Mein Ungehorsam musste ihn bis aufs Blut reizen. Er beherrschte sich aber und befahl mir, die Füße auf den Boden zu setzen. Dann zog er mich unerbittlich hoch. Sobald ich jedoch mein Gewicht auf den Beinen spürte, knickten sie weg und ich fiel zu Boden.

»Verflucht, du Nichtsnutz, das hast du mit Fleiß gemacht!«, fuhr er mich so laut an, dass es das ganze Haus hören konnte. Wutschäumend befahl er mir aufzustehen. Halbherzig versuchte ich es, fühlte meine Kraftlosigkeit und unterließ jeden weiteren Versuch.

»Wie jämmerlich«, stieß er hervor, »wie jämmerlich!«

Der Boden knarrte unter seinem Tritt. Die Tür fiel ins Schloss. Später hob mich Jost ins Bett und tröstete mich. Er war wohl der Einzige, der wusste, wie es war, wenn man etwas nicht konnte, wozu alle anderen mühelos fähig waren.

Je mehr meine Kräfte zunahmen, desto einsamer wurde ich. Das Wunder, schon tot geglaubt wieder in das Leben zurückgekehrt zu sein, hatte mir zunächst mehr Aufmerksamkeit beschert als mir lieb war. Die Neugier flammte noch einmal auf, als nacheinander zwei Ärzte kamen, die über mein Überleben staunten und nun fest behaupteten, mit Hilfe ihrer Künste müsste ich bald laufen können. Sie ließen mich zur Ader und verabreichten mir Einläufe, was sie *»purgieren«* nannten. Doch ich blieb ans Bett gefesselt. Das Leben lag hinter der Tür, die mich von allem ausschloss. Gedämpfte Rufe, Poltern im Haus, das Knarren der Dielen im Nebenraum machten mir mein trauriges Dasein als Ausgestoßener bewusst. Wenn es dunkel wurde und sich jeder ins Bett legte, war ich wieder in die Gemeinschaft aller aufgenommen. Doch selbst dies war eine Täuschung. Oft fand ich keinen Schlaf und wenn der Mond schien, starrte ich in den zerteilten Himmel. Am Morgen fiel mein Blick auf einen alten, klobigen Lehnstuhl. Sperrig stand er mitten in der Kammer, die abgegriffenen Armlehnen mir zugewandt. Nur die Sonne war ein Freund dieser Hässlichkeit. Sie wandelte sein fleckiges, dunkles Leder in ein warmes Dunkelbraun, ließ sein wurmstichiges Holz ein wenig glänzen, was er aber mit derselben stummen Gleichgültigkeit hinnahm wie sein schmutzig-scheckiges Schwarz an Regentagen. Im Morgenlicht fiel sein unförmiger Schatten nach rechts, wanderte träge in die Mitte, wobei er sich zu einem ovalen Fleck zusammenzog, der unmerklich wachsend am Abend in einer ähnlich bizarren Form wie am Morgen auf der linken Seite ankam, um am nächsten Tag wieder rechts zu beginnen. Mit dem Schatten krochen die Minuten vieler Tage träge an mir vorbei – ein ödes Spiel, das sich mit der Zuverlässigkeit des täglich wiederkehrenden Sonnenaufgangs und -untergangs in seiner faden Monotonie wiederholte. Wie der Lehnstuhl war ich kaum mehr als ein Gegenstand, der am Tag die Farbe veränderte und einen bedeutungslosen Schatten warf – nutzlos, von den mit ihren eigenen Zielen ausgefüllten Menschen abgesondert und der leeren Zeit ausgeliefert! Mein Herz wurde schwer.

Für ein wenig Zeitvertreib sorgte gelegentlich mein Bruder Max, wenn sich die Kindsmagd etwas Muße gönnte. Max hatte es mit dem Laufen ebenfalls nicht eilig und lehrte mich das Krabbeln. Trotz des ihn behindernden langen Kleides war er schneller. Aber auch er machte eines Tages die ersten Schritte. Für ihn sang ich oft »Hoppe Reiter«, wobei ich den Reitrhythmus mit den Beinen immer besser imitieren konnte. Als ich Max mit den Worten »fällt er in den Sumpf, macht der Reiter plumpf« wieder einmal in den imaginären Graben warf, was er liebte, knarrte die Tür und zwei Männerstiefel standen vor mir: Mein Vater! Ich behielt Max zu meinem Schutz auf dem Schoß. Mein Vater nahm im Lehnstuhl Platz.

»Max läuft jetzt«, sagte ich leise und stellte das Kind auf die Füße.

Max ging mit ausgestreckten Ärmchen und da-da-Rufen auf ihn zu. Ungeschickt streichelte er den kleinen Kopf.

»Schön, wenn du deinem Bruder das Laufen beibringst«, sagte er in einem gleichgültigen Ton, »obwohl, ein Knabe deines Alters sollte sich nicht mehr mit Kleinkindern befassen. Ab morgen nimmst du wieder Lateinlektionen.« Ich nickte ergeben und er fragte sogleich: »Wie steht's mit dem Laufen?« Bedrückt schüttelte ich den Kopf. »Hast du's heute versucht?« Ich schwieg, weil ich ihm nicht zu sagen wagte, dass es wenig Sinn machte, etwas zu versuchen, von dem man wusste, es nicht zu können. Er stand auf und hielt mir seine Hände entgegen. Wieder schüttelte ich den Kopf.

»Du willst nur nicht, du Esel. Du kannst die Beine, die Füße bewegen, die doctores sagen, du kannst laufen. Teufel, willst du denn so ein elender Krüppel sein wie die Bettler vor den Kirchen?« Da ich weiter schwieg, blaffte er mich an: »So gesell' dich zu den Krüppeln, doch den Platz, den ich dir zugedacht hatte, kannst du nie einnehmen. Niemals!«

Früh am nächsten Morgen riss mich Philipp aus dem Schlaf, fertig zum Ausritt. Seinen Hut setzte er schräg auf und verkündete, dass er mit unserem Vater auf die Jagd ginge. Seine Augen leuchteten. Er war muskulöser geworden, selbst sein feines Blondhaar hatte nicht mehr die Farbe bleicher Kränklichkeit. Der Stubenhocker hatte sich zu einem kräftigen Jungen gemausert, während ich schwächlich und blass war. Wie verschieden schwere Schalen einer Balkenwaage waren wir nie im Gleichgewicht, sondern immer stand einer höher als der andere.

»Adieu«, ich richtete mich auf, »schieß einen Hasen!«

»Das werde ich bestimmt! Wir gehen zu einer Jagd des Kurfürsten, wo die Bauern mit Tüchern arbeiten. Adio.« Er drehte sich um und stieß gegen meine neuen Krücken, die an einem Stuhl lehnten. »Teufel«, fluchte er, die Krücken auf mein Bett werfend, »probier sie doch endlich einmal aus, obwohl …«, er lachte, »sieh zu, dass dir keiner ein Almosen zusteckt, wenn du so durch die Gassen hinkst.«

»Bald laufe ich ohne sie!«

»Kaum! Der Herr Vater betet schon nicht mehr dafür.«

Trauer und ein wenig Neid schlichen sich bei mir ein. Bei einer kurfürstlichen Jagd wird das Wild durch einen mit Tüchern verhängten Gang genau vor die Büchsen der Jäger getrieben. Die Haken schlagenden Hasen haben noch die besten Aussichten, unter den »leinenen Wänden« hindurchzuhuschen und den Jägern »durch die Lappen« zu gehen. Aber auf mich wartete ein weiterer Tag voller Eintönigkeit. Ich nahm die Krücken in die Hand, doch das Aufstehen schien mir genauso unmöglich wie das Fliegen. Nun gut! Wenn ich nichts erleben konnte, so wollte ich das, was mir bisher begegnet war, wenigstens aufschreiben. Das war die Geburtsstunde meines Monatsbüchleins. Präzeptor Hasenius, dessen Lieblingsschüler ich inzwischen geworden war, gab mir das nötige Papier, damit ich meine freudlosen Tage mit längst vergangenen Erlebnissen füllen konnte. Ich schrieb bis in den späten Abend hinein. Hasenius drängte mich schließlich, es für heute gut sein zu lassen. Gehorsam legte ich die Feder nieder und betrachtete meine tintebeschmierten Finger, die vor nicht allzu langer Zeit bei mir Ekel hervorgerufen hatten. Seltsam, jetzt bedeutete mir der Eintritt in die Schreiberzunft das Glück auf Erden. »Des Menschen Herz erdenkt sich seinen Weg, doch der Herr allein lenkt seinen Schritt«. In einer meiner trüben Stunden hatte meine Mutter diesen Spruch Salomos zitiert, damit ich mich froh all dem überließ, was Gott mir zugedacht hatte, ohne Wehklagen, Grübeleien und zu großen Plänen. Sie war fest davon überzeugt, dass ich eines Tages wieder laufen würde, und hatte mir die Krücken machen lassen; jedoch drängte sie mich nie, aufzustehen. Ich streute Sand auf die feuchte Schrift. Nebenan ließ sich eine markige Männerstimme hören. Die Tür wurde aufgerissen. Ein Mann mit Hut und Degen stand raumfüllend in meiner Kammer. Die Arme ausbreitend brüllte er: »Broutschku muj! Der alte Hühnerfänger wollte mich nicht zu euch lassen«, er deutete auf Jost. Voller Begeisterung hob er mich hoch: »Du bist leicht geworden«, brummte er mich absetzend. Einen Moment dachte ich, auf meinen Beinen zu stehen, was aber in meiner himmelstürmenden Wiedersehensfreude eine Täuschung gewesen sein mochte, dann stützte mich Hasenius. »Ihr seid dünn und blass wie ein Tintenfurzer«, plapperte Jan weiter – eine Bemerkung, die Hasenius entschieden zu viel war.

»For di ... dich«, fuhr ihn der Präzeptor sich verhaspelnd an, »für dich, Böhm, ist dies immer noch der junge Herr, den du mit der gebotenen Höflichkeit anzureden hast!«

»No ja«, Jan grinste, »in der Freud blättert man nicht im Titularbuch für die rechte Anred.«

»Böhm, du weißt sehr genau, was du schuldig bist!« Hasenius stand auf, wünschte eine gute Nacht und verließ uns, einen verächtlichen Seitenblick auf seinen Widersacher werfend, dem es wieder gelungen war, in sein wohlgesponnenes Netzwerk einzudringen. Jan setzte sich breitbeinig auf den Stuhl des Präzeptors.

»Mit Verlaub, junger Herr, auch wenn's spät ist, musste ich Euch sehen«, entschuldigte er sich, »Euer Herr Vater soll auf einer Jagd sein. Warum seid Ihr nicht bei ihm?«

Ich klagte ihm mein Leid. Seine blauen Augen blickten mitfühlend. Krankheit und Tod waren seine ständigen Begleiter, aber das Schicksal eines Krüppels griff ihm ans Herz.

»Ich helfe, broutschku«, tröstete er, »und morgen scheint die Sonn wieder.«

»Wie? Ich hab alles versucht!«

»Geduld! Schlaft, damit Ihr morgen Kraft habt.«

Mein weiteres Drängen half nichts, er blieb unerbittlich. Schließlich hielt ich ihn doch noch zurück, um ihn über den Ausgang seines Kriegsabenteuers auszufragen.

»Potztausendmillionen Donnerschläg, ich dachte, das weiß jeder«, schimpfte er und zog sein *Bandalier* über den Kopf, das er mit dem Degen auf den Tisch warf, »ja, da stürmen wir Koblenz – Granaten, Schwefel und Brand – und denken, davon redet das ganze Reich wie von der Schlacht bei Lützen! Und zwanzig Meilen weiter weiß niemand kein Sterbenswörtlein davon. Das ist arg! No ja, Koblenz haben wir leicht genommen, aber kaum Beute gemacht, weil die Domherren ihre Bürger nicht lausen wollen. Ha, und in Trier sind wir durch die Tore gestürmt, als wär Markttag. Die Franzosen rannten wie die Hasen. Dann war eine Wahl, um die's viel Geschrei gab. Und voilà, da bin ich!«

»Wurde ein neuer Erzbischof gewählt?«, fragte ich.

»Beim heiligen *Vitzliputzli*«, er hieb mit der Faust auf den Tisch, »Ihr seid doch ein Tintenfurzer. Ihr solltet eher fragen, wie wir die Festung *miniert* haben. Aber gut! Das glatzköpfige Männlein ist Erzbischof geblieben, aber sie haben einen neuen Stellvertreter gewählt, einen ... *Koadjutor*! Eine kaiserliche Kommission hat die Wahl überwacht.«

»Und, wer ist's geworden?«

»Herr von der Leyen – Ihr seid doch ein Tintenfurzer!«

»Herr von der Leyen? Das freut mich sehr!«

Er verdrehte die Augen, ergriff seinen Degen und ging.

Jan trug mich am nächsten Tag auf dem Rücken zum Reitplatz. Zu zweit zockelten wir auf einem Klepper im Kreis herum. Die Farbenpracht um mich herum überraschte mich, denn ich hatte das Gesicht der Welt vergessen. Wie herrlich weit sich der Himmel und das Land dehnten und sich alles darin bewegte, die Vögel, die Grashalme, die Blätter. Mich ganz dem Leben überlassend schmiegte ich mich an Jans Brust. In der Ferne entdeckte ich eine Silberweide, die mich an den Weiher erinnerte. Ja, der Weiher! Zu ihm zog es mich und ich bat Jan, dorthin zu reiten.

»Langsam, junger Herr, aber wenn's zu langweilig ist, dann reitet allein.« Ohne eine Antwort abzuwarten, glitt er vom Pferd.

Ängstlich vergrub ich die Hände im Fell des Tieres – der einzig mögliche Halt, weil wir ohne Sattel ritten. »Nur keine Bange«, Jan legte die Hand auf mein Knie, »Ihr könnt exzellent reiten, das vergisst man nicht.«

Rückwärtsgehend zog er das Pferd. Das harte Rückgrat des Gaules drückte. Ich taumelte. Jan blieb kopfschüttelnd stehen.

»Käferchen, so reitet niemand. Sitzt so aufrecht wie früher! Den Blick nach vorn! Ha, und jetzt legen wir die Leitern an und stürmen die Festung, auch wenn der Schrecken die Kehl zudrückt! Es gibt keine Heldentat ohne Angst.«

Eine Woche später ritten wir auf Jans Rosa zum Weiher. Jan wollte mit mir schwimmen. Da ich den Kopf schüttelte, rüffelte er mich mit den Worten, der faule *Bärnhäuter* setze nichts ins Werk.

»Ich will nicht. Das muss genügen!«, fauchte ich.

»Es genügt nicht! Warum wollt Ihr nicht schwimmen?«

»Tod und Teufel! Was bildest du dir ein? Du kannst kaum deinesgleichen kommandieren und schon gar nicht mich, eine weit höhere Standsperson, basta!«

»No ja, da habt Ihr recht«, meinte er gleichmütig, stand mit einem »Gott befohlen« auf und ging.

»He, hola, wohin gehst du? Bleib hier!«, rief ich.

»Herr, dort ist das Pferd, mit ihm könnt Ihr standesgemäß nach Hause reiten und damit adio.«

»Ich befehle dir, mir aufs Pferd zu helfen. Ich befehl's!«

»Der gnädige Herr befiehlt?«

Gemächlich kam er zurück.

»Ha, da habt Ihr vergessen, dass ich nicht mehr in den Diensten des Herrn Vaters stehe. Was ich tue, tu ich aus freien Stücken«, er setzte sich wieder zu mir, »trotzdem, ich habe nicht vergessen, wie Ihr mir die Supp ins Maul gelöffelt habt, wie ich elend war und möchte Euch gern etwas zurückgeben, doch zu meinen *Conditiones*.«

»Was für Conditiones?«

»Wie bisher, die eines Präzeptors. Wenn ich früher sagte, Ihr schlagt eine Terz, so habt Ihr's getan. Wenn ich jetzt sage, Ihr schwimmt, so tut Ihr's.«

»Ich halte mich kaum auf einem Pferd, so matt bin ich.«

»Nein, Ihr macht wunderbare Fortschritte. Wenn's so weiter geht, könnt Ihr bald galoppieren. Und jetzt probiert die Heilkraft des Wassers aus!«

»Im nächsten Jahr!«, bestimmte ich.

»Warum nicht jetzt? Merkt Ihr nicht, wie abgeschieden Ihr lebt? Bis auf die gemeinsamen Gebete sieht man Euch kaum im Haus. Eurem Bruder geb ich jetzt Fechtlektionen.«

»Philipp? Der Hasenfuß stirbt doch vor Angst«, ich lachte.

»Lacht nur, aber er hat den eisernen Willen, Euren Platz einzunehmen. Lieber Herr, wenn Ihr mit Eurem Los zufrieden seid, in ein Kloster eintretet, um für das Seelenheil Eurer Ahnen zu beten, dann dränge ich Euch zu nichts mehr.«

Ich sah auf den Weiher, auf die windbewegten Weiden und legte die Kleider ab. Das Wasser gaukelte mir eine Stärke vor, die ich an Land nicht besaß und bald schwamm ich fast so gut wie im Jahr zuvor.

Oktober 1650

Schwimmen und Reiten stärkten meinen schwachen Leib; dennoch, die Scheu vor dem Laufen überwand ich lange nicht. Jan zuliebe wagte ich die ersten Schritte auf Krücken und – meine Beine trugen mich. Meine Mutter weinte vor Freude. Mein Vater musste auf die gute Nachricht noch warten, denn er war zu den Trauerfeierlichkeiten für den am 13. September in Arnsberg verstorbenen Kurfürsten Ferdinand nach Köln gereist. Vor den Zeremonien für den neuen Kurfürsten Maximilian Heinrich, die am 26. Oktober stattfinden sollten, wollte er nach Hause kommen. Da Philipp ihn begleitete, hatte Jan viel Zeit für mich. Über meinen verbissenen Schwimmeifer scherzte er, dass ich wohl noch im Christmonat das Eis aufhacken würde, um ein Bad zu nehmen. Meine Mutter hingegen schüttelte missbilligend den Kopf. Sie stand dem Baden skeptisch gegenüber, da, wie sie mir sagte, nach einer neuen Erkenntnis der Ärzte das Wasser die Haut durchdringe und dem Leib die Lebenssäfte in unterschiedlichem Maße entziehe. Durch die Störung der Harmonie der vier Kardinalsäfte erkranke der Mensch unweigerlich. Sie fand diese Lehre von der Durchlässigkeit der Haut zwar erstaunlich, denn sie war mit Wasser und Seife ohne bedrohliche Krankheiten groß geworden, dennoch ließ sie mich nur noch ungern zum Weiher ziehen.

Beim Laufen musste ich allerdings noch einen Rückschlag hinnehmen, weil ich mir den Knöchel verrenkte.

Aber Anfang Oktober absolviere ich im Wirtschaftshof bereits wieder Laufübungen. Mein Vater reitet ein. Von Jan begleitet stelze ich ihm entgegen und begrüße ihn. Er steigt ab, verfolgt meine Schritte und knurrt: »Nun, ein Beginn ist's, wenn auch unbeholfen. Aber jetzt geh in deine Kammer und bleib dort, wir erwarten Gäste.«

Er lässt mich stehen. Mit weit ausgreifenden Schritten eilt er zum Haus. Sprachlos sehe ich ihm nach, drehe mich um und hinke zum Torturm. Jan stellt sich mir in den Weg.

»Gehorcht dem Herrn Vater, geht ins Haus!«

»Nein, zum Teufel!« Meine Augen schwimmen in Tränen. »Geht, tut dienstwilligst, was man befiehlt! Ich aber sitze nicht mehr allein in der Kammer und höre, wie die anderen fröhlich sind. Ich gehe!«

»Wohin wollt Ihr denn?«, fragt er.

»Fort! Zur Kapelle!«

»Herrje, gibt's keinen schöneren Ort?« – ich schüttle den Kopf – »na, wann's genehm ist, trag ich den Herrn dahin.«

Das Angebot nehme ich an. In der Kapelle verlässt er mich sogleich, denn das Kirchlein ist ihm von Herzen zuwider – zu viel Düsternis, zu viele Grabplatten, Totenköpfe und zu wenig Lebendiges, wie er einmal sagte. Für einen völlig dem Leben zugewandten Mann muss das hier ein Ort des Grauens sein, was er für mich nicht ist. Hier sind die Lebenden mit den Toten vereint, auch wenn jeder in anderen Sphären lebt. »Wenn du wissen willst, wie du zu leben hast, dann komm hierher/ Gott sei deiner Seele gnädig wie der meinen«, steht in Latein auf einer der vielen Gedenktafeln. Das Klick-Klack meiner Krücken hallt und gibt jedem meiner Schritte eine feierliche Schwere. Ich lasse mich auf der Bank nieder, die hinter zwei Betstühlen steht und blicke in das milde Angesicht des Gekreuzigten; ein Leidender, den die Welt nicht mehr berührt und der – frei geworden – über alle Qual lächelt. Dieses Lächeln ist der Erde entrückt, nicht höhnisch, wie ich früher meinte. Nein, es ermutigt mich, wie er zu lächeln über das Ungerechte, Verletzende und Bösartige. Eigentlich war auch ich schon in diesem Zustand der Erdenferne gewesen, in dem mich nicht einmal der eigene Tod mehr entsetzte. Warum kränkten mich jetzt wieder die unbedachten Herzlosigkeiten der Menschen? Ich knie auf dem Betstuhl nieder. Mein Kopf sinkt auf die gefalteten Hände und ich verspreche, meinen Weg in den Grenzen zu gehen, die mir unabänderlich vorgegeben sind, frohen Herzens auf IHN, nicht auf die Menschen blickend. Die kommenden Härten will ich gleichmütig hinnehmen und mich an dem freuen, was mir selbst, nicht den anderen, etwas wert ist. Es ist eine sinnlose Qual, danach zu schielen, was ich nicht habe, wenn der Allmächtige mir doch zugleich vieles gibt, um mich daran zu erfreuen. Zufrieden denke ich an mein Monatsbüchlein, das bereits viele Seiten umfasst und an meine Fortschritte im Lateinischen, Französischen wie auch in der Mathematik. Die Tür klappt hinter mir. Jan muss noch warten! Das Gesicht in den Händen vergraben spreche ich, jede Aussage überdenkend, ein Vaterunser und setze mich schwerfällig auf die niedrige Kniebank des Betstuhls. Gleich neben mir bauscht sich ein blauer Frauenrock. Erschrocken über den unerwarteten Anblick sehe ich nach oben – in das Gesicht Marisas, der ich vor langer Zeit bei dem Friedensbankett einen Tanz versprochen hatte und die mir als Ehefrau zugedacht ist, wie ich inzwischen erfahren habe. Ihr helbraunes Haar glänzt in dem durch das Altarfenster fallende Sonnenlicht.

»So schön beten die Wenigsten«, begrüßt sie mich leise.

Ich werde rot und schlage die Augen nieder. Aufstehen kann ich nicht, ohne ihr die jämmerliche Art meiner Fortbewegung zu offenbaren; so bleibe ich zu ihren Füßen sitzen. »Verzeih'«, entschuldigt sie sich, »aber der Böhm sagte, du betest hier um Besserung von der bösen Krankheit, von der dein Herr Vater erzählt hat.«

»Ich bin schon fast wieder wohlauf«, erwidere ich steif.

»Gott sei Dank! Der Herr Vater hat von einem starken Fieber gesprochen. Daran ist meine Schwester Theresa gestorben.«

»Marisa, das Fieber habe ich schon lang überwunden.«

»Ja? Der Herr Vater sagte etwas anderes.«

»Er war ja auch lange fort.«

»Da hab ich unnütz Sorg' ausgestanden«, vorwurfsvoll betrachtet sie das Kruzifix, »jeden Tag hab ich für dich gebetet.«

»Warum?«

»Das ist doch meine Pflicht.«

»Deine Pflicht?«

»Ja, wir heiraten doch einmal, so wollen's die Eltern!«

So weit habe ich bislang weder geplant noch will ich mir meine Zukunft überhaupt ausmalen. Es macht Angst. Verlegen streiche ich mit zwei Fingern über das Polster der Bank, um niedergedrückte Samtfädchen aufzurichten.

»Heiraten? Das kommt wohl niemals«, erkläre ich.

»Nie?« Ihre lichtgrauen Augen werden groß.

»Niemals!« Ich senke den Kopf und umfasse die Knie. »Marisa, ich – ich war wahrhaftig sehr krank, man gab mir sogar die Kerze in die Hand und der Priester sprach die Sterbegebete. Jetzt kann ich … nur mit Krücken laufen und Fechten gar nicht. Der Herr Vater macht mit Philipp Schießübungen und der Böhme gibt ihm Fechtlektionen.« Überwältigt von meinen eigenen Worten schluchze ich: »Philipp übernimmt alles, auch das Heiratsversprechen.«

»Nein!«, widerspricht sie resolut, »ich will nur dich. Philipp schneidet grausam auf. Du aber bist immer freundlich.«

Sie stellte offensichtlich keine hohen Ansprüche, denn bisher habe ich sie nur wie eine lästige Mücke behandelt, sofern ich überhaupt Notiz von ihr nahm. Ihr Treueversprechen rührt mich. Ich mustere ihre schmale Gestalt. Die halblangen Puffärmel machen sie breiter, lassen jedoch ihre Arme umso zerbrechlicher erscheinen. Sie zieht ein Silberkettchen hervor, das sie vom Kragen ihres Kleides verdeckt um den Hals trägt. An ihm hängen ein silberner Zahnstocher – wie er oft zur Taufe verschenkt wird – und ein Silberring. »Das sind Glücksbringer«, erklärt sie, während sie den Ring von der Kette löst, »den Ring bekam ich von einer Gevatterin. Hier innen steht M.E., siehst du«, sie gibt mir den Ring, »das ist das Pfand für mein Heiratsversprechen.«

»Geschenke weiterzugeben bringt Unglück.« Auf der flachen Hand halte ich ihr den Ring entgegen

»Es ist doch nur ein Pfand. Bitte, Saltin, behalt ihn! Er bringt Glück. Damit hab ich die bösen Pocken überstanden, die sogar mein Gesicht heil ließen. Da! Keine Narben!«

Unschlüssig blicke ich auf den wundertätigen Ring, den ich gewiss nötig habe, aber zugleich ist er auch ein Pfand für ein Heiratsversprechen, bei dem ich die Ehre verlöre, wenn ich es nicht einlöste. Mir fallen die vielen einsamen Stunden der letzten Monate ein. Wenn Marisa so zu mir stehen wollte, wie sie es mir eben versprach, war das ein Gottesgeschenk. »Danke« flüsternd schließe ich die Finger um den Ring und ihre angespannte Miene löst sich in strahlende Freude auf. In meiner Hosentasche krame ich nach einer Gegengabe und ziehe, neben einer Schnur und einem Nagel, das Taschentuch hervor, das mir der junge Offizier Gerg beim Wirtshaus »Zum Goldenen Heller« gegeben hatte. Marisa greift nach der Schnur, um den Ring einzufädeln, damit ich ihn um den Hals tragen kann.

»Ich habe leider keine Kleinodien«, entschuldige ich mich, »doch ich gebe dir etwas, das mir viel bedeutet«, und ich reiche ihr das Schnupftuch, auf dem noch fein meine Blutspuren zu erkennen sind.

Sie lacht nicht über das läppische Pfand für einen so hohen Zweck, sondern breitet es ehrfurchtsvoll auf ihrem Schoß aus. Sie legt mir die Schnur mit dem Ring um den Hals. Wir umarmen uns nicht und sehen uns nicht einmal tief in die Augen, aber es ist uns ernst. Sie will gehen. Mir ist es jedoch unmöglich, aus meiner niedrigen Sitzposition heraus mit einiger Würde zum Stehen zu gelangen, deshalb lasse ich sie vorausgehen und bitte sie, Jan an mich zu erinnern. Kaum ist sie fort, setze ich mich auf die Sitzbank und hole die darunter liegenden Krücken hervor. Wenig später kehrt Marisa alleine zurück. Der Böhme war noch beschäftigt.

»Komm doch mit mir, es ist ja nicht weit«, bittet sie.

Ja, es ist nicht weit, doch für mich: eine Reise nach China!

»Geh nur, ich warte hier auf Jan«, fordere ich sie auf.

»Katharina meint, du kannst bis Merhoffen laufen.«

»Ja, Katharina ist Doktor Allwissend von Augen überall.«

»Kannst du gar nicht laufen?«, fragt sie mitfühlend.

Lächelnd jagt sie mir einen Stachel in den Nerv, der bei jedem Mann der empfindlichste ist, nämlich Zweifel an seinen Fähigkeiten. Auch dem Phantasielosesten fallen die unsinnigsten Ausreden ein, wenn man ihm auch nur die kleinste Nachlässigkeit nachweisen will.

Der Weg ist lang. Ich beiße die Zähne zusammen, während das Mädchen langsam wie bei einer Prozession und ohne einen einzigen abschätzigen Blick neben mir herschreitet.

»Du bist groß geworden. Die Rheingrafenhose ist schon über dem Knie«, sagt sie.

»Nein, nur meine Kleider schrumpfen«, knurre ich.

»Meine auch, aber neue krieg ich wohl erst zur Hochzeit und so lange werden Säume ausgelassen und Löcher geflickt, bald bin ich bunt wie ein Papagei.«

»Ach, du siehst noch ganz passabel aus.«

»Ich dank für das Kompliment«, sie knickst schnippisch, »es ist das erste, das ich bekommen habe und wenn's der Herr nicht übel auffasst, so steht's durchaus in seiner Macht, noch etwas galanter zu werden.«

»Wenn man Weiber verzärtelt, werden sie herrschsüchtig.«

»Man muss seine Liebste wie eine Königin traktieren, wenn man selbst König sein will.«

»Ja, und Weiberregiment nimmt selten ein gut End.«

Sie ließ mir das letzte Wort. Wenn sie nicht nur Flitter und Tanz im Kopf hatte, konnte sie ganz brauchbar sein.

»Spielst du Schach?«, frage ich

»Ja, meist mit dem Präzeptor, manchmal mit Florentin.«

Florentin, ihr jüngerer Bruder, fand mit Sicherheit wenig Gefallen am Schachspiel. Im Torturm ruhe ich mich an die Wand gelehnt aus. Das dunkle Gemäuer konzentriert die Ausdünstungen der Hinterlassenschaften von Schweinen, Hunden und Menschen, so dass uns ein kotiger Gestank und scharfer Uringeruch in die Nasen sticht. Sie raunt mir zu: »Es riecht hier übler als in den Gassen einer Stadt.«

»Ach, mir macht das nichts. Mir riechen Pferdeäpfel bald so gut wie die vom Baum.«

»Na, dann wünsch ich gesegnete Mahlzeit«, sie kichert, »heute ein saftiges Pferdeäpflein, morgen ein dampfender Kuhfladen oder eine geringelte Hundewurst. Die Welt ist voll dieser Genüsse und keiner macht's dir streitig.«

Mit der Krücke schlage ich nach ihr. Spielerisch weicht sie aus und deutet in den Hof. Hasenius kommt auf uns zu.

»Einen guten Tag, Mademoiselle und auch dem jungen Herrn«, grüßt er und zwingt seiner Griesgrammiene ein Lächeln ab; die nächsten Stunden wird er mir kaum versüßen. »Ich muss darauf achten, dass der junge Herr sich im Bett erholt.«

Er sollte also mein Kerkermeister sein. Tatsächlich musste ich während des dreitägigen Besuches der Kolffs in meiner Kammer bleiben. Marisa und ich spielten unentwegt Schach. Viele Schlachten verlor ich, denn meine Krieger besaßen einen Hang zur Tollkühnheit und starben daher oft schon früh den Heldentod. Marisa bewahrte mich gelegentlich vor einer drohenden Niederlage, indem sie Remis anbot – ein kluger Schachzug der brillanten Strategin, die damit wohl meine Freude am Spiel aufrecht erhalten wollte. Doch für ihre Gegenwart hätte ich jederzeit jede Armee geopfert.

Christmonat 1650

Der unrein blecherne Ton der Glocke der Gertrudiskapelle läutete die Christnacht ein. Vor mir sprang Laternenschein durch die Dunkelheit, den schneebedeckten Weg zur Kapelle immer stückweise in Licht tauchend. Melchior, der mir leuchtete, ging wie alle zu schnell. Als ich stehen blieb, um Atem zu holen, drängte er mich mit den Worten voran, der gnädige Herr werde gewiss wütend über unsere Trödelei sein. Hast führt aber selten zu Schnelligkeit und ich hatte mir angewöhnt, meinen Schritt selbst zu bestimmen und nicht mehr unterwürfig zu versuchen, es den anderen gleichzutun. Eile mit Weile, dachte ich, Schritt und Krücken im gleichmäßigen Einklang haltend. Im Haus lief ich schon ohne sie.

Ja, Fortuna lächelte wieder!

Die unregelmäßigen Glockenschläge verhallten in Disharmonien, als wir die Kapelle erreichten, wo mich, mit ungehaltener Miene, mein Vater erwartete, neben ihm meine Mutter, meine Geschwister mit Hasenius und um sie herum unser Gesinde. Traditionsgemäß zogen meine Eltern mit uns Kindern im Gefolge zuletzt in das Kirchlein ein, ein Zeichen, dass die Messe beginnen konnte. Kaum mehr als zwanzig Bauern hatten sich eingefunden, denn von den zehn in der Nähe liegenden Gehöften waren drei völlig niedergebrannt, in den anderen konnten die Menschen notdürftig überleben. Wie arm auch die Einzelnen waren, jeder hatte für das Christkindlein mehrere Talgkerzen mitgebracht, so dass dort, wo die Krippe aufgebaut war, der düstere Kapellenraum im glänzenden Weihnachtsschein erstrahlte. Gillis, das Findelkind, stand als Josef verkleidet mit einem Hirtenstab neben Maria, einem Bauernmädchen, das in einen blauen Mantel gehüllt neben einer mit Glöckchen behangenen Wiege saß, in der ein geschnitztes Jesuskind lag. Die Helligkeit der Krippe blendete und wir blieben, uns bekreuzigend und das Knie beugend, weit von Altar und Krippe entfernt im Dunkeln stehen.

»Mit Adam und Eva ist Sünde und der Tod auf die Erde gekommen«, die Worte kamen aus dem Dunkel des Altarraumes, aus dem ein Kapuzinermönch ins Licht trat, »Gott strafte ihre Nachkommen. Er strafte sie, um sie auf den Weg des Guten zu bringen, damit sie auf Erden bald so fröhlich leben könnten wie dereinst im Paradies. Aber sie verschlossen verstockt Augen und Ohren. Da sandte der Barmherzige seinen Sohn, der den Menschen in Wort und Werk den rechten Weg zur Nächstenliebe, zur Demut und zum Licht zeigen sollte. Unser Herre Jesu bringt allen Christen seine Lieb und das ewige Licht. In der wonnenreichen Nacht kommen wir wie einst die Hirten zu unserem Jesulein, um zu singen und um es zu wiegen, denn heute reicht der liebe Christ jedem die Hand.«

Vor der Krippe begann der Mönch, zum Klang von Fiedel und Flöte, das Lied »In dulci jubilo« zu singen. Wie die Hirten schritten wir den Bauern voran aus der kalten Finsternis zu dem leuchtenden »Stall« und stimmten in den Gesang ein. Maria wiegte das Jesulein sanft zu dem Refrain der weihnachtlichen Wiegenlieder … *o puer optime … o princeps gloriae, trahe me post te* … Die Glöckchen an der Wiege schlugen leise an. Weihrauch vermischte sich mit dem frischen Harzduft des Paradiesbäumleins, dessen rote Äpfel, Papierrosen und Goldnüsse durch das Tannengrün schimmerten. Zwei Mädchen stießen andächtig immer wieder ihre kleinen Wiegen an, die sie mitgebracht hatten. Während meine Eltern und ich auf der einzigen Bank Platz nahmen, knieten einige Bauern vor der Krippe nieder, in deren Licht ihre wettergegerbten Gesichter einen milden Ausdruck bekamen, als sähen sie wie die Hirten vor 1650 Jahren den die frohe Botschaft verkündenden Engel.

»Lasst uns das Kindlein wiegen, das Herz zum Kripplein biegen, lasst uns den Geist erfreuen …«, sangen wir und tatsächlich kam eine dankbare Seligkeit in mein Herz. Das himmlische Spiel überstrahlte die raue Welt. Wir beteten. Meine Schwester Margaretha lief in den Stall und wiegte das Christkind. Die Glöckchen rissen alle aus dem Gebet und der Priester ging auf das vorzeitig begonnene Spiel ein, indem er das Lied anstimmte »Puer natus in Israel, wer das Kindlein wiegen will, der wiege schnell …« Nun durften alle Kinder das Christuskind wiegen, sogar die Erwachsenen legten die Hand an die Wiege, darauf hoffend, dass das segensreiche Wunder sie im nächsten Jahr begleiteten möge. Auch ich ging zur Krippe und wünschte mir, bald wieder fechten zu können. Während der Kapuziner im Schein der Altarkerzen die Riten der Christmette zelebrierte, respondierte ich nur mechanisch den liturgischen Wechselgesang, da mir mein Fechtpräzeptor jetzt nicht mehr aus dem Kopf ging. An einem sonnigen Novembertag am Ufer des Weihers hatte Jan mir eröffnet, mich für zwei Monate verlassen zu müssen. Kurz nach seiner Rückkehr aus Trier war er schon einmal fort gewesen – eine quälende Ewigkeit! Erschrocken bat ich ihn zu bleiben, aber unerbittlich lehnte er es ab. Wohin er ging, verriet er nicht. Als er sich von mir verabschiedete, drehte ich ihm den Rücken zu. Sanft legte er mir die Hand auf die Schulter, ein resignierendes »Gott befohlen, lieber Herr« flüsternd. Weihrauchduft führte mich zurück zur wundersamen Heiligen Nacht.

Auf dem Rückweg von der Kirche liefen alle noch schneller als auf dem Hinweg, weil jetzt Speckkraut, frisches Schweinefleisch, Blut- und Leberwürste lockten, die in der adventlichen Fastenzeit strikt verboten waren und deshalb nun besonders gut schmeckten. Holzfeuerrauch mischte sich in die Frische der kalten Luft und legte sich über die Prozession davoneilender Menschen, die mich und Melchior allein zurückließen. Außer dem Priester und seinem Messdiener war noch jemand hinter uns; doch als wir stehen blieben, rührte sich nichts in der klaren Mondnacht. Mir war unheimlich. In den Rauhnächten trieben Geister und Dämonen ihr Unwesen. Aber die Rauhnächte begannen erst nach Weihnachten.

»Da im Gebüsch ist jemand«, raunte mir Melchior zu.

»Mach die Laterne aus, Melch, dann sehen wir besser.«

»Himmel, nein! Das Licht vertreibt Geister!«

»Dann krieche bis zum Dreikönigstag hintern Ofen! Hasenherz!«, rüffelte ich ihn und schrie, »he, du da im Busch!«

Melchior hielt mir entsetzt den Mund zu und da hörten wir einen hohlen Schrei, der in einem Gurgeln endete, als sei jemandem die Kehle durchschlitzt worden. Melchior ließ die Laterne fallen und stürzte davon. Am liebsten wäre ich ihm gefolgt, wenn es mir möglich gewesen wäre. Aus dem Dunkel löste sich eine Gestalt und trat ins Mondlicht.

»Ach, verflucht, Jan«, rief ich, während mir Angstschauer über den Rücken liefen, »diese Narrheiten kenne ich inzwischen und sie langweilen zum Gähnen.«

»Ich bin nicht Jan«, sagte der Mann, »aber trotzdem hoffe ich, willkommen zu sein, junger Herr.«

Er hob die Laterne auf und streifte die Kapuze eines Bettlermantels herunter. Dichte braune Locken kamen zum Vorschein und ich erkannte meinen Lebensretter vom Wirtshaus »Zum Goldenen Heller«. Unter dem groben Mantel trug er ein modisches Wams. Offensichtlich diente der armselige Überwurf nur zur Tarnung.

»Verzeiht, wenn ich euch erschreckt hab«, entschuldigte er sich, »aber ich wollt eine schöne Weihnacht und ein seligs neues Jahr wünschen, ohne den Diener.«

»Der Ruf war grausam schaurig. Wie macht man das?«

»Ja, er hat seine Wirkung«, er grinste wie ein Schuljunge, »kommt, ich begleite euch zum Tor.« Während ich neben ihm herstakste, fragte er: »Wie kommt Ihr zu den Krücken?«

»Ich war krank, aber bald fechte ich wieder.«

»So? Da wünsche ich Glück dazu. Und die Eltern, die Geschwister – Mademoiselle Sophia sind gesund?«

»Die sind gesund wie die Fisch im Wasser, nur den Herrn Vater plagt das böse Podagra und die Pulver der Ärzte helfen kaum.«

»Ja, ja, die Ärzte! Die illustren Schaf- und Gänsköpf der Christenheit, nur dass sie weder Wolle noch Federn geben, sondern für ihr nichtsnutziges Eselswissen die Leut selbst emsig rupfen.« Er rupfte eine imaginäre Gans und schnippte dann mit den Fingern. »Sie scheren die Arglosen, schnipp-schnapp, hängen ihnen schwere Schulden an den Hals. Am End ziehen sie ihnen rips-raps das Fell über die Ohren und die Opfer sind ihnen auch noch dankbar, weil sie jede Krankheit wegkurieren, die ihre Patienten gar nicht haben. Alles Eselswissen!«

»Wenn alles dumm ist, lernt man besser gar nichts.«

»Oh, nein! Nein ganz im Gegenteil, junger Freund! Alles sollte man lernen, alles, denn mit dem feinen Dunst fremdartiger Worte schröpfen die schlauen Esel die dummen. Aber mehr als ein ia, ia bringen auch sie nie heraus.«

»Immer nur ia? Einer hat herausgefunden, dass das Blut stets durch den Körper kreist.«

»Nicht alles ist dumm! Aber was heute reine Wahrheit ist, ist morgen reines ia-Geschwätz. Viele taube Nüsse müssen wir knacken, bis wir auf einen wahren Kern stoßen.«

Wir hatten den Torturm durchwandert und mein Begleiter blieb stehen. Er betrachtete das im Mondlicht graue Herrenhaus und die Stallungen, vor denen Heuballen aufgeschichtet waren. Er fragte: »Das Heu ist doch ausgelegt, damit's der heilige Christ segnet?«

»Ja, morgen kriegt es das Vieh, damit's gesund bleibt.«

»Ein wahrer Kern oder Aberglaube?«, wollte er wissen.

»Wahr!«

»Nun gut!« Er grinste. »Jeder zimmert sich so seine Welt, die manchmal im Handumdrehen ganz anders aussieht – ganz anders.« Er legte die Hand auf meine Schulter, sah versonnen in den Hof und sagte: »Adieu, lieber Freund, ich wünsche Euch eine schöne Weihnacht!«

»Bleibt doch noch! Mein Vater will Euch für meine Rettung beim Henkerswirt danken.«

»Das denke ich nicht«, widersprach er schon im Gehen.

Er winkte mir zu und wäre fast mit dem Kapuziner und seinem Ministranten zusammengestoßen, die gerade aus der Toreinfahrt kamen. »Ia, ia«, rief ich und »ia, ia« tönte es täuschend echt aus dem Dunkeln. Erstaunt blickte der Mönch zurück und meinte: »Man sagt, in der Christnacht verstehen die Menschen die Sprache der Tiere. Neu ist aber, dass Menschen auch in der Tiersprach reden!«

Millionen Schneeflocken wirbelten aus dem grauen Himmel. Lautlos tanzten sie zur Erde, um Bäume, Häuser und Wege in kühle Stille zu hüllen. Kein Prasseln, Trommeln, Tröpfeln oder Klatschen wie im Regen, sondern eine jedes Geräusch schluckende Schweigsamkeit senkte sich über das Land. Ich stand vor dem Pferdestall und genoss dieses majestätische Schweigen der Welt.

»Die Pferd' wer'n heut stief en de Been«, sagte plötzlich Hennes hinter mir.

»Ah, ne Hennes, heute werden die steifen Beine bewegt, den Stephanieritt hat mir der Herr Vater fest versprochen.«

»Teufel!« Hennes spuckte auf den Boden, »früh hätt' man reiten können, jetzt nimmer.«

Als wollte eine höhere Macht seine Behauptung widerlegen, zeigte sich im Schneegestöber ein vermummter Reiter.

»Hol mich, brat mich«, fluchte Hennes.

An dem Maultier erkannte ich, dass der Vermummte Jan sein musste. Er sprang ab und wir umarmten uns so stürmisch, als kehrte er aus Westindien zurück.

»Schön Euch wiederzusehen, broutschku muj«, wisperte er, und da mir die Freudentränen die Stimme verschlugen, brummte er verlegen: »So viel kann ich Euch doch gar nicht wert sein. Hebt noch einen Fingerhut Wasser für den ersten Liebeskummer auf. Ach, ich bin gottfroh, wieder hier zu sein, *djekuji pane!*« Theatralisch hob er die Hände zum Himmel. »Ein Ofen und eine heiße Biersupp, nach mehr frag ich heut nicht mehr.«

Er schlug Hennes mit einem herzlichen »na, alter Schwede« auf die Schulter, der kaum verständlich »fahr zur Höll, Bärnhäuter!« durch die Zähne presste. Jan war guter Dinge und dachte, die Welt um ihn herum müsse ebenfalls vor Fröhlichkeit überschäumen. Ein Lied im schnellen Tanzrhythmus pfeifend rieb er sein Maultier ab.

»Kommt doch mit uns auf den Stephanieritt!«, bat ich.

»No, so grausam ist der Herr doch nicht, die Rosa und mich wieder in den eisigen Wind zu jagen«, er klopfte dem Tier auf den Hals, »aber wie steht's mit der Fechtkunst?«

Ich machte einige Ausfallschritte und er nickte beifällig.

»Dann erhalte ich wieder Fechtlektionen?«, jubelte ich.

»Ja, morgen! Jetzt mache ich erst dem gnädigen Herrn meine Aufwartung.« Er schüttete Hafer in die Krippe und verließ eilig den Stall.

»Der hat wat anderes im Kopp wie Fechtübungen«, knurrte Hennes ihm nachblickend und raunte mir vertraulich zu: »Baut nit so auf dat lose Volk von der Straß. Die Lotterbuben sind schnell fort, aber unsereins ist ehrlich und bleibt.«

»Aber der Jost ist doch geblieben«, widersprach ich.

»Ja, der ist redlich«, pflichtete er mir bei, »aber der Thierry? Ein Bruder Lustig, weiß Gott! Und dann der Till, der Galgenvogel, der hat hier fleißig zugepackt.« Er machte die Handbewegung des Stehlens: »Er hatte ein Brandmal auf der Schulter von einer Stadt, wo sie ihn schon beim Mausen ertappt hatten. Aber der Kerl verstand zu reden, doch dat Rabenaas hat's selbst für'n gnädigen Herrn zu weit getrieben, der ließ ihn dann zum Tor raus prügeln.« Hennes lachte unvermittelt. »Und der Holunke hatt' die Frechheit, sich zur Weihnacht in die Kapell einzuschleichen.«

Seine Jeremiaden tropften an mir ab wie Regen von der Kirchturmspitze, doch die Geschichte über Till, an den ich mich auch erinnerte, weckte meine Neugier.

»In der Kapelle hab ich ihn nicht gesehen«, sagte ich.

»Der Schelm hat sich fein versteckt. Und unterm armselig' Mäntelein hat er schöne Kleider getragen!«

»Weißt du's genau, dass es der Till war?«

»Ei ja, wie ich ihn mit Till anred, hat er reuig den Kopp gesenkt.«

Ich war enttäuscht, meinen edlen Retter zum gewöhnlichen Stalljungen herabsinken zu sehen. Doch wer beim Henkerswirt logierte, konnte kaum von Fürsten abstammen.

Wenig später betrat mein Vater mit Jan den Stall, um auszureiten. Jan ließ sich nichts anmerken, weder seine Müdigkeit noch seinen Widerwillen, abermals in die weiße Kälte hinaus zu müssen.

Juni 1651

Wilde Himbeerbüsche, hüfthohes Gras, durchsetzt mit Hainbuchen und Sträuchern der lanzettblättrigen Eberesche, umwucherten eine Bruchsteinmauer, in der noch der Vorsprung eines Kamins sichtbar war. Es waren die Überreste des Süllhofs, einst die Kornkammer unseres Hauses, wo die Bauern einen Teil ihrer Ernten als Pacht ablieferten. Unser früher stattlichstes Gehöft war weithin sichtbar und damit auch eines der ersten Ziele der Soldaten im Großen Krieg. Der Hausvater, der sich tollkühn den Eindringlingen entgegengestellt hatte, wurde zusammen mit seinen beiden Knechten niedergemacht. Nur eine von vier Frauen hatte das Glück, das nackte Leben zu retten, wie auch der Sohn des Bauern und Hennes, unser Stallknecht, der auf dem Süllhof damals Hütebub war. Der Flammenschein des brennenden Hofes mischte sich in das frühe Morgenlicht und manchem war das Blut wie heißes Blei durch die Adern geströmt, wie mir eine alte Magd erzählte. Merhoffen blieb verschont, doch der Süllhof war schnell zur Ruine verkommen. Wo ein wachsames Auge fehlt, verzehrt die

Gier heimlich mehr als Flammen, Sturm oder Wasserflut. Steine und alle brauchbaren Materialien, die das Feuer überstanden hatten, wurden zum Bau neuer Häuser verwandt. Und so blieben nur noch die dicke Bruchsteinmauer und die Fundamente des Gehöfts zurück. Dennoch schien der jämmerliche Anblick des Verfalls Jan Freude zu bereiten.

»Gefällt mir«, er klopfte auf die Mauer, »das hält auch den Kartaunen von den Stückmeistern eines Tilly stand.«

Er betrat die frühere Küche, von deren Herdstelle nichts mehr vorhanden war. »Wahrhaft prachtvoll«, brummte er und ich zweifelte allmählich an seinem Verstand. Ich übte mit dem Degen ein paar Hiebe und Stöße. Jan gab mir wieder Fechtunterricht. Inzwischen besiegte ich meinen Bruder Philipp wie früher, der eine Verbissenheit an den Tag legte, die ihm schadete und mir nützte. Gegen meinen imaginären Bruder focht ich jetzt.

»... Hier, ich stopf dir's Maul mit Kirchhofserd! Da, die Quart, du Teufelsbuhle!«, rief ich, um Jans Aufmerksamkeit zu gewinnen, der kniend das Fundament überprüfte.

»Gelobt sei Jesus Christus!«, rief jemand hinter mir, »werte Herren, ist dies die Straße nach Merhoffen?«

Wie ein aufgescheuchtes Reh sprang Jan auf, während ich mich nach dem großen Mann umwandte, dessen blasses und glattrasiertes Gesicht merkwürdig gegen seine schwarze Kleidung abstach; nur dunkelblaue Augen brachten Farbe in die pechtonartige Erscheinung. Sein strenger Blick schüchterte mich ein und ich war froh, als Jan sich vor mich stellte, die Hand am Degen.

»Ich will nur den Weg nach Merhoffen wissen, mein Herr«, wiederholte der Fremde, auf die Straße deutend, wo sein Pferd an einem Baum angebunden stand, »ich hoff, man hat mir im Dorf den richtigen Weg gewiesen.«

»No ja, die Bauren sind Schelme, aber diesmal haben sie nicht gelogen. Ja, da geht's nach Merhoffen«, versetzte Jan.

»Den guten Leuten unterstellte ich keineswegs, mich in die Irre schicken zu wollen«, sagte der Fremde kühl.

»Gute Leut? Für mich sind's Schelme!«, widersprach Jan.

»Warum verdammt der Herr die Bauern in Bausch und Bogen, die uns doch am Leben erhalten?«, tadelte ihn der Schwarze, »ich danke und wünsche einen schönen Tag, auch dem Knaben hinter Euch. Gott befohl'n!«

»Das wünsche ich auch«, rief ich neben Jan tretend, »obgleich Ihr nicht gerade höflich seid!«

»Unhöflich ist's, seine Nebenmenschen als Teufelsbuhlen zu titulieren!«

»Ach, das galt doch nur meinem Bruder«, sagte ich.

»Eurem Bruder? Wie alt ist er denn?«

»Zehn Jahr, aber ich wüßt nicht, was das Euch angeht!«

»Teufelsbuhlschaft mit zehn? Die Knaben sind hier aber sehr frühreif«, der Schwarzbleiche schmunzelte und ging.

»Verfluchter *Papist*«, knurrte Jan, während er dem davontrabenden Fremden nachsah.

»Jan, alle sind *Papisten*, hier gibt's keine *Lumpengeusen*.«

»Hm«, er seufzte, »da werd' ich wohl immer der fremde Geuse bleiben. Weiß der Himmel, welcher Teufel mich reitet, hier ein Haus zu bauen.«

»Du willst hier ein Haus bauen?«

»Ja, hier!« Er deutete auf die Mauer. »Dem gnädigen Herrn ist's recht, obwohl er fürchtet, dass die Bauern es mir eines Tags abbrennen. Aber weitab vom Dorf werden sie mich und meine Hausfrau wohl in Ruh lassen.«

»Hausfrau? Du hast ein Weib?«

»No ja, letzten Winter war ich bei der, auf die ich ein Aug geworfen hatte, und wir haben den Pfarrer um den Segen gebeten.« Er blickte zu Boden – beschämt, Herzensangelegenheiten preisgegeben zu haben. Da ich über das späte Bekenntnis betroffen schwieg, setzte er sich neben mich und sagte: »Ich wollt's halt nicht gleich ausläuten, aber weil ich bald Pächter vom Süllhof bin, vertrau ich's Euch an.«

»Der Herr Vater hat doch kein Geld, den Hof aufzubauen.«

»Aber ich hab's! Der gnädige Herr gibt mir nur das Land zur Pacht und für das Haus verpflichtet er sich, dass ich, mein Weib und alle meine Nachkommen das Recht haben, hier zu leben, sonst muss er meine Auslag zurückzahlen. Der Kontrakt ist schon aufgesetzt.«

Ein Pächter, der den Hof mit eigenen Mitteln aufbaut, ist ein kleines Wunder, dachte ich. Jan stand auf. »Bitte haltet noch Stillschweigen über das, was ich euch anvertraut hab«, bat er, »wer zu früh pfeift, dem fliegen die Enten lang vorm Schuss davon.«

Verdrießlich verließ Präzeptor Hasenius das Speisezimmer, als ich es betrat.

»Da bist du ja, mein Sohn«, begrüßte mich mein Vater freudig. Meine Mutter lächelte ein tapferes, kein frohes Lächeln, während er weitersprach, »Herr Senfft von Pilsach vom Gymnasium Tricoronatum ist gekommen. Er sagte, zwei Plätze in der Schul sind dir und Philipp zugedacht.«

»Suchen die Präzeptoren des Gymnasiums Schüler?«, fragte ich, an den Rattenfänger von Hameln denkend.

»Keineswegs«, widersprach er, »die Kölner Schul ist exzellent. Nein, es ist eine besondere Ehr, dass der Herr mich auf seinem Weg von Koblenz nach Köln aufsucht.«

Der mit erzwungener Heiterkeit überschminkte ernste Gesichtsausdruck meiner Mutter bedrückte mich. Wir würden uns viele Jahre lang kaum sehen – vielleicht nie mehr.

»Wir könnten auch in Bonn zu den Minoriten in die Schul gehen«, gab ich zu bedenken.

»Willst du dich im Chorgesang üben?«, fauchte mein Vater, »nein, mein Sohn! Fürsten und sogar die Kaisersöhne werden von Jesuiten erzogen, nicht von Bettelmönchen.«

»Ja, aber Köln ist doch weit weg, mit Verlaub.«

»Christoph, keine Widerworte mehr«, mischte sich meine Mutter ein, »es sollte dir wahrhaftig mehr zu Herzen gehen, was der Herr Vater sagt, damit du den gottgewollten Weg findest.«

Mein gottgewollter Weg war gewiss nicht der nach Köln, weg von all dem, was mir etwas bedeutete. Ein Herr trat ein. Es war der düsterbleiche Fremde vom Süllhof. Mein Vater fragte ihn überaus freundlich: »Logiert Ihr bequem, edler Herr von Pilsach?«

»Bestens, ich danke«, sagte der Herr, »aber *salva venia*, wenn's keine Umständ macht, wär's mir lieb, wenn Ihr die Freundlichkeit hättet, mich nur mit ›Pater Senfft‹ anzureden. Den Adelstitel führe ich seit dem Eintritt in die *Societas Jesu* nicht mehr. Ja, man vergisst's leicht, weil wir Jesuiten kein Mönchshabit tragen und auf Reisen verzichte ich auf die sonst übliche Soutane.«

»Verzeiht! Ich bitte die Gedankenlosigkeit nachzusehen«, entschuldigte sich mein Vater, »hochwürdiger Pater, dies hier ist mein ältester Sohn Christoph Salentin!«

»Ich hatte bereits das Vergnügen einer Begegnung. Wir trafen uns auf der Landstraß, wo ich nach dem Weg fragte.«

Wenn ich gewusst hätte, was du für ein Vogel bist, dachte ich, hättest du nicht nur jede Ecke von Gottes lieber Erde kennengelernt, sondern auch gleich den Mond.

Nur in den gemeinsamen Stunden mit Jan schrumpfte die drückende Last des Abschieds zu einem fernen dunklen Streifen am Horizont. Der Ritt durch die klare Morgenluft, das Zwitschern der Vögel, die Mittagshitze oder auch der Regen, der in diesem kühlen Sommer die Erde reichlich segnete, das alles genoss ich in vollen Zügen, aber mit dem wehen Gefühl, es bald zu verlieren. Ich hätte die Zeit festhalten mögen, jede einzelne dieser Stunden hundertmal verleben wollen, doch der Sand rann stetig durch das Stundenglas, die Uhr tickte weiter, die Sonne ging auf und unter, in viel zu kurzen Abständen – unerbittlich. Zum ersten Mal wurde mir nicht nur die Begrenztheit schöner Momente bewusst, sondern auch die der Zeiträume. Jan lebte fröhlicher in den Tag hinein. Der Traum vom Aufbau des Süllhofs war ein Luftschloss, an dem er unbeirrt weiterbaute, obwohl sein künftiger Herr sich bockbeinig weigerte, den Pachtvertrag zu schließen.

An einem der wenigen Sonnentage des Augusts lagerten wir wieder im Schatten der einzigen Mauer des Süllhofs und wieder phantasierte Jan von reichtragenden Ähren auf den verwilderten Feldern, von Obstbäumen anstelle der Eichen- und Buchenschösslinge, von dem gigantischen Garten voller Bohnen, Erbsen, Kürbisse, Zwiebeln …

Kaltherzig unterbrach ich seine Traumtänzereien und behauptete, mein Vater wolle keinen Kontrakt mit ihm schließen.

»Doch«, er nahm ein Stöcklein und ritzte einen Strich in den feuchten Boden, »Gott hat jedem seinen Weg vorgezeichnet und wer davon abweicht, den zwingt er zurück. Es ist Gottes Ratschluss, dass ich just dieses Haus aufbaue, das die Soldaten zerstört haben. Das spür ich!«

»Warum geht Ihr nicht mehr zurück nach Böhmen?«

»Böhmen?« Er blickte über den Teppich wilder Blumen, der zur Straße sacht abfiel. »Ja, wenn's zurück zum Alten wär. Aber so ist's nicht! Die unsäglich harte Hand des Kaisers hat Böhmen zum Bettelkind seiner Länder gemacht. Das Land ist so schön wie hier, nein, es ist sanfter, heiterer. Aber die Jesuiten zwingen die Leut in die altgläubige Kirch und wer's nicht tut, dem nimmt die Obrigkeit die Kinder weg. Die Not würd' ich ertragen, nicht aber den Zwang.«

»Aber möchtet Ihr's gar nicht mehr wiedersehen?«

»Nein«, er stieß ein abgehacktes Lachen aus. »Für mich ist da alles tot, tot wie meine Eltern, die Geschwister …«

Unvermittelt sprang er auf und spähte die Straße hinunter, auf der eine Frau, ein Handwägelchen ziehend, wanderte. »Herr Jesus, das ist sie«, rief er, »ja, sie ist's!«

Mit einer Flut böhmischer Worte auf den Lippen stürmte er auf die Fremde zu, die ihm entgegenlief. Er fing sie auf, schwenkte sie herum. Wie zu einer Person verschmolzen blieben sie eng umschlungen stehen. Sobald sie mich herankommen hörten, lösten sie sich voneinander und – ich blickte in das pockennarbige Gesicht der Merg Schmits.

»Meine Hausfrau, mein Eheweib«, stellte Jan sie mir überflüssigerweise vor, »und hier«, er hob aus dem Wägelchen ein gut genährtes Wickelkind heraus, »hier, meine Marie!«

Aus dem Schlaf gerissen, fing das Kind an zu weinen.

»Sie ist hungrig! Sie ist die Erste, die in unserem Haus ein Mahl erhält!«, beschloss Jan, sich zum »Haus« umdrehend.

Merg folgte seinem Blick zu der Ruine. Ob sie über dieses Haus erschrak oder ob sie schon wusste, was sie erwartete, war nicht feststellbar, denn ihre Züge blieben so ernst wie immer, doch ihre Augen strahlten Jan an. Sie schob ihre Hand in die seine, er ergriff die Wagendeichsel und wir gingen zurück zum Süllhof. Dort setzte sie sich abseits, um das Kind zu stillen. Unzählige Gedanken, durcheinander gewürfelt wie Kieselsteine am Flussufer, schossen mir durch den Kopf. Jan, Merg und seine Tochter. Der Schlachtruf der Katholiken war im Krieg »Maria« gewesen. Seltsam, dass er seine Tochter nun Marie rufen wollte, ohne dauernd auf sie einzuprügeln. Mit seiner Herkunft hatte er offensichtlich völlig gebrochen und war jetzt ein Mann ohne Ahnen, auf die sogar mancher Bauer mit Stolz blickt. Selbst die Religion hatte er wohl gewechselt. Ich sprach ihn sogleich darauf an, während wir es uns im Gras gemütlich machten.

Nach kurzem Nachdenken antwortete er: »Ach, die Vergangenheit ist nichts als Staub an den Füßen und die Zukunft ist eine Wolke am unerreichbaren Himmel, nur der Augenblick ist mein und jeden einzelnen will ich jetzt genießen. Ja, und bei der Religion, da denke ich nur an Kampf und Tod. Ich habe mir meinen eigenen stillen Glauben gezimmert und scher mich nicht drum, in welcher Kirch ich zu meinem Gott bet'. Jetzt bin ich *Papist* aus Liebe, damit wir heiraten konnten.«

»Aber die Kindspocken haben ihr Gesicht doch arg verunziert«, gab ich in kindlich grausamer Offenheit zu bedenken.

»Mag sein, trotzdem sie hat Augen, so klar wie meine selige Schwester. Für mich ist sie ist die Hübscheste von allen.«

»Doch ihr Vater hat den Herrn von Redern ermordet.«

»Ihr Stiefvater! Und ein Argumentum mehr für die Ehe. Wie die Spinn' im Netz, kann ich nun auf die herzliebe Verwandtschaft warten.« Verträumt sah er den Schwalben nach, die mitten im Flug abrupt die Richtung änderten, als umsegelten sie die Ecken unsichtbarer Mauern.

»Jan, habt Ihr die Merg schon gesehen, als die Lothringer Friesdorf überfielen?«

»Scht«, er legte einen Finger auf die Lippen, »lieber Herr, ich bin Euch zu gefälligen Diensten jederzeit willig und bereit, aber ich bitt herzlich, jetzt und für ewig die Sach ruhen zu lassen. Ich hoffe auf fröhliche Tage, auf ein wenig Glückseligkeit, auf Honig und nicht auf Wermut.«

Oktober 1651

Träge flossen die bleigrauen Fluten des Rheins nordwärts. Quecksilbrige Wellen schlugen ans Ufer, klamme Kälte und modrigen Flussgeruch zufächelnd. Philipp und ich standen vor den Toren Bonns. Die neuen roten Schülermäntel mit den in Gold eingefassten Krägen schützten uns vor der feuchten Kühle, doch nicht vor der herzpressenden Traurigkeit. Nur wenige Schritte von uns entfernt lag das Boot, das uns nach Köln bringen sollte. Es war ein Traubert, ein Kahn mit einem dicken Ruder an dem breiten, hochgezogenen Heck, das dem sonst flachen Boot den Hauch eines hochwandigen Seeschiffes gab. Der Schiffer mahnte zur Abfahrt und Hennes vertröstete ihn. Nicht der Stallknecht, sondern Jan sollte uns begleiten, der aber noch mit meinem Vater beim Notar war, um den Pachtvertrag über den Süllhof zu schließen. Eine Kirchturmuhr schlug. Andere Glocken folgten. Wenig später traten die Ersehnten aus dem Zollschlosstor. Betont kühl verabschiedete sich mein Vater von Jan, obwohl er ihm nur dankbar sein konnte, weil er die Aufgabe, uns nach Köln zu begleiten, von Hasenius übernommen hatte, der am Morgen unserer Abreise sturzbetrunken war. Der Verlust seines Dienstes hatte den Präzeptor hart getroffen, obzwar mein Vater ihn großzügig entlohnte. Trotzdem brummelte, grummelte, schalt und trank unser Lehrer nun weitaus häufiger als gewohnt, wobei er bei jedem Schnaps zu viel die angeblich herbe Undankbarkeit seines Herrn recht freimütig anprangerte. Dies kam meinem Vater zu Ohren, der ihn ebenso offenherzig wie öffentlich zurechtwies. Neben meiner Bangigkeit vor der Fremde, die ich mir nur als böses Gegenteil von allem Vertrauten vorstellen konnte, verleideten mir diese Misshelligkeiten die letzten Tage in Merhoffen. Die einsam machende Kälte der Unstimmigkeiten ließ mich die bevorstehende Entwurzelung noch schmerzhafter spüren, weil selbst die soliden Fundamente meiner bisherigen Existenz nachzugeben schienen. Auch jetzt, kurz vor dem letzten Adieu, gab es nichts zuverlässig Festes, worauf ich stehen oder woran ich mich wenigstens klammern konnte. Mein Atem ging schneller. Dennoch bekam ich nicht genug Luft. Das Herbstlaub der Berge des gegenüberliegenden Ufers leuchtete auch an diesem trüben Tag in warmen Farben über den Fluss – tröstlich, doch nicht Trost genug! Plötzlich kniete mein Vater neben mir nieder und nahm Philipp und mich in die Arme. Zärtlich drückte er uns an sich. Der unerwartete Zuspruch löste mich aus meiner mühsam aufrecht erhaltenen Gefasstheit. Schluchzend schmiegte ich mich an ihn.

»Dort in Köln wird's recht lustig sein«, sagte er. »Ihr werdet Freunde finden, gute und böse. Seht jeden nur sehr genau an. Eure Ehre, euer Gewissen müssen immer das Maß bleiben, nach dem ihr euch richtet. Es werden mehr gehenkt, die von anderen verführt zu bösen Taten kommen als solche, die aus eigenem Antrieb Böses wollen.«

»Dürfen wir jetzt nicht mehr das tun, was die Lehrer uns sagen?«, fragte Philipp mit unschuldigem Augenaufschlag die Pause nutzend, in der sich mein Vater schnäuzte.

»Heilige Einfalt!«, stöhnte mein Vater, »natürlich folgst du den Lehrern unverzüglich! Ich spreche von Schülern.« Philipp nickte ernst, obgleich seine Frage nicht ernsthaft gestellt war. In der Unschuldsmaske des Unbedarften hatte er Hasenius oft provoziert und mir hinter der Hand zugegrinst. »Gott behüt euch und euer Schutzengel geleit euch!«, mein Vater legte uns segnend die Hände auf die Köpfe, »richtet euch nach den zehn Geboten des Vaters im Himmel, der besser in alle Winkel sehen kann als ich. Seid gehorsam und vergesst nicht, wer ihr seid. Und nun geht, meine lieben Kinder, in Gottes Namen!«

Ich stieg ins Boot. Philipp dagegen krallte sich am Vater fest. Jan zerrte ihn schließlich mit Gewalt in den Kahn, wo er Zeter und Mordio schrie. Schaukelnd begaben wir uns auf die Reise. Mein Vater winkte – eine einsame Gestalt am Ufer, die sich langsam entfernte. Das endgültige Adieu! Um nicht wie mein Bruder in lautes Weinen auszubrechen, verfolgte ich mit den Augen den Leinpfad am Ufer: fester Boden, etwas Beständiges, das in seiner Verlassenheit konsequent ein Ziel irgendwo in der Ferne anstrebte. Der graue, sich an das Wasser schmiegende Weg wurde in seiner Montonie zu einem Bild – einem Gemälde. Die Einförmigkeit dieses Bildes ließ mich in eine Erstarrung fallen, die mich nichts, nicht einmal mehr meinen Schmerz, spüren ließ. Sie löschte jede Erinnerung an Einzelheiten jener Kahnfahrt. Erst als sich die Mauern Kölns und die unzähligen Kirchtürme in dunkel-kalter Majestät im Abendhimmel abzeichneten, erwachte ich herzklopfend aus der stumpfen Gleichgültigkeit. Da Philipp wieder zu schluchzen begann, lenkte Jan unsere Blicke auf die im Rhein verankerten Schiffsmühlen und der Schiffer, dem das Geplärre wohl zu viel wurde, zählte ihre Namen auf: »Erst Johann, dahinter Como, Hilger, Kelner, Thiel, Summus, Wienandt und Ludwig. Gute Schüler, die das wissen, dürfen bald wieder nach Hause«, behauptete er, woraufhin wir sofort die Namen lernten, die ich nie mehr vergaß.

Sand knirschte. Ein Ruck! Lastenträger sammelten sich an der Anlegestelle. Mein Blick ging an den grauen Gestalten vorbei zu der sich am Rhein entlangziehenden Stadtmauer mit ihren vielen Türmen; eine in den Himmel ragende Wand, deren Verlauf sich im diffusen Abendlicht in der Unendlichkeit zu verlieren schien. Fröstelnd standen wir am Ufer und ich sehnte mich nach einer heißen Suppe, einem prasselnden Feuer und der Geborgenheit eines warmen Bettes – die einzigen Dinge, die Fremdheit und Einsamkeit mildern. Ein großer Mann kam uns entgegen, grüßte und fragte mich: »Hab ich die Ehr mit Herrn Christoph Sechem von Merhoffen?«

»Ja, mein Herr«, antwortete ich zaghaft.

»Daneben ist Philipp Leander?« Philipp nickte. »Ich bin Gerwin von Beywegh, herzlich willkommen! Bei mir werdet ihr wohnen. Wo ist der Herr Präzeptor?«

Jan, der den Schiffer entlohnt hatte, kam herbei, um sich mit seinem böhmischen Akzent vorzustellen. Herr von Beywegh verzog keine Miene, obwohl er sich über den seltsamen Lehrer gewiss wunderte. Er gab einem Karrenschieber Order, unsere Habe zu seinem Kontor zu bringen. Zügig passierten wir das Stadttor, während die Torwächter, meist unduldsame kleinliche Leute, andere nach ihrem Woher und Wohin fragten und für Handelswaren *Akzise*, also Steuern, abforderten. In der Stadt war es fast nachtdunkel, weil die engen Gassen im Schatten der mehrstöckigen Häuser lagen. Die Straße war mit Stroh bestreut. Philipp hielt sich eng an Jan, während unser Gastgeber mich gleich in ein Gespräch zog. Ich bewunderte seinen Scharfsinn, uns sofort erkannt zu haben, zumal ihm unsere Ankunftszeit unbekannt gewesen war.

»Das war leicht«, sagte er, »eure Mäntel sind die der Schüler des Gymnasiums Tricoronatum. Ansonsten bin ich oft am Hafen. Einige Fuder Wein gingen heute nach England und ein Schiff wurde von Holland hochgetreidelt mit drei Ballen Pfeffer, zwei Fardel Zimt, außerdem Ingwer, Muskatnuss und Nelken von der Ostindischen Compagnie.«

Süß duftende Gewürze, weites Meer, prächtige Paläste, in denen Turban tragende Diener zuckrige Früchte und Marzipan anbieten – dies alles steckte für mich in den dürren Worten des Kaufmanns, während wir durch die unrein riechenden Gassen gingen.

»Die Gewürze verkauft Ihr hier im Kaufhaus?«, fragte ich.

»Nein, die meisten Güter passieren weiter nach Frankfurt, Straßburg, Basel oder sogar Mailand, dort verkaufe ich sie mit gutem Gewinn.«

»Handelt Ihr nur mit Spezereien?«

»Vornehmlich hab ich mich auf Tabak, Branntwein, Wein und Metalle verlegt. Auch Zinn und Kupfer zum Geschützgießen bringen viel ein, solange der französische König Krieg gegen Spanien führt.«

Stolz erzählte er von seinem strebsamen, neunjährigen Sohn Johann Arnold. Dessen Geschwister, die Zwillinge Felicitas Christine und Gerwin, beide acht Jahre alt, entlockten ihm ein Seufzen, da bei deren Geburt seine erste Frau starb. Sofort schlug er aber wieder einen fröhlichen Ton an: »Ach, was klag ich, ich bin doch gottgesegnet: Sybilla, meine zweite Frau, versteht's, mein Haus in guter Ordnung zu halten. Hier ist mein Haus!«

Wir standen vor einem der typischen mehrstöckigen Kölner Stadthäuser, das allerdings nicht so schmalbrüstig aussah wie die meisten anderen. Ein neben der Tür ins Mauerwerk eingelassener steinerner »Grinkopp« streckte, eine Fratze schneidend, seine Zunge heraus, um böse Geister fernzuhalten. Das Nachbarhaus gehörte ebenfalls dazu, wie Beywegh stolz erklärte. Wir traten in den dunklen Flur, den ein würziger Duft nach Zimt und Nelken erfüllte. Eine Magd nahm uns Hut und Mantel ab und der Hausherr führte uns eine Treppe hinauf in die Wärme der Stube, die ein kastenartiger Kachelofen verbreitete. Eine üppige blonde Frau, die zu einem schwarzen Mieder einen dunkelroten Rock mit zwei breiten goldenen Streifen am Saum trug, legte ihre Schreibfeder beiseite und hieß uns willkommen. Der ältere Sohn, Arnold, der bei ihr am Esstisch saß, blickte uns sauertöpfisch an. Beywegh gab seiner Frau einen Kuss – eine Zärtlichkeit, die ich bei meinen Eltern nie gesehen hatte, aber die beiden waren ja auch viel jünger. Er hatte braunes Haar und graue Augen, die immer aufmerksam auf dem jeweiligen Gesprächspartner ruhten, so, als wäge er jedes

Wort sorgsam ab. Einen »Pfeffersack« hatte ich mir fett, laut und umtriebig vorgestellt, doch dieser Mann strahlte Stolz und Zielstrebigkeit aus. Er rügte freundlich seine Frau, die sich mit dem Rechnungsbuch beschäftigte. Sie erwiderte gereizt, er könne ja nicht alles allein machen und wenn er auf Reisen sei, wäre die Kontrolle des Rechnungsbuches wie die der Faktura dann ohnehin ihre Aufgabe. Besänftigend strich er ihr über den Arm; dennoch redete sie sich in Rage: Anstelle seine Zeit mit Kleinigkeiten zu verschwenden, solle er sich um ein Amt im Stadtregiment bemühen, denn nur wer im Rat sitze, gälte etwas und dann könne man auch für billiges Geld ein repräsentatives Haus am Neumarkt erwerben.

»Liebster Schatz, die kleinen Steine sind ebenso wichtig wie die großen, weil sie gleichermaßen über die Standfestigkeit einer Mauer entscheiden«, beschwichtigte er sie, »ein Kaufmann muss sich deshalb auch um Geringes kümmern, damit sein Geschäft auf festem Fundament steht. Der Rat muss noch eine Weil' warten, aber ich verspreche, Frau Beyweghin wird dermal die Gattin eines ehrenfesten Ratsfreunds sein. Aber wo sind Gerwin und meine Prinzess?«

Arnold lief und holte seine jüngeren Geschwister: beide gleich groß, mit hellen schulterlangen Haaren und beide in schwarzen Hosen. Unsere Gastgeber starrte das Pärchen ungläubig an. Der Kaufmann fuhr den zarteren Knaben an: »Felicitas Christine, was soll der Aufzug?«

»Gerwin und ich sind gleich und wollen auch so aussehen«, entgegnete der »Knabe« kokett.

»Zum Henker!«, brüllte der sonst so ruhige Mann, »will mein ganzes Haus mich mit Schande überhäufen? Die Weiber mischen sich in die Geschäfte, tragen Hosen, bald reiten sie in den Krieg. Du ziehst dir auf der Stell ein für ein Mädchen properes Kleid an!«

Sie schnitt eine Grimasse, als hätte sie auf ein Pfefferkorn gebissen, verschwand und ließ sich für den Rest des Abends nicht mehr blicken, was ihr Vater großzügig übersah. Mir gefiel die offene, alle Zeremonien vermeidende Art des Kaufmanns. Die Hausfrau hingegen wirkte steifer. Bestimmt hatte sie in ihrem Haus die Gabeln eingeführt. In Merhoffen speisten wir zierlich mit den Fingern, was schöner aussah als der Umstand mit der Gabel, die für mich ein Fremdkörper in der Hand wie im Gaumen war. Die Speisen waren aber vorzüglich, besonders die frischen Semmeln mit denen ich die Fleischsoße auftunkte. Nach der Mahlzeit führte uns Arnold zwei Treppen höher in unsere Kammer, die mit einem breiten Bett und einem Tisch, unter dem zwei Schemel standen, ausgestattet war. Er entzündete eine Kerze und verabschiedete sich mit einem mürrischen Gutenachtgruß, der in einem rasselnden Geräusch unterging.

»Arnold! Was klirrt da draußen?«, fragte Philipp.

»Nachtketten!«, und da wir ihn fragend anstarrten, erklärte er: »Die Ketten werden nachts über die Straße gespannt und Diebsgesindel fällt im Dunkeln drüber. Hat der hochwohlgeborene Herr noch weitere Fragen?«

»Wir sind keine Fürsten!«, protestierte Philipp.

»Ja, aber Ihr seid ein Roter und ich bin ein Weißer.«

»Was für ein Roter? Weißer?« Philipp runzelte die Stirn.

»Das ist simpel«, belehrte ihn Arnold, »die Edelleut tragen in der Schul rote Mäntel mit einer goldenen Borte am Kragen, die Söhne der Handelsherren weiße mit einer silbernen Borte und die Pauperes, die armen Schüler, haben einen blauen Umhang.«

»Gut! Da weiß man sofort, wer von höherem Stand ist, ohne dass man sich herausputzen muss. Erst Gold, dann Silber!« Philipp lachte unbekümmert.

»Erst Gold, dann Silber?«, wiederholte Arnold verächtlich, »ja, so mögen's die Bettelprinzen und die wohlgeborenen Herren von den zwei Hühnerställen.«

»He, Pfeffersack«, Philipp ging auf Arnold drohend zu.

»Ich hab nicht von euch gesprochen«, wich der Junge aus.

»Von wem dann?«

»Von der Schul, alle Roten sind da eingebildete Laffen.«

»Wir sind nicht so«, mischte ich mich in den Disput.

»Dann seid ihr keine Edelleut«, spottete Arnold.

Noch bevor Philipp ihm »das Maul stopfen« konnte, wie er androhte, öffnete Herr von Beywegh die Tür.

»Wie ich sehe, freundet ihr euch an«, er legte die Hand auf die Schulter seines Sohnes, »aber wir sollten jetzt unseren Gästen Ruhe gönnen.«

Arnold wünschte artig »gute Nacht«, zeigte uns aber heimlich die obszöne Geste der *»Feige«*, indem er die Faust ballte und den Daumen zwischen Zeige- und Mittelfinger herausstreckte.

Zwischen dem spitznasigen Arnold und uns gedieh nur eine herzliche Abneigung, während sein Bruder Gerwin entgegenkommender war. Allerdings beschränkte sich der freundschaftliche Umgang auf das häusliche Milieu, denn im Dreikronengymnasium oder Tricoronatum, wie es alle nannten, zerfiel die Welt wirklich in Rot und Weiß.

Mit Jans Abreise, zwei Tage nach unserer Ankunft, begann ein neues Leben – ein Leben in einer Welt, in die ich kaum hineinfand. Jedes Mal, wenn wir aus der Schule zurückgekehrt waren, überfiel mich das Heimweh. Dann stieg ich in das noch über unserer Kammer gelegene Giebelzimmer hinauf, von dem aus man über Dächer und Stadtmauer hinweg den Rhein sehen konnte, der sich in einem Bogen in die Hafenbucht Kölns schlängelte. Am anderen Ufer lag Deutz mit mausohrkleinen Türmen. Unten wanderten Leute durch die Gasse. Karren rumpelten vorbei. Aus den gegenüberliegenden Häusern drangen Kindergeschrei, das Meckern einer Ziege, Schweinegrunzen und Hühnergackern.

Unsichtbar und doch unter Menschen genoss ich die Zeit, in der sich das Licht gegen die aufkommende Dunkelheit wehrt. Dann träumte ich von Merhoffen, mit dem mich der Fluss verband. Eine Woche nach Jans Abreise trug ich meine Verzweiflung wieder in die Giebelkammer. Diesmal fand ich keine Erlösung in meinem Versteck, vielmehr steigerte sich mein Schmerz zur

Unerträglichkeit. Abendlicht übergoss den Fluss und Deutz mit dunkelroter Farbe, während sich in der Johannisstraße die Schatten der Nacht ausbreiteten. Ein Sprung ins Schwarze konnte mir die Qual nehmen und anderen auferlegen, als gerechte Strafe für ihre Härte. Die Vorstellung meines trauernden Vaters gefiel mir. Kopfüber musste man fallen, um ein Ende zu machen. Ich beugte mich weit aus dem Fenster.

Die Tür knarrte hinter mir. Beyweghs rotgesichtige, dralle Magd berührte meine Schulter.

»Das Glutrot ist wie's Fegfeuer und dahinter lauert's Böse«, schwatzte sie darauflos, »dort am andern Ufer sind alles Hexer oder Ketzer. Und mir rinnt's kalt den Buckel runter, wann ich so dahin seh und nit weiß, was an Gräuel sich da zusammenbraut. Im Finstern kriecht's übers Wasser und verderbt die Leut hier im Schlaf mit Krankheit. Solang die Glut leucht', ist mir wohl und ich schick ein Gebet zur Mutter Gottes, damit sie uns die Nacht vor all den Übeln bewahrt.«

»So schlimm sind die Deutzer nicht«, widersprach ich.

»Doch, drüben sind die Ketzer, vor allem wenn man nach Mühlheim geht. Die von Deutz sind nur knechtisch Eselsköpp und so dumm, dat sie den Teufel gar nit merken, selbst wann er ihnen vor die Tür scheißt. Seht sie Euch an, da wisst Ihr, was die Glock geschlagen hat. Aber in ihrer Dummheit find' all die schwarze Kunst ihren Unterschlupf. So ist's, so wahr ich hier steh!«

Dass die Leute des benachbarten Dorfs immer besonders dumm und faul sind, das hatte ich schon oft gehört, doch dass man ihnen sogar Satansanbetung nachsagt, war neu. Ich betrachtete das andere Ufer nun mit Grauen. Sündhafte Gedanken flogen wohl hinüber und setzten sich in meinem Kopf fest. Von da an suchte ich die einsame Kammer nicht mehr auf.

Zu den Erziehungszielen der Jesuiten gehörten neben der perfekten Beherrschung des humanistischen Bildungskanons und der Verinnerlichung der katholischen Lehren auch eine strenge Disziplin, Arbeitseifer und absoluter Gehorsam. Über allem aber stand der freie Wille des Einzelnen, sich für das Gute oder Böse zu entscheiden. Die christlichen Lehren saugte ich mit Freuden auf, denn die Patres verstanden es, junge wie alte Seelen mit Pracht, feierlichen Messen und überwältigender Musik gefangen zu nehmen. Zu Weihnachten rührte mich neben dem ernsten »O magnum mysterium« von Giovanni Gabrieli besonders das fröhlichere »Hodie Christus natus est« von Heinrich Schütz, in dem leise einstimmige Töne sich mit einem vielstimmigen Chor abwechseln. Später erfuhr ich, dass der Komponist Protestant war, eine Tatsache, welche die Jesuiten wenig störte, denn für sie heiligte der gute Zweck die Mittel und in der Kirchenmusik waren die Ketzer noch führend.

So sehr mir die Messen gefielen, so sehr stieß mich der Schulalltag ab. Nach dem Morgengebet um sieben Uhr saßen wir in unseren Mänteln und breitkrempigen Hüten um den Magister herum, um uns im Lateinischen zu üben und die Anfänge des Griechischen zu lernen, oft in bitterer Kälte. Das Gebäude verließ ich meist erst am Nachmittag und abends wiederholte ich das Gelernte oder schrieb Aufsätze, die »compositiones«. Da ich gerade noch in die oberste Grammatikklasse eingestuft worden war, musste ich nicht nur im Unterricht, sondern auch im Verkehr mit meinen Kameraden Latein sprechen. Verstöße gegen dieses Gebot wie gegen andere Regeln der Schulordnung wurden oft mit Schlägen bestraft. Die Magister besaßen feine Ohren sowie einen ausgeprägten Sinn für die Erfassung von Heimlichkeiten. Die zahlreichen Spiegel in den Lehrräumen halfen ihnen dabei mehr wahrzunehmen, als es sonst möglich gewesen wäre. Die Mauern um mich herum, der Mangel an frischer Luft und die

Angst vor Tadeln, weil sich mir die Gedanken der römischen und griechischen Philosophen nicht so schnell erschlossen wie den anderen, drückten mich. Ich lernte fieberhaft, kämpfte als Klassenletzter darum, vielleicht den einen oder anderen doch noch zu überflügeln und konnte mir kaum vorstellen, die Prüfung am Ende des Schuljahres zu bestehen, um nicht noch zurückgestuft zu werden. Nichts gefiel mir. Selbst für die Ballspiele und Wettläufe, die wir unter Aufsicht zweier *Fratres* auf dem Spielplatz vor dem Eigelsteintor absolvierten, empfand ich wenig Sympathie. Ich täuschte gerne Übelkeit vor und oft befreite mich der gutmütige *Frater* Antonius Vos von ungeliebten Übungen. Dann setzte ich mich ins Gras und sah den Vögeln nach, die so selbstverständlich über all die steinernen Hindernisse flogen, als sei es ein Kinderspiel. In die Idee des Fliegens verbiss ich mich. Aus Büchern entnahmen Lehrer ihre Schulweisheit, in Büchern stand, wie man Bier braute oder Seife siedete. Dort musste ich auch etwas über das Fliegen finden! So suchte ich die Bibliothek des Kollegs auf. Die bis zur Decke reichenden Regale, gefüllt mit Reihen dicker, meist in blasses Pergament gebundener Bücher, schüchterten mich ein. Ich blieb an der Tür stehen.

»*Salve multum exoptate, mi fili!*«, begrüßte mich eine Gestalt, die hinter einem Stehpult hervortrat. Erschrocken trat ich einen Schritt zurück, »congrede proprius, mi fili«, lud mich der Pater zum Näherkommen ein.

»Salve, domine magister, praeceptor observande«, den Gruß an den »hoch geachteten Herrn Lehrer« verstotterte ich und weitere Höflichkeiten fielen mir nicht mehr ein.

»Dic, quid tibi velis, mi filii?«, fragte er mich nach meinem Begehren und jetzt erkannte ich Pater Senfft.

Seit Merhoffen hatte ich ihn nicht mehr gesprochen. Obwohl ich mir schon einen schönen lateinischen Satz zurechtgelegt hatte, um meinem Wunsch Ausdruck zu verleihen, fielen mir jetzt nur zwei Worte ein: »Volo volare«, – ich will fliegen, was zu lapidar war.

»Hic omnia plena sunt cum libribus« – alles ist hier voller Bücher, sagte ich, um nicht wie ein Narr dazustehen, obwohl dieser Satz mich nun gerade als solchen qualifizierte.

»Timesne, quia librorum plena sunt omnia?« – du fürchtest dich, weil alles voller Bücher ist?, fragte er freundlich und begann mir die Ordnung der Bibliothek zu erklären.

Neben der Rhetorik des Cyprian Suarez, den Grammatiken von Alvarez und Gretser, den antiken Autoren, den Kirchenlehrern und Erasmus von Rotterdam gab es auch Bücher von Descartes und anderen Zeitgenossen in einem kleinen Nebenraum, in den er mich führte, als er mein Interesse für neue Bücher bemerkte. Die Werke Delrios und Spees, der eine für, der andere gegen die Hexenverfolgung, lagen einträchtig nebeneinander auf einem Tisch, an den wir uns setzten. Ein Buch über das Fortifikationswesen lag aufgeschlagen vor mir. Als ich mich über diese militärische Lektüre in einem frommen Haus wunderte, breitete Pater Senfft eine Landkarte vor mir aus, auf der die Umrisse des sagenhaften Landes Amerika gemalt waren, und da ich mich wissbegierig zeigte, nahm er mich auf eine Reise dorthin mit, wobei er vom Lateinischen ins Deutsche glitt. Vor vielen Jahren war er in Cadix an Bord eines spanischen Schiffes gegangen, um sieben Wochen lang nur Meereswellen um sich herum zu sehen. Mit dem aus dem Kielraum aufsteigenden Gestank faulen Wassers musste er sich genauso abfinden wie mit steinhartem Brot, stockigen Erbsen und Pökelfleisch, das voller Maden war, da der Kapitän den Proviant schon im vorangegangenen Jahr für eine nicht zustande gekommene Reise gekauft hatte. Mandel- und Aniszucker, den der Pater gegen die Seekrankheit mitgenommen hatte, vertrieben gelegentlich den ekelerregenden Geschmack der Speisen. Aber das war kaum das Schlimmste.

»Im Sturm befiehlt man seine Seele mehr als einmal Gott an«, erzählte er, »der Leib zittert in den tropfnassen Kleidern und der Mund stößt grelle Schreie aus, wenn das Schiff krachend in ein Wellental stürzt. Sobald aber die Wolken fortgezogen sind, man auf den Schiffsplanken unter dem Sternenhimmel liegt und das immerwährende Schaukeln der Wellen spürt, die an die Schiffswand schlagen, weiß man, so ganz in der Hand eines liebenden Gottes zu sein. Dennoch, als ich in Cartagena von Bord ging, mit losen Zähnen und die Kleider in Fetzen, wollte ich nie mehr ein Schiff betreten. Aber all das würd' ich wieder auf mich nehmen, um in dieses Land Utopia zurückzukehren.«

Nach diesem für einen Magister sehr offenherzigen Bekenntnis glitten seine blauen Augen an mir vorbei ins Leere. Sein schmales Gesicht wirkte wie die Skulptur eines genialen Bildhauers, der jede Nuance so fein herausarbeitet, dass er trotz der starren Form mehr offen legt, als ein Mensch in Bewegung zeigen kann. Seine Nase zeigte kantige Linien, sein Mund aber war weich geformt und dennoch lag in seinem Gesicht eine resignierende Traurigkeit, die ihm einen strengen Ausdruck verliehen.

»Wo liegt das Land Utopia?«, wisperte ich und ein wenig erschrocken richtete sich sein Blick wieder auf mich.

»Dieses sonnendurchflutete Land liegt zwischen den Flüssen Rio Urugvay und Rio Parana, hier«, er zeigte sie mir auf der Landkarte und deutete auf zwei Punkte, »hier ist Loretto und da Sankt Ignacio am Rio Parana gelegen. Ein wildes grünes Land, Wasserfälle und Wälder. Die Menschen sind Jäger – braunhäutig, mit platten Nasen, flächigen Gesichtern und pechschwarzen langen Haaren. In ihren durchlöcherten Ohren tragen sie Knochen oder bunte Federn.«

»Sind es Menschenfresser?«, fragte ich gespannt.

»Nein«, er lächelte nachsichtig, »die wahren Wilden sind wir, die ›Spitznasen‹, wie sie uns Weiße nennen. Die Indier selbst sind eher kindlich verspielt und lieben die Musik. Mit Gesängen haben sie meine Brüder vor 50 Jahren aus den Wäldern gelockt. Sie singen engelsrein und beherrschen nicht nur das Spiel auf allen Arten unserer Musikinstrumente meisterhaft, sondern bauen sie auch, wie's die Nürnberger nicht besser können. Nur, sie verstehen rein gar nichts von der Oeconomia, nichts vom Haushalten eines braven Hausvaters. Aber auch dieser Fehler hat etwas Gutes.« Er räusperte sich, während ich auf die Auflösung dieses Widerspruches wartete.

»Weil sie kaum zählen können, kennen sie keine Habgier. Strenge Strafen waren daher unnötig. Drei Tage in der Woche arbeiteten sie auf dem Gemeingut, dem Gottesacker, dann bewirtschaftete jeder den eigenen ›Abamba‹, was ›Acker des Mannes‹ heißt.«

»Drei Tage Frondienste ist viel«, warf ich ein.

»Es waren keine Frondienste«, widersprach er vehement, »alles, was die Indier anbauten oder als Gerber, Schuster oder Weber herstellten, kam nur ihnen zugute und wenn die Gemeinschaft prosperierte, ging es auch dem Einzelnen gut. Jeder wurde gleich geschätzt. Niemand erhob sich über andere, um sich selbst bewundern zu können. Dort erkannte ich, dass es keine höherrangige Arbeit gibt, denn jeder ist auch auf die Arbeit des Einfältigsten angewiesen. Wir Patres lebten wie sie. Das Gebot ›Liebe deinen Nächsten wie dich selbst‹ haben wir aufs Schönste praktizieret.«

»Gab es denn keine Herren, denen das Land gehörte?«

»Nein, die Spanier sind an der Küste geblieben und nur die Unsrigen sind ins Innere vorgedrungen. Aber je vermögender die Gemeinschaft wird, desto größer ist die Bedrohung durch Plünderer. Überfälle gab es schon. Die Tage dieses Paradieses, in dem die Menschen so fröhlich und christlich zusammenleben, sind gezählt. Deshalb studiere ich, wie man sich vor Angriffen schützt. Jeden Tag bete ich um die Gnad, dahin zurückkehren zu dürfen, aber die Jahre verstreichen und die Kräfte schwinden.« So gebrechlich kam er mir keineswegs vor, denn sein Gang war federnd, als habe er noch viel Kraft zu verschwenden. Seine ungewöhnlich offenen Worte ehrten mich. »Doch man muss gehorchen, sich unterwerfen«, sprach er mehr zu sich selbst als zu mir.

Ja, dachte ich bitter, sich wie die Glieder eines Leichnams benutzen zu lassen, diesen Kadavergehorsam verlangt ihr auch von uns Schülern. So sagte ich: »Ich wünsche mich auch fort aus diesem Gefängnis.«

»Dies ist kein Gefängnis«, entgegnete er erstaunt, »und wenn's dir so scheint, dann gehe wieder nach Hause. Hier ist nur Platz für diejenigen, welche Freude an dem haben, was viele Weise in zweitausend Jahren gedacht haben, um die Welt zu verstehen und sie zu bessern. Wenn dir aber der Dorfklatsch, die Zeitungen und die Mahlzeiten als Erquickung reichen, dann verlier hier keine Zeit.«

»Mir genügt die Jagd und das Alltägliche!«

»Und du hast keine Fragen? Du willst nicht wissen, wie die Welt zu dem wurde, was sie ist? Oder wie man mit einer Rede viele für ein Vorhaben begeistert? Willst du nicht in der Lage sein, der Welt einmal etwas zurückzugeben?«

»Doch, aber mein Vater tut dies auch ohne das Wissen.«

»Dein Vater hat gute Kenntnisse in der Kriegskunst. Aber der Krieg ist vorbei. Wir sollten lernen, in Frieden miteinander auszukommen. Dazu sind gebildete Männer vonnöten.«

»Aber nur reden nützt wenig«, widersprach ich.

»Wer auf das Schwert verzichten will, muss überzeugen können. Das Wort anstelle der Gewalt ist das Zeichen des wahren Christen. Aber, mein Sohn, wenn du nichts lernen willst, warum kommst du dann zu diesem Ort der Bücher?«

»Ich habe nur eine Frage, aber sie ist dumm.«

»Es gibt mehr dumme Antworten als dumme Fragen!«

»Nun gut, ist es denkbar, wie ein Vogel zu fliegen?«

»Aristoteles und nach ihm viele Weise haben sich über das Fliegen schon Gedanken gemacht. Aber es ist ein Traum geblieben, dessen kann ich dich versichern!«

Auf der Gasse dunkelte es, obwohl noch Abendlicht den Himmel überzog. Ich lehnte mich an eine Mauer. Die neue Welt hatte mich verzaubert. Der Vortrag des Paters war nüchtern gewesen, aber der Ausdruck seiner Augen, die Betonung bestimmter Worte, die ihm wichtig waren, seine Gestik, die bei der Schilderung des Sonnenlandes lebhafter wurde, hatten mich in seinen Bann gezogen und brannten die Geschichten in mein Gedächtnis ein. Ja, die Träume nahmen mich wieder gefangen, die Fußangeln der Strebsamkeit und das süße Gift gegen die fade Alltäglichkeit.

»Ist Euch nicht wohl, Herr?«, fragte eine helle Stimme.

Den armselig gekleideten Jungen, der mir die Frage stellte, kannte ich. Er trieb sich oft am späten Nachmittag in der Nähe des Kollegs herum. Mit dem einen oder anderen »*Alumnen*«, wie wir Schüler genannt wurden, kam er gelegentlich ins Gespräch.

»Danke, mir fehlt nichts«, wehrte ich müde ab.

»Wenn's beliebet, begleit ich den Herrn zum Beywegher Hof. Im Heiligen Köln sind nicht alle fromm.«

»Nein, danke!«, wies ich ihn brüsk ab, fügte jedoch dann freundlicher hinzu: »Woher weißt du, wo ich wohne?«

»Ich hab Euch öfters mit Gerwin von Beywegh gesehen. Es fällt auf, wenn ein Kaufmannssohn sich mit einem Rotmantel anfreundet und die Ursach kenn ich inzwischen.«

»Und was machst du so häufig hier vor dem Kolleg?« Langsam ging ich die Marzellenstraße hinunter und der Betteljunge passte sich meinen Schritten an.

»Ihr wisst's nicht?« Er kicherte. »Gut, aber sagt's nicht weiter, ich schreib oder korrigier lateinische Aufsätze für einige Schüler. Dafür kriege ich Kerzen oder Geld. Dabei lerne ich. Ich will nämlich Advokat werden.«

»Advokat?« Ich musste das Lachen verbeißen. »Und warum gehst du nicht selbst aufs Tricoronatum?«

»Ich bin Protestant.«

»Dann geh in eine Schule im protestantischen Gebiet!«

»Nein, ich lebe hier bei meiner Tante.«

»Woher kannst du Latein? Und wie heißt du eigentlich?«

»Martin Maurberger. Ich war früher auf der Lateinschul, aber das meiste lehrte mich mein Stiefvater. Er war protestantischer Prediger in Rinteln, ein gelehrter Mann, der gern Latein redete. Doch er ist tot. Meine Mutter war aus Bayern und ging nach seinem Tod zu ihrer Schwester nach Köln. Sie starb dann auch.« Wir waren in der Johannisstraße angekommen. »Lebt wohl«, verabschiedete er sich, »und wenn Ihr Hilf in der Schul braucht, dann fragt nur nach mir.«

»Bedauere, ich habe kein Geld.«

»Für Euch tu ich's auch so. Ihr … Ihr seid ernst und nicht so hochnäsig wie die anderen und wir könnten schöne Diskurse führen. Gebt mir einen Aufsatz und ich korrigiere ihn.«

»Und da ist kein Haken?«

»Nein, gebt mir Eure Arbeit und kommt morgen zum Sechs-Uhr-Läuten in das Haus ›Im Schäfgen‹, in der Gass ›Off dem Brand‹. Wenn Ihr die Johannistraß runter geht, an Sankt Kunibert vorbei, gelangt Ihr in die Caelhauser Gass. Die nächste Quergass ist ›Off dem Brand‹.«

Das Haus »Im Schäfgen« war unbewohnt. Wir huschten durch den Hof in den dahinter liegenden Weingarten und setzten uns in eine Laube. Zwei löchrige Eimer dienten als Stühle, ein Hackklotz als Tisch. Trotz des geringen Komforts war dies ein einzigartiger Ruheplatz. Keine Mauer störte die Sicht auf den verwilderten, noch kahlen Weingarten und die sich anschließenden Obstgärten. Die Vögel zwitscherten, als wollten sie den Frühling herbeisingen. Martin erklärte mir nicht nur seine unzähligen Korrekturen an meiner Arbeit, sondern auch den Inhalt des Cicero-Textes. Zweifellos war er selbst den Besten in meiner Klasse überlegen. Der Grund für seinen Vorsprung lag vor allem an seiner Begeisterung für diese Art Wissen, was mir völlig abging. Abschließend las er mir den Text, die Vokale melodisch betonend, vor, während ich versonnen das Segeln eines Turmfalken verfolgte. Seine Worte wurden zur sanften Melodie nach einem lauten Tag.

»Das ›cum par voluntas accipitur et redditur‹, das Geben und Nehmen in der Freundschaft, das ›par pari‹, ist doch ein schöner Gedanke«, sagte Martin plötzlich.

»Gleiches mit Gleichem vergelten ist doch Rache?«

»Nein, auch in der Freundschaft sollten sich Geben und Nehmen die Waage halten«, er hielt die Handflächen nach oben, als balanciere er zwei Waagschalen, »sonst sinkt einer zum Sklaven herab und der andere nützt ihn nur aus, aber weder ein Sklave noch ein Blutegel kann ein Freund sein.«

Mai 1652

Im Wonnemond Mai zogen Philipp und ich ins Kolleg. Die Kölner Jesuiten hatten zwar das Konvikt während des Dreißigjährigen Krieges abgeschafft, nahmen aber nun wieder arme Waisen auf und hatten auch eine kleine Schar adeliger Söhne gegen Kostgeld unter ihre Fittiche genommen, um sich deren Eltern gegenüber gefällig zu erweisen. Trotz unserer geringen Zahl lebten wir sehr beengt und unfrei. Mit Ausnahme der Spielstunden, der Prozessionen zu kirchlichen Festen oder Hinrichtungen konnten wir Jüngeren das Gebäude kaum verlassen. Die einzige Möglichkeit, ohne Aufsicht in die Stadt zu gehen, bestand darin, gute Werke zu tun. Man legte etwas von seiner Mahlzeit beiseite und erbat von anderen noch etwas dazu, um Bettler vor der Kirche zu speisen oder man las bettlägerigen Armen Geschichten vor. Allmählich fand ich mich mit meiner Lage ab; selbst die Briefe meiner Mutter sehnte ich nicht mehr so schmerzlich herbei wie zuvor. Philipp litt weniger unter Heimweh. Frühzeitig hatte er sich einer Gruppe angeschlossen, in der er bald den Ton angab. Martin blieb mein einziger Freund. Angestachelt von seiner Leidenschaft für die Wissenschaften, widmete ich mich inzwischen aus eigenem Interesse intensiver und mit Erfolg meinen Schulpflichten, so dass in unseren Gesprächen an einer Seitenpforte im Kolleggarten lateinische Grammatik immer seltener vorkam. Ich vertraute ihm vieles an, er blieb jedoch, seine Person betreffend, schweigsam, was ich seiner Bescheidenheit zuschrieb, wenn ich mir überhaupt darüber Gedanken machte. Je höher er jedoch in meiner Achtung stieg, desto mehr wollte ich auch etwas über sein Leben erfahren. Allerdings wich er lange meinen Fragen aus. Eines Tages steckte er mir einen Zettel mit seiner Adresse zu. »Zur Silbern Kunkel« las ich und »Auff dem Katzenbauch« – ein merkwürdiger Name für eine Straße. Der ordinäre Name war jedoch irreführend, denn die Gasse sah proper aus. Das Haus »Zur Silbern Kunkel« war keine heruntergekommene Spinnstube, sondern ein spitzgiebliges Haus, das jedem bemittelten Handwerker zur Ehre gereicht hätte. Ein nur mit einem Hemd bekleideter Junge öffnete mir.

»Jakob!« Eine scharfe Stimme rief das Kind zurück, das folgte, nachdem es aus großen Hungeraugen noch einen bewundernden Blick auf mich geworfen hatte. Die Luft, die mir entgegenschlug, roch nahrhaft-süßlich nach feuchtem Korn, woraus zu schließen war, dass Hirsebrei hier wohl die Hauptspeise war. Eine ältere Frau saß nähend am Fenster und eine jüngere, auf die das Kind zulief, hockte auf einem Strohsack unter der Treppe. Den Jungen hüllte sie in einen geflickten Mantel und begann zu spinnen. Sie wohnte wohl bei der Alten »im Eck«, das hieß, für wenig Geld und viel Dienste durfte sie sich mit ihrem Kind unter der Treppe aufhalten. Der Mantel der Frau wies sie als Bettlerin aus, der es gestattet war, in Köln um Almosen zu bitten. Obwohl das Herdfeuer prasselte, zog die Alte ihr Umschlagtuch enger, als ich sie grüßte und nach Martin fragte.

»Da müsst Ihr noch eine gut Weil' warten.« Sie sprach so, dass die Lippen ihre wohl unschönen Zähne bedeckten: »Der schleppt noch Säck. Freut mich, dass einer seiner Freunde mal den Kopf reinsteckt. Setzt Euch, junger Herr! Mögt Ihr Sauermilch?«, fragte sie im bayerisch gefärbten Tonfall; sie musste also Martins Tante sein.

Mir knurrte der Magen, weil ich den größten Teil meines Mittagessens den Armen gespendet hatte, dennoch lehnte ich ihre Einladung ab, weil ich nur wenig Zeit hatte. Da ich im »Armendienst« war und dieser nur zu zweit abgeleistet werden konnte, hatte ich mit meinem Kameraden ausgemacht, mich mit ihm in einer Stunde zu treffen, um gemeinsam in die Schule zurückzukehren. Meine Ablehnung der Speise akzeptierte die Frau nicht.

Mit ihrem geheimnisvollen Lächeln stellte sie ein Schälchen herrlich dicker Sauermilch vor mich hin, der ich nicht widerstehen konnte. »Ich muss weiter arbeiten. Ja, das Tageslicht ist fürs Nähen so nötig wie's liebe Brot. Und die Augen sind auch nit so gut«, entschuldigte sie sich und begann einen blauglänzenden Frauenrock zu säumen.

»Ach, die Nadel wandert so flugs durchs Tuch, da sind die Augen gut«, sagte ich.

Sie warf mir einen mädchenhaft schelmischen Blick zu, der ihr Gesicht verjüngte, das einmal hübsch gewesen sein musste, bevor die strengen Falten über der Nasenwurzel und die heruntergezogenen Mundwinkel ihr das Aussehen einer verbitterten Alten gaben.

»Ihr schmeichelt«, stellte sie fest, zog die Augenbrauen in gespielter Missbilligung hoch und schob kokett eine Haarsträhne unter ihre Haube, so dass ich mir wie ein Liebhaber vorkam, der einem Mädchen den Hof macht: »Woher kennt Ihr meinen Schwestersohn, den Martin?«, fragte sie.

»Vom Jesuitenkolleg in der Marzellenstraß.«

»Ach, die Jesuiter«, knurrte sie abfällig, »nehmt's mir nit krumm, aber die mag i nit. Die verstehen's, sich bei den Großen fein einzuschmeicheln und geben falsch' Rat. Den Kurfürst Maximilian von Bayern hatten's in ihren Fängen. Ja, und der hat uns Bauren blutübel unterdrückt – er schmor in der Höllen! Letzten Herbst hat ihn der Teufel geholt wie seinen Bruder ein Jahr zuvor, den braven Kölner Kurfürsten Ferdinand. Aber Ihr seid wohl ein Kurkölner, da will ich mein Schandmaul nit zu weit aufreißen, doch wir Stadtkölner sehen's lieber, wenn der Landesherr unseren Toren den Arsch zukehrt und nit's Maul. Aber nix für ungut!«

»Hier sind die Jesuiten anders«, widersprach ich ihr.

»Mag sein«, sie hob die Nadel gegen das Licht, um einen Faden einzufädeln, »ich wünschte, der Martin würd' dort unterkommen, damit er zu dem Glauben zurückfind't, mit dem er getauft wurd'. Das wär ein Werk, wofür ich sogar die Jesuiter segnen würd' – bei

Gott. Dieser protestantische Prädikant, den meine Schwester nach dem Tod von Martins Vater geheiratet hat, der hat dem Kind das ketzerische Gift eingegeben. Jetzt hab ich meine liebe Not mit ihm. Ich gab ihn bei einem Blaufärber in die Lehr. Das hat ihm nit behagt, weil er vermeinte, der Meister würd' mehr ihn mit der Rute durchbläuen als das Tuch. Jetzt schleppt er Säck. Ach, dass es Gott erbarm! Ich hab die Stub oben einem Schneider gegeben und etwas verdiene ich mit der Näherei, solang der Schneider Arbeit gibt, ohne dass die *Zünfte* mir gleich eine Straf einbrocken. Ja, lieber Herr, eine Witwe isst ein hartes Brot mit ihren schwachen Zähn'.« Sie seufzte schwer.

Ich stand auf und brachte den Rest meiner Sauermilch dem Jungen unter der Treppe, der sich scheu bedankte, während seine Mutter alle denkbaren Segenssprüche auf mich herabregnen ließ. Das Kind steckte einen Finger in die Speise, leckte daran und strahlte vor Glück.

»Das wär nit nötig gewesen«, rügte mich die Alte ärgerlich, »der Schelm hat schon genug gemaust!«

»Mit Verlaub, die Jesuiten halten uns an, mit den Armen zu teilen. Das ist mir zur lieben Gewohnheit geworden.«

»Löblich!« Trotz des Lobs wiegte sie zweifelnd ihren Kopf. »Nur ermuntert man so manch' Gesindelchen zum Faulenzen.« Sie warf einen abschätzigen Blick in Richtung der Treppe. »Der Martin, ja, der ist fleißig, sitzt oft nachts hier am Tisch und kritzelt Latein für faule Schüler. Als ich ihm Vorwürf wegen der Kerzen machte, brachte er welche mit. Weiß der Himmel, woher er die hat.«

Die Tür ging auf. Martin trat ein. Er freute sich, mich anzutreffen. Wir machten uns sofort auf den Weg, denn auch der gutherzige Frater Vos gebrauchte die Rute, um säumige Schüler zu mehr Pünktlichkeit zu erziehen.

Wir schlenderten an schmalen Häusern mit Stufengiebeln vorbei, und da Martin neben mir gar so armselig aussah, legte ich ihm meinen Schülermantel um. Behutsam nahm er ihn wieder ab und legte ihn über den Arm.

»Ja, du kannst den Schülermantel wie ein Diener hinter mir hertragen, aber du kannst auch selbst einen haben«, forderte ich ihn heraus.

»Für diese Eitelkeit ist der Preis zu hoch.«

»Gut«, ich blieb stehen, »dann bleibst du eben Sackträger und Karrenschieber. Das ist doch dein edles Handwerk?«

»Ja, aber bald studier ich, dafür lern ich jeden Tag.«

»Ha! Du denkst, die Brosamen, die dir die faulen Schüler zuschustern, reichen?« Wieder legte ich ihm meinen Mantel auf die Schultern, »so musst du's machen! Erst der Schülermantel und dann schmückt dich das *Baccalaureat*. Ohne Zierrat bist du nichts! Die Professores lachen dem abgerissenen Sackträger aus, wenn er einer von ihnen werden will. Ja, seht da den *Pickelhering*, der denkt, er sei ein Philosophicus.« Stur ging er weiter. An der nächsten Querstraße stolperte er über einen Eckstein, fiel und vergrub den Kopf zwischen den Knien. »Herr Präzeptor, du hast mich gedrillt und aus mir einen passablen Schüler gemacht und jetzt ist's an mir, dir den Spiegel vorzuhalten.«

»Und darin seh ich, was meine Muhme gerade vorgejammert hat«, er hob den Kopf. Tränen hatten Furchen in seine schmutzigen Wangen gezogen.

»Nein, du weißt es doch selbst, du bist nicht auf dem Weg zum Syndikus. Du schleppst Säcke!«

»Und ich will nicht altgläubig werden ... zu den Krämerseelen gehören, die sich mit guten Werken das Paradies erkaufen wollen, die dem Antichrist in Rom die Kassen füllen. Gott weist mir den richtigen Weg, auch wenn ich noch ein Nichts bin.«

»Ach, Gott hat's so bestimmt? Warum hat er dir dann deine Kenntnisse gegeben? Dich hierher geführt? Mich zu deinem Freund gemacht? Alles deutet doch aufs Kolleg.«

»Freund?« Er blickte mich mit großen Augen an.

»Was sonst? Nur um deinetwillen bin ich in die Katzenbauchgass gekommen und man wird mich wegen meines langen Ausbleibens hart strafen.«

Ich war eine Stunde zu spät, mein Kamerad schon fort und anstelle des milden Bruder Vos empfing mich der unerbittliche Pater Senfft. Die Rutenstreiche des Pedells ertrug ich gleichmütig, doch als mir Pater Senfft danach eröffnete, dass ich für den Rest des Jahres von »den guten Werken« außerhalb des Hauses ausgeschlossen sei, verlor ich die Fassung.

»Wer das Vertrauen so missbraucht wie du, mein Sohn, kann auf keinen Vertrauensbeweis mehr hoffen«, wies er mich zurecht, »Vertrauen ist eine gläserne Kostbarkeit, und wer sie zerbricht, dem wird der Holzklotz des Misstrauens angebunden.« Bedrückt schwieg ich und er mahnte: »Für eine Weile kann man jeden hinters Licht führen, aber es kommt der Tag, da setzt man hinter jedem deiner Sätze ein Fragezeichen.«

Trotzig blieb ich stehen und er fragte, was ich noch wolle. Ich erzählte ihm von Martin Maurberger.

»Wenn dein Freund begabt ist, nehmen wir ihn auf, aber er muss den ersten Schritt tun«, versprach er.

»Kann ich ihm das sagen?«, fragte ich hoffnungsvoll.

»Wenn er zu dir kommt! Du aber kannst nicht mehr in die Stadt, nicht zuletzt wegen der Fragezeichen, die ich jedem deiner Sätze hinzufügen muss.«

Juni 1652

Mondlicht strahlte in den Schlafsaal. Es musste um Mitternacht sein, denn keiner wisperte oder schluchzte mehr. Still floss das Licht wie Nebelschleier in die Nachtschwärze, malte die Schatten der Fenstersprossen auf den Holzboden. Der Schein, der nur diesen einen Fleck beleuchtete, alles andere jedoch der Dunkelheit überließ, lockte mich aus dem Bett. Die menschenleere, mondhelle Straße lud zu einem Spaziergang ein. Ich zog mich an. Mit den Schuhen in der Hand schlich ich aus dem Saal. An einem schlafenden Knecht vorbei durchquerte ich eine Kammer und gelangte in das stockschwarze Treppenhaus. Vor 70 Jahren hatte ein Frater den *Regens* und zwei Magister ermordet und ihre Geister sollten hier spuken. Ich nahm deshalb allen Mut zusammen, bevor ich mich die Treppe hinuntertastete. Das Eingangsportal war versperrt, nicht aber die Tür zum Hof. Nachtkühle empfing mich, doch der Boden strahlte noch die Wärme der Tageshitze aus. Mein Herz wurde leicht. Ich lief über Gras, legte meine Hände auf warme Mauersteine und hielt das Gesicht in die frische Luft. Ha, es war eine Lust zu leben, zu atmen und frei zu sein! Und ich – ich lebte, spürte das Leben wie schon lange nicht mehr!

Ein Knirschen scheuchte einen Vogel auf, der zeternd aufflog. Schritte näherten sich, vertraute sichere Tritte! Viel hätte ich dafür gegeben, gerade von ihm nicht bei einer weiteren Missetat ertappt zu werden.

»*Salve multum, iuvenis*«, grüßte mich Pater Senfft, »quid agis rei, hic in horto?«

Ja, was machte ich im Garten? Ich suchte die Freiheit!

»*Salve, pater magister, peto libertatem*« – er lächelte – »verzeiht, aber ich kann nicht immer eingesperrt sein oder wie ein Schaf in der Herde zum Spielplatz geführt werden.«

Ernst bedeutete er mir, ihm zu folgen. Wir setzten uns auf eine Bank und blickten zum Kolleg. Die Bank, der schwarzbleiche, kräftige Mann neben mir, den ich Vater nannte, das große Gebäude im Dunkeln – dies alles versetzte mich zurück nach Merhoffen. Ein tief im Herzen sitzender Schmerz stieg mir in den Hals. Ich schluchzte auf.

»Na, na«, sagte er sanft, »dann beichte mir deine Sünden, die dir den Schlaf rauben, und das kannst du in Deutsch tun, da verstoßen wir nicht gegen die löblichen Schulregeln.«

»Ach, zum Henker mit den vermaledeiten Schulregeln!«

»Still«, herrschte er mich an, »eine Beichte hat gottgefällig zu sein und wenn du sie gleich mit einem Fluch beginnst, sitzen wir bis morgen hier, weil ich dir dann die Beichte über die Beichte abnehmen muss. Also, was bedrückt dich?«

»Nichts und alles!« Ich schluckte. »Nichts, weil die Lehrer zufrieden mit mir sind und alles, weil ich aus den kahlen Mauern hier raus will. Aber da würd' ich den Herrn Vater arg verärgern.«

»Und deshalb läufst du nachts im Garten herum?«

»Ja! Ich will das Leben wieder fühlen!« Ich sah ihn an. »Habt Ihr Euch nicht einmal gefragt, warum Ihr lebt, warum Ihr selbst etwas spürt, wenn Ihr Euch zwickt, und warum Ihr Ihr selbst seid, ganz eigene Gedanken habt? Woher kommt das ›Ich‹, Pater Magister?«

»Das Ich?« Er räusperte sich. »Du meinst wohl die Seele.«

»Ja, die Seel! Wie ist sie in meinen Leib geraten?«

»Unerklärlich und wunderbar sind alle göttlichen Dinge.«

»Ja, ein Wunder, das aus dem Nichts kommt und ins Nichts geht.«

»Ins Paradies oder in die Hölle«, verbesserte er mich.

»Nein, ins Nichts.«

»Vorsicht, das ist Blasphemie! Die Seele ist unsterblich.«

»Was soll eine Seele ohne Körper?«

»Gütiger Himmel, was für Gedanken!«, flüsterte er erschrocken, »aber, *bene*, ich will dir antworten: Jesus Christus, die Propheten und die Heiligen haben uns gelehrt, zu vertrauen, ohne es mit dem Verstand zu begreifen. Das ist der Glaube. Überlass dich ganz Gottes Hand, freue dich an dir, an der Welt und lebe in der Gewissheit, dass du im Leben wie im Tod in seinem Schutz stehst, dann wird er dir Rat und Stütze sein. Der ewige Zweifler aber hört die Seele nicht mehr, ebenso wenig derjenige, der alles erklügeln will.« Er schwieg und ich lauschte dem Rascheln der Tiere im Gebüsch, dem Flug der nächtlichen Jäger – leise, die Stille durchbrechende Töne. »Gott hat geboten, uns die Erde untertan zu machen, nicht aber den Himmel«, ergänzte er.

»Werden wir deshalb nie fliegen lernen?«, fragte ich.

»Wenn's Gott will, gewiss. Aber mit dem Himmel meinte ich nicht das Fliegen, sondern das Überirdische, das Mysterium der Seele und das Leben nach dem Tod.«

»Pater, ich zweifle, dass nach dem Tod etwas kommt.«

»Und wie kommt ein so junger Mensch dazu, an dem Fundament der gesamten Christenheit zu rütteln?«

»Weil … ich war vor einiger Zeit sehr krank, und alle dachten, ich sei tot, weil ich keinen Atem mehr hatte. Aber bevor das geschah, sah ich einen Lichtthron. Mir wurde so leicht ums Herz und mein ›Ich‹, also meine Seele schwebte. Dann sagte jemand: ›Er ist tot‹, und alles versank im Nichts!«

»Deshalb denkst du, die Seele vergeht mit dem Tod?«

»Ja, jetzt bin ich gesund und das fühl ich auch hier«, ich griff mir ans Herz, »wenn ich matt und krank bin, dann ist auch meine Seele missmutig. Seele und Leib leben zusammen und sterben gemeinsam. Deshalb kann es auch keine herumgeisternden Armen Seelen geben. Und mehr als das Leben hier sollte ein Mensch auch nicht fordern.«

Schweigend blickte er zum Vollmond über uns.

»Die Metaphysica gibt es demnach nicht; also alles, was wir mit unseren Sinnen nicht wahrnehmen, stellst du in Abrede?«, sagte er endlich. »Deine These ist übelste Ketzerei! Auch die Protestanten glauben an die Unsterblichkeit der Seele.« Er legte die Hände ineinander. »Die Seele ist unsere Verbindung zu Gott. Wenn du dich beim Gebet in sie versenkst, kannst du den klarsten Schmerz und die himmlischste Freude spüren. Dein Erlebnis widerspricht auch nicht dem, was Christus uns offenbart hat. Das Jenseits war das Licht und die Nacht war das Leben. Frei und stark wäre deine Seele zu Gott geschwebt. Doch kehrte sie um und teilte wieder die Ohnmacht deiner leiblichen Kräfte.«

Es schlug eins von Sankt Maria Himmelfahrt. Der dumpfe Ton klang lange nach. Die Glocken einiger Kirchen folgten wie Echos, ernst und rau, als habe sie jemand aus dem Schlaf geschreckt.

»Denke darüber nach! Und wenn du zweifelst, so frage mich. Sei aber vorsichtig, bevor du dich einem anderen anvertraust.« Er stand auf. »Komm, es ist spät, gehen wir!«

»Pater Magister«, sagte ich neben ihm hergehend, »ich bin jetzt immer im Kolleg geblieben.«

»Dafür hast du dich nachts in den Garten geschlichen, wieder ein schwerer Verstoß.«

Großer Gott, etwa wieder Prügel? Er hatte doch freundlich mit mir geredet.

Ich bettelte: »Ach bitte, erlasst mir die Strafe. Ich bessere mich.«

»Das freut mich. Mein Sohn, du musst deine Gelüste zügeln! Wer sich beherrscht, wird nie gegen die Regeln verstoßen, es sei denn, er will eine neue Ordnung, weil er die Gesetze für ungerecht hält.«

»Nein, das will ich nicht. Ich hab nur eine Bitte. Den Martin, diesen superben Lateinschüler, hab ich schon sehr lang nicht mehr gesehen. Pater Magister, bitte, lasst mich nur ein einziges Mal zu ihm gehen!«

»Nein, ich sagte schon, er muss von sich aus kommen.«

»Ja, aber er ist wie vom Erdboden verschluckt. Ich bitt von Herzen um einen Ausgang. Lasst mich für meinen Ungehorsam ausprügeln, aber lasst mich sehen, ob er krank ist.«

Wir standen nun an der Kollegstür.

»Dir liegt wohl viel an diesem Freund?«, fragte er.

»Oh ja, er ist's wert, Opfer zu bringen.«

Die Strafe wegen meines nächtlichen Ausflugs blieb aus und Martin bekam ich weiterhin nicht zu Gesicht, wie oft ich auch zu unseren üblichen Zeiten zu der Seitenpforte ging, bei der wir uns immer getroffen hatten.

An einem heißen Sommertag wurde ich nachmittags zu Pater Senfft gerufen. Er erklärte, er müsse am Hafen ein Fass Wein in Empfang nehmen, das seine Familie dem Orden gestiftet habe und bei dem es Schwierigkeiten wegen der Verzollung gäbe. Ich könne ihn begleiten und mich dort nach meinem Freund umsehen. Freudig stimmte ich zu.

»Ut valuisti usque?«, fragte er mich, als wir uns auf den Weg machten.

Nun ja, wie war es mir bisher ergangen? »Nunc prosperima, domine«, antwortete ich – das heißt, jetzt ausgezeichnet. Er legte schützend die Hand auf meine Schulter, weil uns ein Pferdefuhrwerk entgegenkam. Schweigend schritten wir durch die stickigen Gassen. Die Überbauten der Häuser spendeten zwar Schatten, fingen aber auch die unterschiedlichsten üblen Gerüche ein. Am Hafen war die Luft weitaus angenehmer. Während sich mein Begleiter um die Weinsendung kümmerte, hielt ich nach Martin Ausschau. Gemächlich schlenderte ich an den vielen Kähnen vorbei. Wellen platschten ans Ufer. Ein Fass hing am Seil eines Kranes, um es auf ein Schiff zu hieven. Jeden Sackträger fragte ich nach Martin. Da ich aber kein Almosen anbieten konnte, blieben die wenigsten stehen. Schließlich erinnerte sich doch ein alter Karrenschieber an meinen Freund. Bei einem Unfall habe er sich die Rippen gebrochen, »aber er is' am Läve«, erklärte er nuschelnd, da ihm viele Zähne fehlten. Ich dankte und entschuldigte mich, nichts für ihn zu haben. Er zuckte mit den Achseln und murmelte, er würde dann halt noch länger von dem *»Fettmännche«* als Trinkgeld träumen. Am Fischpförtgen erwartete mich Pater Senfft, dem ich wie ein voller Eimer die Neuigkeiten entgegenschwappte. Wenn ich aber hoffte, der Pater werde jetzt meinen Freund aufsuchen, so sah ich mich getäuscht, denn er war der Ansicht, mit gebrochenen Rippen könne man zwar nicht arbeiten, aber durchaus einen Besuch abstatten. Merkwürdig, wenn Pater Senfft bis nach Amerika reisen wollte, um die Indier zu bekehren, warum war ihm dann jetzt der Weg bis zur Katzenbauchgasse zu weit? Er erahnte wohl meine Gedanken. Abrupt blieb er stehen und bat mich, ihn zu Martins Haus zu führen. Diesmal öffnete die Bettlerin die Tür »Zur Silbern Kunkel«. Der Pater grüßte höflich und sie ließ uns eintreten. Martins Tante saß am Spinnrad.

»Was wünscht Ihr, schöner Mann?«, entfuhr es ihr, »verzeiht, ehrwürdiger Pater.«

»Ich bin Pater Senfft, Magister am Tricoronatum. Euer Ziehsohn soll begabt sein, behauptet der junge Herr.« Er legte die Hand auf meine Schulter. »Wenn dies so ist, bestünde die Möglichkeit, ihn in unsere Schule aufzunehmen.«

»Ach, hochwürdiger Herr«, die Frau rang die Hände, »Euch schickt wahrhaftig die Muttergottes. Ihr würdet mir eine arge Sorg nehmen. In den Martin haben wir große Hoffnung gesetzt, aber nichts will *klecken*. Ein Schneider hat ihn, in Gotts Namen, in die Lehr genommen, aber dafür hat er kein Geschick. Doch fragt ihn selbst. Jakob, hol den Martin von oben!«

Martin war schmal geworden. Er verbeugte sich höflich.

»Salve iuvenis! Rectene vales?«, grüßte der Pater Martin, ihn nach seinem Befinden fragend.

»Salve domine, valeo, ut volo … vel tolerabili«, antwortete er sofort und seine Wangen überzog eine leichte Röte, vielleicht weil der Satz »es geht mir, wie ich es mir wünsche« nicht der Wahrheit entsprach und das »oder erträglich« wohl auch eine Übertreibung war. Pater Senfft fragte ihn nach seinem Unfall. Martin erzählte auf Latein, ihm habe ein schwerer Ballen die Rippen gebrochen und er könne jetzt nur noch leichte Leibesarbeit verrichten. Im Verlauf des Gesprächs wurde deutlich, dass er das Schneiderhandwerk nur zum Broterwerb erlernen wollte. Obwohl seine Tante kein Wort verstand, lauschte sie hingebungsvoll. Da sich das Gespräch hinzog, weil beide über Marcus Tullius Cicero disputierten, übersetzte ich leise für sie. Sie flüsterte: »Von dem Cicero hat er mir nie erzählt. Ist der Protestant?«

»Nein, ein Heide«, worauf sie sich bekreuzigte und ich ihr erklärte, dass Cicero ein altrömischer Schriftsteller war.

Martin blühte auf. Seine Augen leuchteten und ich bewunderte seine elegante Redeweise.

»Ich bin beeindruckt von deinem Wissen und deiner Eloquenz, mein Sohn«, beendete der Pater auf Deutsch das lange Gespräch, »schade, dass ein so begabter Schüler lieber das Schneiderhandwerk erlernen möchte.«

»Die Not bringt manchen auf Wege, an die er selbst nie zuvor gedacht hat«, antwortete der Junge.

»Mag sein, doch bei dir ist's nicht die Not, sondern du selbst wählst diesen Weg.«

»Der Teufel ist's, der mich auf falsche Wege lockt!«, brüllte Martin.

»Das sind keine Versuchungen des Bösen«, entgegnete der Pater, »in unserer Schule wird Christus genauso verehrt wie auf einer lutherischen oder calvinischen.«

»Und tausend Heilige dazu, Götzendienst!«, trumpfte der Junge auf.

»Die Heiligen sind Mittler, Vorbilder, keine Götter. Mein Sohn, wir können die Argumente für und wider die Bekenntnisse, wie sie seit 130 Jahren ausgetauscht werden, wiederholen und werden zu keinem Ergebnis kommen. Dies ist also müßig. Ich achte deine Entscheidung. Nur eines verwundert mich, dass du meine Confessionem schmähst, obwohl wir beide Christi Vorbild nachstreben, du aber die Lehren Ciceros gierig aufsaugst, der doch ein Heide ist und in seinen Schriften oft genug heidnische Götter anruft. Wenn du selbst von den Heiden etwas lernen kannst, warum nicht von Magistern deines Bruderbekenntnisses? Wo ist das Diabolische? Ich kann es dir sagen: Es ist die Unkenntnis und der mangelnde Respekt voreinander!«

»Respekt? Wo ist der Respekt vor den Protestanten, die hier keine Kirche haben dürfen, die sich heimlich nach Mühlheim schleichen müssen, um eine Predigt hören zu können und die nach ihrem Tod wie Verbrecher außerhalb der Mauern Kölns begraben werden?«, widersprach Martin vehement, woraufhin der Pater schweigend den Kopf senkte.

»Martin, bedenk's!«, beschwor ihn nun seine Tante, »dein Vater, die Mutter, ich und alle Vorfahren waren gut katholisch und haben darin nie nichts Unrechts gesehen.«

»Und ich kann keine andere Religion annehmen, nur damit ich ein bequemeres Leben hab«, sagte er.

»Wir zwingen dich nicht zu konvertieren«, versetzte der Pater, »früher waren auch protestantische *Alumnes* an unseren Schulen.«

»Ha, da träufelt ihr mir süßes Gift ein, bis ich's tue!«

»Ich würde es nicht als Gift bezeichnen, sondern nur das Kennenlernen der anderen Seite.«

Die Hände in die Hosentaschen versenkt dachte Martin nach, endlich sagte er: »*Accipio*, ja, ich komme in eure Schul und werde fleißig sein. Aber, Herr Magister, hofft nicht auf meine Bekehrung. Niemals!«

»Gott sei gelobt!«, rief die Tante in die Hände klatschend und zeigte zum ersten Mal ihre schwarzen Zähne, hielt aber sogleich verschämt die Hand vor den Mund, »ach, hochwürdiger Pater, Ihr wisst nit, wie leicht mir's jetzt ums Herz ist. Habt Dank, viel tausend Dank, dass Ihr gekommen seid, um dem Stockfisch die Grillen auszutreiben.«

Sie küsste die Hände des Paters, wogegen er sich höflich wehrte. Weitere Dankesbezeugungen verhinderte ein Junge, der mit einem Tuch in der Hand die Treppe herunter kam.

»Verzeiht, Frau Muhme, der Vater schickt mich«, sagte er.

»Ja, was gibt's, liebs Kind?«, fragte sie.

»Der Martin hat die Naht wieder krumm gemacht!«

»Ja, gib her, ich richt's. Oh weh, es sieht wahrhaftig aus, wie der Hund brunzt. Ein wenig mehr Sorgfalt hätt' nit geschadet, Martin! Und du, Hennessche«, sie wandte sich an den Schneiderjungen, »sag dem Herrn Papa, er muss sich nit mehr mit dem Lehrjung quälen. Der ist nun ein Studiodosimus und braucht's Schneiderhandwerk nit mehr.«

»Er kommt nimmer?«, fragte der Junge und die Tante nickte. »Da ist der Herr Papa aber gewiss sehr froh!«

Mitten im Schuljahr wurde mein Freund aufgenommen. Martin weigerte sich, die Messe zu besuchen. Die Patres akzeptierten. Nicht so die Schüler. So musste er sich Titel wie »Heidenkind« oder »verstockter Erzketzer« gefallen lassen. Er trug es mit der Gelassenheit eines Märtyrers, ebenso wie die neidischen Sticheleien, die er als Primus seiner Klasse, der seine Kenntnisse keineswegs versteckte, zu erdulden hatte. Selbst der Umgang mit mir wurde wegen des Standesunterschieds bespöttelt, wohingegen man mich »Armen-Ritter« oder »Bettlerkönig« bezeichnete, so dass wir bald dazu übergingen, uns heimlich zu treffen.

Juli 1652

Einmal in der Woche besuchte ich Pater Senfft in der Bibliothek und immer entspann sich ein Gespräch, dessen Themen von Sokrates und Aristoteles über Ignatius von Loyola, den Gründer des Jesuitenordens, bis hin zum Tagesgeschehen reichten. Von ihm erfuhr ich auch, dass der greise Philipp Christoph von Soetern im Februar 1652 in Trier die Augen für immer geschlossen hatte und Carl Caspar von der Leyen nun Kurfürst von Trier war. Der Langmut, mit dem der Pater sich mir widmete, war beachtlich. Nie schickte er mich weg. Gelegentlich kürzte er die Unterhaltung ab. Allerdings war ich mir der Ehre, das Wohlwollen des angesehensten Magisters zu besitzen, bewusst und nahm seine Zeit nie über Gebühr in Anspruch. Nur als Martin längere Zeit nicht in der Schule war, suchte ich den Pater in einer Woche zweimal auf.

»Du kommst zu einer ungewöhnlichen Stunde«, sagte er.

»Ich habe Martin ewig nicht gesehen. Ist er krank?«

»Gestern und heute war er nicht da«, er wies mir den Weg in die hintere Kammer, wo wir am Tisch Platz nahmen.

»Martins Tante hat einen Schlagfluss erlitten«, sagte er ernst, »mit ihrem Ableben ist zu rechnen.«

Ich erschrak und sah die Frau, in ihr Umschlagtuch gehüllt, vor mir, wie sie an einem Rock stichelte, mir kokette Blicke zuwarf und mit geschlossenen Lippen lächelte.

»Was wird aus Martin, wenn sie stirbt?«, fragte ich.

»Der Pater *Regens* ist bereit, ihn aufzunehmen. Es wird noch enger …« Er stockte und drückte eine Hand gegen den Bauch, knapp unter dem linken Rippenbogen.

»Was ist, Pater Magister?«

»Schon gut«, er richtete sich auf. Aus seiner Magisterrobe nestelte er ein Päckchen mit einem Pulver hervor, das er in einen Becher Wasser schüttete, und in einem Zug spülte er das Gebräu hinunter. »Nichts Schlimmes, sagen die Ärzte », munterte er mich auf, »der Schmerz kommt nur selten, aber ich gewöhne mich nicht daran.« Er lächelte, doch sein hageres Gesicht war aschfahl.

Martins Tante starb einen Tag später. Da noch Schulden zu begleichen waren, musste das Haus »Zur Silbern Kunkel« verkauft werden. Es wurde für Martin kein günstiges Geschäft, denn es brachte ihm nach Abzug von Schulden kaum mehr als 110 Kölnische Taler – zwar ein riesiges Vermögen für jemanden, der tagtäglich Hellern und Albusmünzen hinterher jagte, wer aber die Bequemlichkeit einer warmen Stube wie regelmäßige Mahlzeiten liebte, der konnte nicht ewig davon zehren. Nachdem Martin mit seinen Siebensachen ins Kolleg gezogen war, vergrub er sich in Bücher, las vor allem Seneca und andere Stoiker, um das Leben besser ertragen zu können, wie er sagte. Wir trafen uns immer seltener, dafür freundete er sich mit Blaumantel-Kameraden an, was mich verdross. Ich ließ ihn links liegen in der Hoffnung, er würde auf mich zukommen. Doch ich irrte.

An einem heißen Sommertag, als die meisten Schüler unter Aufsicht von Frater Vos vor dem Eigelsteintor spielten, war ich im Kolleg geblieben, um für das Schultheater Kulissen zu malen – eine nicht standesgemäße Arbeit, die alle anderen adeligen Schüler ablehnten. Auf dem Weg zur Werkstatt hörte ich Lärm aus dem Schlafsaal der Blaumäntel-Schüler. »Age!«, hörte ich, »Gregorie accipe« und »huc, si quid animi«, was heißt: »Los!«, »Gregor, nimm an« und »komm her, wenn du Mut hast«. Ich spinkste in den Schlafsaal. Vier Schüler warfen sich einen weißen Ball zu, den Martin zu ergattern versuchte. Für die Blaumäntel unerwartet sprang ich dazwischen und fing den Ball. Martin gab dem Größten eine Ohrfeige. Die anderen liefen davon.

»Ratten! Die kriegen noch so gräulich Pumpes, dass ihnen der rote Saft über die Ohren läuft. Die kramen nie mehr in meiner Kiste!«, schimpfte Martin.

Ich blickte auf den Ball. In meiner Hand lag ein Totenschädel ohne Unterkiefer. Vor Schreck ließ ich ihn fallen.

»Tölpel«, fuhr mich Martin an, »etwas mehr Pietät vor meinem Großvater!«

»Teufel, wie soll ich wissen, dass ihr mit deinem Großvater Ball spielt?«

»Verzeihung! Danke!«

»Schon gut«, brummte ich und sah zu, wie er den Schädel auf ein fleckiges Tuch legte, den Unterkiefer einpasste und alles in den Fetzen einschlug. Ich fragte mich, ob er seine Tante auch mit sich herumtrug. Er war Protestant und die pflegten vielleicht die Sitte, Teile von Toten bei sich aufzubewahren, ähnlich den Gelehrten, die ihrer Studierstube mit Totenschädeln den nötigen Ernst verliehen. Ich sah auf die sonnige Straße hinunter, auf der eine Magd, einen Korb auf dem Kopf, mit flinken Schritten lief.

»Martin, wir waren immer gut Freund«, ich drehte mich um, »ich hab dir immer viel mehr anvertraut als allen anderen. Warum gehst du mir jetzt aus dem Weg? Warum? So mach doch's Maul auf und sag, was dich verdrießt!« Er stierte auf den Boden und schwieg. »Warum? Gut, dann suche dir einen Stockfisch und führ mit dem fröhliche Gespräche!« Ich ging zur Tür.

»Nein, bitte bleibt«, bat er, »ich … ich bin eine Erklärung schuldig, wohl auch hierfür«, er legte die Hand auf das Tuch, unter dem sich der Schädel abzeichnete. Zögernd kam ich zurück und setzte mich ihm gegenüber.

»Dies hier ist der Kopf meines Großvaters Michael Maurberger. Er wurde hingerichtet, durch Vierteilung!« Entsetzt blickte ich auf meine Hände, die den Kopf eines Verbrechers gehalten hatten. Meine Gedanken erratend beruhigte er mich: »Nein, ihr habt eure Ehr nicht beschädigt. Mein Großvater war ehrenhaft im Leben wie im Tod!«

Er erzählte.

Sein Großvater, Michael Maurberger, besaß einen Bauernhof in der Nähe von Mörmoosen in Bayern. Der Große Krieg dauerte schon 15 Jahre und die Bauern hatten geduldig den Durchzug der feindlichen Schweden ertragen. Da verlegte Kurfürst Maximilian von Bayern seine Truppen in diese Gegend und die bayerischen Soldaten plünderten, erpressten und mordeten weit übler als der Feind. Die verzweifelten Klagen der Bauern kümmerten den Kurfürsten nicht; im Gegenteil, er zwang sie noch, seine Soldaten ins Winterquartier zu nehmen. In der Not überfiel Michael Maurberger mit anderen, nur mit Äxten und Dreschflegel bewaffnet, nachts ein Söldnerlager. Die Soldaten flohen und ließen Pulver, Arkebusen und Luntengewehre zurück. Der Sieg führte Maurberger weitere Bundesgenossen zu und es kam zu einem großen Aufstand gegen die Soldaten des Landesherrn. Der Kurfürst erließ nun den Bauern östlich des Inns das Winterquartier, woraufhin diese die Waffen niederlegten, westlich dagegen beharrte er auf seiner Forderung und der Generalfeldwachtmeister Graf von Cronberg sollte auf jeden schießen lassen, der sich widersetzte. Maurberger lag krank im Bett und flehte seine Genossen an, sich zu beugen, weil sie nun den Truppen hoffnungslos unterlegen waren. Trotzdem, die Bauern kämpften und wurden barbarisch niedergemetzelt. Die Rädelsführer sperrte man in Burghausen ein, auch Maurberger, den man fälschlich beschuldigte, einen Soldaten erschlagen zu haben. Martin stand auf und begann herumzugehen, als er davon sprach, wie sein Großvater die Folter überstand, ohne zu gestehen oder andere zu denunzieren. Die milden Urteile der Richter missfielen dem Kurfürsten und er stellte alle Anführer vor ein Malefizgericht, das zehn von ihnen des Landes verwies und Maurberger zum Tod durch Vierteilung verurteilte. Sein Kopf wurde auf eine Stange gespießt, die vier Teile seines Leibes wurden auf dem Hirschberg an Galgen gehängt. Martins Vater holte später heimlich den Kopf, um ihn ehrenvoll in geweihter Erde zu begraben, aber er starb und so ging diese Aufgabe auf Martin über.

»Sein einziges Verbrechen war, sich gegen die Ordnung aufzulehnen. Ein Einzelner kann aber die Welt nicht ändern. Man muss sich fügen, nicht gegen den Strom schwimmen.« Er blickte mir ernst in die Augen. »Ich will so leben, wie's mir zusteht und Freunde meines Stands haben.«

»Also bin ich kein Freund mehr?« Ich versuchte, mich durch das Dickicht seiner krausen Gedanken zu schlagen.

»Ja, wenn Ihr so wollt.«

»Die meisten suchen höherrangige Freunde.«

»Freunde?« Er lachte höhnisch. »Ja, die armen Schüler katzbuckeln, damit sie ein Kaufmannssohn zu Tisch lädt. Aber die Annahme, irgendwo würde einem der Tisch gedeckt, ist nur ein dummes Märchen für dumme Leute. Nein, den Tisch muss man sich selbst decken! Die zuckersüßen Träume versauern das Leben, sobald sie auf die Erd fallen, sagte meine Tante. An die Freundschaft eines Edelmanns zu glauben, ist auch nichts weiter als ein süßer Traum.«

»So wenig gilt dir also unsere Freundschaft?« Er schwieg. »Ach, fahr zur Höll!«, brüllte ich aus Schmerz und Wut, stand auf und schlug mit einem »Adieu« effektvoll wie im Theater die Tür hinter mir zu. Draußen hoffte ich, er liefe mir nach. Aber es blieb still.

Der unverständliche Bruch dieser Freundschaft traf mich doppelt hart. Ich verlor nicht nur meinen engsten Vertrauten, sondern auch die wohlige Illusion, noch mit Melchior und meinem vergangenen Glück in Merhoffen verbunden zu sein. Während sich Martin im Kreis eines wachsenden Schwarms von Blaumänteln sonnte, fühlte ich mich unter Meinesgleichen, die überwiegend oberflächliche Angeber waren, unwohl. Aus dieser maulstarken Truppe stach nur Bartholomäus von Staffel hervor, jüngster Sohn einer angesehenen Familie. Stämmig, robust, ausgestattet mit einem dicken Kopf und struppig hellem Haar, legte er viel Trotz an den Tag – nicht den Lehrern gegenüber, sondern seinen Mitschülern, die er durchaus zurechtwies, wenn ihm ein Spaß zu grob war. Wegen seiner Größe – oder besser Kleinheit – wurde er oft gehänselt, was er lange geduldig hinnahm, bis er eines Tages den Anführer der Gruppe kurzerhand verprügelte, weil er ihn einmal zu oft »Bartholo – Mäuselein« genannt hatte. Mit Bartholomäus steckte ich nun die meiste Zeit zusammen. In den Spielstunden zogen wir uns oft zurück und fochten mit Stöcken gegeneinander. Obwohl von seinen Eltern zu einer kirchlichen Laufbahn bestimmt, war er in der Fechtkunst ausgesprochen bewandert und wir überlegten, wie wir an Degen herankommen könnten. Bei einem meiner Besuche bei Pater Senfft äußerte ich diesen Wunsch.

»Ad maiorem dei gloriam«, begann der Pater lachend mit dem Leitspruch der Jesuiten, »zur größeren Ehre Gottes kämpfen wir Jesuiten nach unserem Gründervater Ignatius zwar wie Soldaten, doch das ausschließlich mit Worten und guten Taten, nicht mit Degen und Gewehr.«

Bevor ich antworten konnte, betrat jemand die Bibliothek. Der Pater ging dem Ankommenden entgegen. »Pater *Regens*«, hörte ich ihn sagen. Der Besuch in der Bibliothek konnte nur eine Visitation, also eine Überprüfung, bedeuten. Der Regens trat ins Hinterstüblein und fixierte mich düster. Er ist schon sehr alt, dachte ich. Seine Stirn war faltig und das weiße Haar hatte einen altmodisch kurzen Schnitt. Ehrerbietig zog ich mich zurück.

Auf dem Weg zur Studierstube bemerkte ich, dass ich alles, was ich zur Vorbereitung der morgigen Schulstunden benötigte, in der Bibliothek vergessen hatte und ging wieder zurück. Die Stimme des Regens scholl aus der Nebenkammer. Er sprach leise, doch durch seine jahrzehntelange Lehrtätigkeit war es ihm zur Gewohnheit geworden, die Konsonanten überdeutlich auszusprechen, so dass ich durch die angelehnte Tür jedes Wort des in Latein geführten Gesprächs verstand. Die Magister sprachen unter sich stets nur Latein.

»Ja, es ist mir herzlich leid, aber der Pater General in Rom hat sehr entschieden abgelehnt. In Japan werden unsere armen Brüder grausam hingemordet, Gott stehe ihnen bei! Die Portugiesen lassen nur portugiesische und die Spanier nur spanische Missionare an den Rio Parana. Mein lieber Bruder sollte dankbar für das große Glück sein, einige Jahre dort verbracht zu haben.«

»Gewiss«, erwiderte Pater Senfft, »doch die Früchte müssen geerntet werden. Eine üble Vergeudung ist es, wenn ...«

»... wenn man deutsche Schüler lehrt?«, ergänzte der Regens, »nein, lieber Freund, meinen erfahrensten Magister hätte ich nur höchst ungern gehen lassen. Dennoch habe ich mich für ihn verwandt. Doch das ›Nein‹ des Paters General ist endgültig, was ihm kaum leichtgefallen sein dürfte, denn Pater Nickel kennt ja alle hier im Tricoronatum bestens.«

»Ich danke von Herzen für die Mühen.«

»Ja, wir müssen uns dem höheren Willen beugen. Aber, mein Freund, am Rhein laufen bald mehr Heiden herum als am Rio Parana. Man muss nicht bis Mühlheim gehen, um bei den Protestanten zu missionieren. Gleich hinter den Stadtmauern trifft man auf viel Unwissenheit und finsteren Aberglauben bei Leuten, die sich für wahre Christen halten.«

»Sehr wohl«, entgegnete Pater Senfft in tödlichem Ernst.

»Vor allem in der Katechese ist vieles im Argen – ein trauriges Ding, denn wenn man die Kinder nicht recht unterweist, dann werden sie keine gläubigen Erwachsene und von den Jungen lernt auch der Hausvater etwas, der sonst die Füße nur sehr selten in die Kirche setzt.«

»Ich tue, was man wünscht.«

»Was man wünscht?« Der Regens wurde ungeduldig: »Lieber Bruder, es sollte ihn ermuntern. Das Missionieren ist ihm doch eine Freude, wenn es diesmal auch nur der Catechismus Minimus für die Bauernkinder ist. Zwei arme Schüler sollten zum Rezitieren mitgehen.«

»Ich danke für die Fürsorge und Liebe.« Ich griff nach meinen Aufgabenblättern, während Pater Senfft fortfuhr: »Ich habe nur eine Bitte. Könnte ich Christoph Sechem mitnehmen? Frische Luft wäre dem Knaben dienlich.«

»Nein«, fuhr ihn der Regens scharf an und ich erstarrte, »hier muss ich meinen lieben Bruder bitten, diesen Schüler nicht mehr so augenfällig zu bevorzugen.«

»Bevorzugen? Wie das? Er ist in keiner meiner Klassen.«

»Mag sein, aber die Conversationes hier im Hinterstüblein haben nun doch das rechte Maß überschritten. Gut, manchmal muss man sich um einen Einzelnen besonders kümmern, doch nicht permanent, sonst bleibt wenig Zeit für andere.«

Mir wurde heiß vor Scham und ich verließ die Bibliothek, ohne die Antwort zu dem gepfefferten Verweis abzuwarten.

Als ich Pater Senfft in der nächsten Woche wie gewohnt aufsuchte, erzählte er, in zwei Tagen in Immendorf eine Katechese abzuhalten.

»Dann werden wir uns wohl seltener sehen«, sagte ich, um ihm die vom Regens geforderte Erklärung zu erleichtern.

»Komm nur wie immer! Die Zeit wird knapper, aber wir werden sie dann umso besser nutzen.«

November 1652

Zu Beginn des neuen Schuljahrs nach Allerheiligen sollte das Schauspiel Cenodoxus aufgeführt werden. Das Bühnenwerk des Jesuitenpaters Jakob Bidermann handelt von dem frommen Doktor Cenodoxus aus Paris, der in der Hölle endet, da er nur aus Eitelkeit gute Werke vollbrachte und niemandem selbstlos aus dem Herzen heraus half. Obwohl es eine Komödie ist, jagte sie mir Schauer über den Rücken. Selbst wenn man ein Leben in allen Ehren führte, konnte man in der Hölle enden, denn Ruhmsucht und Hochmut und die damit untrennbar verbundene Heuchelei verzeiht die göttliche Gerechtigkeit nicht. Vanitas – das angesichts der Sterblichkeit des Menschen sinnlose Streben nach Ansehen, Geld und Vermehrung des Besitzes, um sich gefangen in Eitelkeit über andere zu erheben, wurde besonders gegeißelt, weil sich der

Mensch damit nicht der gottgewollten Ordnung unterwirft, sondern sich über sie zu stellen versucht. Plötzlich erkannte ich nichts als Vanitas in mir: Wollte ich nicht vor den Magistern besonders glänzen, um bewundert zu werden? Es kostete Pater Senfft ein langes Gespräch, bis ich das rechte Maß an Selbstkritik gefunden hatte. Zu Ehren der Gottesmutter hatten wir am Tag nach Maria Himmelfahrt vor einem Kreis wohlwollender Freunde der Schule das Stück schon einmal gespielt, das so begeisterte Aufnahme fand, dass sogleich die Bitte laut wurde, die »schön' Comödi in der lieben Muttersprach« aufzuführen, damit die in der Gelehrtensprache weniger Bewanderten auch den vollen Genuss hätten. Obgleich noch die lateinische Aufführung geprobt wurde, bereitete man schon das deutsche Spiel vor, in dem ich den Christus darstellen sollte, während ich in der lateinischen Version noch der kleine Teufel Astherot war.

»Luzifer wurde vom Engel zum Teufel, das ist leicht. Vom Unterteufel aber zum Gottessohn aufzusteigen hat noch keiner geschafft«, flachste Bartholomäus von Staffel, als wir nach einer Probe die Jesuitenkirche verließen.

»Ja, Dank für die Ehr, doch der Astherot gefällt mir besser, vor allem, wenn er den Doktor Cenodoxum am Spieß braten will, im Schwefelfeuer zum superben Magisterschmaus – aber der Christus mit der langen Red? Brrr!«

»Warum nicht? Du bist groß und mehr ernst als lustig. Als Christus bekehrst du alle Sünder«, er schlug das Kreuz, würdevoll nach rechts und links nickend, »und alle Magister verdammst du dazu, tausend Jahr den Papageien Latein beizubringen, *salva venia*, dann zweitausend den eigenen Lektionen zuzuhören und dreitausend denen des Regens, danach hat selbst der Teufel Erbarmen mit ihnen.«

»He, so gefällt's mir! Und du bist Cleptes, der Dieb?«

»Ne, das wär doch blutübel lästerlich, den lateinischen heiligen Bruno zum deutschen Dieb zu machen. Nein, ich bin der Schmarotzer Mariscus.«

»Schlapperment, da ist viel zu lernen! Der Name Hopo ...«

»Hoplitodromus Megaloperphronesterus aus Piropolitoxia«, schnurrte er herunter, »das ist doch einfach. Aber wer will schon das Gewissen sein, *Morbus* oder gar der Tod?«

»Für die Krankheit oder den Tod bist du zu gut genährt!«

»Ja, und damit mich keiner doch noch zu einem von diesen verhungerten Gesellen macht, spendierst du mir morgen dein Essen, guter Hoplitodromus Megaloperphronesterus.«

»He, he, ich bin nicht aus Spendoria. Und du weißt ja, dass der Schmarotzer leicht selbst zum Fraß wird, wenn man ihm Honig ums Maul schmiert und einen Bären auf den Hals hetzt. Aber der Schmarotzer steht dir. Warum sind die Patres nicht schon früher auf dich gekommen?«

»Weil ich einmal Bischof werden soll und jetzt haben sie gemerkt, dass ich zum frommen Mann wenig tauge.«

Am großen Tag der lateinischen Aufführung drückten sich alle Schauspieler in der Sakristei herum. Viele memorierten ihren Text oder flüsterten miteinander. Die eigenartige Atmosphäre aus Stille, Spannung und ausbrechender Albernheit in dem engen Raum schlug mir auf den Magen. Da ich nur ein kleiner Teufel war, erlaubte mir Frater Vos, in die Kirche zu entweichen, die schon mit fein gekleideten Leuten gefüllt war und noch beängstigend viele Neugierige drängten in das Gotteshaus. Ich lehnte mich an eine Säule und blickte zur gewölbten Decke des Hauptschiffes hinauf, die netzartig mit dunklen Rippen durchzogen war. Das Spinnennetz zerfiel in viele aneinander gereihte Sterne – sie spannten sich über das gesamte Gewölbe und einige Zacken umrahmten die Fenster als Pfeiler. Still und erhaben standen die Sterne über mir, nichts wimmelte, schwatzte oder lachte und in hundert Jahren würden sie genauso hoheitsvoll über anderen wuselnden Menschen stehen, die von allen Leuten hier nichts mehr wussten. Jemand grüßte mich. Erschrocken kehrte ich zur Erde zurück. Herr von Beywegh lächelte mich herzlich an, neben ihm lächelte seine Gattin in einem weit ausgeschnittenen Kleid und an ihrer Seite starrte mich seine Tochter feindselig an, die Unterlippe leicht vorgeschoben, was ihren Widerwillen noch unterstrich.

»Wie ist das Befinden, junger Herr?«, fragte er.

»Danke, mir ist nur ein wenig übel«, stotterte ich.

»Ei, das ist bald vorbei«, väterlich klopfte er mir auf die Schulter, »falls die Übelkeit am Schulessen liegt – nun, es wäre mir eine Freud, wenn der Herr uns am Sonntag einmal wieder die Ehr gäb. Arnold hat uns ja die letzten Male nur abschlägige Antworten auf die Einladungen überbracht wegen der Proben, aber die sind ja jetzt vorbei.«

Er räusperte sich verlegen, da er wohl fürchtete, wegen meiner vielen Absagen aufdringlich zu erscheinen. Tatsächlich hatte mir Arnold aber kein einziges Wort ausgerichtet.

»Ja, ich komme gern, wenn's genehm ist«, stammelte ich, obwohl Felicitas' Blick mir sagte: Scher dich zum Teufel!

»Am besten gleich nach der Messe«, sagte Frau Sybilla.

Das elegante Paar verabschiedete sich und verlor sich mit Felicitas im Handumdrehen in der Menge der mit Litzen, *Posamenten*, Schleifen und Quasten geschmückten Menschen. Das Guckfenster in die Welt ohne Soutanen und schwarze Magistertalare machte mehr Appetit, als dass es meinen Hunger nach Abwechslung stillte. Meine Eltern hätten es schwer gehabt, mit dem hier zur Schau getragenen Reichtum mithalten zu können. Beide waren erkrankt, so dass ich auf sie verzichten musste.

Mariscus hatte schon seinen Auftritt und gleich in der zweiten Szene kamen Panurgus, der Hauptteufel mit seinen Gesellen Astherot und Asempholot direkt aus der Hölle. Im Nu stand ich mit meiner Teufelsmaske auf der Bühne vor dem Höllentor, aus dem gelblicher Rauch quoll, und rief mein »hic sum ...« in die Kirche, das diesmal nicht so schön hallte wie bei den Proben. Mit vielen Gesten versuchten wir auch denjenigen, die des Lateins unkundig waren, den Inhalt unserer Reden zu verdeutschen. Das freche Schelmenstück des Cleptes, der den entwendeten Teppich dem

Bestohlenen verkaufte, der sich freute, nun zwei gleiche Teppiche zu haben, begriff wohl jeder, wie auch manche Scherze der Teufelchen. Großen Eindruck machte das Haus des Doktors Cenodoxus mit einer Tür, durch die man die Bühne betreten konnte; aber auch Höllenqualm, Donnerschläge oder die himmlische Musik der Engel hatten ihre Wirkung. Im andächtigen Schweigen der Zuschauer verdammte den heuchlerischen Cenodoxus ein Christus in einem überirdisch glänzenden Gewand. Wir Teufel zogen unser Opfer recht grob an den Ort ewiger Finsternis. Dies war aber noch nicht der Schluss, denn nun folgte noch der Auftritt des heiligen Bruno, dem das Schicksal des Cenodoxus so zu Herzen ging, dass er beschloss, ein frommes Leben in Nächstenliebe zu führen und mit sieben Gefährten in die Wälder zog, um den Karthäuserorden zu gründen. Die Bekehrten entledigten sich ihrer prunkvollen Mäntel und Engel legten ihnen grobe Mönchskutten um. Dann schritt die kleine Schar mit Kerzen in den Händen feierlich an den Zuschauern vorbei zum Hauptportal, während der Chor, ihnen langsam folgend, das Lied sang: Sic transit mundi gloria, cum sequuntur funera. Das heißt auf Deutsch: So vergeht der Welten Ruhm und es folgt der Leichenzug. Der Kerzenschein der Büßerprozession fiel auf viele herausgeputzte Damen und Herren. Der Chor sang lateinisch »denn alle hohe Würdigkeit ist lauter, lauter Eitelkeit … die Nattern werden den zernagen, der heut tut stattlich Kleider tragen«. Als Bruno in der Mitte des Kirchenschiffes angelangt war, wiederholte der Chor das Lied auf Deutsch. Der Vers »denn alle hohe Würdigkeit ist lauter, lauter Eitelkeit« beeindruckte aber weder den Bürgermeister noch den prächtig gekleideten Rentmeister oder den mit besonders vielen *Posamenten* ausstaffierten, fettleibigen Ratsherrn. Die Spitzen des Stadtregiments begriffen nicht, dass gerade sie gemeint waren. Da sollte der Teufel doch ein wenig nachhelfen und sie auf die Selbstherrlichkeit ihrer Krämerseelen stoßen! Ohne zu überlegen, schlich ich mich an den dicken Ratsherren heran, der gebannt auf den, im Kreis von Engeln, wieder auf der Bühne stehenden Christus blickte. Noch bevor der Heiland segnend die Hand hob, zischte ich ihm ins Ohr: »Auch dich bringt deine Eitelkeit in die Höll!« Erschrocken fuhr er herum. Der Mann neben ihm grinste. Ermutigt fauchte ich wahrhaft diabolisch: »Auf eure ehrsame Überheblichkeit warten schon meine Gesellen!« Danach fegte ich davon und versteckte mich hinter einer Säule.

»Das kann dich teuer zu stehen kommen«, tadelte mich eine bekannte Stimme neben mir. Es war Pater Senfft. Er zog mich am Kragen hinter der Säule hervor und nahm mir die Maske ab. »Nur ein Hasenherz versteckt sich nach seinen Taten! Für diesen Schelmenstreich wirst du den ehrenfesten Herrn stracks um Verzeihung bitten!«

Während um mich herum der Jubel losbrach, stand ich bedrückt neben dem Pater. Scheu sah ich in sein blasses Gesicht.

»Ohne den dummen Schabernack hättest du hohes Lob geerntet«, sagte er unvermittelt, »aber wer nicht das rechte Maß findet, muss viele unnötige Schläge einstecken.«

»Ich bitte herzlich um Vergebung!«

»Nicht mich, den Herrn da musst du darum bitten und dann lassen wir's gut sein. In summa war das Spiel heute so exzellent, wie ich es schon lang nicht mehr gesehen habe.«

Der beleibte Ratsherr verabschiedete sich von dem Rentmeister. Pater Senfft drückte mir die Teufelsmaske in die Hand und ich ging dem Dicken entgegen.

»Salva venia, ehrenfester Herr«, sprach ich ihn an, »ich bitte um Vergebung für den bösen Streich eben.«

»Welchen Streich?«, brummte er erstaunt.

»Ich hab Euch damit erschreckt.« Ich hielt die Maske hoch.

»Ei ja, das«, mit dem Schnupftuch wischte er über sein rotes Metzgergesicht, »man sollt halt nit zu den ungehobelten Komödianten gehen.«

»Ihr verklagt mich nicht beim Pater Regens?«

»Bei Leib nit! Es gibt, weiß Gott, Ärgerlicheres, wie wenn ein loser Bube über die Sträng schlägt.«

Den »ungehobelten Komödianten« wie den »losen Buben« schluckte ich hinunter und wollte flugs entwischen, doch er hielt mich fest. Branntweinatem schlug mir entgegen.

»Wer hat dat ins Werk gesetzt?« Er hob das Heftchen mit der auszugsweisen deutschen Übersetzung hoch.

»Jakob Bidermann hat's geschrieben.«

»Dat weiß ich, Eselskopp! Aber wer von den Patres hier hat's ins Werk gesetzt?«

»Jeder, sogar der Pater Regens. Der steht dort!«

»Den will ich just nit inkommodieren, aber dort drüben an der Säul' steht noch ein Pater in der Soutane.«

»Ja, aber der hatte mit dem Spiel nichts zu schaffen.«

»Waren's eben nit alle? Na, mitgefangen, mitgehangen!«

Er stieß mich zur Seite und ging auf Pater Senfft zu.

»Ich hab gehört, der ehrwürdige Pater ist hier Magister«, sprach er ihn in seiner anmaßenden Art an. Der Pater, einen halben Kopf größer als er, nickte höflich. »Dann kann er mir gewiss erklären, wieso mein Pflegkind in dieser Komödie die Heuchelei in persona m ist? Tausend Teufel, ich bin Kaufmann und die offenkundige Heuchelei ist Gift fürs Geschäft. Vorgeben, wat nit ist, süße Worte, um die clientes ums Ohr zu hauen und gleich in Gesellschaft mit Lucifer. Pfui! Wie können fromme Leut meinen Schwestersohn so keck zu diesem ehrlosen Tun verleiten?«

»Es ist ein Spiel, nur ein Spiel. Der Teufel hier ist der Sohn eines Edelmannes ...«

»Wat den Edelleut recht ist, muss es mir nit sein«, fiel der Ratsherr ihm ins Wort, »für unsereins ist ein schlechter Ruf der Ruin, ja der Ruin! Ist's nit genug, dass ich mein eigen Kind begraben musst, müsst ihr noch die Ehr meines verwaisten Schwesterkinds vor aller Welt in den Schmutz ziehen, ihr verfluchten Jesu-wider?«

»Nichts dergleichen ist geschehen«, sagte der Pater sanft, »zur frommen Erbauung werden Gut und Böse gegenübergestellt und Euer Pflegsohn hat sehr kunstfertig seine Rolle gemeistert. Der Herr kann stolz sein ...«

»Stolz? Tausend Teufel«, der Ratsherr drängte den Pater hinter die Säule ins Dunkel, »Ihr macht aus meinem Johannes einen fratzenschneidenden, ehrlosen Komödianten, beschmutzt auf widerliche Weis' meinen guten Ruf und redet von Stolz und Frömmigkeit? Ha, wat wollt Ihr mir noch weismachen? Dat die Küh singen?«

»Ich versichere, niemand wollte den ehrenfesten Herrn kränken und wenn er's anders auffasst, so bitten wir herzlich um Vergebung«, beschwichtigte ihn der Pater, »doch wenn's so missfällt, dann sorgt beizeiten dafür, welchen Part der Sohn im wirklichen Leben spielen soll, nur da geht's um die Ehr.«

»Teufel, nun schiebt ihr mir die Schuld in die Schuh, verdammtes Jesuiterpack. Ihr wisst nur, euch das Geld rechtschaffener Leut zu erschleichen, ihr Weltverderber!«

Ein Schritt und er stieß dem Pater die Faust mit den Worten ins Gesicht: »Da ist der Lohn, den du schon lang verdient hast.« Durch den Hieb taumelte der Pater weiter ins Dunkel. Der aufgebrachte Mann setzte nach. Es rumpelte. Nach einigen Schlägen erschien der Ratsherr und hinter ihm der Pater, den Arm seines Gegners fest im Griff. Zwei Herren eilten herbei und fragten besorgt, was es denn gäbe.

»Nichts, ich bin nur gestolpert«, erwiderte Pater Senfft.

Er gab den Ratsherrn frei, wischte sich Blut aus dem Gesicht und die hilfsbereiten Männer zogen sich zurück.

»Ehrsamer Ratsfreund«, wandte er sich an seinen Kontrahenten, »wenn's Not tut, halte ich auch die linke Wange hin, doch wollt ich den Herrn in seiner Wut vor einem bösen End bewahren. Es ist nicht ehrenvoll, in der Kirche auf einen Geistlichen einzuprügeln. Und einen gutgemeinten Rat gebe ich noch, verkauft den Branntwein lieber und trinkt selbst nicht zu viel davon. Gelobt sei Jesus Christus!«

Unbekümmert drehte er dem Mann den Rücken zu. Der Wahnsinnige wollte sich wieder auf ihn stürzen, doch dann hieb er nur ärgerlich mit der Faust in die Luft und folgte fluchtartig einer

Schar schwatzender Zuschauer, die dem Ausgang zustrebte. Unter Aufsicht eines Fraters begannen einige Schüler, Utensilien zu verpacken und ich übergab ihnen meine Maske und den schwarzen, mit flammenroten Zacken verbrämten Umhang. Mit einer Kerze ging ich zu Pater Senfft. Er saß auf einer Bank neben den Beichtstühlen im Dunkeln, den Kopf gegen die Wand gelehnt. Er presste sein Schnupftuch gegen die Stirn.

»Hat Luzifer noch ein Schnupftuch für mich?«, bat er und als ich ihm meines gab, scherzte er: »Danke, manchmal hat selbst der Teufel mehr Erbarmen als die Menschen.«

»Er hat Euch übel zugerichtet, Pater.«

»Nicht so schlimm!«

»Seltsam, dass ein Ratsfreund Euch das angetan hat.«

»Ja, nicht immer werden die Feinsten nach oben gespült.«

Musik und Stimmengewirr drangen von draußen in die Kirche. Die Schüler hatten sich vor der Kirche mit den Jüngeren des Auditoriums zu einem Umzug durch die Stadt versammelt. Vorneweg gingen die Komödianten in ihren Kostümen, begleitet von Fackelträgern, Pfeifern und Fiedlern. Sie stimmten das »Transit mundi gloria« an, um die Bürger an die Fenster zu locken, für die der farbenprächtige Zug eine willkommene Abwechslung in den trüben Tagen des beginnenden Novembers war. In die Säcke der sammelnden Schüler würden sie Leckereien werfen. Das Staunen, die Fastnachtsstimmung und die nachsichtige Anteilnahme der Kölner bei Schülerspäßen verbreiteten eine Atmosphäre allgemeiner Harmonie in der Stadt.

»Geh und sei lustig!«, forderte mich Pater Senfft auf.

»Nein, ich hab mein Kostüm schon abgegeben.«

»Warum?«

»Ich dachte, Ihr hättet mich nötiger als die da draußen.«

»Ja, und ich dank dir. Doch jetzt spring und lach! Von diesen Stunden gibt's immer zu wenig. Ach, und was die Sach mit dem Ratsfreund angeht, rechne ich auf deine Verschwiegenheit. Es ist keine Ehr für die Schule, wenn die Leut schwatzen, dass sich ein

Ratsfreund mit einem Pater in der Kirche gottslästerlich geprügelt hat.«

»Ihr hättet mir das nicht zu sagen brauchen, Pater Magister. Aber mir wär's lieb, wenn ich bei Euch bleiben darf.«

»Du bist zu ernst für dein Alter, liebes Kind und ich gehe jetzt ohnehin ins Kolleg!« Ich blieb sitzen, während die Musik und das Lachen draußen sich entfernten und verklangen. »Du bist ein bockbeiniger Querkopf, mein Sohn«, stöhnte er, »aber heute lasse ich dir deinen Willen, auch wenn's wieder einmal das Falsche ist.« Mühsam stand er auf.

»Wenn's genehm ist, begleite ich Euch«, schlug ich vor.

Er seufzte. Um sein blutverschmiertes Gesicht vor den aufräumenden Schülern zu verbergen, senkte Pater Senfft den Kopf. Wir gingen durch die Sakristei ins Kolleg. Er schwankte einmal und stützte sich an der Mauer ab. Ich leuchtete ihm durch die stillen Gänge bis zu seiner Kammer, die ich für ihn öffnete. Es war streng verboten, die Kammer eines Paters zu betreten, deshalb blieb ich stehen. Er setzte sich auf den einzigen Stuhl, den es in dem winzigen Raum gab. Die Kerze entglitt seiner Hand. Ich sprang hinzu und hob sie auf. Mein väterlicher Freund brauchte Hilfe, aber ein Hilfsangebot würde er wohl ablehnen.

»Pater Magister«, sagte ich, »es gibt eine Sage. Ein König hatte ein arges Leiden, von dem er nur erlöst werden konnte, wenn ein Fremder ihn nach der Ursach seines Siechtums fragte. Nun ist's ungebührliche Neugier, einen König nach seinen Krankheiten zu fragen. Ein fremder Ritter stellte deswegen diese Frage nicht, obwohl ihn der ganze Hofstaat mit deutlichen Zeichen dazu ansporrnte. Ihm galt die Höflichkeit mehr als das Erbarmen mit dem gepeinigten Mann. Und so ging er wieder ...« Ich verstummte.

»Ich kenne die Sage von König Amfortas«, entgegnete er müde, »und du fragst mich jetzt nach meinem Übel?«

»Nein, Pater Magister, aber ich will nicht versäumen zu helfen. Ihr seid sehr abgemattet.«

Schweigend starrte er zu Boden, schließlich nickte er.

»Du hast recht. Zu lange habe ich Katz und Maus gespielt, verdeckt und bemäntelt. Ja, mein Sohn, bring mir einen Krug Wasser zum Trinken.«

Ich rannte um Wasser. Der Pater hatte sich zu Bett begeben und richtete sich schwerfällig auf, als ich ihm einen Becher Wasser reichte, in den ich auf sein Geheiß jenes graue Pulver schüttete, das er schon einmal in der Bibliothek eingenommen hatte. Ich leckte einen Tropfen vom Finger. Es schmeckte widerlich bitter, doch er trank es wie süße Milch.

»Was ist das für eine Medizin?«, fragte ich.

»Chinarinde oder Jesuitenpulver gegen das Wechselfieber.«

»Seid Ihr wirklich heil? Er hat doch hart zugeschlagen?«

»Leib und Glieder sind gesund. Es ist nur das Fieber.«

Seine Stimme klang kraftlos. Gegen die Wand gelehnt sah er auf das einfache Kruzifix über seiner Betbank – ein inniger, liebevoller Blick. Er bat mich um seinen Rasierspiegel und betrachtete die Blessuren. Die rechte Wange war vom Jochbein bis zu der Oberlippe blutunterlaufen. Am Haaransatz hatte er eine Wunde, deren geronnenes Blut die Wange umrahmte. Er seufzte und rieb das angetrocknete Blut ab.

»Nur ein kleiner Teil des Gesichts ist blau. In einem größeren Spiegel sähe man's besser«, versuchte ich ihn zu trösten.

»Für große Spiegel hatte der heilige Ignatius wenig Sinn, aber ich glaube dir nur zu gern, dass es kaum auffällt.«

Es freute mich, dass der Pater den nach einer Wirtshausprügelei aussehenden Schandfleck mit Humor nahm. Unten rumorten die Schüler, die sich zum Abendschmaus versammelten. Ich dachte an das frische Brot und die Bratäpfel, die es heute zur Feier der Aufführung geben sollte. Die Augen des Paters hatten den Glanz eines Fiebernden und ich kühlte seine Stirne. Er ließ alles willig geschehen, drängte mich dann aber zu gehen und bat mich, Frater Vos zu sagen, er solle zu ihm kommen.

Noch vor dem »Amen« des Tischgebetes stand ich an meinem Platz neben meinem Bruder. Die gute Mahlzeit, die vielen Pfefferkuchen und das Geplapper brachten mich in eine erquickliche Stimmung. Philipp goss unter dem Tisch in unsere Becher stark vergorenen Most, und damit stießen wir munter mit einem »auf dass es die Gedärm zerreiß« an. Der Trinkspruch sollte ein Zauber gegen das »Bauchsausen« sein, doch half er leider nicht jedem. Mein weinseliger Kopf erinnerte sich schließlich doch noch an meinen Auftrag. Kaum hatte ich die Schwäche des Paters erwähnt, nahm Frater Vos eine Laterne und wir eilten zu Pater Senffts Kammer. Das Licht huschte über ein zerwühltes Bett, in dem zitternd eine zusammengekrümmte Gestalt lag. Der Frater sprach den Kranken an, der sich mühsam zu uns drehte.

»Herr Jesus Christus«, entfuhr es Frater Vos, als er das schweißnasse Gesicht und die dunkel verfärbte Wange sah. Er nahm die Hand des Kranken und sprach ein Gebet. Nach einer Weile entspannten sich die Glieder des Paters und er schlief ein. Auf meine Bitte, einen Arzt zu rufen, schüttelte Frater Vos traurig den Kopf und meinte, hier könne nur der liebe Gott helfen. Aber dann wollte er wissen, ob der Pater das Chinawurzelpulver genommen habe. Es stand wohl doch nicht alles bei Gott! Jetzt begriff ich, Frater Vos wusste von dem Fieber, das wohl schon öfter aufgetreten war und das Pater Senfft mit allen Mitteln zu verheimlichen suchte, um seinen Traum, als Missionar in fernen Ländern zu wirken, nicht zu gefährden. Einen kranken Mann schickte man nicht auf eine weite Reise. Dann erkundigte sich Frater Vos nach der Ursache der blutunterlaufenen Stelle auf der Wange. Jetzt war es an mir, mein Versprechen, das ich Pater Senfft gegeben hatte, zu halten und meinte, darüber nichts sagen zu können. Verwundert blickte er mich an. Ein anderer hätte nachgefragt, Frater Vos aber gab sich mit vielen Merkwürdigkeiten zufrieden und ließ jedem seine Allüren. So tauschten wir fröhlich Halbwahrheiten aus, was man politisch nennen kann. Doch selbst in der Politik rächen sich Halbwahrheiten, wenn einer kommt, der wagt, tiefer zu graben.

»… und dieser Pfeffersack, die feiste Heringstonne, zittert gewiss noch immer«, berichtete ich stolz von meinem Streich nach dem Cenodoxusspiel, den ich mit einem Schuss dramatischer Übertreibung würzte.

»Scht, *silentium, vulcanus venit*«, zischelte einer.

Vulcanus, der Pedell und dienstbare Hausgeist, dem wir diesen Spitznamen wegen seiner untersetzten Gestalt, seines hinkenden Ganges und wegen seines leicht reizbaren Temperaments gegeben hatten, sah sich in der Tür stehend suchend um. Eigentlich hatten wir den Pater Magister für den Nachmittagsunterricht erwartet, aber auch das Erscheinen des Vulcanus ließ jedes Gespräch ersterben, weniger aus Respekt als aus Furcht vor diesem groben Mann, der die Prügelstrafe vollzog. Er deutete auf mich. Erschrocken folgte ich ihm.

Im Flur stießen wir auf meinen Magister, der verdutzt den Hausmeister fragte, wohin er denn just vor dem Unterricht mit seinem Schüler wolle.

»Zum Pater Regens, stante pede!«, erwiderte der Mann.

»Stante pede«, also sofort, war das einzige lateinische Wort, das Vulcanus gebrauchte, aber das nach jedem Satz, deshalb war ihm das Wort »später« wohl nicht einmal im Deutschen geläufig.

Meinen Gruß erwiderte der Pater Regens nur beiläufig. Er saß hinter einem kunstvoll gedrechselten Tisch und studierte ein Schreiben. Davor stand Frater Vos, die Lippen angestrengt zusammengepresst.

»Mein Sohn, du spieltest gestern einen der Teufel«, wandte sich der Regens in Latein an mich, die Brille abnehmend.

»Ja, den Astherot.«

»*Recte*! Und was hast du nach der Vorstellung getan?«, fragte er auf Deutsch, damit auch Frater Vos uns verstand, der nur ein wenig Kirchenlatein konnte.

»Ich habe einen Herrn mit der Teufelsmaske erschreckt, mich danach aber für den Schabernack entschuldigt, auf Geheiß von Pater Senfft.«

»Gut, und dann? Was hat Pater Senfft getan?«

»Pater Senfft? Er saß bei den Beichtstühlen und hat geblutet. Ich … ich hab ihn zu seiner Kammer begleitet.«

»Weißt du, woher er die Blessur hatte?«

»Dazu kann ich nichts sagen«, wich ich aus.

»Du willst nicht oder du darfst nicht?«

Komme, was wolle, dachte ich und schwieg.

»Mein Sohn, ich halte dir zu gut, dass du in Gewissensnöten bist, um einen Magister vor dem Pranger zu retten«, fuhr der Regens in strengerem Ton fort, »deshalb sollst du wissen: Hier in diesem Schreiben rügt ein ehrenfester Ratsfreund, dass nach der Komödie ein adliger Schüler mit einer Teufelslarve sich über ihn lustig machte. Daraufhin habe er sich bei einem Pater beschwert, der ihn verhöhnt und blutig geprügelt habe. Das sind üble Anwürf'! Deshalb, was weißt du davon?«

Du falscher Krämer willst nur deine Rache, auf Teufel komm raus, dachte ich, sagte aber: »*Salva venia,* der Herr nahm meine Entschuldigung an und wollt alles vergessen.«

»Weiter!« Seine Augen funkelten: »*Dic mihi bona fide*!«

»Die Wahrheit? Das ist schwer.«

»*Nihil est difficile volenti*. Auch für dich ist nichts schwer, wenn du nur willst. Also?«

»Vergebung, *domine*, ich kann nicht«, flüsterte ich.

»Gut, ich nehme an, der blessierte Pater Senfft hat sich mit dem Ratsfreund geprügelt. Den Pater kann ich nicht fragen, weil er nicht bei sich ist, so muss ich dem Ratsfreund glauben, was mich wenig freut.«

»Nein, hochwürdiger Pater Regens, es war umgekehrt. Der Ratsfreund hat Pater Senfft ins Gesicht geschlagen, das habe ich gesehen. Dem Herrn missfiel, dass sein Pflegsohn die Heuchelei spielte, was er als großen Schimpf ansah.«

»Und warum wolltest du mir nichts davon erzählen?«

»Salva venia, Pater Senfft meinte, es ist schmählich, wenn er sich in der Kirche schlägt, auch wenn ihn keine Schuld trifft.«

»*Recte dixit*, und auch noch in der Kirche! Gotteslästerung«, der Regens schlug mit der Hand auf den Tisch und sah Frater Vos ernst an, »überall müssen sich unsere Brüder gegen Angriffe wehren und tragen keine andere Schuld als den Erfolg. Bisher sind wir in Köln wohl angesehen. Die Ratsfreunde unterstützen uns großzügig und schicken ihre Söhne auf unsere Schule. Ich hoffe, das ist kein Wendepunkt. De facto ist's für einen Kaufmann wenig erquicklich, wenn sich sein Sohn in publico als Heuchler oder Beutelschneider präsentiert. Wen spielt der Sohn des besagten Herrn in der deutschen Version?«

»Den Doktor Cenodoxus«, Frater Vos legte ihm ein Blatt vor, das er eingerollt in einer Hand gehalten hatte.

»Den Höllendoktor spielt ein anderer«, entschied der *Regens,* »welchen Part hast du, mein Sohn?«

»Ich bin Christus – im Spiel.«

»Du spielst ihn nicht!« Er tauchte die Feder ins Tintenfass und strich meinen Namen auf der Liste, »du weißt, warum?«

»Weil der Neffe des Ratsfreunds den Christus übernimmt.«

»Nein!« Sein Blick war zornig. »Du hast dich mit deiner ungebührlichen Posse nicht fürs nächste Spiel empfohlen. Item hast du dem Ansehen des Tricoronatum schweren Schaden zugefügt und erhältst zwei Tage Arrest. Von der Rute sehe ich ab, weil du dich beherzt zu deiner Tat bekannt hast, sofern's keine Lügen sind.«

»Es ist die Wahrheit, ich gelob's bei meiner Ehr.«

Der Regens lächelte milde.

Meist folgte die Strafe auf dem Fuße, aber über einen Sonntag hinweg wurde niemand in Arrest gehalten und so konnte ich mir vorher noch im Hause der Beyweghs den fetten Braten schmecken lassen. Gerwin und ich spielten Federball im Garten, obwohl es keine Jahreszeit hierfür war.

Später spazierte Herr von Beywegh mit mir zum Hafen und ich zählte die dort gestapelten Heringsfässer. Die Novembersonne hatte schon alle Kraft verloren. Eisschollen trieben in den bläulich glänzenden Fluten. Der Kaufmann zog seinen pelzbesetzten Mantel enger.

»Den Herrn Vater wird der böse Spaß mit dem Ratsfreund wenig freuen«, tadelte er mich, während wir die endlos lange Stadtmauer entlangmarschierten.

»Ja, es war eine dumme Poss'«, gab ich zu, »aber der Ratsfreund trieb's übler, denn er hat den Pater wüst geschlagen.«

»Nein, der Pater hat den Ratsfreund verbläut.«

»Das ist eine freche Lüge!«, widersprach ich.

»Sa, sa, gemach, die Leute erzählen aber, ein adliger Schüler habe den Ratsfreund in der Kirche gottslästerlich verhöhnt und wurde dann noch von einem Pater misshandelt.«

»Es war umgekehrt, sagt das bitte den Leuten!«

»Ja, das kann ich tun« – er lachte bitter –, »nur wird's wenig nützen. Hier geht's um einen Ratsfreund, recht unbeliebt zwar, aber selbst gegen die wohl angesehenen Jesuiten und schon ganz und gar gegen die Edelleut werden sich hier alle immer auf die Seite des Rats schlagen.«

»Und warum erzählt der Ratsfreund solche Lügen?«

»Nun … ja, es gab einmal viel Geschrei darum, dass ein Onkel dieses Ratsfreunds es für nützlicher hielt, nicht seinen Neffen zum Erben zu machen, sondern die Jesuiten, damit sie für sein Seelenheil Messen lesen. Der Ratsherr denkt nun, die Jesuiten hätten ihn ums Erbe gebracht und jetzt denunziert er die Patres.«

»Hei, was schert's die, was die Leut schwatzen!«

»Viel, viel! Die Patres wollen ihr Gymnasium erweitern, wozu sie die Zustimmung des Rates brauchen, da kommen die Querelen recht ungelegen. Und, bei Gott, diese Sach werden die Leute wie die Küh das Heu bis zum Hochwasser mehrmals durchkauen.« Er blieb stehen und sagte eindringlich: »Ich bitt herzlich und da spreche ich auch im Namen des Herrn Vaters, duckt Euch, lasst den Donner sich abwettern und gehorcht den Patres präzis, denn sonst weisen sie den jungen Herrn stracks von der Schul.«

Zwei Tage Arrest sind lang. Üblicherweise ging man schon nach einem Tag von der Bekehrung eines Übeltäters aus. Dennoch war dies, im Vergleich zum Schulverweis, noch ein mildes Urteil. Nachdem aber am frühen Morgen der Riegel zugeschoben worden war und das Leben hinter dicken Türen an mir vorbeifloss, sank mein Mut. Weggesperrt, ausgeschlossen, behandelt wie ein lebloser Gegenstand ohne Seele und doch lebendig. Ein winziges Fenster hoch über mir, ein Kreuz, ein Schemel und ein Gebetbuch. In einer Ecke fand ich Einkerbungen, die frühere Arrestanten hinterlassen hatten, meist unflätige Worte. Die Langeweile musste sie zur Verzweiflung getrieben haben, denn jede Beschädigung bedeutete Prügel. Das Kreuz über mir war dem ähnlich, das in der Kammer von Pater Senfft hing. Ich erinnerte mich an seinen Gesichtsausdruck, als er es anblickte, so als trüge er sein Herz dorthin. Vor diesem Blick hatte ich die Augen niedergeschlagen, weil mir ein Angaffen indiskret vorgekommen wäre. Jetzt konnte er kein noch so kurzes Gebet mehr sprechen, denn das Fieber verzehrte seine Kräfte. Nun war es an mir, für ihn zu beten. Vor dem Kreuz kniete ich nieder und flehte um Bewahrung seines Lebens. Ich bat, ihm das Fieber abnehmen zu dürfen. Unaufhörlich wiederholte ich meine Bitten an Jesus Christus, Maria und an die Schutzpatrone gegen das Fieber: Sankt Petrus, Antonius, Donatus, die heilige Barbara, Julia und Sankt Veit. Zuletzt rief ich den heiligen Ignatius von Loyola an, den Ordensgründer der Jesuiten, der ebenfalls Fieberkranke geheilt hatte. Schließlich fiel mir noch die heilige Adelheidis ein, von der mein Vater behauptete, sie würde bei allem helfen. Für mich war sie eine Frau in einem weißen Gewand mit einem langen Stab in der Hand. Ein kupferroter Heiligenschein umstrahlte sie. Sie berührte meine Schulter – mit eisernem Griff. Ein Riese stand neben mir. Dem Ungeheuer schlug ich die Laterne aus der Hand.

»Bist du irre?« Vulcanus zog mich am Kragen hoch.

Durch das lange Knien waren mir aber die Beine taub geworden. Ich fiel ihm vor die Füße.

»Du hast wahrhaft ein' Sparren zu viel«, er tippte sich an den Kopf, »aber denk nit, dass du so hier raus kommst!«

Er griff mir an die Stirn und stellte fest, dass ich Fieber hatte. Tatsächlich litt ich zwei Tage daran; Pater Senfft erlangte aber in dieser Zeit wieder das Bewusstsein.

April 1653

Entgegen den Befürchtungen Herrn von Beyweghs war mein Streich nach dem Cenodoxusspiel bald vergessen, während der beleidigte Ratsfreund gegen Pater Senfft weiter das Feuer schürte. Da neben dem Frühjahrshochwasser nur noch das Katzenlärmen auf den nächtlichen Gassen eine Materie war, welche die Bürger bewegte, hatte der dicke Weinhändler viel Erfolg, das Ereignis immer wieder auszuschlachten. Das bewirkte, dass der Magistrat plötzlich alle denkbaren und undenkbaren Missstände bei den Jesuiten aufdeckte, die auch den Rat beschäftigten. Pater Senfft wurde offiziell jeder Lehrtätigkeit enthoben. Dies war nichts weiter als eine schmerzliche Kränkung, weil seine anhaltende Schwäche ihn ohnehin daran hinderte, Unterricht zu erteilen. An guten Tagen, wie er es nannte, saß er lesend in einem Lehnstuhl, den man in seine Kammer gestellt hatte, die schlechten verbrachte er im Bett. Die schlechten Tage überwogen. Jeder Schnupfen griff ihn an und warf ihn in seinen mühseligen Genesungsfortschritten wieder meilenweit zurück. Man erlaubte mir, den Pater zu besuchen.

»Ja, *Morbus* hat mir das Mark aus den Knochen gesogen, aber den Tod habe ich besiegt. Das ist der Stolz und die Hoffnung eines Kranken«, tröstete mich Pater Senfft, nachdem er wohl meinen Schrecken über sein hohlwangiges Gesicht bemerkt hatte.

Seine Lebhaftigkeit zu Beginn unseres Gesprächs ließ rasch nach. Die dynamische Kraft, die mir immer Halt gegeben hatte, vermisste ich. Die Frühlingswärme im März belebte ihn. An

Sonnentagen ging er im Garten des Kollegs spazieren und viele Schüler baten nun um Besuchserlaubnis. Oft saßen mehr als zehn Jungen in seiner Kammer auf dem Boden und es entwickelten sich hitzige Diskurse.

Um dem suspendierten Magister nicht noch die Zeichen der Zuneigung seiner Schüler vorzuenthalten, duldete der Regens diese Lektionen, die so ganz gegen die Schulordnung waren, beschränkte sie aber auf zwei Stunden pro Woche. Von der Wissbegierde seiner Zuhörer gedrängt, überschritt der Pater die Zeit allerdings oft, woraufhin ihn ein Schwächeanfall wieder aufs Krankenlager warf. Kaum genesen sprach er schon wieder von den Lektionen. Als ich ihn beschwor, sich mehr zu schonen, blickte er grübelnd aus dem Fenster in die Äste eines Baumes, durch welche dicke Aprilschneeflocken wirbelten.

»Nein, nicht nur der Corpus hat Rechte, sondern auch die Seele, die sich nur manchmal mehr nimmt, als der geizige Leib geben will«, sagte er.

Es klopfte. Vulcanus überbrachte die Botschaft, der Pater solle »stante pede« beim Pater Regens erscheinen. Der Syndikus und ein Ratsfreund seien gekommen – der Herr Magister möge eilen.

In den Augen meines väterlichen Freundes leuchtete ein Feuer auf, wie ich es schon lange nicht mehr gesehen hatte. Er bat mich, ihn zu begleiten. Festen Schrittes, den ich seinem abgezehrten Körper nicht zugetraut hatte, ging er voran.

In der Schreibstube des Regens herrschte feindseliges Schweigen. Der Pater grüßte den Regens und verneigte sich steif vor dem dicken Ratsherrn, der eisig nickte, sowie vor dem Stadtsyndikus, der ein mühsames Lächeln zustande brachte. Dem Juristen war wohl die Vermittlerrolle zugefallen, weshalb er sich auch das Wohlwollen der Gegenseite verdienen musste, ohne jedoch seinen Brotgeber zu vergrätzen.

Der Ratsherr deutete auf mich: »Den Knaben da, mit den braunen Locken, kenn' ich, aber der Pater ist nit der Richtige. Der in der Kirch war größer.«

»Pater Senfft war lange krank, ehrenfester Herr, und ist noch schwach. Zweifellos ist er es aber, dem ihr die Sach zur Last legt. Setzt Euch, Pater Magister!« Der Regens wies auf einen Stuhl.

»Zweifellos schiebt Ihr mir einen Sündenbock unter, den Ihr schon lang fortschicken wollt«, versetzte der Ratsherr ruppig, woraufhin der Syndikus ihm etwas ins Ohr flüsterte. Der Ratsherr nickte konziliant: »Weiß Gott, ich erkenn' den Priester nit wieder, aber wenn der Knab da auf seine und die Ehr seines Vaters schwört, dass dies der Mann ist, der mich nach der Komödie geschlagen hat, dann mag ich's glauben.«

»Eigentlich sollte mein Wort und das von Pater Senfft in diesem Punkt genügen«, entgegnete der Regens gereizt, »aber wenn der Brunnen einmal vergiftet ist, dann bedarf's wohl auch Schwür' aus Schülermund.«

»Mit Verlaub«, mischte sich Pater Senfft in das Gespräch, »ich habe den Schüler Christoph Sechem von Merhoffen mitgebracht, weil er als Einziger den Vorfall sah. Wir haben nie über die Sach geredet, er kann also frei aus seiner Erinnerung berichten, aber ohne Schwur und Eid.«

»Damit ihm die Lügen umso leichter von den Lippen kommen?«, höhnte der Ratsherr, »nein, hochwürdiger Pater. Wer die Wahrheit sagt, schwört auch ohne Gewissensnot. Wohlan, junger Herr«, wandte er sich an mich, »du bist die Ursach allen Übels, also überleg gut, was du sagst. War's der Pater hier, der mit mir nach der Komödia Händel anfing und mich zu Boden schlug? Ja oder nein, auf deine Ehr!«

Pater Senfft senkte den Kopf, die anderen blickten mich gespannt an.

»Nein, so kann ich's nicht beschwören«, erwiderte ich.

»Also war's nit dieser Pater?«, setzte der Ratsherr nach.

»Ja, doch, aber ...«

»Hat der Pater den Herrn attackiert?«, fragte der Syndikus.

»Nein«, sagte ich.

Der Ratsherr lachte verächtlich.

»Ein Segen, dass mein Pflegsohn diese Schul quittiert, wenn sie solche Narren ausbrütet, die auf eine einfache Frag einmal Ja und zweimal Nein antworten«, spottete er.

»Wenn man eine Frage mit Richtigem und Falschem spickt und nur ein Ja oder Nein erwartet, kann selbst ein so exzellenter Advokat wie der Herr Syndikus sie nicht wahrheitsgemäß beantworten«, verteidigte mich Pater Senfft nun, »eine solche Frag kann nur in Sätzen beantwortet werden, um wahr von unwahr zu unterscheiden, was der ehrenfeste Herr gerade verboten hat. Daher bitte ich um nichts weiter, als den Schüler anzuhören, ohne Zwänge.«

Der Ratsherr fuhr empört auf, besann sich aber und legte einen Zipfel seines Mantelumhangs über seine goldverzierte Kniehose. »Hochwürdiger Pater«, fing er in einem mitleidigen von-oben-herab-Ton an, »in der Bibel steht, deine Antwort sei ja oder nein und alles andere ist von Übel. Wenn dieser Knab nit so ein simplices Ja oder Nein sagen kann, dann möcht ich mir von ihm keine weiteren Narrheiten in einer so wichtigen Affair anhören.«

»Der Schüler mag sich eben wirr geäußert haben«, schaltete sich der Regens ein, »aber er ist kein Strohkopf. Da wir wenig an der Hand haben, bitt ich, den Schüler sich kurz ad puncta äußern zu lassen.«

Bevor der Ratsherr protestieren konnte, stimmte der Syndikus zu, der die »leidig Sach« endlich vom Hals haben wollte, und so erzählte ich den Hergang. Ich bemühte mich um wohlgesetzte Worte, weil ich den Narren weder auf mir noch auf dem Tricoronatum sitzen lassen wollte.

Schließlich fügte ich noch hinzu: »So war's, das schwör ich bei meiner und meines Herrn Vaters Ehr!«

Allen gefiel meine Rede, außer dem Ratsherrn.

»Die Wahrheit hast du mit Lügen gewürzt, um dich gefällig zu erweisen«, polterte er los, »meine Klag ist dem Pater damals nit glatt runtergegangen und er schlug so blitzartig zu, dass der Knab es wohl falsch gesehen hat.«

Ich schüttelte vehement den Kopf.

»Pater Senfft«, der Regens wies mit der Hand in dessen Richtung, »er hatte an der Wange einen blauen Fleck, der ein Faustschlag des ehrenfesten Herrn …«, der Ratsherr versuchte ihm wütend ins Wort zu fallen, »nein, lasst mich ausreden«, übertönte ihn der Regens, »weder Euch, ehrenfester Herr, noch dem Pater Magister mag ich unterstellen, hier bewusst die Unwahrheit zu sagen. Nun wird die unselige Geschicht seit langem in der Stadt durchgehechelt. Wenn's Gerede leiser wird, wirft ein Schreihals wieder ein Fuder Heu in die Glut, damit's in der Gerüchteküche wieder artig prasselt. Das muss ein End haben!«

»Da habt Ihr den Nagel auf den Kopf getroffen«, fiel ihm der Ratsherr endgültig ins Wort, »es muss ein End sein! Ein gewalttätiger Mann, der die Obrigkeit angreift, ist keine Zier fürs Tricoronatum, das eine Perle in den Kronen Kölns ist. Dem Rat wurd' versichert, den Magister zu suspendieren und aus Köln zu entfernen. Doch jetzt sind fünf Monate ins Land gegangen und besagter Magister ist hier und hat obendrein die Frechheit zu unterrichten.«

»Nein, er hat schon lange keine Klasse mehr. Er wird eine Aufgabe in einer anderen Stadt übernehmen, sobald er kräftig genug für eine Reise ist, die ihn nicht gleich das Leben kostet. Dies ist offenkundig noch nicht der Fall, hochgeehrte Herren. Und, ehrenfester Ratsfreund, es steht keinem Christen gut an, erbarmungslos einen Mann mit Vorwürfen zu verfolgen, die auf recht schwachen Füßen stehen. Die Hetzjagd wurde geschickt eingefädelt, aber überspannt den Bogen nicht! Dem Herrn Syndikus verspreche ich, dass ich jede Zusage aufs Peinlichste einhalte. Bitte versichert den Herren Bürgermeister meine Hochachtung, die ich ihnen wie dem hochweisen Rat entgegenbringe und sagt, dass ich mich dienstwilligst an die Ordre halte.«

»Davon bin ich überzeugt, hochwürdiger Pater Regens«, erwiderte der Syndikus, »doch wäre ich Euch äußerst *obligiert*, wenn Ihr, in einem Schreiben an den amtierenden Herrn Bürgermeister, den Monat nennen würdet, an dem der Pater Köln verlässt. Er mag noch in angemessener Ferne liegen.«

»Das wird geschehen«, erwiderte der Regens bedächtig.

Der Syndikus dankte und erhob sich.

»Ihr solltet gleichfalls den Bogen nit überspannen, hochwürdige Patres«, geiferte der Ratsherr zum Abschied, »und lasst euch nit allzu viel Zeit. Dat ist mein Rat an euch!«

Er setzte ein triumphierendes Grinsen auf, mit dem er vor allem Pater Senfft bedachte. Nachdem sich die Tür hinter den Besuchern geschlossen hatte, bedeckte der Regens kurz das Gesicht mit den Händen.

»Mein lieber Freund, das ist ein grober Dank nach so vielen Jahren am Tricoronatum«, sagte der Regens auf Latein zu Pater Senfft, »mein bester Magister ist Opfer eines schon lange schwelenden Streits zwischen uns und diesem Ratsfreund. Es ist bitter, so wenig dagegen tun zu können.«

»Ach«, Pater Senfft lächelte gerührt, »ein Opfer mag ich sein, aber ich habe auch Anstoß gegeben, es zu werden. Ich bitte in zwei Wochen reisen zu dürfen.«

»Zwei Wochen? Nein, so leicht machen wir es dem Ratsfreund nicht. Der Herr Syndikus sprach von Monaten.«

»Ich danke für die Liebe, bitte aber dennoch, mich so bald wie möglich zu entlassen.«

Der Blick des Regens fiel auf mich, er stutzte und sagte: »Verabschieden wir unseren *iuvenis*, der so umsichtig den Fallen des Ratsfreunds entgangen ist. Habe Dank, du hast eben für unsere Schule Ehre eingelegt.«

Der Regens verbot alle Besuche bei Pater Senfft, blieb dann aber doch seiner Inkonsequenz treu und ließ sie bald wieder zu. Um jeden Anschein zu vermeiden, wieder Lektionen zu geben, empfing der Magister aber nie mehr als drei Schüler. Als die Aktivitäten der marianischen Kongregation der Jesuiten, der alle Schüler des Tricoronatum beigetreten waren, reger wurden und Prozessionen und Feste vorzubereiten waren, ließ das Interesse an Pater Senfft nach. So kam ich oft allein in den Genuss seines Unterrichts. Wie

Sokrates führte er mich durch gezielte Fragen zu den gewünschten Erkenntnissen und lehrte mich vieles, was eigentlich höheren Klassen vorbehalten war. Als wir über Seneca disputierten, wollte ich wissen, ob er glücklich sei. Er zögerte zunächst, diese sehr persönliche Frage zu beantworten, und nickte dann: »Ja, ich bin glücklich. Der Ehrgeiz quält mich nicht mehr und was die Menschen mir auch antun mögen, es berührt mich nicht. Ich bin frei! Ich freue mich über die schönen Augenblicke, die Gott mir schenkt, und habe zur Demut gefunden.«

Juni 1653

Beim Mittagsmahl starrte mich mein früherer Freund Martin auffallend oft an. Ich stieß Bartholomäus an und machte ihn darauf aufmerksam.

»Zeig dem Laffen die *Feige*«, er grinste, »er ist aufdringlich, gestern hat er mich angesprochen.«

»Martin? Und was wollte er?«

»Ach, dummes Zeugs«, er kaute gründlich und nuschelte dann, »er hat gesagt, ihm tät die Sach mit dir leid.«

»Warum sagt er dir das und nicht mir?«

»Na, weil er nicht ganz richtig im Kopf ist.«

»Und warum hast du mir nichts gesagt?«

»Weil er nicht richtig im Kopf ist und ein Blaumantel ist.«

»Dann sag ihm, dass er zu mir kommen kann.«

»Nein!«

»Und warum nicht?«

»Weil er nicht ganz richtig im Kopf ist, er ein Blaumantel ist und weil ich schon gar kein Bote bin.«

Martin zog mich am nächsten Tag in eine Ecke und sagte zerknirscht: »Wegen des Zerwürfnisses bitte ich um Vergebung, aber das ewige Versteckspiel war so unwürdig.«

»Dann sollten wir es jetzt auch bleiben lassen«, entgegnete ich auf Latein, mich zum Gehen wendend.

»Nein, mit Verlaub«, sagte er wieder auf Deutsch und hielt mich zurück, »vielleicht freut's Euch. Ich will konvertieren, wieder altgläubig werden.«

»Wie viele Rosenkränze hast du schon gebetet?«, fragte ich.

»Ja, damit werde ich noch meine liebe Not haben. Es ist, als hätte man die Augen geöffnet und schließt sie dann wieder.«

»Warum sagst du das Pater Senfft nicht selbst?«

»Man soll den Pater doch nicht besuchen.«

»Wenn du um Erlaubnis bittest, geht das.«

»Ach, lasst's gut sein. Sagt dem Pater, ich danke für alles.«

»Aber ist er's nicht wert, dass du ihm das selbst sagst?«

Er schwieg, sah mich aber bedrückt an, ganz so, als wolle er mir aus alter Freundschaft etwas mitteilen, das zu sagen er sich jedoch nicht traute. Ungeduldig drängte ich ihn, endlich »das Maul aufzumachen«.

»Es ist nur ein Gerücht«, murmelte er, »der Pater soll wider die Natur sündigen. Dafür hat Gott ihn mit einer Krankheit gestraft.«

»Was? Wofür wird er bestraft?«

»Teufelswerk mit Schülern, Zauberei in seiner Kammer.«

»Unsinn! Seit wann gibt's das widerwärtige Geschwätz?«

»Schon länger und es reißt nicht ab.«

»Wahnwitz! Der Pater ist mehr in der Kirche als jeder andere im heiligen Köln!«

»Nun ja, es gab auch schon vom Teufel besessene Nonnen. Das Gerücht ist wohl barer Unsinn, nur, ich bin Protestant und damit schon ein halber Teufelsanbeter. Ich möcht nicht noch als Zauberer denunziert werden. Wie das Leben ist einem der gute Ruf auch nur einmal gegeben.«

»Dann kümmere dich weiter fleißig um deinen Ruf!«, und damit ließ ich ihn stehen.

Das Gift der Lügenmärchen wirkte schleichend, doch es wirkte. Auch Bartholomäus bestätigte mir das Gerücht. Als ich ihm vorhielt, mir nichts gesagt zu haben, lachte er: »Soll ich dich vor jedem irrem Geschwätz warnen? Von einem wurde behauptet, er könne Gold scheißen, aber er konnt's nicht. Gestern habe ich Pater Senfft hohlwangig in der Kirch gesehen. Wer dem Tod näher ist als dem Leben, kriecht zu Kreuze und dient sich nicht dem Teufel an, der nur mit irdischen Glück protzen kann.«

»Luzifer war sogar ein Engel und kam in die Hölle.«

»Teufel, du gibst dir viel Müh, Sinn in den Unsinn zu bringen. Du hättest besser mit mir die Tabakspfeif probieren sollen, als bei deinem Magister zu sitzen. Ich scher' mich nicht um das Gerede. Ha, morgen gehe ich zu Pater Senfft. Mal sehen, wie er zaubert. Dann schmoren wir alle in der Höll, wo's sowieso lustiger ist als bei den Frommen.«

Er besuchte tatsächlich Pater Senfft und fragte ihn, ob er Priester oder Offizier werden solle. Der Pater riet ihm zu einer kirchlichen Laufbahn. Geist, Tapferkeit, Mut und Gehorsam seien beim Militär genauso notwendig wie in der Kirche. Aber wo Bartholomäus auch begänne, irgendwann würde sich sein Lebensweg dahin richten, wohin er solle. Bartholomäus zog daraus die Quintessenz, dass er erst als Offizier die Leute totschießen und dann als Priester für ihr und sein Seelenheil beten würde oder umgekehrt.

Während der Querelen mit dem Ratsherrn waren die Proben des deutschen Cenodoxus eingestellt worden, doch im März ordnete der Regens ihre Wiederaufnahme an. Die Jesuiten hofften wohl, mit einer glücklichen zweiten Aufführung die Unstimmigkeiten vergessen zu machen. Deshalb fand die Vorstellung schon Mitte Juni statt.

Die Kirche füllte sich schnell, so dass viele Leute abgewiesen werden mussten. Ob die Erwartung einer Schlägerei zwischen Jesuiten und den Ratsmitgliedern so viele Zuschauer anlockte, war eine Frage, die jeder dachte, aber keiner stellte. Der Bürgermeister Andreas von Mülheim war einer der wenigen Repräsentanten des Stadtregiments, die mit ihrer Anwesenheit deutlich machten, sich von einem einzelnen Ratsherrn nichts diktieren zu lassen. Der Regens, der in der letzten Zeit kränkelte, hatte sich von seinem Kummerlager, wie er es nannte, aufgerafft und bemühte sich um die wenigen Würdenträger. Auf einen Stock gestützt unterhielt er sich vor Beginn des Spiels mit dem Bürgermeister. Im Verlauf dieses Gesprächs wurde die Miene des Regens immer düsterer. Mehrere Male strich er sich fahrig über die Stirn, was für den selbstbeherrschten Mann, der sich nie unnötige Gesten erlaubte, ungewöhnlich war. Dieses Bild verfolgte mich, denn der Gegenstand des Disputs konnte nur der »teuflische Magister« sein.

Die Zuschauer waren ruhiger als bei der lateinischen Aufführung. Kein Geschwätz, nur ein wenig Gemurmel war zu hören, selbst in Szenen, bei denen es in der lateinischen Darbietung schwierig gewesen war, den Lärm zu überschreien. Bartholomäus spielte den Mariscus frisch und erntete viel Lachen. Je ernster aber das Stück wurde, desto schweigsamer wurden die Zuschauer. Beklemmende Stille! Doch kaum war das »Sic transit mundi gloria« zum letzten Mal erklungen, brach ein toller Jubel los. Die Kirche erbebte vom Applaus der begeisterten Kölner. Diesmal zog nicht nur Schabernack treibendes, junges Volk durch die Gassen, sondern alle marschierten an dem Sommerabend zum Dom Sankt Peter, vor dem der Christus, den der Sohn des Ratsherrn Mylius spielte, noch einmal den Doktor verdammte. Das »Sic transit mundi gloria« hallte tausendstimmig durch Köln. Das konnten die Ratsfreunde in ihren Stuben kaum überhören.

Obwohl nach dem grandiosen Erfolg der Vorstellung alle Schimpfreden gegen das Tricoronatum blitzartig verstummten, gaben die Widersacher nicht auf.

Ein Flugblatt tauchte auf, in dem die Jesuiten bösartig angegriffen wurden. Der Name Senfft fiel zwar nicht, aber jeder wusste, auf wen sich die »widernatürlichen Practica des schlagkräftigen Paters« bezogen, und – so ging der Text weiter – diese zauberischen Practica wüteten weiter »wie ein Wundbrand, auch das gesunde Fleisch verderbend, in dem einst so wohl angesehenen Gymnasium Tricoronatum«. Trotz der aufreizend rohen Worte und der hohen Auflage zeigte die *Pasquille* kaum Wirkung. Das Gerücht war alt und grau geworden. Die bekannten Anschuldigungen hatten die Kölner vom Marktweib bis zum Ratsherrn oft genug durchgekaut. Zu lange hatte man sich in Verdächtigungen gesuhlt, so dass nichts Lästernswertes mehr übrig blieb, wenn man nicht langweilen wollte. Vor allem aber war man wieder stolz auf das Tricoronatum, dessen milder Perlenglanz die Kronen Kölns wie in alten Zeiten schmückte, und wer sieht es schon gerne, wenn sein Hätschelkind geohrfeigt wird? Kopfschüttelnd steckte man das Sudelblatt zum späteren Gebrauch im Abort in die Tasche. In einem war man sich jedoch einig: Der »Pater Schlagdrauf« sollte endlich das Weite suchen.

Juli und August 1653

Am 1. Juli 1653 starb der Regens. Alle trauerten um den gütigen Adam Kasen, der seit 1625 das Tricoronatum leitete. Erfüllt von christlicher Nächstenliebe hatte er sich immer fürsorglich um alle ihm Anvertrauten gekümmert, ganz besonders um die Schwachen und so auch um den in Verruf geratenen Magister. Er sah über manches hinweg, in der Hoffnung, dass Lob und liebevolle Nachsicht seine Schutzbefohlenen zu freudig erbrachten Leistungen anspornten, die dem Ansehen der Schule mehr dienten als Härte. So weigerte er sich, den geschmähten Magister fortzuschicken. Sein Nachfolger Hieronymus Mülmann musste sich daher unverzüglich der Frage des weiteren Schicksals von Pater Senfft stellen. Um dem Gerücht entgegenzuwirken, der Pater führe die Schüler auf Abwege, quartierte er ihn aus dem Kolleggebäude aus. Als ich kam, um meinem väterlichen Freund Lebwohl zu sagen, stand er in seiner Kammer vor der Truhe, die seine wenigen Habseligkeiten enthielt.

»Nehmt das Kreuz von der Wand doch mit!«, schlug ich vor.

»Nein«, er betrachtete es nachdenklich, »mir gehört es nicht, wie mir selbst meine Kleider nicht gehören.« Fragend sah ich ihn an. »Ich habe Armut, Ehelosigkeit und Gehorsam gelobt und die Armut ist das, was mir am leichtesten fällt. Vivitur parvo bene – ja, man lebt glücklich nur mit wenigem. Mein Bruder hat große Last, damit seine Familie standesgemäß leben kann, viel Ärger mit Pächtern und müßige Sorgen um sein Haus oder die angemessene Kleidung. Will ich Pracht sehen, gehe ich in die Kirche, wo es auch für jeden Bettler mehr erbauliche Bilder gibt als in manchem Schloss. Der Reichtum des Einzelnen ist die sinnloseste Erfindung der Menschen, zumal er vielen die Nahrung nimmt. Jesus Christus, die Kirchenlehrer und die Heiligen haben das immer wieder angeprangert, aber die liebe Christenheit bleibt ihren Abwegen treu. Man tanzt immer noch um das goldene Kalb! Und das war meine letzte Christenlehr hier, mein Sohn. Gott behüt dich, liebes Kind!«

Er segnete mich und ging – wohin, das blieb unbekannt. Täglich betete er vor dem Franziskus-Xaverius-Altar der Jesuitenkirche, wie wir Schüler schnell herausfanden.

Einmal traf ich Pater Senfft in der Schule. Obwohl ich ihn grüßte, eilte er an mir vorbei. Ich folgte ihm in die Kirche, wo er vor dem Hauptaltar mit dem Bild der Himmelfahrt Marias niederkniete. Das Licht fiel hell durch die weißen Fenster auf die schwarze Gestalt, die erst die Hände faltete, dann aber das Gesicht in ihnen begrub. Am nächsten Tag passte ich ihn ab, als er die Kirche verließ. Er freute sich, mich zu sehen und wir gingen in den Kolleggarten. Ich fragte, warum er mich gestern nicht beachtet hätte.

»Das war keine Absicht. Es …«, er sah hilfesuchend zum Himmel, »ich werde morgen abreisen.«

»Wie? Morgen?« Ich erschrak. »So bald? Wohin?«

»Der Pater Provinzial hat angeordnet, dass ich nach Mainz fahren soll, um mich dort in einem Kloster zu erholen.«

»Mainz? Das ist weit weg. Gibt's keinen Aufschub?«

»Darum hatte ich gebeten.«

»Und wie war die Antwort auf Euer Petitum?«

»Reiectum!«

»Zurückgewiesen? Warum? Ihr seid doch noch schwach!«

»Ach, ich halte mich schon ganz gut auf den Beinen. Nur – ich wollte die *Relationem* über meine Reise an den Rio Parana noch fertigstellen. Meine Aufzeichnungen liegen schon zu lange ungenutzt hinter der Bank und hier habe ich jetzt einen Drucker gefunden, der's in die Hand nehmen will.«

»Und das konnte die oberen Patres nicht überzeugen?«

»Nein, aber die Härte kommt nicht von ihnen.« Er stockte. »Es ist der hochweise Rat. Man sieht in dem Zögern des Ordens, mich aus Köln hinauszuexpedieren, eine Widerborstigkeit und ist nicht mehr gewillt, länger zuzuwarten. Mein täglicher Gang zur Kirche zeige, dass ich gut im Stand sei, eine Tagesreis' zu machen.«

»Ich kann nicht glauben, dass Ihr geht, Pater Magister!«

»Ja, und glaube es auch nicht!« Er nahm meine Hand. »Glaube das: Ich werde noch lange bei dir sein, in deinem Herzen. Dort gebe ich dir auf deine Fragen Antwort. Ganz allmählich gehe ich dann und mache anderen Platz. Und bedenke, mir wird es in Mainz wohl sein und du bist hier fröhlich. Das sind doch angenehme Reflexiones.«

»Wie kann man an verschiedenen Orten zusammen sein?«

»Sprich in deinem Herzen zu mir und ich werde antworten! So kann man selbst mit denen sprechen, die nicht mehr auf dieser Erde sind.«

»Ihr macht mich traurig, wollt Ihr sterben?«, fragte ich.

»Behüte! Nein, ich habe noch viele Pläne. Nur jeder Abschied ist schmerzlich, weil man auf Gewohntes verzichten muss. Aber der Verzicht eröffnet neue Wege.« Seine schwer fassbaren Reden bedrückten mich und ich schwieg. »Heute gelingt es mir nicht, dir Mut zuzusprechen«, begann er erneut, »wo bleibt dein Widerspruchsgeist, den du bei Cicero, Tacitus und Seneca so oft bemühst? Weise mir meine Fehler nach. Ich bin wie die Amsel da auf dem

Kirschzweig. Wie sie singe ich kunstvolle Melodien und ende mit einem albernen keck, keck.«

Die Amsel trillerte tatsächlich in weitschwingenden Tonfolgen, die abrupt in einem keck-keck Geschimpfe mündeten. Ich lächelte mühsam.

»Nein, Eure Sprache ist klar, einfach und ohne Zierrat«, sagte ich.

»Ein zweifelhaftes Lob für einen Rhetorikmagister.« Er schmunzelte, wurde aber gleich wieder ernst. »Ich muss gehen. Der Pater Regens hat mich gebeten, die üble Geschichte mit dem Ratsfreund noch zu Papier zu bringen, was mir herzlich zuwider ist; aber es hilft nichts. Ja, und noch etwas: Es schwirren viele Schmeißfliegengerüchte über mich herum, wie ich gestern erfahren habe, Widerwärtigkeiten, die mich im Innersten getroffen haben. Deshalb, lass die anderen reden, sie wissen's nicht besser und beurteile du mich allein danach, wie ich dir begegnet bin. Gott behüte dich, mein lieber Sohn«, er stand auf und segnete mich.

Da wurde mir die Bitterkeit des Abschieds bewusst. Ich schlang die Arme um ihn. Liebevoll strich er mir über den Kopf und flüsterte: »Mach's mir nicht so schwer, *iuvenis.*«

»Schreibt Ihr mir, wo Ihr seid?«

»Ich schreibe. Ganz gewiss, ich schreibe!«

Nach der Abreise Pater Senffts schwirrten tatsächlich die Schmeißfliegen, setzten sich bald auf jeden Satz, jede Handlung des Paters, um sie mit Dreck zu bedecken. Der Ratsherr triumphierte und ließ in einer Ratssitzung verlauten, jetzt könne die Heilung im Tricoronatum erfolgen, da das »Brandige ausgeschnitten« und der »Unflat« aus der Schule geräumt sei.

Schließlich wurde in einer Morgensprache vom Rathaus herab den Bürgern feierlich verkündet, dass der löbliche und hochweise Rat die »üblen Vorfäll« im Tricoronatum aufgeklärt habe und die Missstände nun beseitigt seien. Köln könne wieder mit Stolz auf das Gymnasium blicken. So wurde der große Aufruhr aus lächerlichem Anlass beendet, wenn auch weder der stänkernde Ratsherr noch die in ihrer Ehre verletzten Jesuiten noch die neugierigen Bürger mit dieser lauwarmen nichtssagenden Botschaft zufrieden sein konnten und die Wahrheit trotz der »fleißigen Examinatio« der Stadtväter nie ans Licht kam.

Der Einzige, mit dem ich meinen Abschiedsschmerz teilte, war Frater Vos. Von ihm erfuhr ich, dass der Regens das Flugblatt, in dem von den widernatürlichen Practica gesprochen wurde, Pater Senfft gezeigt hatte, was dem armen Mann die Tränen in die Augen getrieben hatte. Die Schmähungen waren inzwischen bis nach Rom gedrungen und der Pater General verlangte nun auch eine schriftliche Rechtfertigung des betroffenen Paters. In diesem Report widmete Pater Senfft dem Vorfall in der Kirche nur einen Satz und tat alle Anschuldigungen als frei erfunden ab.

»Trotz der Bosheiten tröstet's mich, dass ich hier viel Gutes bewirkt habe und nur das zählt. Was bedeutet da noch der Name, wer es getan hat und was die Menschen reden«, sagte er zu Frater Vos am Tag seiner Abreise.

Tiefgehende Gespräche konnte ich mit Frater Vos jedoch nicht führen. Ich trat daher im Herzen mit meinem väterlichen Freund in Verbindung, wie er mir geraten hatte. Er gab mir tatsächlich Antwort. Schon die Vorstellung seines Wesens reichte mir, um die Einsamkeit zu überwinden, die mich insbesondere im Bett überfiel.

Die Gedanken an ihn begleiteten mich in den Schlaf und eines Nachts sah ich ihn im Traum, so wirklich und körperhaft, als stände er tatsächlich vor meinem Bett. Er segnete mich.

»Beim Herkules! Jetzt ist's aber an der Zeit, dich von ihm zu trennen«, rüffelte mich Bartholomäus, nachdem ich ihm von der nächtlichen Erscheinung erzählt hatte, »wenn's so fortgeht, kommst du von diesem Narrenhaus hier in ein anderes. Deiner Mutter trauerst du weniger nach.«

Er hatte unrecht. Obwohl meine Eltern, bis auf einen Besuch in Köln, nur noch mit ihren mahnenden Briefen an meinem Leben teilhatten, schmerzte die Erinnerung an sie, weswegen ich diese Gedanken stets rasch wegwischte. Mit 14 Jahren schluchzte man sich nicht mehr in den Schlaf.

Der Regens hatte mich gerufen. Ich legte den abgekauten Federkiel beiseite, schloss das Tintenfass und ging zu ihm. Das Herz klopfte mir bis zum Hals, als ich mich vor ihm verbeugte. Merkwürdigerweise befahl er mir, mich zu setzen, obwohl man doch Tadel wie Lob immer stehend entgegennahm. Er gab mir ein rot gesiegeltes Schreiben von Pater Senfft. Es waren gut drei Wochen vergangen, seitdem er gefahren war und schon hatte er mir geschrieben. Den Glücksmoment genießend, wollte ich das Siegel nicht brechen, was der Regens wohl erwartete.

»Er muss dich sehr geschätzt haben, wenn er dir unter den Umständen noch schrieb«, sagte er düster.

Geschätzt haben? Wieso benutzte er das Perfekt? Mein Latein war doch inzwischen so gut, dass mir im Tempus kein Fehler mehr unterlief und ihm schon gar nicht.

»Ja«, er räusperte sich, »Pater Senfft ist gestorben und er hatte einen guten Tod.«

Tod? Ein guter Tod? Also kein überraschender, sondern einer, der ihm Zeit gelassen hatte, seine Sünden zu bereuen. Keine Gewalt, kein Unfall und doch …? Das Blut zog sich aus dem Gesicht in meinen Bauch zurück, wo es sich zu einem Klumpen ballte. Nein, er war verreist, nicht tot!

»… alle hart getroffen«, hörte ich den Regens, »aber Gottes Willen müssen wir uns fügen. Nun gehe, mein Sohn.«

Der Schlag war so heftig, dass ich jede Sinnesempfindung verlor. Wie ein dressierter Affe stand ich auf und verbeugte mich. Draußen nahm sich Frater Vos meiner an und brachte mich in eine Stube, in der sonst Besucher empfangen wurden.

»Warum? Es kann gar nicht sein!«, schluchzte ich.

»Doch, mittags hat uns der Fuhrmann seine Habe gebracht. Wie Donner hat's mich niedergeschlagen …« Er erzählte.

Nach einer verspäteten Abfahrt aus Köln durchnässte ein Regenguss auf freiem Feld den Fahrgast, da die Kutsche keine Fensterscheiben besaß. Der Kutscher trieb die Pferde an, vielleicht etwas zu heftig, denn zwei Meilen vor Bonn kam noch ein Achsbruch hinzu. Es gelang, den Wagen notdürftig wiederherzustellen, aber der Pater musste laufen. Das Ziel, die Jesuitenniederlassung in Bonn, war vor dem Schließen der Stadttore nicht mehr erreichbar. Sie fanden in einem Kloster Unterschlupf, wo sie jedoch erst bei Anbruch der Nacht anlangten. Am anderen Morgen war der Pater sehr matt, weswegen sie noch einen Tag dort verbrachten. Trotz seiner Schwäche drängte Pater Senfft auf Weiterfahrt. Er wollte zu seinen Ordensbrüdern nach Bonn. Der Kutscher – der wohl so schlecht hörte wie ein Pfannenschläger – nahm jedoch an, die eine Tagesreise weitergelegene Station sei das Ziel. So ging die Reise an Bonn vorbei. Der erschöpfte Pater bemerkte dies zu spät. In einem Dorf kam der Pater bei Bauern unter. Kurz nach der Ankunft holte er drei schon geschriebene Briefe aus seiner Reisetruhe, fügte den Schreiben noch etwas hinzu und siegelte sie bis auf den Brief an den Regens, den der Pfarrer später mit schwarzem Trauerlack verschloss. Er entließ den Kutscher, der in zehn Tagen wiederkommen sollte, denn dann, so hoffte er, könne er weiterreisen. Falls er nicht mehr lebte, sollte der Fuhrmann seine Habe nach Köln zurückbringen und die Briefe dem Pater Regens übergeben. Als der Kutscher zurückkehrte, war der Pater schon bestattet.

In dem an den Pater Regens gerichteten Brief hatte der Dorfpfarrer als Sterbetag den 29. Juli vermerkt. Der zweite Brief sollte an den Bruder des Paters nach Bayern gehen und der dritte war für mich bestimmt.

Ich öffnete den Brief. Er war in Latein verfasst, nur das Postskriptum seltsamerweise in Deutsch. Er schrieb:

»Die Gnade GOttes und die Liebe Christi sei mit dir, mein lieber Sohn. Mein Versprechen, dir zu schreiben, löse ich schneller ein, als ich möchte, da ich nicht weiß, was die nächsten Tage bringen. Die Reise hat meine Kräfte

schon über die Grenzen gefordert. Heute ruhe ich mich in einem Kloster aus und morgen werde ich nach Bonn fahren, wohl dem Endpunkt meines Weges. Meine Ahnung wird mir Gewissheit, es bleibt nur noch wenig Zeit, meine irdischen Dinge zu ordnen.

Heute früh habe ich in der Kapelle um Rettung gefleht. Ich bin noch nicht alt, vom Greis weit entfernt und trotzdem entgleitet mir das Leben wie Wassertropfen den Wolken. Jede Einzelne der kostbaren Stunden will ich festhalten – Zeit, in der so viel begonnen, fröhlich geschaffen und glücklich beendet werden kann.

Jetzt aber weiß ich, ich kehre bald zu ihm zurück – zu ihm, dem ich mein Leben geweiht habe. Sein Wille geschehe! In allen Lebenskämpfen hat er mir Kraft gegeben und jetzt in meinem körperlichen Zerfall stärkt er meine Seele auf nie gekannte wunderbare Weise. Alle Sorgen sind von meinen Schultern genommen. Ein tiefer Frieden ist in meinem Herzen, nichts rebelliert, nichts hofft, nichts bittet mehr. Vor meinen Augen breitet sich ein ruhiger, glatter See aus, über dem die Sonne tief steht, weil sie unter- und aufgeht. Jetzt bete ich darum, vor IHM bestehen zu können, trotz meiner Verfehlungen, trotz meines Hochmuts, dem ich oft genug nachgab! Doch sobald ich meine, verzagen zu müssen, umgibt er mich mit liebreicher Geborgenheit, dann erfüllt mich eine freudige Leichtigkeit. Ich wünschte, diesen Trost an Dich, mein Sohn, und an meinen treuen Freund Frater Antonius weitergeben zu können, die ihr mir in harten Zeiten immer zur Seite standet. Selbst kann ich nicht mehr zu euch sprechen. Es bleiben nur die leblosen Tintenworte, denen ich aber die Macht wünsche, zu Herzen zu dringen: Überwindet den Schmerz der Trennung, freut euch mit mir. Ich segne euch und danke für eure Liebe. GOtt behüte dich und meinen guten Freund Antonius.

Heinrich Alexander Senfft, 25 Julii 1653

Post scriptum: Seltsame Umständ habn mich nach Melhem verschlagn ein klein Dorff – es ist mir wol hir – GOtt behüt dich liebs Kind und Jesus Christus nehm sich deiner an, wie er sich meiner in so groser Lieb angenomen hat.

Den Brief trug ich stets bei mir. Ein neugieriger Schüler ergatterte ihn und las ihn laut vor, erst feixend, dann doch ergriffen. Dennoch spottete er: »Hilft dir nun nicht mehr dein Schutzengel, sondern der selige Magister?«

»Ja«, erwiderte ich ernst und alle lachten.

»Das, *amice,* ist Teufelszauber, denn der Magister war alles andere als ein Heiliger und das Papier« – er roch daran – »stinkt höllisch nach Schwefel.«

Doch nach einer bewegenden Totenmesse kursierten plötzlich rührselige Geschichten über den so elend Verstorbenen. Abrupt erinnerten sich selbst diejenigen an seine Verdienste, die bislang alle Verleumdungen nachgeplappert hatten. Sein Ansehen stieg kometenhaft und übermalte die üblen Nachreden, die ihm die letzten Tage seines Lebens so verbittert hatten. Als ein Schüler fiebrig war und sich vor der Einsamkeit der Krankenkammer fürchtete, bat er mich, den Brief küssen zu dürfen, weil Pater Senfft ja am Fieber gestorben sei und deshalb hier etwas bewirken könne. Ich erlaubte es. Am nächsten Tag war er gesund.

Bald präsentierte ich mein wundertätiges Kleinod zu allen möglichen Anlässen. Nur einer meiner Kunden äußerte noch Bedenken, ob nicht doch Höllenmächte wirkten. Den Reliquienhandel bemerkten die Patres allerdings und ich musste den Brief in die Obhut von Frater Vos geben. Oft zeigte er ihn mir und ich betrachtete die gleichmäßige Schrift; den Inhalt kannte ich schon auswendig.

Allmählich löste ich mich von meinem Ziehvater. Immer seltener betete ich vor dem Franciscus-Xaverius-Altar, vor dem Pater Senfft so oft gekniet hatte, um den Heiligen, den ersten jesuitischen Missionar, um Erfüllung seines innigsten Wunsches zu bitten.

Juni 1657

Der Tag war noch morgenfrisch, als ich im Juni 1657 mit Hennes Köln verließ, um nach Hause zu reiten. Nachdem wir die Hahnenpforte hinter uns gelassen hatten, wandte ich mich um und betrachtete die Stadt mit ihren 260 Kirchen. Die graue Stadtmauer und die davor gelagerten Festungsbauwerke umschlossen sie schützend wie ein Nest.

»Schon müd?«, fragte mich Hennes, »der Herr Vater ist bereits in Sorg, Ihr könntet vor lauter Gelehrsamkeit Euch nit mehr recht im Sattel halten und würdet nur noch hinterm Ofen sitzen und Äpfel und Birn' braten.«

»Dummes Zeug! Ich will nur noch einmal die Mauern sehen, die mir immer die Sicht ins Feld verstellt haben. Wie klein doch alles ist.«

»Viel habt Ihr in der Schul nit gelernt, wenn Ihr Euch wundert, dass von fern die Dinge kleiner sind als in der Näh.«

Mein Lachen quittierte er mit einem verdutzten Gesicht und ich fegte im Galopp davon. An enge Gassen, kahle Mauern und die Begrenztheit des Blicks gewöhnt, genoss ich jetzt die Weite, den Wind, die reine Luft im grenzenlosen Feld – wie ein Vogel, der aus dem Käfig entwischt ist. Dennoch waren die sechs Jahre in Köln schön gewesen. Philosophie, Rhetorik, Mathematik, Physik und besonders Geographie hatten meinen Forschergeist geweckt, so dass ich Ende des Schuljahres anno 1656 nur ungern das Tricoronatum verließ. Ich war 17 Jahre alt und da ich nicht studieren sollte, besaß ich – nach Ansicht meines Vaters – genug Schulbildung. Eigentlich sollte ich eine Ritterakademie besuchen, in der alles gelehrt wird, was ein junger Herr von Welt können muss, vom Tanz über Französisch bis hin zur Fechtkunst. Wegen der hohen Kosten zerschlug sich dieser Plan. Erschwinglicher war es, in Köln im Hause Beywegh zu wohnen und Musik-, Tanz-, Fecht- und Französischunterricht zu nehmen. Bartholomäus, der Theologie studieren sollte, blieb im Tricoronatum wie auch

Philipp, Arnold und Gerwin von Beywegh. Mein Verhältnis zu Arnold hatte sich gebessert, aber zur wahren Herzlichkeit reichte es nicht. Felicitas befand sich schon längere Zeit in Amsterdam bei Verwandten. Ich freundete mich mit einer Gruppe junger Leute um Johann von Honthum, den Sohn eines Ratsherrn, an und gab mir große Mühe, sie in allem zu übertreffen. Geldmangel und ein schwerer Kopf mäßigten zumindest meine Trinksitten, doch im Billard nahm mich bald jeder ernst und auf dem Schießplatz war ich Meister.

Bald sahen wir die Kirchen Bonns hinter den Befestigungen. In Bonn gönnten wir den Rossen eine Ruhepause und besuchten meine Cousinen Henrietta und Charlotte. Die Töchter einer verstorbenen Schwester meines Vaters waren drei bzw. zwei Jahre älter als ich. Sie lebten mit ihrer Stiefmutter und ihrem Vater, einem kurfürstlichen Kammerrat, im Haus »Zum Kleinen Roten Löwen«. Henrietta, die Ältere und Hübschere von beiden, deren meerblaue Augen früher immer stolz über mich hinweggeglitten waren, setzte sich zu mir an den Tisch, als ich auf einen Imbiss wartete, den meine Stieftante eigenhändig zubereitete, da die Magd von einem Botengang noch nicht zurückgekehrt war. Henrietta war mit ihrer Schwester Charlotte zwei Jahre bei den Ursulinen in der Machabäer Straße in Köln gewesen und sie erkundigte sich nach ihren Mitschülerinnen.

»Im Tricoronatum gab's keine Weiber«, erklärte ich.

»Ja, aber der Herr Vetter ist schon lang aus der Schul.«

»Das ist hier bereits bekannt?«

»Ja, Sophia ist oft in Bonn, weil sich in Merhoffen Fuchs und Has gut Nacht sagen. Aber auch hier in diesem Lausnest sind die Leute stets im Mitternachtsschlaf. Der Kurfürst Max ist eine alte Betschwester und der Herr Papa meint, in Staatsgeschäften ist er schwankend wie ein Rohr im Wind. Immerhin, den kurfürstlichen Lustgarten hat er schön erweitert, sogar für 2000 Taler Zitronen- und Orangenbäume gekauft. Aber sonst? Nur Messen! Bei diesem Nonnenleben gehen mir schon die Sünden für die Beichte aus.«

»So schlimm kann's doch kaum sein!«

»Für die Mannsleut nicht, aber unsereins muss stillsitzen wie ein Mäuslein, wenn die Katz vorm Loch hockt. Der Herr Vetter hat's da besser, Er reist ja bald nach Paris.«

»Ich, nach Paris?«

»Ei ja, mit Ernst von Kolff. Der ist aus Italien zurück.«

»Bei meiner Seel, davon weiß ich nichts!«

»Es ist aber so«, sie zupfte mich am Wams, »ich tät' gern mitkommen, vielleicht als Diener.«

»Als Diener?«

»Ja«, sie himmelte mich an, »hier sterbe ich vor Langeweil und kann nur einen Witwer mit vielen Kindern heiraten oder einen vertrockneten Geizhals. In Paris gibt's viele Grafen und wenn auch manche nicht mehr jung sind, so kann man sich dort doch wenigstens vergnügen. Ach, bitte, Saltin!«

»Das ist tollkühn!«, rief ich, worauf sie erschrocken ihre Hand auf meinen Mund legte. Ich wisperte: »Ist denn der Herr Vater damit einverstanden?«

»Nein, das ist doch geheim! Mannskleider hab ich schon.«

»Wirre Grillen! Das ist nicht ernst gemeint, Henrietta.«

»Todernst! Saltin, wen kümmert's, wenn ich auf und davon bin? Der Herr Papa schimpft. Charlotte weint, liest einen Roman und träumt von einem Grafen. Ich habe genug geträumt. Alte Jungfer, Kloster oder Heirat, das ist die Zukunft. Hier sitzen die Weiber alle artig im Haus. In Paris sind die Weibsleut selbst bei der Jagd dabei. Ach ja, Paris, das Paradies! Ich hab so viel davon gelesen, dass ich jeden blind durch die Stadt führen kann.«

»Schwärmereien, liebe Base! Nach einem Tag im Sattel sehnt Sie sich nach dem Stickrahmen. Ich komme nur aus Köln und mir tut schon alles weh, weil ich's nimmer gewohnt bin. Dann elende Quartiere, Nässe, Kälte. Ihr Frauenzimmer habt's doch besser.«

»Mag sein, aber ich bin keine artige Hausfrau ...«

Sie brach ab, weil ihre Schwester mit meinem Imbiss hereinkam, gefolgt von ihrer Stiefmutter. Hungrig machte ich mich über

Brot, Schinken und Käse her, während das Tischgespräch dahinplätscherte. Nach der Frage, ob ich in Köln den im Exil lebenden König Karl II. von England gesehen hätte – die ich verneinte –, ging es vor allem um die ewigen Festungsbauarbeiten des Kurfürsten an der Stadtmauer, welche die Bürger nicht nur belästigten, sondern auch ängstigten, da bei kriegerischen Auseinandersetzungen Festungen immer Zentrum der Kampfhandlungen sind. Ebenso beschäftigte die drei Frauen der überraschende Tod von Kaiser Ferdinand III. am vergangenen 2. April. Einen Kaiser Ferdinand IV. würde es nun nicht geben, da der hoffnungsvolle Thronfolger vor drei Jahren an Pocken gestorben war. Keiner Diskussion bedurfte es, ob Ludwig XIV. von Frankreich oder Leopold, der zweite Sohn des verstorbenen Kaisers, nun zum Kaiser gewählt werden sollte, denn alle nahmen Partei für den jungen Habsburger, Henrietta allerdings nur halbherzig. Ihre Augen richteten sich flehend auf mich, was ich genoss.

Ich sah mich in der behaglichen Stube um. Mir gegenüber stand ein halbhoher Schrank, auf dessen Türen kunstvoll geschnitzt Adam und Eva prangten, umrahmt von Ornamenten und Löwenköpfen an den Ecken. Ein farbenfroher Teppich mit roten Fransen lag auf dem Tisch, auf dem die mit Obst gefüllte holländische Fayenceschale, mein blauweißer Teller, das Silberbesteck und das Senftöpfchen mit den Gegenständen auf einem über dem Schrank hängenden Bild eines Stilllebens harmonisch korrespondierten.

Diese heimelige Geborgenheit wollte Henrietta gegen die Härten der Landstraße eintauschen – und ich verstand sie. Wie sollte sie das Angenehme schätzen, wenn sie das Raue nie kennengelernt hatte, und warum sollte sie sich damit begnügen, wenn ihre Träume erfüllbar waren? So raunte ich ihr beim Abschied ins Ohr: »Vielleicht kann ich wegen Paris etwas tun.« Ihr fester Händedruck war so überzeugend, dass ich ihr selbst den wildesten Hengst für eine Reise bis ans Ende der Welt anvertraut hätte.

Schnurstracks ritten wir auf Merhoffen zu. In der »Wildnis« verfielen die Einsiedlerverschläge. Schößlinge waren Bäumchen geworden, die sich durch ein Gewirr von Brombeerhecken und anderem Gestrüpp zwängten. Trotzdem, es war das lang ersehnte vertraute Stücklein Erde, über dem sich der blaue Himmel weiter spannte, wo die Luft frischer schmeckte und das Sonnenlicht wärmer über der grünen Ebene strahlte als irgendwo sonst auf der Welt. Wir stießen auf die Straße, die vom Süllhof nach Merhoffen führte. Ich ritt in Richtung des Süllhofs, um endlich Jans neues Haus zu sehen. Andächtig blickte ich auf den weithin sichtbaren Hof. An die Bruchsteinmauer des abgebrannten Hauses war in Fachwerk ein Gebäude angefügt, dessen Dach nicht mit Stroh, sondern mit Schindeln gedeckt war. Rechts und links des Hauses befanden sich die Stallungen und ein Bretterzaun mit einem Tor schloss den so gebildeten Innenhof nach außen hin ab, so dass man unbesorgt das Federvieh laufen lassen konnte.

»Ja, der Wolf hat sich ein gut's Stück Geld zusammengeraubt«, sagte Hennes abfällig, »der soll nur acht geben, dass man ihm nit eines Tags den *roten Hahn aufs Dach* setzt.«

»Zum Henker, was soll diese Red!«, fuhr ich ihn an, »wir sollten froh sein, solch einen Pachthof zu haben, der aus all den elenden Bauernhütten heraussticht.«

»Ja, Euch mag's freuen. Doch der Sohn des alten Pächters ist ein armer Knecht und der Mordbrenner lebt protzig auf dem Hof seines Vaters. Da flucht besser nit über mich, sondern über die verfluchte Welt.«

»Jan hat den Hof nicht niedergebrannt.«

»Aber man holt keine Mordbuben ins Haus und lebt von unrechtem Geld.«

»Halt's Maul, beim Herrn Vater wagst du das nicht!«

»Herr, ich hab's gewagt«, entgegnete er stolz.

»Und? Wie hat er's aufgenommen? Mit der Peitsche?«

»Nein, er war still. Und dann hat er gesagt, viel Geld ist während des Kriegs von Bürgern und Bauern in die Händ' einiger Offiziere und Kriegsknechte gegangen. So ist's in jedem Krieg. Wenn man aber Verderbtes wieder aufbauen will, könnt' man auch unrechtes

Geld nit verschmähen. So mag's wohl sein, aber, bei Gott, die heiße Wut kocht in mir, wenn ich seh, wie dat Kriegsvolk in Saus und Braus vom Hab und Gut von denen lebt, die sie beraubt und erschlagen haben. Pfui!« Er spuckte aus.

»Hennes, du prügelst den falschen Esel. Jan erging's kaum besser als all den andern Bauern. Der Hof seines Vaters in Böhmen ging im Krieg verloren. Eltern und Geschwister starben auf der Flucht und das Bauernkind endete als Söldner. Sein Geld hat er nicht mit Huren vertan, sondern aufgespart, weil er wieder Bauer sein wollt.«

»Ha, ein Märlein für die Spinnstub. Und wenn der verlorene Sohn zehnmal Bauer sein will, er ist nie einer von uns!«

Seufzend wendete ich mein Pferd und in mürrischer Stimmung erreichten wir Merhoffen. Nichts hatte sich verändert! Nur der riesige Wirtschaftshof war jetzt zu einem Platz geschrumpft, den ich mit hundert Schritten durchmessen konnte. Und der Brunnen – früher ein Bollwerk – war nun ein Mäuerlein, über das ich bequem ins dunkle Loch hinabsehen konnte. Mein Hund Ferd begrüßte mich als Erster. Meine Mutter schloss mich in die Arme, dann Sophia. Um uns herum standen meine Amme Katharina, Jost, Melchior und meine jüngste Schwester Margaretha. Katharina ergriff meine Hand und führte sie an ihre Wange, mich selig anblickend. In Josts Augen standen Tränen. Die zehnjährige Margaretha knickste scheu. Sie war zierlich, mit blonden Haaren und hellblauen Augen. Ihre große Schwester hingegen hatte viel von ihrem früheren Liebreiz eingebüßt. Ihre Statur war bäurisch, die Augen klein, nur ihr korallenroter Mund war anziehend und sie hatte eine glatte Haut. Als wir zum Haus gingen, hängte sie sich an meinen Arm.

»Ist's nicht fein, unseren Bruder wieder zu haben?«, sagte sie zu Margaretha.

»Ja, ein schöner Mann«, erwiderte die Kleine.

Als Mann hatte ich mich noch nicht gesehen. Herr von Beywegh hatte den elfjährigen Knaben mit der gleichen Achtung behandelt wie später den Achtzehnjährigen und ansonsten war ich bis zum Schluss nichts weiter als ein Schüler gewesen. Aber es musste wohl so sein, dass ich jetzt ein Mann war. Meine Mutter geleitete mich in die Jagdkammer, in der mein Vater eine Reiterpistole reinigte. Gegen das helle Licht des Fensters sah ich ihn zuerst nur als dunkle Gestalt. Ich verbeugte mich und begrüßte ihn versehentlich auf Latein.

»Willkommen, mein Sohn!« Er breitete die Arme aus und ich umarmte ihn ein wenig verlegen. Auf seinen Wink hin setzte ich mich ihm gegenüber. »Du hinkst!«, sagte er und goss Bier in zwei Zinnkrüglein.

»Nein, ich bin nur's Reiten nicht mehr gewohnt.«

»Ach ja? Mir fällt schon das Laufen recht sauer«, er deutete auf seinen bandagierten Fuß, »seit dem letzten Jahr war kaum ein Tag, an dem's Podagra nicht zwickte. Aber, lieber Sohn, trinken wir auf deine glückliche Rückkehr. Es war eine lange Zeit!«

Er schob mir ein Krüglein hin und ich trank ihm zu.

»Die Magister vom Tricoronatum haben dich gelobt, aber wie steht's mit dem Fortschritt im Französischen, in der Musik und im Tanz?«, fragte er.

»Französisch ist leicht, man spricht näselnd Latein mit gespitztem Mund«, scherzte ich, »die Laute kann ich spielen und wie man eine Dame zierlich zum Tanz führt, weiß ich auch. Ich habe also alles *apprendiret*, was ein Kavalier können muss und dank herzlich dafür, lieber Herr Vater.«

»Gut«, er lächelte und strich sich über den Bart, der noch recht dunkel war im Vergleich zu seinem Haar, »doch die Lehrzeit ist noch nicht um. Es fehlt noch die Grande Tour, die jeden Edelmann zu einem wahren Kavalier macht. Ende August wirst du mit Ernst von Kolff nach Paris reiten.« Er sah mich gespannt an.

»Wenn's so beschlossen ist, muss ich mich wohl fügen.«

»Fügen? Nur fügen?« Er schlug auf den Tisch: »Bei meiner Seel, es kostet mich einen Batzen guten Gelds, dir diese *Education* angedeihen zu lassen und der verzärtelte Herr sagt nichts weiter als ›ich füge mich‹?«

»Ich danke, Herr Vater, aber die Ausgab ist nicht vonnöten. Ich gehe Euch auch gern hier ein wenig zur Hand…«

»Verdammt! Was maßt du dir an, über meine Ausgaben zu urteilen und wann du's für angemessen hältst, dich in meine Sachen zu mengen. Geh! Geh, bevor mir die schwarze Gall' ins Blut schießt!«

Erschrocken stand ich auf und verließ die Kammer. Vor der Haustür stieß ich auf Sophia.

»Was ist, Saltin?«, fragte sie, mich am Ärmel fassend, aber ich riss mich los, »ach, Herr Jesus, gab's schon einen Disput mit dem Herrn Vater?«

»Ja, er will mich aus den Augen haben!«

»Saltin, er leidet schwer, da läuft ihm rasch eine Laus über die Leber. Aber komm jetzt zum Nachtmahl!«

»Nein!« Ich wollte gehen, aber sie hielt mich fest. »Sophia, verzeih, es ginge nicht gut. Deshalb lass mich ausreiten.«

Mein Rappe flog über die Wiese. Am Weiher riss ich mir die Kleider vom Leib, stürzte mich ins Wasser, tauchte unter und wusch den Staub der Landstraße vom Körper. Auf dem Rücken liegend ließ ich mich treiben, genoss die Stille des Abends, die nur von Grillenzirpen und dem leisen keck, keck eines Vogels unterbrochen wurde. Das letzte Tageslicht tanzte auf den sachten Wellen.

Wieder am Ufer, atmete ich tief die erdenfeuchte Waldluft ein und flüsterte meinem Pferd zu, dieses Leben hier so bald nicht mehr mit den stinkenden Gassen einer Stadt eintauschen zu wollen.

Die Hoffnung, an diesem Abend eine Begegnung mit meinen Vater vermeiden zu können, erfüllte sich nicht. Er stieg die Treppe hinauf, als ich zur Tür hereinkam.

»Woher kommst du?«, herrschte er mich an; er bemerkte mein feuchtes Haar: »Kannst du immer noch nicht von den Narrenpossen lassen? Das Wasser wird dich noch das Leben kosten. Aber wem nicht zu raten ist, dem ist auch nicht zu helfen. Trotzdem, zu den Mahlzeiten und Gebeten findest du dich auf den Glockenschlag ein!«

»Ja, gewiss, ich ... gut Nacht!«, stammelte ich.

Mühsam stieg er die Treppe hoch und Jost leuchtete ihm. Im Dunkeln tastete ich mich in das Speisezimmer, in dem das Kaminfeuer glomm. Vor dem Fenster blieb ich stehen und sah gedankenverloren in die pechschwarze Nacht. Der Duft der zur Feier meiner Heimkehr gekochten spanischen Suppe, der Ola Podrida, lag in der Luft und ließ mich meinen Hunger spüren. Licht spiegelte sich im Fenster. Ein Mädchen mit einer Kerze in der Hand knickste vor mir.

»Herr, die Frau Mutter bittet Euch zu kommen«, sagte sie.

»Gern, aber kriege ich vorher geschwind noch Suppe?«

»Ihr sollt ohn' Verzug kommen«, beharrte sie.

»Und wenn ich verhungere?«

»So bald wird das nit sein. Ihr seht recht gesund aus.«

Seufzend folgte ich ihr in das Gemach meiner Mutter. Seitdem meinen Vater die Gicht plagte, zog er es vor, die Nacht in einer anderen Kammer zu verbringen, so dass wir ungestört waren. Auf dem Tisch standen Brot, Schmalz, kalter Braten und eine Schale köstlicher Sauermilch, die ich sofort genussvoll auslöffelte.

»Du bist immer noch ein Schleckmaul«, neckte mich meine Mutter, während sie mich mit frohen Augen betrachtete. Ihr feines Haar war kreidiger geworden, die Furchen um Mund und Stirn tiefer, aber es war das gleiche vertraute Gesicht geblieben.

»Ach, die Speis schmeckt so wunderbar«, entgegnete ich, »deshalb schlecke ich, aber ich bin kein vernaschter Lecker.«

»Dir sind wohl Tinte und Federn ausgegangen? In den letzten Monaten hast du nicht ein Brieflein geschrieben.«

»Keine Nachricht, gutes Leben, denn schlechte Botschaften haben Flügel, liebe Frau Mutter.«

»Großer Gott, was für rohe Reden, Christoph! Die Briefe sind doch das Band, das uns zusammenhält. Das lässt man nicht einfach entzweigehen!«

»Verzeiht, liebste Frau Mama. Um den Herrn Vater steht's wohl schlecht?«, wechselte ich das Thema.

»Ja, er leidet. Du aber solltest dich um mehr Ehrerbietung bemühen. Mit deiner Selbstherrlichkeit hast du ihn bitter verärgert. Also füge dich in unser Haus ein. Und jetzt wollen wir uns über deine Rückkehr freuen. Diese Stunde habe ich so lange herbeigesehnt ...«

Füge dich in unser Haus ein, hatte mich meine Mutter gebeten. Diese Selbstverständlichkeit war mir plötzlich zur schwierigen Aufgabe geworden. Mit einer Kerze in der Hand stand ich in der Kammer, in der Philipp und ich früher geschlafen hatten. Alles war so, wie wir es verlassen hatten: der Tisch, die beiden Stühle, die Truhe, das Bett, die alte Trommel, der Reif, die Kleiderhaken – und doch war es verändert. Ich hatte mich gewandelt. Es war unmöglich, an dem Punkt meines Lebens weiterzuspinnen, an dem ich vor Jahren hier aufgehört hatte, auch wenn die Holzdielen so vertraut wie früher knarrten. Der Lichtschein flackerte über das lang vermisste Federbett und legte sich auf das Gesicht eines schlafenden Jungen, der mit seinen braunen Locken so aussah wie ich vor zehn Jahren. Erschrocken trat ich zurück. Das Kind bewegte sich und gab schmatzende Geräusche von sich. Es war mein acht Jahre alter Bruder Max. Leise entkleidete ich mich und legte mich neben ihn.

Am nächsten Morgen blinzelte ich in die Augen meines Bruders. Sie waren graublau und nicht braun wie die meinen. Er betrachtete mich – Gott weiß, wie lange. Draußen schien bereits die Sonne.

»Du bist mein kleiner Bruder Max«, sprach ich ihn an.

»Ich bin nicht klein. Ich kann lesen und schreiben! Und du bist Christoph Salentin?« Ich nickte. »Auf dich hab ich mich gefreut und dann hat der Herr Vater grausam auf dich geschimpft.«

»Ja, wir hatten einen Disput.« Ich richtete mich auf.

»Reitest du mit mir aus?«

»Ja, wenn du willst, gleich heute.«

Damit war er sofort einverstanden. In seiner kindlichen Unbefangenheit führte er mich bei unserem ersten Ausflug gleich in alle Winkel, die er mit Hennes erkundet hatte, denn mein Vater war im letzten Jahr selten geritten. So lernte ich einen üblen Dorfkrug kennen, in dem aber das Bier weniger kostete als anderswo. In einem anderen, kaum besseren Wirtshaus, konnte man kegeln, wenn man zechte. Wir besuchten zwei Witwen, von denen die eine die beste Ziegenmilch und die andere einen riesigen Kirschbaum hatte.

»Du darfst der Gret aber nichts von der Lisbeth erzählen«, warnte mich Max, »die Weiber gerben dir stracks das Fell blutig, wenn du den Namen einer anderen nennst. Deshalb sag ich nicht viel mehr als guten Tag, danke und Lebwohl und das solltest du besser auch tun.«

Die beiden Bäuerinnen waren überrascht über den Besuch, lächelten aber verständnisvoll, als ich erklärte, dass mein Bruder mir die Gegend zeige. Auf weitere Abenteuer war ich allerdings wenig erpicht, zumal ich nicht alle Geheimnisse unseres Stallknechts ergründen wollte und mir von dem Ritt aus Köln noch alle Knochen wehtaten.

»Ich habe heute wenig Lust, ein Loch in die Welt zu laufen. Kehren wir um!«, forderte ich Max auf.

»Laufen? Wir reiten doch! Ich will nur noch nach Plittersdorf zu der weißen Frau.«

»Was, du Nimmersatt? Noch ein altes Teufelsweib, das einem den Buckel bläut, wenn man einen Namen nennt?«

»Nein, die ist jung. Sie braut das Elixir, das dem Herrn Vater die Gall' aus dem Blut zieht.« Da mich das wenig lockte, köderte er mich weiter: »Sie hat so schönes Haar, wenn die Sonne drauf scheint, dann flammt's auf wie dunkel funkelndes Gold im Morgenrot. Wenn ich groß bin, heirate ich sie!«

Das dunkel funkelnde Gold und die Heiratskandidatin meines Bruders ließen mich meinen elend schmerzenden Hintern vergessen. So ritten wir nach Plittersdorf. Das zurückversetzte Fachwerkhaus kannte ich. Hier wohnte die weiße Hexe Katharina mit ihrer Tochter Entgin. Niemals hätte ich gewagt, vor aller Augen dieses Haus zu betreten, so wie Max dies jetzt mit größter Selbstverständlichkeit tat. Das Haus war leer und wir gingen in den Garten. Entgin jätete dort. Sie knickste vor mir. Ihr Gesicht hatte ich fröhlicher in Erinnerung, aber als sie mich erkannte, leuchteten ihre Vergissmeinnichtaugen auf. Meine erste Begegnung mit ihr an meinem Krankenbett kam mir in den Sinn. Unwillkürlich ergriff ich ihre erdverkrustete Hand und drückte einen Kuss darauf.

»Aber Herr«, flüsterte sie, mir ihre Hand entziehend.

»Verzeih, nur ein später Dank für meine Rettung damals.«

Sie lächelte verlegen und fragte: »Habt ihr Durst?«

»Nein, keine Umständ«, sagte ich rasch, meinen Bruder dabei streng ansehend, der mit Hennes wohl überall schmarotzte, »ich wollte nur wissen, wie's dir ergeht.«

»Seit meine Mutter tot ist, kriech ich von einem Tag zum andern. Ich bin noch Magd auf dem Auerhof. Mein Brotherr ist mir gut und lässt mich zuweilen vor der Zeit gehen … so geht's mir alle Tag.«

Während sie von sich selbst sprach, überzog ihr sommersprossiges Gesicht eine intensive Röte.

»Ach, vom Abscheid der Frau Mutter wusste ich nichts. Ich werde für sie beten, auch wenn ich weiß, dass ihr im Paradies wohl ist.«

Meine unbeholfenen Worte gefielen ihr, denn sie nickte mir freundlich zu. Wir verabschiedeten uns.

»Max, ist's dem Herr Vater denn recht, wenn du in das Hexenhaus gehst?«, fragte ich meinen Bruder, als wir nach Merhoffen trabten.

»Ach, nur die Alte zauberte in der schwarzen Kunst, nicht Entgin. Warum hast du ihr die Hand geküsst? Eigentlich wollte ich sie heiraten. Doch wenn dir sehr an ihr liegt, lass ich sie dir. Hennes meint, sie ist zu alt für mich. Findest du sie alt?«

»Nein, ich habe keine Runzeln gesehen.«
»Ja, nicht eine einzige und ihr Haar ist so …«
»… wie dunkles Gold in der Morgenröte!«

Mein Bruder begleitete mich häufiger als mein Schatten. Für alle Opfer, die ich ihm durch die Beschränkung meiner Freiheit brachte, belohnte er mich mit liebevoller Zuneigung auf das Schönste. Wir durchstreiften die Wälder, schwammen und ritten nach den Ringen. Auch mein Hund Ferd zeigte mir seine alte Anhänglichkeit – laut und ungestüm, trotz seines Alters. Bei meinem ersten Besuch auf dem Süllhof jagte er die Hühner und Jan musste ihn mit einer Mistgabel zur Raison bringen.

»Der Degen meiner neuen Profession!« Jan hielt die Mistgabel hoch.

»Du hast doch nichts von der alten vergessen?« Ich zog meinen Degen und grüßte. Er grüßte mit der Forke zurück.

»Alte Bekannte, alte Unsitten«, bemerkte er halblaut.

»Ja, wie wär's mit einem Gefecht auf Merhoffen?«

»Topp! Nur werdet Ihr wenig Freud an mir haben, denn mein Tagwerk sind Schanzarbeiten. Aber jetzt seht Euch meinen Hof an, wann's beliebet. Ich bin stolzer darauf, als wenn ich mich als erster von der Sturmleiter auf den Feind geworfen hätte.«

Er deutete auf den Türbalken, auf dem stand »Erbawet von Jan Harsch und seiner Hausfrau Merg Schmitsin Anno 1653« und darunter »Pax intrantibus«.

»Es heißt: Friede den Eintretenden«, erklärte er stolz.

Der Neid, den der Hof bei Hennes hervorgerufen hatte, war verständlich. Scheune und Ställe geräumig, das Haus gediegen. Tonplatten bedeckten den Boden. Bett, Tisch, Bank und zwei Schemel waren einfach, aber solide. Liebevoll legte Jan den Arm um seine Hausfrau. Merg war so still wie früher, aber selbstbewusster. Vier Geburten hatten ihrem Aussehen nicht geschadet. Ein Kind war in der Wiege gestorben, aber der dreijährige Andreas war stämmig, weizenblond und lebhaft, während Marie, seine große Schwester, die ruhige Bestimmtheit ihrer Mutter geerbt hatte, der sie zur Hand ging. Ein Säugling lag in der Wiege. Jan trug mir die Gevatterschaft für ihn an, die ich freudig annahm.

»Ihr seht, der Kriegsknecht ist ein glücklicher Hausvater geworden«, bestätigte Jan das, was ich schon vermutet hatte, »und wie steht's um Euch?«

»Non sum qualis eram«, antwortete ich.

»Die Geheimsprach der Gelehrten müsst Ihr mir schon übersetzen!«

»Das heißt, dass ich nicht der bin, der ich einmal war.«

»Das hoffe ich, weil Ihr jetzt ein stattlicher Herr seid, aber sonst ist mir der Satz immer noch vernebelt.«

»Ich finde meinen Platz nicht – ach, trinken wir!«

Mit einem Becher Bier besiegelten wir meine Patenschaft für Jans jüngsten Sohn, der nun Christoph heißen sollte. Als ich beim Abschied Jan an das Gefecht in Merhoffen erinnerte, mahnte ihn Merg, sein Versprechen einzuhalten. Ihr einen Kuss gebend beteuerte er, es nicht vergessen zu haben, was sie mit einem skeptischen Blick quittierte. Draußen grinste er schalkhaft und raunte mir zu: »Mit einem Kuss kann man bei den Weibsleut viel zuwege bringen.«

»Was hast du denn der Merg versprochen?«

»Dass ich nie wieder einen Degen in die Hand nehm'. Aber einen Männerspaß verwehrt sie mir nicht, auch wenn sie grummelt. Und Ihr hadert wohl mit dem gnädigen Herrn Vater – mit Verlaub?« Ich schwieg dazu. »Verzeiht die Neugier. Doch bedenkt, den Eltern fällt's schwer, Neues zu dulden. Ja, die Sorg um die Kinder drückt mehr als die Angst ums eigene liebe Leben. Gestern lief mein Söhnlein einer Libelle hinterher auf den Weiher zu, da blieb mir's Herz stehen. Ja, seit ich Hausvater bin, kommt mir die Welt gefährlicher vor.«

Ein wenig beneidete ich Jan um die harmonische Häuslichkeit, die ich in meinem Heim nicht mehr fand. Mich plagte der Trübsinn.

Die Stille Merhoffens, nach der ich mich immer gesehnt hatte, war bedrückend. Keine vielstimmigen Kirchenglocken, keine Rädergeräusche der Karrelzieher, kein Kindergeschrei, keine Marktglocke, selbst das plumpe, dumpfe Tuten des Horns des Bäckers, welches anzeigte, dass es frisches Backwerk gab, vermisste ich wie all die anderen Töne, die aus den Gassen Kölns in die Häuser schallten. Nur das Hundegebell und das Krähen des Hahnes waren geblieben, doch beides klang hier gespenstisch körperlos. Selbst die lang entbehrte Freiheit brachte mir nicht das erhoffte Glück, sondern stürzte meine Seele in ein tiefes Loch der Ziel- und Sinnlosigkeit meines Daseins.

Anders als in den ersten Wochen in Köln, in denen in mir eine teilnahmslose Leere inmitten einer mich verwirrenden Betriebsamkeit herrschte, spürte ich jetzt einen rastlosen Tatendrang in einer mich umgebenden Leere. Meine Lebenstage verstrichen nutzlos, obwohl ich geradezu unter dem Zwang stand, etwas in der Welt zu bewegen. Ich las die römischen Philosophen, führte tiefgehende Gespräche mit meiner Mutter, füllte mein Monatsbüchlein mit tausend wirren Ideen und abends versank ich in Melancholie. Ich wusste mit Gewissheit, was ich nicht wollte, doch das, was ich wollte, blieb eine von Böen getriebene konturlose Wolke. Das bequeme Stutzerleben in Köln hatte mir gefallen, aber die Jahre im Tricoronatum, in denen mir das Streben nach Wissen und innerer Versenkung nahe gebracht worden waren, hatten tiefere Spuren in meinem Herzen hinterlassen. Deshalb erwog ich, zur Schule zurückzukehren, um Magister zu werden, bis mir mein Vater Merhoffen übergäbe. Das Militär sagte mir ebenfalls zu und ich wäre zum nächsten *Laufplatz* auch bis *Novasemla* gelaufen, wenn meine Abenteuerlust die Furchtsamkeit überwunden hätte. Ich hatte den Willen und spürte die Kraft, der Welt wie mir selbst zu zeigen, wer ich war und wozu ich fähig war. Der Gedanke, vielleicht zu sterben, ohne diesen Beweis angetreten zu haben, peinigte mich. Ängstlich beobachtete ich mein körperliches Befinden. Jedes Zwicken, jede kleine Übelkeit oder Husten trieben mich zu Entgin, die mich mit Tinkturen versorgte, obwohl sie jedes Mal beteuerte, dass ich gesund sei. Weil mich das Gaffen der Bauern störte, betrat ich ihr Haus nur abends und stets von hinten. Meistens flüsterten wir in ihrem Gärtlein hinter einem Haselnussbusch versteckt auf einer Bank miteinander, wobei sie sich geduldig die Klagen über meine eingebildeten Zipperlein anhörte. Meine Eltern störte mein faules Leben nicht. Nur meine Schwimmleidenschaft versuchten sie einzudämmen.

Wieder einmal saß ich mit nassem Haar im Kabinett bei meinem Vater, der sich eine Pfeife anzündete und mir auch eine anbot, die ich aber ablehnte. Wegen meiner knappen Geldmittel musste ich mich in Köln zwischen Bier und Tabak entscheiden und Bier war unverzichtbar.

»Danke, aber ich habe Husten«, entschuldigte ich mich.

»Lass endlich das Schwimmen! Der Mensch ist kein Fisch und das Wasser nicht sein Element.«

»Mit Verlaub, aber der Mensch ist auch kein Schornstein.«

»Tabak in Maßen ist der Gesundheit dienlich und hilft sogar gegen die Pest. Sieh zu, dass du für die Parisreis' wohlauf bist. Geh für einen Aderlass zum Barbier oder besser gleich zum Arzt, wenn du morgen in Bonn bist.«

»Ja, gewiss, aber Entgin hilft mir bereits.«

»Entgin?« Er zog genussvoll an der Pfeife: »Mein lieber Sohn, sie mag zwar gut für dein Wohlbefinden sein, aber mit einer Bauernmagd hält sich ein Herr nicht lang auf. Zwei-, dreimal, dann lässt er's gut sein. Du aber rennst hinter ihr her wie ein Hund hinter der läufigen Hündin.«

»Mitnichten! Entgin kuriert nur meinen Husten.«

»Husten? Ich habe ihn noch nicht gehört.«

»Doch, hier«, ich schlug mir auf die Brust, »da wird's manchmal arg eng, es kitzelt in den Lungen und dann folgt ein grausamer Husten.«

»Ha!« Er lachte unangenehm. »Dir mag's durchaus eng in der Brust sein, aber dir kitzelt's gewiss nicht oben. Der Kitzel sitzt weiter unten. Ich will dir den Spaß mit dem Bauerngretlein nicht verderben, aber die Hur ist da …«

»Entgin ist keine Hure«, schnitt ich ihm brüsk das Wort ab.

»Nicht so feurig! Die Leute reden ganz anders.«

»Was scheren mich die Lügenmärlein?«

»Lügen? Mehr als ein Körnlein Wahrheit ist dran! Und es liegt keine Ehr darin, wenn mein Sohn einer Magd den Hof macht, deren Mutter als Hexe verschrien war.«

»Herr Vater, ich schwör's, ich war nur ab und zu bei Entgin und bin immer von hinten ins Haus – abends, wo mich nur der Fuchs gesehen haben mag.«

»Abends und heimlich!« Er lachte: »Christoph, trotz all deiner Schulweisheit bist du ein Strohkopf. Hola, wen ich nicht sehe, der sieht mich auch nicht, das hofft jeder Dieb und trotzdem werden genug gehängt. Glaube mir, die Augen der Bauern sind scharf über den *Etter* gerichtet, denn von da kommt der Fuchs, der Dieb oder der Pachtherr. Unbemerkt kommt keiner in die Nähe eines Dorfes. Und du rennst diesem Weib hinterher wie die Schaf' dem Salz. Du bist kein Kranker, sondern ein verliebter Narr, dem's Blut kocht.«

»Nein, so ist's gewiss nicht!«

»Dann fällt's ja leicht, die Visiten bei deinem Krautliebchen einzustellen. Doktor und Apotheker kurieren dich jetzt!«

»Mit Verlaub, ich muss ihr noch den Lohn geben.«

»Wovon willst du das bezahlen?«

»Von meinem Reisegeld wollte ich etwas abzweigen.«

»Tod und Teufel! Das ist auch nur für die Reis'«, brauste er auf, »ich will nicht, dass du wie ein Habnit im Freien schläfst. Christoph, wenn dir schon jeder Weitblick fehlt, dann halte dich wenigstens an das, was ich sage. Dein Eigensinn hat schon genug Schande gebracht.«

»Schande?«

»Ja, Schande! In Köln mit der Posse bei der Komödie, womit du Pater Senfft ins Unglück gestürzt hast. Mir wurde nahe gelegt, dich von der Schul zu nehmen, weil's dir an Disziplin mangelte und du dich wenig standesgemäß aufführtest.«

»Davon wusste ich nichts.«

»Nein, ich wollte nicht, dass du das auch noch ausstreust. Und jetzt machst du mich zum Gespött mit dieser Kräuterhex. Was du sonst noch alles treibst, weiß ich nicht.«

»Ich treibe nichts, wofür ich mich schämen müsste!«

»Gut, dann halte dich jetzt streng an meine Befehle!«

Als ich am nächsten Morgen mit Thierry nach Bonn ritt, schlug ich gedankenlos den Weg nach Plittersdorf ein. Augenzwinkernd meinte der Stallbursche, der Gaul laufe wohl schon von allein dahin.

Meine Laune war so schlecht wie meine Aussicht auf einen angenehmen Tag. Der Schneider wartete, um Ewigkeiten die Kleider an mir zurechtzuzupfen, Henrietta wartete, der ich reinen, aber sauren Wein einschenken musste, weil ich sie nicht nach Paris mitnehmen konnte und der gelehrte Doktor stand schon bereit, mich mit dem grausigen Aderlass zu malträtieren. Tatsächlich waren mir Entgins Tränklein weitaus lieber, auch wenn sie nicht gerade mit Wohlgeschmack gesegnet waren. Es war unsinnig, uns ein Liebesverhältnis anzudichten, denn sie war bereits vergeben, zumindest in diesem Jahr. Der jüngste Bruder des Pächters des Auerhofes, auf dem Entgin als Magd arbeitete, hatte sie zum Mailehen genommen, um – nach einem alten Bauernbrauch – in allen Ehren näheren Umgang mit ihr zu haben, sie zum Tanz oder zum Johannisfeuer zu führen oder im Winter in der Spinnstube zu necken. Der junge Merten war ganz vernarrt in Entgin und für sie war es ein Glücksfall, weil sein Bruder vermögend war.

Thierry pfiff ein französisches Liebeslied. Er war wie immer fröhlich. Aber auch er sah der Reise nach Paris ohne Enthusiasmus entgegen, denn für einen Franzosen aus der Provinz war Paris eine fremde, verrufene Stadt und da er nicht in sein Heimatdorf kam, brachte ihm die Tour mehr Unerquicklichkeiten als Angenehmes.

Vielleicht konnte aber der Arzt die Reise wegen meines Hustens noch abwenden.

Der wohlgenährte Doktor, dessen spärliches, speckiges Haar auf den Kragen fiel, fühlte mehrmals meinen Puls, lauschte meinem Husten und hielt das Harnglas gegen das Licht. Er roch daran, steckte den Finger in den Harn, schleckte ihn ab, schmatzte und sah mich nachdenklich an.

»Wohl bekomm's«, wünschte ich ihm und grinste.

Er ignorierte den Spaß und beäugte kritisch meinen Harn.

»Ihr solltet's auch probieren!« Er gab mir das Glas.

»Oh, danke, dem Herrn Doktor mag's munden, mir nicht.«

»Das ist nicht für den Wohlgeschmack, sondern so finde ich heraus, ob der Harn süßlich ist. Ist er's, dann hat der Herr eine üble Krankheit, bei der er abmagert, oft an großem Durst leidet, allmählich das Augenlicht verliert, sich offene Geschwüre bilden und dann dauert's nimmer lang, bis er verfault ins Grab sinkt«, erklärte er genüsslich.

»Gütiger Gott, ich hab doch nicht die Pest?«

»Nein, es gibt nicht nur die Pest, Syphilis, das Nervenfieber, den Krebs oder den Schlagfluss, von denen alle Welt schwatzt. Der Tod hat viele treue Knechte – hinterlistige Burschen, die nur ein guter Arzt erkennt.«

»Und was kann man gegen diese Krankheit tun?«

»Man muss viel Wasser aus einem Sauerbrunnen trinken und Arzneien nehmen, welche die *humores* ins Gleichgewicht bringen.«

»Und wenn ich das alles mache, bin ich dann geheilt?«

»Nein, das nicht, aber man hat ein längeres Leben.«

»Wie lange?«, fragte ich niedergeschmettert.

»Wenn man sich an die Rezeptur hält: ein bis vier Jahr'.«

»So wenig nur noch?« Ich sank in mich zusammen.

»Nun, bei der Pest kommt der Exitus wesentlich früher. Man sollte sich also hier nicht beschweren.«

»Ja, ja, ich bin ja dankbar, nur diese Krankheit zu haben.«

»Ich habe nicht behauptet, dass der junge Herr daran leidet, sondern nur explizieret, was es mit der Krankheit auf sich hat. Hm«, sein Zeigefinger glitt wieder in das Glas, er kostete und wiegte bedenklich den Kopf, »nun, probiert selbst!«

Der Schreck saß mir zu tief in den Knochen, als dass ich nun widerstehen konnte. Es schmeckte nicht einmal so gräulich, aber keinesfalls süßlich.

»Ihr seid gesund und munter wie die Fisch' im Wasser«, beruhigte er mich nun auch, »wiewohl's die Jugend ungern hört, so will ich nicht verschweigen: Die bösen Krankheiten vermeidet man, wenn man ein gottgefälligs Leben führt. Trinkt mäßig. Lauft nicht jedem Weiberrock nach. Die Wollust zerstört mehr junge Leben auf grausame Weis' als die Pest. Venerische Krankheiten sind in Paris sehr verbreitet.«

»Venerische Krankheiten?«

»Ja, Krankheiten der Venus, Syphilis oder *Morbus* Gallicus – die *Franzosen*! Die Haare fallen aus, Pusteln im Gesicht! Geschwüre bilden sich an Hals und Händen und dringen in den Körper ein. Schließlich stirbt man an Auszehrung. Man sollte sich deshalb das Liebchen gut ansehen, bevor man sich hingibt.«

Seine Belehrungen erinnerten verteufelt an die Predigt des Mönches Sebastian im Heerlager und als ich den Aderlass überstanden hatte, wollte ich lieber in ein Kloster als nach Paris. Das, was meine Freunde in Köln hinter vorgehaltener Hand von diesem oder jenem Liebesabenteuer erzählt hatten, war der Anfang ihres Endes. Ich schwor, allen weiblichen Verlockungen zu widerstehen.

Zum Abschied gab mir der Doktor noch ein Paar Pillen gegen den Husten, die aber auch gegen das Grimmen im Leib, den kalten Brand und schwere Träume waren.

Erst die trockene Luft in der Stube des Schneiders löste bei mir den Hustenreiz aus, den ich dem Arzt so gerne demonstriert hätte. Das neue Wams aus dunkelblauem Samt passte perfekt, die beiden Rheingrafenhosen – eine aus gröberem, die andere aus allerfeinstem Tuch – waren mit Bändern schön galoniert. Als ich wie ein Pfau auf und ab stolzierte, riss ein junger Herr die Türe auf und herrschte den Schneider an: »Warum werden meinem Diener nicht die Kleider ausgehändigt?«

»Weil ich noch auf das Geld warte, wohlgeborener Herr.«

»Ich zahle wie immer – *non e cosa più chiara, furfante.*«

»Mit Verlaub, Herr von Kolff, das Tuch musst' ich schon bezahlen, das war nit grad wohlfeil. Deshalb erst dat Geld, dann die Kleider.«

Herr von Kolff? Die blassblauen Augen, das breite Gesicht – es ähnelte dem meines früher so bewunderten Freundes. Aber der Leib dieses Ernst von Kolff hatte nicht mehr die plumpe Form seiner Kindertage, sondern das Athletische einer Skulptur eines griechischen Helden, wie er überhaupt eher einem Marmorbild glich als einem Menschen. Sein braunes Haar fiel – mit Hilfe einer Brennschere – gleichmäßig gewellt über die Schultern, das bleiweiß geschminkte Gesicht wies keinerlei Unebenheiten auf, der schmale Schnurrbart und die winzige Fliege am Kinn waren so perfekt, als wären sie aufgemalt, was sie vielleicht auch waren und selbst seine von Natur aus leicht hervorquellenden Augen wirkten feurig.

Ergeben wartete der Schneider auf die Antwort, mit der sich der wütende Apollo aber Zeit ließ.

»Zum Henker! Da … da hast du, worauf du so gierst, ungehobelter Geldwolf!« Damit leerte Apollo schwungvoll seinen Beutel auf dem Schneidertisch aus, dass die Münzen nur so sprangen. »Und nun die Kleider, *cane odioso*.«

»Wohlgeborener Herr, wenn Ihr gütiger Weis' noch ein wenig Geduld habt«, bat mich der Schneider, bevor er mit seinem Gesellen die in alle Ecken des riesigen Tisches gerollten Münzen auflas und danach den Raum verließ.

»Ernst von Kolff?«, fragte ich den Mann, der die Brauen hochzog und hoheitsvoll nickte. »Christoph Sechem von Merhoffen«, stellte ich mich vor.

»Christoph? *Ha fradello mio illustrissimo*«, er klopfte mir, mich halb umarmend, auf den Rücken, »*caro amico mio*, warum lassen uns die Herren so lange warten, um die Grande Tour zu *deliberieren*?«

»Meinen Vater plagt das Podagra. Die Kutsche lehnt er ab, weil das nur etwas für Frauen und Greise sei.«

»Ha, das Podagra trifft wohl jeden Herrn von *qualité* – die Alten das Podagra, die Jungen die *Franzosen*«, sagte er frei heraus, »das ist nichts Schlimmes, lieber Freund. In Paris lebt jeder Herr, der kein engherziger Langweiler ist, fröhlich mit dieser *maladie vénérienne*. Das haben mir in Rom genug Landsleut versichert, die schon da waren. Ja, Rom ist die lustige Leichtlebigkeit in erhabenen Gemäuern, aber Paris ist die leichtlebige Lustbarkeit in Theaterkulissen. Amüsements, Theater, süße Abenteuer, all das Verruchte, was man so hört, stimmt, *mon ami*. Feingliedrige Frauen ohne Scheu, die einem Mann den Verstand rauben.«

»Ich hab mich jahrelang bemüht, Verstand zu erwerben«, warf ich ein.

»Ach, zum Teufel, jetzt wird ausgegeben! Und, *mon cher ami*, je mehr Verstand man hat, desto lustvoller kann man ihn jetzt verlieren. Von der Schul weg gleich in die fette Wollust! Ein Paradies!«

»Ja? Aber Köln war auch recht lustig.«

»Ach herrje, Köln ist ein Kaufmannsnest voll Biederleut. Das kann sich mit Paris nicht messen. Bei Gott, es hat mich wahrhaftig einige Überredung gekostet, meinem Herrn Vater die Parisreise noch abzuschwatzen. Aber ich hab's bewerkstelligt, von höchster Stell' ein Einladungsschreiben zu erhalten. Ratet, von wem?«

»Vom Prinz von Condé oder vom Herzog Longueville.«

»Bei allen Heiligen«, er machte eine wegwerfende Handbewegung, »das wär eine schlechte Empfehlung, beide sind längst in Ungnade und geflohen. Nein, ich habe eine Einladung von Fouquet! Ja, just vom illustren Finanzminister.«

Der Schneidermeister kam mit einem Stapel Kleider zurück, den er auf dem Tisch ausbreitete. Mein Freund fuhr nachlässig mit dem Zeigefinger über die Kostbarkeiten aus Atlas, Samt und Seide. Dann bedeutete er dem Schneider, sie seinem Diener zu überlassen, verabschiedete sich mit einem schulterklopfenden »Adio« von mir und ging.

Meine Neugier auf Paris war nun zwar geweckt, doch gleichzeitig fühlte ich mich so armselig wie eine Maus, die gerade der Katze entkommen war. Neben diesem aufs Edelste herausgeputzten Adonis konnte ich kaum bestehen. Das an den Ärmeln geschlitzte, blaue Wams mit den Rosetten und den schmalen weißsilbernen Bordüren, das eben noch ein Gewand aus den Truhen König Salomos gewesen war, schien mir jetzt lumpig wie ein Bettlerhemd und ich besaß keine einzige Seidenhose. An das Weißzeug, das meine Schwester zu Hause zusammenstichelte, mochte ich gar nicht denken. Ein paar Zierknöpfe konnte ich dem Schneider noch abhandeln, dann machte ich mich auf zum Haus des »Kleinen Roten Löwen«.

Der Aderlass des Doktors erschien mir nun wie eine wahre Wohltat im Vergleich zu der Begegnung mit Henriettas kalten Augen. Die aber strahlten mich gleich so innig an, dass mein Entschluss, ihre Bitte abzuschlagen, wie morsches Holz zu splittern begann. Sofort lockte sie mich in den Garten und setzte sich auf eine Schaukel, die an einem alten Birnbaum hing, während ich mich gegen den Stamm lehnte. Sonnenstrahlen fielen durch tausende dunkelgrüne Blätter.

»Ein schöner Garten«, stellte ich lapidar fest.

»Was ist hier schön?« Sie rümpfte die Nase: »Ein schmutziges Fleckchen, vertrocknete Rabatten und das Grün haben Nachbars Hühner zerpickt. Das ist eher ein öder Platz zur Sammlung von Galeerensträflingen vor der Einschiffung.«

»Meine liebe Base ist sehr hart und … verhätschelt.«

»Verhätschelt? Nur, weil's mir hier zu eng ist?«

»Eng? Nein, wenn man in den Himmel sieht, ist jeder Ort grenzenlos. Man kann sich berauschen an der Maßlosigkeit des Universums.«

»Jesus Maria! Der Herr Vetter ist immer noch der alte Träumer, voll merkwürdiger Grillen.« Sie sah kichernd nach oben, während sie sich mit der Schaukel wiegte. »Wozu eine Parisreise, wenn die Bank vor der Tür schon mehr als die Welt bietet? Dann bleibt man doch besser zu Haus!«

»Warum nicht? Mir liegt wahrhaftig nichts an Paris.«

Abrupt hörte sie mit der Schaukelei auf.

»Entweder Er ist ein Narr oder ein Lügner«, höhnte sie, »wofür sind denn die Hofkleider?«

»Ich reise nur, weil's der Herr Vater wünscht. Henrietta, ich hatte bereits so viele Dispute mit ihm. Ich will ihm keinen weiteren Kummer machen und schon gar nicht ihn und den Onkel hintergehen.«

Den deftigen Fluch, den sie am liebsten ausgestoßen hätte, las ich ihr von den Augen ab. Sie beherrschte sich aber und bettelte: »Es ist so wenig, worum ich bitt': nur Schutz in der Reisegesellschaft, bitte, Saltin. Nur einmal will ich das Leben spüren – überschäumend, beißend wie Feuer, berauschend – und dann will ich mich in alles fügen. Bitte!«

»Liebste Henrietta, ich würd's ja tun, aber ich ... ich habe Vorahnungen, so als würd' etwas Böses geschehen.«

»Ahnungen? Die schwarze Katz ist heut wohl von der falschen Seit übern Weg gelaufen? Saltin, Courage und die Welt steht uns offen mit all ihren Herrlichkeiten, man muss nur zugreifen!«

»Sa, sa, liebe Base, das ist der falsche Weg! Nein, ich will das nicht!« Ich seufzte und sagte: »Endgültig nein!«

Sie sprang von der Schaukel: »Fahr zur Höll, Schürzenkind! Armseliger Tropf! Geh Er ins Kloster, Herr Vetter! Den Betbrüdern kann nichts Unerwartetes zustoßen und für die Ewigkeit hat Er auch gleich vorgesorgt. Ja, vermodere bis zum Aas in der sicheren Eintönigkeit, weitab von aller Lebensfreud! Aber das, was das Leben ausmacht, das wird Er nie kennen!«

❧ August 1657 ❧

Anfang August besuchten wir die Kolffs. Sophia und Max begleiteten meinen Vater und mich. Ich staunte. Das Anwesen war mit bemerkenswerter Pracht neu gestaltet. Das wuchtige Eingangsportal des Herrenhauses hätte auch ein Schloss zieren können. Vielleicht 40 Fuß vor diesem befand sich ein mit Buchsbaum eingefasstes Rondell, in dessen Mitte die Fontäne eines Springbrunnens in eine Steinschale plätscherte. Zwei Pfaue hatten es sich auf dem Rasenstück innerhalb des Rondells gemütlich gemacht. Rechts und links des Eingangsportals waren traditionelle Broderien, also mit Buchsbaum umgebene Beete, in denen aus kleinen Steinen und Terrakottascherben in schwarz, blau, weiß und rot geometrische Ornamente meisterhaft gelegt waren. Innen war alles noch üppiger. Vergoldete Ornamente an den Decken, ein spiegelnder Steinboden, bei dessen Anblick man schon dachte, gleich auszurutschen, ein Gobelin im Speisezimmer und Bilder in schweren Goldrahmen erzählten biblische und mythologische Geschichten. Die alten hohen Lehnstühle waren jetzt nicht mehr mit Leder, sondern mit Brokat bezogen und sahen aus, als hätten sie sich verkleidet.

Mit der gewohnten Herzlichkeit begrüßten uns Herr von Kolff und seine Frau, gefolgt von Ernst, der sichtlich bemüht war, zu gefallen, vor allem Sophia, die ihn ihrerseits anhimmelte. Er genoss dies und gönnte ihr gelegentlich eines seiner herzbrechenden Lächeln. Trotz ihrer aristokratisch weißen Haut drückten die Gesichtszüge meiner pausbäckigen Schwester eher linkische Gutmütigkeit als Adelsstolz aus und in jedem Schäferspiel hätte sie ohne Anstrengung sehr glaubhaft eine Bauernmagd darstellen können. Der elegante Mann hingegen überspielte die Mängel seines Äußeren mit selbstbewusstem Charme und verstand es sogar, seine Fischaugen zu einem reizvollen Anziehungspunkt werden zu lassen. Auf den ersten Blick waren sie ein ungleiches Paar, was jede nähere Betrachtung nur bestätigte. Es tat weh zu sehen, wie Sophias kleine Schweinsaugen diesen Mann so glückselig anleuchteten, arglos wie eine Fliege, die der Spinne ins Netz kriecht. Neben mir saß der inzwischen sechzehnjährige Florentin, der aus dem noblen Jesuitengymnasium in Ingolstadt zurückgekehrt war. Er wollte Offizier werden, was aber auf den Widerstand seiner Eltern stieß.

Herr von Kolff entrollte ein Blatt, auf dem unten das Herrenhaus der Kolffs abgebildet war und ganz oben unter einer Kirche hinter einer Stadtmauer »Paris« stand. Dazwischen waren unzählige Namen von Dörfern und Städten aufgeführt, die mit Strichen verbunden waren. Daneben standen Entfernungsangaben wie »5 Stund« oder »wol 2 Meilen« oder »eine Tagesreis'«. Sogar Hinweise auf Gasthöfe gab es: »Zum letzten Pfennig«, »Saufvoll« oder sogar »In dr Höll«. Die Namen der französischen Schänken klangen einladender, wie »Herberge zu den drei Lilien« oder »Zum Schwan«. Beeindruckt starrten alle auf dieses Dokument minutiöser Vollständigkeit, sogar Sophia machte einen langen Hals, obwohl Gespräche über Reiserouten sie sonst zu Tode langweilten.

»Wenn sich die Herren an dieses *Itinerarium* halten, können sie in zwölf Tagen am Ziel sein, sofern sie schöne Plätz' links liegen lassen, was ich jedoch nicht rate. Wegen manch' müßigen Verweilens an anmutigen Örtern dauerte meine Reis' nach Paris viel länger«, begann Herr von Kolff einen kurzweiligen Vortrag.

Nachdem er sich heiser geredet hatte, betrat Marisa das Speisezimmer. Mädchenhaft schmal mit ebenmäßigen Gesichtszügen war sie eine Schönheit, ohne sich jedoch dessen bewusst zu sein, da weder ihr Lächeln noch ihr Augenaufschlag oder ihre Bewegungen geziert waren. Ihr brünettes Haar kam recht wirr unter einem Florentinerhut hervor, ein weiterer Beweis, dass sie wohl keinen großen Wert auf Äußerlichkeiten legte.

Herr von Kolff und mein Vater beschlossen, sich eine Pfeife anzustecken und die »liebe Jugend« ging in den Garten. Max und Florentin marschierten gleich zum Reitplatz. Marisa war an meiner Seite und ich überlegte mir, ob ich Arm in Arm mit ihr gehen sollte, wie es Ernst mit Sophia tat, aber diese Vertraulichkeit kam mir doch zu gekünstelt vor.

Sie fragte mich, wie mir Köln gefallen habe.

»Einmal war ich da und alles war schmutzig und eng«, sagte sie, »aber vielleicht lag's daran, dass ich mir eine Stadt im Gegensatz zum Dorf stets so sauber wie in Holland vorstelle.«

»Ja, Mademoiselle, die Gassen sind eng, doch gibt's innerhalb der Stadtmauern noch viele Weingärten und freies Feld. Dort und an der Stadtmauer hat jedoch massenhaft Bettelvolk seinen Unterschlupf und wenn man da herumspaziert, wird man fortwährend belästigt.«

»Ja, wo viel' reiche Leut leben, sind auch Arme. Die Reichen brauchen die Armen.«

»Doch eher umgekehrt!«

»Nein«, sie schüttelte den Kopf, »ohne Barmherzigkeit gegen Arme weist der Himmel die Reichen ab. Mir wird immer bang, wenn ich an den Bibelspruch denke, eher geht ein Kamel durch ein Nadelöhr als ein Reicher in den Himmel.«

»Ja, aber bei Gott ist alles möglich. Da laufen dann tausende Kamele durch Nadelöhre.«

»Gott lässt die Kamele aber erst laufen, wenn die Reichen christlich und bescheiden sind«, widersprach sie.

»Die Mademoiselle sehnt sich wohl nach frommer Armut?«, scherzte ich.

Wir blieben im Herzen des Gartens stehen – inmitten einer Unzahl von kugeligen und kegelartig geschnittenen Büschen und rechteckigen oder kreisförmigen Rasen- und Beetflächen –. Ein steinerner Amor bewachte ein Beet mit roten Rosen, blauen Lobelien und weißem Elfensporn. Marisa pflückte ein Gänseblümchen, das sich in diese Gepflegtheit verirrt hatte.

»Nein, fromme Armut wünsche ich mir nicht«, sagte sie ernst, »dass ich zur Ehr Gottes mein Leben hinter Klostermauern vergrämen soll, kann dem Allmächtigen kaum gefallen. So eitel ist er gewiss nicht. Aber mich verwundert das Gepräng' überall. Meine

Eltern glänzen mit verschwenderischen Banketten vor hohen Herren, bei denen sie mich immer präsentieren, aufgeputzt wie zur Hochzeit.«

»Aber nach jedem Fest gibt's doch eine Armenspeisung?«

»Ja«, sie sah mich traurig an, »dennoch, ich hatte gehofft, der Herr würde es verstehen.«

»Aber ich versteh doch!« Ich nahm jetzt doch ihren Arm und wir setzten unseren Spaziergang fort. »Marisa, Gott hat Arme und Reiche in die Welt gesetzt, aber doch nicht, um die Reichen von Anfang zu verdammen.«

Ich zog sie einen Moment enger an mich. Eine Leichtigkeit floss, von meinem Herzen ausgehend, durch meinen Leib. Schweigend wanderten wir zu einer Bank, auf die wir uns setzten.

»Ich weiß nicht, welcher Kummer meine liebste Freundin an diesem schönen Sonnentag plagt«, nahm ich den Faden wieder auf, »aber Sie kann mir unbesorgt alles anvertrauen. Ich bin treu ergeben, denn das, was ich damals in der Kapelle gelobt habe, liebste Marisa, das gilt für mich ewig.«

»Für mich auch«, sie nickte eifrig.

»Dann lass uns doch fröhlich sein! Marisa, der Augenblick gehört uns. Niemand kann ihn uns nehmen. Wir sollten die Sonne genießen und nicht in die Schatten starren.«

Forsch legte ich den Arm um ihre Schultern und sofort verlor ihr seelenvoller Blick alles Leben. Neben Amor und Psyche schmückten auch wir wie ein zu Stein gewordenes Liebespaar den Garten, in dem die kraftvollen Farben der Blumen, die stilvollen Büsche, ja sogar die geometrisch angelegten Beete mehr Leben vortäuschten, als in uns zu sein schien. Ich überlegte, sie um einen Kuss zu bitten. Doch über Küsse sollte man nicht grübeln. Je länger ich über das Aneinanderpressen feuchter Lippen nachdachte, desto absurder kam mir die Bitte vor. So genoss ich den durch die Blätter raschelnden Sommerwind, der den Duft von geschnittenem Gras mit sich brachte. Versonnen begann sie die Blütenblätter des Maßliebchens abzuzupfen. Sie sagte wohl in Gedanken den

Reim auf: Er liebt mich, von Herzen, mit Schmerzen, ein wenig, fast gar nicht.

»Was ist herausgekommen?«, fragte ich, nachdem sie das letzte Blatt in der Hand hielt.

»Herausgekommen?« Verwirrt sah sie mich an.

»Welches Maß an Liebe bringt ihr der Herzallerliebste entgegen?« Sie senkte stumm den Kopf. »Dafür wurde doch das Maßliebchen wie eine Martinsgans gerupft.«

»Das ist ein Geheimnis, sonst trifft das Orakel nicht ein.«

»Dann muss es ein gutes Orakel gewesen sein.«

»Vielleicht! Aber ein Orakel darf man nicht verraten, sonst bekommt man später nur falsche Antworten.«

»Das muss auf jeden Fall vermieden werden.« Ich lächelte sie an und diesmal umarmten mich ihre Augen. Zwei Grübchen zeigten sich in ihren Wangen. Ich küsste sie auf die Grübchen und sie schmiegte sich an mich.

Die folgenden Tage verflogen in emsiger Geschäftigkeit. Da ich der Erste aus unserem Haus war, der eine Reise an den Hof eines der mächtigsten Könige der Erde unternahm, war die Unsicherheit groß, was dringend notwendig, was nützlich oder entbehrlich war. Wie viele Hemden, Schuhe, wollene und seidene Strümpfe, wie viele Sacktüchlein und Spitzenkrägen musste ich mitnehmen? Mein Gepäck wuchs und schrumpfte von Tag zu Tag, wobei das meiste aus Altem umgearbeitet wurde, was Sophia zu der Bemerkung veranlasste, ihr Bruder reise so armselig wie Hans vom Mist. Sie gab sich alle Mühe, meine Ausstattung so nobel wie möglich zu gestalten in der träumerischen Hoffnung, ein französischer Marquis könne sich für die Schwester eines fürstlich gekleideten Mannes interessieren. Sie beschränkte sich hierbei auch keineswegs auf Andeutungen, sondern sprach dies sehr direkt an. Wahrscheinlich hatte Base Henrietta sie von den Vorzügen einer Heirat mit einem französischen Adligen überzeugt. Außerdem wünschte sie sich eine mit den neuesten französischen Gewändern ausgestattete

Modepuppe und vielleicht könne ich auch noch schönes Tuch kaufen – Seide … blau sei à la mode. Margaretha war bescheidener. Sie wollte nur einen Papierbogen, auf dem die neuesten Kleider abgebildet waren, alles zum Ausschneiden, wie sie betonte. Max bat um ein Hemd, wobei es ein französisches, westfälisches oder sonstiges Hemd sein konnte, es musste nur nagelneu sein, denn er hatte es satt, in den geflickten Sachen seiner Brüder herumzulaufen. Aber, so fügte er noch hinzu, er wäre auch mit einer Hutschnur oder mit gar nichts zufrieden. Er hatte gehört, dass ich nur ein dürftiges Reisegeld erhalten sollte und hatte Angst, ich könnte verhungern.

September 1657

Sonnig, nach einer regenreichen Woche, brach mein letzter Tag in Merhoffen an. Am offenen Fenster stehend atmete ich die kühle Morgenluft ein, während das Licht mich schon die Tageswärme spüren ließ. Melchior schritt zügig mit einem Fischkorb über den Hof. Er hätte so mühelos bis ans Ende der Welt laufen können, wie er es sich früher erträumt hatte, doch Merhoffen hielt ihn in einem Netz gefangen, das seine Füße viele tausend Male dieselben Wege gehen ließ und ihn hinderte, die Länder kennenzulernen, nach denen sich sein Geist sehnte. Das jahrelange Laufen auf der Stelle hatte seine Phantasie ermüdet und wenn er nun von seinem alten Traum sprach, dann lag darüber stets der Hauch des Irrealen. Solange er Essen, Freunde aus dem Dorf und ein ihm gewogenes Mädchen hatte, sah er wenig Sinn darin, diese Annehmlichkeiten gegen die Gefahren der Fremde zu vertauschen.

Er blieb und ich zog mit den Wolken fort.

Inzwischen freute ich mich auf die Reise. Endlich frei, weit weg vom väterlichen Gängelband, von dem strengen Blick. Doch etwas lag mir noch auf der Seele. Das Grab von Pater Senfft hatte ich noch nicht besucht. Die Toten kennen keine Eile und das schlechte Wetter der letzten Augustwoche fesselte mich ans Haus. In seinen letzten Stunden hatte mir der Pater, trotz seiner Schwäche, den Brief geschrieben, den ich wie ein Kleinod hütete, während ich es in Monaten nicht über mich gebracht hatte, nach Melhem zu seinem Grab zu reiten, was ich ihm seit dem Tag schuldig war, an dem ich die Todesnachricht erhalten hatte. Für diese Treulosigkeit schämte ich mich nicht nur, sondern fürchtete auch, zur Strafe ebenso einsam wie er in einer Bauernhütte meine Seele auszuhauchen. Jost klopfte und bedeutete mir, zu meinem Vater zu kommen. Seit dem Ausbruch der Gicht gehörte mein Vater nicht mehr zu den Frühaufstehern, deshalb wunderte ich mich, zu so zeitiger Stunde zu ihm gerufen zu werden. Doch auch ihn hatte das Reisefieber gepackt. Er erwartete mich im Gemach meiner Mutter. Sich die Hände reibend antwortete er auf meine Frage, wie es ihm gehe: »Mir ist so wohl, dass ich über die Milchstraß zur Sonne laufen könnte! Setz dich!« Er öffnete eine Ledermappe und entnahm zwei Briefe. »Dies hier ist ein Empfehlungsschreiben vom Grafen Fürstenberg, der rechten Hand unseres gnädigen Kurfürsten. Er öffnet dir alle Türen in Paris. Der andere Brief ist von mir an den Vicomte Jules d'Armis gerichtet. Er ist der Sohn eines Mannes, dem ich im Krieg einmal das Leben rettete. Mit seiner Hilfe kannst du bei Hof zugelassene Leute kennenlernen.« Er sah mich beschwörend an. »Nutze die Empfehlungen, lieber Sohn, schaff dir Freunde, hochgestellte und auch solche, die ehrgeizig genug sind hochzusteigen.«

»Ich tue alles, damit die Mühen reiche Früchte tragen!«

»Wohlüberlegte Worte!« Erleichtert lehnte er sich zurück. »Fördere auch das Anliegen des Herrn von Beywegh, was du aber mit Rücksicht auf deinen Stand betreiben musst.«

Ich nickte ergeben und beneidete Ernst, der nur zum Amüsement reiste, während ich den Geschäften des Kölner Pfeffersacks den Weg ebnen sollte. Auch wenn er ein respektabler Mann war, so blieb er doch ein Pfeffersack. Ich sollte Verbindungen zu Amtsinhabern herstellen, die später bei Handels- und Zollerleichterungen hilfreich sein konnten, wobei alles unauffällig vonstatten gehen musste, da es für einen Adligen ehrenrührig ist, in Handelsgeschäften tätig zu sein. Oberstes Gebot war auch für meinen Vater, dass ein Edelmann sich nur von dem ernährt, was seine Güter einbringen, wobei er es allerdings keineswegs als verwerflich ansah, diesen Grundsatz heimlich zu umgehen, um nicht zu verhungern. So beteiligte er sich finanziell an Unternehmungen des Herrn von Beywegh, bei denen er schon erkleckliche Summen gewonnen hatte. Mit der Ermahnung zur Sparsamkeit gab er mir noch zwei Wechsel. Ein Beutel mit Münzen und Geldstücke, die in meine und Thierrys Kleidung eingenäht waren, ergänzten meine Barschaft.

»Alles ist bereit für eine sorglose Reise in ein Land voller Genüsse, mein Sohn. Sauf dich voll mit Bildern! Berausche dich an all dem Neuen, dann besitzt du bis an dein seligs End mehr als mancher Reiche, der mit Scheuklappen durch die Welt läuft. Erinnerungen kann dir niemand nehmen, auch in Krankheit, Not oder im tiefsten Kerker nicht. Wenn ich heute meinen Gedanken nachhänge, weil die Sonne mir so freundlich die Stube mit Licht und Wärme füllt, dann habe ich oft Bilder meiner angenehmen Tage vor Augen, die mich mit Stolz und Freude erfüllen.«

Sich am Tisch abstützend stand er auf. Es kam mir vor, diesen Moment schon einmal erlebt zu haben: die Sonnenstrahlen auf dem braunen Wams, dessen aufgebauschte Falten sie übermütig heller tönten, die Furchen schwärzend. Sie bleichten seine ins Gesicht fallenden Haare mitleidlos weißer, als sie waren und wie er sich aufrichtete, hoben sie jede einzelne Falte um Stirn, Mund und Augen deutlich hervor, so als wollten sie mir mit diesem Spiel alle Freuden und Härten auf einmal vor Augen führen, denen ihn das Leben ausgesetzt hatte. Gleich würde er zum Fenster gehen, um es zu öffnen. Er tat es.

»Nun halt nicht Maulaffen feil, komm her!«, forderte er mich unwirsch auf und trat zur Seite, um mir den Blick nach draußen freizugeben. Er deutete auf ein Feld, durch das sich die mit rotem Klatschmohn gesäumte Landstraße schlängelte. Ein Greifvogel kreiste darüber. »In letzter Zeit stand ich oft hier. Nur meine Augen konnten die Straß entlangwandern, weil die Beine schmerzten. Bald reite ich wieder, doch abends werde ich hier stehen und dich, mein lieber Sohn, in Gedanken begleiten und Gott bitten, dich zu behüten, damit du deinen Weg so sicher läufst, wie der Habicht dort über dem Feld seine Bahnen zieht. Nun auf, nimm dir, was das Leben der Jugend beschert, denn auch dieses Füllhorn gibt nicht ewig.«

Er drängte mich, Merhoffen sogleich zu verlassen, da ein kurzer Abschied leichter sei als ein langer. Zum letzten Mal für lange Zeit aß ich mit Eltern und Geschwistern die Morgensuppe. Dann wünschte mir das Gesinde Glück, mein Vater gab mir seinen Segen, meine Mutter küsste mich und malte mir mit zwei Fingern ein Kreuz auf die Stirn. In Windeseile verließ ich, von Max begleitet, das Haus. Das Schluchzen meines Bruders und mein Hund Ferd, der bellend um uns herumsprang, verstärkten das Gefühl, nicht selbst zu gehen, sondern von einem Sturm weggerissen zu werden. Im Hof erwartete mich Thierry mit bepackten Pferden. Ich kniete vor meinem weinenden Bruder nieder und schloss ihn in die Arme. Stimmen näherten sich. Da ich keine zweite Abschiedszeremonie über mich ergehen lassen wollte, schwang ich mich in den Sattel. Das Klackern der Hufe hallte hart durch den Hof. Als ich mich umwandte, stand Max, Ferd festhaltend, vor dem Brunnen, dahinter – von einer Linde halb verdeckt – das Herrenhaus. Dieses Bild prägte ich mir ein, nahm es mit. Jeder Abschied ist ein kleines Sterben, ein kleines Sterben der Menschen und der Dinge um uns herum, denn nichts ist bei einem Wiedersehen mehr so, wie man es verließ. Wer wusste, ob nicht eines Tages ein Feuer das Haus vernichtete, ob mein Bruder noch lebte, wenn ich wiederkam – wenn ich überhaupt zurückkehrte, und abermals dachte ich an Pater Senfft.

Draußen ließ ich Gerg in den Schritt fallen.

»Ihr habt's wohl nit eilig?«, fragte mich Thierry.

»Nein, warum auch? Es ist ja noch sehr früh.«

»Ha, aber dem Herrn Vater pressiert's. Er fürchtet wohl, wir könnten in bös' Wetter kommen!«

»Da müssen wir uns keine Sorgen machen«, versonnen sah ich in das Himmelblau, in dem der Habicht kreiste.

»Mit Verlaub, wenn Ihr stehen bleibt, können wir noch so früh aufbrechen, wir werden nie ankommen.«

»Zum Teufel!«, fuhr ich ihn an, »dir geht's wohl nie schnell genug, Erzflegel! Dann auf, presch davon«, und ich schlug ihm mit meiner Reitgerte ins Genick, dass ihm der Hut vom Kopf flog, »ab jetzt hältst du dein ungeschliffenes Maul und führst meine Ordre stracks aus, mehr nicht!«

Er sah mich verwundert an, dann deutete er hinter mich.

»Wenn's genehm ist: Dort kommt Besuch!«

Ich drehte mich um. Laut bellend hetzte mein Hund Ferd auf uns zu. Schwanzwedelnd sprang er um uns herum. Es war wirklich ein Wunder, dass mein Vater diesen nutzlosen Fresser nicht schon längst wie eine Katze ersäuft hatte. Doch sein Auftauchen erschien mir wie ein Omen, als sollte mich dieser Bote an eine Pflicht erinnern.

»Hör zu«, sagte ich zu Thierry, »du reitest jetzt allein zur Burg Kolff. Ich treffe dort am Nachmittag ein.«

»*Mon dieu*, aber der Herr Vater hat befohlen …«

»Du tust, was ich sage! Überbringe meine Ehrerbietung der Herrschaft und Mademoiselle Elisabeth meine Verehrung!«

Thierry sperrte Mund und Nase auf. Gut! Er sollte gleich jetzt begreifen, wer das Sagen hatte. Dann jagte ich, von Ferd gefolgt, davon. So stolz, leicht und befreit war ich schon lange nicht mehr über die Wiesen galoppiert. Etwas schmerzte dennoch; Marisa hätte ich gerne mit meinem frühen Kommen erfreut. Aus dem galanten Brief, den ich ihr übersandt hatte, konnte sie jedoch meine Wertschätzung entnehmen. In ihm pries ich ihren Korallenmund, die seidigen Wangen – wie Milch und Rosenrot – und ihre schneeig weißen Hände, deren zarte Anmut ich mit Schmetterlingen verglich. Der makellose Busen – wie Alabaster mit glühendroten Rosenknospen –, der ebenfalls in jenem Gedicht gerühmt wurde, dem ich meine gedrechselten Sätze entnommen hatte, war unerwähnt geblieben, da ich ihn ja noch nicht gesehen hatte.

Das Dorf lag weiter entfernt, als ich dachte und auf dem kleinen Kirchhof gab es anscheinend mehr Kreuze als Sterne am Himmel, so dass ich das Grab des Paters nicht fand. Von meiner Ankunft hatte die gesamte Bauernschaft sofort Kenntnis genommen. Ein weißhaariger Mann im groben Hemd und einer braunen Zwillichhose, die sich über den Kniebund weit bauschte, verfolgte mich und erkundigte sich schließlich nach meinem Begehr. An seinem Gürtel befand sich ein Eisenring, an dem mehrere Schlüssel hingen, welche ihn als Amtsperson der Dorfgemeinschaft auswiesen.

Ich fragte ihn nach dem Grab des Jesuitenpaters, der hier am Fieber gestorben war. Griesgrämig blickte er an mir vorbei in die Ferne; schließlich gab er mir einen Wink und wir marschierten um den halben Kirchhof herum. Hinter dem Chor der Kirche zeigte er auf ein einsames Grab mit einem Holzkreuz. Auf dem Querbalken konnte ich den Namen A. Heinr. Senfft S.J. entziffern. Ich sank auf die Knie.

Einen armseligeren Platz, fernab von den Menschen und ihren Gebeten, konnte es kaum geben. Selbst Gott schien ihm den Rücken gekehrt zu haben, weil das Grab weit hinter der Kirche lag. Fluchend riss ich Klee und andere hoch aufgeschossene Unkräuter aus. Meine Finger verfingen sich in ineinander verschlungenem Gewölle und ich zog einen vertrockneten Kranz heraus. Strohig schwarze Margariten ringelten sich um einen Weidenring.

»Zur Höll damit!« Ich schleuderte den Reif weg.

»Hola, was kann mein Fuß dafür, wenn Euch Eure seltsamen Gebete missfallen.« Der Alte stieß den Kranz zur Seite, der auf seinem Fuß lag.

»Ich habe weder gebetet noch einen Gaffer hergebeten.«

»Vorhin war Euch aber der Gaffer recht, als Ihr nach dem Grab gefragt habt«, erwiderte er auf eine ärgerlich nachsichtig-väterliche Art.

»Ach, geh zum Teufel!«

»Soll ich ihm Euer Kommen ankündigen, edler Herr?«

»Ganz gewiss nicht«, fauchte ich.

»Euch mag unser Dorf nit behagen, aber deshalb habt Ihr nit dat Recht am Kirchhof so lästerlich zu fluchen.« Er sah mich ziemlich finster an. »Drei Flüch habt Ihr hier überm Grab gesprochen, wat der fromme Tote gewiss nit verdient. Ich bin der Custor der Kirch und seh drauf, dat dem Ort die Ehr erwiesen wird, die ihm gebührt.«

»Wenn der Kirchhof dem Herrn Custor am Herzen liegt, warum ist dann das Grab in einem so kläglichen Zustand?«

»Dem Toten, Gott hab ihn selig, hätt' der Klee wohl mehr gefallen als Eure Red. Er war ein sehr frommer Mann.«

»Du hast ihn gekannt?«, fragte ich.

»Ei ja, ich trug die Versehlampe, wie der Pfarrer ihm die letzte Beicht abnahm.«

»Oh, bitte, erzählt mir von meinem verehrten Magister!«

Er sah mich verächtlich an und wollte gehen.

»Bitte«, ich sprang auf und hielt ihn am Ärmel fest, »die Erinnerungen des Herrn Custors sind mir unendlich kostbar. Nur der Ärger über das elende Grab verleitete mich zum Fluchen, was mir herzlich leid ist.«

»Wenn Ihr's aufrichtig bereut, will ich mich nit zieren«, sagte er huldvoll, »als ich den Pater sah, war'n seine Lebenskräft schon weit geschwunden. Nach der Beicht hat er die Gebete kaum mehr mitgesprochen. Zweimal aber bat er, hier zur Erd bestattet zu werden und nit anderswo. Es sollte der geringste Platz sein. Er wollt auch kein Gepräng nit leiden – der einfachste Sarg, dat einfachste Kreuz sollt's sein. Mir ging's damals hart ans Herz, weil er ein hoher Herr war, der's besser verdient hätt'. Am nächsten Tag war er nit mehr bei sich. Die Trich hat ihn gepflegt.«

Nun verbreitete er sich über die Lebensgeschichte der Trich, des Mädchens, in deren Armen der Pater gestorben war und die bis zu ihrer Heirat sein Grab pflegte. Ich gab ihm Geld, womit er der Grabstelle wieder Würde verleihen sollte. Dann überließ er mich meiner Andacht. Die fiel mir jedoch herzlich schwer. Die spärlichen Worte des Küsters über das Ableben meines Mentors hatten eine Falltür zu einem längst vergessenen Verlies, zu einem Loch versteckter schmerzhafter Erinnerungen geöffnet. Ich sah ihn wieder, wie er mir zuhörte, wie er mich tröstete – und ich? Ich hatte ihm so erbärmlich wenig zurückgegeben, ja, ihn sogar fast vergessen. Ich betete nicht, ich flehte um Vergebung für meine Selbstsucht, bat um Verzeihung für meine Blindheit gegenüber seinen Wohltaten und bereute zutiefst meinen Undank. Für den Preis, nie etwas für sich zu verlangen, hatte er sein Leben einer barmherzigeren Welt geweiht. Wie konnte ich ihm besser danken, als in seinem Sinne weiter zu wirken? Diese Idee fesselte mich. Ich schwor, seine Liebe an andere weiterzugeben. Seine Samenkörner würden prachtvoller aufgehen als die meines Vaters, dem nur an dem Wohl seines Hauses gelegen war. Eine angenehme Ruhe kam über mich. Die Zeit vergessend betete ich vor dem Holzkreuz für das Seelenheil des Paters, weniger weil er es nötig hatte, sondern um ihm meine Wertschätzung zu zeigen. Zufrieden ruhte ich neben der Grabstelle auf der Wiese. Die Drei-Uhr-Schläge des Kirchturms weckten mich. Nach einem letzten Ave-Maria verließ ich das Dorf, um zu den Kolffs zu reiten, allerdings mit einem Umweg über Plittersdorf, weil ich Entgin Adieu sagen wollte. Damit setzte ich mich zwar wiederholt über ein Gebot meines Vaters hinweg, doch mein Dank an Entgin sollte etwas gut machen, was ich bei meinem Magister versäumt hatte. Entgin traf ich nicht an. Eine Nachbarin sagte mir, sie sei mit ihrer Ziege zur »Rheinwies« gegangen. Diese Nachbarin war eine überaus hilfsbereite Frau und noch einmal so neugierig, wie schon ihre lange spitze Nase ahnen ließ. Als ich vorgab, ein Mittelchen gegen Übelkeit von Entgin erwerben zu wollen, schleppte sie mich in ihre verqualmte Hütte, in der der Rauch des Herdfeuers – über dem in einem Kessel das Nachtessen brodelte – nur zum Fenster hinaus abziehen konnte. Sie gab mir einen Schnaps und ein Maß schlechten Bieres dazu, während sie mich mit Fragen über Entgin bestürmte. Obwohl der herzhafte Duft von Hammelfleisch mit Kraut und Rüben verführerisch durch die Rauchschwaden drang und eine einladende Verbeugung vor meinem Wolfshunger machte, verabschiedete ich mich bald. Ich tat dem Weib nicht den Gefallen, in Richtung der Rheinwies zu reiten. Hinter dem Dorf verzehrte ich einen Teil meines Reiseproviants unter einem Apfelbaum. Die Flötentöne und das Hornsignal eines Schäfers, der unweit seine Herde grasen ließ, wehte mir der Wind als Tafelmusik zu. Die Sonne neigte sich dem Horizont zu und mahnte mich, spornstreichs zu den Kolffs zu reiten, um noch vor Einbruch der Dunkelheit dort anzukommen. Aber mehr als eine Viertelstunde würde mich ein Treffen mit Entgin kaum kosten.

Gerg schlug einen flotten Trab an und Ferd folgte uns. Es war mir nicht gelungen, den Hund abzuschütteln, der zwar mit dem Pferd nicht mithalten konnte, aber doch immer wieder meine Fährte aufnahm. Kurz vor der Rheinwies band ich Gerg hinter Büschen an einen Baum und meinen ungehorsamen Hund gleich daneben. Das Licht färbte sich schon rötlich, obwohl die Sonne noch wenig von ihrer Kraft verloren hatte. Gegen die blendenden Strahlen spähte ich die ansteigende Wiese hinauf, konnte jedoch niemanden entdecken. Als ich das Meckern einer Ziege hörte, rief ich aus Leibeskräften nach Entgin. Gleich darauf zwängte sie sich durch das Gebüsch, ihre Ziege hinter sich herziehend. Im Sonnenlicht leuchtete ihr kupferrotes Haar auf, was in mir einen Freudentaumel auslöste. Ich stürzte auf sie zu und drückte sie fest an mich. Steif wie ein Stock ließ sie die Begrüßung über sich ergehen, doch bevor ich unsicher wurde, spürte ich ihren Arm an meiner Taille und zaghaft erwiderte sie meinen Druck. Eine drängende Freude erfasste jede Faser meines Leibes; sie loderte auf wie bei einem Feuer, in das man Heu geworfen hatte. Wir schwebten in einer überirdischen Sphäre, blind, wortlos, doch in wohliger Einigkeit mit uns, mit dem Himmel, mit der fernen Erde.

»Es ist nit gut, lieber Herr«, wisperte sie plötzlich und entzog sich mir, »samtig weich schleicht's umher wie die schwarze Katz in der Nacht und dann springt's Unglück einen an.«

»Unglück? Wir sind doch glücklich!«

»Die Augen der Leut sind überall, sie nennen mich Herrenliebchen oder gar Hur«. Sie setzte sich ins Gras.

»Hure?« Ich ließ mich neben ihr nieder.

»Ja, Hu-re!« Sie blickte mich trotz dieses Wortes stolz an. »Ihr wart ein wenig zu oft bei mir. Erst nahm niemand kein' Anstoß, aber dann meinte die Nachbarin, ihr Mann würd' zu viel wegen Tränklein und Kräutern zu mir laufen. Auf der Gass schalt sie mich Hur. Da wussten die Leut auch alle gleich, wie viel hundertmal Ihr bei mir wart, wenn's auch nur Lügen waren. Wie der Auerhofbauer dann auch noch meine Dienste nit mehr wollt', hat der Herr Pfarrer ihm und den anderen ins Gewissen gered't.«

»Und? Hatte er Erfolg?«

Sie nickte, fügte aber hinzu: »Nein, eigentlich war's der Kapuzinermönch. Der Pfarrer ist krank.« Warum die Frauen oft »ja« nicken und dann gleich einen verneinenden Satz anhängen, dachte ich, das macht es schwer, ihnen zu folgen. »Dem Kapuziner hab ich versprochen, mich von Euch fernzuhalten, deshalb: Bitte, geht!«

Ernst blickt sie auf die Berge der gegenüberliegenden Rheinseite. Im Abendlicht haben sie eine tiefrote Farbe angenommen, so anheimelnd warm. Dennoch befällt mich die eisige Kälte eines einsamen Wanderers in einer Winternacht und mein eben noch jauchzendes Glück der Wiedersehensfreude erstickt ein Gefühl der Verlassenheit. Die Mixtur bitterer Empfindungen einer abgewiesenen Zuneigung und die Beschämung, in meiner Begeisterung etwas von meinem Innersten preisgegeben zu haben, was die Bauernmagd als Schlechtigkeit brandmarkt, lassen mich erstarren. Ich sollte gehen – doch ich bleibe sitzen. Gebell reißt mich aus meiner Verstörung. Ferd hat sich befreit. Entgins grasende Ziege flüchtet, was den Jagdtrieb des Hundes weckt. In einem Halbkreis hetzt er das Tier zum Fluss. In ihrer Not springt die Ziege in den Strom, schwimmt, gewinnt wieder Boden und rettet sich auf eine Untiefe. Ferd bleibt belfernd am Ufer stehen. Vielleicht hatte man in seinen Welpentagen versucht, ihn zu ersäufen, weil er anders als seine Artgenossen jedes Nass meidet. Auf meine wütenden Rufe hört er schließlich und trottet schuldbewusst zu mir – eine verspätete Zerknirschung. Mit Hieben verjage ich ihn, so dass er jaulend das Weite sucht. Die Ziege steht bis zum Bauch im Wasser. Kleine Wellen um sie herum zeigen, dass sie mit der Strömung kämpft. Ihr angstvolles Meckern dringt durch das Rauschen des Wassers bis zu uns. Entgin hebt den Rock, um in den Fluss zu waten. Ich halte sie am Handgelenk fest.

»Bleib, ich mache das!«

»Und Eure schönen Kleider?«

Wortlos werfe ich mein Wams auf den Boden, ziehe Strümpfe und Stiefel aus. Kaum aber bin ich im Wasser, weicht die Ziege schrill meckernd zurück. Besser man erschreckt das Tier so, dass es nach vorn zum Ufer flüchtet. Ich renne stromauf und wate außerhalb des Blickfelds der Geiß ins Wasser, um mich an sie heranzupirschen, während Entgin sie lockt. Unerwartet rasch verliere ich den Boden unter den Füßen und muss schwimmen. Erst als ich knapp hinter der Ziege bin, wendet sie mir neugierig den Kopf zu. Mit einem Fuß fasse ich Tritt. Ich stoße mich ab, doch der Untergrund gibt nach, so dass ich mich nur aufbäume und eine Spanne hinter dem Tier wieder ins Wasser platsche. Die Ziege schlägt aus, trifft meinen Kopf. Im Wirbel trüben Wassers sehe ich die Hörner, vor denen ich mich in Sicherheit bringe. Als ich wieder auftauche, ist das Tier auf dem Weg zum Ufer. Mehr erschrocken als benommen von dem Hufschlag lasse ich mich auf dem Rücken treiben und beobachte, wie die Ziege Entgin erreicht. Das Mädchen beachtet die Ziege aber nicht, sondern winkt mir und ruft etwas, dessen Sinn ich begreife, ohne die Worte zu verstehen: Sie sorgt sich um mich. Das gefällt mir und ich spiele weiter »toter Mann«. Ihre verzweifelten Schreie gellen bald über das Wasser. Da beschließe ich, mein kaltes Bad zu beenden und winke ihr. Kleine Wellen tänzeln mir entgegen; energisch schwimme ich gegen sie an. Doch wie ein Magnet zieht mich der Rhein in seine Mitte. Entgins Rufe werden schwächer, bis sie ganz verstummen. Verbissen kämpfe ich gegen die Strömung und versuche, die widrigen Wogen zu untertauchen. Doch jedes Mal, wenn ich den Kopf hebe, bin ich keinen Deut dichter am Ufer. Aus der schattenhaften Tiefe des Flusses sprudelt mir grün-braunes Wasser entgegen. Glitschige Finger streifen meine Beine. Das Grauen vor dem Unsichtbaren, dessen ekelhafter Auswurf mich umgibt, treibt mich voran – um jeden Preis muss ich jetzt ans Ufer gelangen. Ich verdoppele die Anstrengung. Die Schwimmzüge werden schneller, ohne an Stärke zu verlieren, aber das Land bleibt unerreichbar. Erschöpft lasse ich mich treiben und werde weiter zur Flussmitte gezogen. Mit äußerster Anstrengung nähere ich mich wieder dem Ufer, doch kaum mehr als ein paar Schritte und mit diesem Kraftaufwand kann ich mich nicht lange über Wasser halten. Ich schlucke Wasser, spucke und kämpfe Zug um Zug beharrlich weiter gegen die gnadenlose Gewalt des Stromes, mit dem der Fluss ein grausames Spiel beginnt, dessen tödlicher Ernst mir jetzt bewusst ist. Die Kälte saugt die Kraft aus meinen Gliedern, greift spitz nach meinem Herzen. Mit aller Kraft kämpfe ich um mein Leben – schwimme, tauche, paddle wie ein Hund gegen die Strömung, die mich aber unerbittlich festhält. Ein Schmerz lähmt mein linkes Bein. Wie ein Stein versinke ich in den Fluten. Mit den Armen wild um mich schlagend komme ich wieder an die Oberfläche. Über mir der blaue Himmel! Aber nach nur einem Atemzug werde ich erneut nach unten gezogen. Dann, ein weiteres Mal der unendliche Himmel über mir – grenzenloses Blau, überwältigend, beklemmend und gnadenlos wie der Strom. Muttergottes, hilf! Herr, Vergebung für alle meine Sünden! Ich bereue meine Undankbarkeit, meine Gottlosigkeit, alles, nur überlass meine Seele nicht dem Teufel! Der Schmerz in meinem Bein lässt nach und kurz bevor ich endgültig untergehe, kann ich mich auf den Rücken drehen, um mich, von Wellen oft überspült, auszuruhen. Dann nehme ich den Kampf gegen das Wasser wieder auf. Eine Landzunge schräg vor mir verkürzt den Weg zum rettenden Ufer. Vielleicht sind es nur noch 15 Schritte. Zu Fuß ein Kinderspiel, aber gegen die Wellen eine Herkulesarbeit, die Kräfte erfordert, die ich nicht mehr besitze. Doch der Lebenstrieb zwingt mich barbarisch vorwärts – weiter gegen die qualvolle Mattigkeit meiner Glieder, weiter gegen die Aussichtslosigkeit inmitten bleierner Fluten. Und dann zerbricht mein Lebenswille an dem Irrsinn dieser nutzlosen Folter. Die Todesangst schwindet und es scheint mir leichter, meiner Erschöpfung nachzugeben, als die zwecklose Qual weiter zu ertragen. Es gibt für alles eine Zeit, für jedes Ding hier unterm Himmel eine Stunde. Für das Geborenwerden gibt es eine Zeit und eine Zeit fürs Sterben, und dies ist meine Zeit zu gehen. Damit befehle ich meine Seele Gott an und überlasse meinen schlaffen Leib dem Fluss. Doch sobald ich unter Wasser in Atemnot komme, bewegen sich meine Arme, so dass ich wieder nach oben steige. Ich wehre mich nun weder gegen das Leben noch gegen den Tod und schwimme mit der Strömung, obwohl mich doch schon alle Kraft verlassen hat. Ein dicker Pfahl treibt in Reichweite. Neue Hoffnung! Mit den lahmen Schwimmstößen meiner tauben Glieder versuche ich ihn zu ergattern. Wie ein Irrlicht tanzt er verführerisch greifbar vor mir her, lockt mich weiter. Die Wellen tragen mich ihm entgegen und dann – entzieht er sich mir doch. Indessen bin ich nur noch einen Steinwurf vom Ufer entfernt. Jetzt hat der Fluss es eilig, mich an Land zu schwemmen, denn mehr als mich über Wasser zu halten, verlangt er nicht mehr von mir. Im seichten Wasser krieche ich zitternd voran. Mir ist speiübel. Noch bevor ich im Trockenen bin, gibt mein Magen einen Schwall Rheinwasser mit Brocken meiner letzten Mahlzeit von sich. Danach schleppe ich mich an Land. Nach einem Stoßgebet des Dankes falle ich in todesgleichen Schlaf.

Als ich erwache, ist die Sonne untergegangen. Im Dämmerlicht blitzen die Wellen des träge fließenden Rheins, dahinter die dunklen Berge. Ich bin wohl in der Nähe Bonns. Zur Stadt zu laufen ist zwecklos, weil die Tore schon geschlossen sind und die ohnehin unerbittlichen Wächter schon gar kein zerlumptes, nach faulem Rheinwasser stinkendes Subjekt einlassen. Der Modergeruch des Flusses umgibt mich wie giftiger Nebel, vor dem ich mich so ekle, dass ich noch einmal zu würgen beginne. Ich krieche über den Treidelpfad zu einem von der Tageshitze aufgewärmten Stein. Zusammengekauert wie ein müder Wandergeselle sitze ich am Wegesrand. Der verklingende Vogelgesang, den das Plätschern der im Sand verlaufenden Wellen und das Zirpen der Grillen begleiten, überdecken alle trüben Gedanken über mein Sollen und Müssen. Wie ein zu dieser friedlichen Welt gehörender Stein blicke ich reglos in die zunehmende Düsternis des warmen Sommerabends, nur den glucksend an Land schwappenden Wellen lauschend. Es ist beglückend, nichts zu sagen, nichts zu planen. Ich bin frei, einig mit mir selbst und mit Gott, der mich auf wundersame Weise gerettet hat. Nur zögerlich sickert dieses Mirakel in mein Bewusstsein, erfüllt mich dann aber mit fast überheblichem Stolz, weil mir der Allmächtige ein zweites Mal das Leben geschenkt hat und gewiss ein besonderes Ziel mit mir verfolgt. Wie oft hatte ich ihn missachtet, ihm nicht vertraut, mich sogar lieber an die Hexe Katharina gewandt? Jetzt hatte mich der Himmel von der Richtung, die mir mein Vater vorgegeben hatte, weggeführt und morgen würde die Reisegesellschaft ohne mich nach Paris aufbrechen. Ich könnte zwar noch zu meinem Pferd gelangen und die Kolffsche Burg erreichen, aber dies kommt mir wie ein verbotener Weg vor. Meine Wassernot hat Schranken gesetzt, und ich scheue mich, diese mir von einer höheren Macht aufgezeigte Grenze zu überschreiten.

So träume ich in die Nacht hinein und verschließe auch dieses Erlebnis in einem meiner imaginären Erinnerungsfläschlein, das allerdings die Gabe besitzt, sich von selbst zu öffnen, da seit diesem Tag der Flussgeruch des Rheins bei mir immer wieder Widerwillen und Furcht auslöst.

Wie lange ich vor mich hingrübelnd auf dem Stein saß, ohne einen Entschluss zu fassen, weiß ich nicht mehr. Ich kehrte erst in das Hier und jetzt zurück, als ich in der Ferne eine bucklige Gestalt sah. Das Wesen suchte etwas, weil es wie ein Wassergeist, den es ans Land zog und der doch vom Fluss nicht lassen konnte, auf den Weg huschte und wieder zum Rhein zurückkehrte. Die koboldhafte Kreatur war nur noch wenige Schritte von mir entfernt, als ich herrisch wie ein Soldat ein »*Qui va là!*« rief. Ein spitzer Aufschrei und alles Dämonische verflog. Ich erkannte Entgin mit ihrer Kräuterkiepe auf dem Rücken, die sofort die Flucht vor dem vermeintlichen Kriegsknecht ergriff. Obgleich ich mehrmals ihren Namen rief, rannte sie davon. Ihr folgend stieß ich mit dem Zeh gegen einen Stein und ließ meinem Groll mit einer Salve lästerlicher Flüche freien Lauf. Erst jetzt kam sie zu mir zurück.

»Vorhin habt Ihr freundlicher geredet«, sagte sie.

»Sackertürkenkreuzblutarschpestundrattenschiss ist freundlich, wenn man sich den Zeh stößt!«

»Ihr habt mich bös erschreckt«, jammerte sie, »die Nacht ist niemands Freund. Ach, ich dacht' schon, Ihr seid tot.«

»Dafür ist die Ziege wohlauf, das war's wohl wert!«

»Ja, über die Ziege bin ich gottfroh«, plapperte sie weiter, »aber um Euch hab ich grausam viel Angst ausgestanden!«

»Und warum hast du keinen Nachbarn um Hilfe gebeten?«

»Wer im Rhein ist, dem kann keiner helfen. Da suchen die Leut bloß stromab nach der Leich und damit hätten die Bauren sich noch bis morgen Zeit gelassen.«

»Du hast also niemandem etwas von mir erzählt?«

»Kein Sterbenswörtlein, keinem!«

Ich atmete auf. Vielleicht ließ sich das Abenteuer mit der Ziege noch vertuschen. Wir setzten uns ins Gras und ich erzählte ihr von meiner glücklichen Rettung.

»Es ist jetzt dunkel wie im Sack, wir sollten ein wenig schlafen und wenn der Mond aufgeht, laufen wir zu meinem Pferd«, schlug ich vor.

»Zu Eurem Pferd wollt ihr … dat wird schwer.«

»Schwer? So weit weg ist's doch kaum.«

»Nun ja, es … es ist nit mehr da.«

»Nicht mehr da?«

»Ja, ich wollt's wegführen und da ist's auf und davon. Es ist mir herzlich leid …«

Damit hatte ich alles verloren – bis auf Stiefel, Strümpfe und Wams, die Entgin in ihrer Kiepe mitgebracht hatte. Wir legten uns schlafen. Wegen der aufsteigenden Nachtkälte schmiegte ich mich eng an Entgin. Ihr Haar roch nach frischem Heu und sie verströmte einen federhaft menschlichen Duft. Ich schlummerte ein, doch die Kälte gönnte mir nur eine kurze Ruhe. Lange musste ich warten, bis sich der kraftlose Halbmond zeigte. Ich weckte Entgin. Schweigend machten wir uns auf den Weg. Ich war bedrückt. Mein Vater würde mich wohl aus dem Haus jagen; ein widerspenstiger Sohn, den er mit seinem sauer ersparten Geld auf eine lange Reise schickte und der gleich am nächsten Tag bettelarm vor der Tür stand, empfahl sich kaum als Erbe für Haus und Hof. Als wir das Dorf erreichten, durchbrach das erste purpurfarbene Licht über dem Siebengebirge am anderen Rheinufer das Morgengrau, die schwarzen Gipfel umzeichnend. Der heller werdende Schimmer strahlte Zuversicht in mein Herz. Ich machte Entgin darauf aufmerksam.

»Dort liegt Heisterbach«, sagte sie andächtig. »Am Morgen legt der Herrgott ein' Heiligenschein übers Kloster, wenn die Mönche von Heisterbach die *Laudes* besonders schön singen.«

»Was hast du denn mit den Mönchen am Morgen zu schaffen, Entgin?«

»Ei, die Heisterbacher Mönche sind doch die Pachtherrn vom Auerhof, wo ich arbeit'. Sie sind gute Herren – *sehen auch mal durch die Finger*, wenn der Bauer nit zu habgierig ist.«

Ich starrte auf den Heiligenschein über den Bergen. Er war so freundlich hell wie das Weihnachtslicht in der Kirche. Die Anfangstöne des »*Hodie Christus natus est*« kamen mir in den Sinn und das auffordernde »hodie«, das »heute«, klang mir wie ein an mich gerichteter Ruf. Ja, das Kloster – das war mein neuer Weg! Dort konnte der von Pater Senfft gelegte Keim zu einem reichtragenden Baum heranwachsen und nur dort konnte der Zauber, der seit der Anwendung der Schwarzen Kunst durch Katharina auf meiner Seele lastete, kraft eines gottgeweihten Lebens endlich von mir genommen werden. Dass die Tochter dieser Schwarzkünstlerin mir noch den Weg wies, war ein weiteres Zeichen dafür, so göttliche Vergebung zu erlangen. Mein Herz wurde leicht und ich sprach ein stilles Dankgebet. Entgin nahm mein Stillstehen als Wink, sich von mir zu trennen.

»Lebt wohl«, sagte sie, »nach Merhoffen könnt Ihr den Pfad da nehmen. Er führt an einem Hof vorbei; die Leut sind mürrisch, aber hilfreich.«

Eigentlich wollte ich stracks nach Hause marschieren, kehrte dann aber doch bei den mürrischen Bauern ein, bei denen ich nach ein paar Schluck Ziegenmilch, den Kopf auf dem Tisch, einnickte. Die Bäuerin hatte Erbarmen und ließ mich bis zum Abend im Stall schlafen, so dass ich erst in der Nacht in strömendem Regen den Süllhof erreichte. Jan und sein Knecht empfingen mich mit Pistolen, wobei mir der Knecht seinen Schießprügel schmerzhaft in die Rippen stieß, weil ich mich ungeduldig durch das halbgeöffnete Tor drängte. Kaum hatte mich Jan jedoch im Laternenschein erkannt, fiel er mir mit einem Freudenschrei um den Hals.

»Beim großen *Vitzliputzli*, Ihr lebt«, überbrüllte er das Hundegebell, »kommt, kommt ins Haus! Was für eine Freud, dass alles gut abgegangen ist und Ihr nicht tot seid.«

Die Magd fachte das Herdfeuer an und, trotz der nächtlichen Stunde, saßen alle bis auf das jüngste Kind um mich herum. Von Jan erfuhr ich, warum er mich für tot gehalten hatte. Mein Pferd war am Morgen auf einer Wiese von Merhoffen gefunden worden. Da mein Gepäck unangetastet war, hoffte man, dass mir das Tier nur entlaufen sei. Darauf traf ein Bote der Kolffs ein, der mitteilte, dass die Reisegesellschaft ohne mich aufgebrochen sei, nachdem man vergeblich nach mir gesucht hatte. Thierry hatte sich den Reisenden bis Bonn angeschlossen, in der Erwartung, ich käme noch nach. Wenig später saß der völlig erschöpfte Ferd im Wirtschaftshof, von dem man inzwischen wusste, dass er mich begleitet hatte. Voller Sorge ließ mein Vater nach mir suchen.

Jan ritt zu Entgin, die er aber nicht antraf. Die schwatzhafte Nachbarin erzählte, mich tags zuvor auf die Rheinwiese geschickt zu haben, ich sei aber in die entgegengesetzte Richtung geritten. Jan suchte das ganze Rheinufer bis Melhem ab. Nun wendeten sich alle Blicke mir zu. Auch wenn niemand die grobe Unhöflichkeit beging, dem Sohn des Pachtherrn eine persönliche Frage zu stellen, fühlte ich mich in der Pflicht, die Neugier meiner Gastgeber zu stillen.

Mit dem lapidaren Satz, mein Pferd sei mir tatsächlich bei Plittersdorf entlaufen, erntete ich nur ungläubiges Staunen, denn selbst eine Schnecke hätte von dort keinen Tag bis zum Süllhof gebraucht. So dachte ich mir eine abenteuerliche Geschichte aus, die weniger peinlich als die Wahrheit war und fabulierte, ich sei auf einen übel zerschlagenen Mann getroffen, der am Wegesrand lag. Kaum abgestiegen, hätten mich zwei Gestalten hinterrücks überrumpelt. Der Kranke sei aufgesprungen, um sich meines Pferdes zu bemächtigen. Mein Hengst ließ aber nach alter Manier die Kerle nicht an sich heran und sprengte davon. Ich erhielt einen Schlag auf den Kopf und wachte erst in der Nacht in einem Dornengestrüpp auf. Im Morgengrauen hätte ich mich zu einem Bauernhof geschleppte. Merg bedauerte mich und die vorlaute Magd plapperte sofort von einem ähnlichen Ereignis.

Jan schwieg. Schließlich befahl er: »Wir sollten jetzt Nachtruhe halten«, und zu mir sagte er: »Ich gehe sogleich zum gnädigen Herrn, um ihm die Botschaft von Eurer Rettung zu bringen.«

Ich wollte ihn daran hindern, so spät noch in den Regen hinauszulaufen, er aber bestand darauf, und im Grunde meines Herzens war ich sehr froh, dass er mir diesen Dienst erwies.

Am nächsten Tag saß ich beim Frühstücksmus, während Merg und das Gesinde schon auf dem Feld waren, als Jan zurückkehrte. Er warf seinen feuchten Mantel über einen Schemel beim Feuer und setzte sich zu mir.

»Das war eine elend nasse Nacht«, stöhnte er, »aber zumindest konnte ich Eurer Frau Mutter noch nachts die Sorgen nehmen und in der Früh rief mich der gnädige Herr.«

»Und? Was hat er gesagt?«

»Hm, nichts. Er hat mich nur angehört!«

»Kein gutes Zeichen«, murmelte ich.

»No ja, ein Zeichen großer Nachdenklichkeit.«

»Mag sein ... ich dank dir von Herzen für diesen Dienst.«

»War mir eine Freud«, seine blauen Augen sahen mich freundlich an, aber ich vermisste das Draufgängerische, das jungenhafte Blitzen, die unbändige Kraft. Er war gealtert, weniger im Aussehen als in seinem Wesen. Geblieben aber war ihm das rollende böhmische R und die kräftige Gestalt. »Mit Verlaub«, fuhr er fort, »die Räubergeschichte könnt Ihr Weibern erzählen, nicht aber dem gnädigen Herrn.«

»Warum? Wenn's doch so gewesen ist«, widersprach ich.

»Wie Ihr meint! Nur verwundert's einen, dass Ihr mit Stiefeln, Wams und Hosen den Wegelagerern entkommen seid. Jeder vernünftige Strauchdieb zieht sein Opfer bis aufs Hemd aus und selbst wenn er die guten Stiefel verschmähen sollt, weil er sonst mit Reichtum gesegnet ist, das Wams, in dem meist Geld steckt, nimmt jeder mit.«

»Vielleicht sind die Halunken gestört worden?«

»So leicht lässt keiner sein Opfer aus den Klauen und dem Herrn Vater könnt auch auffallen, dass Hemd und Hosen arg verschlissen sind, dagegen hat Euer Wams das Dornengestrüpp völlig heil überstanden. Ihr müsst im Hemd im Gebüsch gelegen haben, nicht ...«

»Dein Misstrauen ist übertrieben«, fiel ich ihm schroff ins Wort, »und damit basta, finito.«

»Wie Ihr meint«, doch dann sagte er mit einem Kriegsknechtgrinsen, »dann habt Ihr wohl's Hemd überm Wams getragen, so konnten die Holunken Euch nicht mehr bis aufs Hemd ausziehen.«

Meine Amme Katharina stellte ihr Körbchen so unsanft auf den Boden, dass Eier herauskollerten und zerbrachen. Der Brei lockte Katzen an, die sich daran gütlich taten, während sie mich tränenreich willkommen hieß.

»Bei meiner Seel«, schluchzte sie, »wir hatten nimmermehr gehofft, Euch wiederzusehen.«

Ich drückte sie an mich und flüsterte ihr ins Ohr: »Wenn du heute noch Arme Ritter braten willst, liebe Katharina, musst du dich eilen, denn die Eier sind gleich verspeist«, und deutete auf die schmausenden Katzen.

»Ach, herrje, meine Eier«, rief sie und verjagte die Tiere.

So misslich meine rasche Heimkehr war, sie löste dennoch Jubel aus. Aber Sophia raunte mir zu: »Saltin, der Herr Vater hat Thierry hart bestraft, weil er deinen Ungehorsam nicht sofort meldete ...«, sie stockte, weil meine Mutter auf uns zukam und mich umarmte.

Wir gingen ins Speisezimmer. Mein Vater saß am Kamin. Rüde schickte er Sophia hinaus, die flehentlich um ein Wort bat. Sein Bein lagerte auf einem Schemel, bandagiert, was es gestern noch nicht war. Erst jetzt kam mir zu Bewusstsein, wie wenig er klagte und wie diskret er sein Leiden für sich behielt. Nie hatte ich Schwären und Wunden gesehen, selten ein schmerzverzerrtes Gesicht. Nach einem vorwurfsvollem Schweigen eröffnete er das Tribunal.

»Ich bitte um Vergebung, Herr Vater, nein, um Gnade!«

Ich rang nach Atem. Es trat eine eisige Stille ein, die auch das Knistern des Kaminfeuers nicht wärmte. Wahrheitsgetreu erzählte ich nun alles, jedes Detail.

»Und mehr hast du nicht zu beichten?«, fragte er scharf.

»Nein!«

»Du lügst! Was hast du mit Jungfer Henrietta ausgeheckt?«

»Henrietta? Mit ihr hatte ich schon lang keinen Umgang.«

»Ha, vielleicht erinnerst du dich, wenn's beliebet, an die Abmachung, sie in Mannskleidern nach Paris mitzunehmen? Sie hat bei Bonn auf dich gewartet.«

Ich war sprachlos; schließlich erwiderte ich: »Es war allein Henriettas Wunsch, den ich ihr aber abgeschlagen habe.«

»Mein Sohn, du solltest jetzt endlich das Lügen und Leugnen lassen. Wie konnte sie ohne dich Tag und Stunde der Abreise wissen? Und warum sollte sich die Jungfer aufs Geratewohl an die Landstraß stellen, wohl wissend, dass du sie nicht mitnehmen würdest?«

»Das hat sie aber getan! Gnädiger Herr Vater, ich habe eben eine Litanei von Missetaten gebeichtet, *recte et candide*, warum sollte ich zu diesem Punkt die Unwahrheit sagen?«

»Weil dies ein besonders übles Stücklein ist. Mit deinem Wahnwitz hast du deinen Onkel wie mich hintergangen, wie's deine Art ist. Zudem hast du eine Jungfer größten Gefahren ausgesetzt. Thierry erkannte Henrietta, gottlob, und brachte sie in die Stadt zurück.« Mein Vater bedeckte sein Gesicht mit den Händen: »Christoph Salentin, ich habe mit Strenge, doch auch mit Nachsicht versucht, dich auf den rechten Weg zu führen.« Er ließ die Hände sinken. »Ich habe keine Ausgab gescheut, dir eine gute Bildung angedeihen zu lassen. Die Reise war ein kostbares Geschenk zum Abschluss deiner Erziehung, das du sorglos in den Dreck getreten hast. Wie kann ich dir noch trauen? Du bist in einem Alter, in dem sich zeigt, ob du ein Mann wirst oder dich im nichtsnutzigen Kinderspiel verlierst und all deinen Gelüsten nachgibst. Auf das Wunder, dass du doch noch den rechten Pfad findest, kann ich nicht warten. Philipp wird im nächsten Frühjahr die Reise antreten, und dir rate ich, eine Profession zu suchen, die dir ein standesgemäßes Leben außerhalb Merhoffens ermöglicht.«

Leise hatte er mir die Tür gewiesen, Wut und Enttäuschung beherrschend. Das Urteil war überlegt und endgültig. Es traf mich zwar nicht unvorbereitet, aber als es ausgesprochen war, versetzte es mir doch einen harten Stoß.

»Herr Vater«, entgegnete ich, »vom Kinderspiel bin ich weit entfernt, auch wenn Ihr's so anseht. Doch wenn ich kein Vertrauen habe, so ist's wahrhaftig besser, ich gehe.«

Ich verbeugte mich und ging. Draußen überfiel mich Sophia mit einem Redeschwall, dem ich entnahm, dass sie, nicht gerade ahnungslos, meinen Reiseplan Henrietta verraten hatte. Ich bat sie, dies für sich zu behalten, damit sie nicht auch noch ins Visier des väterlichen Unmuts geriete; für mich jedenfalls gab es keine Hoffnung mehr.

Später rief mich meine Mutter in ihr Gemach.

»Christoph, der Herr Vater bleibt bei seinem Entschluss. Du kennst seinen Spruch, wer nicht gelernt hat zu gehorchen, der kann auch nicht befehlen«

»Ja, ich weiß.«

»Und was willst du tun? Wieder zu den Jesuiten gehen?«

»Nein, ich will vorwärts und nicht zurück. Ich trete in den Orden der Zisterzienser in Heisterbach ein.«

»Gütiger Gott, wer hat dir das eingegeben?«

»Niemand! Ich spür's in meinem Herzen. Es ist der Plan eines Höheren. Durch widrige Umständ hat er mir den Weg nach Paris verlegt und mich durch ein Wunder aus höchster Not gerettet. Am Rhein zeigte er mir das andere Ufer in den prächtigsten Farben. Ich schulde Gott Dank und will ihm arm und in Demut dienen.«

»Irre Ideen, Grillen, zum Mönch muss man geboren sein.«

»Ja, wenn Mönche Kinder haben. Wer kann seine Profession schon wählen? Der Sohn des Schmieds wird Schmied, der Sohn des Grafen wird Graf, Obrist oder ein Würdenträger der Kirche, wie's den Eltern gefällt.«

»Du aber hast die Wahl!«

»Und das sind die Zisterzienser.«

»Aber aus Köln hast du voll Feuer vom Missionsdienst geschrieben; das ist aber bei diesem Konvent nicht möglich.«

»Ja, es ist eine Kehrtwende. Wie der heilige Bruno, Augustinus oder der Apostel Paulus wendet man sich von der Welt ab. Ich war ein Vogel im Sturm und suchte einen Ruheplatz, um das zur Entfaltung zu bringen, was in mir liegt – so wie's die Entelechie des Aristoteles lehrt. Und wenn's mir gelingt, in aller Bescheidenheit für andere Gutes zu bewirken, vielleicht sogar ein Vorbild zu sein, dann ist mir das mehr als alles Dozieren und Missionieren.«

»Gut, aber zur Bescheidenheit gehört auch Gehorsam.«

»Ich habe also noch viel zu lernen!«

»Wenn du's bei den Jesuiten nicht gelernt hast, lernst du's auch bei den Zisterziensern nicht. Warum beendest du nicht die Schul und entscheidest dann, ob du Priester sein willst oder als Rat an einen Hof gehst?«

»Und ein würdig hochmütiger Mann werden in Pracht und Eitelkeit«, ergänzte ich, »ach nein, genau das verabscheue ich: So leben wie die Katzen, vorne lecken und hinten kratzen – mich von Rang zu Rang, von Charge zu Charge nach oben zu buckeln, sei's bei Hof oder in der Kirche. Und wenn ich ins Grab sinke, bin ich morgen vergessen, weil ich weder den Menschen noch Gott diente, sondern nur meine Eitelkeit befriedigte. Nichts als Vanitas! Nein, dann lieber einem höheren Ziel dienen als Gleicher unter Gleichen.«

»Wirre Worte, Saltin, überall ist ein Oben und Unten und jeder will von unten nach oben kommen, so ist die Welt.«

Ich zuckte mit den Achseln.

Sie sah mich traurig an.

»Saltin, dies ist ein böser Irrweg. Aber Irrwege sind oft die besten Lehrmeister, wenn auch das Lehrgeld hoch ist.«

Voll feurigem Eifer wollte ich gleich am nächsten Tag abreisen. Katharina sollte Proviant zusammenpacken und lud mich zu einer Mahlzeit »Arme Ritter« ein. Melchior kam hinzu und so saßen wir, wie in alten Zeiten, am Tisch in der Nähe des Feuers bei unserem Lieblingsschmaus.

»Früher hab ich immer heimlich eine Scheibe Armer Ritter beiseit' gelegt. Ich hatte immer Angst, Ihr würdet mir alles wegessen«, sagte Melchior grinsend zu mir.

»Das wollte ich auch und habe mich vollgestopft.«

»Aber jetzt freut's mich, wenn Ihr gut esst, langt zu!«

»Nein, vielen Dank, ich bin satt«, wehrte ich ab.

»Das war aber kaum mehr als eine Vogelmahlzeit«, murrte Katharina, »ich schwör's, die zerbrochenen Eier hab ich den Katzen gelassen und nur frische genommen.«

»Das waren köstliche Arme Ritter, liebe Katharina«, besänftigte ich sie, »nur habe ich keinen rechten Hunger.«

»War der Herr Vater sehr hart?«, fragte sie zaghaft.

Ich verneinte und schob meinen Teller beiseite. Meine Geschichte würde bald durch alle Dörfer laufen, daher erzählte ich auch jetzt das Märchen vom Raubüberfall und fügte hinzu, als Dank für die Rettung meines Lebens Gott als Mönch dienen zu wollen. Es war eine Legende ganz nach Katharinas Herzen, obwohl es sie wie Melchior schmerzte, mich nicht mehr wiederzusehen.

Mir war plötzlich speiübel. Katharina schenkte mir als Arznei einen Schnaps ein. Er half, doch als ich aufstand, packte mich ein Schwindel und ich fiel auf die Bank zurück. Melchior stichelte: »Ein Mönch muss mehr vertragen als ein' Fingerhut voll Schnaps, den meine Mutter in ihrer schwäbischen Großzügigkeit ausgibt.«

»Pfui, halt dein ungewaschen Maul«, knurrte Katharina.

Sie sah mich besorgt an und gab mir noch einen Schnaps. Nach einem Schluck übergab ich mich in einem Schwall. Schwach und elend ruhte ich mich später auf Melchiors Bett aus.

»Ihr seht ganz grün aus«, meinte Melchior.

»Wo's grünt, ist Hoffnung«, spaßte ich, »morgen geh ich!«

»Nein! Merhoffen ist ein Honigtopf und wir die Fliegen. Ich hatte mein Bündel auch schon geschnürt, da warf mich eine *maladie* so wie Euch aufs Krankenlager. Und Ihr werdet auf die gleiche Weis' festgehalten, denn Milchbrüder haben oft ein gleiches Schicksal.«

April 1658

Sieben Monate hielt mich die Krankheit in Merhoffen zurück, eine Zeit, die sich vor allem heilsam auf mein Verhältnis zu meinem Vater auswirkte. Als es mir sehr schlecht ging, kam er einmal, um mir Mut zuzusprechen. Drei Wochen später besuchte er mich wieder. Ich saß am Tisch und blätterte in der Nativität des Agricola.

»Kaum das Brevier eines Mönchs in spe«, wies er mich freundlich zurecht.

»Nein! Und außerdem ist es falsch. Philipp, nicht mir, wurden viele Krankheiten prophezeit.«

»Ja, bei deiner schwachen Gesundheit ist es klug, wenn du dich für ein Leben in der Kirche entscheidest, wenn auch das kräftezehrende Dasein eines Mönches am wenigsten geeignet ist. Du solltest zuerst studieren.«

»Auch ein Mönch kann studieren.«

»Da bist du aber von der Gnad des Abtes abhängig und, mein Sohn, wer nichts gelernt hat, muss auch im Konvent mit dem Vorlieb nehmen, was abfällt.«

Ihm widerstrebte meine Entscheidung. Die Zeiten, in denen es für einen Adligen ehrenvoll war, ein Zisterzienser zu sein, waren schon seit mehr als 100 Jahren vorbei. Söhne von Handwerkern traten in den Orden ein, der, zwar begütert war, im Vergleich zu den Jesuiten aber wenig Einfluss besaß und dessen Klöster einsam in den Wäldern lagen. Die Zurückgezogenheit des Ordens gefiel mir nun gerade und das Missfallen meines Vaters spornte mich eher an, als mich von meinem Vorhaben abzuhalten. Da ich nach der Krankheit noch lange schwach war, blieb ich, auch auf Wunsch meiner Mutter, bis zum Frühjahr in Merhoffen. Viel Zeit verbrachte ich mit Sophia, die traurig darüber war, dass ich Marisa nicht heiratete. Durch die Mitgift meiner Braut hätte mein Vater auch die Mittel für ihre *Heimsteuer* gehabt, ohne die sich kaum ein Ehemann findet. Marisa war mit ihrer Mutter in Ingolstadt und

München und als sie im April zurückkehrte, besuchte ich sie, um ihr das zu sagen, was sie gewiss nicht hören wollte. Sie war eine Dame zum »in den Arm nehmen« geworden. Alle Schönheitsattribute aus den Liebesromanen meiner Schwester hätte ich verwenden können, um sie ohne Übertreibung zu beschreiben. Vor dieser liebreizenden Jungfer musste ich nun erklären, dass ich mich zum Mönchsdasein verurteilt hatte. Mein Ruf hatte wohl gelitten, denn die Türen des Musikzimmers und des anschließenden Durchgangraumes standen offen und im übernächsten Gemach saß, an Weißzeug stichelnd, eine alte Kammerjungfer.

»Vielleicht sollten wir ein wenig in den Garten gehen, die Sonne scheint«, schlug ich Marisa vor.

»Ach nein, draußen wird mein Gesicht dunkel wie bei einer Magd«, sie lächelte wehmütig.

»Liebste Marisa …«, ich stockte und schlug die Augen nieder.

»Ich weiß, der Herr wird Mönch. Sophia hat's mir geschrieben, wozu Ihr Herr Bruder wohl keine Courage hatte.«

»Ach, Mademoiselle, ich wollt's sagen, nicht schreiben« – ich biss mir auf die Lippen –, »ich habe den Vater unversöhnlich verärgert. Nun kann ich nur Soldat oder Priester werden, aber nie Herr von Merhoffen. Wir … wir müssen uns dreinfinden. Das Verlöbnis in der Gertrudiskapelle war mir nie ein Kinderspiel. Den Ring habe ich getragen, bis es keine Hoffnung mehr gab. Deshalb nehmt ihn zurück und vergebt, wenn ich wortbrüchig bin.«

Reglos saß sie da, den Blick auf ihre ineinander gelegten Hände gerichtet. Ich kniete nieder, legte ihr das Schmuckstück in den Schoß und versuchte in ihre Augen zu blicken.

»Marisa«, sagte ich leise – da fiel sie mir um den Hals.

Ein kühler Aprilregen durchnässte mich. Der steil bergauf führende Weg durch das Peterstal zur Abtei Heisterbach war wegen der vielen quertreibenden Wurzeln uneben und Rinnsale hatten den Boden derart durchweicht, dass ich mehrmals ausglitt. Nachdem ich den Wald passiert hatte, stieß ich auf mehrere hintereinander liegende Fischteiche. Auf den Wanderstab gestützt blieb ich stehen. Rechts von mir lag, eingebettet in eine Wald- und Wiesenlandschaft, am Fuße eines Berges eine graue Kirche in den Ausmaßen eines Domes. In dieser Einsamkeit wirkte sie so unwirklich wie ein Palast in einem Dorf. Ein winziger Glockenturm auf der Vierung war der einzige Anhaltspunkt, dass es sich hier nur um eine Klosterkirche handelte. An der südlichen Seite schlossen sich die niedrigeren Klausurgebäude der Mönche an, die mit der Kirche ein geschlossenes Viereck bildeten. Davor lagen die Wirtschaftsgebäude und Stallungen. Den gesamten Komplex umfasste die sehr weitläufige Klostermauer.

Der in einem grauen *Habit* gekleidete bärtige Mönch, der mich inquisitorisch ausfragte, bevor er mir die Klosterpforte öffnete, kam mir wie der Hüter des Grals auf dem Montserrat vor. Mürrisch bedeutete er mir, ihm zu folgen und er führte mich zu einem isoliert von den anderen Gebäuden liegenden Häuslein. Er schloss mich im Eingangsraum ein. Nur durch das vergitterte Fenster in der Tür fiel etwas Licht. Ich setzte mich auf eine Bank, die das einzige Möbelstück in dem Gelass war. Geraume Zeit später ließ der Pförtner einen weiß gekleideten Mönch ein. Der junge, glattrasierte Mann stellte sich als Bruder Robert vor, dem gegenwärtig die Sorge um die Gäste obläge. Er fragte nach meinem Begehren. Nachdem ich mein Anliegen vorgetragen hatte, schloss er eine Tür zu einer Kammer auf, in der ein Bett, ein Tisch, ein Schemel und ein Betstuhl standen. Mit einem »Gelobt sei der Herr« wollt er mich verlassen. Ich hielt ihn am Ärmel fest: »Hochwürdiger Pater, wann kommt der Novizenmeister?«

»Geduld! Und der Herr sollte wissen, dass keiner im Kloster Forderungen stellt außer dem Herrn und Abt!«

Immerhin sperrte er mich nicht ein.

Am nächsten Morgen schlenderte ich durch die Abtei. Eine Allee junger Birnen-, Quitten- und Maulbeerbäume führte zu der mit Säulen, Rosetten- und Bogenfenstern geschmückten Kirche, die in ihrer Größe nur von den Buchen des hinter der Klostermauer beginnenden Waldes übertroffen wurde. Die Kirche und die sich ihr anschließenden Klausurgebäude der Mönche waren altertümlich. Auch die Wirtschaftsgebäude mussten schon viele Jahrzehnte der Witterung widerstanden haben; ihr Holz war gebleicht und einige der Fachwerkmauern hatten sich gesenkt, so dass die Querbalken Wellen aufwiesen. Dennoch war alles von knorriger Frische, als wollten die Bauwerke noch Jahrhunderte überdauern. Das Glöcklein läutete zum Chorgebet. Aus dem Backhaus wehte mir der Duft frischen Brotes entgegen. Auf einer Wiese grasten Ziegen und Hühner pickten friedlich glucksend. Das Vogelgezwitscher übertönte das Knarren eines anlaufenden Mühlrades. Neugierig trat ich in das Mühlenhaus.

»Gelobt sei Jesus Christus«, grüßte mich ein grau gewandeter Mönch freundlich.

»In Ewigkeit Amen, Bruder Sebastian«, antwortete ich.

»Hola, woher kennt der Herr mich?«, fragte er.

»Ihr habt mir einmal einen Hund geschenkt, als Ihr noch in der Wildnis lebtet, und später habe ich Euch im Feldlager wiedergesehen.«

»Ei, ja, der junge Herr, jetzt erinnere ich mich.« Er strich mit seiner narbigen Hand über sein narbiges Gesicht, das jetzt wohlgenährt einen sanfteren Ausdruck hatte als früher. »Ihr wollt Mönch werden? Sie sind hier recht wählerisch. Erst wollten sie mich nur als Knecht haben. Am End haben sie mich als Laienbruder oder *Konverse*, wie sie sagen, angenommen. Ich hab mich dem Bierbrauen verschrieben, damit nit das schöne Getreid nur zu Brot verbackt wird.«

»Ist das Chorgebet schon vorbei?«

»Das Chorgebet?« Er grinste und blickte zur offen stehenden Tür hinaus: »Damit nehmen wir's nit gar so genau. Kommt nur zu uns! Das Leben hier ist gut. Wein zum Essen, Pfleg, wenn man krank ist und fürs Seelenheil ist auch gesorgt. Viele, die hier unterkriechen wollten, haben sie abgewiesen. Jetzt klopfen weniger an

– hat sich wohl rumgesprochen, dass man was vorweisen muss, um Gnad zu finden.«

Er plapperte weiter über die Vorzüge des Klosterlebens. Mich beunruhigte, dass der Konvent eine strenge Auswahl bei den Novizen traf. Gerade bei den *Konversen*, welche die Handarbeiten zu erledigen hatten, damit sich die Mönche den geistlichen Aufgaben widmen konnten, wäre eher ein Mangel zu erwarten gewesen, da gutes Gesinde rar war. Junges Volk zog südwärts, angelockt durch die von den Landesherren garantierten Steuerfreiheiten, um im Krieg verwaiste Höfe zu übernehmen, ohne dafür auch nur einen roten Heller zu zahlen. Gleichzeitig waren die Löhne gestiegen, was jedem Knecht auch außerhalb der Klostermauern ein angenehmes Leben ermöglichte. Auf meine Hochstimmung folgte nun kleinmütige Bangigkeit.

Am Abend ging ich in die Abteikirche. Das Klappen der eisenbeschlagenen Eichentür störte die Stille, die jeden Eintretenden empfing und in der jeder Schritt bedeutsam wie ein Trommelschlag hallte. Vom Eingangsportal ging der Blick an acht, den Mittelgang säumenden schweren Säulenpaaren vorbei, zwängte sich durch den *Lettner*, wurde über das Querhaus bis zu einem weiteren Säulenpaar geführt und endete beim Hauptaltar im Halbrund des Chorraums, der vom Eingang so weit entfernt schien wie ein Schiff auf hoher See von der Küste. Die wuchtigen Säulen des Mittelganges waren durch Rundbögen miteinander verbunden. Das Licht fiel sparsam über die beiden Seitengänge durch jeweils acht kreisrunde Fenster ins Innere, während ein Halbkranz von großen Rundbogenfenstern den Chor hell beleuchtete. Die massigen, schweres Mauerwerk tragenden Säulen, die rötlichen Bodenfliesen und die nackten Steinquader der Wände strahlten die kühle Würde einer alten Zeit aus, die mit der alles vergoldenden, lebensgierigen Üppigkeit meiner Epoche nichts gemeinsam hatte. Keine verschnörkelten Ornamente, keine farbenfrohe Malerei, kein Marmor, kein die Menschen erfreuender Goldschmuck! Nur schlichte Größe, die Ehrfurcht vor Gott einflößt. In der erhabenen

Stille verstand ich die Zisterzienser, welche die Kirche vor über 500 Jahren errichteten. Ihr Bau erklärte ihren Plan in einer klaren Sprache: Du bist aus grauem Staub gemacht, ein Nichts vor der Größe Gottes. Die Kargheit ist die Pracht, die den Weg zum himmlischen Glück weist wie auch zum irdischen, wenn man in der Einfachheit Schönheit erkennt. So bescheiden, rein und schön wie dieser Bau muss deine Seele sein. Hier konnte sie sich wieder aufrichten, wenn sie müde geworden war, gegen den Strom einer Zeit zu schwimmen, für die Frömmigkeit zur prunkenden Fassade verkommen war. In einer Nische des Seitenschiffes kniete ich vor einem Altar nieder. Sein Bild zeigte ein Kreuz, das aus einem dunklen Hintergrund hervorleuchtete. Der Gebetsruf erscholl: »Deus in adiutorium meum intende« – Oh Gott, komm mir zu Hilfe.

Die Singstimme hallte noch, als der Chor einfiel: »*Domine*, ad adiuvandum me festina« – Herr, eile mir zur Hilfe.

Die Vesper begann. Die Stimmen vieler Kehlen vereinigten sich zu einem einzigem Ton, der einsam in die Höhe stieg, sich mit dem folgenden verband, dem weitere Klänge folgten – gedehnt, voller Würde und am Ende jeden Satzes mit der Hebung der Stimme wie bei einer Frage verhauchend. Der langsam auf- und absteigende Gesang im verdämmernden Tag schuf eine feierliche Stimmung. Ich blickte auf das Kreuz. Der steinerne Duft der Mauern mischte sich mit den Gerüchen der Öllampen, Kienspäne und der Weihrauchschwaden vieler Jahrhunderte zu einem erdig stumpfen Aroma, und ich spürte die Ewigkeit, in welcher der kleine Mensch unter einem unbegreiflichen, allumfassenden Schutz steht. Etwas berührte meine Seele, wendete sie schmerzhaft – ein guter Schmerz, wohltuend und erlösend wie Tränen. Das Amen war schon lange gesprochen und ich kniete noch immer.

Nicht der Novizenmeister, sondern Bruder Robert besuchte mich am nächsten Tag wieder im *Hospitium*.

»Ist der Novizenmeister unabkömmlich?«, fragte ich.

»Nein!« Pater Robert gestattete sich ein Lächeln. »Er ist da. Ich bin der Novizenmeister.« Ich unterdrückte mein Erstaunen und sah ihn erwartungsvoll an. »Junger Herr, es freut den ehrwürdigen Abt und den Konvent, wenn er dem Gottesdienst alle weltlichen Freuden opfern will. Doch ein Leben in Armut, Keuschheit und Gehorsam ist selbst für den Standhaften schwer, für den Wankelmütigen aber eine Qual. Deshalb sollte jeder nicht nur das Feuer des Wunsches, sondern auch seine Beständigkeit prüfen.«

»Habt Ihr Zweifel an mir?«

»Ob ich Zweifel habe, ist ohne Bedeutung, denn nur der Abt prüft und entscheidet mit dem Konvent.«

»Was wird mich der Abt fragen?«, erkundigte ich mich.

»Er wird fragen, ob der Herr nach unserem Wahlspruch *ora et labora* leben will. Außerdem wird er wissen wollen, was er vorzuweisen hat. Durch die Beschwernisse des Krieges sind die Studien lange vernachlässigt worden.«

»Vor zwei Jahren war ich in Köln in der Logikklasse …«, und dann erzählte ich vom Tricoronatum. Seine grünen Augen blickten mich kühl an und irritierten mich. Erst als ich von Pater Senfft sprach, wurde ihr Ausdruck freundlicher.

»Es ist schön, wenn ein frommer Mensch den Weg weist«, sagte er schließlich, »doch, warum wählt der Herr gerade unseren Orden, wenn das Vorbild ein Mitglied der *Societas Jesu* war?«

»Mir liegt nichts an den Städten, wo die Jesuiten leben.«

Bruder Robert Cüpper war auch außerhalb der üblichen Schulweisheit wohlbelesen, ohne dies jedoch in überflüssigen Reden zu demonstrieren. Seine lebensweise Art erinnerte an meinen seligen Magister, der sich ebenso aufmunternd mit mir unterhalten hatte; allerdings hatte in dessen Äußerungen manchmal eine stumme Resignation gelegen, während der junge Bruder eine ausgeprägt optimistische Haltung besaß. In seinen und in den Augen mancher anderer Mönche fiel mir eine Fröhlichkeit auf, wie man sie außerhalb der Klostermauern selten findet. Später begriff ich ihr

Geheimnis. Sie vertrauten ganz auf Gottes Schutz und sorgten sich nicht. Die weltlichen Pflichten lagen auf den Schultern des Abtes Franciscus Schäffer, der, schon 75 Jahre alt, wegen seiner Bescheidenheit und Milde gerühmt wurde. Ihn unterstützten der Prior und der *Kellner*. Da die Abtei vor allem Pachtherr war und außer den Klostergärten keinen eigenen Ackerbau mehr betrieb, bestand die Hauptarbeit im Verwalten der Güter. Die Handarbeit wurde von Knechten erledigt. Allerdings erzählte mir Bruder Sebastian von einem Mönch, der den Obst- und Gemüsegarten bestellte, was er als Besonderheit herausstrich. Es wunderte mich deshalb, dass der Novizenmeister mich diesem Gartenbruder Johannes zuwies, was ich ablehnte, weil ich es als ehrenrührig ansah, Dienste eines Taglöhners zu verrichten.

»Ist das Lesen auch unter Eurem Stand?«, fragte er spitz.

»Nein! Und wenn die Bauernarbeit hier Brauch wäre, so würde ich sie tun«, milderte ich mein »Nein«.

»Nun gut, dann lest die Kapitel 5, 48 und 71 der Mönchsregel des heiligen Benedictus. Sie sind das Fundament unseres monastischen Lebens.« Er gab mir ein dünnes Buch.

Ich las nicht nur die Kapitel über den Gehorsam, der wie die Handarbeit auf eine Stufe gestellt wurde, sondern alles. Trotzdem wollte ich nicht schmählich wie ein Knecht in der Erde wühlen. Ich schuldete zwar freudigen Gehorsam, aber seitdem der Heilige Benediktus vor tausend Jahren die Regel erstellt hatte, hatte sich vieles geändert. Graben und Jäten war nun wie bei jedem Pachtherrn auch in der Abtei Aufgabe des Gesindes, nicht der Mönche. Bruder Robert gab mir hierin auch recht, obwohl, wie er erklärte, gerade die Zisterzienser sich bemühten, dem von Benedictus vorgegebenen Ideal nachzustreben. Da bereits vor 500 Jahren viele Klöster die Grundsätze der Handarbeit, Armut, Keuschheit und Askese missachteten, gründete ein Edelmann den Zisterzienserorden, um diesen alten strengen Regeln wieder Geltung zu verschaffen. Edelleute wie Bauern zogen in den Wald, um dort ein Kloster zu bauen. *Konverse* und Mönch schlugen Bäume, legten

Teiche an und bestellten das Feld. Inzwischen entwerteten jedoch auch bei den Zisterziensern viele Gebräuche – consuetudines genannt – das alte Mönchsleben. Ein Teil des Ordens wollte die *observantiae strictiores*, also die alten Regeln wieder einführen, was der Großteil verweigerte. So reichte man bei Tisch auch Fleischspeisen, obwohl der Abt und jene, die nach der strikten Observanz lebten, nur Gemüse und Fisch aßen.

»Wir wollen wie Christus leben, der die ärgsten Demütigungen bis in den Tod ertrug«, ereiferte sich Bruder Robert, »wer sich selbst erhöht, steigt die Jakobsleiter hinab und durch Demut steigen wir sie zum Himmel hinauf, wie es Benediktus im 7. Kapitel schreibt. Wer Beschimpfungen schweigend erträgt, steht höher als der, der sie erwidert. Der Demütige wird zwar oft belächelt, aber nicht nur Gott erkennt das Selbstopfer an, sondern mehr als man denkt auch die Menschen. Unsere Ehre ist die Bescheidenheit und unser Stolz die Demut. Deshalb bot ich die Gartenarbeit an!«

»Gut, aber ich will mich nicht zum Hanswurst machen.«

»Nehmt die Benedictus-Regel als Leitsatz und kümmert Euch nicht darum, was andere für dumm halten. Dazu bedarf es Kraft, die Gott schenkt, wenn man ihn darum bittet.«

Meine Hoffnung, vor dem Abt nun die Generalbeichte ablegen zu dürfen, die Voraussetzung für das Noviziat war, erfüllte sich nicht, da der Abt am fünften Tag nach meiner Ankunft im Morgengrauen auf Reisen gegangen war, um das Frauenkloster Mariengarten in Köln und andere Klöster zu visitieren. Erst zur Kirchweih am 29. Juni wurde er zurückerwartet, wie mir Bruder Robert erklärte. Nur mit Mühe bemäntelte ich meine Enttäuschung. Kaum war der Novizenmeister gegangen, lief ich zu den Fischteichen außerhalb der Abtei. Dort warf ich mich auf die Wiese und blickte in den Himmel, der in seiner Größe so beklemmend wirkte, dass ich die Augen schloss. Immer wieder versuchte ich den Anblick des alles überspannenden Blaus zu ertragen, jedes Mal aber dachte ich darin zu ertrinken, genau wie damals, als ich mich in Wassernot befand, in der ich bei jedem Auftauchen nur den Himmel sah – den erdrückend mitleidlosen Himmel. Das Licht über den Bergen, das mich damals in die Abtei gewiesen hatte, hatte mich in die Irre geführt. Man lehnte mich hier ab. Das ummauerte Dorf mit der majestätischen Kirche war der Ort, in dem mein Innerstes zur Ruhe kommen sollte, damit es nicht mehr wie ein Schmetterling auf der Suche nach einem sinnvollen Leben durch die Welt taumelte. So fühlte ich es immer noch. Doch auch hierum musste ich kämpfen, um wie damals im Rhein gerettet zu werden. Lange kauerte ich am Ufer des Teiches, versunken in den Irrgarten meines Lebens, dessen Architekt ich nicht war. Schließlich betete ich um die Kraft, Demütigungen mit Gleichmut hinzunehmen und mich in Geduld zu fassen, so wie es die Regeln des Heiligen Benedictus forderten. Danach spazierte ich zu der Walkmühle, die, nur einen Steinwurf von der Klostermauer entfernt, zwischen Wald und Abtei lag. Neben der Türe lehnte ein Arsenal von Flinten, auf das jede Räuberhorde stolz gewesen wäre. Neugierig trat ich näher. Da stieß ein Mann die Tür auf und warf sich auf mich, so dass ich zu Boden ging. Den Griff nach meinem Hals konnte ich mit einem Faustschlag in sein Gesicht gerade noch verhindern. Mit einer Hand erschnappte ich sein linkes Handgelenk. Sofort traf mich ein Hieb. Wie ein blutrünstiger Hund packte er meinen Hals und drückte mit beiden Händen zu. Jemand brüllte »Loslassen«. Ich bekam wieder Luft, hatte aber das Gefühl, meine Kehle würde weiterhin zerquetscht. Bruder Sebastian kniete neben mir. Der Angreifer saß zu meinen Füßen. Blut lief ihm über das Gesicht. Drei Männer in Jagdkleidung standen hinter ihm.

»Was kriechst du hier herum?«, fragte ein Graukopf.

»Das ist unser Gast«, stellte mich Bruder Sebastian vor.

Alle vier starrten mich an wie ein fünfbeiniges Pferd.

»Du hast ein' grausam harten Schlag«, brummte der Blessierte, »Bruder, du passt zu uns.«

»Danke, ich will ins Kloster, nicht zu einer Räuberrotte.«

»Das ist eins«, scherzte der Graukopf, »ich bin Bruder Bernhard, das da ist Bruder Marcus. Mit Benedictus hat der Herr sich ja schon gut bekannt gemacht. Er war ein wenig hitzig, weil in letzter Zeit einiges Jagdgerät abhanden gekommen ist.«

»Ich dachte, Mönche tragen einen *Habit*?«

»Ja«, Bruder Bernhard kratzte sich am Kopf, »aber der Habit ist für die Jagd höchst untauglich, deshalb wechseln wir in der Mühl die Kleider. Junger Herr, kommt doch mit. Nach der Jagd gehen wir auf einen guten Schluck zum Propsthof der Benediktiner in Oberpleis.«

»Ich danke«, wehrte ich ab.

Das Jagdvergnügen der Brüder widersprach allen klösterlichen Regeln. Ein Mönch durfte sich nie seines Habits entledigen. Zudem verbot der Heilige Benedikt den Genuss von vierfüßigen Tieren und die Zisterzienser verzichteten sogar ganz auf Fleisch. Mit Wild speiste man auch kaum die Armen, weshalb es die Konventstafel zieren musste.

»Warum so schweigsam?«, fragte mich Bruder Robert am nächsten Tag.

»Reden und Lehren kommt dem Meister zu, Schweigen und Hören ziemt dem Jünger«, erwiderte ich.

»Es freut mich, dass der Herr den Nutzen der Regel erkennt.« Er musterte mich. »Was ist das da am Hals? Zwei blaue Flecke?«

»Die verdanke ich Benedictus«, scherzte ich.

»Wie? Ihr habt wie Jakob mit dem Engel mit Sankt Benedikt gerungen?«

»Nein, das war nur so dahingesagt. Es ist nichts.«

»Nichts? Es sind Würgemale.«

»Ach, gestern ging mir am Teich ein Kerl an die Gurgel.«

»Seltsam, jeder Wanderer erhält hier eine Mahlzeit, ohne dass er vorher Fische fangen muss«, er sah mich fragend an, »wenn's nicht der Sanctus Benedictus war, dann war's wohl *Frater* Benedictus?« Das war spitzfindig, doch ich schwieg. »Gut, es war wohl der Frater!« Bruder Robert starrte bedrückt vor sich hin. »Ich werde dafür sorgen, dass er für die uns alle beschämende Gewalt bestraft wird.«

»Ich bitte, meine unbedachten Worte zu vergessen.«

»Es wäre besser, wenn ich alles erführe.«

»Und ich bat um die Barmherzigkeit des Vergessens!«

»Der Herr will also einem Sünder Reue und Buße verwehren!« Bruder Robert legte die Hände ineinander. »Er nimmt's auch auf sich, dass derjenige eines Tages vielleicht einen Menschen erwürgt. Gestern fehlten zwei Mönche und zwei Laienbrüder beim Chorgebet. Sie waren auf der Jagd. Einer von ihnen heißt Benedikt ... Mein Sohn, es ist christlicher, seinen Bruder nicht in einem Sumpf von Sünden versinken zu lassen, als ihn vor einer gerechten Strafe zu schützen ... Nun denn, ich melde das dem Bruder Prior. Wenn er aber erst im Dunkeln stochern muss, bis sich einige Brüder in Widersprüch verheddern, dann wird ein Bruder die Abtei verlassen müssen!«

So in die Enge getrieben schilderte ich nun doch den Hergang und sagte abschließend: »Auch Mönche müssen sich doch wehren dürfen, wenn sie einen Dieb erwischen!«

»Ein Mönch darf niemanden verletzen und die Würgemale zeugen von roher Gewalt. Ja, und die Jagd ist ein Übel, das in der Notzeit des Kriegs eingerissen ist und unser Herr und Abt nur widerwillig duldet. Es gehört zu dem Disput im Konvent über die *observantia strictior*, wovon ich schon erzählte. Der ehrwürdige Abt will Zänkereien vermeiden und erlaubt daher gelegentlich die Jagd in den Wäldern der Abtei.«

Die Lust an Spaziergängen außerhalb der Klostermauern war mir vergangen. Um die Sonne zu genießen, ging ich deshalb in den Garten. Blaue und rötliche Blumenkelche, zahllose Pflanzen in allen denkbaren Nuancen von Grün empfingen mich. Sattgrünes Blattwerk der Pfingstrosen, buschiger, graugrüner Salbei, Melisse, zartblättriger, hellgrüner Kerbel, filigrane Petersilie, Ysop und Liebstöckel sprossen und gediehen prächtig, alles – in Reihen gesetzt – in einer strengen Ordnung, die Gewürz- und Heilkräuterbeete trennte. Wie ein Kind erforschte ich den Geschmack einzelner Blättchen. Ich probierte die säuerliche Melisse, kostete die Würze des Kerbels wie die des herb-frischen Salbeis, selbst der gallebittere Wermut schreckte mich nicht. Alles schmeckte herb und rau, hatte nichts von der edlen Würze des Zimts oder Muskats. Leicht strich meine Hand über das überreiche Grün und ich dachte an Entgin mit den Kupferhaaren, die ihr Gärtlein mit der gleichen Liebe pflegte wie hier der Mönch Johannes. Ich tauchte meine Hand in ein Regenfass und schüttelte die Wassertropfen ab, dass sie wie Diamanten aufblitzten. Auf einer Bank vor einem Ziegenstall saß jetzt allerdings nicht Entgin, sondern der Gärtnermönch, den ich grüßte.

»Deo gratias«, erwiderte er, »Ihr saht so glückselig aus, wie Ihr Euch erfrischtet, dass es mich gefreut hat.«

»Da ist der Bruder leicht glücklich zu machen.«

»Ach, mir gibt der Herrgott alles, was ich mir wünsche: seine Nähe, die Gärten, die meine Tage so nützlich füllen und eine Gesundheit, damit mir wohl ist, ich aber nicht übermütig werd'. Auch die Übel sind Gottesgeschenke, da sie uns lehren, dankbar und fröhlich zu sein, wenn man sie überwunden hat und von anderen verschont bleibt.«

Ich sah ihm in die Augen, welche eine wässrig-blaue Farbe hatten, so als habe die Sonne sie über Jahre hinweg ausgeblichen. Seine Lippen waren nicht wie oft bei älteren Menschen leidvoll nach unten gezogen, sondern so geformt, dass sie seinem Gesicht eine anziehende Güte gaben. Ich nahm neben ihm Platz und sagte: »Alle loben hier das Klosterdasein, trotz des Verzichts und der strengen Ordnung.«

»Der Verzicht ist nur am Anfang hart. Und das streng geregelte Leben macht einem den Wert der Zeit deutlich, deshalb darf ich nicht zu viel davon in der Sonn' verschwatzen.« Er stand auf, strich die Schürze glatt, die er über dem Mönchsgewand trug und begann zu jäten. Spielerisch leicht lockerte er den festen Lehmboden, zog Unkräuter heraus und verrichtete diese Knechtsarbeit mit so viel Würde, als gäbe es kein edleres Werk. Mir kamen die ersten

Zisterzienser in den Sinn, bei denen auch die Adligen gruben. Nur wer abgetretene Wege verlässt, kann Neues schaffen, selbst wenn andere spotten. Sollte ich nicht auch einmal so arbeiten, wie es Sankt Benedikt forderte? Ich bot Bruder Johannes meine Hilfe an. Sofort erhielt ich eine Schürze, Eimer und Harke. Das Klostergelände durchquerend gingen wir zur Südseite der Klausurgebäude, an die sich eine hohe Hecke anschloss. Er öffnete ein Pförtlein und wir betraten einen Lustgarten mit weißen Sandwegen. Ein rundes Becken mit einem Springbrunnen, den am Rand zwei steinerne Delphine bewachten, buchsbaumumrandete Rosenbeete und eine mit Kletterrosen berankte Laube waren der einzige Tribut an den Zeitgeschmack in der Abtei. Wir jäteten. Meine Arme waren bald zerkratzt, vor allem aber kämpfte ich mit dem Schamgefühl, mich zur Handarbeit zu erniedrigen. Schon der Gang zum Garten mit Eimer und Harke war eine Prangerstrafe, bei der mir das Blut in den Ohren klopfte. Das monotone Zupfen kühlte mein aufgewühltes Gemüt und meine Gedanken begannen angenehm zu wandern. Viel zu bald beendete Bruder Johannes die Arbeit, um sich für das Chorgebet bereit zu machen.

Einige Tage später zog ich in die Klausurgebäude. Ich aß nun mit den Mönchen im Refektorium und versäumte keines der Chorgebete, selbst als mich das kalte Fieber erwischte, das in den feuchten Zellen fast jeden Neuankömmling für einige Tage auf das Krankenlager streckt, schleppte ich mich in die Kirche. Die Knechtsarbeit setzte ich fort, obgleich sie mich noch lange Überwindung kostete und doch freute ich mich über das Gedeihen von Mangold, Kohl, Zwiebeln und Rüben. Bruder Johannes arbeitete stets schweigend neben mir. Stille ging von jeder seiner gemessenen Bewegungen aus. Sein Lächeln war still, sein Blick gelassen ruhig. Von den meisten wurde er als »blöder Ochse« belächelt. Es war jedoch keine Blödigkeit, die ihn verstummen ließ. Er hatte sich nicht nur in das Kloster, sondern ganz in sich selbst zurückgezogen aus Gründen, die er mir nie anvertraute. Sein sparsamer Gebrauch von Worten machte ihn neben Bescheidenheit und Arbeitseifer zu einem vorbildlichen Mönch. Von ihm lernte ich die klösterliche Art, sich mit Gesten zu verständigen, was zu einer eigenartigen Vertrautheit zwischen zwei fremden Menschen führt.

Juni 1658

Vor dem Kirchweihfest schnitten Bruder Johannes und ich mit der Sichel Gras, das an der Klostermauer hoch aufgewuchert war. Meine Kunstfertigkeit war mit der meines Lehrmeisters noch nicht vergleichbar, doch in den vergangenen sieben Wochen – in denen es mich jeden Tag ungeheuere Anstrengung gekostet hatte, die schmerzenden, störrischen Glieder zur Arbeit zu zwingen –, in diesen Wochen entwickelte sich meine Geschicklichkeit so, dass mir die Sichel so sicher wie ein Degen in der Hand lag, und ich musste lächeln, mit welchem Ehrgeiz ich mich im Fechtkampf geübt hatte, um jetzt gebückt, in einem Bauernkittel, meine Fertigkeit im Grasschneiden zu bewundern. Ich dachte an Ignatius von Loyola, dem Gründer des Jesuitenordens, der sich vom Edelmann zum Bettelmönch erniedrigte und an die Zisterzienser Robert von Molesme und Bernhard von Clairvaux, die ebenfalls Knechtsarbeit verrichteten. Rufe, der Abt kehre zurück, lenkten mich von der Arbeit ab. Begleitet von mehreren Mönchen eilte der Prior herbei. Der Abt war in einer Sänfte den schmalen Weg durch das Peterstal hinaufgetragen worden. Die letzten Schritte zur Abtei ging er zu Fuß. Der Prior begrüßte ihn und begleitete ihn zur Pforte, wo sich Bruder Johannes verbeugte. Der Abt blieb stehen und richtete das Wort an ihn. Im Gesprächsverlauf machte Bruder Johannes eine Handbewegung in meine Richtung. Der Abt winkte mich heran und fragte, warum ich noch nicht eingekleidet sei.

»Mir fehlt die Generalbeichte, ehrwürdiger Herr und Abt.«

Er runzelte die Stirn, warf einen Blick auf den Prior, vor dem ich die Beichte auch hätte ablegen können und sagte: »Das wird jetzt geschehen, wenn der Wille noch fest ist.«

»Oh ja, ganz gewiss, es ist mein innigster Wunsch.«

»Es freut mich, wieder zwei Novizen zu haben.«

Auf seinen Wink hin trat ein Mann im weißen Novizengewand heran. Ich erschrak. Er war ein früherer Mitschüler aus dem Triconatum, ein armer Blaumantel – und er hatte wohl den Abschluss. Im Vergleich zu ihm hatte ich wenig vorzuweisen. Meine Herkunft galt im Kloster nichts, weil sich die Rangfolge unter den Mönchen nach dem Zeitpunkt ihres Eintritts in den Konvent bestimmte. Das bedeutete, in Zukunft hatte ich mich ihm unterzuordnen. Er erkannte mich in meinen Lumpen nicht sofort, doch dann starrte er mich ungläubig an und lächelte verlegen.

Die Fröhlichkeit auf dem Kirchweihfest hatte an dem heißen Nachmittag schon den Höhepunkt überschritten. Bratwürste und Schweinebraten waren verzehrt und es blieb nur noch das Brot, damit der Wein nicht einsam durch die vielen Mäuler wanderte. Der Tanz führte Männer und Weiber zusammen und einige Paare verschwanden hinter Büschen. Viele Händler waren herbeigepilgert, allerdings kaum wegen der Reliquien der heiligen Barbara und Ursula, des Zahns des Johannes des Täufers oder der Holzsplitter aus dem Kreuz Jesu, vielmehr bot die Wiese vor der Abtei einen Umschlagplatz, auf dem man die städtische *Akzise* umgehen konnte. Vor den Klostermauern wurde eifrig gesündigt und dahinter ließ man sich die Absolution erteilen. Der Abt duldete die Auswüchse, da die volle Kirche und die andächtigen Prozessionen diese Nachteile aufwogen. Als Pachtherr war es zudem von Vorteil, sich dem Volk auf angenehme Weise in Erinnerung zu bringen. Überschüssiger Wein wurde unter die Leute gebracht und der Verkauf von Devotionalien füllte den Beutel. An die Klostermauer gelehnt beobachteten der Novize Jakob und ich die Tänzer.

»Das ist wohl weniger eine fromme Wallfahrt als eine *satyrische* Waldfahrt«, sagte Jakob.

»Ja, eine *Orgia Bacchi* der *Satyrn.* Wir sollten's uns einmal näher an sehen.«

»Vom tanzenden Derwisch hab ich schon gehört, nicht aber vom tanzenden Mönch«, scherzte er.

»Ach, so genau nimmt man's hier nicht. Die Mönche gehen hier sogar zur Jagd.«

Zweifelnd sah er mich an, folgte mir aber. Wir setzten uns in die Nähe der Musikanten. Er bewegte den Kopf im Takt der Musik und raunte mir zu: »So eine Kirchweih habe ich schon lang nicht mehr mitgemacht.«

»Wenn wir Mönche sind, ist uns das wohl kaum erlaubt.«

Was einem Mönch nicht erlaubt war, war einem Novizen zweimal verboten. Doch er blieb und wir kamen ins Schwatzen. Mit sechs Jahren war er Waise geworden. Nach einem wechselvollen Leben, in dessen Niederungen er sogar in einem Verschlag an der Kölner Stadtmauer schlief, kam er bei einem Kaufmann unter. Jakob hatte eine auffallend schöne Stimme. Er sang in der Kirche und der barmherzige Kaufmann schickte ihn in die Lateinschule. Trotz seiner lückenhaften Bildung nahmen ihn später die Jesuiten auf. Seine Leistungen blieben im unteren Viertel, aber in der Musik stach er hervor.

Ein junges Paar kam auf uns zu. Der angetrunkene Mann forderte mich auf, mit seiner Schwester Lisbeth zu tanzen. Lisbeth war hübsch! Warum nicht? Es war herrlich, sie an den Händen zu halten, mit ihr im Takt zu springen und zu lachen.

»Woher kommst du?«, fragte sie, als wir im Gras ausruhten.

»Von Bonn, um hier Mönch zu werden.«

Sie betrachtete mich wie ein Kuriosum. Plötzlich hauchte sie mir mit spitzen Lippen einen Kuss auf den Mund. Als ich ihn erwidern wollte, wehrte sie mich ab: »Dat Küssgen war nur, weil du so hungrige Augen hast.«

»Der Hunger ist noch nicht gestillt, Lisbeth!«

»Wird er auch nit! Ich will kein Mönchsliebchen sein!«

Abrupt stand sie auf und ging. Das war also der Preis, den ich zahlen musste. Lebenslang! Niemals würde es diese zärtlich innige Zweisamkeit geben, die mich eben wie ein bunter Vogel gestreift hatte. Aber Leben bedeutete Genuss und Verzicht und mich zog das würdige Mönchtum mehr an, als Sklave meiner instinktiven Wollust zu sein. Leidenschaften und Triebe zu zügeln, um in guter Ordnung mit den Mitmenschen zu leben, war nicht nur ein Leitsatz der Jesuiten, sondern wurde nach den hemmungslosen Ausschweifungen in den Kriegswirren zu einem allgemeingültigen Postulat, dessen Befolgung mein Vater auch mir abverlangt hatte. Stolz einem hohen Ziel zu dienen, wurde ich in einer feierlichen Zeremonie Novize. Meine schulterlangen Locken wurden abgeschnitten, ich erhielt den Namen Frater Paulus und verzichtete auf Fleisch, bekannte mich also zu dem kleinen Kreis der Brüder, welche die strenge Observanz befolgten. Als Novize erhielt ich ein weißes Skapulier, einen Überwurf, den ich über meinem Ordensgewand trug, während die Mönche über dem weißen Habit das schwarze Skapulier trugen, das Vorder- und Rückseite ganz bedeckte, so dass nur die weißen Ärmel und an den Seiten ein heller Streifen zu sehen waren. Nur beim Chorgebet erschienen die Mönche ganz in einem weißen Habit. In zwei sich gegenüberstehenden Reihen dankten und priesen sie Gott und wenn die feierliche Melodie eine Verbeugung machte, verneigten sie sich, was voll schöner Ehrerbietung war. Die Töne stiegen in die Höhe und widerhallten im Echo, als käme von oben eine Antwort auf unsere Bitten. Dies berührte mich oft so tief, dass mir Tränen in den Augen standen. Das Singen fiel mir lange schwer; da ich aber als Rangniedrigster neben Jakob stand, klammerte ich mich an seine Stimmführung. Das Schweigegebot wurde vor allem bei den Mahlzeiten im Refektorium streng befolgt. Man aß, während ein Mönch erbauliche Geschichten vorlas. Jeder Wunsch durfte nur mit Gesten geäußert werden. Es war erstaunlich, wie wenig Worte man benötigte, um einen Tag zu bewältigen. Jakob und ich wurden Freunde, was das Schweigen erschwerte. Oft saßen wir nach der Vesper auf einer Bank im Kreuzgang in der Nähe des Brunnenhauses, aus dem das Plätschern des Wassers zu hören war, das unser Tuscheln barmherzig übertönte. Wir liebten diese kurze

Zeitspanne vor der Dunkelheit, in der man das Zirpen der Grillen in der aufkommenden Kühle klarer hört als bei Tag und Fledermäuse zwischen den Säulen des Gemäuers hindurchstreichen.

❧ Juni 1659 ❧

»Wir sind jetzt ein Jahr hier«, sagte Jakob, als wir eines Abends wieder einmal im Kreuzgang saßen.

Ich nickte zu den eigentlich überflüssigen Worten, denn die Zeit teilte sich von morgendlichen *Laudes* bis zu den nächtlichen *Complet,* außerdem in die *Quatember*, in Ostern, Pfingsten, die Kirchweih, Mariae Himmelfahrt, den Tag der Kreuzerhöhung und Weihnachten. Das vergangene Jahr hatte nur insofern Bedeutung, als dass ich Anfang des nächsten Monats mein Gelübde ablegen würde und Mönch wurde, wie Jakob es jetzt schon war. Nach langem Schweigen nahm Jakob den Faden wieder auf: »Ich gehe weg! Ich gehe mit Bruder Robert nach Himmerod.«

»Gütiger Gott! Du gehst und der Novizenmeister auch? Warum weiß ich nichts davon?«

»Weil Bruder Robert mir das erst heute nach der Vesper sagte.« Aufmunternd berührte er meine Schulter. »Es bleiben noch 31 Mönche hier und vielleicht wird der vorbildliche Bruder Paul Novizenmeister.«

»Ach Jakob, was für eine dumme Red! Und mit der unsinnigen Aussicht auf honorige Ämter tröstest du mich keinen Deut.«

»So dumm ist's nicht, wer kennt die Benedictus-Regel besser als du oder die *Bulle Fulgens sicut Stella Matutina* und all die anderen Ordensregeln. Seine Gedanken durch die Windungen dieses Irrgartens zu pressen ist mehr als eine permanente Selbstgeißelung und wer dies durchgestanden hat, wird zum nächsten Generalkapitel der Äbte gerufen, um den Streit über die *observantia strictior* zu schlichten.«

»Lass das, gegen den Hochmut muss ich ohnehin ankämpfen.«

»Du bist zu streng zu dir, aber der Abt will dir wahrhaftig das Amt des Novizenmeisters anvertrauen.«

»Unmöglich!«

»Doch, Bruder Robert hat mich gebeten, es dir zu sagen.«

»Warum sagt er's mir nicht selbst?«

»Na ja«, er sah mich ernst an, »du wärest der jüngste Novizenmeister aller Zeiten. Da dies ein gewagtes Stücklein ist, sollst du dich frei entscheiden, ohne den Oberen selbst etwas abschlagen zu müssen. Ich soll deshalb Bruder Robert deinen Entschluss mitteilen.«

»Warum ich?«, fragte ich, erstaunt den Kopf schüttelnd.

»Sie sind in Verlegenheit. Diejenigen, die das Amt wollen, sieht der Abt als zu wenig zuchtvoll an. Die Novizen sollen von Bruder Marcus nicht gleich lernen, auf die Jagd zu gehen oder sich heimlich vom Kloster zu entfernen.«

»Und warum nicht du? Du hast das *Baccalaureat*.«

»Ich soll mich auf ein Theolgiestudium vorbereiten.«

»Dann verliere ich also gleich zwei Freunde auf einmal!«

»Es werden neue kommen.«

»Ha, Freunde wachsen nicht wie Kornblumen am Weg.«

»Das nicht, aber du stehst nicht am Wegesrand, du bist doch hier in einem Garten mit ausgesuchten Pflanzen.«

»Ja, doch leider sind's ausgesucht kuriose Gewächse.«

Er machte das Zeichen des Schlafens und zog sich in seine Mönchzelle zurück, während ich nun allein in der Novizenkammer lebte. Die Nachricht, dass ich ein Nachfolger des berühmten Cäsarius von Heisterbach werden sollte, der vor 400 Jahren hier Novizenmeister war, verwirrte mich. Ich verließ den Kreuzgang und wanderte die Klostermauer entlang. Ein milder Mond leuchtete. Meine Schritte knirschten in der nächtlichen Lautlosigkeit, meine Hand glitt an der rauen Bruchsteinmauer entlang und schließlich stand ich an einem der kleinen, innerhalb des Abteigeländes gelegenen Fischteiche. Das Wasser spiegelte meinen unförmigen Schatten wider. Ich dachte an den Abend, an dem die alte

Katharina versuchte, den Geist meines Bruders Georg Heinrich mit Zauberformeln herbeizurufen. Damals zeigte mir das Wasser nicht, was ich sehen wollte. Auch heute fehlte ihm die Magie, die Geheimnisse des Zukünftigen aufzudecken. Der Schein des ewigen Lichtes in der Kirche, Weihrauchduft und das Kreuz als Zeichen des Leidens und Trostes sollten mich leiten, nicht die Schatten des nachtdunklen Waldes mit seinem Dunst von schwarzer Erde und dem zauberischen Spiegel des Teiches. Doch auch die von meinen Händen perlenden Wassertropfen des Teiches wuschen alten Schmutz ab, gleichermaßen wie das Wasser im Brunnenhaus, mit dem sich die Mönche vor jedem Chorgebet Hände und Gesicht reinigten. Ja, rein, makellos musste ein Novizenmeister sein, um als Vorbild zu überzeugen, wenn ihm schon jede Erfahrung fehlte. Ein selbstloser Mensch zu werden, einer, der das Gute und sein Wissen darum weitergibt, das war doch seit langem mein innigster Wunsch, der mir mit dem Lehramt nun sehr früh erfüllt wurde. Ein Geschenk, das mir unverdient angeboten wurde, nur weil andere ihre Pflichten vernachlässigten. Der Abt hatte mir bisher eine andere Richtung vorgegeben. Seit Herbst war ich dem *Kellner*, Bruder Casparus Kessenius, zugewiesen worden, der sowohl für die Bewirtschaftung der Abteigüter wie auch für die Wirtschaftsführung des Konvents verantwortlich war. Der geplagte Mann konnte jede Hand gebrauchen, denn viele Felder der verstreut liegenden Höfe waren immer noch wüst und die Pächter kümmerten sich lieber um ihr *Battungsland* als um das Gut des Pachtherrn, von dem sie nur die Hälfte des Ertrages erhielten. Um mich nicht zu überlasten, hatte Bruder Robert meine Studien eingeschränkt. Zum Dank verfasste ich eine *Relation* über alle Regeln der Zisterzienser, mit der ich mich wohl für das Amt des Novizenmeisters empfohlen hatte.

Der Abt nahm auf seinem Thron in der Mitte der Stirnwand des Kapitelsaales Platz. Die Mönche setzten sich auf die an den Wänden stehenden Steinbänke. Von den vielen feisten Brüdern hoben sich die schlanken Jünger der strengen Observanz, die dem Beispiel des Abtes folgten, deutlich ab. Nach Verlesung eines Kapitels der Benedictusregel verkündete der Abt den Wechsel der Brüder Robert und Jakob nach Himmerod. Man zeigte kaum mehr als höfliches Bedauern. Die beiden waren nur kurz in Heisterbach gewesen, so dass es keinen tief berührte, sie bald nicht mehr wiederzusehen.

»Wir wünschen unserem Bruder Robert Gottes Segen zu seiner neuen Aufgabe, die er so wohl versehen möge wie bisher seine Ämter in Heisterbach«, beschloss der Abt seine Ansprache, »ihn wie unseren Bruder Jakob werden wir mit unseren Gebeten begleiten, damit sie die Reis' in guter Gesundheit überstehen.«

Noch bevor der Abt die Zusammenkunft beenden konnte, bat Bruder Bernhard mit lauter Stimme um das Wort.

»Bruder Bernhard, wenn ich den Rat des Konventes suche, werde ich darum bitten«, wies ihn der Abt zurecht.

»Gnädiger Herr und Abt«, beharrte dieser, »auch ein Diener muss den Mund öffnen, wenn er einen Brand sieht. Es ist die Bitte der Mitbrüder, dass einer aus unserer Mitt' Nachfolger von Bruder Robert wird und nicht ein Bruder, der von außerhalb kommt.«

»Das ist auch mein Wunsch, *nunc oremus*«, der Abt blickte ihn streng an und senkte den Kopf zum Gebet, doch dreist hinderte Bruder Bernhard ihn wiederum an der Andacht.

»In aller Ehrerbietung bitt ich um gnädige Nachsicht und gütiges Gehör, hochwürdiger Herr und Abt. Bei der letzten Vergabe des Amtes des Novizenmeisters sind so würdige Brüder übergangen worden wie Bruder Marcus und ...«

»Still!«, unterbrach ihn der Abt barsch, »nach den Regeln des heiligen Benedikt beruft der Abt den Novizenmeister ohne den Konvent! Nach den Regeln darf sich niemand als Vormund eines anderen Bruders aufspielen! Nach den Regeln erhebt kein Mönch ohne Aufforderung des Abtes seine Stimme im Konvent! Ich ermahne in Liebe Bruder Bernhard, die Regeln mit mehr Eifer zu achten, damit ich nicht gezwungen bin, ihn zu strafen. *Et nunc oremus!*«

Dem rebellischen Bruder hätte er schon jetzt eine Strafe auferlegen müssen, aber der Abt wagte keine Konfrontation mit dem Konvent, der mehrheitlich Bruder Bernhard unterstützte.

Nach dem Gebet ging ich in die Bibliothek – einen beengten Raum, in dem Bücherregale alle Wände bedeckten und noch dazu ein Hausaltar untergebracht war. Hinter einem Stehpult erwartete mich Bruder Robert. »Wie ich von Bruder Jakob gehört habe, bist du bereit, das Amt des Novizenmeisters anzunehmen«, sagte er.

»Ja, falls der Abt mich ruft.«

»Er wird es tun.« Er trat an mich heran.

»Das wundert mich! Ich bin der Jüngste und unerfahren.«

»Du wirst nicht allein sein!« Er legte eine Hand auf meine Schulter. »Ein Dominikaner wird Theologie und die Liturgie lehren, nur kann er hier schlecht Novizenmeister sein. Und – ich hoffe, ich verführe nicht zum Hochmut – für die Einführung in das Mönchsleben gibt es kaum Bessere als Frater Paulus. Selbst im Singen der Psalmen bist du schon sattelfest. Und in diesem Büchlein«, er hielt ein Heft im Quartformat hoch, »hier steht, was jede Woche studieret werden soll. Es ist eine Hilfe, den Ausschlag aber, ob aus den Novizen Mönche werden, gibt der Novizenmeister. Zwei Novizen kommen bald aus Flerzheim.«

»Ich werde mich um sie bemühen. Aber warum ich? Was spricht gegen Bruder Marcus?«

»Er hat seine Verdienste. Aber die Begeisterung eines jungen Mönches wiegt manches auf. Die Stärke, Gott zuliebe, auf vieles zu verzichten, kann man nicht in der Schul lernen, das kann nur einer weitergeben, der noch das Feuer des Kampfes gegen sich selbst spürt und dem die Freud am Gottesdienst im Gesicht zu lesen ist.«

Nach dem Jäten in glühender Hitze weihte ich Bruder Johannes in die mich ganz und gar erfüllenden Neuigkeiten ein, alles unter dem Siegel der Verschwiegenheit, was eigentlich überflüssig war, da er ohnehin stets nur das Allernötigste sagte.

»Da hast du keine Zeit mehr für den Garten«, mäkelte er.

»Im Gegenteil, mit den Novizen legen wir die Beete an, die wir bisher nur mit dem Maul umgestochen haben.«

»Wenn das nicht auch nur eine Maultat bleibt«, brummte er mürrisch, »woher kommen denn die Novizen?«

»Aus Flerzheim!«

»Flerzheim?« Er schüttelte unzufrieden den Kopf. »Die Leut da wollen nur Herren sein und sehen nicht die Mühen.«

Er hatte nicht unrecht. Die Abtei hatte die Herrschaft über Flerzheim mit allen Rechten eines Fürsten und so mancher wechselte gern die Seiten vom Habnit an den Hof des Landesherrn.

»Pater Jakob in Flerzheim hat die beiden gewiss eingehend geprüft«, beruhigte ich ihn. »Lieber Bruder, an einem so schönen Sonnentag sollte man alles nicht so trauer-schwarz sehen.«

»Ach, die Sonn hat mir alle Kraft aus den alten Knochen gesaugt, aber machen wir uns für die *Non* bereit.«

Bruder Johannes lag fiebernd in der *Infirmaria*; so war ich am nächsten Morgen allein im Garten. Es hatte geregnet und ich sammelte Schnecken von den Kohlköpfen, als hinter mir Schritte knirschten. Bruder Robert kam auf mich zu.

»Nein, keine Sorg«, sagte er, als er mein bestürztes Gesicht über den überraschenden Besuch bemerkte, »ich bringe nur Erfreuliches. Du wirst mit uns und unserem Mitbruder Marcus nach Flerzheim gehen. Bruder Jakob und ich wandern von dort aus nach Himmerod und du begleitest mit Bruder Marcus die künftigen Novizen zurück nach Heisterbach.«

»Ist es Brauch, die Novizen abzuholen?«

»Nein, aber in den Wäldern treibt sich viel Gesindel herum, deshalb nehmen wir Novizen oft schon in Flerzheim unter unseren Schutz. Die Achtung vor dem weißen Habit besteht noch. Unser Bruder Marcus soll in Flerzheim einen Tannenwald der Abtei examinieren, wo der Kurfürst von Köln unrechtmäßig Bäume schlagen ließ. Darüber will sich unser Herr und Abt beschweren und

Genugtuung fordern. Der Bruder soll die Schadensberechnung des Verwalters prüfen. Alles muss bis aufs Härlein stimmen, da der Abt nicht zu viel vom Kurfürsten verlangen will.«

»Mit Verlaub, aber warum soll ich mitkommen?«

»Nun ja«, er zögerte, bevor er weitersprach, »wenn man erwägt, dass du Novizenmeister werden sollst und, wie's wohl aussieht, Bruder Marcus der einzige ernste Rivale ist, so macht die Sach einen Sinn.«

Ich verstand. Mein Konkurrent sollte durch die frühe Begegnung mit den Novizen keine Gelegenheit erhalten, sich Vorteile zu verschaffen, die später eine Beschwerde gegen die Entscheidung des Abtes untermauern konnte.

Ausgerüstet mit Wanderstab und *Felleisen* machten wir uns am Morgen eines schönen Junitages auf den Weg nach Flerzheim. Bisher war ich nur einmal aus Heisterbach herausgekommen, nämlich zur Weinlese in Dollendorf, durch das ich jetzt wieder mit meinen *Confratres* wanderte. Damals musste ich darauf achten, dass die Bottiche der Abtei auch angemessen mit Trauben gefüllt wurden. Die Bauern hatten mich damals misstrauisch beäugt, doch jetzt grüßten sie freundlich. Im Dorf zogen wir die Kapuzen auf, was die Mädchen wohl gerade dazu anspornte, Blicke mit uns zu wechseln. Mönche zu reizen, war wohl ein beliebtes Spiel, denn als ich noch in Wams und Hosen durchs Dorf ging, hatten sie mich mit äußerst scheuen Augen angesehen.

Nach dem Übersetzen über den Rhein dankte ich Gott. Der Flussgeruch und die blinkenden Wellen, die das Land von der Fähre trennten, waren mir immer noch zuwider. Bei jeder Rast beteten wir, ich allerdings mit wenig Andacht, denn jedes Haus, jede Straße erinnerte mich an Merhoffen, jede Abzweigung führte zu einem Weg, auf dem ich es erreichen konnte. Nur einige Meilen trennten mich von meinen Eltern, den Schwestern, von Max, Katharina, Melchior, Jost, Hennes. Es wäre schön gewesen, die Freude in ihren Augen zu sehen und meinem Vater zu erklären, den richtigen Weg gefunden zu haben, an den er nie geglaubt hatte. Gleichzeitig kam mir das »Nie und nimmermehr«, das unwiederbringlich Verlorene, in grausam deutlicher Weise zu Bewusstsein. Es war ein bohrendes Herzweh, das die Gedanken an mein erfülltes Leben in der Abtei zwar milderten, das ich aber erst überwand, als wir vor dem Heisterbacherhof in Flerzheim standen.

Das repräsentative Herrenhaus versetzte Jakob in größtes Staunen. Er deutete auf das abteiliche Wappen mit der Buche über dem Eingangsportal und raunte mir zu: »Das gehört uns!« Dank des fürstlichen Empfangs und der königlichen Bewirtung konnten wir uns wirklich wie Feudalherren fühlen. Man setzte uns nicht nur eine stattliche Anzahl Schüsseln mit köstlichen Speisen vor, sondern sorgte auch sonst für jede nur denkbare Bequemlichkeit. Bruder Marcus erhielt das Abtgemach und gab dem um ihn herumscharwenzelnden Verwalter seine Zufriedenheit mit lautem Lob kund. Jakob und ich teilten uns eine Kammer. Die Betten waren vorgewärmt, eine Vergünstigung, die mir nach einem Marsch im Regen besonders gefiel. Der Abt begrenzte die Aufenthalte in Flerzheim stets auf ein Mindestmaß, wohl um die Brüder vor Überheblichkeit zu schützen. Jakob und Bruder Robert zogen schon nach einem Tag Erholung weiter.

Im Morgengrauen sagten wir uns mit Tränen in den Augen Lebwohl. Lange sah ich ihnen nach, wie sie im diesigen Morgenlicht nach Süden wanderten.

Die Berechnungen des Verwalters zu dem Schaden, welcher der Abtei durch die abgeholzte, zwei Morgen große Fläche des Tannenwaldes entstanden war, waren eher zu Gunsten des Kurfürsten ausgefallen als überzogen. Die beiden Novizen standen bereit und die uns vom Abt gesetzte Frist war am Vortag abgelaufen. Doch Bruder Marcus war auf der Jagd und ließ mich nach seiner Rückkehr vor seiner Kammer lange warten. Endlich durfte ich eintreten und er fragte ungehalten, was ich denn wolle.

»Ehrwürdiger Bruder«, sagte ich, »ich bin besorgt, da wir bereits gestern den Rückweg antreten sollten.«

»Lieber Bruder«, er lächelte selbstgefällig, »ich bin heut noch vorm Hahnenschrei aufgestanden und hab mir die Füße blutig gelaufen, um die unselige Sach mit dem Tannenwald ins Lot zu bringen. Ich bin müd wie ein Hund nach der Hetzjagd, da wirst du doch die Lieb haben, dich bis morgen zu gedulden und mir jetzt etwas Schlaf zu gönnen.«

»Gewiss, doch wann brechen wir morgen auf?«

»Morgen wird's wohl nichts, vielleicht übermorgen.«

»Übermorgen? Und vielleicht?« Ich unterdrückte meine Wut.

»Es ist noch nicht alles geregelt«, er grinste schmierig.

»Gut, dann schicke ich die Novizen wieder nach Hause.«

»Ach, die Novizen«, er kratzte sich am Kopf und begann hin und her zu gehen. Die Dielen knarrten. Ja, was tun mit den Novizen? Der eine, Adam Offerman, war der Sohn eines reichen Handwerkers, der schon eine ansehnliche Summe der Abtei gespendet hatte. Ihn konnte man nicht tagelang wie einen landläufigen Bettler warten lassen. Er blieb vor mir stehen und sagte zuckersüß: »Unglücklicherweis' habe ich noch zu tun. Aber der allseits gelobte Bruder Paulus kann sich jetzt bewähren, wenn er die Novizen allein zur Abtei bringt. Das ist doch keine zu schwere Aufgab?«

»Nein, aber was sage ich dem Abt?«

»Ich schreibe ihm!« Er setzte sich an den Tisch, auf dem vom Tintenfass bis zum Siegellack alles vorhanden war.

Am Morgen hatte ich das Schreiben und die zukünftigen Novizen Adam Offerman und Matthias Kipgen waren reisefertig. Kipgen war wie ein armer Schüler mit blauem Wams und brauner Hose bekleidet. Höflich bat er mich, ihn beim Vornamen zu nennen. Offerman folgte seinem Beispiel, obwohl er sich wie ein Graf gebärdete. Der Degen an seiner Seite entsprach nicht seinem Stand und er weigerte sich, den Wanderstock zu nehmen, den ich ihm anbot.

»Wir reiten nicht, sondern gehen zu Fuß«, erklärte ich ihm, »und da ist ein Wanderstab nützlich. Der Degen sollte auch hierbleiben. Mönche verzichten auf Waffen.«

»Ich bin noch kein Mönch«, widersprach er.

»Wer das Schwert zieht, wird durch das Schwert umkommen. Später passt der Degen auch wenig zum *Habit.*«

»Ja, später! Wenn ich ihn behalten darf, nehm ich den Wanderstab. Mein Großvater hat die *Wehr* eigens für mich angefertigt. Seht, was für eine herrliche Arbeit!«

Er reichte mir den Degen, den ich mit spitzen Fingern entgegennahm, worüber er milde lächelte. Es war eine bemerkenswerte Waffe: leicht, scharf und kostbar verziert.

»Ich handle nicht!« Ich reichte den Degen zurück. »Auf dem Stab bestehe ich. Kleidervorschriften kann ich in der Tat nicht machen.«

»Da sind wir uns ja handelseinig«, er grinste provokant.

Ich seufzte. Es würde schwer werden, den blasierten Adam von der Weisheit der klösterlichen Lebensführung zu überzeugen. Wir marschierten der aufgehenden Sonne entgegen. An einer Weggabelung nahm ich die südliche Straße.

»Wir müssen den anderen Weg gehen«, protestierte Adam.

»Auf der Straß bin ich gekommen. Die gehen wir jetzt!«

»Aber nein«, widersprach er, »mit meinem Vater war ich schon oft am Rhein und stets nur auf dem Weg im Norden.«

»Mit Verlaub, ehrwürdiger Bruder«, mischte sich Matthias ein, »man kommt auf beiden Straßen zum Ziel, die Straß im Norden ist aber einige Wegstunden kürzer.«

Wegen der Zeitersparnis vertraute ich den Ortskundigen, obwohl ich mich nun in die Hand meiner Novizen begab. Adam freute dieser kleine Sieg und wichtigtuerisch plauderte er über eine große Jagd, die morgen stattfinden sollte, an der alles, was Rang und Namen hatte, teilnähme. Da fiel es mir wie Schuppen von den Augen: Bruder Marcus sandte mich allein zurück zur Abtei, um die Jagdgesellschaft mit seiner Anwesenheit zu beehren, ganz begierig, den adligen Herren zu zeigen, was für ein ausgezeichneter Schütze er war. Die schwarze Galle schoss mir ins Blut über so viel selbstsüchtige Frechheit. Auf Erden taugte das Christentum wenig, weil der gute Mensch immer als Instrument eines schlechten ausgenutzt wurde. Andererseits war es weitaus angenehmer, ohne den aufgeblasenen Marcus durch den Wald zu marschieren. Dieser Vorteil wog alles auf. Es war die Zeit der Jahrmärkte und Kirchweihen. Scharen von Wanderern mit Kiepen, einige Fuhrwerke und Reiter waren unterwegs. Viel Bettelvolk begegnete uns, bei dem Adam immer bedeutsam die Hand auf das Heft seines Degens legte.

Gegen Abend näherten wir uns Merhoffen. Das nächste Gehöft war schon ein Pachthof meines Vaters. Den über schmerzende Füße lamentierenden Adam, der dort rasten wollte, trieb ich daran vorbei. Der Pächter kannte mich, und ich wollte meine Eltern nicht kränken, indem ich ohne Gruß an ihrem Haus vorbeizog. Die nächste Bauernkate war ärmlich. Der Bauer gewährte uns Quartier in seiner baufälligen Scheune. Vor seiner Hütte verspeisten wir unseren Proviant und er gab uns frische Ziegenmilch dazu.

Während wir aßen, setzte sich unser Wirt neben mich. »Wenn Ihr in der Abtei für mein krankes Weib ein Gebet vor dem Holzsplitter vom Kreuz Christi sprecht, hochwürdiger Bruder, dann will ich nichts für die Milch«, bat er.

»Das Gebet spreche ich zum Gotteslohn, aber …«

»Seht dort drüben, da kommen noch späte Gäste«, rief der sonst stille Matthias dazwischen.

»Ach, Herr Jesus«, seufzte der Bauer, »bei manchen Gästen weiß man nit, ob sie einem die Kehl durchschneiden oder aus Übermut den roten Hahn aufs Dach setzen.«

Die Ankömmlinge sahen in der Tat wenig vertrauenserweckend aus, baten aber höflich um Obdach. Der eine zog einen beladenen Esel hinter sich her; der andere, ein kraftstrotzender Mann, behauptete, sein Pferd zuschanden geritten zu haben. Nachdem auch sie Logis im »Schloss Scheunentor« erhalten hatten, warf der Kräftige großmäulig unserem Wirt eine Münze zu und verlangte »Wein für alle!« Ich entschuldigte mich und zog mich zum Gebet zurück. Dies gefiel dem Prahlhans nicht und er verspottete mich als schlaffen Betbruder, was ich still über mich ergehen ließ.

Am nächsten Tag weckte mich ein Rascheln. Dämmriges Morgenlicht fiel bereits durch die Ritzen der Scheune. Wieder raschelte es und einer der beiden Fremden schlich hinaus, wohl um den Esel zu bepacken, der andere kramte leise noch seine Sachen zusammen, bis auch er sich aufmachte. Als er das Tor öffnete, zeichnete sich im einfallenden Licht die Spitze eines Degens ab, den der Bursche mit seinem Bündel in der Hand hielt, obwohl er schon eine Waffe an der Seite trug. Jetzt begriff ich die zartfühlende Rücksichtnahme der beiden Halunken. Sie hatten dem großspurigen Adam das Wertvollste gestohlen – den Degen. Ich stürzte zum Tor, das ich weit aufriss.

»Gib die *Wehr* heraus«, fuhr ich den Dieb an.

»Welche Wehr?«

»Den Degen in deiner linken Hand!«

»Degen? Wo?« Feixend drehte er den Kopf hin und her, als habe er die Augen seitlich wie ein Huhn.

»Du weißt wohl, was ich meine«, ich ging einen Schritt auf ihn zu, »gib den Degen, den du grad gemaust hast!«

»Gemaust? Für die freche Red bezahlst du!« Er warf sein Bündel beiseite, behielt jedoch den Degen in der Hand und zog zusätzlich noch den eigenen. »Wenn der Stahl ein Menschenleben wert ist, dann opfern wir ihm auch stracks eins, Mönchlein. Kämpf!«

»Gut, ich hole ihn mir, aber ohne Kampf!«

»Ja, komm her, sonst dank ich für das Geschenk.«

»Mein Degen«, jammerte Adam hinter mir.

Ruhig ging ich auf den Kerl zu, nahm den Degen und drehte ihm stracks den Rücken zu. Er aber schnitt mir den Weg ab und setzte die Degenspitze auf meine Brust.

»Mönchlein, du gehst mir nit wie ein Has durch die Lappen.«

»Sapperment, Hans«, rief sein Begleiter, der mit dem Esel am Zügel herankam, »es ist doch keine Ehr, wenn du den *Pfaff* wie eine Sau abstichst. Lass ihn!«

»Ne, der Teufel soll sterben«, zeterte mein Widersacher, »mal sehen, ob dieser *Pickelhering* im Weiberrock noch flüssig roten Saft hat oder ob's nur trocken Pulver ist.«

»Ich bin in deiner Hand!« Ich breitete die Arme aus. »Stich zu, obwohl dir's nichts weiter als den Galgen einbringt.«

»Halt's Maul, stinkender Pfaff.« Er deutete zur Landstraße, auf der einige Wandergesellen standen. »Jetzt, wo genug Volk herbeigelaufen ist, müssen wir auch ein Spektakel bieten. Sprich den *englischen Gruß* und dann spick ich dir artig den Mönchsspeck!«

Die Degenspitze bohrte sich durch meinen Habit. Ich wich zurück. Ruckartig stach er zu, zog aber die Waffe gleich zurück. »Du willst wohl ein Märtyrer werden«, blaffte er, »aber der Platz des heiligen Paulus ist schon besetzt. Doch einen Heiligen gibt's noch nit ... den heiligen Adam!« Er wirbelte herum und setzte die Degenspitze auf Adams Brust: »Mal sehen, ob der Herr Aufschneider mit seiner Prachtwehr mehr Mark in den Knochen hat!«

»Freund, Ihr seid doch stärker ...«, intervenierte ich.

»Still, Pfäfflein! Du sollst kämpfen, sonst nichts!«

Adams Augen waren schreckensrund. Er stand mit dem Rücken gegen die Wand und der Irre stach zu. Mit einem Schrei warf Adam den Kopf zurück.

»Halt!«, rief ich, »ich stelle mich dem Gefecht!«

Ich kürzte mein Gewand, indem ich es hochraffte und den Gürtel meines Habits – das Zingulum – sehr fest zog. Mein Kontrahent ließ von Adam ab. Demütig bat ich ihn nun, den Degen zu behalten, damit er uns in Frieden ziehen ließe, doch er sparte sich die Antwort und griff an. Unbeholfen parierte ich, verriet aber dennoch meine Kenntnis der Fechtkunst. Einen Moment hielt er erstaunt inne und verdoppelte dann seine Geschwindigkeit. Wie ein Hase sprang ich zurück, mich scheinbar nur mit Mühe verteidigend, was ihm ein höhnisches Lächeln entlockte. Jetzt musste ich handeln, um sein Überlegenheitsgefühl auszunutzen. Den nächsten Angriff parierte ich und ging sofort zum Gegenangriff über. Durch meinen ersten harten Hieb verlor er fast die Waffe. Um den

Überraschungsmoment auszunutzen, hätte ich sofort zustechen müssen, was ich aber unterließ, weil ich ihn unblutig entwaffnen wollte. Damit brachte ich mich jedoch in Lebensgefahr. Wild vor Zorn drang er auf mich ein. Er wollte mich lächerlich machen, stattdessen wurde er zum Hanswurst, den ein unbeholfener Betbruder in die Schranken wies. Ich defendierte, so schnell und gut ich nur konnte. Dann eine falsche Quinte – ich stieß zu und er ließ den Degen fallen.

»Ich hoffe, du bist jetzt zufrieden«, herrschte ich ihn an, die Degenspitze auf seine Brust setzend, »geh deiner Wege und versprich laut, uns nicht mehr zu bedrängen.«

»Gemach, Bruder!« Er atmete schwer. »Das war nit redlich. Du hast mich über deine Kunstfertigkeit getäuscht.«

»Ich habe nie behauptet, nicht fechten zu können.«

»Verflucht!« Er hustete und ich nahm die Degenspitze zur Seite, um ihn nicht versehentlich zu verletzen. »Revanche«, forderte er, »ich scheiß auf deinen Arschwisch von Degen.«

Er bückte sich nach seinem Degen. Ich trat auf die Stange und warf meine Waffe weit von mir. Schäumend vor Wut stürzte er sich auf mich. Er besaß Bärenkräfte. Ringend wälzten wir uns auf dem Boden. Verzweifelt stieß ich die Faust in seine Wunde. Er krümmte sich und ich presste mit aller Kraft seine Arme auf den Boden. Doch sein rechter Arm entglitt mir wieder und er ergatterte seinen Degen.

Dann war Matthias an meiner Seite, aber der Kerl schlug mit der Waffe nach dem Jungen. Ich warf mich auf seinen rechten Arm. Seine linke Faust traf mich am Kopf. Er wollte sich aufrichten, doch da prügelte ihn unser braver Wirt mit einem Schürhaken wie einen tollwütigen Hund bewusstlos. Im Gras liegend hörte ich triumphierende Ho-ho-Rufe und Beifallklatschen der Wanderburschen. Der Sieg, den sie bejubelten, war für mich jedoch eine beschämende Niederlage; nicht christliche Opferbereitschaft, sondern Gewalt war meine Antwort auf den Angriff gewesen. War der Diebstahl eines Stück Stahls wirklich ein Menschenleben wert?

Aus dem Mund dieses Rohlings hatte mich Gott gewarnt und ich hatte meine Ohren verstopft.

Adams Wunde in der Brust blutete stark, war aber nur oberflächlich. Mich hatte der Raufbold auf ähnliche Art gezeichnet. Obzwar seine Waffe mich nur ritzte, malte sich ein roter Fleck auf meinem weißen Gewand ab, den später aber das Skapulier verdeckte. Matthias war am Arm getroffen worden. Ich behandelte die Wunden mit einem Elixir, das mir der Bruder *Infirmar* mitgegeben hatte. Dann kümmerte ich mich um meinen Gegner.

»Potz Blut!«, schimpfte er, »Ihr seid ein Narr, Bruder. Ein Mann wie Ihr sollt nit zu den feisten Betbrüdern gehen. Ach, hol mich!« Er hielt sich den schmerzenden Kopf. »Wo habt Ihr diese Fechtkunst gelernt?«

»Der Degen macht keinen zum Helden und die Kutte niemanden zum hilflosen Mann. Und ich war in der Tat ein Narr, weil ich mich in einen Kampf hineintreiben ließ, von dem niemand etwas hat außer Blessuren.«

Müde schleppten wir uns durch die Mittagsglut. Merhoffen hatten wir schon hinter uns gelassen, als Adam sich unter einem Baum niederließ. Bisher hatte er kein Wort der Klage hören lassen. Seit dem Duell zollte er mir einen geradezu übertriebenen Respekt, die Hochachtung vor dem physisch Stärkeren, was mich eher bedrückte als freute.

»Bruder Paul«, sagte Matthias leise, »wir sind sterbensmatt. Dort drüben ist Merhoffen und der Herr ist sehr mildtätig. Vielleicht …«, er sah mich bittend an.

Jede elende Bauernhütte wäre mir jetzt lieber gewesen als das komfortable Merhoffen. Trotz meiner Erschöpfung konnte ich mir nur schwer vorstellen, wie es um meine Schutzbefohlenen stand. Mich trieb der Eifer für meine Aufgabe voran, die beiden allenfalls die Furcht vor meiner Unerbittlichkeit, mit der ich sie schon am Tag zuvor über Stock und Stein gepeitscht hatte. Man soll die Schafe nicht zu sehr ermüden, sonst sterben sie an einem

Tag. Dennoch gab ich zu bedenken: »Zur Burg müssen wir wieder zurück, zum nächsten Hof ist's nur noch eine Meile.«

»Aus Barmherzigkeit gegen Adam sollten wir zurück.«

Ich sah zu Adam. Er bot ein Jammerbild.

»Dann gehen wir um der Barmherzigkeit willen zurück.«

Während die Novizen ihren Schritt beschleunigten, wurden meine Beine schwerer. Das Herz klopfte, als ginge es zum Jüngsten Gericht, obwohl ich mich vor kurzem doch nach Merhoffen gesehnt hatte. Woher die pessimistische Scheu kam, war rätselhaft. Vielleicht wollte ich meine sanftfarbigen, zerbrechlichen Träume vor der rohen Wirklichkeit schützen, mir den Schmerz ersparen, eine mir heilige Erinnerung an Merhoffen zerstört zu sehen.

Die vertrauten Mauern, so wie ich sie kannte, beruhigten mein aufgewühltes Inneres wieder und bald standen wir im Wirtschaftshof inmitten gackernder Hühner. Matthias öffnete die Stalltür.

Ein Hund jagte heraus, stürzte sich auf mich, sprang mich an, von vorne, von der Seite, so wie er glaubte, meine Hand am schnellsten zu erreichen. Kaum hatte ich mich zu ihm hinuntergebeugt, warf sich mein alter Freund Ferd vor Freude winselnd auf den Boden und ich liebkoste ihn bald ebenso übermütig wie er mich. Die beiden Novizen bestaunten das Schauspiel.

»Jetzt ist er auch noch der heilige Franciscus *in persona*, bändigt tolle Hunde und spricht morgen mit den Vögeln«, bemerkte Adam.

Hennes erschien mit einem Eimer in der Hand und pfiff Ferd – ohne Erfolg – zurück. »Was wünscht der Bruder?«, fragte er mich argwöhnisch.

»Für meine Gefährten und mich einen Ruheplatz.«

»Ja, und dreißig Schuh lang Knackwürst, dick Käs und fett Bier«, brummte er, die übliche Litanei abspulend, die jeder Bittgänger über sich ergehen lassen musste, »ich kenn euch Brüder, erst demütig reden und dann Schlund und Sack nit voll kriegen. Aber ich hab ein mildtätigs Herz und der verfluchte Köter hier spielt selten so die Ofenkatz wie jetzt. Wenn Ihr noch unsern wilden Rappen reitet, seid Ihr ein Heiliger und könnt im Herrenhaus Quartier nehmen.«

»Oh, ich danke für das Quartier im Herrenhaus.«

»Hola, Bruder, so ging die Wett nit, erst müsst Ihr den Rappen reiten.«

»Es ist mir nur erlaubt, zu Fuß zu gehen. Aber, Hennes, du wirst mir wohl glauben, dass ich den Gerg reiten kann.«

»Sapperment! Woher wisst Ihr?« Er starrte mich an.

»Hennes, erkennst du mich nicht?«

»Dat mich der Hagel erschlag!«

Er berührte meinen Arm.

»Herr Christoph, oh, willkommen, lieber Herr, dat mich der Hagel erschlag! Aber dat sagt ich schon. Verzeiht … die kurzen Haar und Ihr seid so dünn und bleich, nit ausgefressen wie sonst die Mönch, ach, wat für eine Freud!«

Auf meine Bitte hin quartierte er uns in der Scheune ein. Ich ging ins Herrenhaus und traf meinen Vater im Schreibkabinett an. Er musterte mich und begrüßte mich so steif wie einen fernstehenden Bekannten. »Nun, soll ich hochwürdiger Bruder sagen?«

»Nennt mich, wie's Euch ums Herz ist, lieber Herr Vater.«

»Christoph, mein Sohn«, er drückte mit beiden Händen meine Rechte und bot mir einen Stuhl an.

Schwerfällig ließ ich mich nieder. Mein Blick streifte durch das Gemach. Die Holzvertäfelung, der Raritätenschrank, der Kabinettschrank, das Schachbrettmuster des Steinbodens, der Stich der apokalyptischen Reiter und der Tisch, den der Teppich mit dem Loch bedeckte, das die glühenden Kohlen einmal eingebrannt hatten – nichts war verändert. Jost brachte uns Bier, in das wir Muskat rieben. Sogleich nahm ich einen langen Zug.

»Ich wusste, dass du in der Nähe bist«, sagte mein Vater, »ein Scherenschleifer hat erzählt, dass einer der weißen Mönche, wie man deinen Orden gemeinhin nennt, sich mit einem größeren Kerl duellierte, den der Mönch im Hui besiegte. Wenn die Geschicht nicht erstunken und erlogen ist, dann fällt mir nur mein

Sohn ein, der sich so nirgends in die gute Ordnung und Zucht hineingewöhnen mag.«

»Es ist erstunken und erlogen«, entgegnete ich.

»Ach, ja?«

»Der Gesell war zwar stärker, aber kleiner als ich.«

»Also doch! Himmel, was ist dir eingefallen, in diesem Gewand den Mann zu fordern?«

»Er hat mich zum Gefecht gezwungen, indem er mir und dann meinem Gefährten mit dem Degen in die Brust stach.«

Ich schob das Skapulier beiseite und zeigte den Blutfleck.

»Herr Jesus!« Er schüttelte den Kopf. »Was für eine Zeit! Selbst im Erzstift Köln achtet man die Gottesdiener nicht mehr. Ha, aber der Haudegen wird sich jetzt auf bessere Manieren besinnen. Wie befindet sich dein Gefährte?«

»Zwei meiner Schutzbefohlenen sind blessiert. Das ist für mich keine Empfehlung fürs Amt des Novizenmeisters.«

»Wie? Man macht einen Novizen zum Novizenmeister?«

»Ja! Wenn ich die Gelübde abgelegt hab!«

Er verzog das Gesicht, als sei das Bier sauer.

»Und du nimmst das Amt an?«

»Ei ja, es ist doch eine Ehr – und ist die Frau Mutter wohlauf?«

»Ja, obwohl – der Kummer um Philipp bedrückt sie.«

»Philipp? Ist er krank?«

»Nein, er ist … nun, er ist jetzt in Paris. Ja, im Juni letzten Jahres ist er nach Paris und sollte vor Wintereinbruch wieder zurück sein. Doch im Oktober schrieb er, die Zeit sei zu kurz und er bat um Geld. Was mir möglich war, habe ich geschickt«, er seufzte, »er hat mich mit seiner Abreise von Dezember auf Februar, von Februar auf März und so fort vertröstet. Seinen Briefen entströmt Moschus, Zimt und Gott weiß was für süßliche Düfte, als kämen sie von einem verliebten Frauenzimmer. Über Herrn von Beywegh habe ich jetzt Übles erfahren. Er kleidet sich wie ein eitler Stutzer, genießt seine faulen Tage in vornehmer, aber recht verluderter Gesellschaft. Wie oft habe ich ihm geschrieben, sich endlich zu erklären. Aber auf Antwort kann ich warten, bis die Katz kräht. Da der Kummer uns nun nimmer schlafen lässt, will ich selbst nach Paris, um ihn zur Raison zu bringen. Mein Bündel ist geschnürt und gestern wollte ich reisen, aber ich war voll Kleinmut.« Traurig sah er mich an. »Dass Gott erbarm'! Ich hab kein Glück mit meinen Söhnen! Einer ist ... tot, der Zweite eigensinnig und der Dritte ein à la mode-Geck. Wer weiß, was mir der Vierte bringt, wenn er auch jetzt ein guter Schüler ist. Max geht jetzt auf das Antonio-Paduarum-Gymnasium in Bonn. Die Minoriten haben zwar nicht die *Reputatio* wie die Kölner Jesuiten, aber sie halten auf gute Zucht.« Während er von Max sprach, kam Glanz in seine Augen.

»Herr Vater, die Jungen gehen andere Wege als die Alten. Es ist schwer, dem Vater das für ihn völlig Unverständliche in einem Brief verständlich zu machen und reinen Wein einzuschenken.«

»Lieber Sohn, gibst du der Lüge deinen Segen?«

»Nein, ich bitte nur um Verständnis für die Schwachheiten.«

»Das mag einem Mönch wohl anstehen.« Er schlug hart auf den Tisch. »Zum Henker! Damit ist mir aber nicht gedient. Meine Kräfte lassen nach, die Pächter sind widerspenstig, die Schulden wachsen und, verflucht, ich brauche einen Sohn, der seine Pflichten kennt!«

»Philipp wird kommen, sobald er die Bedrängnis erkennt. Wenn der Jungvogel Hunger hat, dann fliegt er – wenn's keine Not hat, bleibt er im Nest und lässt sich füttern.«

»Ich hoffe nur, er hat bald Hunger«, seufzte er.

So gut ich konnte, sprach ich ihm Mut zu. Draußen wurden die Stimmen meiner Mutter und Sophias laut. Sophia fegte herein, umarmte mich und rief: »Wir lassen dich nimmermehr fort!«

Während meines Gebets am nächsten Morgen hörte ich Lärmen im Hof. Jost steckte den Kopf zur Tür herein und winkte mir zu kommen. Hennes saß auf dem Bock unserer Kutsche. Meine Mutter, Sophia und Margaretha standen bei meinem Vater, der sich auf einen Stock stützte. Mich am Arm packend zog er mich von den anderen fort. »Ich fahre nach Paris«, erklärte er. »Es ist eine größere Marter, noch länger zu warten. Ich hoffe, ich bringe Philipp auf den rechten Weg. Eines aber musst du wissen, Christoph: Ich habe dir den Segen, Mönch zu werden, ohne Freud gegeben. Bedenke bitte, bevor du das Gelübde ablegst, dass du und nur du mein Nachfolger bist, solltest du frei sein ... Meine Bitte ist auch ein Versprechen, das ich schriftlich niedergelegt hab. Selbst bei meinem Tod kannst du darauf bauen. Die Frau Mutter wird dir das Dokument zeigen.«

»Ist ... ist das nicht vor der Zeit?«, stotterte ich.

»Nein«, er schüttelte unwillig den Kopf, »ich habe nicht vor zu sterben, aber man lebt fröhlicher, wenn das Haus wohlbestellt ist. Du hast Vorrang vor Philipp, lieber Sohn. Ein Ja wär eine große Freud, eine übergroße Freud! Du bist ein Mann geworden, ruhig, fest und bestimmt. Ich ... ich hab dir vorschnell die Tür gewiesen und ich ... ich bitt herzlich um Vergebung.« Schuldbewusst senkte er das Haupt.

»Lassen wir das Alte«, gerührt fasste ich seine Hand, »ich hab mich entschieden ...«

»Scht«, er legte den Finger auf den Mund, »triff keine Entscheidung *grandis momenti* aus dem Stegreif. Und nun, mein lieber Sohn, gelobt sei Jesus Christus.«

»In Ewigkeit, Amen«, antwortete ich.

Wir umarmten uns. Er verabschiedete sich von meiner Mutter, den Schwestern und stieg in den Wagen. Thierry schloss den Schlag, die Pferde zogen an und die Kutsche rasselte ins Tor. Ein Vorhang flatterte aus einem Fenster. Ich stierte in die schwarze Toröffnung. Langsam drehte ich mich zum Herrenhaus. Nun, ich konnte als Herr leben oder ich verbrachte den Rest meiner Zeit als demütiger Gottesknecht – Unkraut harkend, Novizen lehrend, Chorgebet, innere Sammlung; andernfalls Jagd, geschwätzige Landtage und Kämpfe mit den Pächtern!

»Saltin!« Sophia zupfte mich am Ärmel. »Ich weiß, was der Herr Vater will und nichts wünschen wir alle mehr, als dass du zurückkommst. Philipp ist ein eitler Pfau. In den zwei Wochen, in denen er hier war, ist er um den Herrn Vater herumgeschwänzelt, hat ihm zum Munde geredet, aber deine Hosen und die Leibwäsch, die ich gemacht hab, hat er höhnisch zurückgewiesen.«

»Meine Kleider werden ihm auch kaum passen!«

»Man hätt's ein wenig einnähen müssen. Nein, du kannst mir diesen Herrn Bruder nicht schön reden, sein gefälliges Äußeres birgt einen verrotteten Kern.«

»Sophia, das ist zu viel! Nur weil er meine Kleider nicht tragen will. Ich kenne Philipp. Er hat im Tricoronatum immer treu zu mir gehalten und war lustig.«

»Ei gewiss, ein Bruder Lustig ist er«, entgegnete sie spitz.

»Schwesterlein, lassen wir das. Erzähl lieber von dir.«

»Da ist nichts, nur dass ich zur alten Jungfer verwelk.«

»Verwelken?« Ich musterte sie. Sie war schmaler und zarter geworden. »Du bist hübscher als je zuvor und das ist keine süße Schmeichelei, denn Klosterbrüdern ist das verboten.«

»Ach, ich bin schon 22 Jahr' und lebe immer noch wie ein Kind bei den Eltern. Ernst von Kolff hat mit einer Gräfin Hochzeit gehalten. Ich habe mir nichts erhofft, aber jetzt macht's mich doch melancholisch.«

»Du bist doch kein Kind, sondern eine Stütze für die Frau Mutter und alle hier. Das ist viel und es ist traurig, wenn dir's nichts gilt und du dich in unnützen Kummer vergräbst. Vielleicht ist diese Zeit schöner als der ersehnte Ehestand. Aber ich bete für die Erfüllung deiner Wünsche.«

»Mir wär's lieber, du heiratest Marisa«, sagte sie keck.

Zum Frühstück gab uns Katharina Sauermilch und Mus, aber nur ich löffelte hungrig diese Köstlichkeiten. Adam und Matthias waren ohne Appetit und baten um einen weiteren Tag Ruhe. Wegen ihrer offensichtlichen Schwäche gab ich nach, obwohl das Wetter gut war. Nach der Mahlzeit suchte ich meine Mutter im Speisezimmer auf.

»Du willst mir gewiss Lebwohl sagen«, begrüßte sie mich.

»Im Gegenteil, ich bitte noch um einen Tag Obdach.«

»Gerne«, sie lächelte zaghaft. »Du bist blass. Du hast doch nicht ernstlich Schaden genommen bei dem Duell?«

»Nein, ich bin nur etwas matt.«

»Setz dich zu mir! Katharina soll dir eine Specksuppe kochen, damit du zu Kräften kommst.«

»Ich danke, aber die Suppe kann ich nicht annehmen, da ich auf Fleisch verzichte.«

»Kein Fleisch? Deshalb bist du so ausgezehrt.«

»Ja, kein Fleisch, nur viel Fisch, Klöß, Gemüs, Käs, Salat, Obst, Brot, Milch, Wein, Bier und Mus. Außer Fleisch gibt's viel, das Kraft gibt, um im Garten zu graben.«

»Du arbeitest im Garten?« Sie sah mich entrüstet an. »Mönche beten, studieren und verwalten ihre Güter, aber sie arbeiten doch nicht mit den Händen?«

»Ja, heutzutag schätzen auch die Mönche die Handarbeit nur gering. Aber bei den Zisterziensern hieß es einst, *ora et labora* und mit labora war die Knechtsarbeit gemeint.«

»Christoph, du schmähst unseren Stand, unseren Namen!«

»Ich bin nichts weiter als Bruder Paul, ohne Wappen.«

»Du verleugnest also Vater und Mutter?«

»Nein, ihr seid in meinem Herzen. Jeden Tag bete ich dafür, damit sich alle hier bester Gesundheit erfreuen.«

»Du kannst Gott nicht mit frommen Werken bestechen«, fuhr sie mich an.

»Himmel, was für Reden? Gebete zur Bestechung Gottes?«

Schweigend blickte sie durch das Fenster in die Ferne.

»Ich schulde dir eine Erklärung«, sagte sie, »ich bin nicht katholisch, sondern im calvinischen Glauben aufgewachsen. Vor der Heirat bin ich konvertiert, aber – lass mich ausreden – meine Überzeugung habe ich kaum geändert. Mich rühren deine Gebete, mein lieber Sohn, und sie mögen auch den Schöpfer rühren, aber du hilfst uns damit nicht, wenn uns ein anderer Weg bestimmt ist.

Nur mit deiner Anwesenheit kannst du unsere Mühsal erleichtern. Und mir fällt's besonders sauer, dich in der Mönchskutte zu sehen, denn schon Martin Luther hat die Klöster abgeschafft, weil sie gegen die Natur sind und sich jeder der Welt stellen und dem Nächsten helfen sollte, was er nicht kann, wenn er sich zum ewigen Gebet in die Einsamkeit zurückzieht.«

»Doch, er kann helfen! Ich bin ins Kloster gegangen, weil ich ein guter Christ sein will und durch viele solche *Exempla* wieder Friedfertigkeit in diese rohe, eigennützige Welt kommt. Obwohl wir zurückgezogen leben, so wissen die Menschen doch, dass es diesen Ort gibt, wo sie in Liebe aufgenommen und getröstet werden. Im Gebet habe ich meine Ruh gefunden. Und, liebe Frau Mutter, ich bete viel für euch alle hier.«

»Und ich bete, dass mein Sohn zurückkommt. Christoph, du solltest dich an deine Kindespflicht erinnern und dem Herrn Vater den Beistand nicht verweigern.«

»Er hat mir die Tür gewiesen und jetzt ist's zu spät. Ich bin ein Knecht und will kein Herr mehr sein. Nur unglückliche Umständ haben mich hierher geweht.«

»Nein, es war Gottes Fügung. Wir hatten schon einen Brief an dich aufgesetzt, aber durch ein Wunder bist du selbst gekommen. Christoph, du warst immer in unseren Gesprächen und Gebeten.«

»Wie die Toten! »

»Deine Reden verwundern mich.« Sie schüttelte traurig den Kopf. »Sind wir dir Kuckuckseltern? Wir lassen dich gewähren. Aber wir bitten dich zurückzukommen..«

»Herrje, das sind wahrhaftig Daumenschrauben! Doch will's mir nicht eingehen, warum in einem Hui mein *Valor* so hoch gestiegen und der meines Bruders gesunken ist.«

»Philipp führt ein liederliches Leben. Das, was wir hören, müsste uns jede Nacht den Schlaf rauben, wenn wir nur ein Quäntlein davon glaubten. »

»Ach, Paris hat schon manchem den Kopf verdreht.«

»Mag sein, doch über Ernst von Kolff hat sich niemand das Maul zerrissen. Christoph, der Herr Vater bereut's bitter, so hart zu dir gewesen zu sein, zumal Henrietta gebeichtet hat, dass du sie nicht nach Paris mitnehmen wolltest.«

»Ja, mein Rauswurf war vorschnell und das, was Ihr Philipp vorwerft, ist ebenso übereilt, weil alles nur Geschwätz missgünstiger Leut ist.«

»Nein, so ist's nicht!« Sie starrte in ihren Schoß. »In seinen wenigen Briefen hat er vieles bestätigt … Nun, du weißt, du bist der Erbe an erster Stell, dann erst folgen Max und Philipp, doch Philipp nur, wenn er sich wandelt. Der Herr Vater hat ein Schriftstück beim Notar Segerus Thyner in Bonn hinterlegt, die Kopie soll ich dir zeigen.« Sie stand auf.

»Nein«, ich hielt sie zurück, »bitte, lasst mich ohne Groll Mönch sein. Gestern, als dieser Wahnsinnige uns bedrohte, wurde mir vor Augen geführt, wie glücklich mein Leben ist. Das, was ihr von mir verlangt, kann ich nicht erfüllen, nicht weil ich euch den Gefallen versagen will, sondern weil ich dazu nicht fähig bin.«

»Du irrst! Du kennst deine Pflichten besser als Philipp.«

»Das allein macht aus mir noch keinen gewitzten Grundherrn. In der Abtei gehe ich dem *Kellner* zur Hand und weiß, wie schwer die Zeiten sind. Die Pächter schützen allesamt Armut vor; es wird gestohlen und betrogen und für das, was man an Früchten erhält, zahlen die Kaufleut einen Preis, der einem das Wasser in die Augen treibt. Das sind keine Zeiten für einen Klosterbruder als Grundherr.«

»Aber die Abtei ist doch wohlhabend?«

»Ja, denn durch Seelenmessen, Erbschaften und die Kirchweih hat die Abtei noch weitere Quellen, aus denen das Geld sprudelt, alles, was ein Pachtherr nicht hat.«

»Du machst mir wenig Mut, mein Sohn! Und dies sollen ein kranker Mann und ein Geck, der sich nur aufs Geldausgeben versteht, meistern? Gut, ich achte deinen Willen, wenn auch mit Tränen und schweren Herzens.«

»Mit Gottes Hilf wird alles gut«, tröstete ich, »und wenn die Not wirklich groß ist, dann …«, ich stockte, um nicht zu viel zu versprechen; aber sie sah mich so hoffnungsvoll an, dass ich wohl doch schon zu viel zugesichert hatte.

Erst nach Einbruch der Dunkelheit trafen wir am nächsten Tag in der Abtei ein. Dass Bruder Marcus in Flerzheim geblieben war, erboste den Prior derart, dass er unsere Verletzungen kaum zur Kenntnis nahm. Am nächsten Morgen wiederholte ich meinen Bericht vor dem Abt, der mich zusammen mit dem Prior und dem *Kellner*, Bruder Adolph Casparus, im Kapitelsaal empfing.

»Bruder Marcus schreibt«, der Abt blickte auf den Brief, »der Schaden sei höher als vom Verwalter angesetzt. Das ist also das Einzige, was er noch prüfen will?«

»Ja, hochwürdiger Herr und Abt«, antwortete der Kellner.

»Darum sollte er sich aber gar nicht kümmern«, nörgelte der Prior, was ihm einen tadelnden Blick des Abtes eintrug.

»Gut!« Der Abt fasste den Kellner ins Auge. »Die Beschwerde an seine kurfürstliche Gnaden soll nun zusammen mit der Sach wegen des Weinbergs in Dottendorf stracks aufgesetzt werden. Nur das Minimum verlange ich, damit er künftig unsere Rechte achtet, wie sich's gebühret.« Er entließ uns, rief mich aber wieder zurück und fragte, wie die Novizen und ich zu den Blessuren gekommen seien. Während ich berichtete, wurde seine Miene immer düsterer.

»Also ein Duell?« Er schüttelte den Kopf. »Das allein rechtfertigte schon den Ausschluss aus dem Konvent. Wenn ein Mönch einen Dieb in flagranti ertappt, bittet er ihn, die Beute zurückzugeben, allein um des Seelenheils des Missetäters willen. Er fordert jedoch niemals wie ein Büttel der Obrigkeit das Diebsgut zurück.« Ich nickte schweigend. »Es ist leichter, hinter Klostermauern den Lehren unseres Herrn zu folgen; deswegen halten wir die Novizen meist in Klausur, denn in der Welt gelten andere Regeln und man muss für die christliche Nächstenliebe kämpfen. Ein Mönch tut das jedoch niemals mit der Waffe.«

»Ich bereue aufrichtig, ehrwürdiger Herr und Abt und bitte um eine harte Strafe«, sagte ich bedrückt.

»Es ist schwer, die hohen Anforderungen Christi zu erfüllen.« Er sah mich gütig, fast liebevoll an. »Aber je mehr man sich der Gewaltlosigkeit, Nächstenliebe und Opferbereitschaft verschreibt, desto weniger kann die Welt einem etwas anhaben. Die vermeintliche Schwachheit wird zur Stärke, gegen die selbst die Mächtigsten dieser Welt nichts ausrichten.«

Voller Hingabe werkelte Matthias mit mir im Garten, was Bruder Johannes mit Wohlgefallen beobachtete, während er, geschwächt von dem gerade überstandenen Fieber, auf der Bank ausruhte. Um ihn aufzumuntern, setzte ich mich manchmal zu ihm und stellte ihm Fragen über den Garten. In seiner knappen Sprache erklärte er mir, wie man den Ertrag steigert, Schädlinge bekämpft und Pflanzen vermehrt. Dies alles schrieb ich auf und gab es ihm zu lesen. Er verbesserte manches und führte das Heft dann selbst in einer gestochen klaren Schrift weiter, die ich seinen schwieligen Händen nicht zugetraut hätte.

Von einer Veröffentlichung seiner Erkenntnisse wollte er aber gar nichts wissen und sagte: »Wenn nach meinem Abscheiden der Garten hier nach dem Büchlein wohl in Acht genommen wird, dann ist's mehr Lohn, als ich erhoffe.«

Obwohl noch Novize, begann ich bald mit meiner Lehrtätigkeit, da der Bruder, dem bis zur Berufung des Novizenmeisters dieses Amt oblag, krank geworden war. Angesichts meines Verstoßes gegen das Gebot der Gewaltlosigkeit war dies ein besonderer Gnadenbeweis, der wohl vorwiegend aus der Not geboren war, weil sich kein für die Aufgabe Geeigneter fand.

Der Prior überwachte meine ersten Lehrstunden. Ihm gefiel, dass ich keine Monologe hielt, sondern dem sokratischen Lehrstil Pater Senffts folgte, wobei ich Fragen stellte und die Novizen die Antworten erarbeiteten. Dabei gelang es mir, sogar Adam zu begeistern.

Bruder Marcus traf der Groll des Abtes in aller Härte. Nach jedem Chorgebet musste er sich zwei Wochen lang am Ausgang, mit dem Gesicht nach unten, auf den Boden werfen und liegenbleiben, bis das jüngste Konventsmitglied an ihm vorbeigeschritten war.

Ich konnte seine Beschämung nachempfinden, denn mir war die gleiche Strafe auferlegt worden, allerdings nur für einige, mir unendlich lang erscheinende Tage. Jedes Mal, wenn Matthias vorbeigegangen war, hoffte ich, die Schritte des Abtes zu hören, damit er mich aus dem Pranger endlich erlöste, aber mehr als zwanzigmal erhob ich mich allein. Erst dann vernahm ich die Stimme des Abtes: »Es ist genug!«, und ein Bruder half mir auf.

Juli 1659

Im Garten trat Bruder Sebastian an mich heran und raunte mir zu, dass mich draußen bei der Walkmühle ein vornehmer Herr erwarte. Da ich in zwei Tagen mein Gelübde ablegen sollte, wollte mich der kauzige Bruder Pförtner erst nicht hinauslassen, öffnete mir dann aber doch die Tür. Es war ein kühler Julitag. Dunst lag über den Fischteichen, den ein aufkommender Wind mir entgegentrieb. Auf der Brücke über den Bach vor der strohgedeckten Mühle stand Gillis.

»Dem Himmel sei Dank«, stöhnte er, »diese holzköpfigen Betbrüder haben mich nicht zu Euch gelassen.«

»Warum bist du hierhergekommen?«

»Euer gnädiger Herr Vater liegt auf Leben und Tod. Schon nach zwei Tagen nach seiner Abreise nach Paris kehrte er krank zurück. Wenig später kam Thierry aus Paris mit einem Schreiben, in dem der Herr Philipp es endgültig ablehnt zurückzukehren. Das hat den Herrn schwer getroffen und in seiner Schwäche hat ihn noch ein Schlagfluss ereilt. Hier, dies Schreiben der gnädigen Frau soll ich *ad proprias* übergeben.«

Er reichte mir den Brief, auf dem mein Name und ad proprias in der verschlungenen Schrift meiner Mutter stand. Ich steckte ihn ein.

»Herr, das müsst Ihr lesen! Ich soll die Antwort sogleich mitnehmen«, forderte er aufgeregt.

»Gillis, dein Eifer freut mich.« Ich schlenderte zur Pforte zurück. »Es bedarf aber nicht viel Phantasie, um zu wissen, was meine Eltern wünschen. Nur, für eine solche Entscheidung brauche ich zumindest einen Tag Bedenkzeit.«

»Was gibt's da zu bedenken? Herr, Eure Eltern haben Euch bitter nötig. Der gnädige Herr wird, wenn er, Gott geb's, die Krankheit übersteht, lang schwach sein, sagen die Doctores. Dem Herrgott könnt Ihr überall dienen, aber hier ist's wohl angenehmer als auf der anderen Seit des Rheins.«

»Ein solches Urteil steht dir nicht zu! Komm mit mir in die Abtei und morgen erhältst du Bescheid.«

»Die wollen mich nit. Ich schlaf im Wald.«

»Gut, aber wenn du krank wirst, hilfst du keinem.«

Er senkte den Kopf und nickte dann ergeben. Obwohl der Bruder Pförtner wenig erbaut war, Gillis wiederzusehen, ließ er ihn im *Hospitium* unterbringen. Ich eilte zum Brunnenhaus und reinigte mir für das Chorgebet Gesicht und Hände. Nach der *Non* las ich am Fenster der Novizenzelle stehend den Brief meiner Mutter. In ihrer nüchternen Art schilderte sie die üble Lage. Mit keinem Wort drängte sie mich zu kommen. Dies war auch unnötig, denn die Umstände legten mir dies zur Genüge ans Herz. Ich ließ das Schreiben sinken und blickte in den Himmel zu den grauschwarzen Wolken, deren Ränder das Abendrot in ein freundlicheres Rosa färbte.

Mein elfjähriger Bruder Max hatte wie ich ein Anrecht auf Schulbildung. Neben der Sorge um meinen Vater war meine Mutter kaum in der Lage, sich um das verschuldete Gut zu kümmern, das wohl schon die Kräfte meines Vaters überfordert hatte. So musste Merhoffen verkauft werden, womit meine Geschwister nicht nur ihre Lebensgrundlage verloren, sondern auch unser, mit dem Rittergut seit Jahrhunderten verbundener Name bedeutungslos wurde. Eine Veräußerung kam nur wegen hoffnungsloser Überschuldung in Frage, nicht aber, weil sich gleich beide Söhne ihren Pflichten entzogen. Der Ärger über meinen selbstsüchtigen Bruder trieb mir die Tränen des Selbstmitleids in die Augen. Aber musste ich mir nicht selbst Eigensucht vorwerfen, wenn ich mich meinen Pflichten entzog? Philipp würde gewiss zurückkehren, sobald er erfuhr, was auf dem Spiel stand. Für die Übergangszeit musste ich allerdings in die Bresche springen. Andererseits, wenn ich jetzt meine Lehrtätigkeit einstellte, verlöre ich jede Aussicht auf das Amt des Novizenmeisters. War es wirklich meine Pflicht das aufzugeben, was die Erfüllung meines Lebenswunsches war? Nach dem letzten Chorgebet kniete ich vor dem Seitenaltar der Kreuzerhöhung, an dem ich schon an meinem ersten Tag in Heisterbach gebetet hatte. Im Schein einer Ampel betete ich darum, die richtige Entscheidung zu treffen, selbst wenn es der dornige Pfad eines weiteren Knicks in meinem Lebenslauf sein sollte. Ich presste die gefalteten Hände gegen die Stirn, bis sie schmerzte und flüsterte: »Nicht wie ich will, sondern wie du willst«.

Auf meine dringliche Bitte hin gewährte mir der Abt am nächsten Tag nach dem Mittagsgebet eine Audienz in seiner Stube. Sein Gemach war ohne viel Zierrat mit bequemen Stühlen, einem geschnitzten Kabinettschrank und einem dazu passenden Tisch eingerichtet. Er saß am Feuer, die Füße auf einem Fußbänkchen und las ein Schreiben, das er nach der Begrüßung zur Seite legte. Ich durfte mich auf einen Schemel gleich neben dem Kamin setzen. Ein Diener legte zwei neue Holzscheite in die Flammen. Die Wärme war Balsam für Leib und Seele. Während meiner nächtlichen Gebete in der Kirche hatte sich die Kälte in meinen Knochen eingenistet, die auch drei Stunden Bettruhe nicht vertrieben hatte. Ich schilderte dem Abt meine Lage und bat ihn um einen Monat Urlaub, um meinen Eltern beizustehen.

»Das ist unmöglich«, sagte er vehement, »wer Mönch sein will, muss mit der Welt abgeschlossen haben und kann nicht zwischen Welt und Kloster hin und her laufen.«

»Aber soll ein Mönch nicht auch Vater und Mutter aus der Not helfen, wie's die Zehn Gebote verlangen?«

»Jeder kann nur einer Lebenspflicht folgen. Ein Mönch lebt in der Nachfolge Christi und Jesus Christus hat von seinen Nachfolgern gefordert, Gott und ihn mehr zu lieben als Vater und Mutter. Das ist keine Hartherzigkeit, sondern ein Opfer, das der Mönch und die Eltern erbringen. Morgen ist die Profess und wenn ein Novize kurz vorher schon davonläuft, kann sein Herz nicht am Mönchtum hängen.«

»Ich bitte nur um die Gnad helfen zu dürfen und ...«

»Nein«, unterbrach er mich, »ganz und gar unmöglich. Ein Mönch kann nur mit Gebeten Gottes Hilfe erflehen.«

»Ehrwürdiger Herr und Abt, ich will Gott so dienen, wie er es mir durch mein Gewissen befiehlt. Ich sehe meine Pflichten als Mönch, aber auch die des Sohnes und Bruders, mehr Pflichten habe ich nicht. Es erscheint mir selbstsüchtig, meiner Frau Mutter zu schreiben, dass ich für sie bete, mich aber ansonsten allem entziehe, was jeder Christ schon aus reiner Nächstenliebe auf sich nimmt.«

»Mein Sohn! Gebete helfen bei der Gesundung. Gebete machen das Unmögliche möglich! Würden die Gebete die Eltern nicht trösten?«

»Wenn's allein um das Leben meines Vaters ginge, gewiss. Aber die Geschwister, meine erschöpfte Mutter – das ist's, was meine Anwesenheit nötig macht, dort muss ich die Last mildern. Ehrwürdiger Vater Abt, ich bitt von Herzen, macht das Mögliche nicht unmöglich.«

»Jeder Mönch fehlt seinen Angehörigen«, entgegnete er milde, »ein Mönch übt Verzicht und das müssen auch die Eltern. Das Verweigern der irdischen Hilfe ist keine Selbstsucht, im Gegenteil. Es ist eine harte Prüfung, aber nur wer sie besteht, ist bereit, allen Anfechtungen zu trotzen und dem höheren Ziel bis zum Tod zu dienen.« Er blickte in das Feuer. »Wenn der Bruder Paul an der Forderung der unbedingten Nachfolge Jesu Christi scheitert, ist das eine herbe Enttäuschung, weil ich große Hoffnung in ihn setzte, denn er hat das, was einen Mönch auszeichnet, schneller erkannt als viele andere. Aus wahrer Überzeugung hat er sich nicht geschont und könnte mit seinem *exemplo* viel Segensreiches bewirken.« Traurig sah er mich an. »Mein lieber Sohn, ich würde gern helfen, aber alles, was du wünschst, verlängert nur deine Seelenqualen.«

»Warum weist Ihr mich von Euch? Ich bitt um vier oder auch nur drei Wochen.«

»Was dem Bruder auf der Seele brennt, ist nicht in drei Wochen ausgestanden. Jetzt und hier ist die Gabelung des Weges: Vertraue auf Gott, vertraue auf die Macht des Gebetes oder vertraue auf die eigenen schwachen Kräfte. Wähle mit Bedacht! Ich hatte lange Zweifel, ob ein überheblicher Edelmann hier auch nur eine Woche überdauern würde. Zu meiner Freud habe ich mich geirrt Die Schicht des Hochmuts und der Selbstsucht ist von der Hau des Herrn Christoph von Merhoffen geschrubbt worden, dami das, was den Menschen ausmacht, wieder zum Vorschein komm Zerstöre dies nicht wieder, mein lieber Sohn, und entscheide dic , aus falsch verstandenem Opfersinn, nicht für ein Leben, das wer -ger deinem Wesen entspricht. Gewiss, man kann auch in der W t fromm sein, aber dort ein christliches Leben zu führen ist bit :r hart, wenn nicht gar unmöglich.«

»Bis zur Vesper bitte ich um Bedenkzeit, hochwürdiger H rr und Abt.«

»Für diese Entscheidung sollte man sich mehr Zeit gönnen ch bete, dass unser Bruder den richtigen Weg findet.«

Bekümmert spendete er mir seinen Segen und entließ r ich. Die Verweigerung des Urlaubs empfand ich als eine unverd ente Härte. Die Freundlichkeit des Abtes wog seine gefühllose Entscheidung nicht auf. Nach einer fahrig absolvierten Lektic ı für die Novizen erzählte ich ihnen von meiner Not, was sich für einen Lehrer zwar kaum ziemt, aber es war wohl ohnehin meine letzte Lehrstunde.

»Ich würde den Eltern helfen. Das ist christlicher, als sich eigene Wünsche zu erfüllen«, plapperte Adam darauf los.

Ich erklärte ihnen die Grundsätze des Mönchtums, an deren Erfüllung ich jetzt vermutlich scheiterte. Es entspann sich ein Diskurs, bei dem beide stur die Pflichten den Eltern gegenüber höher veranschlagten als die aus der Nachfolge Christi. Sie besaßen zwar nicht den Tiefgang des Abtes, aber ihre frische Art nahm mir die Schwere dieser Gewissensentscheidung. Matthias versuchte mich noch zu trösten und meinte: »Es gibt nicht nur das ›entweder – oder‹, sondern auch das ›sowohl – als auch‹. Man kann doch wieder in den Orden eintreten, wenn auch erneut als Novize von der Pike an.«

»Ja, so will ich's auch tun«, stimmte ich zu, »ich danke für den Zuspruch.«

Wir umarmten uns. Sie gingen, aber Adam kam noch einmal zurück.

»Bruder Paul«, sagte er, »als ich meine Kleider abgab, habe ich meinen Degen zu Euren Sachen legen lassen. Ich bitte, das Geschenk anzunehmen.«

»Das kann ich nicht, der Degen ist überaus wertvoll.«

»Bitte! Eine Zurückweisung würde mich kränken!«, rief er und schloss die Tür, ohne eine Antwort abzuwarten.

Ich stehe vor dem Hausaltar in der Bibliothek. Also alles muss ich opfern! Das Geschenk, Novizenmeister sein zu dürfen, und das Novizenjahr! Langsam gehe ich zum Stehpult. Mein Entschluss ist gefasst: Ich besitze zwar die Liebe zum Klosterleben, aber mir fehlt der Fanatismus.

In einem mönchisch knappen Brief an den Abt bekenne ich meine Schwäche, mich ganz und gar von der Welt abzukehren, erkläre jedoch, mit meinem Abschied den für mich ungleich härteren Weg gewählt zu haben. Ich schreibe von der Trauer, ihn und meine *Confratres* zu enttäuschen, wie auch von meinem Schmerz, die Abtei verlassen zu müssen, in der ich so viele glückselige Stunden erlebt hatte. Schließlich bitte ich ihn, mich in Gnaden wieder aufzunehmen, wenn ich wieder an die Klosterpforte klopfte. Während ich den Brief falte, werde ich wieder zweifelnd, aber nun klammere ich mich an meine einmal gefasste Entscheidung.

Im Garten harkt Bruder Johannes ein Beet, das ich gestern umgegraben habe. Verständnislos blickt er mich an, während ich spreche – schnell, wirr, mit vielen Worten. Als er den Sinn meiner Rede begreift, wendet er sich brüsk ab und zerschlägt mit harten Hieben die schweren Lehmbrocken, ohne meinen Abschiedsgruß zu beachten.

Das Zeichen zur Vesper kommt. Der Gebetsruf schneidet ins Herz. Das riesige Buch mit den *Antiphonen* auf meinem Pult berühre ich nicht mehr.

Ich versuche mir das Bild der singenden, sich verneigenden weißen Gestalten in dem aus grauen Steinquadern gemauerten Chorgewölbe einzuprägen, um es mitzunehmen. Aber es verliert seine Konturen und am Ende bewegen sich weiße Flecken vor einem dunklen Hintergrund. Meine Stimme versagt bereits bei den ersten Tönen.

»Voce mea ad Dominum clamavi« – meine Stimme rief zum Herrn, singen die uns gegenübersitzenden Brüder und wir antworten: »Voce mea ad Dominum deprecatus sum« – meine Stimme flehte um Gnade zum Herrn,

»Considerabam ad dexteram et videbam« – ich blickte nach rechts und sah:

»Non erat qui cognosceret me« – es gab keinen, der mich beachtete.

»In deficiendo ex me spiritum meum« – wenn auch mein Geist verzagt, singen die einen und die Antwort ist:

»Et tu cognosvisti semitas meas« – so hast du meine Pfade schon erkannt.

»Tu es spes mea!« – Du bist meine Hoffnung!

Kaum ist der letzte Ton verklungen, werfe ich mich am Ausgang zu Boden. Schweigend ziehen meine *Confratres* an mir vorbei. Nur Adam flüstert mir ein »Gott behüt Euch« zu. Ich bleibe liegen, bis sich die Tür zu den Klausurgebäuden wieder öffnet. Der Prior berührt meine Schulter, heißt mich aufzustehen und führt mich in den Lustgarten.

»Mir braucht man nicht zu zeigen, wie schön es hier ist, Bruder Prior. Die Abtei ist ein Ort, an den ich mich stets zurücksehne, solange ich von ihr getrennt bin«, sage ich.

»Warum eine Trennung, lieber Bruder?«

»Der ehrwürdige Abt hat meine Absicht, die Abtei zu verlassen, gewiss nicht verschwiegen!«

»Nein, aber er kennt die endgültige Entscheidung noch nicht und er hat mich gebeten, unserem Bruder in seiner Seelennot beizustehen.«

»Ich danke für die Liebe, doch nur Gott kann mir raten. Ich kann meinen Eltern die Hilfe nicht verweigern! Dieses Kreuz habe ich mir bereits auf die Schultern gelegt und bitte, nicht weiter in mich zu dringen.« Er bleibt stehen. Fassungslos sieht er mich an. »Ehrwürdiger Bruder Prior, ich erwarte von niemandem Verständnis, aber mein Gewissen gebietet es mir so. Ich bitte nun herzlich um die *permissionem* zu gehen.«

»Wenn ich nichts weiter tun kann?«

Ich schüttele den Kopf. Er führt mich in eine kleine Kammer der Klausurgebäude, in der nur eine Bank steht. Müde setze ich mich und blicke durch ein vergittertes Fenster in grüne Buchenäste. Es war eine frohe Zeit gewesen und als sollte mir das Ende dieses Glücks besonders schwer gemacht werden, waren die vergangenen drei Monate die schönsten meines Lebens. Bringe dein Opfer mit freudigem Herzen oder lass es, sonst ist es nutzlos und allen nur eine Last, spreche ich halblaut zu mir selbst. Die Tür geht auf. Ein Knecht stellt grußlos einen Sack vor mich hin.

»Wenn Ihr umgekleidet seid, geht durch die Nebenpfort!«, befiehlt er und ringt sich noch ein »Gelobt sei Jesus Christus« ab.

Noch bevor ich »in Ewigkeit Amen« sagen kann, ist er fort.

Als der weiße Habit so leer vor mir auf der Bank liegt, knie ich nieder, falte darauf die Hände und verspreche dem Allmächtigen, diese Hülle wie meinen Platz im Konvent wieder zu füllen, wann es ihm gefällt. Dann lege ich den an den Abt gerichteten Brief obenauf und verlasse die Abtei durch die Seitenpforte. Ohne das lange Gewand und die Kapuze fühle ich mich nackt und schutzlos. Adams Degen mit dem *Bandalier* behalte ich in der Hand. Gillis habe ich vergessen und muss noch einmal umkehren, um ihn vom Bruder Pförtner holen zu lassen. Er tritt aus der Pforte, bleibt suchend stehen. Dann kommt er auf mich zu und grüßt.

»Mein Herr, habt Ihr hier einen Mönch gesehen?«, fragt er.

»Nein, das habe ich nicht, Gillis.«

Forschend blickt er mich an. Ein Lächeln des Erkennens huscht über sein Gesicht. Er ergreift meine linke Hand, kniet nieder und küsst sie, bevor ich mich wehren kann.

»Oh, Herr«, ruft er, »Ihr habt die elende Kutte abgelegt, jetzt wird alles gut! Jucheissa!« Er wirft seinen Hut hoch. »Vergebt, dass ich Euch nit erkannt hab, aber mit Verlaub, Ihr seht etwas schäbig aus.«

In der Tat bin ich weniger gut gekleidet als er, zumal nach dem Kampf mit Frater Benedictus mein Wams schmutzig und das Hemd eingerissen ist.

»Gut, da du ohnehin vornehmer gekleidet bist, nimm auch den Degen, der passt besser zu dir als zu mir.«

»Gott behüte, nein!« Abwehrend hebt er die Hände. »Wir könnten aber die Kleider tauschen. Das Wams hier ist ohnehin Eures. Der gnädige Herr hat's mir geschenkt.«

»Das, was mein Vater verschenkt, nehme ich nicht wieder zurück. Mir wär's auch lieb, wenn du den Degen nimmst. Schlüpf einmal in die Haut des Herrn, bis ich mich in die meine wieder hineingewöhnt habe.«

»Gott bewahr mich vor solchem Mummenschanz! Der Knecht als Herr, das gibt's nur bei den Schauspielern.«

Er nimmt mir das Wehrgehänge aus der Hand und legt mir das Bandalier an, allerdings von links nach rechts.

»Gillis, ich bin kein Linkshänder wie mein Vater. Wie soll ich so den Degen ziehen? Das Band muss auf die rechte Schulter und die *Wehr* hängt links, so!«

»Da seht Ihr, was für ein brillanter Edelmann ich bin. Ach, dem armen gnädigen Herrn wird's eine große Freud sein, wenn schon mir's Herz vor Glück springt.«

Wir wandern im Eilschritt los. Ohne das Ordensgewand läuft es sich leichter, aber der Degen stört. Von Gillis erfahre ich, dass er der Schreiber meines Vaters ist und ihm sogar bei den Pachtsachen zur Hand geht.

»Und dem Herrn Vater reichen deine Schreibkünste?«, frage ich.

»Ja, ich habe viel geübt. Eure gnädige Frau Mutter lieh mir fromme Schriften. Mademoiselle Henrietta gab mir ein Buch über Paris: die Wegbeschreibung von Andreas Schott. Wenn man die Leut mit einer Kunstfertigkeit erstaunt, will jeder helfen und jetzt habe ich sogar eine schöne Schrift.«

Der sonderbare Gedanke, den Sauhirten zum Verwalter zu machen, konnte nur meinem Vater kommen. Der Grund war wohl die absolute Ergebenheit, die Gillis fast bei jedem Wort, das er äußerte, an den Tag legte. Er sprach nicht nur wie er, sondern imitierte sogar die Gesten seines Herrn, vielleicht würde er sich sogar seine blauen Augen braun zaubern lassen, um seinem Idol noch ähnlicher zu sein.

Da die Fähre über den Rhein leck geschlagen und kein vertrauenerweckender Kahn aufzutreiben war, erreichten wir erst am Abend des nächsten Tages das andere Ufer. Gillis hatte dort ein Pferd untergestellt, das ich nahm. Ich hetzte den Gaul nach Merhoffen. Es war schon dunkel, als ich im Wirtschaftshof endlich wieder Boden unter den Füßen hatte. Meine Beine zitterten vor Anstrengung. Eine Tür klapperte und Thierry kam gelaufen.

»Ola, Gillis«, rief er, »du bist spät, hast du *succès* gehabt?«

»Ich bin's, Thierry«, erwiderte ich und er stutzte.

»*Mon dieu*, Ihr seid's? Herr Christoph?«

»Ja, schließ das Tor. Gillis kommt erst morgen.«

»Tod und Teufel«, fluchte er und grölte, »der junge Herr ist da, leibhaftig, ohne Mönchshabit, ei, ei, ola. Er ist da!«

»Nicht so laut, Thierry, du weckst ja alle auf!«

»Da schläft keiner. Alle warten!«

Er hatte recht. Im Nu umringte mich das Gesinde. Ein ungläubiger Thomas leuchtete mir mit einer Fackel so ins Gesicht, als wolle er mir den Hut versengen, die anderen schrien Gottlob und Dank und griffen nach meinen Händen. Ich dankte und beeilte mich, ins Herrenhaus zu kommen, wo mir ein ähnlich schöner Empfang bereitet wurde. Max, der einige Tage von der Schule befreit war, führte einen kindlichen Freudentanz auf und selbst die zurückhaltende Margaretha lachte.

»Wie steht's um den Herrn Vater?«, fragte ich in den Jubel hinein und alles wurde still. »Was ist? So sagt doch!«

»Er lebt«, antwortete meine Mutter endlich und zog mich ins Schreibkabinett, wo das Kaminfeuer glühte, eine Kerze brannte und ein Gebetbuch aufgeschlagen auf dem Tisch lag. Ihre Augen glänzten vor Wiedersehensfreude, aber ihr Gesicht war schmal geworden und hatte einen verhärmten Ausdruck.

»Setz dich«, forderte sie mich auf, »Christoph, sein Zustand wird dich erschrecken. Doch heute war er bei sich. Ich habe ihm gesagt, du kommst, denn daran zweifelte ich keinen Moment.«

»Wo ist er?«

»In meiner Kammer. Aber du hast die Mönchskutte abgelegt. Bedeutet das, du …?«, sie sah mich beschwörend an.

»Ja, ich bin kein Mönch mehr, weil mir kein Urlaub gewährt wurde. Ich hoffe aber, vom Abt in Gnad wieder aufgenommen zu werden, wenn ich meine Pflichten hier erfüllt habe.«

Sie nickte traurig, stand auf und drückte mich an sich, ein »Danke« flüsternd.

Mit einem Licht in der Hand stieg ich die Treppe hinauf. Oben hörte ich Schritte. Sophia erwartete mich.

»Ich bin so froh«, wisperte sie, »ich hatt's kaum mehr gehofft, bitte, verlass uns nimmer.«

»Ich bleibe, bis alles im Lot ist, aber keine Stund länger.«

»Das ist schon viel, danke und gut Nacht.«

»Gut Nacht!«

In der Kammer meiner Mutter roch es nach Kampfer und abgestandener Luft. Jost hielt die Krankenwache. Er stand auf und ich setzte mich zu meinem Vater. Obwohl ich auf seinen Anblick genügend vorbereitet war, erschreckten mich seine eingefallenen Züge. Ich nahm seine Hand und sprach ihn an, aber er regte sich nicht. Von meiner Krankheit wusste ich, dass man auch bei großer Schwäche hören kann, deshalb redete ich, betete mit seiner Hand in der meinen das Vaterunser und alles, was mir einfiel, bis mich der Schlaf übermannte. Auch am nächsten Tag zeigte er kaum Lebenszeichen. Betend umstanden meine Mutter, die Geschwister und das Gesinde das Bett. Nachdem alle gegangen waren, setzte ich mich an den Bettrand, redete oder betete, und immer wieder befeuchtete ich seine Lippen. Mittags riss ich das Fenster auf, damit Licht und Vogelgezwitscher die dumpfe Krankenluft vertreiben konnten. Die Schwüle eines heißen Tages schlug herein. Dafür hätten mich die Doctores schwer getadelt, denn hitzige Ausdünstungen der Erde fördern Krankheiten. Doch wenig später öffnete er die Augen und sah mich an. In der folgenden Zeit wachte er immer öfter auf. Bis wir aber das erste Wort aus seinem Munde hörten, dauerte es noch Tage.

In den folgenden Wochen kümmerte ich mich um die Verwaltung Merhoffens. Beim Verkauf von Roggen und Wein hatten die Händler uns eindeutig übervorteilt. Dies hatte mein Vater noch moniert, meine Mutter glaubte aber den Beteuerungen der Kaufleute, wir müssten mit ihren Preisen Vorlieb nehmen. Die Monate, in denen ich in der Abtei dem *Kellner* geholfen hatte, trugen nun Früchte. Gillis leitete mich an, mich in den von meinem Vater eigenwillig geführten Büchern zurechtzufinden. Die verheerende Lage bescherte mir bald schlaflose Nächte.

»Die Pächter wollen nichts geben und die Kaufleut nichts zahlen«, zog Gillis den einfachen, aber treffenden Schluss.

Ich seufzte und sah zu, wie er einen Federkiel spitzte, um einen meiner Briefe zu kopieren. Er hatte wohl das Zeug zum Verwalter, doch ihm wie mir fehlte die Erfahrung und die Härte, um dem Ruin zu entgehen. Weil ich meinen Gedanken eine angenehmere Richtung geben wollte, gönnte ich mir einen Ritt, der am Weiher endete. Es war trotz der abendlichen Stunde fast noch so heiß wie nachmittags. Nach einem Bad im See genoss ich das Rauschen des Schilfs, die glucksend ans Ufer schlagenden Wellen und das leise tschak – tschak eines Vogels. Am Waldrand flogen Vögel auf. Jan Harsch kam. Er setzte sich mit einem kurzen »wenn's genehm ist« neben mich.

»Welches günstige Lüftlein weht dich hierher?«, fragte ich.

»Ich wollt meinem Pachtherrn meine Aufwartung machen und da Ihr nicht im Haus wart, musstet Ihr hier sein. Ich hab gehört, hier weht jetzt ein anderer Wind.«

»Hier weht kein Wind und wenn, dann pfeift's aus dem letzten Loch.«

»No, no, so übel wird's nicht sein«, beschwichtigte er.

»Über »übel« würde ich mich freuen. Die Schulden wachsen. Schulden, die ich nicht bezahlen kann, sofern ich nicht mehr aus den Pächtern herauspresse und den Preis für die Früchte um die Hälfte höher setze.«

»Nun, aber Käs und Fleisch vom Speisezettel zu streichen, macht das Gesinde nur unwillig und wird kaum helfen.«

»Käs und Frischfleisch kaufen wir meist zu und das höhlt den Säckel. Beim Schweinschlachten im Winter gibt's wieder Fleisch satt.«

»... wenn Ihr der Verlockung widersteht, nicht doch alles zu verschachern«, ergänzte er.

»Man kann auch von Fisch leben, wie du an mir siehst!«

»Und Ihr seht recht verhungert aus. Die Leut quittieren den Dienst, wenn nur Schmalhans Küchenmeister ist!«

»Jan, ich weiß, ich bin ein elend schlechter Hausvater, aber was soll ich tun in der Not?«

»Den Halsabschneidern von Kaufleuten einen hohen Preis abhandeln! Euer Herr Bruder verkaufte Wein zu einem grausam hohen Preis. Er nannte ihn Vinum Rubrum Bonnensis und dichtete ihm Heilkräfte an – gegen Pest, Gicht und die bösen Dinger. Und wenn der Hausvater einen Schluck über den Durst trinken will, sagt er zu seinem scheltenden Weib, das ist gut gegen's Podagra. So müsst Ihr's auch bewerkstelligen!«

»Nein, lieber verhungere ich als die Leute zu betrügen.«

»Betrug?« Er verdrehte seine blauen Augen. »Nein, nur ein wenig Marktschreierei. Jeder will etwas Besonderes sein und weil das die wenigsten sind, muss jeder etwas Außergewöhnliches haben, seidene Kleider, einen Wein mit klangvollem Namen. Nun, jedenfalls bin ich froh, dass Ihr dem Kloster Adieu gesagt habt. Das ewige Beten …«

»Jan, eh' du dich ereiferst – ich will so schnell wie möglich wieder dorthin zurück. Ja, zurück zur Abtei!«

»Teufel, das ist starker Tobak! Ich dachte schon, Ihr habt diese Krankheit überwunden. Verzeiht, aber so ohne Weiber und manch anderes Mannsvergnügen sehnt man sich doch eher nach'm Grab als nach einem weiteren Tag.«

»Nein, mich bringen eher die Sorgen hier ins frühe Grab und mein Herrendasein will ich möglichst bald beenden, ohne die Eltern an den Bettelstab zu bringen.«

»No *dobře!*« Er wälzte sich auf den Rücken und betrachtete die Wolken. »Ich hatt' mich schon wie ein König gefreut, Euch zum Pachtherrn zu haben, und meinte, dem Böhm würden jetzt lauter Rubine und Lapislazuli auf den Lebensweg gestreut werden, von denen man sagt, sie machten fröhlich und glückselig. Ich würde schon die Pächter *tribulieren*, dass sie kein Körnlein mehr unterschlagen.«

»Gerade hast du gesagt, ich bin ein erbärmlicher Herr.«

»So war's nicht gemeint! Ihr dürft die Worte eines Bauern, der durch die noble Schul der Kriegsknechte und Landsverderber gegangen ist, nicht auf die Goldwaag legen. Aber alle wünschen sich Euch zum Pachtherrn und nicht den Bluthund Herrn Philipp.«

»Philipp? Den hast du doch eben noch gelobt?«

»Ja, er versteht's mit den Kaufleuten zu reden. Aber er hat auch in kurzer Zeit das gesamte Hausgesind gegen sich aufgebracht, weil's keiner ihm recht machte. Als der Herr Vater einen Ausritt machte, hat er erst Thierry eine Tracht Prügel geben lassen. Na ja, der Flegel hat's gewiss verdient! Aber dann wegen nichts auch noch Hennes. Deshalb, lieber Herr, bleibt – uns zulieb! So wie der Kaiser Leopold, der so alt ist wie Ihr. Auch er wollte lieber ein Kirchenmann sein und jetzt prügelt er mit den Brandenburgern und Dänen die Schweden aus Polen heraus.«

»Wann hast du deine Liebe zu den Habsburgern entdeckt?«

»Liebe? Nein! Nur Achtung, wenn sich einer ins Joch fügt.«

Oktober 1659

Die Menschen redeten zu viel. Gedankenloses Geplapper, sinnloser Tratsch, Wiederholungen, überflüssige Fragen, leere Schmeicheleien, Flüche, überhebliche Reden umgaben mich Tag für Tag. Wie konnte man jemals zu seiner Seele finden, wenn man sein Denken in unzähligen nutzlosen Worten verschwendete?

Herr von Kolff war zu Besuch und hatte – wegen der Anwesenheit der Damen – seit dem Tischgebet seine Jagdgeschichten nur kurz und desto ausführlicher den Hofklatsch zum besten gegeben. Er balancierte ein Stück Entenbraten zierlich auf seiner Gabel und immer, wenn der Bissen endlich den Mund erreichte, um dessen Redefluss Einhalt zu gebieten, sank seine Hand in quälender Langsamkeit wieder zum Teller nieder. Früher war er mir amüsant vorgekommen, doch jetzt sehnte ich mich nach der Sitte der Mönche, wonach während der Mahlzeiten sich niemand unterstehen durfte, auch nur ein Wort zu sprechen. So bald wie möglich musste ich nach Heisterbach zurück, bevor ich hier noch den Verstand verlor.

Ansonsten hatte ich wenig Anlass zur Klage. Trotz des allgemeinen Murrens minderte mein sparsames Wirtschaften merklich unsere Ausgaben. Auf mehreren Bauernhöfen hatte ich erhebliche Unterschlagungen festgestellt, ließ jedoch Milde walten und die Pächter akzeptierten pflichtschuldigst eine einmalige Pachterhöhung von insgesamt 18 Malter Roggen, 7 Malter Weizen, 1 Fuder Wein sowie einigen Hühnern, obwohl es wieder kein gutes Erntejahr war und ich tatsächlich nur die Hälfte dieser zusätzlichen Leistungen erhielt. Mit den Kaufleuten hatte ich für alle Kornarten, vor allem aber für Roggen, einen deutlich höheren Preis ausgehandelt, was weniger an meinem kommerziellen Geschick lag als an dem allgemeinen Wertanstieg des Getreides.

Einen Teil der Schulden konnte ich begleichen; allerdings trübten die Zinsen sowie die Rechnungen von Arzt und Apotheker die rosigen Aussichten auf einen dauerhaft niedrigeren Schuldenstand. Mein Vater hatte zwar jede ärztliche Hilfe abgelehnt – es mag gehen, wie's Gott gefällt ohne Doctores, hatte er gesagt –, doch wollte ich ihn nicht ganz ohne Heilmittel lassen, zumal ich mir nichts mehr wünschte, als ihn wieder gesund zu sehen. Den Anblick des Kranken in seiner ganzen Hilflosigkeit konnte ich kaum ertragen. Seit Lebensbeginn war er mir wie ein ewig existierender Gott gewesen, der strafte, mich mit fester Hand lenkte, auf dessen Stärke ich vertraute, selbst wenn ich revoltierte. Doch er war kein Gott und wurde nun von dem stets Abhängigen abhängig, schmerzhaft abhängig. Die Umkehrung dieses Verhältnisses war eine Verkehrung der Welt, die mich ängstigte. So mied ich seine Krankenkammer, bis er hitzig nach dem »Hausvater« verlangte und mich zwang, der Wahrheit einer verdrehten Welt ins Auge zu sehen. Oft genug war ich unduldsam gegen ihn. Mit

Härte erreichte ich jedoch, dass er das Bett verließ. Besuche von Freunden wie der von Herrn von Kolff belebten ihn, erschöpften ihn aber auch schnell.

»… und in Gesellschaft des jungen Herrn wär eine Tabakspfeif jetzt recht angenehm«, riss mich Herr von Kolff aus den Gedanken.

Obwohl mich der Tabaksqualm anwiderte, stimmte ich höflich zu. Wir setzten uns an den Kamin und meine Mutter zog sich mit meinen Schwestern zurück.

»Das kommerzielle Geschick des jungen Herrn wird allgemein gelobt«, schmeichelte er mir.

»Wenn dies so den Anschein hat, freut's mich. Doch sobald wie möglich reite ich nach Paris und hole meinen Bruder.«

»Den Bruder? Hat der Herr hier keine Ambitionen?«

»Nein«, ich blies eine Rauchwolke in die Luft und unterdrückte den Hustenreiz, »die Zeiten sind schwer, schon ganz und gar für einen geistlich gesinnten Mann wie mich.«

»Ist Merhoffen in Not?«, hakte der Fuchs gleich nach.

»Keineswegs, oder war das Mittagsmahl zu karg?«

»Oh nein, es war vortrefflich – nur, warum hat der Herr kein Fleisch angerührt?«

»Nicht aus Sparsamkeit, es schmeckt mir nur nicht mehr.«

»Ach«, verständnislos schüttelte er den Kopf, »von meiner Tochter Marie Elisabeth soll ich grüßen.«

»Danke und ich bitt, sie zu grüßen. Ist sie wohlauf?«

»Oh ja, sie ist nur ein wenig melancholisch.«

»Ach, Herr Jesus, warum das?«

»Mein Sohn Ernst hat geheiratet und sein Eheweib ist in guter Hoffnung. Da ist's schwer, das Glück zu sehen und selbst keinen Bräutigam zu haben, obgleich ich ihr sage, der stellt sich schneller ein als der nächste Sonnentag.«

»Und muntert sie das auf?«

»Ja! Allerdings hätte sie schon längst einen Gatten von Stand haben können, wenn sie nicht so eselsstur wär'.«

»Sie hat abgelehnt?«, fragte ich ungläubig, denn man munkelte, die Freier hätten eine zu hohe Mitgift gefordert.

»Ja, jedes Mal bat sie mich unter Tränen, ihr die Hochzeit zu erlassen. Es hat mich herzlich gerührt. Sie ist so voller Liebreiz, da wird gewiss noch der Richtige kommen, auch wenn's nicht der ist, den sie sich in den Kopf gesetzt hat.«

»Gewiss«, murmelte ich.

»Nun, der Herr weiß wohl, an wen sie voll Wehmut denkt.«

»Nein!«

»Gütiger Gott, Ihr zwingt wahrhaftig einen grauhaarigen Edelmann wie eine alte Kupplerin in Liebesdingen Fäden zu spinnen. Nun gut, sie sehnt sich nach Euch und behauptet nicht, es nicht gewusst zu haben.«

»Nein, ich weiß nur, dass sie mir zugetan war … Aber es ist nicht mehr von Belang, da das Verlöbnis ja gelöst ist.«

»*D'accord*, junger Freund, aber Umstände ändern sich: Hier sitzt ein alter Narr, der's von Herzen gut meint und sich freute, wenn er die traurige Jungfer ein wenig aufmunterte.«

»Herr von Kolff, ich sag's nun auch frei heraus, was verschafft mir plötzlich die Gunst, mir Hoffnungen auf Eure Tochter machen zu dürfen?«

»Hoffnungen?« Er schien irritiert. »Es würde sie und mich schon freuen, wenn der Herr einmal wieder Gast bei uns wär'!«

»Ich danke ergebenst für die Einladung.«

Meine Tage waren angefüllt mit Arbeit. Manche Pacht war zu *Michaelis* nicht oder unvollständig abgeliefert worden, Früchte und Vieh mussten verkauft, Zinsen gezahlt werden und allzu oft bat ich die Gläubiger um Geduld.

Gillis hatte glücklicherweise erstaunlich schnell mein »Handwerk« begriffen und so konnte ich es wagen, die lange aufgeschobene Parisreise anzutreten, noch bevor die Straßen im Schnee unkenntlich wurden oder im Morast versanken und die Kälte die Kräfte schnell aufzehrte. Meine Eltern rieten von dieser »fruchtlosen Unternehmung« ab. Auch Thierry war wenig erbaut, so bald wieder nach Paris zu reiten; er hatte eine Liebschaft, die ihn dermaßen zum Nachtwandler und Tagträumer machte, dass manche meinten, er ginge auf Freiersfüßen. Dennoch, mich drängte es, meine Aufgaben endlich Philipp zu übergeben und so machten wir uns an einem nasskalten Oktobertag auf den Weg. Die erste Etappe endete schon bei den Kolffs, wo wir sogleich zum Mittagessen gebeten wurden.

An diesem Tag aß ich zum ersten Mal wieder Fleisch, was mir eine heftige Kolik einbrachte. Das Abweichen von meinen Prinzipien geschah jedoch bewusst, weil ich auf der Reise nicht wählerisch sein konnte. Herr von Kolff hielt wieder eine seiner eitel umständlichen Reden. Seine Frau unterbrach gelegentlich die Monologe und arrangierte ein Tischgespräch, in das sie besonders mich und Ernsts junge Gattin einbezog. Die junge Frau war gebildet, hatte aber grobe Gesichtszüge, schlechte Zähne und aufgeworfene Lippen wie ein Mohr. Ihre Makel waren zu zahlreich, als dass ihre gefühlvollen Augen sie noch vor der Bezeichnung »hässlich« retten konnten. Neben ihr erschien Marisa wie ein Engel. Ihre zarte Weiblichkeit war die Verführung in persona für mich wie für den hageren Herrn, der mit am Tisch saß und sie mit seinen Augen verschlag.

Nach dem Essen schützte ich Müdigkeit vor, um mich nicht dem Tabaksqualm der Herren aussetzen zu müssen. Mein Rückzug war eine Unhöflichkeit, doch wegen der bevorstehenden Reise entschuldigte man mich mit wohlwollender Nachsicht. Kaum war ich in meiner Kammer, klopfte es. Knicksend bat mich eine Zofe zu Madame zu kommen. Frau von Kolff machte mir Komplimente über meine wirtschaftlichen Erfolge, von denen angeblich das halbe Kurfürstentum sprach. Sie führte mich ins Musikzimmer, wo Marisa auf einem Klavichord eine Sarabande spielte, die sie abbrach, als wir eintraten. Frau von Kolff ließ uns allein und postierte diesmal auch keinen Wachhund im Nebenzimmer. Wir setzten uns an ein Tischchen.

»Mademoiselle, wir sind wie in einem Märchen, in dem eine gute Fee die Zeit zum Stillstand bringt, weil wir nun zum zweiten Mal in demselben Gemach zusammen sind und eine böse Fee uns zur Trennung zwingt«, begann ich das Gespräch.

»Es ist nur eine böse Fee.« Ihr Blick wanderte zum Fenster hinaus in die grauen Wolken. »Immer ein langes Adieu nach einem kurzen Wiedersehen.«

»Der Betbruder ist hier wohl kaum sehr willkommen!«

»Oh doch!« Sie blitzte mich zornig an. »Daran kann Er doch kaum Zweifel haben. Nur, der Herr verachtet die Liebe, die ein Band zwischen zwei Menschen schmiedet, das so eng ist, dass es die anderen davon ausschließt.«

»Ach, so ist's nicht, sondern eher die Umständ, die uns auseinanderbringen«, versuchte ich sie zu besänftigen.

Ihr Daumen strich mehrmals über die Seide ihres roséfarbenen Kleides. Monoton erwiderte sie: »Das ist eine Ausred und sie kränkt mich.«

»Nein, ich hätte mein Heiratsversprechen gehalten!«

»Gewiss!« Sie hob den Kopf. »Nur hätte mein Verlobter mehr darum kämpfen können und ich hoffte auch, ihn früher hier ... ach, ich vermisse ein geistvolles Gespräch so.«

»Na, der Herr eben am Tisch war nicht gerade ein Strohkopf!«

»Mag sein«, sie sah mich flehentlich an, »ach, Saltin, der Herr Vater bittet einen eitlen Freier nach dem anderen ins Haus. Die Herren können ein wenig Latein und Französisch, haben Bildung. Aber ihnen ist die Jagd wichtiger als ein Diskurs über ernste Dinge und auch die seidenen Strümpf', die neue Hutschnur oder die à la mode-Kleider, mit der sie imponieren wollen, gelten ihnen mehr. Sie langweilen mich zu Tode und ich weiß bald nimmer, wie ich mich gegen diese hohlköpfigen Laffen sträuben soll. Außer einem ›Nein‹, auf dem ich nicht ewig beharren kann, habe ich kein Mittel, mich zu wehren. Für meine Bitten haben die Eltern taube Ohren, weil sie sagen, dies sei der Gang der Welt und ich müsste mich dareinfinden wie jede andere auch.«

»Vielleicht kommt bald einer, der Ihr gefällt.«

»Daran glaube ich nimmer, weil sich alle in ihrer Geckenhaftigkeit so ähnlich sind. Deshalb habe ich die Sach selbst in die Hand genommen.«

»Selbst in die Hand genommen?«

»Nun ja«, sie stockte, »ich hab den Herrn Vater an unser Verlöbnis erinnert und ihn inständig gebeten ... Saltin, ich weiß, es verstößt gegen alle Sitte, wenn eine Jungfer nicht wartet, bis ein Herr um ihre Hand anhält, aber durch die teuflischen Tage und höllischen Nächte der letzten Zeit will ich nicht weiter gehen. Ich will mich auch nicht mehr mit Hoffnungen trösten, von denen ich denke, sie würden einmal schöne Früchte tragen und die dann doch in faules Obst zerfallen. Ja, nur die Umständ zwangen uns, von unserem Verlöbnis Abstand zu nehmen. Aber die Umständ haben sich doch geändert. Nachdem auch die hochfliegenden Träume meines Vaters wie schwere Steine auf die Erd gefallen sind, steht unserer Heirat doch nichts mehr entgegen. Ich habe nun frank und frei gesagt, wie's mir ums Herz ist. Und ich bitte jetzt auch um reinen Wein – keinen billigen Trost, sondern die Wahrheit. Nur die Wahrheit!«

Ihr Bekenntnis griff mir ans Herz. Wie gern wäre ich vor ihr niedergekniet, um das Verlöbnis zu erneuern. Aber inzwischen hatte ich gelernt, keinem Affekt nachzugeben, schon ganz und gar nicht bei einer so folgenreichen Entscheidung. Draußen verdunkelten Wolken den Tag und Regen prasselte gegen das Fenster.

»Wenn ich mir eine Gattin wünsche, liebste Marisa, dann ist Sie es«, sagte ich, »die mutige Offenheit bewundere ich und jeder Mann kann sich glücklich schätzen, ein so liebreizendes Eheweib mit dem Herzen einer Löwin an der Seite zu haben. Nur, ich bin kein guter Grundherr und reise nach Paris, um Philipp zurückzuholen. Ich kann mich bei ihm für sie ...«

»Nein, das ist nicht meine Bitt«, unterbrach sie mich, »ich habe nicht nach einem Heiratsvermittler gefragt, sondern nach Christoph Salentin.«

»Wenn ich hier meine Pflichten erfüllt hab, gehe ich wieder in die Abtei. Meine Früchte, die dort schon herrlich gediehen waren, sind auch über Nacht faul geworden.«

»Warum bleibt Er nicht, wie's die Eltern wünschen?«

»Marisa, Philipp ist den Aufgaben eher gewachsen als ich. Die Welt ist so widerwärtig! Die Gier nach Geld und Macht und Wohlleben. Wenn ich bestehen will, muss ich die Pächter auspressen. Damit wir auch in Zukunft standesgemäß leben können, muss ich Jahr für Jahr mehr Geld zusammenraffen. Mein jetziges Leben auf Merhoffen ist für mich nichts weiter als eine dauernde Qual. Ich finde nicht mehr zu mir selbst. Ich bin stets unsicher, ob ich die richtigen Entscheidungen treffe, darf das aber nicht zeigen. Mein einziger Trost ist, den Eltern zu helfen. Falls Philipp nicht kommt, werde ich mich beugen. Ein schlechter Grundherr ist besser als gar keiner. Ob ich dann aber der Ehemann bin, den sich meine liebe Marisa wünscht, weiß ich nicht. Wer mit den vielen Alltäglichkeiten zu kämpfen hat, verliert oft den Blick gerade für diejenigen, die ihm am nächsten sind.«

»So ergeht's allen. Das irdische Paradies liegt in Utopia.«

»Aber, mit Verlaub, Philipp wär ein guter Ehegatte.«

»Nein! Es ist ... mein Herz hat Christoph Salentin und so wohlfeil ist's nicht für jeden anderen ... Gott, Saltin, mein Mund läuft mir über, weil ich so verzweifelt bin«, sehnsuchtsvoll blickte sie mich an.

»Ich kann leider keine feurige Rose anbieten, sondern nur ein dürftiges Veilchen als Zeichen meiner Zuneigung und Verehrung, liebste Marisa.«

»Man sollte die Kraft der Veilchen nicht gering achten, denn mit ihrem Duft gewann der hässliche Hephaistos sogar die Göttin Aphrodite. Ach, ich wünsche mir tausend Veilchen ... Saltin, Philipp wird nicht kommen, das sagt jeder.«

»Mag sein! Aber auch ich brauche Gewissheit. Und so sehr mich unser gemeinsames Leben lockt, liebe Marisa, so sehr graut's mir vorm Herrendasein.«

Reglos starrte sie vor sich hin. In all ihrem Wohlstand tat sie mir leid. Für eine Frau ist der rechte Ehegatte weitaus wichtiger als für einen Mann, der sich dem ungeliebten Eheweib mit Jagden entziehen kann und oft genug eine Geliebte unterhält. Damals in der Gertrudiskapelle hatte sie zu mir, dem verachteten Krüppel, gehalten. War es jetzt nicht an mir, zu ihr zu stehen? Sie konnte mir die fehlende Stärke geben, um die tausend Alltagssorgen zu meistern, sofern Philipp nicht doch noch zurückkam.

»Marisa«, ich ergriff ihre Hand, »wenn's genehm ist, so bleibe ich hier.«

»Nein«, wehmütig sah sie mich an, »ein Opfer aus christlicher Nächstenlieb bringt kein Glück. Da ist's wahrhaftig besser, ich warte und hoff wieder.«

»Vielleicht würd's den Weg abkürzen, wenn ich bleibe.«

»Saltin, ich will Liebe, kein Mitleid!«

»Es ist das Veilchen, kein Mitleid«, konterte ich, sie aber schüttelte stumm den Kopf: »Gut, aber sollte mein Bruder nicht zurückkehren, bitte ich den Herrn Vater um die Hand meiner Marisa und als Pfand dafür gebe ich ihr diesen *Petschierring*«, ich zog meinen Siegelring vom Finger.

»Der Siegelring des Herrn Vaters?«

»Ja, er gab ihn mir, damit ich mit etwas prunken kann. Doch weiß ich keine bessere Verwendung, als ihn meiner liebsten Freundin zu geben, zum Zeichen meines aufrichtigen Willens.«

»Daran hätte ich nie gezweifelt. Aber ich danke und hier ist mein bescheideneres Liebespfand.« Sie holte ein Kästchen, aus dem sie ein geflochtenes Armband nahm.

»Das ist ein Band aus meinem Haar«, erklärte sie und legte es mir um mein linkes Handgelenk. Ich strich mit der Fingerspitze über die hellbraunen Haare.

»Ich werd's in hohen Ehren halten«, ich zog sie an mich und küsste ihre Wange.

Da legte sie die Arme um meinen Hals und ich drückte sie fest an mich.

Die meisten Frauen wissen, welche Macht sie über die Männer haben, nicht so Marisa. In ihrer Anständigkeit hatte sie mich wieder vom Haken gelassen wie ein schlechter Kaufmann, der nicht wagt, seinem Kunden den letzten Anstoß zum Zugreifen zu geben. Ich war mir keineswegs sicher, ob ich darüber froh sein sollte. Ihr Veilchenduft hatte meine Sehnsucht geweckt; andererseits wollte ich mir das Leben erkämpfen, das ich mir wünschte, selbst angesichts der schlechten Aussichten, Philipp zur Rückkehr zu bewegen. Seine Weigerung heimzukommen hatte zum guten Teil an dem barschen Befehlston des Vaters gelegen, dem er ein kindisch störrisches »Nein« entgegenhielt. Auf meine Schreiben hin äußerte er sich konzilianter. Er sandte sogar einen Wechselbrief mit einem ansehnlichen Betrag und meinte, »derzeitig« könne er so besser helfen. Wenn ich ihm ins Gewissen redete, würde er Paris verlassen. Ich stand am Fenster meiner Kammer und blickte zu den windgepeitschten Obstbäumen hinüber, die schon die meisten ihrer Blätter den Lüften zum Spiel überlassen hatten. Bald begann in Heisterbach die Vesper. Ich hörte den Gebetsruf: »Deus in adiutorium meum intende«, dann den getragenen Wechselgesang der Brüder, dessen Melodie am Ende jeder Zeile immer fragend nach oben stieg und deren Echo die Antwort gab.

Dank Thierrys begnadetem Ortsgedächtnis, das uns nie fehlleitete, erreichten wir noch im Oktober Paris. Die von Bollwerken umgebene Stadt war sehr weitläufig und dennoch standen die Häuser schmal und dichtgedrängt in engen, schmutzigen Gassen. Kohl und Rüben waren hier wohl auch die Hauptspeise und die Menschen waren kaum besser gekleidet als woanders. Bettelnde Krüppel, Weiber und viele Kinder waren frech-fordernd und hitziger als am Rhein. Gleich hinter dem Stadttor gab ich einem Kind ein Almosen als christlichen Dank für unsere glückliche Ankunft und sofort umringten uns Bettlerhorden, die uns hart bedrängten. Mit dem Degen verscheuchte sie Thierry. Eine zahnlose Alte versuchte, mir ein blutjunges Mädchen anzudienen. Thierry drohte den beiden, auf ein burgartiges Gemäuer deutend, das alle Häuser überragte. Seine Worte entluden sich so explosionsartig, dass ich kaum etwas verstand. Da die Alte nicht aufgab, schlug er mit der flachen Klinge nach ihr, traf aber das Mädchen, worauf die beiden flüchteten.

»Thierry, das war die Falsche«, rüffelte ich ihn.

»Ihr täuscht Euch, Herr! Die Junge ist trotz ihrer Unschuldsaugen mindestens ebenso verdorben wie die Alte.«

»Die Burg mit den vier Türmen, auf die du eben gezeigt hast, ist die Bastille?«

»Ja, wart ihr schon einmal hier?«, fragte er erstaunt.

»Nein, aber ich habe ein Buch über Paris gelesen.«

«*Mon dieu*, Bücher!» Angewidert rümpfte er die Nase. »Wie sollen schwarze Buchstaben ein Bild von einer bunten Stadt malen. Gelehrte Verkehrte, sagt Katharina immer. Kommt, Herr, ich zeige Euch die wahre Stadt, damit alles wieder auf die Füße gestellt wird.«

Stolz führte er mich durch schmale Gassen zu den prächtigen und weitläufigen Plätzen der Hauptstadt seines Landes. Der Seine-Fluss begrenzte sie nicht, sondern teilte sie nur. Inmitten des Stromes erhob sich auf einer Insel die alte Kathedrale Notre-Dame. Dort sprachen wir unsere Dankgebete, bevor wir uns der Stadt widmeten. In deren vornehmerem Teil gab es imposante mehrstöckige Gebäude, deren Fronten weit über 300 Schritt lang waren. Alles strahlte Großzügigkeit aus und ließ sich nicht mit den spitzgiebligen, schmalen Häusern der Kölner Patrizier vergleichen. Das im Westen der Stadt gelegene Königsschloss, der Louvre, schmückte ein dreistöckiger Uhrturm. Der Turm und die ihn einschließenden Gebäude waren mit durchlaufenden Gesimsen, Pilastern und Figuren reich verziert. An diese Gebäuden schlossen sich rechts und links im rechten Winkel gleichartige Bauwerke an. Einen Innenhof gab es jedoch nicht, denn nur drei Seiten des riesigen, wohl als Rechteck geplanten Palastes waren fertiggestellt. In den Gärten störten Baumaterial und das Gemäuer der alten

Festung, das auf den Abriss wartete, den Anblick dieser grandiosen Anlage. Aber, wie kümmerlich hauste dagegen der Erzbischof von Kurköln in seiner altertümlichen Burg in Bonn!

»Ihr solltet erst das Schloss des Finanzministers Fouquet in Vaux sehen, dann werdet Ihr sagen, dies hier ist alt und düster«, sagte Thierry, »aber wenn es Euch gefällt, kommt und seht's Euch von innen an, vielleicht treffen wir Herrn Philipp.«

Wir stellten unsere Pferde unter und betraten das Uhrturmgebäude. Das Passieren der Wachen kostete Thierry nur wenige Worte, was mich verblüffte. Die Soldaten kenne er, erklärte er, im Übrigen habe jeder vornehme Herr leichtes Spiel, in den Louvre zu gelangen, aber es sei sehr schwer, den König, die Mutter des Königs oder Kardinal Mazarin vor Augen zu bekommen. Innen schlug uns der schmutzige Geruch der Gosse entgegen. Woran es lag, wurde sofort klar: Ein Herr stand an seiner Hose nestelnd in einer Nische. Wir betraten einen Saal mit spiegelblankem Steinboden, der jedoch völlig leer war. Wir durchschritten viele hintereinandergelegene Räume, in denen sich weder ein nennenswertes Möbelstück befand noch ein Mensch anzutreffen war. Modergeruch begleitete uns.

»Thierry, gehen wir zurück, hier ist niemand.«

»Ja, oft ist der Hof in Saint-Germain, manchmal in Fontainebleau oder Valenciennes. Aber kommt, im neuen Teil ist ein Saal, da sind manchmal Damen und Herren, die dem Hof vorgereist sind.«

»Du bist hier wohl ein- und ausgegangen.«

»Zu Beginn ja – später taugte ich Herrn Philipp nur noch für den Stall.«

Thierry führte mich durch finstere Gänge bis zu einer Tür, hinter der Stimmen zu hören waren. Mutig trat ich ein.

Mein Blick fiel auf einige Damen und Herren, die Karten spielten, dahinter standen vier Herren am Billardtisch. Auf Kleidern aus Seide, Samt und Atlas funkelten Gold, Silber und Edelsteine. Große Perlen schimmerten im gelockten Haar der Damen. Noch bevor ich mich von dem Prunk erholt hatte, erkundigten sich zwei livrierte Diener nach meinem Begehr und ich fragte sie nach Philipp.

»Pardon, Monsieur, der Herr ist nicht da«, flöteten beide unisono, obwohl sie den Namen kaum verstanden hatten.

Flugs öffneten sie die Tür. Bevor ich jedoch den Rückzug antrat, eilte einer der funkelnden Herren herbei. Die Zwillinge wichen mit einem tiefen Bückling zurück und wisperten etwas, das wie »duc« klang; ein Herzog also.

»Gibt es Neues aus Bidassoa?«, fragte mich der Funkelnde.

Bidassoa? Der Fluss an der Grenze zwischen Frankreich und Spanien? Ja, richtig! Dort fanden Friedensverhandlungen zwischen Kardinal Mazarin und Don Luis de Haro statt.

»Nein, ich komme aus Deutschland«, erwiderte ich.

»Deutschland? Ist erst im nächsten Krieg von Interesse.«

»Ich hoffe, es gibt keinen mehr.«

»Junger Freund«, sagte er gönnerhaft, »gewiss gibt es wieder Krieg. Auf jeden Frieden folgt ein Krieg. Sollen denn die hunderttausend Söldner etwa alle Bauern werden?«

»Das wäre ein Gewinn und im Übrigen steht schon in der Bibel Schwerter zu … Mistgabeln.«

»Pflugscharen«, verbesserte er mich, »nun, die Bibel beschäftigt sich mehr mit dem Himmel als mit der Erde. Doch, junger Mann, Ihr habt Geist und könnt uns vielleicht ein wenig die Zeit auf amüsante Weise vertreiben. Kommt und trinkt ein Glas Wein mit uns.«

»Ich bin kein Hofnarr«, wies ich ihn säuerlich zurecht.

»*Mon dieu*, ihr Deutschen nehmt alles so bleischwer finsterernst. Jedes Wort bläht ihr zum dicken Sauerteig, selbst wenn man von Schaum und lieblichen Düften redet. Leichtigkeit verschönt das Leben, ohne der Seele zu schaden.«

Damit zog er mich in den nächsten Raum, in dem sich die Damen und Herren der Leichtigkeit des Lebens hingaben. Eine beleibte Dame erzählte eine phantastische Geschichte von Feen, einer Prinzessin und einer Kristallkugel. Alle hörten mit Hingabe zu. Das Geschichtenerzählen hatte einen kleinen, doch keineswegs unwichtigen Platz bei Hofe. Wenn das Geld verspielt, man des Plauderns müde war und sich weder Jagden, Bälle, Soupers, Theater, Ballette oder Opern noch andere Zerstreuungen boten, dann überließ man seinen Geist den Feenmärchen aus den Spinnstuben der Bauern, wobei die meisten Erzählungen von exotischer Raffinesse waren und keinesfalls Derbheiten eines deutschen Till Eulenspiegels enthielten.

»Wen habt Ihr uns mitgebracht, lieber Herr de Luynes?«, fragte eine blassblau gekleidete Dame.

Alle Blicke richteten sich auf mich. Mein Name wurde erst verstanden, als ich ihn französisch aussprach: Séschèm de Merofen. Ein eleganter Herr rief: »Oh, seid Ihr verwandt mit Monsieur Leander de Séschèm, dem blonden Marquis?«

»Ja, mein Bruder heißt Philipp Leander.«

»Dann wird er es wohl sein«, mischte sich ein älterer Herr ein, »obwohl Ihr ihm wenig ähnlich seht, doch vielleicht habt Ihr die gleichen Ziele?«

Ein irritierendes Kichern ging durch die Gesellschaft.

»Welche Ziele meint Ihr?«, fragte ich linkisch.

»Es sind die eines jeden Herrn«, belehrte man mich mit gönnerhaftem Lächeln, »Ruhm, Reichtum und Amouren.«

Wieder amüsierte sich die Gesellschaft.

»Das alles suche ich nicht«, wehrte ich ab.

»Was habt Ihr gegen die Liebe?«, rief ein Kavalier mit einem Glas Rotwein in der Hand.

»Nichts, wenn es um die Nächstenliebe geht …»

»Oh ja, das könnt Ihr dem Herrn Bruder predigen«, warf ein anderer ein, schallendes Gelächter erntend.

Die Röte schoss mir ins Gesicht. Herr de Luynes legte seine Hand auf meinen Arm und wandte sich an die belustigte Gesellschaft: »Mesdames, Messieurs, ein solches bösartiges Lachen ziert keinen. Verehrter Marquis, setzt Euch zu uns und überzeugt Euch von unserer liebenswerten Seite, für die der französische Hof berühmt ist, auch wenn wir nur ein spärlicher Splitter von ihm sind.« Er bot mir einen Stuhl an und ich setzte mich.

»Ihr seid fromm?«, richtete die Märchenerzählerin das Wort an mich.

»Ich versuche, ein gottgefälliges Leben zu führen«, erwiderte ich, froh über den Themenwechsel.

»Dann könnt Ihr mir gewiss ganz leicht eine kleine simple Frage beantworten«, flötete sie, »kann der Mensch durch seine eigenen Verdienste und gute Werke das Paradies erlangen oder nur durch die Gnade Gottes?«

Flink richteten sich die Augen der Zuhörer auf mich, als hätte eine Mäusesippschaft die Witterung eines Käses aufgenommen. Das Problem war alt und hatte Generationen von Theologen schlaflose Nächte bereitet. Letztlich gipfelte der Streit in der Frage, ob man von Geburt einem vorbestimmten Schicksal ausgeliefert ist, wie es die Protestanten annehmen oder ob der Mensch sich von dem, was ihm in die Wiege gelegt wurde, befreien kann, selbst also in der Lage ist, sich aus eigenem Willen zum Guten oder Schlechten zu wenden. Allerdings gab es auch in der katholischen Lehre Strömungen, die die völlige Abhängigkeit des Menschen von der Gnade Gottes annahmen und die Vorbestimmung betonten. Kein Papst hatte bisher gewagt, hierzu eine Entscheidung zu treffen. Für mich, den ehemaligen Jesuitenschüler, konnten nur gottgefällige Werke und der Wille zum Guten den Weg in den Himmel ebnen.

»Ohne gute Werke findet man keine Gnade und ohne die Gnade Gottes wird man keine guten Werke tun können«, zog ich mich aus der Affäre.

»Eine sehr einfache Antwort«, nörgelte die Fragestellerin.

»Eine Antwort auf eine sehr einfache Frage«, erwiderte ich und alles lachte – bis auf einen.

»Ihr legt offensichtlich mehr Gewicht auf menschliche Verdienste und seht wie Molina die Gnade Gottes nur als Randerscheinung«, kritisierte mich Herr de Luynes.

»Wenn das Leben eine Prüfung für den Himmel ist und man an die Barmherzigkeit Gottes glaubt, dann muss der Mensch jederzeit sich zum Guten wenden können.«

»Aber ist das nicht auch vorbestimmt? Wenn Gott allwissend ist, muss er schon bei der Geburt den Lebenslauf kennen. Dem einen gibt er ein gutes Leben, den anderen verwirft er. So hat es Augustinus gelehrt und andere Kirchenlehrer bis hin zu Jansenius, dem Bischof von Ypern«, widersprach der Herzog.

»Es ist merkwürdig, dass die Menschen immer Gottes Gedanken lesen wollen«, konterte ich, »sie gucken in die Sterne, weil Gottes Wille dort stehen soll. Sie wühlen in Büchern und glauben ihn dort zu finden. Sie interpretieren die Worte von Generationen alter Kirchenlehrer. Aber der Himmel ist zu groß für unseren Kopf und Gott erklären zu wollen, ist überheblich, auf diese Weise kommen wir ihm ebenso wenig näher wie beim Turmbau von Babel.«

»Es ist keineswegs vermessen, herausfinden zu wollen, ob wir uns den Himmel mit Geld und guten Werken erwerben können, wie es die Jesuiten lehren oder ob ein gottergebenes Leben in Gnade ausreicht«, geiferte der Herzog.

»Mit Verlaub, Monsieur«, versetzte ich, »was wir tun und lassen sollen, steht in den Zehn Geboten und Jesus Christus hat uns Nächstenliebe und Barmherzigkeit gepredigt, wozu auch gute Werke zählen. Mehr verlangt Gott nicht.«

Den weltbewegenden Streit zu einer derart primitiven Summe zusammenzuaddieren, missfiel dem Herzog aufs Höchste. Die Lippen abfällig spitzend stand er auf.

»Dies mag dem Pöbel genügen«, sagte er knapp im Gehen.

»Ihr dürft ihm das nicht übel nehmen, junger Freund«, tröstete mich die Dame, die den Streit heraufbeschworen hatte, »Herr de Luynes ist einer der Einsiedler von Port Royal, einem Zisterzienserkloster hier in der Nähe, und dort leben die glühendsten Vertreter der Gnadenlehre des Jansenius, für die jeder Jesuit der Teufel in persona ist!«

In ihrem überheblich-süßen Lächeln, mit dem sie mich leichten Herzens zu dem alle amüsierenden Narren gemacht hatte, zeigte sich wieder die »grande dame« des Hofes.

»Für einen Eremiten ist er erstaunlich gut gekleidet«, spielte ich ungerührt meine Rolle weiter.

»Für einen Herzog nicht«, widersprach sie, »aber er ist selten hier, denn Herr de Luynes liebt mehr die Häuser seiner Freunde in der Stadt. Ihn haben nur die Nachrichten von dem bevorstehenden Abschluss des Friedensvertrags mit Spanien hergelockt. Aber wenn die Königin morgen aus Saint-Germain zurückkehrt, meidet er den Hof wieder.«

Während Thierry und ich durch die dämmrigen Gassen zur Herberge »La Ville de Strasbourg« in der Rue de Seine ritten, wo mein Bruder schon logierte, grübelte ich noch über die Frage des freien Willens. Wie damals in den Gesprächen mit Pater Senfft kam ich zu dem Schluss, dass jeder zwar bestimmten Zwängen unterworfen ist, die in den Lebensumständen und im Charakter eines jeden Menschen begründet sind, gleichwohl ist das Handeln der Menschen oft so wenig vorhersehbar wie das Wetter. Jeder ist ein Mosaiksteinchen in einem großen, göttlichen Plan, doch wie ein Vater muss der Allmächtige seinen Kindern auch Freiheiten lassen, um ihren guten Willen zu prüfen. Unterzog er meinen Willen zum Klosterleben jetzt nicht auch einer scharfen Prüfung?

Lächelnd blicke ich zum Abendhimmel: Meine Hartnäckigkeit erstaunt dich wohl, und bald werde ich dich überzeugen!

November 1659

»Ich habe eine sehr willkommene, wunderbare, einzigartige, für alle erquickliche, überraschende und doch lang erwartete, gute Nachricht«, verkündete Madame Courtin, die Wirtin meines Gasthofs, während wir – zwei Wochen nach unserer Ankunft – in der Gaststube auf das Nachtmahl warteten.

»Kardinal Mazarin ist tot«, brüllte einer der Zecher in die gespannte Stille und alles johlte vor Begeisterung zu der überaus guten Neuigkeit über den verhassten Minister.

»Nein, der Kardinal lebt«, rief sie in den Lärm hinein.

»Frieden mit Spanien, das wissen wir schon!«, rief Thierry.

»Das meine ich nicht! König Ludwig wird die spanische Prinzessin Marie Theres heiraten«, verkündete sie stolz.

Diese Nachricht erzeugte kaum Begeisterung. Am Ende einer langen Fehde heiratet der Prinz die Prinzessin, ein Märchen, von dem Frauen träumen, das jedoch eine männliche Zechgemeinschaft tödlich langweilt. *Bonne chance*, sagten die meisten, obwohl sie weder an eine gute Ehe noch an ein dauerhaftes Friedensband glaubten. Draußen krachten Böllerschüsse, die Pariser grölten, trommelten, schossen in die Luft und liefen mit Fackeln durch die Gassen, während die Glocken der Stadt den Frieden einläuteten, auch wenn hinter verschlossenen Türen vielleicht schon der nächste Angriffsplan entwickelt wurde. Der Jubel über das Kriegsende erinnerte mich an die Freude über den Westfälischen Frieden vor elf Jahren, auch deshalb, weil der spanisch-französische Krieg ein Teil des Dreißigjährigen Krieges gewesen war. Während in Paris ausgelassene Feststimmung herrschte, überwog damals im Reich fromme Dankbarkeit über die Erfüllung der allgemeinen Friedenssehnsucht. Die Pariser feierten das Ende kostspieliger Feldzüge, die das Volk in Armut getrieben hatten, nicht aber das Ende von Verwüstung und Tod wie damals in Deutschland, denn der Krieg wütete nur an Frankreichs Grenzen.

Die rauchige Luft in der überfüllten Gaststube machte Durst. Ich trank einem Gast zu. Schon gestern hatte mich der Mann mehrmals fixiert, obwohl ich mir nicht sicher war, weil er schielte. Jetzt kam er auf mich zu.

»Wenn's genehm ist, würde ich gern mit dem Herrn speisen«, sprach er mich auf Deutsch an, »mein Name ist Johann Alexander von Griften.«

Ich nickte, nannte meinen Namen und er setzte sich.

»Es ist selten, dass ein Diener am Tisch seines Herrn isst«, bemerkte er.

»Auf der Reise hierher war es in manchen Wirtshäusern mehr als ratsam, zusammenzubleiben.«

»Aber hier im La Ville de Strasbourg ist man sicher.«

»Zweifellos aber, wenn's missfällt, mit meinem Diener zu speisen, dann muss sich der Herr an seinen alten Platz zurückbequemen.«

»Gott bewahre«, wehrte er ab, »jeder hat so seine lieben Gewohnheiten! Heute hab ich den Herrn im Louvre gesehen.«

»Ja, mein Bruder verkehrt dort und ich suche ihn.«

»Das ist bereits bekannt.« Er lehnte sich zurück und sah zu, wie eine Magd uns das Essen servierte, wobei er anmerkte: »Der blonde Marquis, Herr Sechem, ist der Herr Bruder!«

Da war wieder dieser ärgerliche, Philipp nicht zustehende Titel Marquis. Philipp war so wenig wie ich ein Graf. Um ihn zu schonen, hatte ich das bisher nie richtiggestellt, obwohl mir die Wahrheit die Zunge kitzelte. Auch diesmal schwieg ich und sagte stattdessen: »Merkwürdig, mein Bruder ist in aller Munde, aber er kommt mir nie vor Augen.«

»Ich weiß, wo er ist«, sagte Griften großspurig. Ich starrte in das Auge, von dem ich annahm, es würde mich anpeilen, während er behäbig fortfuhr: »Ja, er ist noch vor Ende der Verhandlungen auf der Pfaueninsel abgereist und kam deshalb fast gleichzeitig mit dem Kurier mit der Friedensbotschaft an die Königin hier an.«

»Und wo finde ich ihn?« Ich sprang auf.

»Gemach, erst der Schweinebraten, dann das Schwein.« Er steckte einen Bissen in den Mund.

»Wen meint er mit Schwein?«, herrschte ich ihn an, so dass die Gäste neben uns aufschauten.

»Vergebung, es ist Hammel.« Er deutete auf den Braten. »Gar nicht übel. Nur die Ruhe, denn wenn der Herr auf ein Duell aus ist, dann sollte er wissen, die sind auch hier bei Todesstraf verboten und …« – er grinste –, »den Edelleuten wird nicht immer Zeit zur Flucht gegeben.«

»Dann wählt die Worte vorsichtiger! Und was meinen Bruder anbelangt, an der Place Royale habe ich ihn nicht gefunden.«

»Das nimmt mich kaum Wunder«, triumphierte er, »der Marquis ist nämlich in die Rue de l'Echelle gezogen, gleich neben dem Louvre. Dort würd' ich auch gern logieren …«

Er kam wieder ins Schwadronieren. Ein weiteres Mal wollte ich nicht um Auskunft betteln und widmete mich dem Essen. Das Hammelstück war lange genug gekocht und gebraten worden, um eine feine Weichheit zu erlangen. Pfeffer und andere Gewürze überdeckten angenehm den tranigen Geschmack, der mir nach meiner langen Enthaltsamkeit immer noch auffiel. Zwei Bissen schlang ich achtlos hinunter. Mich verwirrte die Aufmerksamkeit, die mir als Bruder des »blonden Marquis« hier wie auch bei Hofe zuteil wurde. Zwar ist jeder Ausländer von Adel am französischen Hof willkommen und kurkölnische Edelleute – selbst niedererer Herkunft wie ich – werden besonders zuvorkommend behandelt, da man sie als Alliierte des im letzten Jahr geschlossenen Rheinbundes möglichst fest an Frankreich binden will. Doch die Vorteile und Ehrungen, die man mir zuschanzte, überstiegen das rechte Maß. Schon am vierten Tag nach meiner Ankunft besuchte ich eine Messe, der auch die Königin beiwohnte und fand durch die aufgeputzten Damen und dem hohen Adel angehörenden Herren mehr Zerstreuung als Andacht. Ein Souper, bei dem sich hochrangige Edelleute amüsierten, folgte. In diesem illustren Kreis stach ich hervor wie eine Ente unter Pfauen – ein Kuriosum, das dem Zeitvertreib dieser sorglosen Gesellschaft diente, deren Lebensziel darin bestand, sich bei jeder Gelegenheit mit immer größerem Kleiderluxus gegenseitig zu beeindrucken. »Lassen wir uns verwöhnen«, war eine auffallend häufig gebrauchte Redewendung. Nachdem ich leichtsinnigerweise bekannt hatte, bald in ein Kloster einzutreten, entfachte das den Weiberehrgeiz, mich von diesem Vorhaben abzubringen. Gespannte Augen, ein einverständliches, süßes Lächeln, wenn ich etwas erzählte, Schmeicheleien, ein feuriger Blick, eine absichtsvoll beiläufige Berührung – alles, was einen Mann herausfordern musste, ein Liebesspiel zu beginnen, genoss ich wie ein Schoßhund das Kraulen, ohne jedoch einen einzigen der mir zugeworfenen Bälle ernsthaft zurückzuspielen. Sogar hofgemäße Kleider wurden mir anonym zugestellt. Es waren nur verheiratete Frauen, die mich recht unverblümt in Liebesabenteuer locken wollten, während die Jungfern sich von mir fernhielten, um sich nicht die Aussicht auf eine standesgemäße Ehe zu verscherzen. Die Verführungskünste der Damen weckten durchaus meinen Appetit, aber ich hielt mich an die mir selbst gesetzten Grenzen, was eine weise Entscheidung war. Ein gehörnter Ehemann hätte je nach Stand, Alter, Geld, Einfluss und Temperament mich zu einem Duell fordern, durch eine Intrige in die Bastille bringen oder kurzerhand mir einen Mörder auf den Hals hetzen können. Der Müßiggang in Glanz und Pracht war zwar das Gegenteil dessen, was ich bisher angestrebt hatte, dennoch zog mich das Gepränge in seinen Bann. Mehr als einmal hielt ich die luxuriösen Kleider in der Hand, die mir der unbekannte Wohltäter oder eine Wohltäterin zugesandt hatte. Zuerst kamen sie mir zu stutzerhaft vor – das Hemd mit den grotesk voluminösen Ärmeln und die Hosen mit den vielen gestuften Spitzenvolants am Knie. Doch der tägliche Anblick so gekleideter Herren ließ das Bizarre rasch zum Gewöhnlichen herabsinken. Inzwischen hatte sich aber alle Welt an mein eigenwillig schlichtes Äußeres gewöhnt und ein Verrat an meinem Bekenntnis zur Bescheidenheit hätte erstauntes Aufsehen erregt. So wartete die pompöse Hofkleidung vergeblich auf ihren großen Auftritt. Mein einziges Zugeständnis war das weiße Spitzenjabot, das ich mir um den Hals legte.

Philipp in dieser Welt der Vergnügungen von der Nützlichkeit des Landjunkerdaseins zu überzeugen, würde schwer werden. Andererseits, woher sollte er auf Dauer das Geld nehmen, das sein Hofleben verschlang? Weder ein Herzogtum noch gräfliche Güter, noch ein einziges armseliges Dorf finanzierte seinen Luxus und ich konnte mir kein Amt bei Hof vorstellen, für das nicht jeder Franzose bereit gewesen wäre, viel Geld und einen Arm zu opfern, um es zu ergattern. Ausländer waren nur Gäste, denen man gestattete, auf eigene Kosten den Glanz des ersten Hofes Europas zu erleben, der mit dem für Spanien demütigenden Friedensvertrag Madrid endgültig den Rang abgelaufen hatte.

Griften beendete sein Mahl, während ich kaum mehr im Magen hatte als die Löcher, die ich in die Luft gestarrt hatte. Mein Gegenüber steckte sich eine Pfeife an, ohne den Redefluss nennenswert zu unterbrechen. Ich warf das Brot, mit dem ich eben noch gedankenverloren den Fleischsaft aufgetunkt hatte, auf den Tisch und sprang auf.

»Nicht so eilig, Herr Landsmann!« Griften hielt mich am Ärmel fest. »Ihr wisst ja gar nicht, welches Haus Ihr sucht.«

»Das wird sich finden!«

»In der Dunkelheit kaum.« Er zog an der Pfeife, sich an meinem angespannten Gesicht delektierend. Erst als ich mich zum Gehen wandte, rief er: »Es ist das dritte Haus linker Hand, wenn man über den Pont Royal geht.«

Selbst die sonst ruhige Rue de la Seine war belebt wie ein Marktplatz am Vormittag. Fackeln erhellten die Nacht gemeinsam mit den Feuerstellen vor den Häusern, an denen die Menschen ihre Hände wärmten. »Victoire!« brüllend fiel mir einer um den Hals, blies mir seinen Fuseldunst ins Gesicht und ließ eine Ratsche knarren. Das Zusammengehörigkeitsgefühl im allgemeinen Freudentaumel konnte man atmen. Ich berauschte mich an der Begeisterung, bei der selbst ich – ein Fremder – ein Bruder aller Pariser zu sein schien. Auf der Seine tummelten sich trotz der Kälte Boote im Fackelschein, aus denen ebenfalls Freudenschüsse und Trommeln zu hören waren. Über den Pont Royal rasselten Kutschen zum Louvre. In den Schlossgärten wurde es ruhiger, aber auch finster.

Hinter mir hörte ich Schritte und zog den Degen. Es war Thierry, der mir gefolgt war.

»Verzeiht, aber ohne Diener geht ein Herr nicht durch Paris, wenn er schon nicht fährt!«, entschuldigte er sich.

Er führte mich in die Rue de l'Echelle, eine Straße, die von dem Getöse des Friedens verschont geblieben war.

»Un, deux, trois«, zählte Thierry, während wir die Häuserfront abschritten. Kaum hatten wir am dritten Haus geklopft, wurde auch schon die Tür aufgerissen. Ein warmer, nach Braten duftender Luftzug schlug uns entgegen. Ein Lakai komplimentierte uns mit vielen Bücklingen herein und wisperte, ich solle die Güte haben, mich in das darüberliegende Stockwerk zu bemühen, wo ich erwartet werde. Er leuchtete mir die Treppe hinauf und ich stand in einem großen Raum, in dem der Glanz des Silbergeschirrs mit dem Gold der Möbel, der Bilderrahmen und den Bordüren eines Himmelbetts miteinander wetteiferten. Meine Füße versanken in einem persischen Teppich, der jeden Schritt wie Moos im Wald verschluckte. Vor einem riesigen Kamin, in dem ein verschwenderisches Feuer angenehme Wärme verbreitete, standen zwei Armstühle. Aus einem erhob sich mein Bruder, prachtvoll gekleidet. Seine überlangen Haare waren sorgfältig gekräuselt und ihn umgab, wie jeden Höfling, die Süßlichkeit eines Parfums. Er machte vor mir eine tiefe Reverenz wie vor einem Prinzen und entschuldigte sich, mich nicht schon an der Tür begrüßt zu haben. Als ich den Hut abnahm, stutzte er und fuhr den Lakaien an: »Wen, zum Teufel, hast du hereingelassen?«

»Auch wenn du mich nicht erwartet hast, so hoffe ich doch, dir willkommen zu sein, liebster Bruder«, rief ich, ihn stürmisch umarmend.

Meinen herzlichen Druck erwiderte er kaum. Wie früher legte sich eine blonde Haarsträhne über sein rechtes Auge, die er nicht zur Seite strich. Die jugendliche Feinheit seiner Gesichtszüge hatte sich erhalten, auch wenn sich in ihnen das Selbstbewusstsein des Erwachsenen zeigte.

»Nachdem ich den weiten Weg hierher gemacht habe, hätte ich ein feurigeres Willkomm verdient«, spaßte ich.

»Feurig?«, fragte er so scharf, als hätte ich ihn beleidigt.

»Gütiger Gott, mein Herz ist voller Wiedersehensglück und du fixierst mich wie einen bösen Geist aus dem Grab.«

»Ach, nein«, er wollte mich brüderlich am Arm fassen, aber seine Hand streifte mich nur und wurde zu einer Geste der Hilflosigkeit, »es ist nur … sehr ungelegen.«

»Also, ungelegen!« Ich setzte meinen Hut auf: »Wenn du einmal Zeit erübrigen kannst: Du triffst mich bei Hofe!«

»Du bist bei Hof gewesen?« Er packte mich am Arm.

»Ja! Sie haben da sofort einen Narren an mir gefressen!«

»Ach, einen Moment gib mir noch«, er hetzte zum Fenster, öffnete es, blickte hinunter und kam wieder zu mir, »was redet man über mich bei Hofe?«

»Was? Dich kümmert's nicht, wie es den Eltern ergeht, den Geschwistern … ob alle noch leben? Der Klatsch lockt den Herrn also mehr? Doch da fragt er den Falschen. Ich hab mich noch nicht nach seinen Liebschaften erkundigt.«

Ich lief die Treppe hinunter. Er kam mir hinterher.

»Christoph, lass uns nicht streiten«, flehte er, »verzeih! Meine Gedanken laufen wie Ameisen in hunderttausend Richtungen und ich weiß nicht, wohin sie mich führen.«

Unten riss ich die Haustür auf und stand vor dem erwarteten Gast – einem kleinen, zierlichen Mann mit dunklem Haar. Haarfransen fielen ihm in die Stirn und die Augen bedeckte eine Maske. Ohne vor der sich von selbst öffnenden Tür zu erschrecken, trat er ein und nahm die Ehrbezeugungen der Anwesenden mit einer Selbstverständlichkeit hin, die an Arroganz grenzte. Ein Diener folgte ihm.

»Wir sind scharf geritten und ich bin hungrig wie ein Wolf, lieber Marquis«, verkündete der kleine Mann, dann fiel die Tür ins Schloss und ich stand in der eisigen Nacht.

»Brr! Diese feuchte Kälte kriecht durch Mark und Bein«, begrüßte mich Thierry.

»Warum hast du dich nicht in der Küche gewärmt?«

»So schnell wie wir drinnen waren, war ich wieder draußen, obwohl ich den Maior Domus gut kenne. Aber die taten alle so geheimnisvoll, als würden sie Gold kochen.«

»Kennst du den Mann, der eben das Haus betrat?«

»Nein«, Thierrys Antwort schallte die kahlen Wände hinauf, »aber er muss von hohem Stand sein, denn er ist am Anfang der Gasse abgestiegen und zu Fuß gegangen.«

Ich musste lachen: »Ja, und die Bettler sind von ganz hohem Stand, denn die verzichten stets auf ihr Ross.«

»Ach, nein! Der Herr wollte nur keinerlei Aufmerksamkeit erregen. Aber für wen ist es nicht ehrenvoll, das Haus eines Marquis zu betreten? Doch nur für einen Prinzen.«

»... und für den König!«, scherzte ich.

»Ja, aber der König hätte schon schrumpfen müssen, um den winzigen Herrn abzugeben.«

Nachdenklich blieb ich stehen. Die Verlassenheit der Straße irritierte mich, denn in Philipps Haus hatte ich den Eindruck gehabt, es würde bald ein Bankett für viele Personen stattfinden. Das Kredenzbüfett war mit Trinkgefäßen, Tellern und Weinkaraffen bestückt und auf dem Esstisch war zwischen silbernen Kerzenleuchtern eine festliche Dekoration aufgebaut. Dies konnte doch kaum für einen einzigen Gast bestimmt sein?

Über dem Louvre schossen Feuerwerksraketen in den Himmel, deshalb bemerkten wir die beiden Männer erst, als sich ihre Degenspitzen uns in den Rücken drückten. Sie wollten uns im Namen des Königs arretieren, weil wir uns wie »an Ecken lauerndes Gesindel« verhalten hätten.

Nachdem sie aber an meiner Aussprache gemerkt hatten, dass ich Deutscher war, zogen sie sich zurück, bedeuteten uns aber, den Ort sofort zu verlassen.

Der Mond spiegelte sich in der Seine, glitzernde Wellen aus dem Dunkel hebend. Er ließ die von der Festtagsstimmung berauschten Pariser nicht zur Ruhe kommen. Immer noch fuhren Boote und lustiges Volk kam uns entgegen. Doch mir schnürte die Angst den

Hals zu. Ich war nun überzeugt, dass Philipp in eine Verschwörung verwickelt war: seine Gereiztheit, die Geheimniskrämerei der Diener, der Maskierte, der Überfall, der darauf gerichtet war, französische Zeugen zu verjagen.

»Woher hat mein Bruder das Geld für das Haus und den ganzen Luxus?«, wandte ich mich abrupt an Thierry.

»Er hat viele Gönner, denen er Dienste erwiesen hat.«

»Was für Dienste?«

»Botengänge in geheimen Sachen«, stotterte er.

»Und was redet man sonst über ihn? Den Hofklatsch!«

»Er ist ein guter Tänzer, ein passabler Jäger …«

»Thierry, Klatsch spießt die hässlichen Seiten eines Menschen auf und weidet sich gern am Abstoßenden und just das will ich wissen.«

»Ein Deutscher, über den die Hofleut übel reden, hat nicht den Erfolg des Herrn Bruder.«

»Verflucht, du verschweigst doch etwas«, brüllte ich, »die Gehässigkeiten. Wer protegiert ihn?«

»Herr, ich schweig über die Geheimnisse Eures Herrn Bruder, wie ich über die Eurigen schweige. Deshalb, bitte, fragt nicht weiter.«

»Thierry!« Ich versuchte nun in einem versöhnlicheren Ton weiterzukommen. »Er ist in Gefahr. Sein Haus wird beobachtet von dem Gesindel, das uns überfallen hat.«

»Ach, das waren nur Spitzel des Kardinals.«

»Herrgott, das war kein Zufall! Morgen schmoren wir vielleicht alle in der Bastille! Also, was munkeln die Pferdeknechte und holdseligen Kammerkätzchen über Herrn Philipp? Sag's oder ich bläue dir den Rücken!«

»Gnädiger Herr, nun, ich hab gehört … Monsieur sei ein Freund des Herrn Philipp.«

»Monsieur? Monsieur und wie weiter?«

»Nein, nur Monsieur, das ist der Titel des Bruders des Königs, obwohl Monsieur nicht stimmt, weil Monsieur Gaston, also

Gaston d'Orléans, der Onkel des Königs, noch lebt. Also ich meine Philippe, den Bruder des Königs, den zukünftigen Monsieur.«

»Der Bruder des Königs ist …?«

»… der Gönner Eures Herrn Bruder.«

Gaston von Orléans war ein Führer des Aufstands der Fronde gegen den jungen Ludwig XIV. gewesen, weil er selbst König werden wollte. Was hielt seinen Neffen Philippe davon ab, auf ähnliche Weise sein Glück zu versuchen? Ein namenloser Deutscher war ein gutes Werkzeug, von dem man sich bei einem Fehlschlag ohne Skandal trennen konnte. Von Thierry erfuhr ich, dass Prinz Philippe Pracht liebte, schwarzes Haar habe und kleiner als der König sei. Ein kleiner, eitler Mann konnte durchaus gegen den König Intrigen spinnen, um eines Tages selbst im Mittelpunkt zu stehen.

»Thierry, wo könnte ich etwas Verlässliches über Prinz Philippe und meinen Bruder erfahren, ohne dass meine Neugier gleich bei Hof bekannt wird?«

»Nun ja«, Thierry kratzte sich hinterm Ohr, »das ist schwer … Wir könnten Monsieur Scarron fragen.«

»Der Poet?«

»Ja, wegen seines Witzes kommen die Hofleut zu ihm, sogar Herzöge. Seine Frau Françoise ist schön. Morgen …«

»Nein, nicht morgen, sondern jetzt!«, befahl ich

»Jetzt, Herr, aber es ist schon dunkel. Madame Scarron ist zwar schön, aber auch tugendsam.«

»Ich habe nicht vor, Madame zu verführen. Heute ist eine besondere Nacht, ganz Paris ist noch auf den Beinen und da zieht sich keiner schon die Schlafmütze über die Ohren.«

Das Haus des Poeten Paul Scarron war wie viele Bürgerhäuser in Paris etwas heruntergekommen und lag in einer engen Gasse. Es fiel schwer zu glauben, dass sich hohe Adlige hier ein Stelldichein geben sollten. Aber vor der Tür stieg ein Herr in eine Kutsche. Kaum war sie davongerollt, klopfte Thierry. Ein Kopf erschien im Türfenster.

»Wir möchten gern dem berühmten Dichter ein Präsent verehren«, sagte ich, ein Paket Kerzen hochhaltend, das ich noch rasch als Gastgeschenk erworben hatte.

»Monsieur, kommt morgen wieder, der Herr ist schon lang zu Bett«, log der Kopf mürrisch.

»Aber morgen früh ist es zu spät. Das Präsent macht die Welt freundlich, bringt Wärme in trübe Tage und tröstet selbst die traurigste Seele.«

»Wir brauchen weder Wein noch Schnaps«, war die schroffe Antwort, die aber eine Frauenstimme übertönte.

Die Tür öffnete sich. Im Schein einer Laterne stand eine junge Frau. Ein üppiger Busen war die verführerische Beigabe zu brünetten, in der Mitte gescheitelte Locken und einem kleinen, aber vollen Mund. Ihre braunen Augen trafen mich völlig unvorbereitet, so dass ich das »Guten Abend, Madame« verstotterte.

»Monsieur, tretet ein«, sagte sie, uns mit einer Handbewegung hereinbittend, »wir freuen uns über die Kerzen.«

Ich übergab dem Diener das Paket, dessen Inhalt sie hellseherisch erraten hatte. Sie führte mich in die Stube, in der betagtes Mobiliar in einem merkwürdigen Gegensatz zu kostbarem Silberzeug stand. An einem Esstisch saß, gebückt, ein grotesk verkrüppelter Mann in einem Rollstuhl. Arme und Beine waren in Winkeln erstarrt und seine Nase schien den Drang zu haben, sich zu seinem Bauch zu neigen. Mit Mühe hob er den Kopf, um sehen zu können, wer gekommen war. Unter graumelierten Locken kam ein schmerzzerfurchtes Antlitz zum Vorschein, in dem jedoch große, lebendige Augen über das Leiden zu triumphieren schienen. Seine breite Stirn beherrschte sein Gesicht und wurde auch von seinem ironischen Mund nicht überspielt. Die junge Frau flüsterte ihm etwas ins Ohr, wozu er nickte. Madame dirigierte mich zu einem Stuhl und setzte sich neben mich. Die Plätze waren perfekt auf den Blickwinkel des Krüppels abgestimmt, denn er konnte so ohne Anstrengung in mein Gesicht sehen und gleichzeitig seine Gattin beobachten.

»Nun, was führt den schönen Jüngling so spät in mein Haus, mit Ausnahme der Neugier, das kurioseste Paar von ganz Frankreich zu sehen?«, sprach er mich mit einer erstaunlich klaren Stimme an, denn nach seiner Gestalt hatte ich einen gepressten Ton erwartet.

»Ja, es war Neugier«, erwiderte ich, »Neugier auf den gloriosen Dichter auch in Deutschland geschätzter Werke ...«

»Sa, sa«, unterbrach er mich, »warum fangen die Menschen ihre Reden mit einer kleinen Ehrlichkeit an, um dann in die absurdesten Lügen abzugleiten? Damit Ihr Euch nicht gleich in einem Gespinst unwahrer Peinlichkeiten selbst erwürgt, übergehe ich meine Frage, welche meiner Komödien Euch am besten gefällt?«

»Mir gefallen die scharfzüngigen *Pasquillen* auf den Kardinal Mazarin am besten.«

Ein gelungenes Spottgedicht, das von ihm stammen sollte, war das einzige, was ich von ihm kannte.

»Aha, auf anonyme Schmähschriften gründet sich also mein bis nach Deutschland reichender Ruhm«, meinte er spitz mit einem Krokodilslächeln, »mutig von Euch zu bekennen, dass Ihr an so etwas Gefallen findet! Und mit wem habe ich das Vergnügen?«

»Ich bin Christoph Sechem von Merhoffen. Und von jetzt an lasse ich die Komplimente, von denen ich offensichtlich wenig verstehe und beschränke mich auf die grobe Ehrlichkeit, für die wir Deutsche ja berühmt sind.«

»Ein ehrliches Wort schätzen meine Frau Françoise und ich. Doch zur Sache! Ich bin ein müder Mann, dem der Wert der Zeit von Tag zu Tag bewusster wird.«

»Verzeiht mein spätes Eindringen in Euer Haus, in das mich aber die schiere Not getrieben hat«, entschuldigte ich mich, »seit meiner Ankunft in Paris verkehre ich bei Hofe. Nun, man ist dort ausnehmend galant bis hin zur Lüge. Für einen Fremden ist es schwer, sich in den wohlmeinenden Schmeicheleien und dem böswilligen Klatsch zurechtzufinden, zumal ich in der Sprache noch nicht so geübt bin.«

»Ihr sprecht sie gut und gewandt«, warf sie ein.

»Ich danke, Madame, aber ich kenne meine Grenzen«, sagte ich, eine Verbeugung andeutend: »Ein guter Freund von mir, der schon länger hier bei Hofe ist, pflegt engen Umgang mit Adligen um den Bruder des Königs. Vielleicht sind es nur Hirngespinste, aber … kurz, ich fürchte, er ist in ein Komplott gegen den König hineingeraten. Ihr seht, ich bin sehr offen und hoffe auf Eure Diskretion.«

»Ein Komplott gegen den König?«, fragte Scarron, seine rechte Hand anhebend, »und da kommt Ihr zu mir, dem Mann, der im Verdacht ist, auf Seiten der Fronde gestanden zu haben und jetzt mühsam sein Leben fristet, angewiesen auf die Gnade des Königs, der mir einige Livres zukommen lässt, damit ich nicht vor den Kirchen um mein täglich Brot betteln muss? Monsieur, ich mag bissig sein, aber in meiner Lage beißt man nicht in die Hand, die einen füttert!«

»Nein, ich frage rundheraus: Ist eine Verschwörung um den Prinzen Philippe gegen seinen Bruder denkbar?«

Eine spöttische Fröhlichkeit überzog das Gesicht des schmerzgeplagten Mannes, so, als bereite ihm das Leben nur reinen Genuss: »Monsieur, entweder Ihr seid maßlos naiv oder erst seit heute in Paris. Gut, diese simple Frage will ich in allem Ernst beantworten. Prinz Philippe steht mehr der Sinn nach Pracht als nach Macht, nach Schmuck und schönen Männern.«

»Nach Männern?«

»Ja, nach Männern! Die meisten Männer lieben Frauen, aber einige lieben auch Männer.«

»Aber das ist doch bei Todesstrafe verboten.«

»Was ist einem Herrn von königlichem Geblüt verboten?« Er lächelte süffisant: »Einem Königssohn sind nur Umsturzpläne verboten. Aber solange er sich herausputzt und seine Galane um sich schart, besteht keine Gefahr. Ja, das ist das Kalkül, an dem auch der Herr Kardinal Geschmack gefunden hat. Er lässt nicht nur Prinz Philippe seine Vergnügungssucht ausleben, sondern er öffnet auch dem König den Staatssäckel, damit seine Majestät sich auf prunkenden Festen amüsieren kann und mit ihm die gesamte hochadlige Gesellschaft. Mit den Kosten, welche die Herren für goldene Ketten ausgeben, fesseln sie sich selbst. Heute sammeln die Edelleute nicht mehr Truppen gegen den König, sondern Kostbarkeiten und Amüsements. Ja, sie sitzen freiwillig im glitzernden Käfig wie Affen und vergeuden ihr Geld im Spiel, Saufen und Huren ...,« er brach ab, weil sich seine Frau schon zum zweiten Mal deutlich räusperte.

»Der König liebt auch ... Männer?«, stotterte ich.

»Nein, er liebt die Nichte des Kardinals – Marie Manzini.«

»Ja, von ihr habe ich schon gehört, aber nichts von der Vorliebe des Prinzen Philippe, die so gegen Gott ist.«

»Ach, den lieben Gott stellt man sich doch recht menschlich vor, und für einen Prinzen wird sich immer ein standesgemäßer Platz im Paradies finden, gleichgültig ...«

»Ach, bitte«, unterbrach ihn seine Frau, »es war doch ausgemacht, die Religion zu schonen.«

»Ja, schonen, aber was geschont werden muss, wird verachtet, das hat die Kirche nicht verdient«, knurrte er.

»Monsieur, ich bitte um Vergebung für den späten Besuch«, entschuldigte ich mich, »aber ich danke Euch von Herzen, von dem Ihr eine schwere Last genommen habt.«

»Keine Ursache«, er nickte mir zu, »es freut mich, wenn ich Eurem Brotgeber Kardinal Mazarin zu Diensten gewesen bin. Vielleicht zieht er daraus Nutzen, denn was Scarron spricht, denken die anderen.«

»Pardon, ich bin nicht in Diensten des Kardinals.«

»Monsieur!« Er sah mir stolz in die Augen. »Ich nehme es nicht als Beleidigung, sondern als Spaß, dass Ihr einen für seinen Scharfsinn bekannten Mann so plump übertölpeln wollt. Ihr stehlt Euch nachts in mein Haus mit einem Packen Kerzen, eine Gabe, die man üblicherweise der Kirche gibt. Mit diesem frommen Geschenk erschleicht Ihr das Wohlwollen meiner Gattin. Dann erzählt Ihr, ein Höfling zu sein, wisst aber nichts über den Prinzen Philippe und erinnert Euch nur mit Mühe an die Liaison zwischen dem König und Marie Mancini. Ihr denkt wohl, ein Narr darf viel fragen und bekommt viele unbedachte Antworten. Nun, Ihr habt meine Auskünfte, die Ihr brav dem Herrn Kardinal berichten könnt und damit adieu.«

Er senkte den Kopf, den er unter Anstrengung hochgehalten hatte, um trotz seines erbärmlichen Zustands mir in aller Würde seine Verachtung zu zeigen.

»Ihr irrt, aber ich danke Euch.« Ich verbeugte mich vor der Dame des Hauses und dem reglosen Mann, der keinen Blick mehr auf mich verschwendete.

Françoise Scarron begleitete mich zur Tür. Das Licht in ihrer Hand ließ ihre Augen wie geschliffenes Glas glänzen, als sähen sie in mein Innerstes, so dass ich mich nackt fühlte.

»Ihr seid ein frommer Mann«, bemerkte sie leise.

»Oder ein arglistiger Spitzel, wie euer Gatte meint?«

»Nein, für die ätzenden Worte meines Mannes entschuldige ich mich.«

»Er hat mich nicht gekränkt; ich danke für die freundliche Aufnahme«, sagte ich errötend, ohne zu wissen warum.

Ich ging durch die dunklen Gassen voller Leichtigkeit und Glück. Es gab sie: ein Wesen, so anbetungswürdig schön wie zartfühlend. Dann dachte ich an Marisa, die doch ebenso anziehend war wie Françoise und ich schämte mich für meine Untreue.

»Hat Monsieur Scarron Euch geholfen?«, fragte Thierry.

»Thierry, du hast gewusst, dass der Bruder des Königs, Prinz Philippe … nun, weibisch ist?«

»Ja, aber weibisch geziert ist der ganze Hof. Die Männer besprengen sich mit Parfüm, als wär's Weihwasser, das Kinn schweinsrüsselglatt, die Perücken und …«

»Ich weiß, wie Höflinge aussehen«, fuhr ich ihn an, »ich meinte die Vorliebe des Prinzen für Männer.«

»Mag sein, schon sein Vater Ludwig XIII. liebte Männer.«

Am nächsten Tag schrieb ich zwei *Billette*: eines an meinen Bruder, den ich um eine Unterredung bat, das andere an Monsieur Scarron, den ich um die Ehre eines weiteren Besuches ersuchte. Scarron ließ mich wissen, dass er außer nachts auch den Gefolgsleuten seiner Exzellenz des Kardinals zur Verfügung stünde, vorausgesetzt, sie benutzten ihren Kopf nicht nur, um seiner Gattin schöne Augen zu machen, sondern verfügten auch über ausreichend Geist für eine inspirierende Konversation. Ich zerriss den Brief, knüllte die Fetzen zu einer Kugel, die ich in eine Ecke warf und streckte mich auf meinem Lager aus. Durch das kleine Fenster sah ich in den grauen Himmel. Die schmutzig-blasse Farbe passte zu meiner Laune. Ich schloss die Augen. Schritte näherten sich.

»Herr, schlaft Ihr?«, fragte mich Thierry.

»Ja, tief und fest«, antwortete ich, mich aufrichtend.

»Verzeiht, ich bitt nur um Ausgang.«

»Lauf, aber halt dich von den liederlichen Frauen fern.«

»Gewiss, ich halte mich nur an die ehrbaren Weiber, wenn sie nicht zu tugendhaft sind.« Er grinste breit. »Man sagt, wer sich in Paris nicht vergnügt, wird den Rest seines Lebens Trübsal blasen und das wäre doch ein Jammer.«

»Und wer sich in Paris zu sehr vergnügt, verbringt den Rest seines Lebens mit den *Franzosen*«, ergänzte ich.

Kaum war er gegangen, stand erneut Françoise vor mir, aber eigentlich hatte sie mich nie verlassen. Dieser einfühlsame Blick, der Mund, dessen volle Unterlippe einen weichen Kontrast zu der schmalen Oberlippe bildete, ihre gerade Nase, die hohe Stirn, ihr zurückhaltendes Lächeln ... Geist und weiblicher Reiz machten sie zur Königin der Frauen. Es half nichts, ich musste sie sehen!

Madame Scarron saß in der Stube am Fenster, ein Hemd ihres Mannes ausbessernd. Ihr Gatte schlief im Bett hinter uns, dessen Vorhänge zugezogen waren.

»Ihr seht, auch wenn hier Herren vom Hof ein- und ausgehen, sind wir ein bürgerliches Haus und meine Stickereien haben immer einen nützlichen Zweck«, wisperte sie nach der Begrüßung. »Setzt Euch, Monsieur! Was führt Euch denn so schnell wieder zu uns?«

»Madame, es war die Wärme Eures Hauses«, schmeichelte ich, »eine große Stadt lässt einen leicht frieren und nirgends habe ich so herzliche Aufnahme gefunden wie hier. Da Euer Gatte die Freundlichkeit besaß, mich einzuladen, bin ich der Offerte sogleich gefolgt. Doch ich sehe, ich komme wiederum zu unpassender Zeit und störe den Herrn Gemahl.«

»Wir stören ihn nicht. Er liebt Gespräche um sich herum. Die Einsamkeit ist ihm eher ein Graus.«

»Das ist ungewöhnlich für einen Dichter.«

»Für ihn nicht, denn die Quelle seiner Ideen sind die Gespräche. Die Papierarbeit ist ein Wiederkäuen, sagt er.«

Sich entschuldigend nahm sie ihre Handarbeit, die sie beiseite gelegt hatte, wieder auf. Zu gern hätte ich die schneeweiße Haut ihres Halses berührt, die Rundungen der Schultern – alles elfenhaft anmutig. Ein Medaillon an ihrem Mieder brachte mich in die Wirklichkeit zurück. Ich glaubte, darauf Scarron zu erkennen. Was suchte ich eigentlich in diesem Haus, bei einer Bürgersfrau, die ein Loch im Hemd ihres Mannes stopfte? Für sie war es wohl alltäglich, dass ein Edelmann sie bei der Hausarbeit unterhielt.

»Woher wusstet Ihr gestern, dass mein Gastgeschenk Kerzen waren?«, fragte ich sie.

»Ihr habt es doch deutlich gesagt.« Sie lächelte mich an.

»Es war ein Rätsel – und Euer Diener vermutete Wein.«

»Er ist ein Mann, der es auf seine Art löst.«

»Pardon, Madame, dennoch, warum gerade Kerzen?«

»Ist das nicht indiskret?« Sie warf mir einen – gespielt – tadelnden Blick zu, da er sofort weich wurde: »Nun gut! … Ich bin aus adligem Haus. Da meine Eltern früh starben, nahm mich eine Tante auf, die ihre Tochter in den Himmel hob und mich in der Asche begrub. Weil ich aus meinen Kleidern herausgewachsen war, machte ich mich bei jedem Kirchgang kleiner als ich war, um meinen Mantel länger erscheinen zu lassen. Die Messe selbst war mir verhasst, weil ich im hugenottischen Glauben erzogen worden war. Meine Tante hatte eine eigenartige Freude daran, mich vor einem Bild der Muttergottes zum Gebet zu zwingen, was jedem Protestanten zuwider ist. Deshalb blickte ich nur in die Kerzen und sprach zu dem Allmächtigen selbst. Was gibt es tröstlicheres als das Licht einer Kerze in der Dunkelheit? Damals habe ich oft gebetet, eine geachtete Dame zu werden.«

»Ein Märchen, das in Erfüllung gegangen ist?«

»Ja, später hatte ich nur die Wahl zu heiraten oder ins Kloster zu gehen. Aber nun, erzählt von Euch!«

»Ist dies nicht ein wenig indiskret?«, spaßte ich.

»Ihr habt das Spiel begonnen, Monsieur!«

Bisher hatte ich so wenig wie möglich von mir preisgegeben, denn es ist besser, in einer Stadt nur flüchtige Spuren zu hinterlassen, da Neuigkeiten, die durch viele Münder gehen, sich oft ins Negative verändern – und übles Geschwätz überwindet jede Strecke im Vogelflug. Doch ihr öffnete ich einen Teil meiner Seele, nicht aber mein Herz. Bald legte sie das Nähzeug beiseite. Als ich auf das Verhältnis meines Bruders zu dem Prinzen Philippe zu sprechen kam, unterbrach sie mich.

»Mein Mann ist spöttisch wie ein *Satyr* und überspitzt manches ins Grimassenhafte. Der Prinz hat wohl einen weibischen Zug, aber das ist nicht seine ganze Natur. Euer Bruder ist ein geschmeidiger Höfling, der in der Gunst des Prinzen steht. Aus diesen Mosaiksteinchen kann jeder nach Laune sich ein schönes oder abstoßendes Bild legen. Bevor Ihr nichts aus dem Mund Eures Bruders erfahren habt, beurteilt ihn nicht nach den vielen Mündern anderer.«

Der Mund meines Bruders blieb verschlossen. Er hatte zwar Zeit, mir einen belanglosen Brief zu schreiben, doch scheiterten unsere Begegnungen an »krankhaftem Unwohlsein« oder »plötzlich dringendsten Geschäfte«, und nachdem er sich »endgültig« festgelegt hatte, schickte er mir kurz vor meinem Besuch ein Billett, in dem er um Aufschub bat, weil er zu einem im Sterben liegenden Freund gerufen worden sei. Alle Gründe waren so einleuchtend und sein Kummer über das erneut verschobene Wiedersehen schien so echt, dass ich lieber daran glaubte als an die böse Wahrheit, dass er die Konfrontation mit mir scheute. Bei Hof sah ich ihn nur einmal, von weitem, in höchst erlauchter Gesellschaft. Allerdings waren meine Besuche in den königlichen Schlössern auch spärlicher geworden. Nachdem ich mich an den Luxus gewöhnt hatte, verlor das Hofleben nicht nur den Reiz des Besonderen, sondern schärfte auch meinen Blick für die schäbigen Nischen des noblen Alltags. Die Oberflächlichkeit der Gespräche, das Wetteifern um die kostbarste Kleidung, die Hohlheit des Zeitvertreibs mit Billard oder Kartenspiel begannen zu langweilen.

Ein Höhepunkt war jedoch der prunkvolle Einzug des Königs in Paris, bei dem der als Sieg über die Spanier bejubelte Friedensvertrag nochmals gefeiert wurde. Die würdevolle Haltung Ludwigs XIV., die keineswegs steif wirkte, weil er sich seiner Jugend offenbar ebenso bewusst war wie des Faktums, nun der mächtigste Mann Europas zu sein, begeisterte alle. Bei diesem Anlass sah ich auch seinen Bruder Philippe. Seine in die Stirne fallenden kurzen, dunklen Haare erinnerten mich sehr an den nächtlichen Besucher im Haus meines Bruders, zumal niemand sonst eine solche Frisur hatte.

Nach diesem Ereignis verbrachte ich die meiste Zeit bei den Scarrons. Den Zugang zu ihrem Haus musste ich mir allerdings erkämpfen. Hohe Herren, die dort ein offenes Wort sprechen wollten, legten Wert auf Diskretion in einem exklusiven Kreis, um nicht in Ungnade zu fallen. So wurde ich oft abgewiesen. Einmal gelang mir der Zugang in eine Runde mit drei Grafen. Um nicht wie ein vertrocknetes Blatt zwischen frischen Rosen zu wirken, wollte ich wenigstens eine These Scarrons in Frage stellen. Das war schwierig, denn trotz seiner scharfen Zunge vermied er es, in unsachliche Extreme zu fallen und seine Reden belustigten mehr, als dass sie schmähten. Zu seiner Kritik an Mazarin und den hohen Steuern bemerkte ich, dass Frankreich sich glücklich schätzen könne, einen Mazarin zu haben. Auf Scarrons erstaunte Frage, was ich damit meine, sagte ich: »Ihr habt recht, Monsieur Scarron, wenn ihr das Los Frankreichs bedauert, aber in Deutschland haben wir neben dem Kaiser hunderte Fürsten und Mazarins und jeder will so leben wie ein König in Frankreich, da bleiben dem Adel kaum mehr die Krümel.«

Alles lachte – zweifellos ein wenig schadenfroh –, aber ich hatte das Eis gebrochen. Weil ich jeden meiner Einwürfe höflich mit »c'est juste«, »das ist richtig« begann, wurde ich scherzhaft »Marquis Juste« genannt und Scarron gefiel diese Variante der Unterhaltung so gut, dass er mich manchmal humorvoll aufforderte, ihm zu widersprechen. Nun stand mir die Tür seines Hauses weit offen, so dass ich Françoise fast täglich sah. Gelegentlich ertappte ich sie, wie sie mich versonnen anschaute. Meinem Blick wich sie dann nie aus, sondern einen kostbaren Moment lang küssten sich unsere Augen. Jede Nacht, wenn meine Zimmergenossen schnarchten, sah ich mich Arm in Arm mit ihr durch mondbeschienene Parks spazieren. Am Morgen bildeten die Eisblumen am Fenster ihre Silhouette oder das Licht filterte zart ihr Gesicht aus der Frostschicht. Sie war die kleine Hoffnung auf eine Überraschung, mit der man fröhlicher aufstand, weil man wissen wollte, ob die Phantasie nicht Wirklichkeit wurde. Überschäumende Lebenslust! Allmählich errangen jedoch meine Träumereien abnorme Macht über mich. Die Vorfreude auf den Nachmittag bei den Scarrons wurde zur Besessenheit. Meine Tagträume nahmen mein Denken vollkommen in Besitz und schon morgens begann ich, die Stunden, die halben Stunden, die Viertelstunden zu zählen, bis ich sie wiedersehen konnte. Die Zeit ohne sie bereitete mir körperliche Schmerzen, die tief in meinem Innern saßen. Behände wie eine Wildkatze überfiel mich die Krankheit, und bevor ich sie wahrnahm, hatte sie schon den Höhepunkt erreicht. Zum Kauf von Hafer für die Pferde gab ich Thierry einige Münzen.

»Soll ich den Gäulen neben Pasteten auch noch einen guten Tischwein servieren?«, fragte er, mit den Münzen klimpernd und da ich verdutzt verneinte, sagte er: »Ihr gebt mir Goldstücke wie Sous. Mit Verlaub, Ihr lauft herum wie ein kranker Nachtwandler.«

Ja, ich war krank, liebeskrank! Und ich hatte kein Mittel dagegen. Zerstreuung suchte ich bei einem Karussell des Königs, bei dem die Edelleute im ritterlichen Wettstreit zu Pferde gegeneinander antraten. Das Turnier fand zwischen dem Louvre und dem Palais des Tuileries statt. Zusammen mit halb Paris bestaunte ich das Spektakel, bei dem der König in Rot und Gold, sein Bruder in Grün und Gold sowie der Herzog von Guise in Schwarz und Silber gegeneinander antraten, an der Spitze ihrer ähnlich, aber weniger prachtvoll gekleideten Gefolgsleute. Das mit Trommeln und Trompetenfanfaren untermalte Bild glitzernder Farben, flatternder Fahnen und wehender Straußenfederbüschen auf den Hüten der mehr als 200 Beteiligten war so überwältigend, dass eine ungeheure Zahl von Menschen trotz der Kälte ausharrte. Bis zur letzten Fanfare wollte jeder das Ereignis sehen, über das später alle Gazetten Europas berichteten.

Abgetrennt vom gemeinen Volk verfolgte die Hofgesellschaft das Karussell, darunter auch Louis de Mornay, Marquis de Villarceaux, ein Mann, dem Gott alles an perfekter Wohlgestaltung von den Haaren bis zur Ferse in die Wiege gelegt hatte. Ich kannte ihn aus dem Kreis um Scarron. Er machte wenig Hehl daraus, in Françoise verliebt zu sein, die ihn zwar freundlich behandelte, ihm aber nie diesen liebevollen Blick zuwarf, den sie mir sporadisch gönnte.

Es wunderte mich, dass de Mornay an dem Karussell nicht teilnahm. Vermutlich hatte er nicht den Platz im Spiel erhalten, der ihm nach seiner Ansicht im Rang zustand und verzichtete deshalb. Es gab zwar bis ins Kleinste ausgearbeitete Regeln, die bestimmten, wem der Vortritt vor anderen gebührte, aber auch nach Generationen von Zeremonienmeistern waren sie noch nicht fein genug gesponnen, so dass hierüber oft Streit entbrannte. De Mornays Blick glitt wie üblich über mich hinweg. Gleich nach Beginn des Karussells bat mich eine neben mir stehende Hofdame, sie mit ihrer Zofe in den Louvre zu begleiten, da ihr unwohl war. Kurz vor dem Tor verließen sie die Kräfte und ich trug sie in ein Gemach. Dort erholte sie sich in einem Lehnstuhl. Als die Zofe ihr ein Glas Wein brachte, erschien mit ihr auch Louis de Mornay. Er überschüttete die Dame mit fürsorglichen Reden, die sie müde abwehrte, während sie mir hilfesuchende Blicke zuwarf.

»Mademoiselle«, unterbrach ich den Redefluss des Marquis, »ich sehe, Ihr bedürft meiner nicht mehr, und ich empfehle mich in der Hoffnung, dass Ihr Euch bald besser fühlt.«

»Ich danke für die ritterliche Hilfe«, antwortete sie und wandte sich dann an de Mornay, »und auch Euch, lieber Marquis, danke ich für die Sorge, aber jetzt will ich noch ein wenig ruhen und bitte Euch zu gehen.«

Er quittierte den Rausschmiss mit einem Lächeln, verbeugte sich und verließ mit mir das Gemach. Draußen ließ ich ihm ehrerbietig den Vortritt. Nach wenigen Schritten blieb er stehen und donnerte mich an: »Ein armseliger Fremder sollte sich nicht zu viel anmaßen! Es steht Euch nicht zu, hier nach Belieben ein- und auszugehen«. Unangenehm nahe trat er an mich heran. »Spielt nur den Hofnarren des Dichterkönigs Scarron, aber hier gehört Ihr zu den armen Teufeln, die bestenfalls geduldet werden.«

»Seid unbesorgt, ich ziehe die Gesellschaft von Madame und Monsieur Scarron dem Hof vor, denn sie besitzen die Höflichkeit, an der es dem Herrn Marquis mangelt.«

Er holte aus und schlug mir ins Gesicht.

»Ihr wollt mich demütigen?«, fragte ich. »Hier sieht uns nur Gott und vor ihm habt Ihr Euch gedemütigt, nicht mich.«

»Du bigotter Laffe, dann nimm auch das!« Er wollte ein zweites Mal zuschlagen, aber ich fiel ihm in den Arm.

»Ha«, höhnte er, »doch nicht so fromm!«

»Nein! Doch ich verstehe Euren Hass gegen mich nicht.«

»Hass? Hass wäre zu viel der Ehre« – er lachte abfällig –, »aber wie Euer feiner Bruder erntet Ihr dort, wo Ihr nichts gesät habt. Solche Wanzen muss man zerquetschen!«

Er schnippte mit den Fingern, drehte sich um und ging. Ich wollte ihm den Weg abschneiden, um ihn zu einem Duell zu fordern, ließ es dann aber, weil mir die klösterliche Demut noch näher lag als die Eitelkeit des Edelmannes. Es war eine kluge Entscheidung, denn selbst wenn de Mornay trotz des Standesunterschiedes darauf eingegangen wäre, hätte ich entweder im Kampf oder durch das Richtschwert mein Leben verloren und im besten Fall eine Flucht aus Frankreich gewinnen können.

Ziellos, wie meine Grübeleien, wanderte ich durch leere Gassen. Mein Weg endete bei den Scarrons. Doch ich ging an ihrem Haus vorbei. Schon gestern hatte ich es gemieden, um meine Glut zu kühlen, was mir jedoch nichts weiter als gesteigerte Liebesqualen einbrachte. Wäre es dann nicht doch besser, sie zu sehen? Nein, das hieße ja, ein Feuer mit Öl löschen zu wollen. Übelkeit wegen eines übersättigten Bauches heilt man durch Fasten, nicht durch Völlerei! Die Gedanken auf Askese und Gebete zu richten ist zumindest lohnender, als sich weiter im ewigen Liebeskummer zu suhlen.

Die Kapelle an der nächsten Straßenecke war zweifellos der richtige Ort, meinem Leben wieder die Richtung zu geben, die mir bisher Glück geschenkt hatte. Das Kirchlein ist schmutzig. Ein Seitenfenster ist mit Brettern vernagelt. Die Heiligenfiguren haben keine Nasenspitzen, Ohren, Hände oder Füße. Sie zeigen, wir sind Menschenwerk aus Holz, Gips oder Stein, nichts Heiliges ist an uns, nur du siehst etwas Anbetungswürdiges. Vernachlässigung, Schadhaftigkeit, Dreck, wohin ich blicke. Doch die Säulen sind robust, die Quadersteine des Mauerwerks fest miteinander verfugt. Vor einer Marienstatue steht eine Betbank, auf der ich niederknie. In Marias Händen fehlt das Jesuskind, auf das sie holdselig schauen sollte. Stattdessen ruht ihr Blick auf mir. Sie ist jung, Rosenwangen, ein voller Mund – natürlich, nicht verklärt lächelnd. Das ist keine hoheitsvolle Gottesmutter, vor der man betet, sondern ein verführerisches Mädchen, das man in den Arm nimmt, um ihr Anstößiges ins Ohr zu flüstern. Ich trage die Betbank vor den Altar, den nur ein Kreuz schmückt. Doch Maria verfolgt mich. Da ich keine Andacht finde, verlasse ich nach einem seelenlosen Vaterunser die Kirche und stehe bald wieder vor dem Haus der Scarrons. Ich klopfe.

Françoise öffnet selbst die Tür und fällt mir in die Arme. Seit gestern spricht ihr Mann nicht, isst nichts, erzählt sie. Sie bittet mich, mit ihm zu reden. Begeistert, ihr helfen zu dürfen, nehme ich mich ihres launischen Ehegatten an. Das physische Jammerbild Scarrons bin ich gewohnt. Das Leiden ist ein Teil dieses Menschen, das zu ihm gehört wie Arme und Beine. Man bemerkt die verkrüppelten Glieder nicht, weil sein robuster Geist sein Gebrechen überstrahlt und er seinem schmerzzerfurchten Gesicht meist einen schalkhaften Ausdruck verleiht, aber nun war wohl durch eine Störung der Lebenssäfte auch sein Intellekt zerfallen. Dieser Zerfall machte seinen ausgemergelten Leib zu einem Bündel trockener Äste, aus denen kraftlose Augen teilnahmslos starren. Ein morbider, käsiger Geruch umgibt ihn, den ich bemerke, als ich mich an sein Bett setze.

»Eure Gattin ist sehr in Sorge um Euch«, spreche ich ihn an, worauf er nicht reagiert, »warum sagt Ihr nicht, wie es um Euch bestellt ist?« Er starrt vor sich hin. »Ungewissheit ist oft quälender als die grausame Wahrheit ... warum richtet Ihr nicht wenigstens ein Wort an sie«, vorsichtig lege ich meine Finger auf seine verkrüppelte Hand. Er versucht mir seine Hand zu entziehen. »Sie ist wie ein kleiner Vogel im Winter, der um einen Bissen Brot bettelt, den nur ihr Mann ihr geben kann.« Er lächelt abfällig über den unpassenden Vergleich. »Ja, lacht nur, aber warum quält Ihr Madame so?«

Und dann rede ich über sein Glück, eine zärtliche Frau wie Françoise gefunden zu haben, bis ich in das Reich der Phantasie gleite und von der nicht erwiderten Liebe, von der leidenschaftlichen, der heimlichen Liebe, von der keuschen Liebe, von Daphne und Apollo, von Echo und Narcissus bis hin zur Heiligen Elisabeth philosophiere. Die Gedanken, die mich seit Tagen martern, strömen mir von den Lippen. Er hört mir zu. Die Augen fallen ihm zu und ich verstumme. Da sieht er mich wieder an.

»Ihr seid ein Träumer und kennt wenig von der Welt«, flüstert er, dann spricht er wie in alten Zeiten: »Euer Schulwissen über die Antike paart sich mit einem gottgefälligen Bild von der Liebe. Aber die Liebe ist ein ganz und gar selbstsüchtiger Trieb. Die Kirche und die Poeten haben der rücksichtslosen Wollust das Kostüm der aufopfernden Hingabe umgehängt, was ihr so gut steht wie der Sau ein Atlaskleid. Ola, kein brünstiger Mann, der nach dem Besitz eines Mädchens giert, sucht die himmlisch selbstlose Liebe. Und ist das Feuer der Lüsternheit einmal erloschen, stirbt meist auch die hehre Zuneigung.«

»Warum redet Ihr so? Liebe ist doch Zuneigung, aus der Wollust entsteht. Ihr habt doch die diese Liebe gefunden.«

»Liebe? Ihr meint doch die Ehe?« Er lächelt mitleidig: »Junger Freund, die Ehe ist ein Geschäft um Geld und Einfluss. Klingender Name für klingende Münze – Vermehrung der Macht, des Vermögens und die Fortpflanzung, vielleicht noch ein wenig Bewunderung oder Besitzerstolz, das sind die Gründe für die Ehe, nichts weiter.«

»Ihr denkt sehr zynisch.«

»Über die Menschen kann man nicht zynisch genug denken. Die Eigenliebe ist das erste Gebot, die Nächstenliebe eine Utopie und damit erklärt sich das ganze Leben.«

»Ihr seid ein verbitterter alter Mann!«

»Mag sein«, sagt er aufreizend gleichmütig, »aber zeigt mir einen alten Mann, der so erdenfern denkt wie Ihr? Ich bin froh, dass ich das nicht mehr tue. Es schafft nur Leiden.«

»Aber Eure Gattin widerlegt doch schon Eure Ansicht!«

»Madame und ich sind zwei vernunftbegabte Wesen. Ich biete ihr ein sicheres Leben, sie umsorgt mich und ist die Königin meines kleinen Hofes. Das ist das Band, das uns zusammenhält und es ist weitaus solider als jede Schwärmerei.«

So abrupt wie der Disput begann endet er auch. Er starrt an die Decke und schweigt. Als ich aufstehe, sagt er leise: »Wenn die kalten, dunklen Tage kommen, dann wandeln sich meine inneren Säfte in schwarze Galle, die Kräfte verlassen mich und die Schmerzen zernagen meinen letzten Willen, sie in Schranken zu halten. Es ist nicht meine Absicht, Madame zu quälen, und doch peinigt man gerade diejenigen, die einem am nächsten sind, weil sie mit ihrer Besorgnis die schwarze Galle in Wallung bringen.«

Am nächsten Tag ist er noch übellaunig, bittet mich aber, Françoise zu einem Bankett des Marschalls D'Albret zu begleiten, um sie zu zerstreuen. Überglücklich sage ich zu.

Dezember 1659

Françoise Scarron ist von ihren Freundinnen umringt. Madame de La Trémoille blickt ihr zartfühlend in die Augen, während Madame Bonne de Pons, eine Verwandte des Marschalls D'Albret, auf sie einredet, wozu die anderen stumm nicken. Es geht um die Melancholie Scarrons. Jede der hochrangigen Damen kennt Mittelchen gegen die Schwermut oder wenigstens einen Doktor, der hier Wunder bewirken kann. Die übrigen zu dem Bankett im Hause D'Albret geladenen Gäste plaudern in kleinen Gruppen über die Tagesereignisse, wobei sich wie üblich die Herren zusammenscharen und die Damen getrennt von ihnen ihre Kleidersorgen und Gesindenöte besprechen oder schlichtweg – wie die Herren – über Abwesende klatschen. Inmitten der mit Gold, Silber und Edelsteinen sich überbietenden Gesellschaft trägt Françoise ein bescheidenes, dunkles Kleid und einfache Perlenohrgehänge mit einer selbstsicheren Gelassenheit, die diese Schlichtheit als etwas Besonderes hervorhebt, was die bewundernden Blicke mancher Herren auf sich zieht. Mir hingegen zeigt man die kalte

Schulter, obwohl sich mein neues Hemd so üppig über den Handgelenken bauscht wie bei allen anderen. Es wird wohl einige Mühe kosten, den Stoff von Soße und Braten fernzuhalten. Der sich um mich bemühende Hausherr stellt mich einem Herrn in einem auffallend hellen Wams vor. Es ist Louis de Mornay. Höflich lauschen wir den Freundlichkeiten Herrn D'Albrets, vermeiden aber jeden Blickwechsel. Die Tür zum anschließenden Saal wird geöffnet, in dem eine mit Silber und Gold geschmückte Festtafel einen Abend voller Lustbarkeiten verspricht. Meine karge Strohsackunterkunft im »La Ville de Strasbourg« kommt mir in den Sinn und rückt die Anhäufung glitzernder Kostbarkeiten noch weiter in eine ferne Märchenwelt. Françoise und mir gegenüber sitzt ein beleibter Herr, dessen jugendliche Geltungssucht mit der Schwatzhaftigkeit des Alters eine innige Verbindung eingegangen ist, was die Tischgenossen zu Schweigsamkeit verdammt. Er gibt vor, weitgereist zu sein, aber als er über Deutschland spricht, merke ich, dass seine Weltreisen wohl kurz hinter den Toren von Paris schon ihr Ende gefunden haben müssen. Die Behauptung des einfältigen Tropfes, der Kölner Kurfürst residiere in einem schönen Palast in Köln, lässt meinen Geduldsfaden endlich reißen und ich sage: »Mit Verlaub, verehrter Marquis, ich bewundere Eure Courage, von London bis Sizilien gereist zu sein, aber Ihr täuscht Euch. Ich weiß verlässlich, seine kurfürstliche Gnaden residiert in einem Schloss in Bonn, aber der alte Palast in Köln ist fast zerfallen.«

»Ha, das weiß doch jedes Kind, dass der Kurfürst von Köln auch ein schönes Schloss in dieser Stadt hat«, trumpft er auf und lehnt sich großspurig zurück, als erwarte er Widerspruch, mit dem er, auf meine Höflichkeit bauend, wohl nicht rechnet. Allerdings wechselt er gleich das Thema: »Kennt Ihr Trier? Euer Herr Bruder hat sich der Protektion, ja sogar der Freundschaft des Erzbischofs von Trier gerühmt.«

»Hat er das?«, frage ich erstaunt und werde rot.

»Oh ja«, der Korpulente bedenkt mich mit einem überheblichen Lächeln, »offensichtlich steht er mit dem Erzbischof auf freundschaftlicherem Fuß als mit Euch. Fragt ihn! Er sitzt auf Eurer Seite weiter vorne zusammen mit Madame de Lenclos.«

Ich verdrehe den Kopf, kann Philipp aber nicht sehen.

»Ihr habt ihn wahrhaftig noch nicht begrüßt«, stellt mein Gegenüber genüsslich fest.

»Nein, während des amüsanten Gesprächs habe ich sein Kommen nicht bemerkt. Doch ist dem Hoftratsch schon so die Luft ausgegangen, dass man neugierig nach jeder Banalität schnappt, um nicht an Langeweile zu ersticken?«

»Oh nein, Monsieur!« Er schüttelt missbilligend das Haut und nippt an seinem Rotwein. »Neugier, Tratsch – unfeine, fast schamlose Ausdrücke, die keiner verdient außer verdorbenen Mägden oder schlechten Lakaien. Es fällt nur auf, dass man Euch nie mit Eurem Bruder zusammen sieht.«

»Verehrter Marquis«, mischt sich anderer Gast ein, »lassen wir unserem Freund sein Geheimnis und trinken wir auf sein und Euer Wohl.«

Die Gläser werden gehoben. Mich verschwörerisch anlächelnd berührt Françoise meine Hand. Dieser Augenblick der Intimität reicht, um allen Ärger in Atome zu zersplittern. Man plaudert über angenehme Unwichtigkeiten, isst und trinkt stundenlang. Nachdem der Wein jede höfische Strenge in ausgelassene Heiterkeit verwandelt hat und sich einige Damen und Herren in ein anderes Zimmer zum Kartenspiel zurückgezogen haben, überlasse ich meinen Stuhl Madame Bonne de Pons, die sich mit Françoise unterhalten möchte, und trete zu meinen Bruder.

»Ich muss dich in einer wichtigen Angelegenheit sprechen«, fordere ich ihn leise auf und berühre seine Schulter. Erstaunt blickt Philipp auf. Er lacht weinselig.

»Mein Bruder Christoph«, stellt er mich freudig den anderen vor, »setzt Euch, lieber Bruder!«

Ich grüße höflich, bleibe aber stehen und raune ihm auf Deutsch ins Ohr: »Philipp, ich bitt um ein Gespräch.«

»Doch nicht jetzt«, flüstert er missbilligend.

»Da ich auf keine andere Gelegenheit hoffen kann, muss es wohl jetzt sein.«

Er flucht leise, besinnt sich aber und ruft: »Mesdames, Messieurs, mein verehrter Bruder hat Neuigkeiten aus Deutschland erhalten. Da ich meine Verwandtschaft in letzter Zeit sehr vernachlässigte, bitte ich, mich zu entschuldigen.«

Er taumelt, als er aufsteht. Er geht mit mir ins Nebenzimmer, in dem sich die Kartenspieler laut vergnügen.

»Philipp, warum hast du mich nie zu dir vorgelassen«, beginne ich in vorwurfsvollem Ton.

»Unglückliche Umständ«, stöhnt er und grinst dümmlich.

»Es hat wohl wenig Zweck, jetzt über ernste Sachen zu sprechen. Ich bitte dich nur, mich morgen nach der Frühmesse zu empfangen.«

»Gewiss, Herr Bruder, dann um Schlag zwölf Uhr, da bin ich bei der Morgentoilette und später im Théatre du Palais Royal – Corneille wird gespielt.«

»Auf morgen!« Ich nicke und will gehen.

»Warte!« Seine ringgeschmückte Hand hält mich zurück. »Kürzen wir's ab. Ich kehre nicht mehr zurück in dieses trostlose Land, um mein Leben sorgenvoll zu verkümmern.«

»Darüber sprechen wir morgen, du bist voll, Gott erbarm's, keineswegs sorgenvoll.«

»*Morbleu*, ja, ich bin voll wie eine Sau, aber ich beantworte diese Frag im Suff wie nüchtern gleich.«

Das prachtvolle Fest bei den D'Albrets bleibt mir schon wegen des Glücks, es mit Françoise genossen zu haben, so frisch und heiter in Erinnerung, dass ich es in allen Einzelheiten vor mir sehe, sobald ich nur daran denke. Weniger angenehm verlief das Gespräch mit Philipp, der mich, in einen seidenen Morgenmantel gehüllt, zur vereinbarten Zeit empfing. Sein Gemach war prachtvoll, ein wenig zu effektheischend eingerichtet. Ein Diener servierte mir ein dunkles Getränk in einem Becher. Ich betrachtete es misstrauisch.

»Nur zu, es ist kein Gift!«, forderte mich Philipp auf. »Es ist Schokolade. Die Spanier trinken sie bei jeder Gelegenheit. Deren Perfektion hat meine Küchenmagd zwar noch nicht erreicht, aber es kommt dem wahren Genuss recht nahe.«

Vorsichtig tauchte ich meine Lippen in den heißen Schaum voll aromatischer Süße. Er schmeckte leicht bitter und scharf. Die fremdartige, gehaltvolle Würze entfaltete sich nicht auf Anhieb zu einer Köstlichkeit, sondern reizte zunächst nur die Neugier meines Gaumens. Erst weitere Schlucke überzeugten mich von dem Wohlgeschmack.

»Ist es nicht köstlich, Herzbruder?«, fragte er, »das ist nichts als heißes Zuckerwasser, in das zermahlene indianische Kakaobohnen, Vanille, Chili oder Pfeffer verquirlt werden. Dieser dickflüssige Saft wird so lange geschlagen, bis er zu Schaum wird.« Voller Behagen gönnte er sich einen weiteren Schluck. »Ja, so muss das Leben sein! Schaumig leicht, süß, mit einem anregenden Aroma, einem sanften, vanilleartigen Beigeschmack und einer Schärfe, die keine Langeweile aufkommen lässt. Es muss die Sinne schmeichelnd erregen und gleichzeitig eine Bitterkeit enthalten, um der Süße eine achtenswerte Geltung zu verschaffen. Das alles, lieber Bruder, habe ich hier gefunden. Du suchst nur die rohe Schärfe des Lebens, kalte Kirchen, harte Betbänke und verschmähst die Süße einer zärtlichen Frau im Bett, weil du auf den himmlischen Honig hoffst. Aber warum hoffen und warten, wenn Gott der Welt schon den Honig schenkt?«

Er sah mich erwartungsvoll an, aber mein Blick wanderte zu einer goldverzierten Uhr, die auf einem Tischchen stand. »Die Uhr ist das Geschenk eines Herzogs«, erklärte er beiläufig.

»Philipp, die Härten des Lebens sucht niemand, auch ich nicht. Nur sind mir die bequemen Straßen in ein sagenhaftes Schlaraffenland suspekt und wenn ich mich für den steinigen Pfad entscheide, dann hoffe ich auf eine ausgleichende Gerechtigkeit, die mich schon auf Erden belohnt oder zumindest vor Schlimmeren bewahrt.«

»Wer sich im Kloster vergräbt, muss auf den Ausgleich im Himmel hoffen, denn auf der Erde erhält er nichts.«

»Die Abtei war keineswegs ein Grab. Ich lernte die Gier zu bändigen, mich über andere zu erheben und gleichzeitig war ich frei, denn ich diente nur einem einzigen Herrn.«

»Und dem Abt, dem Prior und allen älteren Mönchen. Christoph, du hast die Freiheit eines Wurmes genossen, und für jeden Fehltritt musstest du dich selbst blutig geißeln. Gott, wie barbarisch!«

»Wie weit ich gehen wollte, lag bei mir. Aber die Geißel, um Geld und Fortkommen besorgt zu sein, blieb mir erspart. Ich war ich selbst, musste nicht vortäuschen, ein anderer zu sein wie die Hofleut, die auf ihre Geltung bedacht vorgeben, mehr zu besitzen, als in ihrem Vermögen steht und ihrem Ruin Tag für Tag näherkommen. Sie sind gezwungen, nach dem Munde zu reden, damit sie eine Stufe höher steigen. Sie müssen Hochachtung vor Menschen heucheln, die sie verabscheuen, um ein Amt zu ergattern. Bei all ihrer Verstellung wissen sie kaum noch, wer sie selbst sind und der Lärm des Amüsements überdeckt ihre Seelenlosigkeit. Ihre Ämter gaukeln ihnen vor, von Wichtigkeit zu sein, aber am Tag nach ihrem Begräbnis sind sie vergessen, weil sie keinem mehr nutzen und sie selbst nutzlos ihr Leben in Kriecherei vergeudet haben!«

»Oh ja, mein Bruder, man kann's auch kurz fassen: Zu Hof, zur Höll!« Philipp lächelte spöttisch, während er die Reste eines Kuchens mit einer Hand zerbröselte. »Wie ich sehe, lebst du noch fröhlich in der Welt deines Mentors Pater Senfft, eines lebensfremden Kauzes, der sich in der Kirche prügelte. Aber ich nehme deine Klag für bare Münze und frage dich: Warum liegt im Leben eines Bettelbruders mehr Sinn als in dem eines Höflings?«

»Darin, dass der Mönch dazu beiträgt, die Welt barmherziger zu machen, für andere sammelt, während deine selbstsüchtigen Freunde die Erträge mehrerer Dörfer in einer Nacht verspielen, um ihre maßlose Überheblichkeit durch Verschwendung zu untermauern.«

»Ah ja? Endlich kommst du vom Allgemeinen aufs Konkrete.« Er lehnte sich zurück. »Mein Leben ist also der Selbstsucht geweiht? *Morbleu*! Mitnichten! Hast du das Karussell des Königs gesehen? Die Edelleut wie der Pöbel haben Augen und Maul aufgesperrt. Davon spricht die Welt. Ein Monarch ohne Hofstaat ist ein Nichts – das Volk würde sich um die Erlasse und Gesetze eines solchen Königs nicht scheren, alles würd' sich in Anarchie und Totschlag auflösen. Der Hof ist die ordnende Kraft. Er gibt den Leuten etwas zum Träumen und etwas, worauf sie stolz sind. Der Hof demonstriert mit dem, was du Verschwendung nennst, die weltliche Macht wie die goldenen Kirchen die Macht des Himmels. Wo sind da die Unterschiede?«

»Was hat Vergnügungssucht mit Staatsgeschäften zu tun? Gut, Mazarin hat's lieber, wenn sich der Adel in Paris beim Spiel und mit schönen Kleidern verausgabt, als auf den Landsitzen Rebellionen gegen den König anzuzetteln.«

»Ich lasse Monsieur Scarron herzlich grüßen, von dem du die Weisheit wohl hast«, versetzte er hochmütig.

»Du bist gut unterrichtet!«

»Ja, das bin ich. Und ich gebe dir noch einen guten Rat. Halte dich von Madame Scarron fern. Der Marquis de Villarceaux war fuchsteufelswild, weil du mit seiner Herzdame gestern auf dem Bankett erschienen bist. Er hasst mich schon, aber du bist jetzt der Leibhaftige für ihn.«

«Louis de Mornay?»

»Just dieser! Unterschätze ihn nicht. Wenn man eines schönen Tages deine Leiche in einer dunklen Gasse findet, wird man sich wenig Mühe geben, den Mörder oder seinen Anstifter zu finden, obwohl der jedem bei Hofe bekannt sein müsste.«

»Warum sollte der Marquis eifersüchtig sein? Madame Scarron ist verheiratet.«

»Es kränkt seine Eitelkeit schwer, wenn seine Angebetete einem anderen den Vorzug gibt.«

»Warum? Sie hat doch keine Liebesaffäre mit ihm?«

»Nein! Madame ist so schlau, sich den Marquis noch eine Armlänge vom keuschen Hals zu halten, damit ihm das Wasser im Mund so lange zusammenläuft, bis Scarron das Zeitliche segnet. Damit steigert sie ihren Wert, bevor sie sich den Marquis ins Bett holt…«

»Halt's Maul, du niederträchtiges Rabenaas…«

»Gemach, *mon frère*«, fiel er mir ins Wort, »ich warne dich nur. So kraftlos wie der alte Scarron auch ist, er versteht's immer noch brillant, die Galane seiner Frau aufeinanderzuhetzen, denn ohne seine Zustimmung war die biedere Françoise gewiss nicht mit dir auf dem Bankett!«

»Nein, es war Scarrons Vorschlag.«

»Wahrhaft brillant!« Er spielte mit seinem Becher. »Nun gut! Jedenfalls rate ich zur schleunigen Abreise.«

»Das hängt von dir ab.« Erstaunt sah er mich an, was wohl gespielt war. »Ja, ich bitte dich zurückzukommen.«

Er lachte laut: »Nein! Nein! Unumstößlich nein!«

»Das kann nicht sein, wenn du alle Umständ kennst«, widersprach ich, so gelassen, wie es mir nur möglich war. »Lieber Bruder, wir stehen vor dem Ruin und ich bin kaum der Mann, ihn abzuwenden. Mir fehlen deine Härte und dein Geschick. In einem halben Jahr bin ich noch weit von dem Erfolg entfernt, den du in drei Tagen erzielt hast. Lass unsere Eltern, unsere Geschwister nicht in Schande verkümmern. Vor allem haben wir die Pflicht, unseren Namen so ehrenvoll weiterzugeben, wie wir ihn von unseren Ahnen erhalten haben. Deshalb komm zurück!«

Er seufzte gequält und sah zu Boden. Nur das Ticken der Uhr des Herzogs war zu hören.

»Ich kenne die elende Lage.« Er sah mich mitleidig an. »Nur ein Engel kann alles wieder ins Lot bringen. Mit deiner ernsten Beharrlichkeit wirst du aber mehr bewirken als ich. Meine schmalen Schultern tragen keine schwere Last und mein koboldhafter Geist kann zwar ein kurzes Feuerwerk entzünden, aber keinen Krieg führen. Doch ich kann Geld erübrigen, um dir zu helfen.«

»Ich bin nicht gekommen, um Geld zu erbetteln!«

»Ich weiß, aber es ist nun einmal eine Notlage *pecuniae*!«

»Ja, doch wer nicht versteht zu wirtschaften, dem rinnt das Geld wie Wasser durchs Sieb.«

»Wenn's so ist, dann ist's Gottes Ratschluss, dem wir uns beugen müssen«, sagte er kalt.

»Du weißt sehr wohl, der Mensch hat seine Freiheiten …«

»Herrje, Christoph, bitte keinen theologischen Disput!«

»Nein! Aber, lieber Bruder, bedenke, auf welch' brüchigem Eis du stehst. Du bist kein Franzose. Und wenn bekannt wird, dass der blonde Marquis nur ein ruinierter Chevalier ist, bist du flugs auf der Straße.«

»Da verkennst du die Lage. Mazarin, ein Italiener, ist der mächtigste Mann. Seine Nichten heirateten Herzöge …«

»Ja, und die neue Königin kommt aus Spanien! Philipp, du kannst dich doch nicht mit einem Kardinal vergleichen?«

»Warum nicht? Hier geht's um Protektion. Ohne sie wäre Mazarin nicht da, wo er ist, und auch ich genieße allerhöchste Protektion. Mein Stern steigt. Ein Kölner, Everhard Jabach, ist Berater Mazarins. Er lebt seit über 20 Jahren hier in Paris und ist sehr angesehen.«

»Jabach ist ein reicher Bankier, der ist überall willkommen, aber ein armer Landedelmann? Es ist keine Ehre, im Dunst eines weibischen Prinzen sein Auskommen zu finden, und du bist in Gefahr, als sein Bube angesehen zu werden.«

Er wurde rot.

»Ja, Paris hat einen Zauber, der dem kargen Deutschland abgeht. Aber dort bist du ein Herr und hier bleibst du Knecht. Wenn du einem der Herren hier in die Quer kommst, kann's dein Leben kosten. Philipp, sei kein Hans-guck-in-die Luft!«

»Wer nichts wagt, der nichts gewinnt! Ich habe viel gewagt und gewonnen. Ja, es ist ein gefährliches Spiel, aber besser ein Jahr herrlich gelebt als hundert Jahr' traurig versauert.«

»Deine Antwort ist also nein?«

»Zweifellos! Und hier gebe ich dir eine von einem Notar aufgesetzte Urkunde: mein Verzicht auf Merhoffen.« Er überreichte mir ein gesiegeltes Pergament und sagte verächtlich: »Ich will mich nicht an Armen bereichern. So kannst du's auch dem Herrn Vater sagen.«

An diesem Punkt war mein letztes Pulver verschossen.

Paris verließ ich am 15. Dezember. Schon wegen der kurzen Tage ein höchst ungünstiger Zeitpunkt, aber die Zeit drängte. Gerüchte liefen um, die mir vom Diebstahl bis zum Landesverrat alle möglichen Übeltaten zur Last legten, wie mir Françoise anvertraute. Paul Scarron bedauerte meinen eiligen Aufbruch, wobei ich nicht sicher war, ob er es ehrlich meinte.

»Wer flieht, kann wieder zurückkehren, nicht aber derjenige, der tot ist«, tröstete er mich und fügte hinzu: »In diesem elenden Leben werden wir uns wohl nicht mehr sehen. Ihr seid der erste, dem ich so triste Adieu sage, obwohl ...« – er grinste –, »für einen Komödienschreiber durfte ich mich schon bemerkenswert lange der Erde erfreuen, denn der liebe Gott braucht dringend geistreiche Aufheiterung, um nicht ewig über die Dummheit der Menschen weinen zu müssen, während der Teufel bei all der Bosheit in der Welt genug zu lachen hat. Ihr seht, lieber Freund, die Tragödiendichter gehen allesamt zum Teufel, um ihn vor dem Totlachen zu retten und – wie im Himmel so auf Erden! In schlechten Tagen verlangen die Menschen nach Komödien! Weiß Gott, wir leben mitten im Zeitalter der Komödien. »

Françoise seufzte. Sie war dieser Scherze überdrüssig, denn seit sich Scarron seiner Melancholie hingab, waren Tod, Paradies und Hölle die bevorzugte Nahrung seines Geistes, wobei er gerne Widersprüche kirchlicher Lehren kaltherzig anprangerte.

»Adieu«, flüsterte mir Françoise an der Tür zu, »Gott behüte Euch! In bösen Zeiten hat mir der liebe Gott immer einen guten Freund geschickt.«

»Ihr werdet immer in meinem Herzen sein, liebe ... Freundin.«

»Oh, das möge Gott verhüten«, sagte sie lächelnd.
»Ihr haltet mich wohl für flatterhaft?«
»Nein, aber für so klug, Euch nicht nutzlos zu quälen.«
Dieser kühle Abschied goss Wasser auf mein Feuer.

Philipp stand mit finsterer Miene in meiner Kammer, während Madame Courtin sich für meine jämmerliche Unterbringung tausendmal mit den Worten entschuldigte, »… aber Monsieur hat es so gewünscht.«

Mein Bruder schob sie kurzerhand hinaus und gab meinen Mitbewohnern Geld für einen guten Schluck, damit sie uns allein ließen. Philipp verschmähte den Holzschemel, den ich ihm anbot, der wohl seine seidene Hose beleidigt hätte und schimpfte: »*Morbleu*! Hier gibt's bessere Kammern als dieses Loch.«

»Ich lege keinen Wert auf Federbetten.«

»Teufel, man muss nicht im Heu logieren und die Tage mit Rüpeln verbringen, um fromm zu sein. Deiner Ehr bist …«

»Halt!«, fiel ich ihm ins Wort, »dein Leben erfüllt mich ebenfalls mit Sorge und das nicht nur der Ehre wegen. Lass uns hierin einen unüberbrückbaren Dissens feststellen.«

»Eh *bien*, man sollte die fruchtlosen Vorwürf lassen. Du bist ein Mönch und ich ein Höfling, so ist's nun mal.«

»Ja, so ist's. Es freut mich, dass du gekommen bist.«

Er öffnete die Tür und zog einen Sack herein, aus dem er einen mit Münzen prall gefüllten Beutel zerrte, den er mir gab. »Hier, *mon frère*! Gutes Geld für die Eltern.«

»Für welche Dienste wird man mit so schwerem Geld bezahlt?«, fragte ich, den Beutel wiegend.

»Für ehrenvolle! Was soll das Verhör?«

»Ich will kein Geld, das mein Bruder gegen sein Seelenheil eingetauscht hat.«

»*Mon dieu*, vom Richter zum Priester«, scherzte er, »riech doch an dem Säcklein, großer Bruder, duftet's nach Weihrauch oder stinkt's nach Höllenqualm? Brrr!« Er schüttelte sich.

»Wer sich die Antworten sparen will, stellt Fragen!«, fuhr ich ihn an und warf den Beutel auf meinen Strohsack. »Philipp, ohne glaubhafte Auskunft akzeptier ich's nicht.«

»Fragst du jeden, woher das Geld ist, mit dem er zahlt?«

»Du weißt, was ich meine!«

»Und du solltest mir vertrauen, wenn ich sage, es ist wohl verdientes Geld.« Ich schwieg und er sah mich nachdenklich an: »Also gut, nach Bidassoa bin ich mitgeritten. Bei einem Ausritt stieß ich auf Komödianten, die mir ein anmutiges Schäferstücklein präsentierten. Das Schauspiel gefiel den gelangweilten Edelleuten. Viele solche Amüsements hab ich mir einfallen lassen, die sie erstaunten, so auch das Fest der Rosen, bei dem die Tische mit Rosenduft parfümierte Papierblumen zierten. Ja, oft wird die Nase vor dem Auge verführt! Dafür bekam ich einen Batzen Geld, wovon du einiges erhältst.«

Trotz des faden Beigeschmacks der Geschichte nahm ich den Beutel. Wieder griff er in den Sack, aus dem er Spitzen sowie Atlas- und Seidenstoffe für Sophia und Margaretha, ein edles Hemd für Max, einen Rubinring für die Frau Mutter, Tabak für den Herrn Vater und schließlich noch Kakaobohnen und eine Schokoladenkanne zog. Eine Umarmung, ein Händedruck – und die schlichte Zeremonie zum Begräbnis meiner Träume, das klösterliche Leben wieder aufzunehmen, hatte ihr Ende gefunden.

Der vorangegangene Winter war milde gewesen. Gleichermaßen begann der Winter 1659 und die Reise war angenehmer als erwartet. Meine Kasse war gut gefüllt, da Philipp, ohne mein Wissen, die Rechnung bei Madame Courtin beglichen hatte. Zwei Tage vor Weihnachten warteten Thierry und ich in einem Wirtshaus in der Stadt Namur auf das Essen. Thierry warf mir »Sauertöpfigkeit und eine üble, bissige Laune« vor – eine zutreffende Feststellung, die jedoch meine Stimmung kaum besserte.

»Vielleicht heitert Euch das ein wenig auf? Morgen ist hier ein Begräbnis«, bemerkte Thierry.

»Das ist fürwahr ein überaus freudiges Ereignis, das jeden Trübsinn vertreibt. Wer ist der Glückliche?«

»Monsieur Delvenne, der Ehemann der Tochter unseres Wirtes. Er ist abends gestürzt und wachte morgens tot auf. Der Leichenschmaus ist hier, da fällt gewiss auch für die lieben Gäste mancher Leckerbissen ab …«

Er hatte recht. Wir waren die einzigen Logisgäste und wurden sogar zum Leichenschmaus eingeladen. Die Speisen waren vortrefflich und je länger wir tafelten, desto fröhlicher wurde die Gesellschaft; selbst die zuvor laut klagende Witwe beruhigte sich. Sie war die sehr junge dritte Ehefrau des Toten – eines wohlhabenden Tuchhändlers, der sein 60. Lebensjahr schon überschritten hatte. Die zierliche Witwe, deren kleinen, müden Hände den schwarzen Schleier so zögernd zurücklegten, als wollten sie nur ungern das rundliche Gesicht neugierigen Blicken aussetzen, lächelte mir scheu zu. Ein kleiner beglückender Augenblick des Einverständnisses zwischen zwei Fremden. Schon am Mittag des nächsten Tages sah ich die Witwe Delvenne in der Gaststube wieder, wo sie mit ihrem Vater und ihrem dicken Bruder Antoine an einem Tisch saß, auf dem mehrere Schriftstücke lagen. Sie musste ihren Mann unendlich geliebt haben, denn ihre Tränen flossen noch reicher als zuvor. Der Wirt, Herr Bernis, hatte wegen des Trauerfalls das Gasthaus für diesen Tag geschlossen, wie draußen auf einem Schild zu lesen war. Rücksichtsvoll wollte ich leise meine Kammer aufsuchen, obwohl mich der Hunger plagte.

»Oh Monsieur«, rief mir der Wirt zu, »vielleicht wisst Ihr Rat? Ihr seid doch ein gebildeter Herr!«

Ich zögerte, aber Herr Bernis drängte und die aquamarinblauen Augen seiner trauernden Tochter ließen mir keine Wahl. So setzte ich mich zu ihnen. Man schob mir ein Dokument zu, das Testament des Verblichenen, und der ganze Kummer der jammervollen Witwe ergoss sich wie ein Wasserfall über mich. Die Tochter und der Sohn aus der ersten Ehe ihres Mannes hatten sie aus dem Haus geworfen, obwohl nach dem letzten Willen des Verstorbenen die

Kinder den Tuchhandel erben und die Stiefmutter – wegen ihres Kindes – das Haus erhalten sollte. Da aber der kleine Sohn der Witwe vor kurzem gestorben war, sahen die Stiefkinder nun keinen Grund mehr, ihr das Haus zu überlassen, zumal sie hübsch genug war, um einen Gatten zu finden. Aber nur eine reiche Witwe hat Heiratsaussichten. Ihr Vater wollte die Unglückliche deshalb in ein Kloster stecken.

»Meint Ihr nicht auch, Herr, dass das Kloster ein wahrer Himmel für ein schmerzgeplagtes Frauenzimmer ist, wie gemacht für meine Françoise?«, fragte mich der Wirt.

»Ins Kloster kann ich nicht. Ich bin in guter Hoffnung!«, schrie sie ihn an, noch bevor ich antwortete.

»Was? Noch ein Kind?«, riefen Vater und Sohn unisono.

»Weiß Gott, mein Seliger hat nicht nur mit seiner Manneskraft geprahlt.«

»Dann gehst du nach dem Kindbett ins Kloster!«, blieb der Wirt stur bei seiner Meinung.

»Nein«, widersprach sie, »ich wollte den Alten nie heiraten, habe es aber getan, weil mein lieber Vater es wünschte und jetzt soll ich auf Teufel komm raus ins Kloster? Nein!«

»Meine Tochter tut, was ich sage!«, brüllte der Wirt.

Gleich dreimal schrie sie ihm ein »Non« entgegen, lief die Treppe hinauf zu den Kammern und schlug knallend die Tür zu.

»*Mon dieu*! Da habe ich einen Gatten gefunden, der das Kind in Samt und Seide gehen ließ und jetzt ...« lamentierte der Wirt.

Ich hörte nicht weiter auf ihn, sondern las das lateinische Testament. Darin stand, dass die Ehefrau zum Aufziehen der ehelichen Kinder das Haus erben solle. Falls das Kind, mit dem sie jetzt schwanger war, lebend zur Welt käme, musste die Witwe also das Haus erhalten. Ich unterbrach das Wehklagen des Wirtes und erklärte ihm die Lage.

»Seid Ihr Advokat?« Er sah mich mit offenem Mund an.

»Nein, aber gelegentlich entfernen sich selbst Advokaten nicht allzu weit vom gesunden Menschenverstand.«

»Wie wahr, *mon ami*!« Er umarmte mich. »Obwohl, man sieht's ihr gar nicht an, dass sie schwanger geht. Doch sie wird schon wissen, was die Glock geschlagen hat. Darauf trinken wir! Antoine, bring den Alicantenwein oder …»

»Mir wäre mehr an einem Stück Brot gelegen«, bat ich.

»Brot? Ach nein, einen Kapaun sollt Ihr haben, ein Königsmahl!« Er sprang auf und gab mir einen Kuss. »Nur müssen wir jetzt zum Advokaten, der dieser hochnäsigen Brut die Flötentöne beibringt. Antoine, meinen Mantel …«

Ein zweiter Kuss zerplatzte in der Luft, weil ich ihm mit einer Drehung gerade noch entging. Und schon war er mit seinem Sohn zur Tür hinaus. Ein kläglicher Hering, Brot und kaltes Kraut wurden nun mein Königsmahl, das ich mir selbst servierte. Als ich zu meiner Kammer ging, lugte die Witwe aus der Tür nebenan. Sogleich erzählte ich ihr von der Erbschaft. Doch das verstörte sie noch mehr. Sie bat mich einzutreten. Mit einem Seufzer fiel sie auf ihr Bett. Ich setzte mich ihr gegenüber auf eine Truhe. »*Mon dieu, mon dieu*«, murmelte sie und schluchzte auf. Die gute Botschaft ängstigte sie, weil sie fürchtete, ihre erwachsenen Stiefkinder könnten mit ihrem Einfluss nicht nur die Richter bestechen, sondern auch dem kleinen Gastwirt die Lebensgrundlage rauben. Alles, was sie sagte, klang so verständig und durchdacht, dass an nichts zu zweifeln war.

»Ihr sprecht so weise, als hättet Ihr schon ein ganzes Leben hinter Euch«, sagte ich.

»Bei einem trägen Bruder und einem ungestümen Vater muss ich das wohl sein. Wir können doch alle von der Gastwirtschaft leben, kärglich, aber doch leben.«

»Aber warum wollt Ihr auf Euer Recht verzichten? Das Kind in Not aufziehen?«

»Nun ja … ja. Ich bin nur so ganz verzagt, als müsste ich mich selbst in einem Mausloch noch fürchten.«

Ihre Hände lagen wie ein Knäuel weißen Papiers auf dem schwarzen Taft ihres Rocks. Die Hoffnungslosigkeit haftete an ihrem Leib wie das trostlose Tuch, das ihn umhüllte. Weinend wandte sie sich von mir ab, so dass ich nur ihre Wange und das Kinn sehen konnte. Sanft nahm ich ihre Hand. »Madame, zergrübelt Euch nicht den Kopf«, tröstete ich, »für Euch wird es gewiss bald wieder grüne Wiesen, rote Äpfel und Sonnenschein geben, gleichgültig, wie groß Euer Haus ist. Worüber sorgt Ihr Euch also? Genießt den Augenblick, in dem draußen die Schneeflocken wirbeln und Ihr geborgen im Warmen sitzt.«

»Ihr versteht's, große Sorgen klein zu reden.«

»Sorgen sind unnütz, denn dem Unglück können wir kaum entgehen«, erwiderte ich zum eigenen Erstaunen ungewöhnlich schicksalsergeben, »und wenn einen vieles bedrückt, dann tritt man ein wenig vor, um anstelle des Schauerbildes die schönen kleinen Details der Welt und den angenehmen Moment zu sehen.« Ich hob ihre Hand höflich gegen die Lippen. »Ihr seid eine liebreizende Frau voller Anmut – dafür geschaffen, wie Flora über Rosenblätter zu wandeln. Solche kristallklaren Augen sollten mit den Sternen wetteifern und nicht voll trüben Wassers stehen …«

Mir kamen all die gedrechselten Sätze über die Lippen, die ich nie gewagt hatte, Madame Scarron zu sagen. Doch in der melancholischen Stimmung der stillen Kammer klangen die geziert poetischen Gedanken natürlich und wahr.

Der zarte Engel, den die kleinliche Welt gefühllos marterte, schluchzte bald nicht mehr, sondern lächelte und belohnte meine feinsinnige Rede mit einem Kuss auf den Mund. Unwillkürlich erwiderte ich den Kuss ebenso langanhaltend. Die Weichheit ihrer Lippen und ihre feuchte Zunge berauschten kribbelnd meinen Körper wie ein heiß aufwallender Frost. Ihre Finger berührten meinen Nacken, strichen luftig unter meinem Hemd zu den Schultern hinauf und wieder herab – jedes Mal den wollüstigen Sinnenreiz weiter steigernd. Meine Hände strichen ebenso zart über die nackte Haut ihrer Arme, fanden den Weg zu ihrer Brust, was ihr ein leises Stöhnen entlockte. Die Augen schließend überließ ich mich dem Rausch, in dem man den Augenblick in traumhaften Sphären feiert, einander nur mit Fühlen genießend – ohne Denken, Zeit und Raum. Wie ein Betrunkener mit leerem Kopf schlich ich spät zurück in meine Kammer.

Zum ersten Mal versäumte ich die Christmette.

Anstelle des wallenden Trauergewandes trug Françoise am nächsten Tag ein einfaches dunkles Kleid, das ihre Rundungen betonte und mir bestätigte, dass sie kein ätherisches Wesen war. Ihre mir gegenüber zur Schau getragene Gleichgültigkeit schnitt roh in mein angespanntes Herz. Mit einem jungen Stutzer – billig, aber à la mode gekleidet – unterhielt sie sich länger, als mir lieb war. Der junge Mann war ihr Cousin und gab mir noch des öfteren Grund zur Eifersucht. Françoise und mir blieb nur die diebische, geile Nacht, in der ich mich zu ihr stahl. Flüsternd machte sie mir Vorwürfe wegen meines angeblich auffälligen Verhaltens am Tage, dabei hatte ich nur dreimal in der Küche nach ihr gesehen.

»Nicht du, ich muss hier weiter mein Auskommen finden«, sagte sie, »und wenn man mich für ein liederliches Weib hält, verliere ich mein Erbe und die Leute reden hämisch hinter mir her.«

»Vertraue mir, Liebste«, ich küsste sie, »ich will nichts weiter, als dich glücklich sehen.«

»Das sagen alle vom Sauhirt bis zum König, aber wenn eine in Unehre fällt oder gar den Balg des Kavaliers im Leibe trägt, dann drehen sie ihr leichten Herzens den Rücken.«

»Mein Schatz, du bist von deinem Gatten in guter Hoffnung«, ich berührte die Spitzen ihrer Brüste, die sich unter ihrem hauchdünnen Hemd abhoben, »heute ist heute und morgen sind wir vielleicht schon tot.«

Sie gab mir einen ihrer Küsse, die mich meines Verstandes beraubten und wieder himmlisch alle Sinne meines Körpers weckten.

März 1660

Wenn man im warmen Nest sitzt, sucht man nicht ohne Not die Kälte des Winters, und dieser Winter wurde kalt, so kalt, dass sogar der Bodensee in Oberdeutschland zufror. Dennoch, im Wirtshaus der Bernis verkehrten Kaufleute, ja sogar zwei Herren aus Honnef mit ihren Dienern, denen wir uns hätten anschließen können. Doch ich verschob die Abreise zuerst um Tage, schließlich um Wochen und das nicht nur der Kälte wegen. Nachdem meine Träume vom Klosterdasein zerronnen waren, wollte ich noch etwas von dem übersprudelnden Leben ergattern, das ich in Köln und Paris immer nur von Ferne beobachtet hatte, bevor ich mir für den Rest meiner Erdentage das Sorgenjoch auferlegte. So gönnte ich mir bis März ein »Winterquartier« in einer Stadt, deren Einwohner keine schlechteren Menschen waren als die in Paris, die es ebenso gut verstanden, angenehm zu leben, wenn auch weniger luxuriös und zu einem weitaus geringeren Preis.

Mein servitium amoris, also mein Venusdienst bei Françoise war heftig und kurz. Schon zu Neujahr waren die himmlischen Schäferstündchen voller irdischer Wonnen rar geworden, denn einerseits war die Gefahr der Entdeckung groß, andererseits zeigte sich meine Geliebte oft launisch und abweisend, was mein Verlangen, sie zu besitzen, allerdings noch anfachte. Mein Drängen, sich mir entgegenkommender zu zeigen, blieb ohne Erfolg, im Gegenteil – unwillig wandte sie sich von dem aufdringlichen Bittsteller ganz ab. Meine Liebschaft hatte nichts mit den Affairen der Kavaliere gemein, die sich brüsten, möglichst vielen Weibern hinter die Haut gekommen zu sein, vielmehr war sie mir zu Herzen gegangen. In irrsinniger Verzweiflung machte ich ihr einen Heiratsantrag, weil ein Leben ohne sie mir sinnlos vorkam. Sie lachte. Der Beutel mit den glänzenden Louisdor, Dublonen und Silbertalern meines Bruders, den ich vor ihr ausleerte, ließ sie einen Moment schwankend werden, aber dann schüttelte sie doch den Kopf. Ich verehrte ihr einen Ring. Sie nahm ihn entgegen zur Erinnerung an eine »traurig-schöne Zeit«, wie sie sagte. Kaum hatte ich die Aussichtslosigkeit meiner Anstrengungen begriffen, wandelte sich meine Zuneigung in Hass, obwohl ich noch immer in selbstzerfleischender Liebe an Françoise hing. Bisher war der Verstand stets Meister meiner Affekte gewesen, deshalb spülte mich die Ernüchterung nach dem ersten Liebesrausch umso leichter in ein Meer hoffnungsloser Einsamkeit. Ich zog in eine andere Herberge, was überflüssig war, da meine Angebetete durch die Bemühungen des Advokaten bereits Tage zuvor in das Haus ihres Mannes zurückgekehrt war.

Um mich von meiner herzfressenden Liebespassion zu befreien, zerrte Thierry mich zu einer lustigen Gesellschaft. Die dumpfe Albernheit der Saufkumpane stieß mich zwar ab, aber Bier und Branntwein lösten mich bald von der Erde und so zechte ich mit voller Seele mit. Am nächsten Tag erwachte ich zwar mit schwerem Kopf, doch mit der tröstlichen Gewissheit, das Lachen nicht verlernt zu haben und dass die Welt voller Freuden steckte, von denen ich bisher zu wenige genossen hatte. Ein paar verbummelte Studenten und ein liederlicher, geistloser Geistlicher waren meine Konsorten, mit denen ich in Schänken Zeit und Geld verjubelte, bis der Wirt uns hinauswarf.

Mein Bett hatte wieder einmal lange auf mich warten müssen und rächte sich mit schweren Träumen. Ein schwarzer Mann mit Bocksbein – zweifellos ein Oberteufel – verfolgte mich und hämmerte dröhnend an die Kammertür. Ich konnte nur aus dem Fenster springen oder warten, bis er mir die Gurgel durchschnitt. Gewaltsam riss ich mich aus dem Albtraum und blinzelte dem hellen Tag entgegen. Es klopfte tatsächlich. Da Thierry wie tot auf dem Stroh lag, entriegelte ich selbst die Tür. Der rotgesichtige Wirt hatte sich zu mir hinaufbemüht, um mir mitzuteilen, dass Herr Delvenne mich erwarte. Auf meine Antwort, der Herr müsse sich gedulden, grunzte der Dicke empört, einen so vornehmen Herrn lasse man nicht warten. Gütiger Gott, wer war schon dieser hartherzige Stiefsohn meiner ehemaligen Geliebten! Ich gab Thierry einen kräftigen, aber wirkungslosen Tritt. Mein lädierter Rasierspiegel zeigte mir ein bleiches Gesicht mit verquollenen Augen, eine fahle Haut, durch die sich um Mund und Wangen Tausende von Bartstoppeln bohrten. »Ich kenne dich zwar nicht«, sagte ich zu meinem Spiegelbild, »aber ich rasiere dich trotzdem. Selbst dem Krautkrämer Delvenne kann man eine solche verluderte Visage nicht präsentieren!« Schließlich sah ich aus wie ein ordentlicher Mann nach einer durchzechten Nacht.

Glücklicherweise hatte ich in meinen Kleidern geschlafen, was mir die Mühe des Ankleidens ersparte. Ich flößte Thierry einen Becher von dem Wasser ein, das ich für die Rasur benutzt hatte, woraufhin er sich wie ein nasser Hund schüttelte, sich aber artig bedankte.

Danach suchte ich Herrn Delvenne in der Gaststube auf, die noch alle Spuren einer meiner Abschiedsfeiern trug, die meine Zechbrüder zu Recht immer nur als Besäufnis, nie aber als Adieu ansahen. Um zu der Bank am Fenster zu gelangen, auf die sich mein Besucher zurückgezogen hatte, musste ich über einen zerschlagenen Stuhl und zerbrochenes Geschirr steigen. Eine übelriechende Mixtur aus Qualm, Erbrochenem und Pisse erfüllte den Raum.

»Monsieur Séschèm?«, fragte Delvenne sich verneigend.

»Ja, Chevalier Sechem«, verbesserte ich ihn.

»Ah, Chevalier, das wusste ich nicht.« Er musterte mich, schien aber keinen Zweifel an meiner adligen Herkunft zu haben. »Lange musste ich nach Euch suchen, denn Ihr habt die Herbergen häufig gewechselt.«

»... weil sie mir allesamt zu teuer wurden«, ergänzte ich im Geist, laut sagte ich aber: »Ja, und hier werde ich auch nicht mehr lang verweilen.«

»Verständlich«, stimmte er zu, einen abfälligen Blick auf die Verwüstung werfend, »dies Etablissement passt nicht zu einem vornehmen Herrn. Ich schäme mich, dass es in meiner Stadt Leute gibt, die wie die Söldner wüten und das Ganze eine Lustbarkeit nennen. Ich verschaffe Euch Logis im Haus »Le Cygne« zu einem guten Preis.«

Le cygne – der Schwan – so gediegen wie teuer! Nein!

»Danke«, entgegnete ich höflich, »ich reise bald ab. Doch die Sorge um meine Herberge wird Euch kaum hierher geführt haben.«

»Nein, ich habe eine Bitte, die Ihr nicht als Unverschämtheit ansehen solltet … Ihr logiertet doch bei den Bernis?«

Ich nickte. Wir setzten uns. Es fiel ihm wohl schwer, sein Begehren in Worte zu fassen, denn er schwieg zunächst. Delvenne hatte jugendlich weiche Gesichtszüge, nur der zielgerichtete Blick und seine Nase hatten das Habichtartige eines Handelsmanns.

»Es ist eine delikate Angelegenheit, deretwegen ich Euch aufsuche.« Er schlug bedrückt die Augen nieder. »Es ist eine Sache, die man ungern erzählt, aber ich habe keine Wahl und hoffe auf Eure Verschwiegenheit als Edelmann«, und da ich stumm nickte, vertraute er mir die mir schon bekannte Geschichte über das Testament seines Vaters und die Schwangerschaft seiner Stiefmutter an. Er schrieb Françoise eine berechnende, ja skrupellose Schlauheit zu, welche – wie er meinte – Leute aus ärmlichen Verhältnissen oft an den Tag legten, wenn es um Geld ginge.

»Versteht mich richtig«, ereiferte er sich, »den letzten Willen meines Vaters will ich bis auf den letzten Beistrich erfüllen und Françoise soll mein Vaterhaus erhalten, doch nur, damit auch sein leibliches Kind dort aufgezogen wird. Nun ist die Schwangerschaft noch nicht weit fortgeschritten, kann aber in den letzten Lebenstagen meines Vaters eingetreten sein. Dennoch habe ich Anlass, an der Ehelichkeit des Kindes zu zweifeln, denn ein Cousin meiner Stiefmutter, der sie schon zu Lebzeiten meines seligen Vaters frech umschwärmte, hat sie oft bei den Bernis aufgesucht und ein Bastard soll das mühsam erworbene Gut nicht erhalten, während die rechtmäßigen Kinder davongejagt werden.«

»Euch bleibt doch noch etwas?«, fragte ich.

»Ja, das Handelsgeschäft und ein kleines Haus. Dennoch, der Verlust unseres Heims ist schmerzlich.« Er ballte die Faust. »Und noch schmerzlicher ist die Verhöhnung meines seligen Vaters. Deshalb muss ich die Peinlichkeit auf mich nehmen und Euch fragen: Habt Ihr bei den Bernis etwas bemerkt, das auf eine Liebesaffäre meiner Stiefmutter mit ihrem Cousin oder einem anderen hindeutet? Ein Gast sieht und hört doch manches, auch das, was er eigentlich gar nicht bemerken will.«

Mein noch weinseliges Hirn begriff endlich die Ungeheuerlichkeit der Anschuldigung, vor allem, als mein schlechtes Gewissen den Cousin durch meinen Namen ersetzte.

»Ich verstehe nicht ganz! Ihr meint ...«, stotterte ich.

»Nun ja, für einen Mann von Ehre ist ein solches Komplott unvorstellbar, aber ohne auf Details einzugehen, kann ich versichern, es spricht einiges gegen meine Stiefmutter, nur fehlen mir die Beweise. Ihr, hochgeehrter Chevalier, seid der einzige Gast, der Kenntnis von den Vorgängen haben kann.« Völlig verwirrt brachte ich kein Wort mehr heraus. »Ihr erinnert Euch doch an meine Stiefmutter?«, insistierte er.

»Ja, ja, sie war beim Leichenschmaus«, murmelte ich.

»Ja! Und am Tag vor dem Christfest müsst Ihr sie doch wiedergesehen haben?«

»Ja, an dem Tag sagte sie, sie sei schwangeren Leibes.«

»Richtig«, Delvenne nickte, »so früh konnte sie das doch kaum wissen?«

»Ach, kein Mann kommt hinter die Geheimnisse der Weibsleut«, sagte ich leichthin.

»Ja, und eigentlich hätte ich's auch gerne bei dem Mirakel belassen, aber die Umstände zwingen mich, ihr den Fehltritt mit dem Cousin nachzuweisen. Ihr logiertet doch neben ihrer Kammer?«

»Eure Kenntnisse sind erstaunlich.«

»Nun, Mägde sind kaum so gut entlohnt, dass sie sich nicht einige Worte gegen den Brotherrn abkaufen ließen.« Er lächelte milde. »Wollüstiges Stöhnen soll aus ihrer Kammer gedrungen sein.«

Jetzt spürte ich die Angst des Hasen bei der Treibjagd.

»Und was sagt Franço … Madame dazu?«, fragte ich.

»Auch dies schüchtert sie nicht ein. Sie sagte, sie habe geschluchzt und die Tränen unterdrückend gebetet, was einer armen Witwe, die ein Kindlein erwartet, wohl anstehe. Aber habt Ihr keine Männerstimme gehört?«

»Bedauere, ich habe einen tiefen Schlaf.«

»Und der Cousin, war er oft da?«

»Ja, aber er hat sich keine Vertraulichkeiten erlaubt. Es tut mir leid, Monsieur.« Ich zuckte bedauernd die Schultern.

Unvermittelt sprang er auf: »Ola, Herr Wirt, habe ich nicht genug bezahlt, damit Ihr die Räuberhöhle schließt?«

Ich drehte mich um.

Thierry kam auf uns zu.

»Das ist mein Diener«, besänftigte ich ihn.

Seine Augen blitzten auf und er fragte Thierry rundweg nach Françoise.

»Mein Herr weiß es wohl besser«, meinte der, mit einem schelmischen Blick auf mich.

»Ja, aber du siehst aus, als hättest du einen hellen Kopf. Ist dir nicht aufgefallen, dass die Witwe Delvenne öfter mit einem gewissen Herrn Umgang hatte, auch abends?« Diesmal warf mir Thierry einen unverschämten Blick zu und schwieg.

»Für einen Diener bist du nicht sehr mitteilsam«, rügte Delvenne.

»Mag sein, aber Reden ist Silber und Schweigen ist Gold.«

»Bei mir ist es umgekehrt«, Delvenne warf ein Goldstück auf den Tisch, »wenn du sagst, wer bei ihr war, erhältst du noch drei *Pistolen*.«

»Warum sollte ich etwas wissen?«, fragte Thierry.

»Das schließe ich aus dem Blick, den du eben deinem Herrn zugeworfen hast.«

Thierry überlegte. Das Geld bedeutete für ihn Reichtum. Er wiegte bedächtig den Kopf.

»Ja«, sagte er, »ich meine, Laute der Wollust gehört zu haben, während mein Herr anderer Ansicht ist, deshalb die Blicke. Ich habe aber keinen Mann bei ihrer Kammer gesehen.«

»Verdammt!« Delvenne schlug auf den Tisch.

Thierrys Behauptung erhärtete zwar den Verdacht, ohne Delvenne indes den geringsten Beweis an die Hand zu geben. Seinen Ärger mit steifer Höflichkeit bemäntelnd, verabschiedete sich der Kaufmann.

Wir schwiegen, während draußen rumpelnd ein Karren vorbeigeschoben wurde und wir schwiegen noch, als der Wirt uns das verspätete Frühstück brachte. Als wir wieder allein waren, fragte ich: »Thierry, warum hast du das Geld nicht genommen?«

»Aber Herr, da wäre ich aber ein treuloser Diener! Und die Witwe ist arm, hat Courage und soll ihren Teil am Vermögen dieses Geldwolfs haben.« Er grinste. »Mit Verlaub, es hat mich gefreut, dass Ihr Euch einmal so vergnügt habt, wie's alle Welt tut.«

Diese Frechheit sagte er so aus tiefstem Herzen erleichtert, dass sie mich eher rührte als erboste.

»Ich gebe dir drei Louisdor zum Trost«, bot ich ihm an.

»Warum? Etwa Schweigegeld?«

»Nein, du bist ein treuer Diener, deswegen.«

»Gut, dass eine stille Tugend einmal belohnt wird!«

»Nun ja, es wundert mich überhaupt, warum du dir keinen besseren Dienst in Paris gesucht hast, wo ein Stallknecht gut bezahlt wird«, sagte ich und beendete meine Mahlzeit.

»Wollt Ihr mich loswerden?«, fragte er kauend.

»Ganz und gar nicht, nur kann ich dir weiterhin nur einen Hungerlohn geben.«

»Ach, Stallknecht will ich nicht bleiben und die französischen Bauern müssen viel Steuern zahlen.« Er legte den Löffel beiseite. »Außerdem will ich zu meiner Gret. Sie lebt bei ihrem Vater in Godesberg. Mir fehlt nur noch ein wenig Geld für die Heirat. Etwas muss ich Euch noch beichten. Ich hab in Paris ein Zubrot als Pferdeknecht verdient.«

»Und ich dachte, du vergnügst dich mit Weibern.«

»Nein, ich bin treu, das hab ich der Gret versprochen.«

Ich habe auch ein solches Versprechen gegeben, dachte ich. Später betrachtete ich in meiner Kammer Marisas Abschiedsgeschenk. Die Haare hatten sich aus dem Verschluss des Armbands gelöst, so dass ich es immer nur in der Tasche getragen hatte. Die Herzdame der Spielkarten kam mir in den Sinn, denn immer, wenn sie aufgedeckt wurde, dachte ich wehmütig an eine Françoise – an Madame Scarron oder Madame Delvenne –, und nur selten an die zarte Marisa. Ja, ich war an dem tiefsten Punkt meines Lebens und dem höchsten meiner Verworfenheit angekommen: Saufgelage, Glücksspiel, Hurerei. Nun war ich wohl auch noch Vater eines Bastards, womit ich Vorschub für einen Betrug leistete. Vielleicht sollte ich Delvenne die Wahrheit sagen? Doch damit hätte ich Françoise mit ihrem Kind zu landläufigen Bettlern gemacht, weil kein gutes Haus sie als Magd genommen hätte. Das Kind würde niemals ein Handwerk lernen können, denn derlei Profession setzt bekanntlich eine eheliche Geburt voraus. Je mehr ich ein guter Mensch sein wollte, desto mehr brachte ich Unglück über ein unschuldiges Kind.

Da die Herkunft des Kindes ungewiss war, beschloss ich, an der fragilen Konstruktion des Lügengebäudes nicht zu rühren. Aber wie konnte ich mich nur zu den Schweinen gesellen? Nein, weder der Teufel noch böse Umstände hatten mich getrieben. Es war allein mein Wille gewesen, einmal so zu leben, wie es der üblichen Lebensart eines jungen Mannes entsprach, ganz anders als die Richtung, welche mich all die Lehren wiesen, die ich bisher mit Freuden aufgesogen hatte. Und es hatte Vergnügen bereitet. Ich hatte Grenzen überschritten, meinen Weg selbst bestimmt. Es war eine Befreiung aus engen Bahnen, was mich eher mit Genugtuung als mit Abscheu erfüllte. Ich bereute nicht einmal, mit der Liebesaffäre Marisa betrogen zu haben. Ehe und Liebe sind zwei verschiedene Dinge. Der einzige Treuebruch, den ich mir vorwarf, war, Françoise die Heirat angeboten zu haben.

Vor meinem Bett kniete ich nieder, um zu beten, als Thierry hinter mir die Tür aufriss.

»Die Gäule sind gut im Stand«, rief er, »oh, verzeiht!«

»Schon gut«, antwortete ich mich erhebend, »bleib!«

Ich holte Philipps Säcklein und schüttete es aus. Unter wenigen Silber- und Goldstücken kam ein Sammelsurium wertloser Münzen aus aller Herren Länder zum Vorschein. Erschrocken starrten wir beide darauf.

»*Morbleu*, das Rabenaas von einem Weib«, murmelte ich.

Thierry machte eine wegwerfende Handbewegung. »Ach, diebische Elstern sind überall und überdies, die Delvenne hab ich zuletzt im Januar gesehen, danach habt Ihr den Beutel doch gewiss überprüft?«

Ich hatte selten hineingeschaut und da lagen die großen Silberstücke stets oben, die kleineren Goldmünzen unten. Die Rücksichtnahme des Langfingers, mir fünf Goldmünzen zu belassen, bedeutete, dass er ein mir gewogener Dieb war, jeder andere hätte alles genommen. Immerhin: 20 Louisdor hatte Thierry in unsere Kleider eingesteppt. Damit blieben mir noch 25 Louisdor und 15 Silbermünzen – ein matter Abglanz von dem, was mir Philipp anvertraut hatte. Dennoch schenkte ich Thierry drei Goldstücke, die er nach einiger Abwehr akzeptierte und jubelte, jetzt Geld genug für eine Heirat zusammengeraspelt zu haben.

Den rhythmischen Klang der Pferdehufe im Ohr und die Stadt mit ihren dunklen Gassen im Rücken – so begrüßten wir den neuen Tag. Die Luft war kristallklar und als die Sonnenstrahlen durch das Grau des Morgendunsts brachen, befreite sich mein Herz von allen alten Bürden, was mir eine beflügelnde Kraft für das Kommende verlieh, ein Moment wilder Zuversicht. Nur einen Blick rückwärts gönnte ich mir noch – ohne Wehmut, ohne Reue.

Merhoffen erreichten wir jedoch erst spät im April, denn Thierry überfiel eine Krankheit und kaum war er wieder auf den Beinen, lag ich mit dem gleichen Übel im Bett.

April 1660

Aller nagender Kleinmut vor dem, was mich zu Hause erwarten mochte, fiel von mir ab, als wir auf bekannte Wege trafen und es nur noch eine winzige Zeitspanne dauerte bis wir endlich das sahen, was so altvertraut war, dass wir es uns in allen Details vorstellen konnten, sobald wir nur die Augen schlossen. Fast am Ziel stieß Thierry plötzlich einen Pfiff aus, scheuchte Rabenvögel auf und brüllte: »Hola, wir sind da, ihr faulen Leut, stellt den Willkommenstrunk bereit!«

Gemeinsam jagten wir zum Torturm und galoppierten in den Wirtschaftshof, auf dem das Federvieh auseinander stob. Kaum legte sich die Staubwolke, kam Hennes gelaufen.

»Sapperment, seid ihr närrisch!«, keifte er und als Thierry ihn stürmisch umarmte, knurrte er: »Zum Henker, dat dolle Fleutgen ist wieder da!«

»Na, du alter Essigkrug, du kennst auch nur den Willkommsgruß mit groben Worten.«

»Der ungehobelte Franzos verdient's nit besser. Aber komm, es gibt Arbeit, alter Bärnhäuter.«

»*Morbleu,* Arbeit? Nein! Jetzt gibt's fett Maulfutter.«

»Ja, Maulfutter für die Pferde und Arbeit für dich!«

Ich war inzwischen aus dem Sattel geglitten. Hennes verbeugte sich. »Willkommen, Herr, bleibt Ihr jetzt hier?«, fragte er geradeheraus.

»Ja, Hennes!«

»Und der edle Herr Bruder kommt nit?«

»Nein! Er hat ein sehr gutes Auskommen in Paris.«

»Juchheissa!«, rief Hennes seine Kummerfalten in ein Freudenlachen legend, »obwohl, versteht's recht Herr, ich freu' mich, dass es dem Herrn Philipp so gut ergeht.«

»Ja, schon gut. Und welche Neuigkeiten gibt's hier?«

»Gestern kam ein Fohlen. Wollt Ihr's sehen?«

»Nun, ich wollte das Neueste von den Menschen wissen.«

»Die sind wohlauf, da hat keiner gefohlt. Sie beten jetzt all für'n seligen alten Herrn!«

Im Herrenhaus schallte die Stimme meines Vaters in die Diele. Im Speisezimmer betete er für meinen Großvater, der vor 14 Jahren gestorben war. Früher waren wir am Jahrestag seines Ablebens in die Dorfkirche gefahren, um an seinem Grab die Andacht zu halten, aber wegen der Schwäche meines Vaters musste jetzt der Hausaltar ausreichen. Um nicht zu stören, kniete ich vor der Türschwelle nieder. Dennoch drehten sich Sophia und Jost nach mir um. Ich legte den Finger an die Lippen. Sophia schmunzelte hinter vorgehaltener Hand. Heftiger Aprilregen prasselte gegen die Fenster und ich genoss die Geborgenheit des Hauses, bis Unruhe um mich herum entstand. Ich hatte wohl das Amen überhört. Langsam stand ich auf und alle starrten mich wie einen Geist an. Sophia brach den Zauber und begrüßte mich in ihrer ungestümen Art. Und dann stand ich inmitten des üblichen Wiedersehensjubels mit all seinen Tränen, den vielen Fragen und den Stoßgebeten der Dankbarkeit. Obwohl ich nur ein knappes halbes Jahr unterwegs gewesen war, benötigte ich für meinen Reisebericht weitaus mehr Zeit, als selbst die Beschreibung meines gesamten vorangegangenen Lebens erfordert hätte. Das verspätete Mittagsmahl dehnte sich über Stunden. Trotz aller Ausführlichkeit hielt ich mich an den Grundsatz: Auch wer viel redet, muss nicht alles sagen. So verschwieg ich Philipps Geldgeschenk; doch schon dessen Wohlstand erregte Staunen und als ich die Geschenke auspackte, kannte die Bewunderung keine Grenzen. Meine kleine Modepuppe löste helle Begeisterung aus, aber dies war nur ein Vorgeschmack für das Entzücken über die Spitzen und den Kleiderstoff von Philipp, obwohl das Tuch an den Rändern auf der Reise gelitten hatte. Meine Mutter drehte ehrfürchtig den Rubinring zwischen den Fingern und murmelte voller Rührung: »Von Philipp, meinem lieben Sohn.«

Regungslos beobachtete mein Vater den Jubel, befühlte auf Sophias Wunsch hin gleichgültig den Atlasstoff und legte Philipps

Gabe an ihn, den Tabak, achtlos zur Seite. Sein vor Freude gerötetes Gesicht war grau geworden. Jost trat an ihn heran. Die Beobachtungsgabe dieses treuen Dieners hatte sich über die Jahre so entwickelt, dass er die Wünsche seines Herrn wohl schon von dem Zucken eines Fingers oder eines Muskels in dessen Gesicht ablas. Jost half meinem Vater aufzustehen. Mühsam schleppte sich der Kranke auf Krücken bis zur Treppe; von dort aus trug ihn sein Diener auf dem Rücken nach oben – eine schwere Bürde, die jedoch gemessen an der früheren Gestalt meines Vaters viel zu leicht war. Trotz allem waren es unfassliche Fortschritte. Verbissen hatte er gegen die Schwäche angekämpft, weil er es leid war, stets sitzend zu den anderen wie ein Zwerg aufzuschauen. Am Nachmittag empfing er mich in seinem Schreibkabinett zu einem Glas Wein. Auf Anraten der Ärzte hatte er wegen des Podagras lange Zeit Wein gemieden. Doch jetzt gönnte er sich hin und wieder ein Glas. Er stellte mir sogleich die Frage, die wohl allen auf den Lippen gelegen, aber keiner ausgesprochen hatte, ob ich nämlich Merhoffen übernähme.

»Ja, und das tue ich mit ganzem Herzen!«, antwortete ich.

»Gott sei Lob und Dank«, er atmete hörbar auf, »vor allem hast du hier bestens gewirtschaftet.«

»Ja, man muss nur die Pächter visitieren, denn die Schelme unterschlagen einiges, was sich am End zu einer fetten Summe addiert.«

»Gut!« Er nickte mir anerkennend zu. »Aber auch beim besten Wirtschaften wird's bei der bedrängten Lag bleiben, obschon wir uns alle hier bescheiden. Ich will auch keinen Quacksalber mehr. Mein Lebenslicht ist weit heruntergebrannt und ich bin bereit, die Erd zu quittieren, wenn's dem Herrgott gefällt. Also nur noch einen Priester!«

»Herr Vater, was Not tut, soll jeder erhalten. Überdies ist hier ein Notgroschen«, und ich schüttete Philipps Schatz auf den Tisch, auch die Münzen, die in unseren Kleidern eingenäht waren.

»Woher ist das?« Er hielt eine Goldmünze hoch.

»Das schickt Philipp, um seine Kindespflicht...«, doch noch bevor ich den Satz beenden konnte, fegte er das Geld samt seinem Weinglas mit dem Ausruf »Ludergeld!« vom Tisch und starrte dann vor sich hin.

»Herr Vater«, sagte ich sanft, »es ist redlich erworben.«

Er lachte verächtlich. Ich erzählte ihm die Geschichte des von Philipp arrangierten Rosenfestes, wobei er mir mehr ergeben als interessiert zuhörte.

»Weiß Gott, ein Märlein, das nur ein Narr für wahr nehmen mag«, kommentierte er meinen Bericht bitter, »die Wahrheit ist nur zu hässlich, als dass man sie in den Mund nehmen mag.«

»Man darf nicht alles glauben, was die Leut schwatzen!«

»Ha, mein Sohn, wie einfältig bist du eigentlich? Denkst du, man kann in Paris im Luxus leben und mit Goldstücken um sich werfen, nur weil man ein Fest ausrichtet? Von einem Amt mit kontinuierten Einkünften hast du nichts erzählt und von biederen Botendiensten kann man kaum in einem Haus in der Nähe des Schlosses logieren.«

»Dennoch, ehrliche Dienste...«

»Nein«, fiel er mir ins Wort, »Philipp wurde erst von einem weibischen Herzog ausgehalten und jetzt ist er bis zum Bruder des Königs aufgestiegen, dem er wohl mehr mit dem Leib als mit seinem Leben zu Diensten ist. Das Geld muss fort. Geh und vergrab's!«

Er stützte den Kopf in die Hände. Tröstend berührte ich seine Hand.

»Es muss nicht so sein«, flüsterte ich.

»Ja, ich wünschte, ich könnt wie früher noch an das Gute glauben. Hoffnungslos, kummervoll, misstrauisch und ängstlich ist das Alter, das doch weise sein soll.«

Fieberhaft überlegte ich, wie ich ihm Mut zusprechen könnte; da fiel mir nur eines ein.

»Herr Vater, morgen will ich Mademoiselle Marisa meine Aufwartung machen und sie fragen, ob sie geneigt ist, meine Braut zu werden. Wenn Ihr mir Euren Segen gebt, bitte ich Herrn von Kolff gleich um ihre Hand.«

Gespannt sah er mich an. Wie in alten Tagen strich er sich über den Bart und einen Moment dachte ich wirklich, den Vater meiner Kinderzeit vor mir zu haben.

»Die Mademoiselle ist gewiss eine Jungfer von *Qualité* und voll Liebreiz, doch wenn Kisten und Kasten leer sind, wird sie mit dir wenig zufrieden sein«, sagte er bedächtig.

»Mit wenig muss sich jede begnügen, die mich heiratet.«

»Es sei denn, sie bringt eine gute Mitgift«, ergänzte er.

»Eine Reiche nimmt keinen armen Landjunker.«

»Warum nicht? Ein Edelmann, groß und wohlgestaltet! Was dir noch fehlt, ist die Raubeinigkeit, die den Weibsleut die gehörige Ehrerbietung abnötigt.«

»Ihr preist mich an wie eine Schindmähre auf dem Markt.«

»Nein, gönne mir den eitlen Vaterstolz auf einen stattlichen Sohn, dem das Glück auch anderswo blüht.«

»Es mag blühen und reifen, wo auch immer, ich begnüge mich mit Jungfer Marisa.« Ich stand auf, um das unangenehme Gespräch zu beenden.

»Es ist schnell genommen, aber nicht so leicht wieder davongekommen. Eine andere Wahl in Augenschein zu nehmen, schadet doch nicht«, insistierte er.

»Es gibt keine andere Wahl als Marisa!«

»Doch, es wird dich überraschen: Felicitas von Beywegh.«

»*Mon dieu*, eine Kaufmannstochter, das ist fürwahr überraschend. Ein Scherz!« Ich fiel auf meinen Stuhl.

»Nun, Herr von Beywegh war einmal hier und ist von dieser Verbindung recht angetan. Sie bringt große Vorteile, denn er will seine Tochter mit einer prallen *Heimsteuer* ausstatten.«

Mir hatte es vor Schreck die Sprache verschlagen, was er irrigerweise für gespanntes Interesse hielt; begeistert fuhr er fort: »Die Schulden wären wir los und das Leben wär wieder fröhlich und die Jungfer ist eine Schönheit! Hier!«

Er zog ein unter einem Zeitungsblatt verstecktes Miniaturbild hervor, auf dem eine junge Frau abgebildet war, rosenwangig mit hochmütigen Blick, nur die schmale Nase und die hellbraunen Locken erinnerten an das Mädchen von einst. Mein Herz gefror.

»Eine stolze Schönheit«, sagte ich diplomatisch, »Herr Vater, ich weiß, als Erbe von Merhoffen darf ich nicht so wählen, wie's mir ums Herz ist, sondern muss an die Geschwister und unser künftiges Wohl denken. Eine reiche Mitgift oder *Heimsteuer*, wie Ihr's nennt, ist gewiss ein gewichtiges Argumentum, doch muss man auch auf die Ehr sehen. Die Jungfer ist keineswegs von unserem Stand. Meine Kinder und Enkel werden keine Stimme im Landtag mehr haben, weil sie von ihrer Mutter Seite nicht die vier Generationen adeliger Ahnen nachweisen können, die Voraussetzung dafür ist. Unsere Freunde werden sich zurückziehen. Mit dieser Heirat werden die Freiherrn Sechem aufhören, Edelleut zu sein.«

»Ach, Geld vermag heutzutag viel, wenn nicht gar alles.«

»Nein, den Sündenfall verzeiht keiner, denn wer seinen Adel verkauft, hat nicht mehr den Stand, und der Neid der anderen macht's unmöglich, irgendetwas wettzumachen.«

»Mag sein«, er seufzte, »nur, wenn wir's so laufen lassen, dann werden wir den bitteren Weg der Holtorffs und aller Edelleut gehen, die weder ein Rittergut noch eine Stimme im Landtag haben, und ob's standesgemäß ist, vom Betteln an Bauerntüren zu leben, will ich doch bezweifeln.«

»Soweit ist's bei Gott nicht!«

»Doch, mein Sohn, das weißt du – jedenfalls hast du selbst schon Gläubiger mit einer reichen Heirat vertröstet.«

»Ja, eine Hochzeit! Aber keine solche!«

Ich warf das Bild auf den Tisch.

»Mit ihr will ich nicht leben und sie nicht mit mir. Felicitas verabscheut mich von ganzem Herzen.«

»Ihr werdet euch beide dreinfügen müssen!«

»Da ist die Rechnung ohne den Wirt gemacht«, brauste ich auf, »Marisa erhält auch eine Mitgift und wird sich eher bescheiden als die verzärtelte Felicitas. Hat Herr von Beywegh denn Brief und Siegel über sein Vermögen gegeben?«

»Nein! Doch er hat eine glückliche Hand in Geschäften. Herr von Kolff dagegen ist hoch verschuldet. Und wenn du wissen willst, wie's um uns steht, dann frag' Gillis.«

»Ja, Gillis, unser Sauhirt entscheidet über meine Braut!«

»Nein! Gillis ist unser Verwalter, weil ich keinen anderen bezahlen kann! Christoph, überleg's dir! Aber bedenk, Not leidet …«

»… keinen Aufschub,« ergänzte ich im Hinausgehen.

Wenig später trabte ich zum Fischweiher. Dort stürzte ich mich in die eisigen Fluten, was mehr Strafe als Vergnügen war. Zähneklappernd stieg ich aus dem Wasser. Am Ufer traf ich auf Melchior, der nach den Reusen sah. Besorgt musterte er mich und fragte nach meinem Befinden.

»Sehr wohl, all der Schmutz von meiner Reise ist abgewaschen und das gaukelt einem vor, die Seele sei ebenso rein.«

»Ist sie's nicht?«, fragte er treuherzig.

»Das ist eine Frag für den Beichtvater! Trotzdem: Nein, sie ist's nicht. Auf Reisen sieht man viel Neues, so dass man ganz irr wird, was richtig und falsch ist. Zu Hause ist wieder alles im Hui übern Haufen geworfen. Gott, ich red Unsinn.«

»Nein, ich weiß, was Euch auf der Seel liegt.«

»Und das wäre?«

»Wollt Ihr's wahrhaftig wissen?« Ich nickte stumm. »Ihr habt das gnädige Fräulein von Kolff von Herzen gern und der Herr Vater wünscht die Hochzeit mit einer Jungfer aus Köln.«

»Woher willst du das wissen?«, fragte ich verblüfft.

»Ach, das mit Mademoiselle Marie Elisabeth weiß jeder und es war einmal ein Kaufmann aus Köln da. Der hat ein Bildlein mit dem Konterfei einer Jungfer hiergelassen. Jetzt schwatzen alle von Eurer Hochzeit mit dieser Jungfer.«

»Unfug! Und was sagt man sonst noch?«

»Hei, da gibt's andere Leut, die den lieben langen Tag das Maul wetzen. Doch wartet, in Friesdorf haben sie wieder den Schindgeist gesehen. Ich dachte schon, Euch ist was zugestoßen.«

»Narren! Und du streust das noch aus.«

»Ah nein, ich sag Euch doch nur, was die Leut erzählen.«

»Zum Henker!« Ich schwang mich in den Sattel. »Du solltest den Schandmäulern ihren Wahnwitz vor Augen halten, mich aber nicht noch mehr ins Geschwätz bringen.«

Ich ließ ihn stehen.

Es störte mich noch immer, wie meine Begegnung mit der Seele meines Bruders im allgemeinen Gerede breitgetreten wurde. Doch hatte ich jetzt andere Sorgen und widmete meine Gedanken nun weniger den verträumten Gefühlen für Marisa, sondern eher den handfesten Voraussetzungen für eine Verbindung mit ihr. Unsere Mittel waren dürftiger als ich in Erinnerung hatte. Die letzten Ernten waren allesamt miserabel gewesen und trotz des guten Preises, den ich im letzten Jahr erzielt hatte, musste ich einige Gläubiger mit der Aussicht auf eine vorteilhafte Heirat ruhig halten, weil wir zwei Darlehen nicht zurückzahlen konnten. Doch irgendwann verliert auch ein solches Trostpflaster seine Kraft und selbst der geduldigste Jude mahnt eines Tages die Begleichung der Schulden an. Wenn die Ernte in diesem Jahr um ein Drittel höher ausfiele und die Preise gleich blieben, konnte das schon unser Auskommen sichern. Meine Erwartungen vertraute ich Gillis an, der mir aber »pflichtschuldigst« zu bedenken gab, dass keine einzige Ernte in der vergangenen Dekade diesen Ertrag erbracht hatte und der gute Preis vom letzten Jahr jetzt wieder im Belieben der Kaufleute stünde.

»Gillis, dann bleibt nur das, was der Herr Vater nie wollte, nämlich Grund und Boden zu verkaufen.«

»Ja, aber wenn ein Edelmann anfängt, Höf' zu verkaufen, dann kreisen schon die Geier um sein Haupt und er muss alles dann noch wohlfeiler abgeben, sagt der gnädige Herr.«

Mir lag schon auf der Zunge, zu fragen, was der gnädige Herr sonst noch so sagte, als ich draußen den schlurfenden Schritt meines Vaters hörte, der von Jost begleitet eintrat. Kraftlos ließ er sich in seinen Stuhl fallen. Gillis und Jost zogen sich zurück, während mein Vater auf die Rechen- und Haushaltsbücher blickte, die den Tisch bedeckten.

»Es ist eine verflucht elende Lage, mit der ich mich quäle, seitdem die Soldaten unsere Höfe verwüstet haben«, seufzte er, »ein böses Leben, jeden Sommer zu sehen, wie schlechtes Wetter die Ernte zerschlägt und im Herbst der Gewinn noch schmaler ist als zuvor. Christoph, nichts wünschte ich dir mehr als das Glück mit der Mademoiselle, die du so begehrst. Aber ich kenne das bleischwere Kummerjoch der Geldsorgen. Nachts wälzt man sich schlaflos im Bett bis zum Singen der Vögel im Morgengrauen und auch am Tag raubt's einem die Lebensfreud. Ich will kein Mitleiden, sondern dir nur vor Augen führen, was dich erwartet – eine Höll, aus der's kein Entkommen gibt.«

»Lieber Herr Vater, Ihr seid krank, zermürbt und habt alle Zuversicht verloren.«

»Ja, weiß Gott, an Zuversicht mangelt's«, er legte eine Hand auf das Haushaltsbuch, »das liegt aber nicht an meinem Befinden, sondern an den grausamen Fakta – an einem Rechenexempel. Eine schmale Mitgift führt dich in den Ruin und für deine Schwestern gibt's keinen Bräutigam.«

Am Morgen des nächsten Tages ritt ich zu Marisa. In der »Wildnis« überraschte mich ein Aprilregen und ich fand in der verlassenen Behausung eines Einsiedlers Unterschlupf. Es war ein idyllischer Winkel. Hinter mir lag ein Wäldchen und davor eine Blumenwiese, an deren Rand ein Bach floss. So armselig die Unterkunft auch war, sie hatte ein dichtes Dach und gefiel mir. Hier war man kein Sklave grotesker Erwartungen einer Kunstwelt, die einen zu Handlungen zwang, die Herz und Verstand völlig widerstrebten. Vanitas, das eitle Streben nach Ansehen, Geltung – Nichtigkeiten, über welche die Zeit bald den Mantel des Vergessens breitete! Schmerzhaft spürte ich die Sehnsucht nach dem stillen Mönchsleben, das mir der Himmel versagte. Aber Marisa konnte er mir nicht auch noch verweigern. Sie würde Wasser in Wein verwandeln und mir die Kraft geben, die Meute der Gläubiger niederzukämpfen. Mit Gillis hatte ich das »Rechenexempel« noch einmal überschlagen, dessen Fazit uns zuversichtlich stimmte, wenn die Mitgift nicht zu karg ausfiel.

Bei den Ställen von Burg Kolff traf ich auf Marisas jüngeren Bruder Florentin, der ein Mann geworden war und mich sofort in die Arme schloss. Er führte mich in den Garten, wo Marisa mit einem Hündchen spielte. Ich lief auf sie zu. Zögernd kam sie mir einige Schritte entgegen. Ungestüm umarmte ich sie und schwenkte sie wie bei einem Bauernreigen herum.

»Saltin, endlich da?«, flüsterte sie mir ins Ohr.

»Ja, und ein Adieu wird's nimmer mehr geben, nie mehr!«

»Kein Zaudern und Zagen, kein morgen, sondern heute?«

»Ein jetzt und gleich«, ich küsste sie auf die Wange.

»Ich dachte schon, wie Sonn und Mond kommen wir nie zusammen.«

»Nein, wir sind Himmel und Erde, Berg und Tal, Feuer und Holz, Baum und Rinde, Blumenherz und Blütenblätter, die nur zusammen einen Sinn ergeben.« Ich pflückte eine Blume und gab sie ihr. »Das Orakel wird's bestätigen, liebste Marisa, wenn Sie mir nicht glaubt.«

»Wie sollte ich an dem zweifeln, was ich mir schon so lang wünsche? Ach, Saltin, ich behalte die Blume als Andenken an den Moment, in dem Sonn und Mond sich trafen.«

Ich zog sie weiter zu einer Bank. Der Kuss auf den Mund, ohne Hast, sank mir auf des Herzens Grund und weckte die Gier nach mehr. Die Sonne hüllte uns in safrangelbe Wärme und wenn Verliebte Töne wahrnähmen, dann wäre für uns das Rauschen der Bäume ein Juchzen gewesen und das faule Brummen der Hummel ein Jubilieren. Aber Verliebte hören nichts, denn jeder Laut stört den Zauber der Hingabe und selbst Seufzer müssen so leise sein, dass sie den harmonischen Fluss des Fühlens nicht hemmen. Sie entzog sich mir und wisperte: »Es ist zu schnell …. so viel Glück, so unerwartet!«

»Schnell? Eigentlich wollt ich gleich um die Hand meiner Allerliebsten anhalten, wenn Sie will.«

»Oh ja, ich will – und schnell ist schön!«

Herr und Frau von Kolff waren verblüfft, als ich ihnen unter Aufbietung aller erdenklichen Höflichkeiten meine Bitte vortrug, in die Hochzeit mit Marisa einzuwilligen.

»Von einer Werbung um unsere Tochter habe ich nichts bemerkt«, bemerkte sie spitz.

»Ich war bis jetzt auf Reisen«, entschuldigte ich mich.

»Liebe Frau Mutter, wir sind uns schon lang einig und deshalb brauch ich keine Geschenke und endlose Diskurse«, unterstützte mich Marisa.

»Dennoch scheint's mir übereilt«, mäkelte auch Herr von Kolff, »und der Weg vom Verliebten zum Bräutigam ist oft länger, als mancher denkt. Ich möcht mit unserem jungen Freund die Sach erst einmal allein bereden, bevor ich den Segen gebe, wenn's beliebet.«

Er stand auf und seine Frau warf ihm einen beschwörenden Blick zu, der wenig Gutes verhieß. Wir zogen uns in sein Kabinett zurück. Aus einer Kristallkaraffe goss er Wein in zwei Gläser, von denen er mir eines gab. Nachdenklich blickte ich ins Kaminfeuer, bis er das Wort an mich richtete.

»Der Wunsch meiner Tochter liegt mir sehr am Herzen, doch alles muss wohlüberlegt sein, auch wenn zwei Verliebte drängen.« Bedächtig trank er einen Schluck. »Nun, *ad rem tandem*. Ich kann mir keinen besseren Bräutigam für meine Tochter vorstellen als ihn, das sagte ich schon vor einiger Zeit. Allerdings hat sich manches geändert, Gott sei's geklagt! Kurz, ich weiß zuverlässig, dass die Schulden auf Merhoffen bald höher sind als die Activa und ich will mein Kind nicht in Armut und Not schicken, was auch meinem Sohn nicht angenehm wäre. Der Herr versteht?«

Ich verstand. Es war dem Ansehen wenig förderlich, eine bedürftige Schwester zu haben, deren armseligem Gatten man permanent aus Geldverlegenheiten helfen musste.

»Mit Verlaub, Herr von Kolff«, erwiderte ich, »fürs gute Auskommen werde ich sorgen.«

»Am guten Willen zweifle ich nicht.« Er wiegte bedächtig seinen grauen Kopf. »Doch oft reicht der Wille nicht aus, um schwarze Wolken am Regnen zu hindern.«

»So regenschwer sind die Wolken nicht.«

»Doch! Ich habe erfahren, dass der Verwalter Gillis des Herrn Vater beim Juden Isaschar mehrmals gesehen wurde und jeder weiß, der nimmt nur die verzweifeltesten Leut.«

»Nein, das ist nicht wahr!«

»Wenn der Herr nicht einmal das weiß, dann ist die Zusicherung, für ein gutes Auskommen zu sorgen, wenig wert«, versetzte er ruhig. »Da vertraue ich eher den Worten des Herrn Vater, der mir vor kurzem seine jammervolle pekuniäre Lag offenbart hat.«

Ich biss mir auf die Lippen, um nicht herauszuplatzen, dass mein Vater die Hochzeit mit Marisa verhindern wollte, ohne den Freund vor den Kopf zu stoßen.

»Durch die Schwäche meines Vaters ist manches in Unordnung geraten, aber ich versichere bei meiner Ehr und Seligkeit«, ich legte die Hand aufs Herz, »Marisa wird's an nichts fehlen. Ihr selbst, edler Herr von Kolff, habt mein Geschick als Pachtherr doch gelobt, daher bitte ich von Herzen, mir Mademoiselle Marisa an die Seite zu geben.«

»Er macht's mir fürwahr nicht leicht«, seufzte er, »gut, wenn der Herr sich mit der Hochzeit noch ein Jahr geduldet, geb ich meinen Segen.«

Darauf konnte ich nicht eingehen, da ich mit der Mitgift Darlehen zurückzahlen musste. So erklärte ich steif: »Nach langer Zeit des Wartens ist es Marisas und mein Wunsch, bald zu heiraten.«

»Ein Jahr ist schnell um. Aber – fragen wir Marisa!«

Noch bevor ich antworten konnte, griff er zur Klingel und beauftragte einen Diener mit einem Luchsgesicht, Marisa zu uns zu bitten. Glückstrahlend trat sie ein. Der Diener schob einen dritten Stuhl zum Kamin, auf den sie sich setzte, um den Vorschlag ihres Vaters anzuhören.

»Wenn alles fest und abgemacht ist, dann warte ich auch noch, Herr Vater«, sagte sie errötend.

»Aber liebste Mademoiselle«, kam ich ihrem Vater zuvor, »warum nicht diesen Sommer? Wir haben doch unseren Willen lange genug geprüft.«

»Oh, mein Wille ist felsenfest!«

»Und warum dann die lange Frist?«, fragte ich.

»Ach, es kommt alles so überraschend.« Sie fuhr sich, ihre Löckchen zerwühlend, mit der Hand über den Kopf. »Die Hochzeit in zwei Monaten ist überstürzt, aber bis nächstes Jahr doch sehr lang, vielleicht im September, liebster Herr Vater?«

»Das wird kaum möglich sein, weil ich da im Auftrag des Kurfürsten nach Wien reise. Außerdem will Florentin Offizier in der kaiserlichen Armee werden. Das muss ich dort in die Wege leiten.«

»Und eine Hochzeit vorher?«, bat Marisa kleinlaut.

»Eine angemessene Zeit der *Probae* ist nicht nur schicklich, sondern auch eine Notwendigkeit für die Ehe.« Herr von Kolff warf ihr einen strengen Blick zu. »Im Übrigen, Herr von Merhoffen, sollte Er jetzt endlich frank und frei die wahre Ursach bekennen, warum Ihm's so eilt.«

»Ich wünsch mir keine andere als Mademoiselle Marisa zur Ehefrau!«

»Wenn's denn so ist, dann kann der Herr auf eine Heimsteuer in Gulden verzichten«, höhnte er.

»Der Herr weiß sehr wohl, dass dies heutzutag kein Edelmann kann.«

»Doch, es gibt genug, denen mehr an der Braut als am Geld liegt. Warum enthüllt Er nicht endlich die Wahrheit?« Er funkelte mich zornig an. »Die Briefe an meine Tochter waren immer spärlich. An kleine Geschenke der Verehrung erinnere ich mich nicht. Nach langer Zeit des Schweigens stürmt der Herr hier herein und will meine Tochter vom Fleck weg heiraten. Warum? Die Ursach kann ich dir sagen, liebe Tochter: Dem Bräutigam liegt mehr am Geld als an der Braut.«

»Großer Gott, das ist nicht wahr!«, rief ich.

»Herr Vater«, wandte sich Marisa empört mit rotem Kopf an ihn, »ich brauche keine Juwelen und geh auch in *Barchentkleidern*, wenn's Not tut. Eine üppige Mitgift erwarte ich nicht und Saltin denkt gewiss ebenso.«

Sie sah mich gespannt an, während sich Herr von Kolff zufrieden zurücklehnte. Da ich – in die Enge getrieben – erst einmal schwieg, ergriff er wieder das Wort: »*D'accord*, wenn meine Tochter ihre Ansprüche senkt, so mögen 500 Gulden als Heimsteuer reichen. Der Rest wird bei meinem Ableben ausbezahlt. Es wäre mehr, wenn der Herr meinen Willen respektierte und mit der Hochzeit wartete.«

500 Gulden waren lächerlich. Sie reichten bei weitem nicht aus, um die fälligen Darlehen abzulösen und die Zinsen auf ein zahlbares Niveau zu senken. Darauf konnte ich nicht eingehen.

»Nun?«, drängte mich Herr von Kolff.

»Liebste Marisa, alles, was ich vorhin im Garten sagte, ist die Wahrheit, selbst wenn ich manches nicht erwähnte, was eher unter Männern ausgehandelt wird.« Ich sah ihr zärtlich in die Augen. »Ja, es liegen wahrhaftig Schulden auf Merhoffen, so dass ich auf eine Mitgift angewiesen bin.« Sie sah mich entsetzt an und mied von da an meinen Blick. »Dennoch gibt es für mich nur eine Einzige, die ich mir als meine Ehegattin innigst wünsche und das ist Sie. Ich kann meiner Liebsten kein prächtiges Leben anbieten, wahrscheinlich nur ein mühevolles – auch das ist wahr, aber ich will Ihr treue Liebe schenken und all das, was an Gutem in mir ist. Wenn Euch solches gefällt, liebste Marie Elisabeth, dann nehmt es an.«

Erst nach einer kleinen Ewigkeit antwortete sie: »Ich merke, ich bin übel betrogen worden. Mit Liebesschwüren war der Herr immer recht zögerlich! Als Er mir vorhin so feurig die Ehe in Aussicht stellte, war ich blind vor Lieb und Freud. Ich dachte, es käme aus dem Herzen und nicht ... aus einer Geldnot heraus. Der Herr hat mir keinen reinen Wein eingeschenkt – bis jetzt, da ihm keine Ausflüchte mehr einfielen. Und da muss ich an seiner Aufrichtigkeit zweifeln.« Sie hob den Kopf. »Doch Er kann die Zweifel ausräumen! Ich biete meine Hand ohne jede Mitgift. Wenn Euch das gefällt, dann glaube ich an Eure treue Liebe und bin Euer.«

»Das kann ich nicht. Wir müssten in einer Bauernhütte unser Leben fristen. Das ist nicht das, was ich mir für Euch wünsche, Marisa.«

»Ich wäre mit einer Bauernhütte zufrieden gewesen!« Sie sprang auf und lief davon.

Ich sah die Menschen um mich herum, hörte sie, sprach sogar, und doch war ich in einem grotesken Traum, dessen Handlungsstränge ich nicht begriff. Erst im Sattel erinnerte ich mich, wie Herr von Kolff mich mit der Bemerkung zu trösten versuchte, die Weiber würden zu viele Romane lesen und zu wenig von der harten Wirklichkeit wissen. Er klopfte mir auf die Schulter, wohl froh, seiner Tochter endlich gezeigt zu haben, wie jämmerlich der Held ihrer Träume war. Florentin war ich an der Tür begegnet. Er fragte fröhlich, ob er mich Schwager nennen dürfe. Die Antwort blieb ich schuldig. Die Sonne stach. Ich zog mein Wams aus. In dem Wäldchen am Rande der Wildnis war es totenstill – kein Vogel zwitscherte, kein Warnruf des Eichelhähers. Im Schweigen der faulen Mittagszeit hörte ich hinter mir Hufschlag. Da ich wissen wollte, wen ich im Rücken hatte, erwartete ich den Reiter auf der Wiese bei der Hütte des Einsiedlers. Es war Florentin, der auf mich zupreschte.

»Lügner, Verräter!«, schrie er.

»Ei, Florentin, was soll das?«

»Zum Henker, das weißt du sehr wohl, Hurensohn. Meiner Schwester die Ehe versprechen, sie jahrelang vertrösten und am End sie schmählich im Stich lassen!« Er zog den Degen. »Rabenaas, sprich den *englischen Gruß*.«

»Florentin, steck den Degen weg! Lass mich erklären.«

»Ich weiß schon alles, zieh, du Hasenherz!«

»Ich schlage mich nicht mit einem Freund«, antwortete ich, meine Arme gekreuzt auf den Sattelknauf legend.

»Freund? Auf den spuck ich!« Er spuckte mich an.

Dem folgenden Degenhieb konnte ich nur knapp ausweichen. Da gab ich meinem Pferd die Sporen. Der Rappe fegte an Florentin vorbei, doch nicht schnell genug. Mit einem Wutschrei stach er auf mich ein und verletzte mich am Oberarm. Ich galoppierte weiter und er sprengte hinter mir her. Er besaß ein feuriges Ross und wenn ich Gerg gezügelt hätte, um in den schmalen Waldweg einzureiten, hätte er mir den Degen in den Rücken gejagt. So schlug ich einen Haken und zog meine Waffe. Sofort preschte er auf mich zu, um mir einen Stich zu versetzen, den ich jedoch abwehrte. Er drängte sein Pferd eng an das meine und es kam zu einem Gefecht, bei dem ich mich gegen seine rasenden Attacken beharrlich verteidigte. Plötzlich ließ er von mir ab, entfernte sich ein Stück, steckte den Degen weg und grinste mich an, als hätte er sich nur einen Spaß erlaubt. Ich atmete auf. Während ich gleichfalls meine Waffe in die Scheide steckte, jagte der Wahnsinnige aber im Galopp auf mich zu, zügelte sein Pferd abrupt, warf sich auf mich und hing mit seinem ganzen Gewicht an mir. Mein Rappe bäumte sich auf, Florentin zog mich zu Boden, mein linker Fuß verlor den Steigbügel, der rechte blieb jedoch stecken und mein scheuendes Pferd schleifte mich ein Stück über die Wiese, bis der Riemen riss. Sofort war ich wieder auf den Beinen, zog wieder den Degen. Florentin hatte seine Waffe desgleichen zur Hand. In seiner heißblütigen Art nahm er den Kampf wieder auf – kraftvoll, schnell, doch mit erstaunlich geringer Kunstfertigkeit. Sein Ziel war mein Herz. Meine zähe Verteidigungsposition steigerte seine

Wut. Er drängte mich zu dem kleinen Bach und brüllte, »mir jetzt den Rest zu geben«. Notgedrungen verdoppelte ich mein Tempo, griff an und trieb – seine Überraschung ausnutzend – seine Klinge nach oben, bückte mich und stach fest gegen den Widerstand seines Leibes zu. Einen Wimpernschlag später traf mich seine Degenspitze in die Brust, doch es war nur ein müder Abwehrreflex, der mich nur oberflächlich verletzte; er aber sank stöhnend in die Knie, die linke Schulter haltend. Dann nahm er die Hand von der Wunde, betrachtete die blutigen Finger und sackte in sich zusammen. Ich kniete neben ihn nieder und riss sein Hemd auf. Vorsichtig rieb ich das Blut so weit weg, dass ich die Wundstelle erkennen konnte – drei Finger breit unter seiner linken Schulter, von seinem Herzen weit entfernt, doch meine Klinge war tief eingedrungen. Hilfesuchend sah ich mich um. Die Pferde standen verstört am anderen Ende der Wiese. Ich holte meine Branntweinflasche und das Verbandszeug, das ich immer mit mir führte, zog Florentin das Hemd aus, tränkte es mit Branntwein und presste es auf die Wunde. Er stöhnte, wehrte sich aber nicht gegen meine Samariterdienste. An dem kleinen Bach blühte das gelbe Fünffingerkraut, das satte Grün der Wiese war übersät mit weißen, gelben und blauen Blumen, um die wilde Bienen schwirrten. Nur kurz hatten wir den Frieden dieses Paradieses stören können. Das Harte, Böse war wohl stets nur eine kurze Episode in der Schönheit der Welt. Ich schickte ein Stoßgebet zum Himmel. Florentin sah mich an, doch als ich ihn ansprach, wandte er den Blick ab und schloss die Lider. Er zuckte, als ich das Hemd von seiner Schulter zog. Nur noch wenig Blut sickerte aus der Blessur. Ich verband seine Schulter, zog ihm sein blutverklebtes Hemd wieder an, weil er fror, und hoffte auf einen Menschen, der sich in diese einsame Gegend verirrte – vergebens. Meinen Vorschlag, Hilfe zu holen, lehnte Florentin ab. Angsterfüllt blickte er mich an. Sein bleiches Gesicht hatte die Züge eines Kindes angenommen, das mit großen Augen seine Eltern sucht, und nichts erinnerte mehr an den rasenden Racheengel, der mich eben noch in lebensgefährliche

Bedrängnis gebracht hatte. Schließlich sattelte ich Gerg ab und mit Hilfe eines Hackklotzes aus der Einsiedlerhütte hievte ich Florentin auf dessen Rücken. Oben angelangt kippte er nach vorne und umklammerte mit dem rechten Arm den Hals des Hengstes. Ich saß hinter ihm auf. Sein Pferd trieb ich an und es folgte uns von alleine. Hinter dem Wäldchen brannte die Sonne auf den sich endlos dehnenden staubigen Weg. An mich gelehnt hielt sich Florentin zunächst selbst. Auf halbem Wege musste ich aber unser beider Gewicht ausbalancieren. Der Verletzte stöhnte. Der Durst quälte, Schweiß lief mir in die Augen und brannte, aber meine vor Müdigkeit schmerzenden Arme durften ihre Last nicht loslassen. Als das Ziel sichtbar wurde, war ich am Ende meiner Kraft. Dennoch ging es weiter … weiter – schwankend weiter durch die dörrende Hitze. Meine Finger wurden feucht. Florentins Wunde blutete wieder und kurz vor dem Tor verlor er das Bewusstsein. Ich kämpfte mich bis zu den Ställen, um Hilfe brüllend, bis mich ein Knecht endlich von meiner Bürde befreite. Gellendes Geschrei zweier Weiber mischte sich mit dem Wehklagen des Knechtes, der das blutdurchtränkte Hemd des Bewusstlosen sah. Eine Magd lief kreischend zum Herrenhaus, Gesinde scharte sich um uns, mich mit Fragen bestürmend. Da ich nicht antwortete, beschuldigte mich ein vorwitziger Bursche, seinen Herrn im Duell ermordet zu haben. Ein harter Gegenstand traf meinen Rücken. Ich sprengte zum Stall und wendete das Pferd, um meine Feinde vor mir zu haben. Als sich der Staub lichtete, stand Ernst von Kolff zwischen dem Gesinde und mir. Er herrschte seine Diener an, ruhig zu sein und kniete neben seinem Bruder nieder. Ich glitt aus dem Sattel und ging zu ihm. Er blickte fragend zu mir auf.

»Er ist über mich hergefallen … bei Gott, ich hatte keine Wahl«, sagte ich so leise, dass nur er es hören konnte.

»Man hat immer eine Wahl«, widersprach er giftig, stand auf und rief nach einer Leiter, um den Verletzten ins Haus zu tragen.

Herr und Frau von Kolff, Marisa und das ganze Gesinde eilten herbei. Die auf mich gerichteten, entsetzten, verächtlichen Blicke, die alle auf verschiedenartige Weise Feindseligkeit ausdrückten, waren schwer zu ertragen, denn jeder kannte die Hintergründe und machte sich den richtigen Reim auf meine Wunden und die schwere Verletzung Florentins. Meine Füße waren an einen unsichtbaren Pranger gekettet, den ich nicht verlassen durfte, und als ich schließlich das Unerträgliche nicht mehr weiter erdulden und auf Marisa zugehen wollte, zog mich eine unsichtbare Macht zu Boden. Nur Stimmen durchbrachen die Nacht – Stimmen, die mich aufforderten zu gehen. Doch ich war zu erschöpft, um aufzustehen. Nachdem es still geworden war, schleppte ich mich zu den Wirtschaftsgebäuden, in deren Schatten ich mich ausruhte. Ein Hütejunge trieb Ziegen in einen Stall und kam dann mit der Gerte in der Hand zu mir. Ich bat ihn um einen Trunk. Er lief zum Herrenhaus und nach geraumer Zeit brachte er mir einen Krug Bier, den ich leerte. Sodann forderte er mich auf, ihm zu folgen und führte mich in den alten Garten. Dort sollte ich warten. Ich setzte mich auf einen Baumstumpf und blickte auf die verwitterte Statue eines Amors, der einstmals Blumenbeete bewachte, jetzt aber nur noch Hüter von wucherndem Unkraut war. Hier hatten früher Ernst, Philipp und ich gespielt, wobei der Liebesgott häufig als Zielscheibe für alle Arten von Geschossen diente. Herr von Kolff kam mit einem Knecht, der mein Pferd führte und außer Hörweite stehen blieb.

»Wie befindet sich Florentin?«, fragte ich mich erhebend.

»Noch nicht erwacht«, erwiderte er kalt.

»Es war Notwehr! Ich schwör's bei meiner Seel!«

Die Knie gaben mir nach und ich setzte mich wieder.

»Schweig!«, brüllte er mit aufgerissenen Augen, »mein Sohn wird vielleicht sterben und der Schuldige steht vor mir, das kann Er kaum leugnen. Und, weiß Gott, es kommt mich hart an, dir nicht den Degen in den Leib zu rennen! Aber den Feind mag man im Krieg haufenweis erschlagen, nicht jedoch den Nachbarn im Frieden. Kurzum, ich bin bereit zu sagen, dass die Vermutung eines Duells falsch war, und lasse sogleich nach den Wegelagerern suchen, die meinem Sohn hinterhältig aufgelauert haben. Du bist ihm zu Hilfe gekommen! Einverstanden?«

»*D'accord*, ich versprech's, bei meinem Leben«, sagte ich.

»*Item*: Nie wieder setzt du auch nur einen Fuß in mein Haus! Wenn du's dennoch wagst, hetze ich die Hunde auf dich und lass dich zerfleischen wie ein Schwein!«

Er drehte sich um und ging. Ein merkwürdiger Handel mit einem seltsamen Mann, der den möglichen Mörder seines Sohnes laufen ließ, obwohl er ihn zumindest dem Schwert des Henkers übergeben konnte. Allerdings hätte er damit auch seinen Sohn beschuldigt, sich duelliert zu haben. Trotzdem erwog ich eine sofortige Flucht, zumal das Leben meines Gegners an einem dünnen Faden hing. Doch der Ernst, mit dem das Versprechen gegeben worden war, fegte schließlich alle Zweifel hinweg und ich ließ die Fluchtgedanken fallen.

In der Einsiedelei der Wildnis sattelte ich mein Pferd und setzte mich an die Stelle, an der ich bereits am Morgen gerastet hatte. Wenige Stunden können die Geschichte einer kleinen Ewigkeit enthalten ... sed omnia vincit amor – aber die Liebe überwindet alles! Ja, der Rausch der Liebe reißt die Seele in den Himmel, sie braust so sorglos über jeden Zweifel wie ein Wirbelwind durch dürre Blätter, sie übertrumpft die Ängstlichkeit des Zaghaften, sie bezwingt die Habgier des Geizigen, sie entfesselt eine überirdische Kraft, mit der Verliebte jedes Versprechen geben – und halten. Doch diese Liebe der feuerroten Rosenblüten hatte mich nicht erfasst. Es war der zarte Duft des Veilchens: das Vertrauen, gleiches Denken, das Gefühl der Zusammengehörigkeit und die Hoffnung auf ein schönes gemeinsames Leben. Nichts Himmelstürmendes, kein alle Sinne raubender Rausch, nichts weiter als zarte Zuneigung! Trotzdem, schon lange drängte eine unsichtbare Macht uns in entgegengesetzte Richtungen, erst leise, dann immer deutlicher. Doch wir hatten revoltiert. Den unbedingten Kampfeswillen Marisas, gegen alle Zeichen des Himmels, brachte ich nicht auf. Zahlen untereinandersetzend, hatte ich wie ein Kontorschreiber um sie geworben, und da der Endbetrag zu dürftig war ... oh Gott, vergib mir meine Krämerseele! Ich weinte aus Schmerz und Scham. Die Schatten der Bäume dehnten sich, wuchsen über die Wiese, bis nur noch eine hellgrüne Insel mit weißen Blumen sich gegen die zunehmende Düsternis behauptete, doch auch sie färbte sich schließlich dunkel.

Juni 1660

So zögerlich wie meine Liebe zu Marisa gewachsen war, so hartnäckig quälte sie mich, nachdem ich sie verloren hatte. Ich schrieb, Gott weiß wie viele, um Verzeihung bittende Briefe an sie, die aber so nutzlos waren wie mein Kummer, da ich sie alle verbrannte. Jedes Wort der Rechtfertigung war schal – ja, selbst die Anrede »Gnädige, herzallerliebste Marisa« musste ihr wie Hohn vorkommen, obwohl sie keine Floskel war, sondern ganz der Wahrheit entsprach. Inzwischen durchschaute ich zwar die Komödie, die Herr von Kolff mit mir gespielt hatte, um seine störrische Tochter zur Vernunft zu bringen und mir – ganz im Sinne meines Vaters – die Flausen auszutreiben, aber wie sollte ich Marisa erklären, dass mich die Finger des alten Diplomaten wie einen Floh zerquetscht hatten. Kaum hatte ich erfahren, dass Florentin sich wieder erholt hatte, wenn auch sein linker Arm unbrauchbar geblieben war, sandte ich Marisa mit Hennes einen Brief *ad proprias*. Darin schilderte ich nüchtern die Gründe, die mich zu einer Heirat zwangen; sie allein sei aber die Wahl meines Herzens. Wenn ich freie Hand gehabt hätte, wäre ich auch bereit gewesen, wie ein Bauer zu graben, so wie ich es im Klostergarten bereits getan hatte. Ihre Antwort, der sie den Siegelring meines Vaters beigelegt hatte, war kurz: Wenn Träume vom Himmel auf die Erde fielen, würden sie bitter und es wäre an der Zeit, das Haupt vor dem Himmel zu neigen und in der Erde zu graben.

Ich gab dem Drängen meines Vaters nach, Felicitas Christine von Beywegh zu heiraten. Vermögensangelegenheiten regelnde Briefe wurden gewechselt. Auch ich schrieb an Felicitas und erhielt von ihr einen kühlen Brief, in dem sie mir eine »freundliche Aufnahme« in Köln versprach.

Der schwarze Tag der Abreise kam. Hennes saß auf dem Kutschbock, mein Vater hatte, in Decken gehüllt, alle möglichen Bequemlichkeiten erhalten, nahm aber trotzdem alle für einen Kranken denkbaren Unannehmlichkeiten auf sich, um mich zu begleiten. Von Bonn aus ging es mit dem Schiff nach Köln. Der Schein der Sommersonne beflügelte meine Zuversicht, und als sich am Abend die Silhouette der Stadt mit den Türmen der vielen Kirchen im Abendrot abzeichnete, hatte ich mich endgültig mit dem Unabwendbaren abgefunden.

Wir quartierten uns im Gasthof »Zum Heiligen Geist« ein und mein Vater legte sich sofort zu Bett, während ich die Beyweghs aufsuchte. Herr von Beywegh und seine Frau Sybilla hießen mich herzlich willkommen und boten mir eine Tafel voll erlesener Genüsse. Frau Sybilla hatte sich ihre dralle Frische erhalten. Er hingegen wirkte altersweiser, was an den Falten liegen mochte, die sich in seine Stirn und um den Mund herum tiefer eingegraben hatten. In einem Disput mit seinem ältesten Sohn über die besten Märkte für Branntwein überflügelte er jedoch den spitznasigen Arnold an jugendlicher Leidenschaft. Man konnte eine unterschwellige Rivalität zwischen den beiden spüren, wobei der Sohn in der gebotenen Achtung dem Älteren gegenüber nachgab. Von Arnolds früherer, knochiger Unscheinbarkeit war nichts mehr zu bemerken. Seine Wangen waren voller, die Schultern breiter. An unserem verstimmten Verhältnis hatte sich jedoch wenig geändert. Meinen Blicken wich er aus, als seien sie ihm unangenehm. Felicitas' Zwillingsbruder Gerwin dagegen freute sich aufrichtig über unser Wiedersehen. Nur meine zukünftige Braut fehlte. Mit Unwohlsein entschuldigte sie ihr Vater, woraufhin Frau Sybilla die Stirne runzelte.

Wie verabredet stellten mein Vater und ich uns gegen Mittag des nächsten Tages wieder bei den Beyweghs ein. Rastlos betasteten meine Finger den alten Silberring in meiner Tasche, den ich Felicitas als Pfand für mein Heiratsversprechen an den Finger stecken wollte. Doch auch diesmal zeigte sich meine Braut nicht.

Herr von Beywegh geleitete uns in sein karg möbliertes Kontor. Ein junger, beleibter Advocatus, dessen schwarze Lockenperücke im schroffen Gegensatz zu seinem teigig-bleichen Gesicht stand, erwartete uns mit gespitzter Feder, Tinte und einem Bündel Papier. Ich setzte mich mit Blick auf die Straße an den Tisch. Der Rechtsgelehrte kramte in den Dokumenten, die ihm mein Vater vorgelegt hatte. Darunter erkannte ich Philipps Erbverzichtsklärung. Der Advokat ließ meinen Vater ein Schriftstück unterschreiben, aus welchem hervorging, dass ich nach der Eheschließung Herr von Merhoffen werden sollte. Bevor mein Vater seinen Namenszug daruntersetzte, vertiefte er sich in das Dokument und strich sich mehrmals über den Bart. Danach verlas der Notarius den Ehekontrakt. In ihm stand, was ich in die Ehe einbrachte, worauf die Liste der Wohltaten folgte, die der Kaufmann seiner Tochter als Erbausgleich für ihr künftiges Wohlergehen verehrte. Seine Großzügigkeit befreite uns mit einem Schlag von tausend Zukunftssorgen; selbst Sophia konnte jetzt mit einer bescheidenen Mitgift rechnen, was ihre Heiratsaussichten deutlich verbesserte.

Neben einer ansehnlichen Geldsumme zählte der Jurist auf: »... eine Ölmühle bei Bonn, Kreuzmühl genannt, *item* ein Schrank für Leinenzeug, *item* ein großer Perserteppich, *item* eine mit Blattgold verzierte Uhr, *item* ein Spiegel im Ebenholzrahmen, auf dem die vier Kardinaltugenden abkonterfeit sind ...« und so ging es fort über »... zwei kurze Perlenketten, *item* ein goldenes und zwei silbern Ohrgehäng ...« bis hin zu den Atlaskleidern, den Tisch- und Schnupftüchern.

Mein Vater nickte zufrieden und wechselte mit Herrn von Beywegh einverständliche Blicke. Lärmen im Haus störte die Verlesung des mit lateinischen Klauseln gespickten Ehekontrakts.

Herr von Beywegh zupfte an seinem Spitzenjabot. Der Ton einer schimpfenden, tiefen Männerstimme verlagerte sich nach draußen. Der Hausknecht der Beyweghs zerrte einen Mann auf die Straße, auf den Gerwin einsprach. Der junge Mann wandte sich dem Haus zu, hielt die rechte Faust hoch, brüllte, er werde »die Niedertracht dem Herrn heimzahlen« und riss Gerwin einen mit einer auffallend üppigen roten Feder geschmückten Hut aus der Hand, den er sich auf den Kopf stülpte. Gleichzeitig beendete der Advokat die Verlesung des Ehevertrags und erläuterte den Text. Ich achtete jedoch kaum darauf, weil ich mich fragte, wie der Kaufmann sich den Hitzkopf auf der Straße zum Feind gemacht haben mochte.

»Da wir nun de iure zu guter Konkordanz gekommen sind«, beschloss Herr von Beywegh die Zeremonie, »so steht nun der Vereinigung zweier junger Menschen in nomine Dei nichts mehr im Weg. Wenn die Herren mir, meiner Gemahlin und meiner Tochter Felicitas jetzt die Ehr erwiesen, mit uns zu speisen, so wär's uns eine große Freud.«

Wir dankten und auch der »gelehrte Herr Notarius« nahm ehrerbietig die Einladung an, die eigentlich zu seiner Dienstobliegenheit gehörte, da er Zeuge der nun folgenden Verlobung sein sollte. Wenn Felicitas meinen Silberring jetzt annahm, hatten sich auch für mich die letzten Fluchttüren geschlossen. Ich stellte sie mir vor und blickte unwillkürlich nach unten: Gütiger Gott, sie würde mir kaum bis zur Brust reichen! Sie reichte mir bis zur Schulter, hatte ein mädchenhaftes Gesicht mit einer schmalen, etwas langen Nase, graugrüne Augen, einen vollen Mund und ein eigenwilliges Kinn. Erstaunt sah sie mich an, als ich mich vor ihr verneigte und dann verzog sie keine Miene mehr.. Eine Statue, in einem blassblauen Atlaskleid, kunstvoll verziert mit Spitzen und Schleifen, saß neben mir; eine Perlenschnur war in ihr hellbraunes Haar geflochten und ein Perlenarmband umschloss ihr rechtes Handgelenk. An ihrem Daumen trug sie einen Rubinring – kostbarer als der alte Silberring, auf dem zwei ineinander gelegte Hände vor einem Herz dargestellt waren, den ich ihr verehren sollte. Eine stattliche Anzahl neu hinzugekommener Gäste nahm mit uns an einer gedeckten Tafel Platz. Ein Lakai schenkte Wein ein, während Herr von Beywegh eine Ansprache hielt und sagte: »Der wohlgeborene Christoph Salentin Sechem, Herr von Merhoffen, will mir heute die Ehr erweisen, mich um die Hand meiner herzlieben Tochter Felicitas Christine zu bitten. So sehr es einen Vater schmerzt, sein liebs Kind aus der Obhut zu entlassen, so sehr freut es mich, einen so wohlgestalten Sohn von liebenswürdigem Wesen hinzuzugewinnen, ein Herr aus altadligem kurkölnischen Haus. Nun, die zukünftige Braut zu loben könnte man mir als Eitelkeit anrechnen, doch ein wenig Vaterstolz mag man mir verzeihen, wenn ich sage …«

»Krrha«, krächzte der Papagei dazwischen, der hinter dem Hausherrn auf einer Stange saß und schnarrte, »Larifari – unnütz Red, Larifari!«

»Still, du vorwitziger Vogel. Still!«, fauchte der Redner.

»Larifari, unnütz Red«, plapperte der Papagei.

»Vermaledeites Viehzeug, fort mit dem Monstrum!«

Unter dem Gelächter der Tafelrunde trug ein Diener das Gestell mit dem flügelschlagenden Vogel hinaus, während der Braut Tränen über die Wangen liefen, aber nicht vor Freude.

»Was ist, Mademoiselle?«, fragte ich sie im Trubel, worauf sie völlig in sich zusammensank und wie die heilige Kümmernis aussah.

Nachdem wieder Ruhe eingekehrt war, dankte mein Vater Herrn von Beywegh und gab das Wort an mich weiter. Ich erhob mich und sagte: »Ehrenwerter Herr von Beywegh, hochverehrte Frau Sybilla, hochgeachtete Gäste! Bevor ich mich meiner schönen Aufgab entledige, wegen derer wir uns hier versammelt haben, bitte ich um die Erlaubnis, vorher noch mit Jungfer Felicitas Christine vertraulich sprechen zu dürfen.« Alles erstarrte. Mein Vater und Herr von Beywegh wechselten besorgte Blicke. »Ja, es mag ungewöhnlich erscheinen, doch ist mir's ein Herzenswunsch, den mir Mademoiselle Felicitas großmütig erfüllen möge und die edlen Gäste an dieser Tafel gnädiglich verzeihen wollen.«

»Es ist in der Tat kurios«, stellte Herr von Beywegh fest, »aber gut, wenn meine Tochter einverstanden ist?«

Felicitas stand auf. Wir gingen in den Garten und setzten uns in die Laube. Ein Käfig mit einer Dohle hing in einer Ecke. Die Sonne wärmte und meine Zukünftige saß in eisigem Schweigen neben mir auf der Bank.

»Mademoiselle, Ihr wollt das Verlöbnis nicht!«, sagte ich, wenig galant, frei heraus. Sie blickte mich überrascht an. Trotzig schob sie die Unterlippe ein wenig vor, zuckte gleichgültig mit den Achseln und schwieg.

»Nun gut, wenn Sie mir nichts zu sagen hat, dann bieten wir doch gleich da im Haus das erhoffte Schauspiel.« Ich stand auf.

»Wartet!« Sie packte mich am Arm. »Mit Verlaub, das … das Verlöbnis wünscht mein Herr Vater, weil er keine Hochzeit mit Ferdinand Kannegießer will. Ferdinand, ein Verwandter meiner Stiefmutter, hielt um meine Hand an und ich hätte mit Freud ja gesagt, weil ich ihn von ganzer Seel liebe. Aber der Herr Vater hält ihn für liederlich und hat's jetzt eilig, mich mit einem anderen zu verheiraten.«

»Aber ohne Ihre Einwilligung ist eine Heirat unmöglich.«

»Ja«, sie seufzte, »aber ich habe schon zwei ausgeschlagen und wenn ich wieder nein sag, muss ich am End einen alten Witwer heiraten. Und bis dahin erlaubt mir der Herr Vater kaum Besuch, kein' Tanz …«

»So grausam kann er doch gar nicht sein!«

»Ei, doch, vorhin hat er Jakob sogar auf die Gass werfen lassen. Er fürchtet, ich könnte ihn heimlich heiraten. Aber er irrt.« Schluchzend hauchte sie das »er irrt« noch einmal in ihr Schnupftüchlein. Ich wollte ihren Arm streicheln, aber ruppig schüttelte sie mich ab.

»Mademoiselle, wenn eine Verbindung mit mir Sie so hart ankommt, dann erklären wir, dass das Verlöbnis nicht zustande kommt, denn auf einer Ehe, die mit einem solchen Widerwillen begonnen wird, liegt kein Segen.«

Ich ging zu dem Vogelbauer und öffnete das Türchen. Argwöhnisch beäugte die Dohle das Fluchtloch – dann einige Sätze und sie schwang sich in die Luft.

»So kann's die Jungfer auch machen, ich öffne Ihr die Tür!«

»Ja, nur müsst' er mir zuvor noch in den Käfig helfen.«

»Auch daran soll's nicht mangeln.« Ich lachte.

»Ach, Monsieur, Er spielt immer noch Theater wie in Schülertagen. Er denkt, mit ein paar großen Gesten und Possen erreicht er sein Ziel. Aber das hier ist kein Spiel.«

»Nein, es ist sehr ernst, Mademoiselle.«

»Ich …«, sie sah in die Ferne, bevor sie mir zum ersten Mal in die Augen schaute, »ich bin eine gehorsame Tochter und kein Gran mehr.«

Ihre graugrünen Augen hatten nicht Marisas liebevolle Sanftheit, aber ihren kratzbürstigen Äußerungen konnte auch nur ein kratzbürstiger Blick folgen. Der Gedanke an Marisa – an ihr Lächeln, bei dem sich Grübchen in ihren Wangen zeigten – stach schmerzhaft ins Herz.

»Der Herr wird's wohl kaum verstehen, weil er bislang Mönch gewesen ist«, sagte Felicitas, »Er weiß also nicht, wie's ist, wenn man liebt – ja, wenn man Tag und Nacht nur mit dem Einen zusammen sein will und jede Trennung Qual ist. Das ist das Glück, das man sich mit Leib und Seel erhofft. Doch da kommt der Herr Vater und spricht von unvernünftiger Fleischeslust und sorgenvollem Leben. Der erträumte Himmel soll die Höll sein und die erwartete Höll ist der Himmel. Ein Traum ist kurz, das Leben lang, sagt der Vater und wer im Liebesrausch wählt, entschuldigt mehr Fehler des Geliebten, als er später zu ertragen vermag. Man sollt weniger auf die Lieb sehen, sondern eher fragen, ob man mit den Fehlern des Zukünftigen leben kann. Der Junker ist ein Herr von Anstand, sagt der Vater, ganz anders als der flatterhafte Kaufmannssohn, dem sein Geld unter den Händen zerrinnt, dem deshalb nur eine

Mitgift gegeben wird, von der man nicht leben und nicht sterben kann. Was soll ich also glauben? Wer hat recht? Der Herr Vater oder mein Herz?«

»Das muss Sie entscheiden!«

»Ja! Und als gute Tochter folge ich. Und wen ich dann heirat', ist einerlei, wenn's nicht grad der Ferdinand ist. Der Herr ist wenigstens nicht kahlköpfig, aber mein Herz hat er nie!«

Damit stand sie abrupt auf und ging. Ihre schroffe Art war Eiswasser auf meinen guten Willen, doch ich hatte mich bereits in das Unabänderliche gefügt. Dennoch ließ mich das Gefühl, wie ein störrischer Esel zum Abdecker getrieben zu werden, nicht los.

Gespannte Augen empfingen uns. Das Rücken unserer Stühle störte die Stille. Ich blieb stehen, kramte den Ring aus der Tasche und verneigte mich vor Herrn von Beywegh: »Ehrenwerter Herr von Beywegh, ich bitt um die Gunst, um die Hand Eurer Tochter, der Jungfer Felicitas Christine, anhalten zu dürfen, die Ihr mir großmütig gewähren möget.«

»Die Gunst sei Euch mit Freuden und von Herzen gewähret, wohlgeborener Freiherr Sechem von Merhoffen«, erwiderte er, wobei er das »wohlgeborener« besonders betonte. Ich wandte mich an Felicitas.

»Hochgeehrte, liebe Jungfer Felicitas Christine, nehmt diesen Ring als Zeichen meines ernsten und aufrichtigen Willens, Euch bald als meine Gattin heimführen zu wollen.«

»Ich danke, edler Herr!« Sie hielt mir die Hand entgegen. »Und ich nehme den Ring im Zeichen des Verlöbnisses mit … Freude an.«

Ich streifte den Ring über ihren Finger und wir küssten uns förmlich.

»Ich erhebe mein Glas auf die Braut und den Bräutigam«, rief Herr von Beywegh. Alle folgten seinem Beispiel und besiegelten so die Verlobung.

Die Hochzeit fand Ende Oktober 1660 statt. Für die reiche Tafel mit vielen Schüsseln kostbarer Speisen hätte sich selbst ein Fürst nicht zu schämen brauchen; sie bot von Austern über Krammetsvögel bis zu den merkwürdigsten Früchten aus fernen Ländern alles, was an Gutem, Feinem und Edlem den verwöhnten Gaumen schmeicheln oder reizen konnte. Der Duft von Rosen war in Mode gekommen und veredelte lieblich die meisten Gerichte bis hin zum Konfekt. Nur die Gäste waren keineswegs von vornehmer Abstammung, sondern durchweg nobel herausgeputzte Kaufleute. Von unseren Freunden hatten wir nur Absagen erhalten: »… Gott sei's geklagt, aber man müsse sich um die auf den Tod liegende Tante kümmern«, oder »man bedauere tausendfach, aber man könne die Kinder nicht mit den Dienstboten allein lassen, die sie verdürben«. Derlei Ausflüchte lasen und hörten wir zuhauf. Es waren durchsichtige Vorwände, denn die gleichen Leute vergnügten sich zehn Tage vor der Hochzeit bei einer Jagd, der sich ein Bankett anschloss, zu dem sogar die todkranke Tante erschien. Mein Vater war seit unserer Reise nach Köln so elend, dass er auf das Hochzeitsfest verzichten musste. So begleiteten mich meine Mutter, die Geschwister, meine Base Charlotte und deren Eltern. Henrietta grollte mir noch. Zur Freude Herrn von Beyweghs zierte meine magere Gästeliste aber doch noch ein adeliger Name, denn Bartholomäus von Staffel, mein Schulfreund aus dem Tricoronatum, war in Köln und folgte meiner Einladung. Seinen Eltern hatte er es endlich abgerungen, eine militärische Laufbahn einschlagen zu dürfen.

»Die anderen Offiziere deines Alters sind schon längst tot«, scherzte ich, auf seine späte Berufung anspielend, als wir uns zwei Tage vor meiner Hochzeit im Wirtshaus »Heinrich zu Krae« in der Salzgasse trafen.

»Den frühen Tod versäumt man gern«, meinte er trocken.

»Du hast eine gefährliche Profession gewählt.«

»Ha, man muss tun, was man tun muss. Ich würd' mein Leben schlecht nutzen, wenn ich hinterm Ofen aufs Podagra oder den Krebs wartete, vor allem jetzt, da die Türken wieder an den Grenzen des Reiches stehen. Zudem halten sich jetzt viele Landesherrn nicht nur in *casu extremae necessitatis* ein Heer, sondern auch im Frieden. Der Kurfürst von Brandenburg hat sogar einen Generalkriegskommissar ernannt. Die Gefahren für Leib und Leben sind in einer Friedensarmee gering. Du aber, mein Freund, du begibst dich auf ein weit gefährlicheres Feld. Mon dieu, eine schöne, reiche Braut! Solche Weiber lassen sich kaum bändigen. Teufel, sie wird sich die Hosen anmaßen.«

»Sie mag Maß nehmen, wie sie will, die Hosen bekommt sie nie.«

»Glück zu, Strick zu, *amice*! Die Zeit zeigt's, was die Glock geschlagen hat. Vielleicht steckt doch in dem stolzen Schwan ein Turteltäubelein«, er hob seinen Bierkrug und prostete mir »auf das Turteltäubelein« zu.

Kein Turteltäubelein, sondern eher ein kalter Fisch kam an unserem Hochzeitstag zum Vorschein, denn Felicitas verhielt sich mir gegenüber aufreizend kühl. In der Nacht wurde sie zwar feurig, doch stellte ich fest, dass ihr zur Jungfräulichkeit einiges fehlte, was ich ihr auch vorhielt.

»Seit dem Tod der 10 000 Jungfrauen der heiligen Ursula sind in Köln die Jungfrauen rar geworden«, gab sie dreist zur Antwort.

»Wenn's so um die Jungfrauen in Köln bestellt ist, dann wird sich das Heer der bußfertigen Nonnen schnell vermehren«, drohte ich ihr.

»Aber erst, wenn die Edelherren gute Kaufleut sind.«

Sie hatte recht. Ich konnte es mir nicht leisten, sie in Schande zurückzuschicken und die Heimsteuer zurückzugeben.

In den ersten Tagen nach der Hochzeit hielten wir geradezu Hof. Herr von Beywegh wurde nicht müde, stolz seinen Schwiegersohn vom Bürgermeister bis zu den *Gaffelbrüdern* zu präsentieren, und auch Felicitas zerrte mich von einem Haus ins nächste. Trotz der trüben Herbsttage waren wir voller Lachseligkeit. Wie ein Gockel genoss ich die bewundernden Blicke, welche die jungmädchenhafte Erscheinung meiner Frau auf sich zog. Nachdem wir uns aus dem geselligen Köln in die Zurückgezogenheit Merhoffens begeben hatten, hielten wir uns so oft wie möglich in Bonn auf. Alte Freunde und Bekannte behandelten Felicitas kühl, was wohl nur ich bemerkte, zumal sie selbst wenig Wert auf diese Gesellschaft legte. Über meine Basen freundeten wir uns mit Hofbeamten bürgerlicher Herkunft und deren Frauen an, in deren Kreis wir uns wohlfühlten. Merhoffen gefiel Felicitas, weil es in seinem kargen Zustand Möglichkeiten der Renovierung bot. Ein Perserteppich lag nun in unserem Speisezimmer. Eine mit Goldblatt ornamentierte Uhr stand auf einem Tischchen an der Wand gegenüber dem Kamin. Neue moosgrüne Samtvorhänge zierten die Fenster. Doch als Felicitas die fadenscheinigen Tapisserien mit Eva im Paradies und den Jagdszenen von den Wänden nehmen wollte, stieß sie auf den erbitterten Widerstand meiner Eltern, woraufhin sie ihre Gestaltungslust dem Garten zuwandte. Eine Rosenlaube, einen Irrgarten aus Buchsbaum, Wasserspiele und viele Tulpenbeete wünschte sie sich. Obwohl sie mich des öfteren gerüffelt hatte, meinen Milchbruder Melchior – den bäurischen Krautgärtner, wie sie ihn nannte – zu freundschaftlich zu behandeln, entwickelte sie nun in einträchtiger Vertraulichkeit mit dem »Drecksknecht« hunderte Entwürfe für einen neuen Garten. Melchior begeisterte der Gedanke, den vernachlässigten Garten in ein Paradies zu verwandeln und geschmeichelt, von der hochmütigen Frau ernst genommen zu werden, bestärkte er sie in ihren Phantastereien. Ich gab Felicitas zu bedenken, dass ich weder König von Frankreich noch ein Fürst sei und ich nicht alle ihre Wünsche erfüllen könne. Bis dahin hatten Felicitas' Schmollen, ihre heißblütigen Appelle, ihre fordernde Leichtlebigkeit, die der eines verwöhnten Kindes ähnelte, lange meiner männlichen Eitelkeit geschmeichelt und ich genoss es, großzügig zu sein. So zahlte ich für Seidenbänder, Pailletten, Hüte, ein Morgenjäckchen, für »leichtrote« Bettvorhänge und nie war es genug. Mit Härte begegnete ich nun ihren Ansprüchen, was den Frieden schwer trübte. Sie beschuldigte mich, sie wie eine Bettlerin zu halten, um mit ihrem Geld meine Geschwister herauszuputzen; ich wiederum hielt ihr vor, die Ursache unseres mageren Lebens sei die schleppende Zahlung der Mitgift durch ihren Vater. Beide Argumente hatten zwar einen wahren Kern, waren aber mehr darauf gerichtet zu verletzen, als dass es uns um einen klärungsbedürftigen Aspekt ging. Selbst ein wohlhabender Kaufmann, wie es Herr von Beywegh zweifellos war, konnte die gewichtige Summe der »Heimsteuer« nicht auf einen Schlag aufbringen, sondern nur über Jahre hinweg – ein Faktum, das mir von Anfang an bekannt war. Er befreite uns großzügig von den drückendsten Geldsorgen, aber die nächste Zahlung traf viel später als zugesagt ein, weil zwei Schiffe als verschollen gemeldet wurden, die jedoch Monate später in ihren Bestimmungshafen einliefen. Sparsames Wirtschaften blieb deshalb weiterhin oberstes Gebot; trotzdem erhielten meine Schwestern jeweils ein Kleid, gefertigt aus dem Tuch, das ich aus Paris mitgebracht hatte. Dies erboste Felicitas und es folgte ein Schwall kränkender Wortgefechte. Um sie aufzuheitern, versprach ich ihr eine Reise nach Köln und nach langer Zeit gingen wir wieder in Eintracht zu Bett.

Am nächsten Tag genoss ich erstmals wieder das Licht des frühen Morgens ohne die Bleiernheit eines bedrückten Herzens. Die leichtroten Bettvorhänge filterten das Frühlicht zu einem rosigen Schimmer, welcher der Alabasterhaut meiner schlummernden Eheliebsten eine verführerische Frische gab. Ich wollte sie küssen, unterließ es aber und betrachtete sie, bis sie die Augen aufschlug. Sie lächelte und ich gab ihr den Kuss, den ich mir selbst schon lange gewünscht hatte. Fußgetrappel und Gezischel hinter der Tür störten uns. Es klopfte. Schritte näherten sich, obwohl wir niemanden hereingebeten hatten.

»Madame? Gnädiger Herr?«, fragte Felicitas' Zofe zaghaft.

»Was gibt's?«, knurrte ich, ohne den Bettvorhang zu öffnen.

»Herr, der gnädige Herr Vater ist sehr krank.«

Mein Vater war seit meiner Hochzeit auffällig schweigsam geworden und verließ immer seltener das Bett. An diesem frühen Morgen hatte er sich erbrochen. Als er erschöpft in die besorgten Gesichter der Versammelten blickte, flüsterte er: »Priester – kein Arzt.« Nur bei der Beichte wichen wir von seinem Bett und nachts wachten Sophia, ich und Jost bei ihm. Am nächsten Morgen war er erstaunlich munter, verweigerte jedoch die Morgensuppe. Ich nahm Jost die Schüssel aus der Hand.

»Bitte, Herr Vater, bitte esst!« Ich hielt ihm den Löffel an den Mund, doch er wandte den Kopf ab. »Bitte, weist nicht die Speisen zurück!«

»Wag's nicht, mich wie einen kindischen Greis zu behandeln«, fauchte er.

»Herr Vater, ohne Essen kein Leben!«

Wie von Geisterhand beseelt klang das Wort »Leben« mir weiter in den Ohren. Er lächelte abfällig.

»Leben? Nein, das Leben gehört dem Kind, das sich den ewigen Tag wünscht, dem Jüngling, der in seinem Tatendrang den nächsten Morgen ersehnt und es gehört dem Mann, der auf einen guten Tag hofft. Ich aber hoff auf nichts, nur auf einen Schlaf, der mir die Welt aus den Augen wischt, an der ich keinen Anteil mehr habe … nichts gibt's zu erwarten, nur Stillstand … Tod.«

»An Langeweile stirbt keiner«, widersprach ich.

»Nein, aber der Lebenssaft fließt zäh – zum Endpunkt!«

»Solche Reden mag ich nicht hören!«

»Warum nicht?« Er lächelte versonnen: »Ein verwester Corpus wandelt sich wieder in Fleisch. Mit diesem garstigen Leib will ich aber wahrhaftig nicht vor den Herrgott treten … doch ist das Paradies ein Trost. Nur das Adieu von dem, was mir wie ein ewiges Leben war, ist hart. Aber mein Werk ist in guten Händen.«

Erschöpft hielt er inne. Seine Hand suchte die meine, die ich drückte und festhielt. Er brauchte mich nicht um ein Versprechen zu bitten, ich gab es ihm wortlos mit einem Blick. Dann schloss er die Augen. Ich wollte mich schon zurückziehen, da murmelte er, mir noch »etwas Schweres« sagen zu müssen. Als er daraufhin schwieg, fragte ich nach dem »Schweren«. Er bat mich, sein »Lager« in seinem Kabinett »aufzuschlagen ... ein Faltbett wie bei einem Soldaten!« Ich protestierte, doch vor dem gebieterischen Aufblitzen seiner Augen kapitulierte ich und bat ihn noch einmal, mir zu sagen, was er mit dem »Schweren« meine. Er grübelte vor sich hin und flüsterte dann: »Die Beichte erleichtert das Herz, ohne das seines Nächsten zu beschweren.« Beunruhigt fragte ich ein weiteres Mal, doch er hauchte »zu müd« und fiel in tiefen Schlaf.

Ich trat ans Fenster. Auf der Landstraße ließ ein Reiter sein Pferd galoppieren. Wie er würden noch Hunderte an mir vorbeiziehen und meine kleine Welt samt deren einförmigen Kümmernissen links liegen lassen. Warum ritt ich nicht mit ihm? Warum verließ ich nicht die Frau, die mich nicht liebte und bei der ich um jeden harmonischen Moment kämpfen musste? Und dann die Monotonie der immer gleichen Sorgen! Unzufriedenheit, Klagen und Beschwerden der Hausgenossen waren mein täglich Brot. Verflucht! Jeder erwartete eine weise Entscheidung und gerade wenn meine Antwort weise war, murrten sie, weil ich nicht das Erwünschte versprach. Nicht bösartig, sondern gedankenlos banden sie mir tausend schwere Steine um den Hals und ersäuften mich in einem Meer aus Trübsinn. Am Ende würde ich daliegen wie mein Vater, dessen Stolz es war, nach unendlichen Mühen alles fast so erhalten zu haben, wie er es übernommen hatte. Jetzt hatte ich versprochen, den einsamen Kampf fortzusetzen, um die Eintönigkeit für die Ewigkeit zu konservieren, während doch an meinem Haus eine Straße vorbeiführte. Nach der Straße, dem Soldatenleben hatte sich mein Vater stets gesehnt und doch sein Leben im Stillstand verbracht. Mein Anfang und Ende würden dem seinen gleichen wie ein Ei dem anderen. Wie gerne würde ich die engen Bahnen verlassen, die mir das Gefühl gaben, weder wahrhaft zu leben noch durch meine Opferbereitschaft etwas zu bewirken. Warum kehrte ich, wie mancher Heiliger, dieser Welt nicht den Rücken – ohne Tränen, ohne Worte?

Ich befahl Jost, meinen Vater im Kabinett auf sein Feldbett zu legen. Dann nahm ich Mantel, Hut und Degen.

»Wohin gehst du?« Meine Mutter kam die Treppe herunter und musterte mich mit den großen Augen einer Hungernden. Der lange Leidensweg meines Vaters zehrte an ihr.

»Ich reite aus!«

»Das ist kaum die rechte Zeit. Der Herr Vater befindet sich sehr übel.«

Jost stieß die Haustür auf und brachte das Klappbett.

»Was soll das?«, fuhr sie ihn an, »ich hab gesagt, das Faltbett kommt nicht ins Kabinett!«

»Ich hab's befohlen«, antwortete ich für Jost.

»Damit beförderst du noch seinen Tod«, herrschte sie mich an, »ein feiner Sohn, der's nicht erwarten kann, endlich unumschränkt Herr zu sein.«

»Es ist doch sein Wunsch, dem wir Respekt zollen ...«

»Nicht aber, wenn er kaum bei Sinnen ist«, unterbrach sie mich, drehte sich um und eilte die Treppe hinauf, die ihr entgegenkommende Sophia ruppig zur Seite drängend.

»Lasst sie«, flüsterte Sophia mir zu – seit meiner Heirat duzte sie mich nicht mehr –, »ich tröste sie gleich.«

»Es tut mir leid, ihr Kummer zu machen – obendrein.«

»Die Wogen werden sich bald glätten«, sie berührte meinen Arm, »ich sorg schon dafür, dass der Wunsch des Herrn Vater erfüllt wird.«

»Danke, liebste Schwester«, ich drückte sie fest an mich, »wenn du einen entschlossenen Mann brauchst, dann suche ein Weib!«

Im Galopp jagte ich über die Straße, bis Merhoffen außer Sicht lag. Ich fand einen anmutigen Platz, von dem aus ich über eine Wiese hinweg den Rhein und die Berge sehen konnte. Dort setzte ich mich ins Gras. Der Morgentau glänzte noch. Zwei weiße Wolken zogen nach Osten. Die Albernheiten des Alltags fielen von mir ab, das Gezänk, die Nadelstiche, die kleinen Pflichten wie die schweren Sorgen. Friedvoller gestimmt öffnete ich die Erinnerungsfläschchen der Glücksmomente. Zuerst jenes mit dem Reiz der Geborgenheit in grenzenloser Freiheit, den ich damals am Tage des Friedensbanketts so deutlich empfunden hatte. Das Wohlige der Geborgenheit fühlte ich jetzt deutlicher als damals, doch mit einem Hauch Wehmut. Und dann das Fläschlein mit der fröhlichen Zuversicht Marisas, die mir nach meiner Krankheit in der Gertrudiskapelle Kraft gab. Dessen Aroma wiederum hatte jetzt einen herben, schmerzenden Beigeschmack. Meine am sorgsamsten gehüteten Erinnerungen hatten sich gewandelt. Ihre ursprüngliche Stimmung spürte ich aber kristallklar wieder, wenn ich mich – wie bei einem Gebet – ganz in die Momente selbst versenkte. Das Bankett bei den D'Albrets im glücklichen Einvernehmen mit Françoise erforderte keinerlei geistige Anstrengung und ich lächelte über den galligen Paul Scarron, der es in all seiner Kraftlosigkeit schaffte, die Verehrer seiner Frau aufeinanderzuhetzen.

Die Freude über meine kleinen Erfolge und schöne Erinnerungen verbanden sich wohltuend mit dem gegenwärtigen Bild des in Gelb, Grün und Blau leuchtenden Sommertages ... nein, man muss nicht fortgehen, um das Glück zu finden!

Erst am späten Nachmittag kehrte ich nach Merhoffen zurück. Der Wirtschaftshof war leer. Niemand hörte meine Rufe. Meine Füße eilten, während mein Herz stillstand. Im Speisezimmer fiel mein Blick auf einen mit schwarzem Tuch verhängten Spiegel – dann auf das Tischchen mit der Uhr: Sie tickte nicht mehr! Mit kleingeweinten Augen kam mir Sophia entgegen. Im Kabinett scharten sich meine Mutter, Felicitas, Margaretha, Katharina, Jost und Hennes um das Bett meines Vaters. Meine Mutter schloss mich schluchzend in die Arme. Sophia geleitete sie zusammen mit Katharina aus dem stickigen Gemach. Hennes folgte ihnen. Mein Vater lag in seinem letzten Schlaf auf dem Feldbett wie ein Offizier. Sonnenschein fiel durch einen Spalt zwischen den zugezogenen Vorhängen auf sein Gesicht. Seine Nase war ungewöhnlich knochig-schmal. Die steilen Falten auf seiner Stirn gaben ihm eine leidvolle Härte, während der Mund, gelöst von allen Erdenbürden, voller und zärtlicher wirkte als zu Lebzeiten. Erst im Tod offenbarte er diese liebevolle Weichheit, die er hinter seiner besorgten Strenge immer verborgen hatte und die ich erst erkannte, nachdem sie verloren war. Ich beugte mich zu ihm hinunter und küsste seine Lippen. Vor seinem Bett kniend betete ich still für sein Seelenheil und dankte Gott, weil die düsteren Tage seines Leidens ein Ende gefunden hatten. Halblaut sprach ich ein Ave-Maria, das Margarethas Weinen überdeckte. Ich drehte mich zu ihr, nahm ihre Hand. Sie legte ihren Kopf auf meine Schulter.

»Mittags ist er verschieden, wie keiner da war«, jammerte sie – dann sprang sie auf und verließ das Zimmer. Ich setzte mich auf ihren Stuhl und blickte in Felicitas' verschwollene Augen.

»Kein Klagen, keine Träne, keine Trauer?«, fragte sie.

»Meine Trauer ist von anderer Art!«

»Ja, die Trauer eines Eiszapfens, selbst der schwarze Samt hier«, sie strich über ihr Mieder, »er drückt mehr Trauer aus, als mein Gemahl im Stand ist zu zeigen. Jeder, vom Hütejungen bis zur Frau Mutter, hat untröstlich geklagt, aber der Herr Sohn spricht ein Gebet und setzt sich müd auf einen Stuhl. Ein Herz von Metall!«

»Ach, mein Vater ... er ist behütet im Licht.«

»Im Licht? Der Tod ist schwarz wie die Nacht.«

»Nein! Und ich will mit meinen eigensüchtigen Tränen nicht seine Seel beschweren.«

»Ausflüchte! Jeder will, dass an seinem Grab geweint und nicht gelacht wird.«

»Ja, ja, weinen um den Verlust ... um das Nimmermehr«, und dann öffnete sich das kleine Gehäuse, in dem ich den Schmerz zusammengepresst gefangen gehalten hatte.

Die Totenwache hätte ich gerne allein mit meiner Mutter und den Geschwistern übernommen, dagegen wäre jedoch das Gesinde Sturm gelaufen. Die Gebete für das Seelenheil meines Vaters waren das Einzige, das jedem blieb, um ihm noch einen letzten Dienst zu erweisen.

In dieser Nacht mussten die Kerzen immer aufs Neue angezündet werden, weil auch die geschickteste Hand zu unruhig war, den Docht so abzuschneiden, dass die Flamme ungestört weiterbrennen konnte. Außer Gebeten hatte ich mir Stille ausbedungen. Alle meine Gefährten ängstigte das über die Maßen. Lärm und Reden vertrieben die bösen Geister, die sich vielleicht der Seele meines Vaters bemächtigen wollten, ja selbst der Geist des Toten war gefürchtet, da man nicht wusste, ob er Ruhe fände. Spukgestalten konnten Menschen mit Krankheit und Tod schlagen, um sie in ein rastloses Dasein zwischen irdischer Luft und Hölle zu zwingen. Ich sah es den mit mir wachenden Mägden und Knechten nach, wenn sie mit den Füßen scharrten, etwas fallen ließen oder das Feuer öfter als nötig schürten, um Geister zu verjagen. Das flackernde Licht täuschte oft Leben im starren Gesicht meines Vaters vor, und mehrmals dachte ich, er wolle mir noch das Geheimnis mitteilen, das ihn in unserem letzten Gespräch gequält hatte. Das Trugbild seiner Gegenwart wurde immer greifbarer. Der Druck der apokalyptischen Reiter, der Kabinettschrank wie auch das übrige Mobiliar, das nie seinen Standort verändert hatte, atmeten sein Wesen, so als habe er dies alles zu Lebzeiten beseelt. Das Loch, das die Pfeifenkohlen vor langer Zeit in den auf dem Tisch liegenden Teppich gebrannt hatten, erinnerte mich an die damalige Kontroverse mit ihm und an viele folgende Dispute, die wir ausgefochten hatten. Ich sah seine wütenden Augen, hinter denen er seine Enttäuschung verbarg. Der Raritätenschrank wiederum stand für die frohen Stunden; wenn er ihn öffnete, um mir die römische Münze zu zeigen oder mir die Nautilusmuschel ans Ohr zu halten, spürte ich seine Liebe.

Ich nahm seine Hand, um sie zu wärmen, doch sie blieb so ungewohnt eisig wie die Nacht, in der ich um das Unwiederbringliche trauerte. Erst im Licht des frühen Morgens, das den Kerzenschein schwächer werden ließ und das Gemach in seiner nüchternen Schlichtheit zeigte, begriff ich das Ableben meines Vaters.

Der Tod ist der Beginn eines neuen Lebens. Meine gramgebeugte Mutter überließ die Aufgaben der Hausmutter nun ganz Felicitas. Ich war jetzt unumschränkter Herr; Sätze wie »Mit Verlaub, der gnädige Herr Vater aber sagte ...«, hörte ich nun nicht mehr und mir schien, als brächte man mir mehr Ehrerbietung entgegen als zuvor. Das Leichenbegängnis war die erste große Aufgabe, die Felicitas und ich zu bewältigen hatten. Um Streit zu vermeiden, stellten wir unsere eitlen Eigensinnigkeiten zurück. Trotzdem kam es zu einer mich kränkenden Unstimmigkeit. Das übliche Verhängen der Spiegel aus Angst, ein Dämon könne darin erscheinen, duldete ich. Was mir jedoch missfiel, war der Brauch, Eimer an der Haustür aufzustellen, um dem Toten einen Schwall Wasser hinterherzuschicken, damit sein Geist nicht ins Haus zurückfinden konnte, da ruhelose Seelen angeblich das Wasser scheuen. Darin sah ich eine Beleidigung meines Vaters, der mit allen Segnungen der Kirche gestorben war, und verbot sie, obzwar Felicitas sie zuvor erlaubt hatte. Dennoch goss meine Amme Katharina einen Eimer Wasser über die Schwelle, nachdem der Sarg sie passiert hatte.

Nicht nur Freunde, Pächter und Verwandte – darunter Felicitas' Bruder Gerwin und ihr Vater – folgten dem Sarg zur Gertrudiskapelle, sondern auch Abgesandte des Kurfürsten und Edelleute aus dem Landtag. Das Trauermahl munterte meine Mutter auf, während meine Schwester Margaretha stumpf vor sich hinstarrte. Noch bevor das Konfekt gereicht wurde, verschwand sie. Ich ging ihr nach und fand sie in der Kammer, die sie mit Sophia teilte.

»Margaretha, es wäre schön, wenn du uns mit deiner Gesellschaft erfreutest«, bat ich sanft.

»Die wär nur verdrießlich«, hauchte sie in einem armselig-kraftlosen Ton.

»Unfug, ganz im Gegenteil. Bitte komm!«

»Nein, diese Leute ... ich gehöre nicht dazu.«

»Was sind das für seltsame Reden?

»Ach, mir ist einfach nicht nach Fröhlichkeit wie Sophia, die so eifrig mit diesem hässlichen Kammerrat schwatzt.«

Ich bedrängte sie nicht weiter und ging in den Hof, um nach der Armenspeisung zu sehen. Viel Volk war zusammengelaufen. Bei der Verteilung der Reste des Leichenschmauses half Katharina eine Magd, deren Haar in der Abendsonne kupferfarben glänzte.

Entgin!

Ich nahm ihr die Suppenkelle aus der Hand und ein Raunen ging durch die Menge.

»Ihr seid wohl die heilige Elisabeth«, murrte meine Amme gedämpft, mich mit der Landgräfin von Thüringen vergleichend, die einst selbst die Armen speiste.

Die dankbare Freude der Armen beglückte mich und auf jedes »Gott segne's Euch, gnädiger Herr«, entgegnete ich: »Das verdankst du meinem Herrn Vater, bete für ihn«, was jeder mit andächtigem Nicken bejahte. Entgegen Katharinas Protest ließ ich zusätzlich Suppe holen.

»Denkt auch ans Gesinde!«, rüffelte sie mich.

»Wenn's nicht reicht, so können sie dir Dank sagen, weil du doch dem Sarg Wasser hinterdrein gegossen hast.«

»Herr, Ihr wart gegen viele Eimer, aber die junge, gnädige Frau hat gesagt, ein' Eimer dürft ich schon ausgießen.«

Nach der Speisung verabschiedete sich Entgin mit einem Knicks. Ich hielt sie zurück.

»Du sollst nicht ohne Lohn gehen.«

»Ich gehör nit zum Bettelvolk«, protestierte sie.

»Ich habe von Lohn und nicht von Almosen gesprochen!«

»Ich dank, nein, mir mangelt nichts«, sie knickste wieder.

»Warum läufst du weg?« Ich hielt sie am Handgelenk fest.

»Dat wisst Ihr doch! Die böse Nachred!«

»Aber das ist doch viele Jahre her.«

»Ja, aber üble Gerüchte schlafen nur und wer sie weckt, den schlagen sie härter.«

»Entgin, du bist der Engel, der mir damals das Leben gerettet hat. Jetzt bin ich im Stand, dich gut zu entlohnen.«

»Der selige Herr Vater war schon überaus großzügig.«

»Was denkst du, was mir mein Leben wert ist? Einen Taler oder mein Vermögen?«

»Gebt Ihr Doktor und Apotheker auch Euer Vermögen?«

»Ja, weil die's bereits fordern, wenn sie meinen Schnupfen nicht kurieren. Also, was brauchst du?« Schweigend sah sie zu Boden. »Gut, ich weiß, der Bruder des Auerhofpächters will dich heiraten. Dafür gebe ich dir den Acker vom seligen Kappes pachtfrei. Das ist wenig dafür, dass ich dir nicht mehr dankbar sein darf.«

Sie lächelte, als sähe sie das Paradies, schüttelte dann aber doch den Kopf und lief davon.

Dieses unschuldige Gespräch beflügelte die Phantasie meiner Mitmenschen, welche die Plauderei als Auffrischung einer alten Liebschaft deuteten. Wie ein Blitzstrahl traf mich eines Morgens Felicitas' Vorwurf, am Tag des Begräbnisses mit meiner früheren Konkubine Entgin Zärtlichkeiten ausgetauscht zu haben. Übel genug, dass ich mich unter die Landstreicher gemischt hatte, aber die angeblichen Liebkosungen ließen ihre Wut in ungeahnte Höhen flammen. Immerhin sorgte sie sich um meine Treue. Dies schmeichelte mir sogar. Bereitwillig erzählte ich ihr von meinem Schwatz mit Entgin. Sofort begeisterte sie der Gedanke, das Mädchen zu verheiraten, um »der losen Hur« einen ehelichen Wachhund zur Seite zu stellen. Ich ließ Merten, den jüngeren Bruder des Auerhofpächters, holen, der gegen ein Weg- und Zehrgeld auch kam. Er war ein klobiger Kerl, der ganz den Eindruck eines Knechts machte. Mich wunderte Entgins Leidenschaft für diesen Ausbund bäurischer Durchschnittlichkeit; aber Besitz und Arbeitskraft zählen bei Bauern als Heiratskriterium, weniger das Aussehen. Sein Hütlein in den Händen haltend musterte er mich unlustig, während ich ihm mein Angebot erklärte. Doch auch ihn störte das Geschwätz über Entgin und mich, das ihm auch sein Bruder wohl oft genug ins Ohr geblasen hatte, weil ihm daran gelegen war, Merten als billigen Knecht auf seinem Hof zu halten.

»An dem Geschrei ist nichts dran«, beruhigte ich ihn.

»Ja, sie war eine keusche Jungfer, bis …« Er grinste.

»Willst du eine andere?«, fragte ich.

»Ei, nee, nur …« Ich wartete geduldig auf die Fortsetzung der Rede, die er jedoch als beendet ansah.

Die Tür ging auf, Felicitas kam herein und setzte sich.

»Merten, heirate deine Entgin und ich gebe dir das Feld vom Kappes pachtfrei«, wiederholte ich mein Angebot.

»Und obenauf erhältst du acht Taler«, ergänzte Felicitas.

»So viel?« Ein Strahlen ging über sein grobes Gesicht: »Ja, da kann man Hochzit machen!«

»Recht so«, bekräftigte ich seinen Entschluss.

»Mit Verlaub, Herr, könnt ich dat all jeschriewe' han?«

»Du hast mein Wort!«

»Wenn's keine Umständ nit macht, so hätt' ich gern dat Papier.«

»Schreib auf des Teufels Horn guter Engel und jeder glaubt's«, stöhnte ich.

»Vielleicht reicht das«, mischte sich Felicitas wieder ins Gespräch und schüttete aus einem Beutel zehn Taler auf den Tisch. Davon schob sie Merten die Hälfte zu und versprach ihm die andere Hälfte zum Hochzeitstag. Die glitzernden Münzen waren beredter als alle Worte des gewandtesten Orators. Achtungsvoll streichelte er einen Taler und juchzte: »Düvel, wir machen Hochzit, bis der letzt' Kettenhund dreimal kotzt!«

»Er wird alles beim Hochzeitsfest verprassen«, sagte ich zu Felicitas, nachdem er gegangen war.

»Sei's drum!« Sie zuckte mit den Achseln. »Ein lustig-üppiges Fest ist gut angelegtes Geld, denn es macht Freude, Freunde und hebt den Kredit.«

Die Hochzeit wurde tatsächlich ein Fest, das alle Nachbarn in dankbarer Erinnerung behielten. Ob allerdings die Kreditwürdigkeit des Brautpaares stieg, blieb im Dunkeln.

Juni 1663

Obwohl uns keine schweren Sorgen plagten, gab es in den zwei Jahren nach dem Tod meines Vaters mehr Misshelligkeiten als einträchtig schöne Stunden. Ein gravierender Punkt war meine Jagdleidenschaft, da ich bisweilen nächtelang fortblieb. Die Wogen glätteten sich erst, nachdem ich mir angewöhnt hatte, abends, oft sogar schon mittags zurückzukehren, was meinen Knechten missfiel. So auch an einem Junitag des Jahres 1663.

»Bei der Beut wär'n wir besser zu Haus geblieben, um mit den Weibern Woll' zu spinnen«, murrte Hennes.

»Woll' spinnen?«, wiederholte Thierry, »he, du alter Bock, du spinnst wohl Fäden, aber nur solche, an deren End schon ein Weib hängt. Du solltest dir auf deine alten Täg' endlich an einer einzigen deine Gichtfinger wärmen, sonst wirst du bald weniger als ein Häslein an den Ohren haben.« Er hielt stolz unsere Jagdbeute an den Löffeln hoch.

»Ich hab keine gichtigen Händ«, wehrte sich Hennes.

»Nun gut, dann hast du quicklebendige Finger, die den Weibern über alle kitzligen Stellen streichen. Aber was ist, wenn du alt und krank bist und du kein Weib hast?«

»Dann leb ich bei meinen Kindern. Hab mich ja zeitlebens bemüht, möglichst viele von ihnen in diese schöne Welt zu rufen. Doch was kümmert's dich? Du holst dein Bauerngretlein auch nur ins Heu und nit ins Ehebett.«

»Hast du mir nicht vor einem Monat gesagt, der Hochzeitstag sei nun abgemacht und du quittierst im Herbst den Dienst bei mir?«, wandte ich mich an Thierry.

»*Mon dieu*, gnädiger Herr!« Thierry trieb sein Pferd neben das meine. »Das war wohl so, doch der Vater meiner Braut ist gar wunderlich. Mit der Hacke hat er auf mich eingeprügelt und mit diesem Rabenaas unter einem Dach zu leben, lockt mich nit so recht in den Ehstand.«

»Du heiratest doch seine Tochter, nicht ihn!«

»Na ja, ich kann den Alten schlecht aussperren.« Thierry wiegte nachdenklich den Kopf: »Und jetzt, wo ich so viel Geld zusammengeraspelt hab, kommt's mir überhastet vor. Es ist, als wär eine gute Supp, nach der ich mir lang alle Finger geleckt habe, plötzlich kalt geworden, und auf einmal seh ich viele andere noch bessere Speisen.«

»Hast du der Gret schon gesagt, dass dir der Sinn nach einer anderen Suppe steht?«, fragte ich.

»Nein«, er zog den Kopf ein, als erwartete er einen Schlag, »aber da ihr Vater mich so liebt wie die Katz die Mäus, will ich doch lieber hierbleiben.«

»Mir wär's lieber, du heiratetest die Gret, die nun schon lang genug wartet. Aber bleib nur, solang du willst.«

»Danke! Ich werde auch alles tun, vom Sauhüten bis zum Kinderwiegen.«

Er grinste vielsagend. Es war wohl nicht verborgen geblieben, dass Felicitas schwanger war, obwohl weder sie selbst noch die Ärzte Kindsregungen wahrgenommen hatten, was allein Gewissheit gebracht hätte. Felicitas beharrte darauf, dass es nur eine »Stockung des Geblüts« sei, die sich nach einiger Zeit wieder auflöse, wie es schon zuvor geschehen war. Gegen die Melancholie verordnete ihr der Arzt ein Glas Rheinwein, hingegen sollte sie Safran, Liebstöckel und scharfe Speisen unbedingt meiden, falls sie doch schwanger war. Aber die Ratschläge der Doktores halfen nicht. Auf mein Drängen hin hatte sich nun eine Hebamme angesagt. Sie kam mir im Wirtschaftshof entgegen, eine dralle Frau mit einem frischen roten Gesicht und hellen freundlichen Augen. Sie knickste und verkündete sofort, dass Felicitas bald mit einem Kindlein niederkommen werde, weil sie die Kindsregungen deutlich gespürt habe.

»Und warum hat die Mutter nichts bemerkt?«

»Ach, sie dacht', es sei ein Katarrh. Sie schwatzt wohl nit gern über derlei Dings. Ich hab ihr geraten, jetzt kein Kind zur Tauf zu tragen, sonst wird eins sterben. Sie soll nit Völlerei betreiben, damit nit zu viel Gall ins Blut läuft und das Kind erstickt. Sie sollt Kreuzwege meiden, sonst gibt's ne schwere Geburt, sie sollt Schönes und nichts Verderbtes sehen ...«

Es folgte eine Litanei von Geboten und Verboten. Sofern ich mir einen Sohn wünschte, sollte ich darauf achten, dass niemand an meiner Türschwelle heimlich eine kleine Münze vergrub, da dies mir eine Tochter bescheren würde. Obwohl ich nur halb zuhörte, nahm ich einiges ernst, was sie sagte, vor allem die Lehre, dass sich alle Eindrücke, die eine werdende Mutter aufnahm, sich gleichsam wie ein Stempel auf das Kind übertragen. Scharfer Schrecken der Mutter konnte das zarte Geschöpf töten, Schönheit dagegen bildete seinen Geist und die Gestalt. Noch bevor die Hebamme den Rest ihres Wissens über mich ausgoss, dankte ich ihr und eilte zu Felicitas, die im Bett lag. Ich schloss sie in die Arme, küsste sie und flüsterte ihr ins Ohr: »Gottlob und Dank, dass meine Eheliebste gesund ist. Diese Eselsköpf von Ärzten ... ach, was für eine Freud!«

In ihren graugrünen Augen war aber keine Mutterfreude.

»Ich werde sterben«, schluchzte sie auf.

»Ei, Unfug!« Ich nahm ihre Hand. »Meine Mutter hatte acht Kinder und lebt lustig und mein Vater ist tot.«

»Aber meine ist nach meiner Geburt gestorben«, versetzte sie, »und meine Stiefmutter hat bei allen Kindern höllisch gelitten und keins blieb am Leben. Es ist ein Fluch!«

»Aber Kinder sind doch ein Segen!«

»Ja, aber ich wollt wenigstens 25 Jahr werden.«

»Wir leben noch 20 Jahre! Und jetzt gehen wir in unseren Garten und erfreuen uns an der Sonne.«

»Das hat Zeit!« Sie sank in ihr Kissen zurück.

»Nein, mein herzlieber Schatz.« Ich drückte ihr einen Kuss auf die Hand. »Die Sonne im Zenit kann man nicht warten lassen, noch weniger die weit geöffneten Kelche der Lilien, die feurigen Rosen und die anmutig singende Lerche. Der Duft des Sommerwindes, der nach Himmel schmeckt, wenn man ihn einhaucht ...«

Ich stockte. Sie lachte und rief »weiter«. »Und – lockt meine Liebste nicht das Grün der Büsche, in deren Mitt' der Springbrunnen mit feinem Dunst den heißen Tag erkühlet ... ach, mit welch' lieblichen Worten soll der unvermögende Poeta den Garten noch preisen?«

»Ja, der Garten ist wahrhaftig schön geworden.«

»Und deshalb genießen wir ihn jetzt!«

Wenig später spazierten wir in unseren Garten, auf den wir zu Recht stolz sein konnten. Inmitten der mit Buchsbaum gesäumten Beete lag ein Becken mit einem Springbrunnen, dessen Wasserstrahl in dreifacher Mannshöhe hochschnellte, und die alte Laube war einem Lusthäuschen gewichen. Lobelien blühten umgeben von Tagetes und anderen Sommerblumen, alles in Mustern kunstvoll in Form gehalten. Doch Felicitas war der Garten nicht gepflegt genug.

»Wir sollten uns an den Blumen freuen und nicht nach Makeln suchen«, wies ich sie zurecht, »wir sind auf dem Land und dafür ist alles hier sehr kunstvoll gestaltet.«

»Heißa, ja, auf dem Land, wo man Hungerblümlein pflückt, die Gäns' für die Stadtleut mästet und das Leben eintönig verrinnt.«

Wir waren bei dem Lusthäuschen angekommen, das ein in Rosenbüsche eingebetteter offener Pavillon war. Wir setzten uns auf eine Bank. Ich pflückte eine Rose, brach die Stacheln ab und überreichte ihr die Blume.

»Das hier ist das Leben – daran kann man sich berauschen, ohne einen tollen Kopf zu bekommen.«

»Ha, ein rechter Rausch ist besser, als in Langeweile zu verdorren.«

»Liebste, warum der Missmut?«

»Ach, mir fehlen meine Freunde und – nun ja, man erzählt merkwürdige Sachen über den Herrn von Merhoffen.« Fragend sah ich sie an. »Ja, man erzählt, dass sich vor den Augen eines Bauern ein Mann in Luft aufgelöst hat.« Ich fing an zu lachen. »Das ist nicht zum Lachen!«, rüffelte sie mich, »es ist ernst! Der Bauer hat nämlich das Gesicht des Herrn von Merhoffen gesehen.«

»Wie? Das Gesicht meines Vaters?«

»Nein, das des jetzigen Herrn.« Sie sah mich besorgt an.

Ich nahm einen Stein und schleuderte ihn weg. »Dieser Aberwitz! Nur weil mir einmal ein Geist begegnet ist, schmückt jeder sein Hirngespinst mit meinem Gesicht, da ich ja mit Geistern wohl vertraut bin. Wer bringt die infame Lüge unter die Leut?«

»Das habe ich von meiner Zofe und die Hebamme hat's eben bestätigt, und der Bauer, dem das widerfahren ist, soll ein aufrichtiger Mann sein.«

»Aufrecht und aufrichtig wie eine Schlange!«

»Die Nachred, mit bösen Geistern auf vertrautem Fuß zu stehen, ist nicht sonderlich ehrenvoll.« Sie malte mit der Schuhspitze Pentagramme in den Sand.

»Ich habe wohl einige Feinde.«

»Ich will's gern glauben, doch warum dann der Umgang mit der Hex, der Entgin?«

»Hola, daher pfeift der Wind!« Ich schnalzte mit der Zunge. »Es reicht wohl nicht, dass Entgin nun ein Kind hat und ihr Ehemann jeden bissigen Wachhund übertrifft?«

»Ich bin nicht eifersüchtig. Nur die Geistergeschicht, die Vertrautheit mit Entgin, deren Mutter wohl eine Hex war und die Jagdausritte über Nacht machen mich zweifelnd.«

»Nein!« Ich verwischte mit dem Fuß die Pentagramme. »Der Pesthauch des Tratsches sollte mein Eheweib nicht infizieren. Die Leute stückeln aus vielerlei ein Bild zusammen, das so echt ist wie Eisschollen im Sommer.« Ich nahm sie in den Arm. »Dass mir früher ein Geist erschienen ist, macht mich doch nicht zum Zauberer. Ich habe weder Flugsalb unterm Bett noch braue ich magische Tränklein, sondern führe nach besten Kräften ein frommes Leben. Das weiß mein lieber Schatz besser als alle anderen. Dieser Unfug sollte uns nicht trennen, sondern zusammenschmieden.«

Sie nickte. In ihren Augen las ich aber den alten Widerwillen, den sie mir bei der Verlobung angekündigt hatte und den auch manche glückliche Stunde nicht fortgewischt hatte.

Eine meiner Vergnügungen waren Übungsgefechte mit Jan, wenn er – selten genug – nach Merhoffen kam. Wir zogen uns auf eine Wiese zurück, von der aus man einen Teil der Landstraße sehen konnte. Als wir uns eines schönen Sonntags wieder auf diese Weise belustigten, deutete Jan auf die Straße.

»Dem wird's wohl übel gefallen, wie wir den Tag des Herrn heiligen«, sagte er.

Begleitet von einem Knecht lief ein Mönch im Wanderschritt auf Merhoffen zu. Der Mönch war Zisterzienser. Wie von Magneten angezogen, ging ich ihm entgegen.

»Wenn Ihr den *Pfaff* mit blankem Degen empfangt, wird ihn das wenig freuen«, rief mir Jan hinterher, woraufhin ich den Degen ins Gras warf und meinen ehemaligen Novizen Matthias Kipgen in die Arme schloss.

»Welcher gute Wind hat ihn hergeweht?«, fragte ich.

»Ach, eher ein böser! Mein Vater ist gestorben. Da war der Abt so gnädig, mich nach Flerzheim zu senden.«

Matthias und sein Begleiter nahmen meine Einladung, über Nacht zu bleiben, dankbar an. Der Knecht nannte sich Robert Justus – ein unfreundlicher Mann, der mich musterte, als wolle er mir auf dem nächsten Hohlweg auflauern. Ein wilder Bart bedeckte sein halbes Gesicht. Auch Jan, der sich bald verabschiedete, betrachtete er auffallend eisig.

Bei einem Krug Bier erzählte mir mein ehemaliger *Confrater*, der nun eigentlich Bruder Petrus hieß, den ich aber weiterhin mit Matthias anredete, alles Wissenswerte aus der Abtei. Abt Franciscus Schäffer war in seinem 80. Lebensjahr zurückgetreten und sein Nachfolger, Pater Gottfried Broichmann, war zu milde, um die eingerissenen Unsitten einzudämmen. Adam hatte die Abtei verlassen. Bruder Johannes, mein Gärtnerlehrer, war inzwischen in eine bessere Welt gegangen. Unbeirrt hatte er bis zu seiner letzten Stunde das alte Mönchsdasein vorgelebt – als kauziger Einzelgänger belächelt in einer Zeit, die dem Wohlleben und der Eigenliebe mehr huldigte als den monastischen Tugenden.

»Ihr hättet das Feuer gehabt, die Anhänger der strengen Observanz zum Erfolg zu führen«, schmeichelte mir Bruder Matthias.

»Nein, als einfacher Mönch eine ganze Abtei gegen den Strom der Zeit zu führen, ist unmöglich. Lebensweisen, Glaubensansichten, selbst Staaten werden wie wir Menschen alt und selten wieder jung. So ist auch das abgeschiedene Mönchsdasein alt geworden. Er ist gewiss ein rüstiger Herr, der sich wehrt, aber die Jesuiten sind da mehr à la mode. Sie leben in der Welt und schwimmen mit dem Strom der Zeit, nicht dagegen.«

»Da habt Ihr früher ganz anders geredet!«

»Auch ich habe mich verändert«, gab ich zu.

»Schon ein Glas Wasser hat die alte Flamme erstickt?«

»Nein, ich wäre gern wieder Mönch, doch ich will nicht klagen. Warum hat Adam das Kloster verlassen?«

»Ihr, lieber Herr, habt ihn wie mich mitgerissen, und als Ihr scheitertet, ist auch er bald gegangen.«

»Dann muss ich ihm seinen Degen zurückgeben.«

»Bitte nicht! Er ist sehr stolz, dass Ihr ihn tragt. Aber etwas brennt mir auf der Seel. Ich hoffe, Ihr nehmt's mir nit krumm.«

»Nur zu!«

»Das Gerücht geht um, der Herr von Merhoffen sei als Geist einem Mann erschienen, der daraufhin gestorben ist und …«

»Genug«, unterbrach ich ihn, »dieses einfältige Geschwätz hat mehr Leben als die neun einer Katze. Ich kenn's schon, allerdings ohne das Addendum, dass der Mann tot ist.«

»Oh ja, deshalb nehmen's die Leut auch so ernst und halten's für ein bös Zeichen, dass die Ernte verdirbt oder der Tod sich ankündigt, weil sich ein Dämon bei ihnen eingenistet hat. Wegen des Rumors bin ich hierhergekommen.«

»Für die Müh dank ich«, sagte ich nach einer Weile, in der nur das Ticken der Uhr zu hören war, »aber über dieses Narrenstück kann ich mich nur wundern.«

»Narrenstück? Wer bringt sich selbst schon gern in Verbindung mit dem *Bösen Feind* und Dämonen?«

»Um sich selbst aus seiner Bedeutungslosigkeit zu erheben, tut mancher sogar das. Ich laufe doch nicht als Bauernschreck nachts über Felder?«

»Nein, aber wenn Ihr geistlichen Beistand eines verschwiegenen Freundes braucht …« Die Hände hilflos hebend ließ er den Satz unbeendet.

»Verflucht, ich hab mich nicht dem Teufel verschrieben!«

Krachend schlug ich mit der Faust auf den Tisch. Bestürzt sah er mich an und seine Hände verkrochen sich in den Falten seiner Kutte, als müssten sie sich in dem folgenden kalten Schweigen wärmen. Wir fanden nicht die Worte, um die Beklemmung zu überwinden, und die Wiedersehensfreude, die uns über die Verlegenheit hätte hinweghelfen können, war erstickt. So begleitete ich ihn zu seiner Kammer in den Wirtschaftsgebäuden. Auf dem Rückweg traf ich im Hof auf Robert Justus, der, an den Brunnen gelehnt, das Herrenhaus betrachtete. Er bedankte sich bei mir ein weiteres Mal für die Aufnahme. Die graublauen Augen, die knapp unter den kräftigen Brauen saßen, hatten etwas Drohendes, Fanatisches – kurz, alles, was im Gegensatz zu jeder liebenswerten Manierlichkeit steht.

»Wenn du hungrig bist, gibt dir Katharina etwas.« Ich deutete in Richtung der Küche.

»Nein, ich danke! Ich geh zurück zum Auerhof.«

»Zurück? Du wolltest doch nach Flerzheim?«

Er lächelte mühsam: »Nein, nun doch nit! Ich wollt dem Bruder zu Gefallen dahin, aber die Reis' leert den Beutel doch gar zu arg.«

»Dann Gott befohlen und lass dir Wegzehrung geben.«

Er verbeugte sich steif. Anscheinend fiel es ihm schwer, mir diese Ehre zu erweisen. Der jähe Abschied dieses Sonderlings, der die Welt wohl mehr hasste als er sich selbst liebte, war Bruder Matthias unbegreiflich.

»Auf und davon?«, fragte er ungläubig, nachdem ich ihm vor dem Nachtmahl von dem plötzlichen Aufbruch seines Begleiters berichtet hatte, »unser *Halfe* wollt ihn gar nicht gehen lassen, weil's viel Arbeit gibt. Der Robert wollt's aber durchaus und lieb war's mir allemal! Wenn man immer in der Abtei sitzt, läuft man ungern allein durch die Welt.«

»Mein Bruder kann gewiss einen Knecht entbehren«, mischte sich Sophia ein, die sich zu uns gesetzt hatte.

»Danke für die Fürsorg, aber das ist nicht nötig!«

»Lieber Freund«, sagte ich, »es wäre besser, die Offerte anzunehmen, hier treibt sich so manches Gesindelchen herum ... und, mit Verlaub, ich muss bekennen, dieser Robert Justus ist mir nicht geheuer – ein bitterer Gesell.«

»Aber kein schlechter!«, verteidigte ihn Bruder Matthias, »nur bedauernswert. Man muss seine Geschichte kennen, bevor man urteilt. Wenn's beliebet, kann ich sie erzählen?«

»Ei ja, bitte«, rief Sophia und ich nickte höflich.

»Wie Ihr wünscht. Der Vater des Rohen Bert, wie er oft genannt wird, verlor seinen Hof im Krieg. Nachdem sich Vater und Sohn lange mit den niedrigsten Arbeiten elendlich ernährt hatten, nahm sie ein Schiffer in Lohn und Brot. So sehr der gelehrige Junge dem Mann von Nutzen war, so wenig mochte er den halsstarrigen Alten. Aus Barmherzigkeit sah der Schiffer eine Weil *durch die Finger*, schließlich aber sagte er dem Bert, er solle sich von seinem Vater trennen oder zu *Michaelis* einen neuen Brotherrn suchen. Bert weigerte sich, den Vater zu verlassen, was er dem Schiffer sogleich sagte. Das mag sein Vater wohl gehört haben – jedenfalls, am nächsten Tag umarmte er seinen Sohn aufs Zärtlichste, flüsterte ein ›Gott vergib mir meine Sünden‹ und sprang mitten auf dem Rhein ins Wasser, wo er auf der Stell ersoff. Das Leid des Jungen war unendlich. Sein Vater hatte nun auch noch das Paradies verloren, das ihnen in all den Jahren des Jammers stets wie ein goldener Lohn vor Augen war. Dass sein Vater sein Seelenheil für ihn geopfert hatte, ist eine Wunde, die sich nicht schließen will. Viel von Roberts sauer verdientem Lohn wandert in die Taschen fragwürdiger *Pfaffen*, die Messen für die Seele des Selbstmörders lesen, die doch nie das Himmelreich erringen kann. Im Auerhof arbeitet der Robert mehrere Wochen wie ein Pferd und dann verschwindet er für Tage, in denen er für seinen Vater betet…«

»Ob das alles so stimmt, lieber Bruder?«, warf ich ein und erntete einen ärgerlichen Blick Sophias, die diese herzbrechende Geschichte in vollen Zügen genoss.

»Ja, in seinem Gesicht sieht man diesen Schmerz!«

»Wie kam der Robert zum Auerhof?«, wollte Sophia wissen.

»Er hatte sich einen Kahn gekauft, den das Hochwasser weggerissen hat. Nachdem er selbst einmal Schiffmann war, will er nicht mehr als Schiffsknecht arbeiten, so muss er jetzt sein Brot als Taglöhner verdienen.«

»Herr Jesus, dem unglückseligen Mann scheint gar nichts zu *klecken*«, bedauerte ihn Sophia.

Bruder Matthias verließ Merhoffen am nächsten Tag, kehrte aber auf dem Rückweg wieder bei uns ein. Da Felicitas niederkam, konnte er im unglücklichen Fall das Seelenheil der Mutter retten und dem Kind eine sofortige Taufe sichern. Eine Horde Weiber okkupierte das Haus.

Ich blieb ausgeschlossen wie Margaretha und eigentlich auch Sophia, da sie unverheiratet war. Sophia schaffte es dennoch, sich unter die Weiber zu mischen und berichtete mir gelegentlich, Felicitas sei noch immer »im Kram«.

Bei dieser Weiberschar muss sich die Zahl der Männer erhöhen, dachte ich, auf einen Sohn hoffend, den sich auch Felicitas wünschte. Die Angst um sie ließ mich Höllenqualen leiden. Da es für die Mannsleut nichts zu tun gab, setzten Matthias und ich uns vor den Kamin und tranken Branntwein, der mir so zusetzte, dass ich nur noch ein verschlafenes »Ja« herausbrachte, als mir Sophia endlich die Nachricht über eine glückliche Geburt überbrachte.

In der Stube der Kindbetterin herrschte drangvolle Enge und ohrenbetäubendes Geschnatter. Das gesamte weibliche Gesinde war gekommen, um die Mutter zu beglückwünschen. Fassungslos sah ich zunächst dem Treiben zu. Dann warf ich das gesamte Weibervolk hinaus. Kaum hatte die Letzte den Raum verlassen, klopfte es. Zornig riss ich die Tür auf und starrte in die bestürzten Gesichter von Margaretha und Bruder Matthias, der ein Gefäß mit Weihwasser in der Hand hielt. Beide ließ ich herein. Felicitas – leichenblass – schlief.

»Sie ist nur abgemattet«, beruhigte mich meine Mutter.

»Ist's ein Sohn?«, fragte ich sie.

»Nein, ein Mägdlein. Sie ist wohlgestaltet, wenn auch recht zart.«

Die Hebamme legte mir ein Bündel in den Arm, mehr als ein winziges Gesicht war nicht zu sehen. Das Kind machte eine Bewegung, als wollte es die Händchen heben, was ihm wegen der festen Schnürung des Wickeltuches nicht gelang. Es begann zu schreien. Ich befreite es von den Fesseln, was der Hebamme missfiel. Bissig fragte sie mich, ob ich wolle, dass das Kind einen Buckel bekäme. Meine Tochter war zart. Die Adern schimmerten blau durch die Haut. Sie schloss die Augen – hauchdünne Lider, so fein wie die Flügel einer Libelle. Das winzige Wesen begann zu wimmern. Ich hüllte sie lose wieder in das Wickeltuch, wiegte sie und flüsterte, »still, still, meine Schöne, ma belle, meine lieb belle, Libelle«, was ihr wohl gefiel, denn sie schlief ein.

Bruder Matthias wollte das Kind taufen und fragte mich, welchen Namen es erhalten solle.

»Lieb-Belle«, antwortete ich ohne nachzudenken.

»Libelle? Warum nit gar gleich Stechmück oder grüne Blattlaus, dat sind auch allerliebste Name'«, wetterte die Hebamme, »bei der Nottauf hieß sie Anna Christine Margaretha, so will's die gnädige Frau.«

Neben dem Bett taufte Bruder Matthias das Neugeborene. Felicitas' müder Blick traf sich mit dem meinen in glücklichem Einvernehmen.

❧ Mai 1664 ❧

Anna Christine, die ich »Lieb-Belle« nannte, gedieh im Sommer auf das Prächtigste zu einem feisten Mehlwurm. Im Winter bangten wir allerdings mehrmals um ihr Leben. Eine Nacht lang hielt ich sie in den Armen und dankte Gott, als sie sich am Morgen regte.

Für Mai hatte Kurfürst Maximilian Heinrich einen Landtag einberufen, für den wenig Zulauf erwartet wurde. Die alle Welt bewegende Türkensteuer hatten die Stände vor zwei Jahren bewilligt. Gleichzeitig war ein Beitrag zur Befestigung Bonns und Kaiserswerths abgelehnt worden, da der Feind sich kaum bis Kurköln durchschlagen würde. Zwar eroberten die Türken im September 1663 Neuhäusel bei Barakan, doch »Barakan« klang zu weit entfernt, als dass dies ernste Beunruhigung auslöste.

Landtage hatte ich bisher gemieden, um den Herren von Kolff nicht zu begegnen. Aber für ewig wollte ich mich dieser Pflicht nicht entziehen. Auf einem Spaziergang bat ich daher Sophia, während Felicitas' Abwesenheit deren Aufgaben zu übernehmen, was sie zuvor schon getan hatte. Wider Erwarten lehnte Sophia diesmal ab, weil sie uns nach Bonn begleiten wollte.

»Welche dringlichen *Commerzien* gibt's denn da für ein reizendes Frauenzimmer wie dich, Schwesterlein? Du warst doch erst letzte Woche bei Charlotte und Henrietta?«

Sie beobachtete einen Raubvogel, der über einem grünen Roggenfeld kreiste und ließ sich Zeit mit der Antwort.

»Weiß der Herr Bruder nicht, was mich da erwartet?«

»Beileibe nicht!«

»Saltin, jemand will um meine Hand anhalten.«

»Weiß Gott, eine schöne Neuigkeit!«, stotterte ich verblüfft, »wer ist's?«

»Es ist der *Lizentiat* Andreas Frohen. Er ist Kammerrat bei seiner kurfürstlichen Gnaden.«

»Also ein bürgerlicher gelehrter Rat!«

»Ja!« Sophia nickte stolz. »Er ist ein sehr gebildeter Herr, den der Kurfürst hoch *estimiert*. Er war der Abgesandte seiner Durchlaucht bei der Leichabdankung des Herrn Vaters.«

Ach ja – ein zur Korpulenz neigender Herr, dem schon mehr Haar fehlte, als ihm auf dem Kopf geblieben war. Ich versuchte etwas Gutes über den mit allen Wassern der höfischen Weitschweifigkeit gewaschenen Rat zu sagen: »Ein sehr beredsamer Herr mit exzellenten ... Manieren.«

»Ja, so ist er – und er verehrt mich sehr.«

»Das glaube ich gern. Und? Wie gefällt er dir?«

»Es ist herrlich, wie eine Göttin auf ein Podest gehoben zu werden.« Sie errötete.

»Das Schmeicheln liegt dem Hofmann gewiss, aber wie steht's um dein Herz?«

»Ich mag ihn!« Ihre Wangen waren nun flammend rot. »Ach, den Rausch der Liebe, der einen zum Schiffbrüchigen im weiten Meer macht, suche ich in meinem Alter nicht mehr. Wer kann schon den heiraten, den man von Herzen liebt?«

»Nun ja ... du hast doch eher eine Wahl als ich!«

»Ja?« Sie lächelte skeptisch: »Saltin, ich versteh mich nicht aufs Tändeln, um die Mannsleut um den Verstand zu bringen. Für meine Schönheit bin ich auch nicht berühmt. Und jetzt im 27. Jahr wird das Kinn runder, die Linien um Mund und Stirn sind deutlicher und ich lebe noch immer im Elternhaus ohne Hoffnung auf einen eigenen Hausstand.« Sie blickte in den Himmel. »Deshalb ist ein angenehmer, wohlbestallter Mann für mich das höchste Glück.«

»Gewiss, doch bedenke die Gefahr einer schlechten Ehe! Wer das Paradies auf Erden verspricht, hat's flugs vergessen, wenn der trübe Alltag seine Kräfte fordert.«

»Mag sein!« Sie pflückte eine Maiblume. »Jede Tat hat eine Wirkung, aber auch jedes Nichtstun. Mir ist's lieber, mich selbst ins Unglück zu stürzen, als das Wasser langsam steigen zu sehen, das mich in einem Meer der Unzufriedenheit ertränken wird.«

»Wenn's die Frau Mutter billigt ...« – sie nickte stumm – »und es dein inniger Wunsch ist, dann gebe ich dir mein *Placet* und wünsch von ganzem Herzen viel Glück dazu.«

Sie warf jauchzend die Blume hoch und fiel mir um den Hals. Als sich ihr Jubel gelegt hatte, eröffnete ich ihr, dass ihre Mitgift keineswegs üppig ausfallen werde und sich ihre Pläne schon deswegen zerschlagen könnten.

»Ei, lieber Bruder, aufs Geld schielt er nicht«, wandte sie ein, »er ist seit einem Jahr Witwer, hat zwei Kinder und wünscht sich nichts mehr als mich an seiner Seite.«

»Mein Gott, Sophia, was für einen Mühlstein hängst du dir an den Hals! Ein alter Mann mit Kindern hat wenig Zeit und Geld, seinem Eheweib ein angenehmes Leben zu bieten.«

»Warum nicht? Die Kinder sind aus den Windeln, der Sohn ist sieben, die Tochter 14 Jahr. Und alt ist er ganz und gar nicht, sondern nur elf Jahr älter als ich ...«

Er sieht älter aus, dachte ich und ließ sie weiter plappern: wie galant er sei und so würdig. In seinem Gram um seine verstorbene Frau habe er das Haus »Zum Kleinen Roten Löwen« oft aufgesucht. Erst schien es, er bemühe sich um Henrietta, aber bald war Sophia in seiner Gunst – zum Kummer der armen Charlotte, die sich gleichfalls Hoffnungen gemacht hatte. Die selige Ehefrau sei zänkisch gewesen, worunter der arme Andreas sehr gelitten habe, weswegen es ihm jetzt pressiere, eine liebevolle Gattin zu ehelichen. Das hatte dieser Fuchs gut eingefädelt: sich in einen Gänsestall mit stattlicher Auswahl gepirscht, die Weiber gegeneinander ausgespielt, so dass diejenige, auf die seine Wahl gefallen war, sich nur geehrt fühlen konnte, und die trieb er nun mit Mitleid erregenden Geständnissen zur Eile an, auf dass ihm die Beute nicht doch noch durch die Lappen ging. Wenn ich den Gesellen richtig einschätzte, musste Sophias magere Mitgift seine wahren Absichten rasch offenlegen.

Der Kammerrat hatte es wahrhaftig eilig. Schon am Tag unserer Ankunft erschien er im »Kleinen Roten Löwen«, wo wir wieder

Aufnahme gefunden hatten. Nach wenigen floskelhaften Worten mit unseren Gastgebern bat er mich um eine Unterredung. Jeder kannte den Grund und man verließ, wissende Blicke wechselnd, die Stube. Nur mein Bruder Max, der seit meiner Ankunft wie eine Klette an mir hing, verabschiedete sich erst nach gutem Zureden. Frohen lächelte gönnerhaft bei dieser Szene und vergewisserte sich mit drei Fingern vom richtigen Sitz seiner braunen Lockenperücke. Er hatte sich respektabel herausgeputzt und die modische Haarpracht verjüngte sein Gesicht vorteilhaft. Trotzdem konnten das dunkle Wams mit den silberumsäumten Knopflöchern und das Spitzenjabot um den Hals nicht über eine gewisse Plumpheit hinwegtäuschen: Tränensäcke unter den Augen, feiste Schenkel und rosiges, auf Wohlleben deutendes, straffes Fleisch. Lediglich der schmale Mund und die sehnigen Hände verrieten, dass dieser Mann nur träge schien, es aber keineswegs war. Sein Sternzeichen war wohl der Löwe, der in der Mittagssonne dösend bei der kleinsten Witterung unverzüglich die Jagd aufnimmt.

»Schön, wenn Kinder ihre *Affektion* so augenscheinlich erweisen wie der wohlgeborene Herr Bruder«, bemerkte er.

»Oh ja, gewiss!« Mehr fiel mir dazu nicht ein.

»Wohlgeborener Herr von Merhoffen«, begann er, »ich danke für die Gunst, dass der edle Herr einem unbedeutenden Rat seiner kurfürstlichen Gnaden kostbare Zeit widmet. Ich will deshalb nicht umschweifig reden, obwohl die Importanz der Sach eine solche Vorgehensweis' verdiente. Nur um den Herrn nicht zu ermüden, werde ich, wenn's beliebet, meine *orationem* so knapp wie möglich halten und in medias res gehen. In letzter Zeit bin ich oft Gast in diesem schönen Haus gewesen, nicht allein, um meine hochgeachteten Freunde zu sehen, sondern vor allem, um die wohlgeborene Frau Schwester, Mademoiselle Sophia, zu sprechen. Es gingen wohl einige Wochen so dahin, bis ich vermeinete, dass sie mir recht wohlwollend begegnete. Auf diese Weis' ermuntert, habe ich mich erkühnet, ihr den Hof zu machen, zweifelsohne mit aller gebotenen Hochachtung und angemessener Zurückhaltung. Obgleich

ich es kaum zu hoffen wagte, trugen meine zarten Bemühungen unvermutete Früchte, die den Mut eines geringen Wittib …«

»Wertester Kammerrat«, unterbrach ich ihn, »für seine Redekunst ist der Herr berühmt, aber derogleichen Wortgepränge weiß ein einfacher Edelmann, der mehr auf der Jagd im Wald als bei Hofe ist, nicht gebührend zu würdigen. Deshalb sagt nur gleich rundheraus, dass Ihr um die Hand meiner herzlieben Schwester Sophia anhaltet.«

»Ja, in der Tat!«, erwiderte er verblüfft und zog sein Schnupftuch heraus, betupfte die Stirn und gleich darauf tasteten seine Finger wieder nach der Perücke. »Ja, es freut mich überaus, wenn's der wohlgeborene Herr so aufnimmt. Gewiss, ich bin nicht von Adel, wenn ich auch als *Lizentiat* und Kammerrat den Adelsbrief bald erhalten mag, doch vielleicht versteht der Herr das *Amor vinumque nihil moderabile suadent.* Ich hab die wohlgeborene Jungfer von Herzen gern und Euer Segen würde sie wie mich glücklich machen.«

»Das ist eine Red, die mir gefällt und ich will ebenso offen sagen, wie's mir ums Herz ist. Den Wunsch meiner Schwester erfülle ich gern, wenn's zu ihrem Besten ist. Nur, Sophia führt ein freies Leben und Bonn kann für sie leicht zum Käfig werden, zumal mit zwei Kindern, die eine Stiefmutter kaum freudig begrüßen werden. Der Herr hat seinen Dienst und wenig Muße, seiner Gattin aus ihren Kümmernissen zu helfen. Man kennt diese Geschichten allenthalben. Kurz, ich fürchte, sie geht ihrem Verhängnis entgegen.«

»Oh nein, gewiss nicht«, widersprach er eifrig, »ich kenne meine Kinder – sie sind der Frau Schwester sehr *incliniret.* Und das Übrige überwindet die Liebe. Ich werde sie in höchsten Ehren halten, das schwöre ich bei Gott! Wir – und *in specie* meine Wenigkeit – sind uns im Herzen einig.«

Nachdem er die erste Steifheit abgelegt hatte, sagte er alles so frisch wie ein sorgloser Wandergeselle. Entweder war er ein perfekter Schauspieler oder Sophia hatte einen Glücksgriff getan, so gut traf er nun mit seiner zwanglosen Art meinen Geschmack.

»Nun, ich mag meine Bedenken äußern, aber in Herzensangelegenheiten rede ich meiner Schwester nicht hinein. So bleibt nur noch die Frage der Mitgift.« Ich machte eine Pause. Seine Augen zeigten keine Regung; nur drei Finger seiner rechten Hand strichen, wie einen Hund kraulend, über die Stuhllehne. »Neben Geschmeide, Kleider, Leinenzeug und einem Weingarten hier bei Bonn kann ich nicht mehr als 2000 Gulden geben und das ist großzügig bemessen, da wir fünf Kinder sind und ich die Schulden meiner Eltern in Abzug nehmen muss.«

»Beim Element«, entfuhr es ihm, »das ist, weiß Gott, mager. Mit knapp 750 Taler kommt man nicht weit!«

»Bedenkt, der Weingarten wirft auch einiges ab.«

»Bonner Wein bringt wenig. Wenn's die Ernt' verhagelt …«

»Auch mir kann's die Ernt' verhageln und sie ist meine einzige Einnahmequelle, der Herr hingegen hat noch ein gutes Einkommen vom Erzbischof.«

»Es ist doch bekannt, dass die kurfürstliche Kasse leer ist.«

»Vor kurzem haben die Landstände dem Hof viel bewilligt und König Ludwig XIV. lässt seine Vasallen gegen Kaiser und Reich gewiss nicht hungern …«

»Pfui, ich dachte, die Herren sprechen über unsere Verbindung und jetzt streiten sie über Kaiser und König!«, unterbrach mich Sophia, die in die Stube getreten war.

»Über die *materiam rerum publicarum* disputierten wir erst, nachdem wir den Heiratskontrakt eingehend *deliberiert* hatten, verehrte Mademoiselle«, verteidigte uns Frohen.

»… und außerdem sind wir bereits zu einem Konsens gekommen«, ergänzte ich, woraufhin er mich erstaunt ansah.

»Wahrhaftig?« Sie klatschte in die Hände.

»*Accipio pro re*«, sagte Frohen, »sofern der Herr noch *Centum* darauf legt.«

»Quinquaginta, finem rei facere«, bot ich ihm statt der hundert 50 Taler zusätzlich an, um dem Feilschen ein Ende zu machen.

»*Ita profecto*«, stimmte er zu, wenn auch wenig erfreut.

»Sprecht Deutsch!«, bat Sophia uns ängstlich anblickend.

»Wir haben den Ehekontrakt perfekt gemacht, lieb Schwesterlein.« Ich nahm sie in den Arm und flüsterte: »Herzlichen Glückwunsch!« Sie strahlte glückselig.

»Ich freue mich über die Maßen, meine Herzliebste«, wisperte Frohen und drückte sie fest an sich.

Das war mehr, als es von einem nüchternen Kammerrat zu erwarten war. Schon am späten Nachmittag feierten wir die Verlobung, die weniger wegen der Üppigkeit der Tafel oder der Besonderheit der Gerichte in allseitiger Erinnerung blieb, sondern durch die alle berührende Harmonie des glücklichen Paares. Die Leuchter brannten schon, da legte Felicitas ihre Hand über die meine, so als wäre es unser Liebesfest.

Felicitas genoss das Stadtleben. Gesellschaften, modischer Flitter und endlose Gespräche darüber füllten ihre Zeit. Sie ließ sich ein neues Kleid schneidern und ein altes so verzieren, dass es der neuesten Mode entsprach. Für die Tafel des Kurfürsten, zu der jeder Edelmann, der den Landtag besuchte, eingeladen wurde, sollte ich mir eine Perücke kaufen.

»Gott bewahr mich vor einem Läusewärmer, solange ich so viel eigenes Haupthaar habe«, wehrte ich mich gegen diese Zumutung.

»Gott mag uns vor Krankheit und Tod bewahren, aber den Weibern überlässt er von alters her die Kleiderfrage«, trumpfte sie auf, »und ein Herr trägt jetzt eine Perücke, die immerzu untadelig gelockt, gekämmt und entlaust ist. Und, mit Verlaub, ein so kurzes Wams, wie das da, tragen nur noch … die Affen der Scherenschleifer.«

Das war ein hartes Urteil über mein bestes Wams. Aber ich lachte und luchste ihr einen Kuss ab.

Der Turmsaal des Kapuzinerklosters, in dem der Landtag abgehalten wurde, füllte sich. Oben auf der Galerie, zu der das Volk

Zutritt hatte, war es so voll, dass niemand mehr umfallen konnte. Unten versammelten sich um den für den Kurfürsten vorgesehenen Thronhimmel die vier Abgesandten des Kölner *Domkapitels*, die Grafen, die Ritterschaft und die Vertreter der Städte. Der Bevollmächtigte des Grafen von Salm Reifferscheid stand neben mir und klagte über die Türkensteuer, die neben Klatsch das müßige Thema der meisten Gespräche war.

»Wir sollten nicht jammern, die Stadt Köln zahlt 12 000 Taler für den Türkenkrieg«, versuchte ich ihn zu beruhigen.

»Ja, und den Sold für ein armseliges Häuflein Soldaten für die Reichstruppen obendrein.« Er grinste. »Weiß Gott, trotz des leeren Stadtsäckels lassen sich die Kölner ihre eingebildete Reichsunmittelbarkeit etwas kosten, was Kaiser Leopold nur freuen kann.«

Er erging sich noch eine Weile über den seit 1475 währenden Kampf der Stadt Köln um ihre Eigenständigkeit gegenüber den Erzbischöfen Kurkölns, die sich mit gleicher Hartnäckigkeit als die Herren der Stadt sahen. Auch Kurfürst und Erzbischof Maximilian Heinrich pochte auf seinen Herrschaftsanspruch über seine Hauptstadt.

Der Zeremonienmeister kündigte das Kommen des Kurfürsten an und das Geplauder erstarb. Hoheitsvoll langsam schritt Maximilian Heinrich im bodenlangen Kurfürstenornat – mit der Zobelstola und dem hermelinbesetzten Kurfürstenhut – an den sich verbeugenden Deputierten vorbei. Eine hohe Stirn über einer schmalen Nase, ein gepflegter Schnurrbart mit schmaler Kinnfliege, sorgsam gelocktes, schulterlanges Haar und ein milder Blick, der auf ein imaginäres Ziel gerichtet war, gaben ihm die Majestät, die er verkörpern sollte. Gleichwohl wusste jeder, nicht er hielt die Zügel in der Hand, sondern seine Minister, die Brüder von Fürstenberg. Trotz seiner Frömmigkeit hatte der Kurfürst, dem Zug der Zeit folgend, eine wenig gottgefällige Schwäche für Geld, Gold, Edelsteine sowie einen Hang zur Alchimie. Nachdem er unter dem Thronhimmel Platz genommen hatte, wurde seine *Proposition* verlesen, die alle seine Forderungen enthielt, für die sich die Stände durch den Landtagsabschied zur Zahlung verpflichten sollten. In blumigen Worten verschwammen die Kalkulationen in einem duftigen Nebel und ich hoffte auf die Fachkunde des Landkommissars, überzogene Ansprüche herauszufiltern.

»Dort drüben steht Wilhelm Egon von Fürstenberg«, tuschelte jemand. Ich folgte dem Fingerzeig in Richtung eines vielleicht dreißigjährigen Herrn, dessen jugendliches Gesicht mich mehr enttäuschte, als dass es meinen Erwartungen entsprach. Wilhelm Egon von Fürstenberg war ein Mann der Gegensätze. Er war Priester, Domherr zu Köln und hatte durchgesetzt, dass die hochrangigen Angehörigen des *Domkapitels* wieder geistliche Kleidung trugen und sich zum Chorgebet versammelten. Seine fromme Gesinnung hielt ihn allerdings nicht davon ab, ein Weiberheld zu sein, was nicht ohne Folgen blieb, da er zumindest einen Sohn hatte. Außerdem war er ein treuer Parteigänger Ludwigs XIV. von Frankreich. Man sagte ihm Ehrgeiz, Eitelkeit und Habgier nach; diese Eigenschaften konnte ich jedoch aus seinen anmutigen Gesichtszügen ganz und gar nicht herauslesen. Gewiss, er legte Wert auf ein einnehmendes Äußeres, seine weltliche Kleidung war modisch, doch dezent, keineswegs aber so aufgedonnert wie die des Gecken mit dem Blondhaar, der neben ihm stand und wohl ein Franzose war. Diese Leute verstanden es, mit ihrer Putzsucht ganz Europa zu infizieren. Das bleichgeschminkte Gesicht gab dem Kerl einen weibischen Zug. Der Mann erriet wohl meine Gedanken, denn er trat hinter den Fürsten und da meinte ich, in ihm meinen Bruder Philipp zu erkennen.

Wie alles Irdische fand nun auch die Landtagsproposition ein Ende. Der Kurfürst erhob sich und schritt durch die Gasse der sich verneigenden Versammelten dem Ausgang zu. Kaum hatte er den Turmsaal verlassen, hasteten einige schon zu ihrem Versammlungsraum, während andere noch lauthals über das eben Gehörte disputierten. Versehentlich geriet ich in den Versammlungsraum der Städte, wo man mich freundlich in den Saal der Ritterschaft verwies. Dort traf ich auf Ernst von Kolff. Mit Wehmut dachte ich an Marisa, von der man sagte, dass sie geheiratet habe und im Bergischen Land lebe. Ihr Bruder übersah mich mit frostiger Miene. Überhaupt schlug mir eine unerklärliche Kälte entgegen. Freunde meines Vaters begrüßten mich zwar, gaben aber anderen Gesprächspartnern schnell den Vorzug. Andere waren noch deutlicher; sie entschuldigten sich sofort und ließen mich stehen. Nur ein mir unbekannter Herr, der ein Gut bei Ahrweiler besaß, plauderte mit mir. Der junge Mann fragte mich nach einem Überfall auf Kaufleute.

»Ja, vor zwei Monaten bei Melhem. Der ist aber glimpflich abgegangen«, antwortete ich.

»Nein, vorgestern ist ein Kaufmann aus Frankfurt nicht weit von Merhoffen überfallen worden. Verwunderlich, dass der Herr nichts davon weiß?«, erwiderte er.

»Manchmal sind die Nachrichten schneller als die Neuigkeit«, scherzte ich und hatte damit Recht, denn dieser »Überfall« entpuppte sich als eine Schlägerei auf einem Bauernhof nahe Merhoffen, bei der einem Mann aus Frankfurt wertvolle Tuche abhanden kamen.

Die Verhandlungen begannen, aber wie Flöhe sprangen meine Gedanken von der Frage, ob mein Bruder tatsächlich in Bonn war, zu dem Bankett am Abend, das zu Ehren Sophias und ihres Verlobten im »Kleinen Roten Löwen« stattfinden sollte bis hin zu dem Überfall auf den Tuchhändler. Da die Reden der Versammelten wie kryptische Beschwörungsformeln an mir vorbeiflogen, beobachtete ich den Herrn aus Ahrweiler genauer. Er unterstützte fast jeden Satz Ernst von Kolffs in einer so übertrieben schmeichelnden Weise, dass dies allmählich jedem auffallen musste. Ernst von Kolff machte dem Ahrweiler schließlich ein Zeichen, sich zurückzuhalten, was dieser sofort befolgte. Alle Versammlungsteilnehmer verstanden es aufs Beste, durch affektierte Reden die Zeit ihrer Mitmenschen auf die ödeste Art zu verschwenden. Meine Mahnung, sich endlich dem Kern der Sache zu widmen, wurde allseits ignoriert. Nun, man muss lange genug im Hühnerhof scharren, bis man wahrgenommen wird und ich war das erste Mal dabei. Der Commissarius Perpetuus des Kurfürsten, der *Domkapitel*, Grafen, Städte und die Ritterschaft auf die Belange des Landesherrn einschwören sollte, betrat den Saal und ich nutzte die Unruhe, um zu flüchten. Draußen stieß ich den Mief des Staubes aus meinen Lungen. Warum war ich jetzt persona non grata, wenn doch mein Vater so hohes Ansehen genossen hatte? Zu lange hatte ich mich zurückgezogen und den Einfluss der Kolffs wohl unterschätzt. Auch mochte ein gewisser Neid meiner Standesgenossen eine Rolle spielen, dass ich durch meine Ehe nun aller Geldnöte enthoben war, mit denen sich viele weiterquälten. Wegen meiner vorzeitigen Flucht aus dem Beratungssaal war Thierry mit meinem Pferd nicht da, und so ging ich wenig standesgemäß zu Fuß.

Befreit, doch mit schlechtem Gewissen, weil ich die gockelhaft geschraubten Reden nicht bis zum Ende ertragen hatte, damit sich die Herren an meinen Anblick gewöhnten – was zumindest ein erster Schritt gewesen wäre, unserem Namen wieder Respekt zu verschaffen –, lenkte ich meine Schritte zum Münster. Auf dem Markt hatten Wanderschauspieler eine Bühne aufgebaut. Ein Mädchen, das mit einem Korb auf dem Kopf vor mir hergelaufen war, bot den Schaulustigen Brezeln an. Mägde, in wadenkurzen Röcken, mit Körben oder Blecheimern in der Hand, trippelten allein oder neben ihrer Herrin einher. Trotz der fortgeschrittenen Zeit wurde noch viel feilgeboten: neben Salzheringen in Fässern Kotzkram – wie man minderwertes Fleisch zu nennen pflegt –, Holländer- und Limburgerkäse, Gewürze, Butter und Eier. Töpfer hatten ihre Waren auf dem Boden ausgebreitet und einer versuchte mir Schüsseln aufzuschwatzen, obgleich mein Aufzug kaum den Eindruck machen konnte, auf einen Kauf aus zu sein. Ich machte einen Bogen um einen Berg Kohlköpfe und lief auf die *Gaddeme* am Rande des Platzes zu. Ein Hausierer mit einer Kiepe auf dem Rücken verfolgte mich; er wollte mir seine Pfennigsware andrehen. Plötzlich hielt er mir ein Band feinster Spitze unter die Nase, das er mir »wohlfeil« verkaufen wollte.

»Es ist nicht meine Art, mich mit der Spitze eines Spitzbuben zu schmücken«, erwiderte ich grob.

»Ihr habt einen derben Witz, Herr!«

»Nur eine Warnung in der Sprach, die du verstehst. Diebsgut auf dem Markt anzubieten kostet leicht den Kopf.«

»Ihr nehmt's aber genau! Andere fragen nur nach dem Preis.«

Das Lachen einer Frau lenkte mich ab. Ein Mann, eine üppige, rote Marabufeder am Hut, in Begleitung einer Dame und deren Zofe strebten den *Gademmen* zu. Es gab mir einen Stich. Felicitas! Sie plauderte mit dem aufgeputzten Kerl. Das Gesicht dieses Gecken und seine tiefe Stimme kamen mir bekannt vor. Kein Zweifel, es war der Kavalier, der an unserem Verlobungstag aus dem Haus der Beyweghs geworfen worden war. Er sagte wohl etwas überaus Amüsantes, denn Felicitas' Kichern wollte gar nicht mehr aufhören.

»Was ist? Habt Ihr den Veitstanz, dass Ihr so herumspringt?«, fragte der Mann mit der Kiepe belustigt, weil ich versuchte, hinter ihm Deckung zu finden, damit Felicitas mich nicht sah. Sie stand jetzt hinter den Gaddeme. Der Mann, noch gut sichtbar, streckte die Arme liebkosend nach ihr aus und verschwand schließlich auch hinter der Bude, während die Zofe Schmiere stand.

»Tod und Teufel!« Ich wollte losstürmen

»Gemach!« Der Hausierer vertrat mir den Weg. »Bevor Ihr mit glasigem Blick attackiert, solltet Ihr Euch erst in die *ordre de bataille* einfinden.«

»Verflucht, du Krautkramer!« Ich gab ihm einen Stoß, doch er packte mich an den Armen.

»Ja, der geckenhafte Gesell da tändelt ein wenig mit der Frau Gemahlin«, flüsterte er einen Blick hinter sich werfend, wo Felicitas wieder auftauchte und der schmierige Kerl, wie nach einer guten Mahlzeit sein Kinn wischend, sich davonmachte. Ich wollte hinter ihm her, doch der Hausierer hielt mich erneut fest und bat: »Bitte, hört mich an! Der Hanswurst da mag sich den Bart lecken wie eine räudige Katz nach dem Fressen, aber er ist's nicht wert, dass Ihr Euch mit ihm abgebt. Er ist doch der Cousin Eurer Frau Gemahlin und unter Verwandten schlägt man sich nicht in publico. Schlagt lieber zu Hause Euer feines Eheweib grün und …«

»Woher weißt du das alles?«, unterbrach ich ihn.

»Ein Kaufmann hat seine Ohren überall. Als Ihr um die Jungfer gefreit habt, war ich in Köln. Da war die Hochzeit der schönen Felicitas in aller Munde und den Bräutigam, der diesem flammenden Verehrer das Wasser abgrub, kenne ich aus alten Zeiten.«

»Aus alten Zeiten?« Ich verstand nicht.

Er ließ ein klägliches Ia-ia-Eselgeschrei hören.

»Ach, mein Freund Gerg, mein Retter«, rief ich.

»Ja, ich bin's. Der Mann vom Gasthaus »Zum Henker«, wo ich noch gelegentlich logier. Fragt da nur nach dem Silbernen Gerg, da wissen sie schon, wen Ihr meint.«

In seinem abgeschabten Rock und mit dem wilden Bart sah er wahrhaftig nicht »silbern« aus.

»Ihm ist's wohl übel ergangen?«, fragte ich.

»Soldatenglück ist wechselhaft.« Er grinste. »Erst ließ ich mich von den Schweden in Bremen als Freireiter anwerben und kämpfte gegen die Polen, was gutes Geld und Beute abwarf. Dann kam ich mit der Armee Kaiser Leopolds I. den Polen zu Hilf gegen die Schweden und auf den Sold warte ich noch heut. Die vermaledeiten Krämerseelen scheffeln das Geld, aber wenn sie Kriegssteuern zahlen sollen, sind sie bettelarm und zeigen auf die Kirchenmäus, die mehr Geld haben sollen. Sie mögen in der Höll schmoren!«

»Warum dann der Beitritt in die Zunft der Kaufleut?«

»Der Zunft trete ich nie bei«, wies er meine Mutmaßung mit Abscheu zurück, »der Hausierer ist nur eine Maske. Gott befohlen und – wir sehen uns wieder, sofern mich nicht der Teufel holt.«

»Woher will Er das so genau wissen?«

»Dass mich der Teufel holt?«, fragte er.

»Nein, dass wir uns wiedersehen.«

»Mich zieht's immer wieder hierher zurück. Habe so meine Plätz, wo ich dralle Säu finde, an denen ich mich aufmäste, wenn's mir wieder mal die Ernte verhagelt hat.« Er wandte sich zum Gehen.

»Halt! Monsieur Gerg! Ich will die Spitze kaufen.«

»Hola! Monsieur Gerg?« Belustigt verdrehte er die Augen. »Eh bien, Monsieur, comment vous voulez …« und mit dem französischen »wie Ihr wollt« drückte er mir die Spitze in die Hand, warnte mich aber noch: »Lasst sie die anderen nicht sehen, sonst werden sie neidisch.«

Das Geld, das ich ihm geben wollte, lehnte er ab. In Not war er also nicht. Kaum war er um die nächste Ecke gebogen, schoss mir die schwarze Galle ins Blut: Ferdinand Kannegießer! Dieser Kreatur musste man das Fell gerben, bis es platzte. Auch ein Gebet im Münster konnte meine Wut nicht dämpfen. Die Erbitterung fraß sich immer tiefer in mein Herz, während ich die Stadt nach dem Kerl absuchte und mir in einem Wirtshaus einen Krug Wein einverleibte. Erst spät gelangte ich zum »Kleinen Roten Löwen«. Gleich an der Tür empfing mich Sophia, begeistert von ihrem Verlobungsbankett plappernd. Alle seien da, nur ich fehle noch.

»Sophia, mit Verlaub, ich komme später.«

»Nein, bitte jetzt!« Sie schmiegte sich an mich und bettelte: »Herzbruder, heut werde ich doch erst so richtig zur Braut, wo's alle Leut erfahren. Die Frau Muhme hat Tische im Garten aufstellen lassen, weil's in der Stub gar zu eng geworden wäre. Es gibt auch Alicanten-Wein.«

Der süße spanische Wein lockte mich zwar nicht, aber den Wunsch konnte ich ihr nicht abschlagen. Gemeinsam gingen wir dem Stimmengewirr entgegen, in das sich Fiedel- und Lautenklang mischte. Die Gäste tranken sich schon fröhlich zu; selbst ein Jesuitenpater war bereits heiterer Stimmung. Im Nu war ich im Mittelpunkt der allgemeinen Aufmerksamkeit, weil ich der Einzige war, der den Landtag besuchte. Diese schmeichelhafte Zuwendung entschädigte mich ein wenig für die Fußtritte des Tages, bis mein Blick auf einen Hut fiel, den eine aufdringlich rote Feder zierte. Dieser impertinente Hund wagte sich geradewegs in die Höhle des

Löwen! Er hatte sich zwischen meinen beiden Basen verbarrikadiert – Henrietta zur Rechten und Charlotte zur Linken. Selbst die kühle Henrietta war seinem Charme restlos erlegen. Nach jedem seiner Sätze lachte sie übertrieben laut. Als wäre mein Kelch noch nicht voll genug, sollte ich zudem ihm gegenüber Platz nehmen.

»Herr von Merhoffen, wie ich annehme!« Kannegießer stand auf und stellte sich vor, wozu ich stumm nickte. »Wie schön, endlich die Ehr zu haben, dem Ehegemahl meiner Base Felicitas zu begegnen.«

»Wir sind uns schon oft begegnet«, erwiderte ich kühl.

»Ja? Pardon, das ist mir nicht präsent. Wann hatte ich denn die Ehr?«

»Das erste Mal ließ mein Herr Schwiegervater den Herrn auf die Gass werfen, nachdem er ihm wegen schlechter Manieren das Haus verboten hatte und zuletzt sah ich ihn vorhin auf dem Markt mit einer verheirateten Frau tändelnd. Mehr zu sagen, verbietet mir die Höflichkeit. Um der liebreizenden Gesellschaft Verdrießlichkeiten zu ersparen, sollte der Herr samt seinem rot-gefiederten Hütlein stracks dies Haus verlassen, sonst hätte ich gute Lust, dem Beispiel meines verehrten Herrn Schwiegervaters zu folgen.«

»Monsieur, der Disput mit meinem Gevatter geht niemanden etwas an. Und das Haus kann mir nur der Hausherr verbieten – sonst niemand!« Er grinste, während mich die Damen entsetzt anstarrten.

»Es war nur ein Rat und einer, der Anstand hat, würde ihn befolgen«, ich legte die Hand auf den Griff meines Degens.

»Sollen wir uns wegen nichts schlagen?«, fragte er.

»Mit einem Nichts schlage ich mich nicht!«

»Nun gut, dann nehmt Platz und esst, denn Ihr habt wohl schon zu viel getrunken!«

»Ja, lieber Herr Vetter, setzt Euch«, bat Henrietta, der die anderen beipflichteten.

Man wünschte zu feiern und nicht sich zu befehden. Das hätte ich auch liebend gern getan, doch nicht mit diesem unerträglichen

Tagedieb vor der Nase. Felicitas wollte mich zu sich herunterziehen; dabei erwischte sie unversehens die Spitze meines Freundes Gerg, die aus meiner Hosentasche etwas herauslappte. Erstaunt sah sie darauf.

»Was für eine exquisite Spitze, so edel, mit Silber durchwirkt, damit's wie Morgentau funkelt. Feen müssen diese Zauberarbeit gefertigt haben«, rief sie und sofort neigten sich die Köpfe aller Weiber über den Stoff, ihn wie ein überirdisches Wunderwerk bestaunend.

Alle fragten, wo man solche Klöppelware bekomme. Selbst weiter entfernt sitzende Damen und Herren machten lange Hälse, um das Tuch zu sehen. Unwirsch erwiderte ich, die Spitze auf dem Markt erstanden zu haben.

»Oh ja, auf dem Bonner Markt gibt's feinste Spitze aus Point de France«, spöttelte Kannegießer.

»Wie erkennt man das so präzis?«, fragte ein Herr.

»Darüber möchte ich mich lieber nicht äußern«, erwiderte Kannegießer, was sofort einen Proteststurm der Damenwelt zur Folge hatte, die nichts lieber wissen wollte, wie man die Herkunft der Spitze erkennen könne. Mir wurden die Albernheiten dieses eitlen Pfaus zu viel und ich steckte das Tuch wieder ein.

»Wenn der wohlgeborene Herr so gnädig wäre, uns noch einmal das Feengespinst zu überlassen, werde ich das Geheimnis lüften«, forderte Kannegießer mich auf.

»Bedauere, meine Gemahlin und ich wollen uns gerade zurückziehen.«

Felicitas sah mich bestürzt an.

»Ach bitte, lieber Vetter, zeigt noch einmal die Spitze«, bettelte die scheue Charlotte.

Ich warf das Tuch auf den Tisch. Kannegießer breitete es aus und fuhr theatralisch mit dem Zeigefinger darüber: »Mesdames, Messieurs! Hier, die sechszackigen Sterne.«

»Ja, fein und zierlich«, bestätigte eine Dame, »deshalb sind's Spitzen aus Point de France?«

»Nein«, widersprach er, »das sind die Sterne aus dem Wappen des Grafen von Waldeck. Für ihn wurde diese kostbare Spitze in Frankreich geklöppelt. Vor zwei Monaten ist sie auf einem Kaufmannszug, der von Köln abging, bei einem Überfall in der Nähe Melhems geraubt worden. Der Kaufmann, der sie an den Grafen lieferte, hatte mir die Spitze gezeigt, weil sie so außergewöhnlich ist. Verwunderlich, was so alles auf dem Markt neben Kohl und Kotzkram feilgeboten wird?« Er lachte höhnisch in meine Richtung. Betretene Stille!

»Barer Unsinn, diese Prahlereien gehen zu weit!«, brauste ich auf und gab ihm die lang verdiente Ohrfeige.

Er sprang auf, prallte gegen einen Diener und eine Schüssel Olla Podrida ergoss sich über ihn, was für mich zu einem ausgesprochen glücklichen Ausgang des Disputs führte, denn der Affe sorgte sich mehr um seine Kleider als um die Rettung seiner Ehre. Felicitas zog mich fort. In der Kammer Henriettas und Charlottes, die uns als Unterkunft diente, machte sie mir heftige Vorwürfe über mein »tolles« Benehmen.

»Wenn der Liebhaber meiner Ehefrau sich zur Verlobung meiner Schwester hier einschleicht und mich noch der Hehlerei bezichtigt, so verdient das *impertinente* Verhalten mehr als nur eine Maulschelle. Ich will dieses aufgeblasene Subjektum nie wiedersehen!«, brüllte ich.

»Aber er ist doch ein Verwandter«, jammerte sie.

»Großer Gott, für wie dumm hält mich mein eigenes Eheweib?« Ich packte grob ihren Arm. »Wenn dieser galante Aff' meiner Gattin offen auf dem Markt den Hof macht, schöntut und ihr einen Kuss abfüchselt, so kann er froh sein, mit dem Leben davongekommen zu sein, und sie muss sich glücklich schätzen, dass ich Fehler nachsehe, die manch anderer niemals vergibt. Aber auch meine Geduld hat Grenzen!«

»Ach, der Markt«, sie biss sich auf die Unterlippe, »es gab keinen Kuss! Es war alles so unschuldig, so glückselig. Wir begegneten uns bei den Schauspielern – nach endloser Zeit, die viel Garstiges ausgewischt hatte und Schönes stehen ließ – ein Schmetterling, dem ich nur eine kleine Weil' nachschaute. Doch ich bin kein nimmersattes Kind, das sich am Milchbrei überisst. Er kam, um Sophia Glück zu wünschen und sie lud ihn ein. Doch wenn dieser Umgang meinem Gemahl zuwider ist, so will ich mich fügen.«

»Ich hoffe, dies ist ernst gemeint!«

»Ja, bei meiner Seel!«, beteuerte sie, warf mir aber zugleich einen verächtlichen Blick zu.

Es klopfte. Henrietta steckte den Kopf herein. Mit Eisenfressermiene bat sie uns zurückzukommen, da der Herr, der mir so missfallen habe, inzwischen gegangen sei.

Zur kurfürstlichen Tafel um 5 Uhr nachmittags erschien ich in angemessener Zeit vor Beginn im Empfangssaal. Ernst von Kolff war nicht anwesend, dafür aber sein Freund, der Herr aus Ahrweiler, der mich sofort in Beschlag nahm und diesmal über erquicklichere Dinge plauderte als Raubüberfälle. Für meinen Geschmack war er zu umgänglich, um aufrichtig zu sein. Er hätte gewiss einen vorzüglichen Hofmann nach der Devise abgegeben: Sei wie die Katzen, vorne lecken, hinten kratzen. Zumindest hatte ich einen Gesprächspartner, denn die übrigen Herren übersahen mich weiterhin mit Vergnügen. Insgeheim wünschte ich mir die Sitte der Franzosen herbei, die bei Festlichkeiten auch die Damen dazubitten, was jedes Bankett beschwingt. Als wäre mein Wunsch erhört worden, wurde als letzter Gast zwar keine Dame, aber ein Vicomte Sèche du Meule de Moulin angekündigt. Für Deutsche ein klangvoller Name, der aber so viel wie Vizegraf Trocken von Mühlstein bedeutet.

Ehrfürchtig starrte die Versammlung zur Tür und mein Bruder Philipp trat ein, in einem bis zu den Knien reichenden Wams aus blauem Samt. Darunter trug er eine Art Unterjacke aus hellblauer Seide und erst dann folgte wie die innere Schale einer Zwiebel das weiße Hemd. Die Ehrenbezeigungen aller, die ihn umringten, nahm er so gelassen hin wie ein regierender Fürst.

»Er ist ein Ambassadeur des Königs von Frankreich«, erklärte mir der Herr aus Ahrweiler leise, »sein Vater ist Graf! Die edle Herkunft sieht man ihm an! Ach, was für eine Ehr mit dem Vicomte zu tafeln …« und dann vergaffte er sich erneut in meinen Bruder.

Philipps gemessene Gesten nötigten selbst mir Hochachtung ab, obwohl ich diese galanten Gebärden schon vom französischen Hof kannte. Die Komplimente der Herren wehrte er höflich ab und erklärte mit französischem Akzent, man könne mit ihm durchaus in Deutsch »conversieren«, was allseits Entzücken auslöste. In diesem Moment drehte er sich mir zu und erstarrte. Ich nickte, er lächelte unsicher und wandte sich ab. Zumindest kam er mit dem »Vicomte« seinem wahren Stand nun näher als zuvor mit dem Grafen. Zwei Lakaien öffneten die Flügeltüren zu dem mit Gobelins ausgestatteten Audienzraum; dort versanken wir in ehrerbietiger Verneigung vor unserem Kurfürsten und Erzbischof Maximilian Heinrich. Er begrüßte uns mit leiser Stimme und schritt, nachdem die Zeremonie der Vorstellung beendet war, in das Speisezimmer.

Die Tafel war mit chinesischem Porzellan und Silber gedeckt. Mein Bruder erhielt einen Ehrenplatz zur Rechten des Kurfürsten. Nachdem alle denkbaren Höflichkeiten ausgetauscht und die Speisen – wie bei Morgen- und Abendmahlzeiten des Erzbischofs üblich – unter Glockengeläut aufgetragen worden waren, forderte der Kurfürst Philipp auf, etwas zum Besten zu geben. Mein Bruder bedankte sich, nicht nur für die Huld, zur Tafel seiner Gnaden geladen zu sein, sondern auch dafür, dass die edlen Herren einen »Fremdling« in ihren Reihen so wohlgesonnen aufnähmen. Amüsant erzählte er vom französischen Hof – von Festen, Feuerwerken und den Theateraufführungen des Jean Baptiste Molière im Palais Royal. All diesen Glanz überstrahlte aber König Ludwig XIV., der seit dem Tod Mazarins im März 1661 selbst regierte, ohne seinen Beratern nennenswerten Einfluss einzuräumen, wie Philipp hervorhob. Die zerrütteten Staatsfinanzen habe der junge König vorbildlich reformiert und den korrupten Finanzminister

Nicolas Fouquet für den Rest seines Lebens zu Recht in den Kerker gesteckt. Die Kopfsteuer, »die Taille«, sei gesenkt worden und dennoch käme mehr Geld als zuvor dem gemeinen Volk zugute. Der zweijährige Dauphin Louis entwickle sich gut, ebenso die Tochter des Bruders des Königs, der die englische Prinzessin Henriette Stuart geheiratet hatte. Allgemein Bekanntes würzte er mit harmlosem Hofklatsch, so dass der Eindruck entstand, dieser gerechte König, der besorgte Haus- und Landesvater habe ohne jede Machtgelüste nicht nur das Wohl der Franzosen, sondern aller Menschen im Sinn. Bedächtig nickend unterstützte der Kurfürst diese Rede. Die übrigen Tafelgäste aber hingen geradezu an Philipps Lippen. Alles, was er erzählte, war so schlüssig, dass nur einer am Ende eine Frage stellte, die wohl allen auf den Lippen brannte: »Mit Verlaub, verehrter Vicomte, warum spricht der Herr so gut Deutsch?«

»Ich danke für das Lob!«, erwiderte Philipp, mir einen eindringlichen Blick zuwerfend und wandte sich an den Kurfürsten: »Pardon, Deutsch lernt man nur im Reich und so ist's auch bei mir. Aber ich will Ihro kurfürstliche Gnaden nicht mit meiner Wenigkeit *ennuyieren* noch die edlen Herren langweilen. Ich hoffe, es ist genehm, wenn meine belanglose Lebenshistorie nicht Gegenstand des Gesprächs wird.«

Niemand hatte das Herz, den so formvollendet vorgebrachten Wunsch abzuschlagen und so widmete man sich den Nöten der kurkölnischen Landstände. Als die Gäste drohten, allzu weinfröhlich-vertraulich zu werden, hob der Kurfürst die Tafel auf.

Als ich schon auf der Gasse war, lief mir ein Diener nach und bat mich, ihm zu folgen. Unbeachtet von den anderen führte er mich ins Schloss zurück; wir durchquerten mehrere dunkle, mit riesigen Wandteppichen geschmückte Gemächer. Der Weg endete in einer künstlichen Grotte, in der inmitten eines Brunnens ein aus Muscheln gestalteter Neptun stand, den Dreizack in der Hand. Aus diesem traumhaften Zauberreich plätschernden Wassers, dessen Wellen sich im schwachen Licht an den Wänden spiegelten, traten wir in einen Garten, in dem Vögel zwitscherten und die untergehende Sonne die letzte Tageswärme spendete. Während das Schloss noch überwiegend im alten Stil gehalten war, hatte man die Gartenanlage neu gestaltet. Eingefasste Beete, ein großer Springbrunnen, Zitronenbäume in Kübeln und üppige Rosenbüsche zierten sie. Am Ende einer Säulenhalle, deren Gewölbe kunstvolle Mosaike aus Muscheln und Steinchen schmückte, erwartete mich Philipp. Wie ein Kind lief er auf mich zu.

»Herzlieber Bruder, ich danke«, er umarmte mich.

»Wofür?«, fragte ich, ohne seine Herzlichkeit zu erwidern.

»Dafür, dass er nicht zu erkennen gab, dass wir Brüder sind.« Er klopfte mir auf die Schulter.

»Ja, eine traurige Komödie, deren Sinn mir ein Rätsel ist.«

»Eh *bien*, ich erklär's.« Er bedeutete mir, mich zu setzen und säuselte: »Ihr seid reif und männlicher geworden!«

»Und du weiblicher!«, entgegnete ich grob, denn der süßliche Moschus-, Zimt- und Rosenduft, den er verströmte, das lange Blondhaar, das glattrasierte Gesicht, die Spitzen an Hemd, Jabot und Schuhen gaben seiner ohnehin feingliedrigen Gestalt eine zusätzliche weibliche Note.

»Ja, hier läuft man noch barbarisch wie die Kriegsknecht im Wams herum«, er lachte höhnisch, »da fällt die französische Kleidung auf wie die Feder auf dem Amboss. Diesen blauen Samtüberrock hier nennt man justaucorps à brevet. Den hat der König letztes Jahr selbst entworfen. Das trägt nun jeder bei Hofe und bald die ganze Welt.«

»Der König setzt wohl alles ins Werk. Was macht denn der Rest der Franzosen?«

»Ludwig XIV. ist in der Tat ein großer Mann und versteht's nicht nur, den aufrührerischen Adel an der kurzen Leine zu halten, sondern auch bald das deutsche Reich, zumal er mit dem Großen Condé und Marschall Turenne die fähigsten Feldherren der Welt hat. Deshalb werbe ich für eine gute Freundschaft zwischen Kurköln und dem König.«

»Das ist unnötig, die Fürstenbergs und der Kurfürst kennen nur noch Frankreich. Mir ist da der Kaiser weitaus lieber und ob's weise ist, wenn ein Lamm die Nähe des Wolfes sucht, wag ich zu bezweifeln.«

»Die Zweifel haben viele«, ereiferte er sich, »nur, Leopold I. sitzt weit weg in Wien und muss sich zuförderst die Türken vom Leib halten. Da mag der Kurfürst sehen, wie er sein Land schützt und den Wolf durch enge Freundschaft mit dem Kaiser zu reizen, ist keinesfalls weise. Außerdem ist's gut für Kurköln, wenn die spanischen Niederlande der Habsburger endlich an Frankreich fallen, dann ziehen nicht mehr die Truppen der Habsburger durch das Land.«

»Da bin ich anderer Ansicht! Ludwig mag die Mode diktieren, doch sonst nichts. Aber wie kommst du zu dem seltsamen Namen, Vizegraf vom trockenen Mühlstein?«

»Herr Bruder, wir sollten das plumpe ›du‹ meiden, wie's bei Hof auch unter nahen Verwandten üblich ist. Und was mich betrifft: Ich habe ein Gut gekauft, das Meule de Moulin, also Mühlstein heißt. Das ›Sèche‹ kommt von Sechem. Vicomte nennt man mich hier aus alter Gewohnheit, in Frankreich bin ich jetzt allerdings ein einfacher Chevalier, da mein lieber Herr Bruder einmal verlauten ließ, unser Vater wär nur ein Ritter. Dennoch hoffe ich, nun wie der Chevalier de Lorraine die Sprossen bei Hof weiter hochzuklettern.«

»Es tut mir leid, zu ehrlich gewesen zu sein.«

»Nun ja, in jedem Unglück steckt auch der Keim eines neuen Glücks. Glück ist zwar der gefälligere Bundesgenosse, aber das Unglück feuert die Fantasie an – ein Ansporn für wunderbare Inspirationen. So ist's mir gelungen, Einblick in einen Geheimvertrag zwischen Ludwig XIV. und dem Kurfürsten von Köln zu nehmen.«

»Einen Geheimvertrag?«

»Ja, in Wien würd' man aus allen Wolken fallen, wenn man davon wüsste.« Er stand auf, blickte hinter zwei Büsche, bevor er sich setzte und im Flüsterton fortfuhr: »Der Pakt wurde im Juni 1658 geschlossen und geht weit über die Rheinbund-Alliance hinaus. Der Kurfürst ist nun de facto ein Vasall Ludwigs XIV. Damit und mit den Kenntnissen vieler Interna des französischen Hofes war's leicht, die Fürstenbergs zu gewinnen, die meine Dienste gern in Anspruch nehmen. Dem Kurfürsten von Trier, Carl Caspar von der Leyen, ist gleichfalls nicht entgangen, dass mein Stern schöner strahlt als je zuvor. So wie ich in der Achtung dieser Herren steige, steigt auch mein Renommee am französischen Hof.«

»Lieber Bruder, das ist ein höchst gefährliches Ding. Ein ungebetener Mitwisser wird schnell durch einen Schuss aus dem Hinterhalt zum Schweigen gebracht.«

»Gewiss, und just einem Anschlag bin ich auch schon entgangen. Aber inzwischen bin ich allen Herren wertvoll geworden. Ja, ich füttere meine Brotgeber exquisit, damit der Appetit der Kurfürsten wie der des Französischen Hofes erhalten bleibt. Und mit der Zeit… man sagt, ein guter Höfling ist wie ein altes Gemälde, man sieht ihn nicht, weil man seinen Anblick gewohnt ist und mit den Jahren steigt er im Wert, weil man ihn für unentbehrlich hält. Das ist's, was ich anstrebe. Aber l'homme propose et Dieu dispose! Wie heißt das in Deutsch?«

»Der Mensch denkt und Gott lenkt.«

Versonnen sah er in den dunkler werdenden Himmel. Er seufzte: »Morgen und übermorgen speise ich noch einmal an der Tafel des Kurfürsten, um Edelleute zu erheitern. Danach mache ich der Frau Mutter meine Aufwartung.«

»Das freut und erstaunt mich gleichzeitig. Will der Herr Bruder seine Verwandtschaft nun doch nicht verleugnen?«

»Nein, ich möchte nur ein französischer Hofmann sein.«

»Ein Kurkölner Edelmann, der in Frankreich Erfolg hat, gilt hier doch mehr als ein Franzose?«

»Nein! Zudem schrieb mir der Herr Vater, er wolle mich nimmer Sohn nennen.«

»Und was war die Antwort?«

»Meine Verzichtsurkunde auf Merhoffen.« Philipp richtete sich auf. »Ich konnt's dem Alten nie recht machen. Der wahre Sohn war immer nur Christoph Salentin, der die Jagd liebte und vor keinem Misthaufen die Nase rümpfte. Ich bin eher ein Gnäus Manlius, zwar kein römischer Konsul, aber wie er schätze ich den Luxus.«

»Und ich hielt immer meinen Bruder für den Favoriten!«

»Ja, der alte Schelm hat uns beide genarrt. Ich weine ihm keine Träne nach, Gott verzeih's mir! Aber die gute Frau Mutter und Sophia will ich morgen sehen.«

»Sophia ist in Bonn. Sie hat sich hier verlobt.«

»Verlobt? Ach, da wünsche ich viel Glück.« Er drehte an einem Ring. Ruckartig zog er ihn ab und bot ihn mir an: »Lieber Bruder, Er würde mir einen großen Dienst erweisen, wenn Er dies in meinem Namen Sophia überreichte.« Ich schüttelte den Kopf. »Nein? Warum nicht?«

»Philipp, so ein Geschenk überbringt man selbst, zumal du doch im Lande bist. Und ich gebe dir noch einen Rat: Mach endlich Frieden mit dem Herrn Vater und deinen Wurzeln, damit du nicht Tag für Tag ein Bild von dir malen musst und Anstrengungen eines Titans unternimmst, um deinen hochgesteckten Ambitionen gerecht zu werden. Die Eitelkeit fordert mehr Selbstverleugnung und Opferbereitschaft als die Demut.«

»Ach herrje, da schimmert doch der alte Klosterbruder aus allen Ritzen. Mir liegt die Eitelkeit nun einmal näher, wie zweifellos auch dem Rest der Welt. Viele Feste, schöne Kleider und reizende Weiber! Schon jeder Bürger macht Schulden, um mehr zu scheinen, als er ist. So ist die Welt! Jeder strebt nach Ruhm, zumindest aber nach Bewunderung – nach Luxus, zumindest jedoch nach Wohlleben.«

»Ich weiß, wer ich bin, auch ohne Bewunderung.«

»Nun, wenn's so gefällt? Aber, mit Verlaub, nur weil ich einen anderen Weg gehe, muss ich mich nicht kontinuierlich entschuldigen.«

Erst Tage später, beim Sonntagsessen, erzählte ich meinen Anverwandten von der Begegnung mit Philipp. Alle waren empört, ihn nicht zu Gesicht bekommen zu haben.

»Wie oft hab ich geschrieben und er antwortete nur kurz und in Eil?«, klagte Sophia so laut, als wollte sie es der Nachbarschaft kundgeben, »und am Schluss stand immer, ›eines Tags werde ich mein' lieb Schwesterlein alles haarklein erzählen!‹ Leere Worte eines leeren Kopfes!«

»Ha, wen wundert's«, mischte sich Felicitas ein, »Philipp verschwendet nie Zeit mit Leuten, die ihm nichts nutzen.«

»Mitnichten«, fuhr Sophia sie an.

Felicitas zog indigniert die Brauen hoch, doch bevor sie mit ihrer Schwägerin die Klingen kreuzen konnte, trat die Jungmagd ein. Hinter ihrer zierlichen Gestalt erschien Hennes, abgehetzt und schmutzig. Er übergab mir einen Brief meiner Mutter. So express gesandte Schreiben enthielten selten gute Nachrichten. In angstvollem Schweigen brach ich das Siegel und las den Brief.

»Was gibt's?«, fragte Sophia in die gespannte Stille.

»Unsere Schwester Margaretha ist mit Philipp nach Paris gefahren – und das gegen den Willen der Frau Mutter!« Ich warf den Brief auf den Tisch.

»Dass sich der Herr im hohen Himmel erbarm, in dem Sodom ist das arm' Kind verloren!«, rief die Tante, die Hände zusammenschlagend; der Onkel fluchte: »Da hol mich doch flugs der Henker, so ein Rabenaas!« Den anderen entfuhren Schreckensschreie, nur Henrietta lächelte.

Ich ging zu Hennes in die Küche, der dort vor einem Krug Bier saß, in der Hand ein Stück Schweinebraten. Diensteifrig sprang er auf, wischte sich das Fett vom Mund und folgte mir in den Garten. Er berichtete, Philipp habe sich auf Bitten Margarethas bereit gefunden, sie nach Paris mitzunehmen, was ihm aber meine Mutter abschlug. Am nächsten Morgen sei er sehr früh abgereist. Erst Stunden nach seiner Abfahrt habe man Margarethas Flucht entdeckt. Thierry und er seien den Flüchtigen nachgeritten und hätten sie auch erreicht. Ein flehendes Schreiben der Mutter wie auch deren mündlich übermittelten Bitten konnten Margaretha nicht zur Rückkehr bewegen. Da die Knechte keine Gewalt anwenden sollten, ließen sie die Karosse weiterfahren. Zum Schluss meinte Hennes: »Mit Verlaub, wenn ich mich erdreist zu sagen, was recht vom Herz kommt: Es ist eine bös Tat eines treulosen Manns.«

»Es ist gut, Hennes und behalt die Sach für dich.«

»Ja, aber darf ich wieder in die Küch, der Schweinsbraten ist säuisch gut.«

September 1664

Wenn auch Margaretha fleißig verzückte Briefe aus Paris schrieb, so tröstete das meine Mutter wenig. Hinter jedem schönen Erlebnis und jeder vorteilhaften Bekanntschaft, die Margaretha vermeldete, las sie zwischen den Zeilen schimärenhaft Elend und Verderben. Die Bewunderung, die ihre liebreizende Tochter auslöste, öffnete das Tor zur Hölle. Der galante Marquis, welcher ihr den Hof machte, war der Höllenhund, der schon seine Zähne in ihr zartes Fleisch geschlagen hatte und ein Vicomte, der sie mit Geschenken bedachte, war sogar der Teufel in persona. Ein neues Kleid? Woher kam das Geld, wenn nicht von einem dieser buhlerischen Luzifers? Margarethas kunstvolle Seidenstickerei war begehrt und besserte ihre Barschaft auf. Aber selbst in der tugendsamen Nadelarbeit sah meine Mutter Schändliches, denn ihre Tochter musste wie eine Magd für ihren Lebensunterhalt arbeiten, was Ruf und Ehre unweigerlich ruinierte. Ihr Jammer war verständlich, doch bei aller tagträumerischen Schwärmerei besaß Margaretha moralische Grundsätze. Gewiss, die Gefahren waren groß. Viele gelangweilte Edelleute unterhielten Geliebte, die in diesem Status wenig Verwerfliches sahen, zumal der König selbst seine Mätresse, Mademoiselle La Vallière, keineswegs als Dirne behandelte, sondern sie mit allen höfischen Ehren bedachte, wenngleich er die Affäre vor der Königin unter einem Deckmantel hielt. Sobald aber eine Jungfer diesen Schritt wagte, hatte sie kaum noch Aussicht auf Heirat. Die Geliebte blieb meist nur Konkubine, selbst wenn die Ehefrau starb. Gleich in meinem ersten Brief an Margaretha sprach ich nüchtern von dem Broterwerb einer Mätresse und zeigte ihr die beiden einander sich ausschließenden Wege auf, nämlich den des Eheweibes und den der Mätresse. Ich vermied sie mit väterlichen Belehrungen zu traktieren und bat sie, mir stets die Wahrheit zu sagen.

»Schreib keine Brief mir zum Vergnügn, aber wenn du schreibest, dann die hart Wahrheit und wart nicht gar lang darmit/Du wirst von mir keine Vorwürf hören, sondern nur Hilf erfahrn«, schrieb ich.

»Wenn mein lieb Bruder kein Brieff zum amusement haben will dann kan ich gar nit schreibn, denn alles was ich zu sagn hett, ist so berauschend, himmlisch und unübertreflich, als wär ich schon im Paradis/Aber ich versteh die Sorg und werd wachsam mein Jungferschatz hüten und schreib eilends, wenn ich melancholisch werd …«, antwortete sie keck.

Am liebsten wäre ich nach Paris geritten, um sie zurückzuholen. Doch dann ließ ich sie den Weg gehen, den ihr Übermut sie gewiesen hatte, zumal es meine Aufgaben kaum erlaubten, mich ihnen längere Zeit zu entziehen. Sorgen bereiteten mir gleich zwei Brandanschläge auf den Süllhof, die Gott sei Dank frühzeitig entdeckt worden waren. Feindseligkeiten hatten Merg und Jan nur in den ersten Jahren ihres Bauerndaseins erdulden müssen. Das Tor des Süllhofes wurde mit Verfluchungen oder den Teufel herbeiwünschenden Pentagrammen beschmiert. Ein Kornfeld wurde niedergetrampelt. Einige Male versuchte man sogar, mit Gewalt das Paar am Kirchgang zu hindern. Beide ertrugen geduldig die Bosheiten in dem Bewusstsein, selbst den Stein des Anstoßes ins Rollen gebracht zu haben. Sie übersahen die Niederträchtigkeiten und zeigten sich stets freundlich und hilfsbereit. Merg rettete eine Nachbarin aus Kindsnöten. Das war gewagt, denn ihr

»wundersamer« Erfolg brachte sie wieder ins Gerede, einen Pakt mit dem Teufel geschlossen zu haben. Aber ob Himmel oder Hölle – hoffnungslose Männer leidender Kindbetterinnen liefen in ihrer Not zur »guten Harschin«, denn das Elend ängstigte mehr als der Teufel. Jan half, wo er konnte, rettete sogar einmal ein Kind aus eiskalten Fluten, was ihn selbst fast das Leben kostete und zog schließlich den Pfarrer auf seine Seite, der sich in der Kirche mahnend an die »christlichen und edlen Seelen« der Gemeinde wandte, so dass die Rohheiten aufhörten. Die Brandstiftungen riefen deshalb Verwunderung hervor und Nachbarn wie Dorfleute beeilten sich, Merg und Jan ihr ehrliches Bedauern über diese Anschläge kundzutun. Eine Woche lang standen einige sogar Wache, um die Übeltäter bei einem weiteren Versuch zu packen. Doch man wartete vergeblich. Die Sache ging mir jedoch nicht aus dem Kopf und so ritt ich zum Gasthof »Zum Goldenen Heller« oder »Zum Henker«, wie er nun allgemein genannt wurde, um eine Begegnung mit dem Silbernen Gerg anzubahnen, der als Krämer mit vielen, wohl auch zwielichtigen Leuten zusammenkam. Der Wirt – schmieriger und rotgesichtiger als zuvor – hatte den »Herrn« zwar lange nicht gesehen, wollte mir aber behilflich sein. Ich hinterließ einen Brief, den er allerdings unter Protest mit spitzen Fingern entgegennahm, weil Geschriebenes in seinen Kreisen wohl gegen alle guten Sitten verstieß.

Unser Töchterchen Lieb-Belle lief inzwischen wie ein Wiesel und hatte eine Vorliebe für Löcher, die sie mit dicken Fingern befühlte. Der alte Burgturm war für sie ein Eldorado, weil sein jahrhundertealtes Mauerwerk so viele Höhlungen aufwies, die ihrem Forschungsdrang gewiss Beschäftigung bis zur Heirat bot. Da wir oft auf der zwischen Turm und Herrenhaus gelegenen Terrasse saßen, die inzwischen eine mit wildem Wein berankte Laube verschönerte, spielte Lieb-Belle häufig am Fuße des Turmes. An einem der ersten Septembertage hatten wir uns wieder einmal dahin zurückgezogen. Die Sonne schien durch das Blattwerk, das ein leichter

Wind bewegte. Das Licht- und Schattenspiel erinnerte mich an die Ankündigung des Geistes in der Nacht am Lüfthildisgraben. Einer inneren Unruhe folgend stand ich auf, um nach Lieb-Belle zu sehen. Felicitas sah als würdelos an, wenn ein Mann ohne Not hinter einem Kleinkind herlief und wollte mich daran hindern. Ich ließ mich jedoch nicht abhalten. Lieb-Belle hatte neben der Türschwelle des Turmes eine dick bemooste Stelle gefunden, in die sie ihre Hand versinken ließ. Freudig hieb sie nun in die weiche Masse – da knallte es, trocken und kurz. Es kam aus Nordosten, aus Richtung des Süllhofes. Da schlug das Kind wieder mit der Faust in das Moos – und wieder ein Knall, dem eine Salve folgte. Darauf Totenstille und noch zwei Schüsse. Lieb-Belle steckte die Finger in den Mund. Ich ergriff das Kind und hetzte mit Felicitas zum Herrenhaus. Hennes, der die Schüsse gleichfalls gehört hatte, kam uns entgegen. Ich wies ihn an, die Pferde zu satteln. Als ich zum Stall laufen wollte, klammerte sich Felicitas an mich: »Mir ist so bang…«

»Im Haus geschieht euch nichts!«, besänftigte ich sie und übergab ihr Lieb-Belle. Sie hielt mich dennoch zurück. »Auch mir geschieht nichts, vielleicht eine Jagd?«

Hennes, Thierry und ich preschten zum Süllhof, wo wir außer einer kranken Magd niemanden antrafen. Jetzt mussten wir suchen. Wir ritten die Landstraße nach Westen ab, ohne eine Menschenseele zu sehen. Beunruhigt sah ich noch einmal im Süllhof nach dem Rechten. Erst nach dreimaligem Rufen streckte die Magd ihren Kopf heraus und stürzte dann wie von Teufeln gehetzt auf uns zu. Jammernd deutete sie auf einen schmächtigen Jungen, der ihr in einigem Abstand ängstlich folgte. Dieser erzählte uns von einem Überfall auf einen nur aus drei Wagen bestehenden Kaufmannszug. Die Eskorte sei geflohen, der Rest niedergemacht. Hennes nahm den Jungen, der sich Simon nannte, zu sich aufs Pferd. Er leitete uns zum Ort der Bluttat. Es war ein breiter Holzweg, der aber im weiteren Verlauf so eng wurde, dass kein Fuhrwerk mehr passieren konnte, der Konvoi also in der Falle saß.

Die Halunken hatten sich seitlich einen mit Zweigen getarnten Fahrweg gebahnt, der zu einem Feldweg führte, auf dem sie mit zwei der erbeuteten Wagen leicht wieder die Landstraße erreichen konnten, den anderen Karren hatten sie stehen lassen und nur die Pferde mitgenommen. Unter Buschwerk kamen zwei Stiefel zum Vorschein. Hennes räumte das Gestrüpp beiseite. Erschrocken trat ich einen Schritt zurück: Blutüberströmt lag ein Mann vor unseren Füßen, eine Kugel hatte ihm das Kinn weggerissen.

»Mein Fuhrmann«, sagte Simon zaghaft.

Wir bekreuzigten uns. Ich sprach ein Ave-Maria für den Toten.

Es war eine Stätte des Grauens! Aufgebrochene Kisten, zerstreute Habseligkeiten ... mühsam Gesammeltes – zerschlagen in der orgiastischen Freude an der Vernichtung ... das gewaltsame Enden eines Lebens aus Habgier ... sinnlose Zerstörungswut des Starken wie im Krieg. Aus der Richtung eines verlassenen Wagens kam Stöhnen. Drei Männer saßen dort an die Wagenräder gefesselt. Eine Kugel hatte den Kutscher des zweiten Wagens in den Arm getroffen, bei einem anderen Mann sickerte Blut aus einer Platzwunde am Kopf und ein junger Kavalier hatte eine Stichwunde in der Schulter. Bei unserem Anblick zuckten sie zurück, weil sie uns wohl für ihre Peiniger hielten. Doch nachdem wir ihre Fesseln gelöst hatten, seufzte der Herr ein »Gott segne's euch!«

»Der Arm muss abgesägt werden«, stellte Thierry fest, der dem ohnmächtigen Kutscher die Joppe ausgezogen hatte. Der Kavalier bezog dies auf sich, legte schützend die Hand auf seine blutige Schulter und sah mich angsterfüllt an. Ich schüttelte den Kopf und er schloss erleichtert die Augen.

Am nächsten Tag sandte ich dem Amtmann einen Bericht über die Vorkommnisse und am Abend sägte ein Wundarzt dem unglücklichen Kutscher den verletzten Arm ab. Die Schreie des Unglücklichen gellten durch das ganze Haus. Die Wunde des jungen Kavaliers dagegen war nicht schwer und er zeigte sich bald gesprächsbereit. Er hieß Hendrick de Vriesz, kam aus den Niederlanden und war auf dem Weg nach Trier. Ihm war das Treideln den Rhein hinauf zu eintönig geworden und so hatte er bei der Stadt Zons seine Waren auf drei Wagen verladen lassen, um schneller ans Ziel zu gelangen. Ein Herr, den er im Wirtshaus kennengelernt hatte und der sich Justus Schiffer nannte, erbot sich, gegen ein geringes Entgelt den Konvoi zu schützen und führte ihn Wege, welche die Fahrt verkürzten. Dieser nützliche Helfer ließ jedoch bei dem Überfall seinen Brotgeber schnell im Stich. Er und seine Knechte gaben nur ein paar schlecht gezielte Schüsse ab, bevor sie Reißaus nahmen. Aber auch die Räuber waren schlechte Schützen. Sie trafen zuerst den Fuhrmann, dann den Kutscher des folgenden Wagens und ließen die bewaffnete Eskorte völlig ungeschoren. Tollkühn verteidigte der junge Kaufmann sein Hab und Gut, wurde jedoch von den Halunken überwältigt. Sein Diener wurde mit einem Knüppel zu Boden geschlagen. Während des Umladens der wertvollsten Beutestücke auf zwei Wagen hatte de Vriesz die Stimme des Justus Schiffer gehört. Abhanden gekommen waren vor allem wertvolle »draperies«, also Tuche, wie Hendrick de Vriesz knapp erklärte.

Da nun schon zum dritten Mal in der Umgebung Merhoffens Tuche geraubt worden waren – wenn man den Diebstahl während der Schlägerei auf dem Bauernhof hinzuzählte –, lag der Gedanke nahe, dass immer das gleiche Gesindel die Kaufleute ausplünderte. Die Burschen hatten wohl einen Hehler, der auf diese Art Diebsgut aus war. Möglicherweise beteiligte sich mein Freund Gerg an diesem Geschäft. Die Spitze, die er mir geschenkt hatte, war wohl Hehlerware aus dem Überfall bei Melhem, da er mir ja auch ausdrücklich ans Herz gelegt hatte, sie möglichst keinem zu zeigen, um keinen »Neid« zu erzeugen. Lange sträubte ich mich gegen diese Annahme, weil ich damit dieser Kanaille Kannegießer Recht geben musste und gleichzeitig meinen Freund zum Verbrecher verdammte. Schlimmer noch! De Vriesz beschrieb den Lumpen, der ihn kaltherzig in die tödliche Falle gelockt hatte, als einen Mann von gewinnendem Wesen und seine Beschreibung passte so treffend auf meinen Freund, dass es kaum eine andere Lösung geben konnte. Trotzdem wollte ich Gewissheit und hätte auch gerne dem jungen Holländer zumindest einen Teil des Geraubten wiederbeschafft. Mehrmals besuchte ich den Gasthof »Zum Henker«. Der speckige Wirt grinste, als ich wieder einmal in seiner rauchgeschwärzten Wirtsstube ein Bier orderte – der Wein war ungenießbar.

»Ei, der edle Herr hat wahrhaftig einen Narren an mir gefressen«, begrüßte er mich.

»Selbst deinen Fraß ziehe ich einem Narren noch vor!«

Der Dicke sah mich erstaunt an, dann lachte er: »Ha, der Herr beliebt zu scherzen. Also der Herr will dat Bier?«

»Ja! Und, Herr Wirt, was hat er in Erfahrung gebracht?«

»Über's Bier?«

»Nein, über den … Silbernen Gerg«, flüsterte ich.

»Gewiss, da hab ich was.« Er wischte die Hände an seiner weißen Schürze ab und hielt die Hand auf. »Ihr wisst, die Waldvögelein bringen mir nit die T-a-l-e-r ins Haus!«

Ich gab ihm ⅓ Taler, doch er schüttelte den Kopf.

»Die Zech ist ein Taler«, beharrte er.

Das war unverschämt viel, aber da ich wie ein Ausgehungerter nach der Nachricht gierte, gab ich ihm das Geforderte.

»Und jetzt die Post!«, forderte ich.

»Mit Verlaub, aber die geb ich dem Herrn lieber ungestört«, er deutete auf zwei Männer, die draußen in einer fröhlichen Gesellschaft gekegelt hatten und hereingekommen waren.

Mit den beiden plaudernd führte der Wirt sie wieder nach draußen. Die Magd brachte mir das Bier. Der Kegellärm verebbte und die Ruhe der trägen Mittagszeit breitete sich aus. Kleine Fliegen surrten im Kreis über mir, die fetten saßen auf dem Tisch, saugten gierig mit ihren Rüsseln im rissigen Holz und eilten weiter zur nächsten klebrigen Stelle. Die Magd – mit ihrer Stupsnase ein recht hübsches Mädchen – lief mehrmals mit Krügen, Brot und Speck nach draußen. Sie war das einzig Junge in der Wirtsstube, in der die Zeit seit Jahrzehnten stehengeblieben war. Der alte Kachelofen hatte wie das schäbige Mobiliar den zahnlosen Großvater, die Wirtin und wohl auch schon manchen Zecher überdauert. Ein wenig heruntergekommener mochten diese Dinge noch in hundert Jahren die Ururenkel erfreuen. Ein Groll auf diese betagten Gegenstände erfasste mich, denen in ihrer Duldsamkeit ein längeres Leben beschieden war als ihren Herren. Wir sind wie die Fliegen, dachte ich, und vom Himmel aus mochte der Unterschied zwischen Insekten und Menschen kaum auffallen. Wütend erschlug ich eine grünlich schimmernde Schmeißfliege, die sich an einer Bierlache labte. Mitleiderregend zuckten die haarfeinen Beinchen noch einmal in der Brühe. Um Gerechtigkeit zwischen Belebtem und Unbelebtem wiederherzustellen, fixierte ich einen Schemel. Ein Tritt und er polterte über den Boden, blieb aber unversehrt. Ein zweiter, ein dritter erfolgloser Tritt! Ich musste mit einem morscheren Objekt den Tod der Fliege rächen. Aber nun kam der Wirt »Ach und Weh« schreiend hurtig herbei.

»Ich bitt vielmals um Vergebung, wenn der Herr unzufrieden ist. Himmel, ich hab den Herrn noch nie so aufgebracht gesehen«, stammelte er, den Schemel aufstellend.

»Also, was ist die Nachricht vom Silbernen Gerg?«, fragte ich.

»Ich hab ihm gesagt, er soll zu Euch kommen. Dazu hat er genickt.«

»Das ist alles?«

»Oh, nit so laut! Die Sach verträgt kein Lärm nit. Dieser Herr zahlt zwar allzeit die Zech mit guter Münz, da kann ich, weiß Gott, nit klagen, aber man munkelt, dat Geld kommt nit gar so ehrlich von den Kaufleut«, er machte die Bewegung des Stehlens, »deshalb kann er Euch nit so aufsuchen, wie er will, aber er kommt!«

»Was redet man denn über den Silbernen Gerg?«

»Herr, ich hab über den Gast schon mehr gesagt, als es für den Ruf eines achtbar'n Wirts gut ist. Und auch für Euch wär's besser, wenn Ihr Leut wie den Gerg nit mit Fleiß sucht. Es fällt auf, wenn ein Edelmann so oft in meiner einfachen Stub sitzt. Ihr versteht?«

Ja, ich verstand! Ich verprellte seine lichtscheuen Gäste bei der Abwicklung ihrer Geschäfte, von denen er gut lebte. In der Tat war es auch für mich wenig ehrenvoll, in dieser Schänke zu oft meine Zeit zu vergeuden und so mied ich diesen Ort in der Hoffnung, Gerg werde sein Versprechen bald wahrmachen. Zudem nahm die Abreise von Hendrick de Vriesz meine Aufmerksamkeit in Anspruch. Zum Abschied schenkte er mir zwei Kisten Tabakspfeifen und Fayencen. Der klägliche Rest seiner Habe hatte nun in einem Wagen reichlich Platz. Der Fuhrknecht Simon ging zurück nach Köln und der unglückselige Kutscher war bald nach der Amputation gestorben. Obwohl er ein Kölner Katholik war, bedurfte es eines Machtwortes des Amtmannes, damit die Plittersdorfer es zuließen, dass er auf ihrem Kirchhof ein christliches Begräbnis erhielt. Der beim Überfall erschossene Fuhrmann hatte sich mit einem Grab außerhalb geweihter Erde begnügen müssen, weil er ohne Beichte, mit allen Sünden beladen, eines jähen Todes gestorben war.

Trotz meines genauen Berichts über den Überfall und der Befragung des Herrn de Vriesz durch den Amtmann selbst kam wenig später ein dienstbeflissener Secretarius, der mich noch einmal ausforschte. Der neue Raubzug schlug hohe Wellen, nicht weil ein holländischer Kaufmann das Opfer war – den Verlust von Waren gönnte man im Geheimen diesen Ketzern –, sondern weil bereits einige Supplicationen der Bürgermeister Kölns sowie Kölner Kaufleute an den Kurfürsten vorlagen, die sich über die unsicheren kurkölnischen Landstraßen beschwerten. Die Grausamkeit der neuen Untat, bei der der Tod zweier Kölner Fuhrleute zu beklagen war, konnte einen Sturm der Empörung auslösen. Dagegen wolle sich der Hofrat in Bonn wappnen, erklärte der Herr Secretarius. Die Brandanschläge auf den Süllhof hingegen hielt er für »Kinderwerk«, was mich erboste, weil man jeden Seufzer der Stadtkölner bitterernst nahm, nicht aber die Not der Kurkölner. Der Mann wand sich; ich wisse ja, wie gespannt das Verhältnis zwischen Kurköln und der Stadt sei und dass der arme Kurfürst von den Kölnern beim Kaiser laufend angeschwärzt werde. Missgelaunt gab ich nur spärlich Auskunft und unzufrieden zog er wieder ab. Mit einem Ausritt wollte ich mir Luft verschaffen. Im Stall gab mir Hennes einen zerknüllten Zettel, den ihm am Morgen ein Bettler in die Hand gedrückt hatte, mit der Bitte, mir das unverzüglich zu überbringen, was Hennes allerdings nicht für nötig befunden hatte. Ich las, ich solle zum Sechs-Uhr-Läuten an der Hütte des Lüfthildisgraben sein und zwar allein. Keine Unterschrift.

Gedankenvoll ging ich wieder ins Haus. Im Kabinett brütete ich über dem Zettel. Der einzige Zeiger der alten Uhr stand zwischen drei und vier. Es blieb nicht viel Zeit, wenn ich den Lüfthildisgraben noch rechtzeitig erreichen wollte. Der Zettel war wohl von Gerg, konnte mich aber auch in eine Falle locken. Warum suchte er mich nicht selbst auf, sondern bestellte mich in den einsamen Wald? Er traute mir wohl nicht! Aber wie sollte ich ihm dann trauen? Der Zeiger der Uhr war auf halb vier vorgerückt! Meine Finger glitten immer wieder über das Brandloch im Tischteppich. Ich sah meinen Vater vor mir, riesig, wie er mir in den Kindertagen erschienen war, mit prüfendem Blick, den Vorwurf der Vorschnelligkeit auf den Lippen. Eigentlich ging mich nur der Anschlag auf den Süllhof etwas an und der lag schon lange zurück. Doch wenn ich aufgab, würde mir der schale Geschmack einer versäumten Chance zeitlebens auf der Seele liegen. Der Zeiger stand kurz vor vier, da sprang ich auf.

Im Regen verließen Hennes, Thierry und ich Merhoffen. Bald zeigte sich Sonnenlicht, zwar nur schwach zwischen wulstigen Wolken, doch ich nahm dies als gutes Omen. Am Rand des Lüfthildisgrabens weihte ich die beiden Knechte ein. Dass ich allein im Wald den Mann treffen wollte, gefiel ihnen nicht.

»Teufel auch, darauf lasst Ihr Euch ein?«, fuhr mir Hennes ins Wort und Thierry nickte.

»Ja, aber ich kenne den Mann«, beruhigte ich sie, »ihr wartet hier! Wenn ich bei Sonnenuntergang noch nicht zurück bin oder wenn ihr Schüsse hört, dann kommt zur Hütte.«

»Ei, so sind wir keine Hilf«, wandte Thierry ein.

»Da hast du recht, ich hätte besser allein reiten sollen«, blaffte ich ihn an, »Himmel, ich habe lang darauf gewartet. Ich befehl euch: Folgt mir nicht! Wer dagegen handelt, kann auf der Stell den Dienst quittieren.«

Im Wald war es dunkel. Ein leichter Wind schüttelte die Tropfen von den Bäumen und durchnässte mich. Vor dem Abzweig zur Jagdhütte stieg ich ab und führte das Pferd am Halfter den kaum noch sichtbaren Pfad entlang. Die Lichtung war klein geworden. Buchen- und Eichenschösslinge überragten bereits den Farn, der bis an die Hütte herangewuchert war. Ich band mein Pferd fest und lehnte mich neben der Bank gegen die Hüttenwand, den Zugang zur Lichtung im Blick. Es war still. Der Regen setzte wieder ein. Das Rieseln der Tropfen auf die Blätter war so einschläfernd gleichmäßig wie das Plätschern eines Baches.

»Meine Verehrung, wohl- und edelgeborener Herr, ihr ergebenster Diener bis ins Grab!« Wie aus dem Boden gewachsen verneigte sich Gerg zehn Schritte von der Hütte entfernt, den Hut eine Spur zu ehrerbietig vor mir ziehend. Er war aus der entgegengesetzten Richtung gekommen, als ich vermutet hatte. »Verzeiht, wenn ich Euch erschreckt habe, aber ich bevorzuge seit einiger Zeit die Hintertür.«

Er war wie ein Edelmann gekleidet. Eine goldene Kette diente als Schließe seines kostbaren Mantels. Breitbeinig setzte er sich auf die Bank.

»Warum geht ein vornehmer Herr wie er nicht stolz durch den Vordereingang?«, fragte ich.

»Vornehmer Herr? Ihr wisst doch, bei mir ist alles Verkleidung.« Er grinste. »Ja, mein Versteckspiel geht so weit, dass ich mir die Leut erst aus einem Schlupfwinkel ansehe, bevor ich meine Zeit mit ihnen vergeude.«

»Da klar war, wer hier wartet, war dies wohl überflüssig.«

»Keineswegs! Der Herr hätte ja in unliebsamer Begleitung kommen können.«

»Nun denn, dann kommen wir gleich zur Sach.« Ich setzte mich neben ihn. »Vor einiger Zeit sind hier in der Nähe Überfälle auf Kaufleut sowie zwei Brandstiftungen auf den Süllhof verübt worden. Der Herr kommt viel herum, vielleicht hat er etwas darüber gehört?«

»Warum sollte ich etwas wissen?«, fragte er misstrauisch, nachdem er mit einer Stiefelspitze mehrmals über das Gras vor uns gestrichen hatte.

»Gut! Ich bin nicht im Auftrag des Amtmanns hier. Ich bitte nur einen Freund um Auskunft. Diesem Freund bringe ich schon seit langem große Verehrung entgegen.« Ich blickte geradewegs in seine braunen Augen. »Als Kind habe ich oft darum gebetet, dass mein Vater meinen Retter eines Tages belohnt. Ein unerfüllter Wunsch!«

Reglos starrte er vor sich hin. Nur bei dem Wort »Vater« bewegte er wie abwehrend die Finger. »Jetzt könnte ich etwas für meinen Freund tun«, fuhr ich fort, »ich weiß, er befindet sich auf bösen Wegen und ich würd' ihm gern helfen wie ein Bruder.«

»Wie ein Bruder!« Er lachte bitter: »Man könnt's leicht glauben – das braune lockige Haar, die ähnliche Gestalt.«

»Ja! Warum nicht?«

Er hatte tatsächlich Ähnlichkeit mit mir. Vor allem die dichten dunklen Wimpern, die uns beide schmückten, täuschten über manche Unterschiede der Gesichtszüge hinweg. Er erriet wohl meine Gedanken und brummte: »Ei, versteigt Euch nicht in wüste Phantastereien!«

»Ist er vielleicht Till, der einst Stalljunge bei uns war?«

»Till?« Er zog belustigt die Brauen hoch: »Nein, Till der verlogene Mauser bin ich nicht. Aber ich danke für das Angebot, mir zu helfen.«

»Meine Offerte ist also angenommen?«

»Hoc tempore, non!«, sagte er mit Nachdruck, so dass ich keinen Zweifel an der endgültigen Ablehnung hatte, obwohl er aus Höflichkeit die Annahme nur »derzeitig« verweigerte.

»Gut, aber dennoch wüsste ich gern etwas über das Leben meines verehrten Bruders«, bemerkte ich leichthin.

»Ha, wieder Bruder, trefflich!« Sein Lachen hatte den Ton bitterer Lustigkeit, mit der man Stärke vorgibt, um Schwäche zu bemänteln. »Eben war ich noch der Stalljunge, jetzt der Bruder, demnächst bin ich der Neffe des Papstes?«

»Nein, aber es gibt eine Verkettung mit Merhoffen. Wir sollten endlich die Heimlichkeiten aufdecken.«

Er verschränkte die Arme, dachte eine Weile nach und sagte dann: »Schwarze Geheimnisse bleiben besser im Dunkeln!« Ich schüttelte stumm den Kopf. »Nun, es ist eine lange Geschichte – eine Geschichte der Lügen.« Nachdenklich sah er mich an. »Ihr habt recht! Ich bin wahrhaftig ein Bruder, der ältere Bruder Georg Heinrich!«

»Oh nein! Georg ist tot – bestattet in unserer Gruft.«

»Vielleicht liegt da ein toter Hund begraben«, erwiderte er ungerührt, »aber ganz gewiss nicht Georg Heinrich. Der sitzt hier in Fleisch und Blut!«

»Ganz und gar unmöglich!« Ich starrte ihn an.

»Doch, es ist so – auch wenn's dem Herrn den Kompass gewaltig verrückt!«

Ja, meine Kompassnadel zeigte wahrhaftig eine verrückte Richtung an, so als stelle sie alle Naturgesetze auf den Kopf. Er legte den Kopf an die Hüttenwand und schaute mich nur gelegentlich an, während er so präzise von seinem Leben in Merhoffen, meinen Eltern und über seine Zeit als Page beim Grafen von Manderscheid-Blankenheim berichtete, dass ich kaum mehr an der Wahrheit seiner Behauptung zweifeln konnte.

»In Blankenheim gab's ein lustiges Volk junger Leut«, erzählte er im Plauderton, »ein Neffe des alten Grafen – ein toller Nichtsnutz – führte dieses Fähnlein mutwilliger Milchbärte an. Obwohl einer der Jüngsten, wollte ich die anderen bei jedem Schabernack übertreffen, betrieb's aber so plump, dass man mich bald nach Hause schickte. Der Herr Vater bat, mich wieder aufzunehmen, was man gnädigerweis' auch tat. Da ich mich nun von allen Späßen fernhielt, fiel ich bei meinen Kameraden in Ungnad. Um mich zu strafen, stahlen sie Silberzeug, verkauften es und der Neffe des Grafen denunzierte mich als Dieb. Ich schlug ihm ein blaues Aug, was mich noch verdächtiger machte. Man sperrte mich in eine Kammer und rief meinen Vater herbei. Eines Tags, als alle in der Messe waren, ließ mich ein Diener in den Garten. Ich setzte mich in eine Laube und schon standen der Neffe und dessen Freund – *armatu manu* – vor mir. Der Neffe schlug mir ins Gesicht und hielt mir ein Papier vor die Nase, in dem stand, dass ich bekenne, des Diebstahls schuldig zu sein. Wenn ich nicht unterschriebe, würden sie mich abstechen. Ich unterzeichnete. Mein Peiniger griff sogleich nach dem Wisch und blies die Tinte trocken. Da entriss ich ihm den Degen. Der Freund ging sofort auf mich los und ich erstach den Kerl. Der saubere Neffe nahm Reißaus. Der Diener schloss mich wieder ein, so dass ich nicht in Verdacht geriet, mich duelliert zu haben. Die Sach wär im Sande verlaufen, wenn's nicht doch noch ein Gemurmel gegeben hätte, dass der Neffe die Diebstähle begangen hatte. Deshalb ließ mir dieser die Botschaft zukommen, er wolle nun das von mir gezeichnete Dokument dem Grafen geben, ebenso seine Seel erleichtern und den Hergang des Duells verraten, wenn ich nicht bekennen würde, der Dieb zu sein. Die Angst, wegen Mordes hingerichtet zu werden, ließ mich nun wahrhaftig krank werden. Gleich nach Ankunft meines Vaters musste ich auf schwachen Beinen vor dem jungen Grafen – der alte Graf war damals schon tot – Red und Antwort stehen. Der Blick des Herrn Vaters war fassungslos, als ich den Diebstahl zugab. Mein Peiniger dagegen sah mich aufmunternd an und man hatte sogar zwei Lakaien im Saal belassen, die gewiss den Ruf des Neffen vor aller Welt wieder reinwuschen. Man ließ Gnade vor Recht ergehen. Ich musste nur die Grafschaft auf ewig verlassen. In einem Gasthaus pflegte mich der Herr Vater gesund.« Gerg blickte in den Abendhimmel, durch den sich ein grau-violettes Wolkenband zog.

»Und dann?«, drängte ich.

»Ja«, er räusperte sich, »dann sagte der Herr Vater, zu Hause sei kein Platz für einen Dieb wie mich, der eher den Strick verdient hätte als Gnad. Jedermann könnt mich jetzt Dieb schimpfen. Wer hätte noch Achtung vor mir? Wollte ich denn selbst so ohne Ehr leben? Er gab mir ein Pferd, Geld und den Rat, als Soldat mein Glück zu versuchen. Ich versprach, unter anderem Namen zu leben und Merhoffen nie wieder zu betreten. Auf meine Frag, ob Georg Heinrich Sechem jetzt tot sei, nickte er. Das ist die Geschicht, die besser unerzählt hätte bleiben sollen.«

»Der Herr Bruder kann zurückkommen«, bot ich an.

»Der verlorene Sohn? Ohne gütigen Vater? Nein!«

»Aber eine Mutter würd' sich von Herzen freuen.«

»Nein, ich wäre für sie eher ein Kummer, denn, verehrter Herr Bruder – wenn ich ihn so titulieren darf –, wie vermutet, bin ich einen bösen Weg gegangen.«

»Dann lass mich doch helfen«, bat ich.

»Zu spät!« Er schüttelte den Kopf. »Der Überfall auf die Kaufleut bei Melhem war mein Werk. Vier abgedankte Soldaten, die von der Mauserei von Gänsen genug hatten, halfen. Außerdem noch ein ruinierter Rheinschiffer, der die Beute über den Rhein an den Hehler brachte. Dieser einfältige Schiffmann lernte allerdings sehr geschwind mein Handwerk, denn er hat den blutigen Anschlag auf die Pfeffersäck bei Merhoffen auf dem Kerbholz. Hat mich gehörig *vermont*, dieser vermaledeite *Plickschlager*! Viel Geld schuldet er mir noch. Nur deshalb bin ich noch hier. Einen von uns haben sie nämlich geklemst, also gefangen. Nach dem zweiten Anschlag auf den Frankfurter Tuchhändler, der wie eine Wirtshausprügelei aussehen sollte, hat er sich toll und voll gesoffen und das Maul zu weit aufgerissen und stracks war er im *Klems*. Jetzt ist alles verraten und wenn man mich fängt, hat mein letztes Stündlein geschlagen.«

Plötzlich sprang er auf, rief, da sei jemand und lief fort.

»Wo kann ich dich wiedersehen?«, schrie ich ihm hinterher.

»Er hört von mir!«, scholl es schon aus dem Gebüsch.

Am nächsten Abend öffnete ich mit Hilfe von Hennes und Thierry das Grab Georg Heinrichs in unserer Kapelle. Der Holzsarg war gut erhalten, der Deckel fest vernagelt. Meinen Befehl, die Nägel herauszuziehen, verweigerten meine Helfer, weil sie fürchteten, die Seele des Toten werde sie verfolgen, bis sie selbst zu Asche würden. Ich schickte den an allen Gliedern zitternden Thierry fort.

»Warum hab ich nun die Ehr, bald in der Höll zu schmoren und nit der vermaledeite Franzos?«, fragte Hennes, Thierry einen sehnsuchtsvollen Blick nachwerfend.

»Weil du über solche Ammenmärchen lachst!«

»Märlein? Stören der Totenruh ist schwere Sünd!«

»Hennes, der Sarg ist wohl leer.

»Ei nee, da liegt der Herr Georg Heinrich. Ich weiß noch, wie der gnädige Herr und Jost, beide auf'm Kutschbock, mit dem Sarg ankamen. Die Leich konnt man schon riechen.«

»Ja, so war's, aber mein Bruder war recht groß, doch schon für einen kleinen Knaben ist dieser Sarg knapp.«

»Der musst ja in die Kutsch.« Hennes kratzte sich am Ohr.

»Ha, man macht doch Särge für Tote, nicht für Kutschen!«

»Hol mich der Teufel!« Hennes pfiff durch die Zähne.

Seine Wissbegierde war erwacht. Im Handumdrehen hatte er den Sargdeckel gelöst, überließ den letzten Schritt aber doch mir. Ich hob den Deckel ab. Innen lag eine verhüllte Gestalt; um sie herum lagen trockene Äste. Während Hennes ein Ave-Maria murmelte, zog ich behutsam am Kopfende den Stoff zur Seite. Schwarz, voll weißer toter Maden starrte mich ein zerknittertes Antlitz an. Ich fuhr zurück und trat beiseite. Hennes, der mein Zurückzucken nicht bemerkt hatte, leuchtete mit seiner Fackel in den Sarg.

»Potz Zipfel und Tausend Sack mit Enten, ein Holzklotz!« rief er, die Decke ganz wegziehend, und da sah ich den dicken Holzpfahl, an dem Fusseln der hellen Decke klebten, die mir im Halbdunkel wie Maden vorgekommen waren. »Woher wusstet Ihr von diesem Schelmenstück, Herr?«

»Der Fremde von gestern behauptete, die Leich meines Bruders sei gestohlen«, erwiderte ich, um allen Gerüchten vorzubeugen, die Leiche hätte sich in Holz verwandelt.

»Aber was wollen so teuflische Buben mit einem Toten?«

»Für Experimente, manche Ärzte schneiden Leichen auf.«

Das gleiche Blut erlaubt es, sich im Glanz der Anverwandten zu sonnen, aber ebenso rechnet man sich deren Schlechtigkeiten zu. Die Geschichte meines auferstandenen Bruders, der sein Brot mit Überfällen verdiente, war nichts für die Ohren Felicitas', der untadeligen Kaufmannstochter, die eifrig Briefe an die halbe Bürgerschaft Kölns schrieb. Meiner Mutter wollte ich das Schicksal ihres Lieblingssohnes ersparen, zumal ich merkte, wie schwer die Last war, die dieses Wissen schon mir auf die Seele legte. Sophia mit ihrem rationalen Blick für das Zweckmäßige war die Einzige, die ich ins Vertrauen hätte ziehen können, aber dann schwieg ich auch ihr gegenüber.

Oktober 1664

Unser Leben war lauter Zuckerfrüchte. Der Sieg über die Türken bei Mogersdorf im August unter Führung des Grafen Raimondo Montecuccoli, an dem auch kurkölnische und stadtkölnische Truppen beteiligt waren (wenn auch wenig ruhmreich) und der Friede von Vasvár, in dem ein 20 Jahre währender Waffenstillstand mit der Hohen Pforte vereinbart wurde, erleichterte nicht nur die Menschen, sondern brachte, neben einem gewissen Stolz, auch das Gefühl mit sich, gottgesegneten Friedenszeiten entgegenzugehen. Gott gesegnet war vor allem die Ernte, die über die Maßen gut ausfiel. Nach den mageren Jahren war nun das Wort von den fetten Jahren in aller Munde. Es predigte mit gutem Recht der Pfarrer, die Edelleute hörten es so gern wie die Bauern und in Bonn berauschten sich vom Bettler bis zum Kurfürsten alle an dem zu erwartenden biblischen Wonneleben. Felicitas, die mit Lieb-Belle von einem Besuch aus Köln zurückkehrte, erzählte ebenfalls vom allseitigen Frohsinn der Bürger. Nur Gillis blickte auf den Jubel mit der Nüchternheit eines Kaufmanns und meinte: »Den Bettlern mag die gute Ernte den Bauch füllen, aber weder die Bauern noch die Pachtherrn werden großen Gewinn einheimsen, weil die Kaufleut weniger Geld für die Frücht geben.«

Er behielt recht, denn allein für Roggen und Weizen erhielten wir fast ein Drittel weniger als im Vorjahr. Gleichwohl mehrte die Ernte das Vermögen. Nicht von Melchior, sondern diesmal von Hennes erfuhr ich das Gerücht, ich selbst sei der Anführer der Halunken, die wie im Hexenflug mit ganzen Wagenladungen verschwänden. Das Geschwätz nahm ich ernster als die Geistergeschichten. Da sich zwei Überfälle im nahen Umkreis Merhoffens ereignet hatten, konnte dies auch meine Standesgenossen beschäftigen. Selbst Felicitas war in Köln die irrwitzige Nachrede zu Ohren gekommen. Empört ermunterte sie mich, nach dem Schlupfwinkel der Räuberrotte zu suchen. Von Georg Heinrich wusste ich, dass zumindest den brutalen Überfall bei Merhoffen ein Schiffsknecht auf dem Kerbholz hatte. Wenn ich ihn fing, würde es niemand mehr wagen, meine Ehre in den Schmutz zu ziehen. Ziellos durchstreifte ich die Umgebung und verfluchte die Stunden, in denen ich mein Hirnhäuslein mit Latein, Philosophia und anderen schönen Künsten vollgestopft hatte – ein Wissen, das Verständnis für hochgebildete Männer vergangener Epochen vermittelte, mir aber nichts darüber sagte, wie ein gewöhnlicher Wegelager dachte, wo er seine Beute versteckte und sich selbst.

Jan, der ehemalige Kriegsknecht, war der Einzige, der mir helfen konnte. Der Böhme zog belustigt an der Pfeife, die ich ihm aus dem Fundus des Herrn de Vriesz mitgebracht hatte, als ich ihn eines Abends auf der Bank vor seinem Haus sitzend nach dem Raubgesindel ausfragte.

»Lieber Herr«, meinte er, »da könnt Ihr ebenso gut den Wolken nachlaufen, die lassen sich gleich leicht fangen wie diese

Gesellschaft. So eine grobe Meute zieht schnell den Unmut der Leut auf sich. Deshalb sind sie nie da zu finden, wo sie ihre Anschläg aushecken. Die verschmausen die Dukaten lieber dort, wo sie kein' Anstoß gegeben haben. Ihre Lehr ist: einfallen, Schrecken verbreiten und auseinanderlaufen.«

»Und ich sage dir, die kommen, um wieder einen Griff in den Goldtopf zu tun«, ereiferte ich mich, »Habgier ist so stark wie Geilheit. Und hier haben sie ihren Unterschlupf. Reite doch einen Tag mit mir wie in alten Zeiten! Du erhältst auch mein bestes Pferd.«

»Meint Ihr, wir machen's besser als die Büttel des Kurfürsten, die schon alle Schlupfwinkel abgesucht haben? Der Merg wird's auch nicht behagen, weil's viel Arbeit gibt.«

»Ich werde ihr ein *Ranzion* für zwei Tage geben.«

»Ei, warum nicht drei?« Er grinste verschwörerisch.

»Topp, wenn deine Merg so großzügig ist?«

Sie war es nicht! Mit viel Eloquenz rang ich ihr zwei Ausritte ab und dafür musste ich mich noch eine Woche gedulden. Doch der Tag kam, an dem Jan mich zum Morgenmus aufsuchte und meine Lust auf Abenteuer reizte. Doch mein kindlicher Enthusiasmus wurde schnell ernüchtert.

»Wo soll's hingehen?«, fragte er wie ein Ahnungsloser.

»Das will ich von dir wissen – zum Nest der Raubvögel!«

»Verflucht, Euch ist's aber verdammt ernst. Ein wenig hatte ich doch noch auf eine Hasenjagd spekuliert. Aber wie Ihr wollt. In der Näh des Rheins steht ein zerfallener Hof, fünf starke Meilen von hier«, er deutete nach Südosten.

»Ja, der Reuterhof, aber da ist alles zugewuchert.«

»Das mag so aussehen, aber man sollt's mal inspizieren.«

Obwohl ich mir nichts davon versprach, stimmte ich zu und lud ihn zum Frühstück ein. Kaum schmausten wir, brachte Melchior mir ein mit spärlichem Siegellack verschlossenes Brieflein, das ihm ein Reiter im Garten eingehändigt hatte. Ich öffnete es. In krakeliger Schrift stand, ich solle zu Mittag allein zum Proffen Kreuz in die Honigskaulen kommen. Dort könnte ich das finden, wonach ich beim Henkerswirt gesucht hätte. Die Nachricht war mit »dienstschuldigster Bruder« unterschrieben.

»Das ist eine Falle!«, behauptete Jan sogleich.

»Selbst wenn, muss ich dem nicht auf den Leim gehen.«

»Ja, und deswegen geht Ihr nicht zu diesem Stelldichein.«

»Ganz im Gegenteil!«, widersprach ich.

»Die Holunken warten schon jetzt im Hinterhalt auf Euch.«

»Wer das will, kann mir jederzeit im Wald auflauern.«

»Beim heiligen *Vitzliputzli*, Ihr seid völlig verblendet und begebt Euch für ein paar Kaufleut in große Gefahr!«

»Und indem sie die Leut erschlagen und berauben, ziehen sie meine Ehr in den Schmutz.«

»Mit Verlaub«, Jan beugte sich vor und flüsterte, »das habt Ihr Euch selbst zuzuschreiben, weil Ihr mehr zu diesem liederlichen Henkerswirt rennt als in die Kirch. So denkt mancher, Ihr steckt mit dem Gesindel unter einer Decke.«

»Zum Teufel, was fällt dir ein!« Ich packte ihn am Hemd.

»Ich mein's nur herzlich gut. Das wisst Ihr!«

»Ha, dann schneid mir nicht noch die Ehr ab. Ach, geh nach Hause, alter Mann!«

»Ich komm mit, ohne Frag. Aber, mit Verlaub, nehmt so viel Waffen und Leut mit, wie Ihr habt.«

Melchior, der das Gespräch verfolgt hatte, wollte mit uns reiten, aber Katharina setzte alles daran, ihren Sohn zurückzuhalten. Erst nachdem ich ihr verprochen hatte, meinen Milchbruder keiner Gefahr auszusetzen, ließ sie ihn ziehen. Bis an die Zähne bewaffnet verließen Jan, Hennes, Melchior, Thierry und ich Merhoffen. Nördlich der Honigkaulen versteckten sich meine Knechte so, dass sie die Landstraße beobachten konnten. Sie sollten warten, bis ich sie mit einem Pistolenschuss herbeirief. Jan ließ sich allerdings nicht abschütteln und begleitete mich. Je näher wir dem Proffen Kreuz kamen, desto öfter blieb er stehen, blickte nach allen Seiten und zum Himmel nach aufgescheuchten Vögeln Ausschau haltend.

»Wie ein Huhn steckst du den Kopf nach oben und unten«, lästerte ich.

»*Potz* Blut, dieser Leichtsinn kann den Kopf kosten!«

»Jan, keine Sorg! Das Brieflein ist von einem Freund.«

»Wenn der so ein guter Freund ist, warum sagt er's Euch nicht stracks ins Gesicht?«

»Weil er sich verstecken muss. Es ist dieser Gerg, der mich damals aus den Händen des Söldners befreite, als wir zum ersten Mal beim Henkerswirt waren. Erinnerst du dich?«

»Ei ja, aber der Spitzbub war um kein Arschwisch besser als sein Meister!«

»Doch, das hoff ich. Er ... nun, er ist mein Bruder Georg Heinrich!«

»Hol mich, brat mich!« Er blickte mich entgeistert an. »Teufel, der liegt doch seit Jahren in der Kapelle und jetzt ist er letzte Ostern auferstanden? Gott verzeih's mir!«

Ich erzählte ihm die Lebensgeschichte Georg Heinrichs. Am Schluss meinte Jan triumphierend: »Da seht Ihr, man entgeht dem nicht, wofür man vorbestimmt ist.«

»Ach ja, ich dachte, du hast den Protestanten abgeschworen, die behaupten, der Mensch hat keine Macht, sein Leben zu ändern, aber was ist das Leben wert, wenn man nichts ändern kann?« Ich lachte höhnisch: »Dann mag man doch alle Kinder gleich im ersten Bad ertränken.«

»Nicht wir Menschen, nur Gott weiß, dass aus dem Schürzenjäger ein enthaltsamer Büßer wird; aber meist wird aus einem Faulpelz kein rastloser Arbeiter, ein Saufbruder wird kaum Abstinenz üben und auch die Fressbälger lassen sich selten bekehren, alles geht so, wie's gehen muss.«

»Mit anderen Worten, man soll die Dinge laufen lassen. Ich mag's lieber, wenn's in meinen Händen ist, jeden Tag ein neues Leben zu beginnen.«

»Tut Ihr's?«, fragte er spöttisch, »man vergeudet viel Kraft. Sobald die Kinderschuhe ausgetreten sind, sollte jeder seine von

Gott gesetzten Grenzen kennen, damit man sich die unnütze Müh spart, sie immer wieder überschreiten zu wollen.«

»Das ist eine Religion für Bauern, mein Freund.«

»Da habt Ihr Recht, denn wenn die Herren ihre Grenzen kennen würden, dann gäb's keine Kriege. Aber das ist in der Tat der Glaube oder die Hoffnung eines dummen Bauern.«

Kurz vor dem Proffen Kreuz trennten wir uns. Dort wartete ich allein. Die Mittagsglocken läuteten und der Wind wehte mir die Flötentöne eines Schafhirten zu. In den nächsten zwei Stunden geschah nichts weiter, als dass die Sonne durch die trüben Wolken brach. Doch dann ... Schüsse! Sie kamen von Süden. Ich feuerte einen Schuss ab, Jan antwortete mit einem weiteren Schuss und war wenig später bei mir. Wieder Schüsse aus Süden! Ohne die anderen galoppierten wir auf der Straße wie die wilde Jagd los. Nach einer knappen Viertelmeile kam uns ein Reiter entgegen, der aufgeregt von einem wüsten Anschlag auf seinen Kaufmannskonvoi erzählte. Er war nur im Hemd, das blutbefleckt war. Wir folgten ihm zu einem Wäldchen, an dessen Rande Fuhrwerke standen. Wieder hatte das Raubgesindel die Pferde davongejagt und Waren verstreut. Die Fuhrleute lagen gefesselt mit dem Gesicht nach unten auf dem Boden. Ich wollte absteigen, aber der Reiter schrie aufgeregt, wir müssten weiter, die Halunken hätten sein Weib verschleppt. Er sprengte los und wir folgten ihm in das Wäldchen. Der Fremde ritt wie der Teufel, zügelte dann aber so jäh seinen Fuchs, dass ich fast auf ihn geprallt wäre. Über mir bewegte sich etwas. Doch bevor ich erkennen konnte, was es war, riss mich ein Kerl vom Pferd. Hinter mir versuchten drei schwarze Gestalten, Jan von seinem Braunen zu ziehen. Zwei Strauchdiebe griffen nach mir. Mit ein paar Faustschlägen gewann ich Platz und zog meinen Degen. Ängstlich wichen sie zurück. Einer richtete eine Pistole auf mich. Doch der Reiter im blutigen Hemd, wohl der Anführer der Bande, drängte den Mann zur Seite und forderte mich auf, den Degen fallen zu lassen. Ich schüttelte den Kopf. Er flüsterte mit einem seiner Männer und kam dann mit blankem Degen auf mich zu. Fliehen konnte ich nicht, denn man hätte mich hinterrücks niedergestochen oder erschossen. Kämpfen oder ergeben! Jan hatten sie wohl schon überwältigt, weil ich keine Kampfgeräusche mehr hörte. Ich griff den Anführer an. Er war ein elender Fechter, parierte nur plump meine Hiebe. So trieb ich ihn von den anderen fort ins Farnkraut. In einem Wutanfall stürmte er vorwärts, geradewegs in meinen Degen, wenn er nicht gestolpert und zu Boden gefallen wäre. Einen Atemzug später war meine Klinge an seinem Hals. Zustechen und laufen! Doch sein Blick in Todesangst lähmte mich. Diese kalten graublauen Augen, nahe unter den dicken Brauen, kannte ich. Anstelle des wuchernden Vollbarts, den er trug, als ich ihn zuletzt sah, zierte ihn jetzt ein schmaler Oberlippenbart. Es war Robert Justus, der Knecht, der Frater Matthias einmal nach Merhoffen begleitet hatte. Hinter mir raschelte es. Ich fuhr herum. Ein Bursche holte mit einem Knüppel aus – einen Schritt zur Seite machte ich noch, dann traf mich der Schlag. Ich fiel ins Dunkel. Nur halb bei Bewusstsein war mir, als hielte mich jemand und ließe mich langsam zu Boden gleiten. Grelles Licht blitzte durch fleckenhaftes Grün über mir, und ich schloss gleich wieder die Augen. Zu meinem Glück hatte der derbe Schlag mehr die Schulter als den Kopf getroffen. Ein Schmerz strömte in den linken Arm. Mühsam richtete ich mich auf und sah schattenhaft acht Männer auf dem Weg. Zwei Burschen hielten Jan fest, mit dem Robert Justus sprach.

»… Unflat«, brüllte er Jan an, »befrei dein Gewissen von diesem stinkenden Unrat, bevor du zur Höll fährst, viel …«

»… wir sollten ihn gleich *schmieren*, die *Kümmerer* kommen uns sonst noch auf den Hals«, warf einer ein.

»Halt's Maul, Schmalkachel, oder ich nagle es dir unter's Scheißhaus. Erst wenn ich's Amen sag, dann *alcht* euch«, schimpfte Justus, »dreht ihn um, er soll krepieren wie ein Fahnenflüchtiger.«

Die beiden Burschen drehten Jan um und zwangen ihn auf die Knie. Mit den Worten »krepier, verfluchtes Ra-ben-aas« stieß Robert Justus den Degen zweimal in Jans Rücken.

»Hilf, Herr Jesus, *bosche muj*!«, stöhnte Jan auf, ich schloss die Augen und dann hörte ich ihn ins Laub fallen.

Keine zehn Schritt von ihm entfernt lag ich steif vor Schreck im Farn. Das Gesindel lief in heller Aufregung durcheinander. Dumpfer Hufschlag mehrerer Pferde! Sie ritten wohl weg. Mein Versuch aufzustehen scheiterte, weil mich ein Schwindel wieder zu Boden riss. Schritte näherten sich – gemächlich. Sie waren wohl doch nicht alle weg. Der Tod kam zu mir! Ich sprach im Geist ein Ave-Maria, doch das Knacken der Äste bei jedem Tritt ging mir so durch Mark und Bein, dass die Worte schon erstarben, bevor ich sie überhaupt denken konnte. »Gott vergib mir!«, flüsterte ich und dann stand Robert Justus neben mir.

Er lächelte; sein mürrisches Gesicht überstrahlte eine selige Harmonie, wie es nur in den größten Glücksmomenten eines Menschen möglich ist. Bedächtig setzte er die Spitze seines Degens auf die linke Seite meiner Brust, durchbohrte mein Wams und das Hemd. Ich schloss die Augen und spürte, wie der Stahl ins Fleisch drang. Aber der Druck ließ sofort nach und er zog den Degen aus der Wunde. Ich öffnete die Augen und sah, wie er die blutbefleckte Waffe wie eine Reliquie betrachtete. Er spuckte mir ins Gesicht. Dann ging er.

Kaum war er mit einem seiner Knechte weggeritten, kroch ich auf allen Vieren zu Jan, der wie ein Hund gekrümmt am Wegesrand lag. Auf seinem Hemd zeichneten sich ein kleiner und ein großer Blutfleck ab. Seine Augen waren angstvoll weit geöffnet und er zog krampfhaft die Luft ein. Ich setzte mich neben ihn, bettete seinen Kopf in meinen Schoß, wobei er schmerzvoll das Gesicht verzog, aber sein Atem ging wieder leichter.

»Du bist ein Dragoner und wenn ein Dragoner vom Pferd fällt, steht er als Musketier wieder auf!«, sagte ich.

Er lächelte und schüttelte den Kopf. Ich wischte den Schweiß von seiner Stirn und nahm seine Hand. Seine wettergegerbte Haut nahm die fahle Farbe der Sterbenden an, seine Lippen rötete Blut und da wusste ich, es gab keine Hoffnung mehr.

»Es ist wohl ein Abschied?«, fragte ich und er nickte ernst. »Wir werden uns im Paradies wiedersehen!«

Das belustigte ihn und er machte eine zweifelnde Miene.

»Du bereust deine Sünden?« Er nickte, schluckte und sagte mühsam: »S bohem!« – ein böhmischer Abschiedsgruß, der »mit Gott« heißt.

»S bohem, liebster Freund!«

Er schloss die Augen und ich betete laut ein Vaterunser, weil das Ave-Maria für einen, der im Herzen Protestant geblieben war, wohl unpassend war. Nach dem »Amen« schob ich meinen Arm unter seinen Kopf, streichelte seine Wange. Müde öffnete er die Augen.

»Soll ich Merg etwas sagen?«, fragte ich und er nickte.

»Vergebung«, hauchte er, Blut rann aus seinem Mund.

»Vergebung?« Er nickte und ich fuhr fort, »ich werde ihr und den Kindern mit allen Kräften beistehen und für ihr gutes Fortkommen sorgen, wenn ich schon Schuld daran habe, dass …«,

Er lächelte dankbar und versuchte noch etwas sagen, was ihm aber nicht mehr möglich war. Langsam hob er die Hand und segnete mich, dann spreizte er die Finger wie nach einem siegreichen Fechtgang und schloss die Augen. Ich hielt die Tränen zurück und presste die Lippen zusammen, um ihm einen jammervollen Abschied zu ersparen. Sein Blut sickerte durch meine Hosenbeine. Ich sah sein Gesicht hohlwangiger werden, hörte seinen röchelnden Atem und spürte, wie das Leben zerrann. Er kämpfte nicht, sondern ergab sich gefasst dem Stärkeren. Während ich stockend Gebete flüsterte, die ihn in seinem letzten Schlaf begleiten sollten, kam Melchior zu Fuß herbei.

»Hola, hier habt ihr euch verkrochen!«, begrüßte er uns und rief: »Die Kaufleut haben wir gefunden, nur hat keiner von denen euch gesehen.« Er kam näher: »Was ist?«

Ich hob meine blutige Hand. Er erschrak, kniete sich neben den Sterbenden, bekreuzigte sich, legte seine Hand auf dessen Brust und flüsterte: »Gott sei deiner Seele gnädig, herzlieber Freund!«

Jan rang um Atem. Er öffnete die Augen, sah mich an, dann brach sein Blick und es war still.

»Er ist hin!«, sagte Melchior und das Herz blieb mir stehen.

Wir ließen unseren Tränen freien Lauf. Zitternd drückte ich meinem Freund die Augen zu und Melchior sprach das Totengebet, weil der Schmerz schon mein erstes Wort erwürgte. Jans rechter Arm war zur Seite auf den Boden geglitten, die Hand halb geöffnet – eine tröstende Geste, da es aussah, als greife er nach dem himmlischen Licht, dem Sonnenschein, der durch das Blätterdach über uns fiel. Irgendwann entzog mir Melchior den Toten und sagte, ich solle gehen, er werde für »Jan sorgen«. Ja, er sagte »sorgen«, als lebte er noch. Mühsam kam ich auf die Beine. Unsere Pferde hatten die Räuber mitgenommen, nur der Fuchs des Justus war zurückgeblieben. Wie ich diese Aufmerksamkeit verdiente, war rätselhaft. Mit meinem lahmen Arm bewerkstelligte ich es, im dritten Anlauf in den Sattel zu kommen. Hennes und Thierry, die mir auf halbem Weg entgegengeritten kamen, schickte ich Melchior zur Hilfe.

Mein Erscheinen bei den Kaufleuten löste Unruhe aus. Ein Herr trat mir mit bloßem Degen entgegen.

»Was willst du noch?«, brüllte er mich an, »das Wertvollste hast du schon, verfluchter Schnapphahn!«

»Was soll das? Ich bin zum Schutz der Kaufleut da!«

»Ich danke«, er lachte, »du hast mich vielleicht vor allzu großem Wohlstand beschützt, aber den Schutz gewährt mir bereits die liebe Obrigkeit mit ihren Zöllen und *Akzisen*.«

»Ich reite nur den Fuchs dieses Galgenstricks, weil er mir mein Pferd gestohlen hat«, erklärte ich aus dem Sattel gleitend.

»Halt!« Er hielt mir seinen Degen entgegen.

Mir schwindelte und ich setzte mich auf den Boden.

»Ich bitte, mich nicht zu bedrohen«, forderte ich ihn auf, »ich bin kein Wegelagerer!«

»Ich hab schon manches Absonderliche gesehen«, entgegnete er, »aber dass mich einer barbarisch ausraubt und dann in aller

Seelenruh behauptet, nichts getan zu haben, das ist mir mein Lebtag nit vor Augen gekommen. Vorhin bist du wie ein toller Hund mit dem Degen über mich hergefallen. Aber einen Stich hab ich dir doch versetzt. Dort! Da ist das Loch, das du schamhaft unterm Mantel verbirgst.«

Rasch trat er zu mir und schlug meinen Mantel zurück. Ja, da war das Loch, das mir Justus beigebracht hatte.

»Tief ist's nit«, bedauerte er, »aber getroffen hab ich.«

»Nein, da hat mich ein anderer verwundet!«

»Ha, aber das ist doch das grüne Wams mit meinem Stich!«

Welches Wams? Ich besah mich genauer. Das dunkelgrüne Wams war ein Kleidungsstück von mir, das ich jedoch vor einigen Monaten Thierry geschenkt hatte, weil Felicitas es zu altväterlich war. Was ich morgens angezogen hatte, dazu fehlte mir jede Erinnerung. Den Mantel hatte ich jedenfalls am Sattel festgeschnallt und die Galgenvögel hatten ihn mir angelegt. Ich wandte mich an den Kaufmann: »Monsieur, Ihr seid Opfer eines Überfalls und ich Opfer eines infamen Schelmenstücks. Das Raubgesindel will mir die Tat in die Schuh schieben. Dort im Wald haben sie meinen Freund ermordet und mich niedergeprügelt. Während meiner Ohmacht haben sie mir ein Wams angezogen, das ich verschenkt hatte und das wohl in unrechte Hände kam. Wie sah denn Euer Fechtgegner aus?«

»Das Rabenaas trug eine Maske wie zur Fastnacht.«

»Sah der Degen so aus?« Ich zeigte ihm meine *Wehr*.

»Mein Herr, ich bin Tuchhändler und in der Eil!« Er zuckte mit den Achseln. »Ich bin Nicolaus Levenbergh aus Köln.«

Ich stellte mich vor und erzählte, was geschehen war.

»Die Geschichte ist wahrhaftig phantastisch, aber meine ist's auch«, sagte er kopfschüttelnd, »die vier bewaffneten Knechte, die uns nach Bonn geleiten sollten, gehörten zu den Wegelagerern. Zusammen mit ihren Freunden überwältigten sie uns hinterrücks ohne einen Schuss. Ein Fuhrmann ist erstochen worden. Dann fesselten sie uns und wir mussten uns mit dem Gesicht nach unten auf den Boden legen. Wer aufsah, den traf ein Knüppel. Zwei Wagen führten sie gleich weg. Darauf kriegten sie sich in die Haare, feuerten die Pistolen ab und einer ritt fort. Später kamen Reiter, die aber gleich weiter galoppierten. Wir blieben wie tot liegen, bis uns die drei Samariter befreiten.«

»Das waren meine Knechte! Dort kommen sie.«

Hennes hatte Jans Leiche vor sich auf dem Pferd. Melchior nahm ihm den leblosen Körper ab und bettete ihn ins Gras. Wir spannten Melchiors Pferd vor einen der zurückgelassenen Wagen und so konnten wir die zwei Toten und zwei Verletzte bequem nach Plittersdorf bringen, wo Nicolaus Levenbergh Unterkunft fand.

Das Mitleiden der Bauern über Jans Tod war groß. Man legte den Toten in einen mit Heu ausgepolsterten, zweirädrigen Wagen, vor dem ein Esel gespannt war. Das ganze Dorf stand um den Karren herum und alle beteten mit vielen Klagerufen und Tränen für Jans Seelenheil. Bald jeder gelobte, alles zu tun, damit der Mörder seine wohlverdiente Strafe erhielte. Dabei erhaschte ich einen abschätzigen Blick Levenberghs auf mich, der deutlich sagte, wer weiß, vielleicht steht der Mörder schon unter uns. Doch ich mochte mich irren; mehrmals hatte er mir ja versichert, meiner Unschuldsbeteuerung Glauben zu schenken. Erst nach Sonnenuntergang verließen wir den Ort und einige Bauern gaben dem Toten mit Fackeln ein Stück weit das Ehrengeleit. Dies erinnerte mich an einen anderen Tag, an dem mein Vater das Leben vieler aufs Spiel setzte, um den gleichen Mann vor einer wütenden Meute zu schützen. Trotz meines Jammers empfand ich Stolz darüber, dass Jans und Mergs duldsame Starrsinnigkeit den Hass überwunden hatte.

Der Mond war aufgegangen. Sein Licht ließ die Mauern des Süllhofs geisterhaft erscheinen. Thierry wollte absteigen, doch ich hinderte ihn daran. Steif wie ein alter Mann rutschte ich aus dem Sattel und schlug mehrmals gegen das Tor, bis eine Männerstimme fragte, wer da sei. Nachdem ich meinen Namen genannt hatte, polterte ein Balken zu Boden und ein Knecht öffnete. Neben ihm stand Merg, eine Laterne in der Hand. Leise fragte sie nach Jan.

»Merg«, ich trat näher und drückte ihre Hand.

»Er lebt nimmer«, flüsterte sie, mir den einzigen Satz abnehmend, den ich ihr schuldete.

Ich nickte stumm.

»Wie?«

Mit rauer Stimme und mönchisch knapp erzählte ich, was geschehen war. Den Blick gesenkt hörte sie mich an. Nur sein letztes Wort »Vergebung« hauchte ihr Leben ein.

»Vergebung, ja! Ihm zulieb«, schluchzte sie auf.

Ohne mich eines Blickes zu würdigen, stieg sie auf den Karren und betrachtete den Leichnam. Jan war einig mit sich und der Welt gestorben, was sich auch im Tod in seinen Gesichtszügen abzeichnete. Bauernkinder hatten ihm gelbes Herbstkraut in den Arm gelegt, so dass kein kalter Ernst von ihm ausging, sondern – wie es seiner Gemütsart entsprach – eine gelöste Heiterkeit, eine den Schmerz lindernde Zauberkraft fernab vom Kampf der Welt. Still saß Merg neben dem Toten, nur gelegentlich aufseufzend. Zärtlich strich sie ihm immer wieder über Stirn und Wangen wie eine Mutter, die ihr Kind tröstet. Obwohl wir alle abgemattet waren, drängte sie keiner. Nur der Esel ließ einmal seine klagenden Rufe hören. Jans Kinder versammelten sich scheu um uns. Tränengepresst betete Merg ein Ave-Maria und stieg wieder von dem Karren.

»Gut Nacht, Herr«, sagte sie kühl, nahm das Halfter des Esels und führte ihn in den Hof. Die Kinder folgten ihr schweigend, nur der Jüngste fragte, ob sein Papa bald wieder aufwache, worauf der Knecht antwortete, nein, er sei tot. Dann schloss sich das Tor.

Meine Schuld an Jans Tod lastete schwer auf meinem Herzen. Meine überhebliche Sorglosigkeit hatte ihn in das Netz der Mörderbande getrieben. Er musste sterben, damit kein Mitwisser die Posse des Pferde- und Kleidertausches bestätigen konnte, mit der Justus mich als Sündenbock für alle seine Überfälle zu benutzen gedachte. Dies war der Plan eines Irren, der skrupellos genug war, jeden niederzumetzeln, der eine Gefahr für seine kunstvolle Falle und ein Vorhaben war, das nur scheitern konnte. Dachte er wahrhaftig, die Ehre einer geachteten Standesperson aus altem Adel mit dieser plumpen Komödie in den Schmutz ziehen zu können? Darüber hinaus hatte sein exquisites Netzwerk einen Riss bekommen, weil ich ihn erkannt hatte. Sobald er auch nur einen Fuß in diese Gegend setzte, würde er arretiert werden, denn vielen war sein Gesicht vertraut. Auf der Folter musste er unweigerlich seine Verbrechen gestehen, während mein Wort genügte, damit man mir glaubte. Aber warum verfolgte er mich mit einem so hemmungslosen Hass? Warum tötete er Unschuldige, nur um meinen Namen zu verunglimpfen? Tat er es für Geld? Drahtzieher konnte der eifersüchtige und in seiner Eitelkeit gekränkte Ferdinand Kannegießer sein. Dann hasste mich Ernst von Kolff, dessen Bruder ich unfreiwillig zum Krüppel gemacht hatte. Offensichtlich hatte er es verstanden, den ganzen Landtag gegen mich aufzuhetzen. Auch unter den Bauern hatte ich Widersacher, doch bei Hofe oder in der Stadt erdachte man sich solche Ränke, nicht auf dem Land.

Der Irrgarten von Vermutungen raubte mir den Schlaf. Zwei Dinge aber waren sicher: Thierry hatte das Wams in einem Wirtshaus verspielt. Der sonst so gewitzte Franzose war bei einer ausgiebigen Zecherei Falschspielern auf den Leim gegangen. Nachdem er hoch verloren hatte und die Gewinner handgreiflich zu werden drohten, war er froh, ihnen das Wams als Pfand überlassen zu können. Mehrmals war er dann in der Schänke gewesen, um es auszulösen, hatte aber keinen der Zechkumpane mehr angetroffen. Auch dem Wirt waren sie nicht mehr zu Gesicht gekommen. Von den unbekannten Spielern wusste man nur, dass einer stark geschielt und ein anderer jauchemäßig aus dem »Maul« gestunken hatte. Doch das traf auf viele Leute mit schlechten Zähnen zu. Das Zweite, was feststand, war das Verschwinden des Robert Justus Ende August, gut zwei Wochen vor dem Überfall auf Hendrick de Vriesz. Er blieb verschollen, obwohl ihm der Auerhofpächter noch Lohn schuldete. Es ging das Gerücht um, er sei im Rhein ertrunken.

Zu Jans Beerdigung kam alles, was laufen konnte, sogar viele Friesdorfer waren unter den Trauernden zum Trost der auffallend zurückhaltenden Witwe. Merg brach weder in lautes Wehklagen aus, wie es Brauch war, noch hatte sie sich sonderlich herausgeputzt, wie es von einer wohlhabenden Witwe erwartet wurde. Als der Sarg ins Grab gesenkt wurde, verließen sie die Kräfte und eine Freundin stützte sie. Beim Leichenschmaus zog sie sich zurück, nachdem das Klagen einer zaghaften Fröhlichkeit zu weichen begonnen hatte. Das war bald, denn eine Leichenfeier auf dem Land hält sich nicht lange mit dem trüben Tod auf, sondern feiert lieber das Leben außerhalb der täglichen Mühsal. Ich begleitete sie zu ihrem Leiterwagen. Ihre Kinder kletterten hinein, während Marie, ihre vierzehnjährige Tochter, an ihrer Seite blieb.

»Wie viel schuld' ich für die Hofübernahme?«, fragte Merg.

»Da steht mir nichts zu!« Sie blickte mich kurz und wenig freundlich an. »Merg, du weißt, du und Jan, ihr wart mir immer viel mehr als nur Pächter. Deshalb – ich will für dich und die Kinder sorgen. Das Versprechen hab ich Jan in seiner letzten Stunde gegeben und bekräftige es just an diesem traurigen Tag, damit's uns im Gedächtnis bleibt.«

»Gnädiger Herr«, erwiderte sie den Kopf hebend, »ich hab sehr mit Euch gehadert – übers große Unglück, dat Ihr über uns gebracht habt. Aber es war wohl Gottes Wille. Ihr habt Jan einmal im Wald das Leben gerettet und jetzt ist er im Wald in Euren Armen selig gestorben. So sollt's wohl sein und es ist nit an mir, Euch die Schuld dafür zu geben. Ich dank Euch, aber ich brauch nichts.«

»Merg, einen Knecht oder Geld braucht jeder!«

»Ei ja, ein Knecht!«, rief Marie, »er könnt die Scheun' neu decken, wat der Vater machen wollt und der Andreas könnt auf die Lateinschul ...«

»Still, du vorwitziges Kind«, unterbrach Merg sie.

»Nein, sie denkt schon wie eine Hausmutter«, nahm ich Marie in Schutz, »für die Schul und den Knecht zahle ich gern, solang's Not tut. Und die Kinder erhalten neue Kleider!«

»Oh, danke, lieber Herr«, jubelte Marie, »so eins mit einem Miederhemdlein mit Spitze für'n Sonntag?«

»Ja, mit allem, was du dir wünschst.«

»Ihr verführt das Mädgen zur Eitelkeit, Herr«, rügte Merg, aber in ihren Augen war ein Lichtstrahl der Zuversicht.

Sie nestelte einen Brief Jans unter ihrer Schürze hervor, der an mich adressiert war. Er enthielt zwei Knöpfe – die zwei, die Brausekopf vor 15 Jahren von Jans Wams abgerissen hatte und die ihm als Denkzettel dienten, den Mord am Lüfthildisgraben zu rächen. In dem Schreiben legte mir Jan, für den Fall seines Todes, Merg und die Kinder ans Herz. Zu den Knöpfen meinte er, die Vergeltung der Mordtat beim Lüfthildisgraben Gott überlassen zu haben, der oft härter strafe, als es den Menschen möglich sei. Merg war Analphabetin und ich las ihr den Brief vor.

Vier Monate später zeigte mir Merg an, einen Knecht heiraten zu wollen, denn der Hof benötigte dringend einen Bauern. Ihren acht Jahre jüngeren Verlobten akzeptierte ich als Pächter, was für mich sehr vorteilhaft war, denn er war ein harter Arbeiter und rechtschaffener Mann.

Februar 1665

Das neue Jahr 1665 wurde wieder einmal mit Bangen erwartet, weil im Dezember 1664 sich am Nachthimmel mehrmals unheilverkündende große Kometen zeigten – die Vorboten von Krieg oder Krankheiten.

Da Felicitas wieder ein Kind erwartete, beeindruckte uns dieses böse Omen mehr als es sonst der Fall gewesen wäre. Bis

Weihnachten fastete ich strenger als üblich und betete täglich in der Gertrudiskapelle. Über meinen wiedererwachten frommen Eifer, den Hennes unverblümt als Rückfall in alte Mönchsuntugenden rügte, mochte mancher wohl spotten, aber Gebete waren das Einzige, worin ich Kraft fand, meine Verzagtheit zu überwinden. Mich quälte vor allem, Jan in den Tod getrieben zu haben. Mein Ehrgeiz die Raubgesellen zu fangen, hatte mich zwar der Wahrheit näher gebracht, doch zu einem viel zu hohen Preis. Der von Jan in seinem Testament geäußerte Gedanke, die Vergeltung der Mordtaten Gott zu überlassen, empfand ich daher auch als einen an mich gerichteten Appell, alles in Gottes Hände zu legen. So stellte ich meine Nachforschungen nach den Raubgesellen ein. Doch die Schuld an Jans gewaltsamen Tod drückte oft grausam und die unzähligen, trübsinnig tatenlosen Stunden hätte ich lieber gegen solche mit der Suche nach seinem Mörder eingetauscht. Auch den Amtmann beschäftigte der neueste Anschlag, wobei er sein Augenmerk weniger auf Jans Tod richtete, sondern mehr auf meine Beteiligung an dem Überfall. Mehrmals fragte er mich, warum ich wieder den Kaufleuten »zu Hilf gekommen sei«, als glaube er meinem Zeugnis nicht. Thierry musste beeiden, das grüne Wams von mir geschenkt erhalten zu haben. Doch erst nach der Bestätigung des Schänkenwirts, dass das Kleidungsstück zur Einlösung einer Spielschuld den Besitzer gewechselt habe, war die Obrigkeit von meiner Unschuld überzeugt.

An einem kalten Wintertag Anfang Februar betete ich in der Gertrudiskapelle. Das Knarren der Tür, ein Luftzug und Schritte beendeten abrupt meine Zwiesprache mit Gott. Den Fremden, der vor dem Altar das Knie beugte, umgab neben dem üblichen Pferdegeruch eine Wolke von Moschus und Zimt. Mein Bruder Philipp! Er wandte sich mir zu.

»Ich bin wohl kaum willkommen«, sagte er leise.

Ich schloss ihn nur kurz in die Arme. Er dankte und wollte für seine glückliche Heimkehr noch ein Gebet sprechen. An einen Baum gelehnt wartete ich draußen auf ihn. Raureif funkelte noch auf dem harschen Schnee und ein Ostwind fegte mit bissiger Kälte durch das Geäst der Büsche. Mich fror. Philipp betete lange, was mich wunderte, da er doch sonst nur eine Kirche besuchte, um sich selbst zu zeigen und die Kleider der anderen zu inspizieren. Trotz meiner schlechten Empfindungen ihm gegenüber, wollte ich ihm als verzeihender Bruder entgegentreten, vor allem, wenn er Margaretha zurückgebracht hatte. Endlich kam er und wir machten uns auf den Heimweg. Er war runder geworden und versteckte unter seinem Mantel wohl ein feistes Bäuchlein.

»Wie kommt's, dass der Herr Bruder zu dieser unwirtlichen Jahreszeit reist?«, fragte ich.

»Eine Lustfahrt war's wahrhaftig nicht. Aber der König fragt nicht nach meiner Bequemlichkeit.« Er warf mir einen gequälten Blick zu, mit dem er seine Wichtigkeit in hohen Staatsgeschäften belegen wollte, doch schlug er die Augen auffallend rasch nieder.

»Und Margaretha, ist sie auch zurück?«

»Gott bewahre, bei der Kälte! Nein, sie sitzt da besser in Paris, umschmeichelt von tout le monde.«

»Von der Welt umschmeichelt?« Ich lachte, obwohl mich die Antwort enttäuschte.

»Le monde nennt sich ein Kreis vornehmer Bürger, die den Tag mit geistreichen Gesprächen verplaudern, um's höflich zusagen. Die meisten sind bei Hof nicht zugelassen. Indem sie aber fortwährend über Descartes, Pascal, Rabelais oder Corneille schwatzen, meinen sie weiser als der König und tugendhafter als alle Höflinge zu sein. Margaretha ist ganz vernarrt in diese Art des Amüsements. Fast jeden Abend soupiert sie in dieser wenig erlauchten, aber wohlanständigen Gesellschaft.«

»Und tagsüber? Wie lebt sie und wovon ernährt sie sich?«

»*Mon dieu*, Bruderherz, Er will wohl jeden Atemzug wissen. Sie tut, was Frauenzimmer den lieben langen Tag so treiben: Sticken, Messe, Putz und Kleider … und sie liest, um nicht nur durch Schönheit, sondern auch mit Witz und Wissen zu brillieren. Ja, unser Schwesterlein ist aufgeblüht wie eine Rose – weiß Gott, schöner als die bescheidene Margerite, die sich die Frau Mutter immer erträumte.«

Mittlerweile waren wir in Merhoffen angekommen. Im Hof stand Philipps schmutzüberkrustete Kutsche, aber unter dem Dreck schimmerte ihre verschwenderische Pracht hervor. Jost und Philipps Diener schleppten eine Truhe zum Herrenhaus und immer noch türmten sich Kisten und Kasten im Innern der schweren Karosse.

»Großer Gott, das ist ja ein ganzer Hausstand, Philipp!«

»Nur das Nötigste und es ist angenehmer gereist als ich armer Tropf.« Er fasste sich ins Kreuz. »Ich musste reiten.«

»Wie lange gedenkt Er zu bleiben?«, fragte ich ihn.

»Drei Monate?« Er blickte mich flehend an, ich nickte und er seufzte erleichtert. »Danke! Und jetzt, lieber Bruder, machen wir uns lustig. Ich habe guten Wein mitgebracht.«

Das »Machen-wir-uns-lustig« hörte ich fortan an oft und er trank mehr, als ihm zuträglich war.

Meine Mutter freute sich, ihren lange entbehrten Sohn wiederzusehen. Sein Anblick allein ließ sie alles vergeben, was er ihr an Bösem angetan hatte. Er verstand es auch bestens, alle Zweifel an Margarethas Wohlergehen zu zerstreuen. Seine Kleider, kostbarer Schmuck wie auch seine charmant vorgetragenen Geschichten vom Hof Ludwigs XIV. schlugen jeden in seinen Bann. Selbst Felicitas, die von Philipp kaum mehr als seinen schlechten Ruf kannte, kapitulierte vor den Seidenstoffen, die er ihr verehrte und hing bald, wie alle anderen, an seinen Lippen. Nachdem er so das Haus im Sturm genommen hatte, verschwand er für zwei Tage, um dem Kurfürsten seine Aufwartung zu machen. Stolz überbrachte er mir dann eine Einladung in die Residenz des Kölner Nuntius, wobei er wortreich herausstrich, unter welchen Mühen er die begehrte Einladung für mich beschafft hatte. Es wunderte mich, warum er nicht selbst diese Offerte annahm, aber Marco Galli, der »Nunzio di Colonia« des Papstes, lud wahrhaftig mich als kurkölnischen Edelmann zu einem Bankett ein. Obwohl Felicitas mich nicht nach Köln begleiten konnte, entzückte sie dieses Ereignis. Das hohe Lob, das sie wegen der Beschaffung der Einladung meinem Bruder spendete, war eine deutliche Kritik an meiner Lethargie, Anerkennung unter den hochrangigen Standespersonen Kurkölns zu erwerben, obgleich sie sich bisher ebenfalls wenig darum gekümmert hatte. Der schmiegsame Charme, die Eleganz wie die Welterfahrenheit Philipps hatten in ihr wohl das Verlangen nach Höherem geweckt, zumal er einen Lebensstil verkörperte, der ihr im Blut lag. Eines Tages fand ich unter einer ihrer Stickereien versteckt einen erotischen, mit eindeutigen Illustrationen ausgestatteten französischen Roman. Die girrenden Schmeicheleien Philipps hatten sich bislang noch in den Schranken eines Kavaliers gehalten, doch dies überschritt fraglos die Grenzen höfischer Galanterie. Das Buch in der Hand ging ich zu Felicitas, die sich im Speisezimmer vor dem Kamin die Hände wärmte. Hitzig stellte ich sie zur Rede. Noch bevor sie antworten konnte, erhob sich Philipp, der – von mir übersehen – am Tisch bei einem Glas Wein gesessen hatte.

»Herr Bruder!« Aufreizend gemächlich stolzierte er auf mich zu. »Warum echauffiert Er sich über ein Buch, das alle Weiber in Frankreich lesen?«

»Kaum die tugendsamen!« Ich schleuderte das Buch auf den Tisch, sein Weinglas umkippend.

»Oh doch«, widersprach er, »selbst die züchtige Françoise Scarron – der Herr Bruder erinnert sich wohl –, selbst sie delektiert sich an solchen Romanen. Doch vielleicht ist sie nicht tugendhaft genug, denn seit dem Tod ihres armen Poeten ist sie die Geliebte des Louis de Mornay!«

»Genug! Selbst wenn's die Lektüre aller französischen Nonnen ist, so zeugt's keineswegs von gutem Geschmack, ein solches Buch meiner Gemahlin zu verehren. Darin seh ich eine Offerte, sich in geile Liebesabenteuer zu stürzen, ums kurz und rund zu sagen.«

«Oh là là! Zweifel an der Treue von Madame?«

»Das ist impertinent!«, zischte ich, »wenn ein parfümierter Laffe wie er sich aufbläht, als speise er täglich an der Tafel des Königs, er's Maul voll nimmt und laufend windige Prahlereien in die Welt bläst, so ist's leicht, den Frauenzimmern weis zumachen, der Mond sei ein Schweizer Käs und die Hurerei eine gottgefällige Liebestat. Ich kenne den Ruf meines ehrenwerten Bruders in Paris und weiß, warum er spornstreichs von dort abgereist ist.«

Mit dieser aus der Luft gegriffenen Behauptung hatte ich wohl ins Schwarze getroffen; sein Lächeln gefror und für einen Moment verlor er die gewohnte Selbstsicherheit.

»Ach, was weiß er schon«, wehrte er unsicher lachend ab, »in diesem gottverlassenen Nest verwundert's mich kaum, wenn meine Berichte aus Paris als Prahlerei genommen werden. Kein Esprit! Ja, verehrter Bruder, nur dumpfer Kirchenmoder triumphiert hier!«

»Ich zwinge niemandem meine Andachten auf!«

»Pardon, dann wünsche ich weiter fromme Andacht und empfehle mich, denn ich werde mich jetzt nach Bonn verfügen, um frischere Luft zu atmen als die altväterlichen Ausdünstungen hier. *Si vous permettez, Madame*?»

Er verneigte sich und schritt zur Tür, wo er sich umwandte.

»*Mon dieu*, fast wär's mir entfallen! Obwohl's eine Sach très important ist, also eine von großer Wichtigkeit, falls man hier des Französischen nicht mächtig ist. Was ist mit meinem Erbteil?«

»Ich habe die Verzichtsurkunde von Paris noch«, sagte ich.

»Ja, um die reiche Heirat zu ermöglichen, verzichtete ich auf Merhoffen, aber doch nicht auf die Auszahlung meines Erbes. Der Herr Bruder sollte die Urkunde einmal lesen!«.

Er grinste.

»Das werde ich. Aber selbst wenn's so ist, dann ist's allgemein Sitte und alter Brauch, keine Auszahlung zu fordern.«

»Himmel, wieder eine altehrwürdige Sitte.« Gequält verdrehte er die Augen. »*Morbleu*! Man langweilt mich hier zu Tode! Gebräuche seit altersher – Christoph, das ist Bauerngewäsch, aber nicht die Sprache eines Edelmannes. Nun denn, dann fordere ich eben mein Recht vor Gericht ein.«

»Die Advokaten kosten gewiss mehr als der geringe Betrag, den ich eventuell schulde. Aber vielleicht reicht's noch für eine Hutschnur.«

»Das muss schon eine diamantene sein! Ich lass mich nicht wie Sophia mit einem Bettelgeld abspeisen«, fauchte er.

»Ist's so übel um die Finanzen bestellt, dass mein reicher Bruder so schroff bei mir anklopfen muss?«

»Ich fordere nur mein Recht! Und damit adieu!«

»Ja, geht mit Gott, Monsieur, aber kommt nie mehr über diese Türschwelle! Nie mehr!«

Er nickte und schlug mit Schwung die Tür hinter sich zu.

»Musste dieser Hinauswurf sein?«, fragte Felicitas gereizt.

»Wenn mir mein Bruder mit Prozessen droht, dient das dem Hausfrieden ebenso wenig, wie wenn er meiner Eheliebsten nachstellt!«

»Ich verdiene mehr Vertrauen in meine Treue!«

»Ja, aber ebenso verdient doch eine schöne Frau ein gewisses Maß an Eifersucht?« Ich nahm sie in den Arm.

»Der Herr ist wohl bei Monsieur Philipp in die Schul der Galanterie gegangen?«, fragte sie spitz.

»Brauche ich hierin noch Lektionen?«

»Oh ja – in Eleganz, schmeichelndem Lob, in der Anerkennung der Stärken und in dem Lächeln für die kleinen Schwächen ... kleine Überraschungen ... ach, jede Frau wünscht sich die Aufmerksamkeit, die einer Königin entgegengebracht wird und dann ist auch ihr Gemahl ein König.«

»Ein wenig Komödie, so leicht ist das also!«

»So leicht und wohl doch eine Kunst!«

»Diese Kunst liegt mir allerdings wenig«, flüsterte ich ihr ins Ohr, »aber wer Ehrlichkeit sucht und die einfache Wahrheit liebt, den verwöhne ich gern mit diesen Dingen.«

»Aber es gibt auch nette Wahrheiten, die oft genug ungesagt bleiben.«

Wie so oft überließ ich ihr auch diesmal das letzte Wort.

Wenn das »schmeichelnde Lob« einem nicht in der Natur liegt, vergisst man es allzu leicht. Doch mein herzliches Bemühen fiel Felicitas auf und sie umarmte mich, als ich ihre neue Frisur bemerkte, ihr Lautenspiel bewunderte, das ich sonst überhört hatte und wohlwollend eine von ihr eingeführte neue Speise würdigte. Sie kannte inzwischen meine Fehler, die sie immer seltener scharf tadelte. Ebenso hatte ich mich mit ihrem Eigensinn und ihrer Putzsucht abgefunden. Wir respektierten unüberwindliche Mauern und freuten uns über kleine Zeichen des Entgegenkommens. Seit Felicitas alle Aufgaben der Hausfrau von meiner Mutter übernommen hatte, versickerte ihre Luxussucht und die geschickt wirtschaftende Kaufmannstochter kam zum Vorschein. Insofern war ich zufrieden. Sie war es wohl weniger. Ich hatte weder die raubeinige Großmäuligkeit eines Ferdinand Kannegießers noch die Geschmeidigkeit Philipps und kam ihr wohl wie ein einfältiger Betbruder vor, auf den sie herabsah.

Philipps Abreise war eine Befreiung. Den Teil seiner Habe, den er zurückgelassen hatte, ließ ich in einer Abstellkammer verstauen, die ich eigenhändig abschloss und damit auch ein schmerzliches Kapitel meiner Lebensgeschichte. Die Gegenstände ließen sich leicht aus den Augen verbannen, der Mensch weniger. So kam mir zu Ohren, Philipp habe Ernst von Kolff aufgesucht. Diese Allianz war für mich kaum erfreulich. Auf Bitten Felicitas', die sich vor Attacken meines Bruders fürchtete, verkürzte ich meinen Aufenthalt in Köln.

An dem wolkenverhangenen Montagmorgen nach Estomihi, es war der 16. Februar 1665, fiel es Felicitas und mir schwer, Abschied voneinander zu nehmen. Ein schneidender Nordwind fegte mir schon im Wirtschaftshof die Lust auf den Ritt aus den Knochen. Im Sattel war es kaum angenehmer. Während Thierry, der mich begleiten sollte, seinen Sattelgurt enger schnallte, hetzte Felicitas mit wehenden Röcken herbei, um mir noch einmal Adieu zu sagen. Ich beugte mich zu ihr hinunter und küsste sie. Hennes legte ihr fürsorglich eine Pferdedecke auf die Schultern. Wir trabten los. Ich drehte mich noch einmal um und winkte ihr. In die graue Decke gehüllt blickte sie mir reglos nach. Ein beklemmendes Bild!

»*Mon dieu*, diesmal war der Abschied aber schwer, dabei sind wir nur vier Tage fort,« bemerkte Thierry:

»Drei Tage!«

»Nur drei? Gut, dann bin ich auch schnell wieder bei der Gret, wir wollen bald Hochzeit machen.«

»Ach, Thierry, wenn wir wegreiten, willst du die Gret heiraten und wenn du zurück bist, bedenkst du dich wieder. Der grobe Vater deiner Gret ist dir doch ein Horror?«

»Der Alte ist tot und jetzt ist's wie in alten Zeiten, nur besser«, er schnalzte mit der Zunge, »aber mit Verlaub, Herr, so umgirren, wie Ihr es bei der gnädigen Frau tut, werde ich sie nicht. Weiber brauchen eine harte Hand, sonst haben die schneller die Hosen an, als man sie ausziehen kann.«

»Richtig, du hältst sie wie die Pferde.«

»Oh, nein, viel härter! Bei Pferden muss man nur bestimmt sein, das reicht bei den Weibern nie. Nein hart…, so!« Er ballte die Faust.

»*Bonne chance*! Sie wird viele Besen auf deinem Rücken zerschlagen.«

»Herr, wann könnt Ihr auf meine Dienste verzichten?«

»Ei, sapperment, dir ist's aber ernst. Nun, dann zu *Michaelis*.«

»Vor Johannis sollt's schon sein, besser noch vor Ostern. Die Gret wünscht sich das so.«

Lächelnd hob ich die Faust, woraufhin er verschämt mit den Schultern zuckte: »Thierry, wenn du deinen Acker bestellen willst, dann musst du im Frühjahr anfangen. Gleich nach unserer Rückkehr solltest du Hochzeit halten, also in vier Tagen.«

»Vier? Nein, so in Eil bin ich nun doch nicht.«

In Köln hielt uns ein griesgrämiger Torwächter in wichtigtuender Selbstherrlichkeit auf. Der Empfang in der Stadt war dafür umso herzlicher. Die Bürger, allen voran die zünftigen Handwerksgesellen, feierten Fastnacht. Ein paar dünne Schneiderburschen zogen eine Karre mit einem Weinfass, auf dem ein fetter Bacchus thronte. Bacchus bot uns einen höllischen Schnaps an, der wohltuend durch die Glieder fuhr. Obwohl der Montag seit jeher ein ruhiger Tag ist, an dem man für den Dienstag, den »Fastelovend«, die Kräfte sammelte, um dann zum letzten Mal richtig zu schlemmen, zu saufen und unter Masken grobe Possen reißend durch die Gassen zu ziehen, schonten die Kölner diesmal auch den Montag nicht. Die Schänken waren voll und die ersten Zecher übergaben sich bereits auf der Gasse. Ein Mönch hob seinen *Habit* und erschreckte Frauen mit einem riesigen künstlichen Glied. Trommeln, Pfeifen, Schellen und der Rummeltopf, mit dem man das Quieken eines Schweines bei der Schlachtung nachahmte, begleiteten uns, wobei wir all unseren Witz aufwendeten, um die Pferde ruhig zu halten. Auf dem Alten Markt kreiste eine Kette »Teufel« Passanten ein. Sobald sie zwei Gefangene hatten, schlüpfte Gevatter Tod in den Kreis und machte Jagd auf die Eingeschlossenen, die schreiend auszubrechen versuchten. Thierry missfiel dieser Totentanz.

»Die Deutschen lieben den Tod«, schalt er. »Der Sensenmann ist in der Kirche, auf Bildern, ein Ring mit einem Totenkopf, ein Tintenfass als Totenkopf... selbst da, wo's lustig ist – Tood!«

»Der Tod gehört zum Leben und solang man ihn nicht aussperrt, wird er nicht bösartig und bedrohlich«, sagte ich, wozu er verständnislos den Kopf schüttelte.

Ich genoss die Ausgelassenheit, das anarchische Chaos, frei von allen Pflichten und Zwängen. Während meiner Schulzeit hatte ich es nie auskosten können, denn die Jesuiten hatten es verstanden, ihre Schutzbefohlenen von dem Mummenschanz fernzuhalten. In der Fastnacht fand stets das »ewige Gebet« statt, und es galt keinesfalls als ehrenhaft, sich, anstelle der Andachten, in Ausschweifungen zu stürzen. Auch wenn man auf das vergnügungsgeile Volk herabsah, weckte das Verbotene eine Neugier, die ich nie richtig gestillt hatte. Auch diesmal blieb ich Zaungast, weil wir bald vor dem repräsentativen Haus meines Schwiegervaters auf dem Alten Markt standen, das er inzwischen bezogen hatte. Er war überrascht, mich zu sehen, hieß mich aber auf das Herzlichste willkommen und kredenzte mir in der Stube ein Glas Kölschen Genever – einen Wacholderschnaps, der mir die Wärme in den Leib ziehen sollte, wie er sagte. Sybilla, drall und freundlich wie immer, präsentierte mir stolz ihre acht Wochen alte Tochter Anna, von der alle hofften, sie möge überleben, nachdem drei ihrer Kinder gestorben waren. Eine Magd brachte mir eine scharf gewürzte Schokolade.

»Das ist jetzt à la mode bei uns«, sagte Sybilla, auf den Schokoladenbecher deutend, »es ist gut gegen's Podagra, Steine und Melancholie. Es kommt aus Paris.«

»Nein, aus Spanien«, verbesserte sie Gerwin, Felicitas' Zwillingsbruder, »die Königin Marie Theres hat's eingeführt. Es schmeckt gut, obwohl ich Wein immer noch vorziehe.«

Sein Vater nickte nur beiläufig und fragte mich ernst: »Ist mein Brief nicht angekommen, lieber Sohn, in dem ich dringend riet, die Einladung auszuschlagen, weil die Kölner wohl etwas im Schilde führen?«

»Den Brief habe ich nicht erhalten, aber was wollen die guten Kölner von mir?«

»Man hält's sehr unter der Decke.« Er hob hilflos die Hände. »Was ich weiß, ist vage. Ratsfreunde sollen dem Bürgermeister eine Supplik übergeben haben, in der von einem Edelmann die Red ist, der Anschläg auf Kölner Kaufleute verübt haben soll.«

»Morgen gehe ich zum Syndicus, um ihm von den Überfällen zu berichten«, erwiderte ich.

»Um Himmels willen nein, nur nicht dran rühren!«

»Warum nicht? Auch ich will, dass das Raubgesindel hinter Schloss und Riegel kommt und dabei helf ich den Kölnern gern.«

»Nein, lieber Sohn, man sollte nicht noch mit Fleiß seinen Namen ins Geschwätz bringen.«

Er ist alt geworden, dachte ich, früher war er mutiger.

Der Nuntius Marco Galli residierte nicht wie seine Vorgänger bescheiden in einem Kloster, sondern hatte von der Witwe Gail eines der prächtigsten Häuser Kölns angemietet. Ich bereute, die Karosse meines Schwiegervaters wegen des Fastnachtstreibens abgelehnt zu haben und demütig wie der heilige Franziskus zu Fuß gegangen zu sein, denn der mich empfangende Kaplan musterte mich kritisch und wollte das Einladungsschreiben sehen. Einen Herrn, der einer Kutsche entstieg, hatte er mit höchster Ehrerbietung sofort passieren lassen. An der blütenweißen Tafel, die venezianische Gläser und edles Silber zierten, fragte jedoch niemand, ob man zu ihr gefahren oder getragen wurde oder zu Fuß kam. Die zwölf Herren, die der Nuntius eingeladen hatte, harmonierten aufs Beste. Als die Tafel mit Schüsseln voller Köstlichkeiten so bedeckt war, dass kaum mehr das Tischtuch hervorblitzte, wollte der Kaplan, der mit Niccolo angeredet wurde, das Tischgebet sprechen, was der Nuntius unterband, um selbst für die Gottesgaben zu danken. Galli – ein Mann, dessen Leib seinen Sinn für das Wohlleben offenbarte – zeigte sich wie ein guter Seelsorger vornehmlich an den Gedanken seiner Gäste interessiert. Der sonneliebende Italiener, den es ins kalte Germanien verschlagen hatte, tröstete Leib und Seele mit den Speisen seiner Heimat, während sein Mund die emsigen Deutschen und die spärlichen Vorzüge ihres Landes lobte. Es war ein kurzweiliges Fest, das in einem stillen Haus, in dem dicke Teppiche jeden Tritt dämpften, auf auffallende Weise leise blieb.

Als ich, vom *heimlichen Gemach* zurückkehrend, mehrere Durchgangszimmer durchschritt, deren Türen aus Anlass des Banketts offen standen, hörte ich im Empfangssaal ein Zwiegespräch zwischen Heinrich Schmitz, dem Notar des Nuntius, und einem mir unbekannten Mann.

»Ja, er ist da!«, zischte der Notar, »mehr kann der ehrenfeste Herr Verhorst nicht verlangen.«

»Herr Notarius, soll die Sach gelingen, kann seine Exzellenz nit auf halbem Weg stehen bleiben. Unerquicklich …«

Weiteres blieb unverständlich. Der unbekannte Mann im Mantel war wohl ein Abgesandter des Ratsmitglieds Bartholomäus Verhorst. Von Verhorst, einem designierten Bürgermeister, munkelte man, er informiere den Nuntius über alles, was für Rom von Bedeutung sein konnte. Umgekehrt war der Nuntius wohl weniger gefällig, da der Notar den Boten rüde abkanzelte.

Angenehm ging das Bankett zu Ende. Die sanften Lautenklänge der Tafelmusik im Ohr, beschwingt von der Unterhaltung und mit dem wohligen Gefühl, das jedem guten Essen folgt, trat ich in die kalte Februarnacht, in der der Mummenschanz seinen Höhepunkt erreicht hatte. Aus einem paradiesischen Traum erwacht, packte mich der derbe Spaß einer Walpurgisnacht. Trommler, Pfeiffer und eine betrunkene Menge liefen johlend hinter einer riesigen Strohpuppe her, deren Schatten im Fackelschein die Hauswände entlangschaukelte. Einer wischte mir den Hut vom Kopf und verschwand damit in der Menge. Eine Jungfer packte mich am Arm, schrie mir ins Ohr, jetzt werde der König Fastnacht verbrannt und hüpfte, mich mitziehend, im Takt der Musik von Flöten, Trommeln und *Sackpfeife* dem Pulk hinterher bis zum Alten Markt. Dort war Stroh um einen Pfahl geschichtet, an den man die Puppe band. Ein Teufel schrie einen Spruch heraus und entzündete das Stroh, das hoch aufloderte. Schreien, Rasseln, Rummeln, Trommeln und Knallen übertönten das Knistern der Flammen. Man füllte Becher mit Schnaps, prostete sich zu und jagte das Gebräu durch die Gurgel.

Meine Begleiterin – nicht gerade blutjung, aber so schmiegsam wie ein Kammerkätzchen – spornte mich zum Trinken wie zum Tanzen an. Die Funken des brennenden Strohmanns stoben in die schwarze kalte Luft. Jemand rief meinen Namen. Ich drehte mich um. Vor mir stand der Bote des Ratsherrn Verhorst, den ich bereits im Haus des Nuntius gesehen hatte.

»Im Namen des Rates der Freien Reichsstadt Köln: Der Herr ist arrestiert!«, rief er und zwei Knechte stürzten sich auf mich. Dem einen aber kam ein Fastnachtsnarr in die Quere und dem anderen gab ich eine solche Ohrfeige, dass er zurücktaumelte. Im nächsten Augenblick hatte ich den Degen in der Hand.

»Macht Euch nit unglücklich, Freiherr Sechem. Gebt den Degen!«, forderte mich mein Kontrahent auf und kam auf mich zu.

»Hola, lass Er diese Fastnachtsposse!«, rief ich.

»Dat ist keine Poss', sondern blutiger Ernst!«

Mit ausgebreiteten Armen stand er vor mir, während ich die Degenspitze gegen seine Brust richtete. Um uns sammelte sich viel Volk, das sich von einem Duell ein unterhaltsameres Spektakel versprach als vom Verbrennen eines Strohmannes. Ich erspähte eine Lücke, gab dem Ratsbüttel mit der Hand einen Stoß gegen die Brust – und mit ein paar Sätzen rempelte ich mich durch die Menge, um aus dem Feuerschein in die Dunkelheit der Gassen zu entkommen. Einer schrie »haltet den Dieb«, was die braven Bürger sogleich in Harnisch brachte. Trotz des geringen Vorsprungs erreichte ich vor der Menge eine stockdunkle Gasse und versteckte mich in einer Toreinfahrt. Die Finsternis schreckte meine Gegner, die nun dem Ratsbüttel höflich den Vortritt ließen. Gegen das weithin leuchtende Feuer konnte ich ihn gut sehen. Er rief nach Fackeln, die seine Knechte sogleich brachten. Das Tor, an das ich mich schmiegte, war verriegelt. Fast blind tastete ich mich weiter, während der Büttel mit den Fackeln im Vorteil war.

»Holt den Dieb, hängt den Dieb!«, skandierte der Pulk.

»Wir finden diesen hasenfüßigen Räuber! Herr von Merhoffen, kommt aus Eurem Erdloch raus!«, rief der Büttel, was mir die Galle ins Blut trieb. Ich gab das unwürdige Versteckspiel auf und stürzte auf den Mann zu.

»Verfluchter Ehrendieb, geh zum Teufel!«, brüllte ich.

Er parierte meinen Hieb, griff dann jedoch wütend an und erwischte mich am Handgelenk. Damit war er aber schon am Ende seiner Kunst. Während der Pöbel hinter ihm brüllte: »Hei, ho, Jakob, schick ihn zur Höll!«, trieb ich ihn zur nächsten Hauswand und warf ihm den Degen aus der Hand. Das Gebrüll der

Leute steigerte sich. Vom anderen Ende der Gasse kam eine zweite Horde Maskierter mit Fackeln auf uns zu, die etwas von »Dieb« und »Hängen« schrien.

Nun ging es um mein Leben. Die aufgepeitschte Menge spaßte nicht, sondern würde ihren Machtrausch ausleben.

»Verdammt, die hast du mir auf den Hals gehetzt!«, fauchte ich den Büttel an und schob ihm mit dem Fuß seinen Degen zu als Aufforderung, mich gegen den Pöbel zu verteidigen. Er pochte an die verschlossene Tür des Hauses, doch niemand öffnete. Die Bewohner verfolgten das Spektakel lieber sicher hinter den Fenstern, als ihr Eigentum der Wut der Meute auszusetzen. Wohl oder übel empfingen wir nun gemeinsam die erboste Schar mit blankem Degen. Steine flogen. Einige trafen mich. Ein Kerl stürmte auf mich los, den ich mit der flachen Klinge abwehrte. Zwei weitere drangen auf mich ein. Einen schlug ich mit dem Degenknauf nieder, den anderen drängte der Büttel ab.

»Beim Nächsten steche ich zu!«, rief ich.

Höhnisches Gelächter war die Antwort.

»Gute Leut, geht nach Haus, es gibt nichts mehr zu tun!«, forderte der Büttel das Gesindel auf.

»Die Diebsbrut solle' die Rabe' fresse'!«, rief einer und schwang einen Knüppel gegen mich.

Ich duckte mich und hieb ihm in die Seite. Sein Gezeter feuerte die Wut seiner Genossen an, allerdings beschränkten sie sich auf wüste Drohungen, da der Vorrat an Steinen erschöpft war. Eine Öllampe über mir, die eine in einer Mauernische stehende Heiligenstatue beleuchtete, spendete spärliches Licht. Auf das Standbild deutend rief der Büttel, ich stünde in der Obhut der heiligen Ursula und es wäre eine Schande, wenn Kölner den Schutz ihrer Stadtheiligen missachteten. Die Rotte zog sich zurück. Langsam gingen wir auf den Alten Markt. Dort erwartete mich aber das Pack erneut.

»Lasst dat Rabenaas nit laufe', liebe Leut! Gebt dem Schindhund den Rest!«, grölte einer der Rädelsführer.

Ein Mann stellte sich vor mich. Im Namen des ehrsamen Rates dankte er allen, die »einen Flüchtigen« der Obrigkeit ausgeliefert hätten, mehr sei aber derweil nicht vonnöten, daher könne man jetzt ruhig gehen und sich im Warmen lustig machen. Es war mein Schwager Gerwin, der mit seinem Aufruf Erfolg hatte. Der Pulk löste sich auf. Einer meiner Widersacher hielt zwar noch eine Hetzrede, aber die träge Masse hatte ihren Schwung verloren – die Menschen froren und die Aufwiegler fanden nicht den Ton, die Gemüter wieder zu erhitzen. Wie bei einem ins Wasser fallenden Stein verebbten die Wellen. Zustimmendes Gemurmel ging durch den Haufen, als der Büttel mir die Waffe aus der Hand nahm und ich mich in die Gefangennahme fügte. Die Knechte eskortierten mich an den Neugierigen vorbei. Im Mondlicht sah ich einen vornehmen Herrn, der sich mit drei der Rädelsführer unterhielt. Er zog seine Maske ab. Kein anderer als Ferdinand Kannegießer verbeugte sich spöttisch vor mir. Ihm und seinen Spießgesellen verdankte ich wohl, dass mir der Fluchtweg durch die Gasse abgeschnitten worden war.

Erhobenen Hauptes schritt ich an ihm vorbei. Ziel der Gewaltdiener war ein Wehrturm der Stadtmauer, Frankenturm genannt – ein altes Bollwerk. Ein Knecht deutete genüsslich auf den kalkweißen Kopf eines kürzlich Enthaupteten, der auf einer Stange gespießt über dem Türsturz befestigt war.

»Man will mich doch nicht der Schande aussetzen, mich in den Turm zu sperren?«, fragte ich.

»Just dat ist die Order!«, antwortete der Büttel knapp.

»Nein!«, brauste ich auf, »ich gebe mein Wort, morgen Red und Antwort zu stehen!«

Er antwortete nicht und schlug mit der Faust an die Tür.

»Guter Mann, ein Hausarrest müsste doch wie bei jedem angesehenen Herrn ausreichen«, sekundierte mir Gerwin, »mein Schwager ist doch kein Strauchdieb.«

»Der Herr ist schon einmal geflohen.«

»Ich bin Gerwin von Beywegh und ich versichere …«

»Ich weiß, wen ich vor mir hab«, fiel ihm der Büttel ins Wort, »doch Order ist Order.«

»Ein grobes Unrecht, die Schmach ...!«

Dann geht alles verwirrend schnell. Die eisenbeschlagene Tür öffnet sich. Einer der Knechte gibt mir einen Stoß. Fast gleichzeitig fällt Gerwin wutentbrannt über den Mann her. Der Büttel will mich festhalten, doch mit einem derben Hieb befreie ich mich, da trifft etwas Hartes meinen Kopf und es wird Nacht – pechschwarze Nacht, die so vollkommen finster ist, dass die Dunkelheit sich selbst dann nicht verflüchtigen will, nachdem meine Benommenheit verflogen ist. Ich reibe mir die Augen, doch die Kohlenschwärze bleibt. Sitze ich im Vorhof der Hölle? Oder habe ich mein Augenlicht verloren? Stockblind? Bestürzt betaste ich die Augen. Süßlich modriger Kellergeruch mischt sich mit der faulen Ausdünstung des alten Strohes, auf dem ich liege. Mit den Füßen stoße ich an einen Gegenstand, es poltert und dann verbreitet sich der morgendliche Gassengestank nach den Exkrementen der Nachttöpfe. Neben mir – nackte Quadersteine. Kein Zweifel, ich logiere in einem dreckigen Verlies des Frankenturms. Ich bin Gott dankbar, nicht mit Blindheit geschlagen zu sein, aber dann packt mich eine namenlose Wut über die schmähliche Behandlung. Lauthals brüllend dresche ich auf die Tür ein. Es bleibt still. Vorsichtig taste ich mich an der Mauer entlang und stoße in einer Ecke ein Gefäß um. Eine säuerlich riechende Flüssigkeit ergießt sich aus einem Krug, wie meine Finger feststellen. Es ist Wasser, in das verdorbener Wein gemischt wurde. Wie schlecht der Trank auch ist, ich lösche mit einem Teil des in dem Krug verbliebenen Restes meinen Durst. Ich lausche auf Schritte – auf Menschen, die mir einen Funken Licht in diesem kalten Niemandsland vergönnen, damit ich das Gefühl für Ort, Tag und Nacht wieder erlangen kann. Mein Pochen und Rufen bleibt jedoch ungehört. Erschöpft falle ich auf mein Lager. Mein Kopf schmerzt. Ich warte. Die Zeit dehnt sich ins Maßlose. Ist es nur die ereignislose stille Schwärze, die mir die Stunden so lang erscheinen lässt oder hat man mich vergessen? Ich knie nieder, bete in wirren Worten um Rettung, dann 100 Vaterunser, 100 Ave-Maria. Nichts! Selbst Gott scheint mich in diesem Grab vergessen zu haben. Meine Stirn ist blutverkrustet, aber eine barmherzige Seele hat die Wunde am Handgelenk verbunden, deshalb hoffe ich, nicht in die Hände von Barbaren gefallen zu sein. Gerwin ist meine Rettung, sofern er nicht selbst in einem ähnlichen Loch sitzt. Vielleicht sucht der brave Vater inzwischen nach unseren Leichen; gerade während der Fastnacht sind Mord und Totschlag nichts Ungewöhnliches. Oh Gott, hilf! Herr Jesus, steh mir bei! Ich denke an Felicitas, meine Lieb-Belle, die Mutter, Sophia, an Max, an alle, die mich bald schmerzlich vermissen. Tränen! Irgendwann falle ich abgemattet in den Schlaf. Mit klammen Gliedern und schwerem Herzen wache ich aus einem Traum auf, der mit einem Schrei endete – einem menschlichen. Tatsächlich dringt durch die dicken Mauern eine Stimme. Ich richte mich von meinem Strohlager auf, lausche. Wieder dieser Schrei! Leise, aber anhaltend verklingt er in undeutlich hohlem Gewimmer. Meine Eingeweide ziehen sich furchtsam zusammen. »Ri, ra, kein Sonnenschein, du kommst in den Turm hinein, ri, ra Marter und Not, am nächsten Tag, da bist du tot« – ja, die infantile Angst vor diesen jahrhundertealten, zinnenbewehrten Bollwerken der Stadtmauer ist zum unsagbaren Grauen geworden. Die Schreie steigern sich zum Gebrüll, so leise zwar, dass selbst das Kratzen einer Maus sie übertönt hätte, doch in der Totenstille ist es wie ohrenbetäubendes Geheul. Meine eigene Traurigkeit vergessend bete ich für den Unglücklichen. Es dauert lange, bis die dumpfe Grabesstille wieder einkehrt, die ich zuvor verflucht hatte, doch nun zu schätzen lerne. Die Kälte plagt mich. Der Hunger nagt. Aber schlimmer ist der qualvolle Durst. Ich nehme einen Schluck aus dem Krug. Mit dem kläglichen Rest benetze ich dann nur noch die Lippen, um wenigstens in der Einbildung die Kehle zu befeuchten. Kälte und Durst lassen mich nicht schlafen. Die Zeit verinnt in einem endlosen Strom, in vielen namenlosen Stunden drückender Trostlosigkeit. Ich klage mich an, die Zeichen übersehen zu haben, die mir nahe legten, die Kölnreise zu unterlassen: meine schwangere Frau, die Bedrohung durch Philipp, das böse Wetter – und mein schlechtes Gewissen, das die Reise nur verkürzte, nie aber verwarf.

»Dein Wille geschehe«, bete ich, auf eine liebende Macht hoffend, die mir nie mehr auferlegt, als ich tragen kann, und dann: »Lieber Gott, nicht wie ich will, sondern wie du willst … aber weißt du auch, wie schwer das ist?«

Ich dämmere dahin. Gelegentlich streiche ich über Arme und Gesicht, um zu wissen, ob ich noch ein lebendiges Wesen bin. Am Hals fühle ich den Pulsschlag, eine regelmäßige, warme Bewegung – aufmunternd. Immer wieder betaste ich den Hals, um nach dem zarten Pochen zu suchen, lebendig und stetig wie ein Uhrwerk. In der Pechschwärze gibt es nichts außer dem, was ich riechen oder fühlen kann. Der süßlich scharfe Kellergeruch erinnert mich an einen heißen Sommertag vor vielen Jahren, an dem Philipp und ich neben einem Kellerfenster saßen, um den kühlen Luftzug in der Helle der Sonne zu genießen. Philipp! Er hatte mir die Einladung in diese Hölle überbracht! Wissentlich oder nur als Werkzeug? Sie kam wohl von seinem Freund Ernst von Kolff, der wie kein anderer Beziehungen zu allen Standespersonen in Kurköln hat. Ich beiße mir in die Lippe und sauge das Blut heraus, eine Flüssigkeit, die mir nur der Tod nehmen kann. Ja, der Tod! Er kommt mir barmherziger vor als diese Qual in völliger Hilflosigkeit. Doch dann öffne ich das Fläschlein, in das ich einst als Kind den Bratenduft des heimatlichen Herdfeuers und die Freiheit des weiten Himmels über mir verschlossen hatte. Danach: Die glückliche Rettung aus der Wassernot im Rhein! Ich sehe den freundlichen Jesus in der Gertrudiskapelle, den ich einmal schlug, weil ich dachte, er verlache mich. Die kleinen Kostbarkeiten meiner Erinnerung kann mir niemand nehmen.

Zeit und Leben nahm ich erst wieder wahr, als mir grelles Licht in die Augen fiel, die ich jedoch sofort wieder zudrückte. Jemand schüttelte mich.

»Hola, auf! Die Herren sind nit gewohnt zu warten!«

»Ja, auf!«, echote ein zweiter Mann.

Hände griffen unter meine Achseln, zerrten mich mit einem Ruck auf die Beine. Ein Schwindel warf mich wieder aufs Stroh. Dies war jedoch kein Argument für die Beiden, von mir abzulassen. Sie schleppten mich zu einer Wendeltreppe, auf deren erste Stufe sie mich setzten.

»Der Herr muss schon selbst laufen, sonst verfault er im Loch!«, forderte einer.

Ich lehnte den Kopf gegen die Wand. Mir war speiübel, alles drehte sich und wegen des übergroßen Durstes war mir die Zunge angeschwollen. Ein Dritter kam die Treppe herunter und herrschte uns an, wo wir denn blieben.

»Ei, der will nit laufen! Ist wie ein Sack voll nass' Sand, Meister!«, war die Antwort eines meiner Peiniger, die dem »Meister« wenig gefiel, weil er die beiden »Eselsköpp« titulierte. Dann bestimmte er: »Jackel, geh zu den Herren und sag, sie wollen so gütig sein und geruhen, sich noch ein wenig zu gedulden, mit Verlaub!«, und das »mit Verlaub« brüllte er dem Knecht ein zweites Mal hinterher. Er packte in meine Haare und zog meinen Kopf zurück. »Wasser«, lallte ich, woraufhin er dem anderen Knecht befahl, mir einen Krug Bier zu holen.

Kaum spürte ich die ersten Tropfen auf den Lippen, zog der Meister den Krug zurück. Fast irrsinnig vor Durst riss ich ihm das Labsal aus den Händen. Sein Knecht entwand mir das Gefäß wieder. Langsam flößten sie mir das sehr dünne Bier ein. Obwohl Jackel inzwischen drängte, die Herren verlören »allgemach« die Geduld, ließ mir der Meister Zeit zur Erholung. Allmählich kehrten die Kräfte zurück. Ich betrachtete mein blutbeflecktes, zerrissenes Hemd, dessen Spitzenmanschetten vor Schmutz starrten. Mein Wams sah etwas besser aus, zumal auf dem braunen Samt der Dreck weniger auffiel. Hingegen waren die seidenen Hosen und Strümpfe in einem erbärmlichen Zustand. Nichts konnte mir den jähen Absturz vom angesehenen Edelmann zu einem um einen Schluck Wasser bettelnden Hungerleider besser vor Augen führen als meine Kleidung. Ich bat um meinen Mantel, der im Verlies zurückgeblieben war. Der Meister sagte, ein Verhafteter habe nichts zu verlangen und die Knechte griffen wieder nach mir. Wütend schüttelte ich sie ab, erhob mich mühsam und man ließ mich allein die Treppe hinaufsteigen, obwohl meine Beine noch so müde waren, dass ich fürchtete, jeden Moment hinterrücks die Stufen hinunterzufallen.

Wir traten in eine Stube, in der mir ein prasselndes Feuer als Erstes auffiel. Hinter einem langen Tisch sitzend erwarteten mich drei ehrwürdige, dunkel gekleidete Herren. In der Mitte saß der mir bekannte *Stimmeister* Johann zum Putz – ein weißhaariger Herr mit einer schmalen Nase. Die Herren rechts und links von ihm waren wohl die beiden Turmmeister, allesamt Ratsherren, denen man als Auszeichnung diese Ämter anvertraut hatte. An der Seite hatte der Schreiber seinen Platz, vor sich ein Tintenfass, ein Bündel Federn und Papier. Die Sache war wohl von Bedeutung; üblicherweise reichte es, wenn ein Turmmeister ein Verhör führte – gleich beide Turmmeister und noch dazu ein Stimmeister, einer der höchsten Amtswalter der Stadt Köln, waren ungewöhnlich. Immerhin, man wollte mich wohl nicht im Kerker vermodern lassen. Trotz meiner Schwäche war mein Geist hellwach. Jetzt entschied sich mein Schicksal.

»Nehmt Platz, Herr von Merhoffen!« Herr zum Putz deutete auf einen Arme-Sünder-Schemel. Er sprach gewohnheitsmäßig leise, wodurch er seine Zuhörer zur Aufmerksamkeit zwang.

»Danke, ehrsamer Herr zum Putz«, erwiderte ich mit schwerer Zunge, »aber ich habe nun genug kölsche Gastlichkeit genossen, bei der ich fast verdurstet wär. Wegen der schmählichen Haft werden die Herren noch von mir hören, jetzt aber: Gott befohlen!«

Ich drehte mich um, doch die Knechte vertraten mir den Weg.

»Halt, das ist wahrhaftig kein Fastnachtsspiel!«, ließ sich der Stimmeister vernehmen, »dies ist ein Verhör wegen der Überfälle auf Kaufleute! Der Herr sollte also besser solche Späße lassen.«

»Spaß?« Ich drehte mich um. »Nein! Ich hätte fast das Zeitliche gesegnet. Keiner hat das Recht, einen kurkölnischen Edelmann wie einen ehrlosen Verbrecher einzusperren. Mit elenden Rechtsbrechern spreche ich nicht!«

»Wir haben sehr wohl das Recht, ihn in Haftung zu nehmen«, widersprach er, »der Herr wird beschuldigt, Kaufleut überfallen zu haben, dafür gibt's genug Zeugnis und solang nicht alle Zweifel ausgeräumt sind, bleibt er im Turm.«

»Das ist gegen alles Recht!«, wiederholte ich, mich gegen die Wand lehnend, weil meine Knie schwach wurden. Mein Hals war trocken, die Zunge klebte am Gaumen und das Verlangen, einem der Turmmeister den Becher aus der Hand zu reißen, aus dem er gerade trank, war groß.

»Ei nein! Der Gewaltrichter hat den Herrn uns zugewiesen und solange wir keine Klarheit wegen besagter Raubüberfäll haben, bleibt's, wie's ist!« Zum Putz sah mich mitleidig an.

»Und ich verlange meine Freilassung oder dem kurfürstlichen Gericht übergeben zu werden!«

»Der Herr will gleich dem *Greven* ausgeliefert werden?«, fragte er erstaunt. Ich nickte und er lächelte nachsichtig. »Nun gut, aber sobald wir den Verhafteten dem Greven ausliefern, bedeutet das, wir halten ihn für schuldig, und nach der Auslieferung ist ein extremum supplicium eher die Regel als die Ausnahme.«

Wenn er mich einschüchtern wollte, so war ihm das mit dem Wort »extremum supplicium« – Todesurteil – gelungen. Dennoch begehrte ich auf: »Der Tod ist die Strafe für Diebe und Mörder und eine solche freche *Injurie* verbiete ich mir! Ich bin kein landläufiger Bettler, sondern Edelmann und verlange ein standesgemäßes Gericht.«

»Das nenn ich Courage!« Spöttisch zog er die Brauen hoch: »Nun, wenn der Herr standesgemäß enthauptet werden will, so helf ihm Gott! Er sollte allerdings nicht zu sehr auf seine kurfürstliche Gnaden zählen. Man mag in Bonn von seiner Schuld nicht überzeugt sein, aber ebenso wenig ist man's von der Unschuld, *quod erat demonstrandum,* das heißt, dass der Verhaftete seine Unschuld beweisen muss. Was ist …?«

Mir wurde schwarz vor Augen. Ich hielt mich an einem Knecht fest und sank langsam zu Boden.

»Meister Hans, einen Stuhl!«, hörte ich. Meister Hans nannte man den Henker, und von ihm auch nur berührt zu werden, ist eine Schmähung, der sich schon kein Handwerksbursche aussetzt. Doch ich war zu schwach, mich gegen die Hände zu wehren, die mich auf einen Lehnstuhl zerrten. Man reichte mir einen Becher verdünnten Weines.

Kaum war ich wieder bei Sinnen, fragte mich der Stimmeister nach einem Überfall im März letzten Jahres, aus dessen Beute ein Spitzentuch im Mai in meinem Besitz gesehen worden war. Ich schwieg zunächst, hatte dann aber doch nicht die Kraft, mich gegen die bohrenden Fragen zu wehren.

»Die Spitze hatte ich von einem Hausierer auf dem Markt erstanden, kurz bevor ich zur Verlobungsfeier meiner Schwester ging. Deshalb war sie in meiner Tasche. Gemeinhin trage ich weder Nadel, Faden noch Tuch bei mir. Auf der Feier behauptete Herr Kannegießer, die Spitze stamme aus einem Raubüberfall – eine *Injurie*, denn wie wohl bekannt ist, hasst mich dieser Herr bis aufs Blut. Um die Sach abzukürzen: Ich habe nichts weiter getan, als den Opfern grausamer Gewalttaten Beistand zu leisten. Das schwör ich bei meiner Ehr und Seligkeit. Mehr habe ich nicht zu sagen und der Herr Schreiber kann bei allen weiteren Fragen ein »*tacet*« setzen!«

»Zweimal war der Verhaftete als angeblicher Retter zur Stell, zweimal ist er bei der Räuberbande gesehen worden!«, hielt mir der Stimmeister vor. Ich schloss die Augen, weil mir das permanente Licht unangenehm war und schwieg. »Anfang August letzten Jahres hat er bei Neuss einem Kölner Kaufmann Geld und Tuche geraubt.«

Ich schüttelte den Kopf über den unfasslichen Vorwurf.

»Nein? Und wo war Er dann?«

»Ich weiß nicht, wovon der Herr spricht!«, erwiderte ich mich zur Ruhe zwingend, »ich war noch nie in Neuss!«

»Zum Henker, er leugnet wie eine Hex!«, schimpfte ein Turmmeister.

»Was?«, brüllte ich, »was für infame Beleidigungen! Als nächstes droht man mir noch mit der Folter!«

»Dann hörten wir die Wahrheit!«, höhnte ein Turmmeister.

»Wir sollten uns nicht erhitzen, verehrte collegae!« Der Stimmeister hob die Hände. »Gewiss unterwerfen wir keinen Edelmann der *Peinlichen Befragung*. Doch sollte der Herr überdenken, ob es weise ist, alles so rundweg abzustreiten oder ob er nicht besser bekennt, was wahr ist und wo man ihn zu Unrecht diffamiert, sonst verlängert er seine Zeit im Turm nur unnützerweis'. Wir stärken uns unterdessen im Ratskeller, wenn's genehm ist.«

Der Vorschlag stieß auf Zustimmung. Wegen meiner Schwäche oder um mein Vertrauen zu gewinnen, ließ man mich im Saal in der Nähe des Feuers sitzen, wobei einer der Turmmeister gleich betonte, daraus keine Tradition werden zu lassen. Man brachte mir einen Napf Hafermus, eine Suppe und Brot. Ja, man gab sich alle Mühe, mir Zeichen des Wohlwollens entgegenzubringen, damit das kalte Verlies dem verwöhnten Edelmann um so grausamer erscheinen musste – ein vielleicht nicht ganz so wirksamer Ersatz für die Qualen der Tortur. Ich blickte an der rohen Wand hoch zu den kleinen Fenstern, die Licht in den Saal ließen. Im Vergleich zu den Steinen in meinem Kerker wärmte der Holzboden. Unter den misstrauischen Blicken meines Bewachers ging ich auf den knarrenden Dielen auf und ab. Die Tür ging auf und der Turmschreiber trat ein. Mein Bewacher flüsterte ihm etwas zu, woraufhin der Schreiber nickte und der Knecht mich auf den Stuhl beorderte. Er wollte mich fesseln.

»Lass das, Jackel!«, befahl der Schreiber, »wenn der Herr mir sein Wort gibt, nit zu fliehen, dann nehm ich's auf meine Kappe.«

Unwillig versprach ich es. Jackel warf noch zwei Holzscheite ins Feuer und verließ uns. Der Schreiber raschelte mit Papieren, die Sonne malte einen Lichtfleck auf den Boden, Kirchenglocken läuteten – eine behagliche Idylle gaukelte mir vor, die Ungeheuerlichkeiten seien nur ein irrwitziges Hirngespinst eines Fiebernden. Der Schreiber schaute auf.

»Wie lange ist Er schon Schreiber im Frankenturm?«, fragte ich den grauhaarigen Herrn.

»Schon mehr als 45 Jahr.« Er strich eine Haarsträhne aus der Stirn, die nach einem Leben voller Denkarbeit zwei wulstige waagerechte Falten aufwies. »Ich bin der Notarius Thomas Muser. Vielleicht hat der Herr schon von mir gehört. Seit Beginn meiner Arbeit war ich mit allen Hexenprozessen befasst. Ja, in alter Zeit nahm man bös Wetter, Missernten und andere Übel als Gottesstrafe für die Sünden der Menschen. Heutzutage sucht man dagegen die Ursach auf der Erd bei den Hexen und Zauberern.«

»Wie auch in meinem Fall?«, fragte ich.

Er blickte mich mit der Feder spielend sinnend an, bevor er sagte: »Eigentlich darf ich keine Ratschläg geben, aber mit einem Bein steh ich schon in der Grub und da gilt einem das Herz mehr als jede Regel, die man stets getreulich befolgte. Der Herr hat sich wacker geschlagen, dennoch sollt er einen gelehrten Fürsprech nehmen, damit er geziemende Hilf und Assistenz erhält, um die Sach zu überstehen!«

»Nein! Der Rat wird sich bald bei mir entschuldigen.«

»Da verkennt der Herr die Umständ. Es gibt viele Zeugen. Ich rate, schon hier alle Zweifel auszuräumen.«

»Nein, nicht vor diesen Richtern«, begehrte ich auf.

»Das vermindert die Aussicht, aus der Notlag heil herauszukommen. Auch wenn man einen Edelmann nicht wegen des Lasters des Schadenszaubers anklagt, so wird man bei diesem Verdacht umso unnachgiebiger in anderen Punkten sein. Und das Stigma der Zauberei wiegt beim kurfürstlichen Gericht mehr als beim Kölner Rat.«

»Heutzutag kaum mehr. Der Kurfürst heißt nicht mehr Ferdinand!«

»Seht zu, gegen Stellung einer *cautionis pecuniarum* oder eines Bürgen auf freien Fuß zu kommen!«

Die letzten Worte waren nur geflüstert, weil mein Bewacher eintrat, gerade noch rechtzeitig, um den Ratsherren vorzuspiegeln, mich die ganze Zeit beaufsichtigt zu haben. Die Turmherren schwatzten und waren guter Dinge. Der Stimmeister stellte mir sogleich wieder die Frage nach den Überfällen.

Energisch erwiderte ich: »Ich billige dieses Verhör vor dem unstandesgemäßen Gericht nicht. Nur damit die Verleumdungen ein End haben, äußere ich mich zu den Vorwürfen, verlang aber, sofort freizukommen.«

»Es freut mich, wenn der Herr an der Aufdeckung der Criminalia mitwirkt«, erwiderte der Stimmeister, »doch wenn Er dem löblichen Rat jedes Recht der Untersuchung abspricht, dann frag ich mich, wieso wir darauf vertrauen sollten, dass Er nicht bald auf und davon ist?«

»Ich gebe mein Wort!«, entgegnete ich barsch.

»Das gilt uns viel«, versicherte er, »doch in dem Fall ist's nicht genug. Raub und Mord werden dem Herrn vorgeworfen, viele Zeugen haben ihn auf frischer Tat ertappt und da droht die Todesstraf. Wer wollt's dem Herrn verdenken, wenn er dem in seinen Augen unrechtmäßigen Gericht den Rücken kehrt, bevor wir ihn dem Kurfürsten ausliefern.«

»Und wenn ich einen Bürgen stell oder eine *caution* …«

»… selbst dann ist's unmöglich«, unterbrach er mich.

Wütend über das schändliche Verfahren biss ich auf meine schorfige Unterlippe und senkte den Kopf. Blut tropfte auf meine Hand. Von Ferne hörte ich die salbungsvollen Worte eines Turmmeisters, die mir ans Herz legten, zu gestehen, damit dieser *casus criminalis* bald abgeschlossen werde. Die Schwafelei wurde mir zu viel. Ich fiel ihm ins Wort: »*D'accord*, mehr als jeder andere hier wünsche ich, dass die Wahrheit und damit meine Unschuld kristallklar ans Licht kommen. Da ich aber mit dem Procedere hier wenig vertraut bin, begehre ich einen Advocatus.«

»Der Herr ist wahrhaftig mit den Gebräuchen hier wenig vertraut«, rügte mich der Stimmeister, »denn der Verhaftete hat nur zu antworten, darf aber keineswegs den Herren in die Red fallen. Doch wir befürworten es, ihm einen Fürsprech zur Seit zu stellen?« Fragend blickte er nach rechts und links und nickte befriedigt, da beide Turmmeister zustimmten.

»Um keine kostbare Zeit zu verlieren, sollte der Herr noch sagen, ob Er Anfang August in Neuss war«, meldete sich der beredte Turmmeister wieder.

»Da mein Recht hier mit Füßen getreten wird, habe ich wenig Lust, irgendetwas zu sagen«, entgegnete ich, »doch um allen Lästerern das Maul zu stopfen, erkläre ich: Anfang August war ich in Bonn bei meiner Schwester und dann auf einem Hofgeding in Godesberg, weil sich meine Pächter in den Haaren hatten.«

Die Feder des Turmschreibers kratzte nun eilig über das Papier. Um zu erfahren, was man mir im Einzelnen vorwarf, beantwortete ich nun die Fragen. Man bezichtigte mich, vier Anschläge begangen zu haben. Im März 1664 war ein Kölner Konvoi nicht weit von Melhem überfallen worden. Hierbei wurde die Spitze geraubt, die mir Georg Heinrich später geschenkt hatte. Den Anschlag auf Hendrick de Vriesz, bei dem zwei Männer ihr Leben verloren hatten, lastete man mir an, weil ich wenig später eine Kiste Tonpfeifen in Kommission verkaufte, auf der das Wappen des Holländers eingebrannt war. Bei der Gewalttat gegen Nicolaus Levenbergh, bei der ein Knecht getötet worden war, behauptete Levenbergh nun doch, mich in dem »grünen Wams« erkannt zu haben und denunzierte mich sogar als Anführer des Mordgesindels. Meine Besuche in der Schänke »Zum Henker« waren ebenfalls bekannt. Der zur Rede gestellte Wirt brachte mich mit dem Silbernen Gerg in Verbindung, den ein inzwischen hingerichteter Komplize unter Eid als seinen Komplizen bei dem Überfall in der Nähe Melhems beschuldigt hatte. Da ein Meineid das Seelenheil des Todgeweihten gefährdet hätte, war an dieser Aussage nicht zu zweifeln. Der Überfall bei Neuss war auf die gleiche Art wie die vorangegangenen Angriffe abgelaufen, was der einzige Hinweis auf mich als Urheber dieser Tat war.

»Vier Raubüberfälle und alles deutet auf ihn«, hielt mir der eifrige Turmmeister vor, »aber er leugnet, leugnet bis zum Jüngsten Gericht und drei Tote lasten auf seiner Seel!«

»Der Herr irrt!«, widersprach ich. »Vier Tote sind zu beklagen. Meinen Pächter Jan Harsch haben die Mordgesellen vor meinen Augen erstochen. Man wirft mir Kaltherzigkeit vor, doch bin ich gerade in Verdacht geraten, weil mir diese Bluttaten ans Herz griffen und ich in üblen Spelunken die Schindhunde suchte. Ich war ihnen wohl hart auf den Fersen. Deshalb stellten sie mir eine Falle, um den Jäger zum Gejagten zu machen – ein abgefeimtes Schelmenstück! Warum sollte ich, ein Mann aus altem Adel, wohlhabend, mit Gott und der Welt zufrieden, meine Ehr und das Leben aufs Spiel setzen, um ein paar Taler auf schändliche, ja bestialische Weis' zu gewinnen?«

»Wer viel hat, will oft mehr und die Beute war erklecklich!«, warf der Turmmeister ein, der bisher dem Verhör in schläfriger Gleichgültigkeit gefolgt war.

»Gewiss nicht«, fuhr ich unbeirrt fort, »der Amtmann und das kurfürstliche Hofgericht haben meine Unschuld anerkannt und festgestellt, dass besagtes grüne Wams in der Zeit der Überfäll nicht in meinem Besitz war. Dem Kölner Rat steht's mitnichten zu, dies anzuzweifeln. Ich habe mich hier mit großer Geduld einem unrechtmäßigen Verhör unterzogen, um das Augenmerk der Herren Ratsfreunde auf den wahren Missetäter, den Knecht und Schiffmann Robert Justus, zu richten. Ich bin bereit, über die rohe, alles Recht höhnende Turmhaft zu schweigen, aber nur, wenn ich augenblicklich freikomme.«

»Außer dem Verhafteten beschuldigt keiner diesen Robert Justus, wohl aber den Silbernen Gerg. Ha, und es ist leicht, einen Schänkenwirt zu bestechen, der ein ominöses Spielpfand bezeugt, und der Knecht sagt alles, was sein Brotherr wünscht«, wies mich der emsige Turmmeister zurecht.

»Wir sollten uns nicht ereifern«, ergriff der Stimmeister wieder das Wort, »gewiss kennt der Rat der Reichsstadt Köln die Entscheidung des Hofrates. Aber es sind inzwischen neue Indicia bekannt geworden. Der Hofrat ist auch einverstanden, dass wir den Herrn zu den Fakten hören.«

»Ja, hören, aber nicht einsperren«, wandte ich ein.

»Er hat bei der Verhaftung rabiat Widerstand geleistet!«

»Zu Recht!«, sagte ich trotzig.

»Der Herr erkennt das Gericht nicht an.«

»Zu Recht!«

»Und wir sind überzeugt, den wahren Übeltäter in Haftung zu haben«, fauchte der schläfrige Turmmeister.

Eisiges Schweigen breitete sich aus. Gottergeben ließ ich mich wieder einsperren.

März 1665

Seit dem Verhör blieben mir zwar Hunger und Durst erspart. Ich erhielt neben Brot und Wasser auch Käse, Gepökeltes, getrocknetes Obst und Feigen – Speisen, die mir mein Schwiegervater schickte. Trotzdem zehrten die Hoffnungslosigkeit, die Dunkelheit, die Grabesstille und die Kälte, die selbst drei Wolldecken nur wenig linderten, an meinen Kräften. Vergeblich wartete ich auf den Advokaten, um den ich gebeten hatte. Verzweiflung packte mich, als man mich sogar in Ketten legte. In einem zweiten Verhör versuchten die beiden Turmmeister, mir ein Geständnis abzuringen; ich beschränkte mich jedoch darauf, gegen die unwürdige Haft zu wettern. Zwei mir unbekannte Herren verfolgten stumm die Befragung. Nach diesem Verhör befreite man mich von den Ketten und brachte mir sogar ein Feldbett, eine Erleichterung, die mich kaum freute, weil sie einen längeren Aufenthalt versprach. In der folgenden Nacht hatte ich wirre Träume. Das Knarren der Tür weckte mich.

Eine schwarze Gestalt kam auf mich zu, hinter der Flammen loderten. Ich schrie auf.

»Gelobt sei Jesus Christus«, grüßte der Besucher.

Ein junger Jesuit in der Soutane setzte sich zu mir auf einen Schemel, den man ihm hingestellt hatte. Die Knechte steckten ihre brennenden Kienspäne in die Wandringe.

»Also wieder kein Rechtsgelehrter!« Ich seufzte.

»Nein, ich bin ein advocatus dei, Pater Adamus!«

Ich reichte ihm die Hand und er sagte: »Der Herr hat Fieber. Die Hand ist brennend heiß.«

»Fieber? Gott, nimm mir nicht noch die letzte Kraft.«

»Christus ist auf der Seite der Schwachen«, tröstete er.

»Pater, ich bin schuldig, nicht wegen Mordes oder anderer Grausamkeiten, sondern wegen mangelnder Gleichgültigkeit gegenüber Mord und Grausamkeit.«

»So bitter? Doch in jedem Leid ist ein Stück Seligkeit! Das zeigen die Märtyrer und an erster Stell unser Herr Jesus ...«, und dann sprach er recht einfallslos davon, wie heilsam die irdische Qual für den Erwerb des Himmelreichs sei. Es war, als schlüge er das dicke Buch der Jesuiten auf, in dem detailverliebt für jede Sünde die entsprechende Buße aufgeführt ist, damit jeder, der gewissenhaft beichtet, sogleich – ohne Umweg über das Fegefeuer – ins Paradies gelangen kann. In den langen schwarzen Tagen war ich jedoch zu der ketzerischen Überzeugung gekommen, dass Gottes Wege gerecht, aber für den menschlichen Geist unerforschlich verwickelt sind und sich der erdgebundenen Logik der Kirche entziehen. Froh für eine Weile aus meiner Einsamkeit erlöst zu sein, ließ ich den jungen Priester reden. Beim Abschied bat ich ihn, meinem Schwiegervater auszurichten, er solle mir einen Advokaten schicken.

»Das kann ich nicht«, bedauerte er, »wir sind nur zum Trost der Gefangenen hier und wenn wir Botschaften weitergeben, verweigert man uns den Zutritt zum Turm. Ich werde aber dem Turmmeister sagen, dass Ihr krank seid.«

Das Fieber packte mich hart. Glücklicherweise brachte man mich schon am nächsten Tag in eine Turmkammer. Durch ein Fensterchen fand das Frühlingslicht den Weg in meinen Kerker und ich sah das Himmelblau wieder. Rasch erholte ich mich. Jackel, der Henkersknecht, versorgte mich. Zum Dank gab ich ihm einen Vierteltaler, meinen Notgroschen, der in meinem Mantel eingenäht war. Sogleich war der raue Mann zu weiteren Diensten bereit. Ich erhielt Schreibzeug, Wasser und Seife. Wunderbar erfrischt schöpfte ich wieder Lebensmut, der sich fast ins Rauschhafte steigerte, als mir ein Advokat angekündigt wurde. Ein fahriges Männlein erschien. Seinen Namen verstand ich nicht, weil er wie ein Gehetzter sprach und manchmal ganze Silben verschluckte. So viel begriff ich aber, dass die Papiere, die er aus seiner Mappe zog, Kopien meiner Verhörprotokolle waren und mein Schwiegervater ihn um Hilfe gebeten hatte.

»Eine bös Sach hat der Herr am Hals«, schwatzte er, »aber wie ich sehe, logiert Er nicht übel.«

»Nun ja, wenn man das Leben eines Einsiedlers liebt und keinen Ehrgeiz hat, mehr als drei Schritte bis zur nächsten Wand zu gehen, dann mag's schon ausreichen. Allerdings möchte ich mein Leben nur sehr ungern hier beschließen.«

»Ei ja, gewiss, gewiss«, nuschelte er, »dafür bin ich ja hier, obwohl mir die Sach wenig gelegen kommt.«

Entsetzt sah ich ihn an und wollte etwas sagen, jedoch hinderte mich ein Hustenanfall – ein Relikt meiner Krankheit – daran. Dies veranlasste ihn, von mir abzurücken und sein Schnupftuch vor die Nase zu halten, damit sich meine verderblichen Ausdünstungen nicht auf ihn übertrugen.

»Es ist schwer, den Herrn hier herauszubringen«, murmelte er in das Taschentuch, »aber ich widme mich der Sach ganz und gar, Tag und Nacht, sommers wie winters.«

»Sommers wie winters? Ich will morgen draußen sein! Welchen Tag haben wir heute?«

»Mittwoch, der 25. März 1665! Wisst Ihr das nicht?«

»Nein, die Zeit ging mir in einem Kellerloch verloren. Ich bin unschuldig!«

»Gewiss, keine Frag, aber das muss bewiesen werden.«

»Ja, dann beweist es! Thierry kann alles bezeugen.«

»Das Zeugnis dieses Knechts mag zwar das *argumentum momenti* sein«, schnurrte er in Windeseile, »aber da der selbst im Verdacht ist, bei dem Raub geholfen zu haben, sollte er besser keinen Fuß in diese Stadt setzen, weil bei ihm ein Geständnis erfoltert werden kann, was – weiß Gott – auch Eure Lag keineswegs verbesserte.«

»Dann seht zu, dass ich endlich vor ein angemessenes Gericht komme. Ich bin kurkölnischer Edelmann und kein Kölner Bürger!«, fuhr ich ihn an.

»Gewiss, gewiss, das *forum competens* habe ich schon monieret«, plapperte er, »allerdings will der Rat gegen alle Missetäter in der Stadt vorgehen, vor allem, wenn Bürger Kölns geschädigt wurden. Denkt an den Hieronymus Michiels. Der war sogar Generalkommissar des damaligen Kurfürsten Ernst von Bayern und den haben die Kölner eigenmächtig verurteilt und sogar enthauptet. Gar so leicht, wie der Herr denkt, ist's nicht, alles wieder ins Lot zu bringen.«

»Das war vor 80 Jahren und der Michiels marodierte auf grausame Weise. Der Kurfürst kann doch unmöglich zulassen, dass die Kölner einen unschuldigen Edelmann enthaupten. Komme ich nicht gegen Kaution frei?«

»Die *cautio pecuniarum* wurde abgelehnt. Den kurfürstlichen Hofrat habe ich mehrmals um Hilf gebeten, aber der hüllt sich in Schweigen.«

»Ich logiere also noch bis Ostern hier?«

»Ostern ist schon in einer Woche, ich fürchte, länger!«

»Gütiger Himmel, länger? Das ist wie ein Todesurteil!«

»Gewiss, gewiss, aber am End müssen sie den Herrn freilassen. Geduld!«

»Geduld, zum Teufel! Mein Eheweib! Ich weiß nicht, ob sie lebt. Nichts, nichts dringt hierher.«

»Oh ja!« Er schlug sich an die Stirn. »Ich soll ausrichten, eine glückliche Geburt wird in diesen Tagen erwartet. Aber ich sehe, der Herr ist in guter Verfassung und ihm mangelt nichts …«

»Doch, es mangelt mir an Freiheit, an einem Ofen, meine Gesundheit ist untergraben und ob man mich am Leben erhält, steht ganz im Belieben des Turmmeisters. Gott, ich kann nicht mehr auf irgendwelche Antworten auf Bittgesuche an den Kurfürsten warten. Tut endlich etwas!«

»Wirft Er mir etwa die Verletzung meiner Pflichten vor?«

»Das hier ist himmelschreiendes Unrecht!«

»Der Rat hat einen anderen Standpunkt«, blaffte er.

»Für welche Partei ist Er, *domine advocate*?«, brüllte ich.

»Dat ist zu viel!«

Er sprang auf.

»Diese Hitzigkeit!« Er schlug gegen die Tür, wedelte mit seinem Tüchlein meine Dünste von sich und witschte hinaus.

»Hanswurst«, murmelte ich, aber an diesem hing meine ganze Hoffnung.

Juni 1665

Die Auferstehung blieb für mich ein Karfreitag. Das Glockengeläut drang hundertfach durch das kleine Fenster und verband mich mit den festlich gekleideten Menschen, die sich in Sankt Peter oder Maria Himmelfahrt zur Messe versammelten. Ich sah den Priester in seinem gold- und silberbestickten Ornat, die glänzenden liturgischen Gefäße, das Altarbild; aber wenn ich meine Augen öffnete, starrte ich in die kahle Welt des Gefangenen: raue, graue Wände, das Feldbett, ein Eimer, ein Krug, meine Nahrungsvorräte und ein Schemel, den man mir gnadenhalber gewährt hatte. Und doch konnte ich mich glücklich schätzen im Vergleich zu denen, die im Dunkeln auf faulem Stroh auf die *Peinliche Befragung* warteten.

Mit Wehmut dachte ich an Felicitas. Ich spürte, dass sie lebte und an mich dachte. Oft betete ich für sie und hätte sie doch lieber in den Armen gehalten. Als sich Anfang Juni mein Husten verschlimmerte, überfiel mich die Angst, im Turm zu sterben, ohne dass die Wahrheit ans Licht käme. Ich schrieb einen Abschiedsbrief an Felicitas und verfasste eine kurze *Relatio* über die Ereignisse. Die Papiere bewahrte ich im Innenfutter meines Mantels auf, weil ich hoffte, man werde ihn nach meinem Tod Felicitas aushändigen.

Tag für Tag rechnete ich damit, zumindest an den Kurfürsten ausgeliefert zu werden. Doch die Zeit verstrich und jede Nacht blickte ich hoffnungsloser durch das Fensterchen in den kleinen Ausschnitt des Sternenhimmels; zunächst in selbstzerfleischendem Zorn, später weinte ich über die Willkür und Schmach. Allmählich beschlich mich zudem die Furcht, wie der Generalkommissar Michiels zu enden.

In einem dieser dunklen Momente fiel mir das Gebet des Gefangenen ein – der 142. Psalm, Voce mea ad Dominum clamavi, den meine Zisterzienserbrüder in hellseherischer Weitsicht mir zum Abschied gesungen hatten. In meinem Elend war ich nicht mehr allein, denn der Psalmdichter hatte die gleiche Not erlitten und sie als willkürlich, menschenverachtend und ungerecht angeprangert, was er Gott klagt: »… Laut flehe ich zum Herrn um Gnade, ich schütte vor ihm meine Klagen aus, eröffne ihm meine Not. Wenn ich verzage, du kennst meinen Pfad. Sie haben mir Schlingen gelegt auf den Weg, den ich gehe. Blicke ich nach rechts und schaue: Niemand ist da. Mir ist jede Zuflucht genommen, niemand fragt nach meinem Leben … Herr, höre mein Flehen, denn bitterarm bin ich. Meinen Verfolgern entreiße mich, sie sind mir zu mächtig! Führe mich aus dem Kerker, damit ich deinen Namen preise! Gerechte scharen sich um mich, weil du mir Gutes tust.«

Aber die Gerechten ließen auf sich warten.

Viele Male holte mich der Turmmeister zum Verhör, um mir ein Geständnis abzupressen. Er setzte alles daran, mich in Widersprüche zu verwickeln. Da die Befragungen ganz offensichtlich nur das Ziel hatten, mich dem Scharfrichter auszuliefern, schwieg ich. Trotzdem gingen die Verhöre weiter und dabei bemerkte ich, dass mir das Formulieren meiner eigenen Forderungen, die ich jedes Mal vorbrachte, zunehmend schwerer fiel. Die Einsamkeit forderte ihren Tribut. Der einfältige Jackel war der Einzige, mit dem ich gelegentlich plauderte und dann redete meist er, denn ich hatte nichts zu erzählen. Mit meinem Einverständnis widmete der Jesuitenpater sich mehr den Bedürftigeren. Dennoch sehnte ich mich nach den wenigen Minuten, in denen er mit mir sprach.

Als eines Tages die Tür aufging und Jackel den Pater völlig unerwartet hereinließ, begrüßte ich ihn überschwänglich. Der Jesuit riss sich die Mütze vom Kopf und fiel mir um den Hals. Max, mein jüngster Bruder, hatte sich in einer Soutane in den Turm geschlichen. Nach meiner Verhaftung war er Schüler im Tricoronatum in Köln geworden und wohnte bei meinem Schwiegervater. Alle zwei Tage trug er den Korb mit den Speisen für mich zum Frankenturm. Dort war er mit Jackel ins Gespräch gekommen. Da der Weg zum Herzen der Menschen oft über ihre Taschen führt, hatte er ihm ein *Fettmännchen* zugesteckt und sich den Besuch bei mir mit einem Taler erschmeichelt.

Wir setzten uns.

»Danke! Dank, dass du mich nicht vergessen hast.«

»Niemand vergisst meinen lieben Bruder«, sagte er sanft, »Gerwin wartet draußen und der Advokat schreibt eine Supplik nach der anderen. Vom Kurfürst hören wir, man verfolge die Sach mit großem Ernst. Und die Ratsfreunde versichern dem verehrten Herrn von Beywegh ihr Mitleiden, geloben, alles zu tun, damit der wohlgeborene Herr bald frei kommt und derlei albernes Zeugs mehr. In Wahrheit sind sie froh, der Welt zu zeigen, dass sie von der Gerechtigkeit mehr verstehen als der Kurfürst, damit der Kaiser auch die Gerichtsbarkeit bald ganz in die Hand des Rats legt, so sagt's der Herr Schwiegervater.«

»Oh Gott, wenn's um den Streit zwischen dem Kurfürsten und der Stadt Köln geht, dann kann ich hier 200 Jahre sitzen. Max, ich bitt um einen gewitzten Advokaten, der mich hier herausholt, stracks ohne Suppliken, *Gravamina* oder gar Gnadengesuche. Das Stadtregiment will mich aufs Schafott bringen, deshalb trau keinem von ihnen! Hörst du, trau keinem Einzigen! Sag's dem Herrn Vater.«

Er nickte stumm.

»Ich bin unschuldig, Max, glaub mir. Frag …«

»Lieber Bruder«, unterbrach er mich, »keiner von uns zweifelt an der Unschuld!«

»Gott, ja, und wie befinden sich alle in Merhoffen? Felicitas, das Kind?« Er sah mich betroffen an. »Ja, mein Gott, lebt sie – sie ist doch nicht …?«

»Nein, sie hat die Geburt recht gut überstanden.«

»Recht gut, recht gut! Verflucht, Max, wie gut?«

»Nun ja! Das Kind kam im März zur Welt – ein kräftiger Junge. Er wurde auf den Namen Christoph Gerwin getauft. Der Kleine gedieh und die Frau Schwägerin war ganz vernarrt in ihn, aber nach zwei Monaten bekam er Fieber und starb in drei Tagen … Saltin, die Doctores haben alles getan – es war Gottes Wille.« Er legte seine Hand auf die meine.

»Ja, Gottes Ratschluss, Gottes Wille … und Felicitas, wie nimmt sie diesen neuen Kummer?«

»Sie ist schwermütig, aber Philipp steht ihr bei.«

»Philipp? Da schlag doch der Donner drein! Ich hab ihn hinausgeworfen.«

»Und die Frau Mutter und die Frau Schwägerin haben ihn just wieder hineingebeten und sind voller Lob über ihn.«

»Genug! Er muss mein Haus verlassen. Ich traue ihm nicht und er presst die Pächter bis aufs Blut aus.«

»Das versteh, wer will.« Max schüttelte den Kopf. »Die Pächter wird's so schlimm nicht treffen. Und jetzt in der Not ist's doch gut, dass sich Philipp erbarmt.«

»Nein, er verlässt sofort mein Haus! Das ist mein bitterer Ernst.« Ich stand auf und lehnte mich an die Wand. »Gillis weiß, wie ich's wünsche. Gott, ich muss hier raus! Bitte, Max, verschaffe mir einen anderen Advokaten, einen, der alle Griff' kennt, jung und hungrig, ja, hungrig muss er sein, hungrig nach Gerechtigkeit.«

»Ja, ja! Aber Advokaten sind eher Geldwölfe als Heilige der Gerechtigkeit und in der Sach verbrennt sich jeder Kölner nur die Finger, wenn er hart gegen den Rat vorgeht.«

»Dennoch suche den Heiligen! Hier ist meine *Relatio*. Darin steht, was für den Fürsprech wichtig ist!«

Ich riss das mühsam zugenähte Mantelfutter auf und gab Max den Bericht. Wortreich warnte ich ihn erneut vor allen Würdenträgern Kölns, flehte um einen Advokaten, bis er mich unterbrach und mir ein Büchlein in die Hand drückte. »De vita beata«, las ich. Ich dankte ihm und lachte, »ja, das Buch ›Über das glückliche Leben‹ fehlt hier in meiner Bibliothek noch.«

»Hätte ich besser ›De senectute‹ wählen sollen?«

»Nein, nichts ›Über das Alter‹. Vielen Dank!«

»Der Herr Bruder sieht recht alt aus mit dem Bart.«

Ich war zehn Jahre älter als er und kam ihm wohl eher wie ein Vater, weniger wie ein Bruder vor.

»Ist denn der Bart grau?«, fragte ich.

»Nein«, er kratzte sich verlegen am Kopf, »aber so einen wilden Bart tragen nur arme Alte.«

»Weiß Gott, ich sehe wie ein Landstreicher aus. Das sind ja noch die gleichen Kleider, die ich an dem denkwürdigen Tag des Banketts beim Nuntius trug.«

»Vergebung, ich vergaß«, murmelte er, während draußen vielstimmig das Sechs-Uhr-Läuten begann. »Ich muss gehen«, sagte er bedrückt.

»Tausend Dank für die glückseligste Zeit meines Lebens.«

»Ach, ich brachte schlechte Botschaften!«

»Damit kann man sich abfinden, nur die Ungewissheit ist eine andauernde Folter. Ich war tot. Jetzt lebe ich wieder.«

»Ich verspreche, ich tue alles, aber zu große Hoffnung …« Er brach ab, draußen rasselten Schlüssel.

Grüße an Felicitas, eine schnelle Umarmung – und im Hinausgehen rief er mir noch zu, ich solle weiter so gefasst und standhaft bleiben.

Gefasst und standhaft? Nein! Nicht in den vielen einsamen Stunden und nicht in dem Gespräch mit ihm. Die kostbare Zeit hatte ich mit Belanglosigkeiten verplappert. Meine beschwörenden Unschuldsbeteuerungen mussten Max doch gerade misstrauisch machen. Warum hatte ich ihm nicht ein paar Zeilen an Felicitas mitgegeben? Liebevolle Worte zum Trost! Oder einen Dank an meinen Schwiegervater? Nur immer dieser kindische Aufschrei nach der Unmöglichkeit, einen selbstlosen Advokaten zu finden. Gott, und dann die Hassreden gegen den Kölner Rat! Narr! Ich schäme mich und diese Scham presst meine Seele schmerzhaft zusammen. Selbstzweifel packen mich mit vielen Fingern – kleine schmutzige Finger, die meine Gedanken in einen monotonen Kreis der Selbstanklage zwingen. Unentrinnbar gefangen misstraue ich nun jedem, sogar mir selbst. Nur ein kurzer froher Lichtblick genügte, mir das hässliche Spiegelbild meiner selbst zu zeigen, das die Spuren der zerstörerischen Macht der Gefangenschaft trägt. Draußen schlägt es sieben Uhr und ich greife nach dem Buch über das glückliche Leben. Pater Senfft hatte Lucius Annaeus Seneca als christlichsten aller heidnischen Philosophen bezeichnet und seine stoische Haltung bewundert, mit welcher er seine glücklichen Zeiten genoss wie auch den von Kaiser Nero befohlenen Selbstmord vollzog. Froh, nun nicht mehr auf meine trübsinnigen Grübeleien angewiesen zu sein, stürze ich mich auf die kunstvollen, überlangen Sätze im klassischen Latein. Gleich zu Beginn stoße ich auf die Antwort Senecas, was ein glückliches Leben ausmache. Es sei ein Leben – schreibt er –, das mit der eigenen Natur übereinstimme, sodann müsse es tapfer und auf schöne Weise duldsam sein. Man solle die Geschenke des Glückes nutzen, ihnen aber nicht dienen. Wenn man in der Lage sei, Lust und Schmerz gering zu achten, dann könne man auch in leidvollen Umständen eine unerschütterliche Fröhlichkeit bewahren. Trete man der Welt gegenüber gleichmütig auf, kehre Frieden, Harmonie und Größe in die Seele ein, die gegen andere dann auch milde gestimmt sei. Bis in die Nacht hinein lese und grüble ich und bin glücklich, kaum mehr als drei Seiten bewältigt zu haben, denn je langsamer ich vorankomme, desto länger spricht Lucius Annaeus zu mir, seinem Leser, den er mit Gallus anredet.

Das Dröhnen der Morgenglocken weckte mich am nächsten Tag. Jackel brachte mir einen Eimer Wasser, Seife, sogar ein Rasiermesser, ein frisches Hemd und eine neue Hose – Wohltaten, die ich Max zu verdanken hatte. Während ich mich rasierte, schwatzte Jackel wieder über alles, was ihm durch den Kopf fuhr und eigentlich keiner, mich eingeschlossen, wissen wollte. Dennoch war mir der Klang menschlicher Stimmen immer willkommen. So hörte ich zu, wie er sich gestern »steif gesoffen« hatte.

»...ja«, plauderte Jackel heiter, »jetzt kommen viel Leut ans Saufen, weil in dieser bösen Zeit man morgens nit weiß, ob der Sensenmann nit abends schon anklopft.«

»Ei Jackel, das weiß man nie.«

»Doch jetzt ist's besonders übel, aber ich will's nit beschreien!« Er schlug ein Kreuz und ich sah ihn fragend an, während ich mich abtrocknete. Er senkte die Stimme: »Die Pest ist in der Stadt und bald sterben die Leut wie Fliegen, wenn sie's nit schon tun.«

»Wahrhaftig die Pest oder doch nur die Kindspocken?«

»Nein, die Pest! Die Moen Lisbeth hatte den Bulbus unter der Achsel und jetzt ist sie maustot. Ja, und ihr Sohn ist auch dran krepiert. Die Leut rennen jetzt all in die Kirch zur Beicht und gleich drauf sind sie beim Tanz. Sie saufen und huren, damit sie das zeitige wie's ewige Leben gleich lustig verbringen.«

»Wenn das wahr ist, dann steh Gott uns bei!«

»Es ist wahr! Hört Ihr nit's Totenglöcklein? Es läutet jetzt oft! Dann rieselt's mir eisig den Rücken runter. Hier oben im Turm ist man sicher, denn die Pest brütet im Boden und die Miasmen – dat sind giftige Dämpf – steigen von der bloßen Erd auf. Die Leut murren, dat der Rat nit mehr Plätz' hat pflastern lassen, damit's die Miasmen in der Erd hält. Ja, die Seuch kommt aus Frankreich, dann ist sie nach England, den Niederlanden und jetzt läuft sie den Rhein rauf…«

Wenn der einfältige Jackel Worte wie Miasmen im Munde führte und gelehrte Theorien über die Pestilenz ausplapperte, so konnte die Ursache weder ein irrwitziges Gerücht sein noch auf seiner Phantasie beruhen, sondern es war Realität. Das verfluchte Totenglöcklein, auf das ich früher kaum geachtet hatte, verfolgte mich. Seneca allerdings bildete das wohltuende Gegengewicht zu den Schrecken des Alltags.

Zwei Turmknechte führten mich eine Woche später in eine fensterlose Kammer, in der ein gut gekleideter Herr an einem Tisch saß, auf dem neben einer Kerze Schreibutensilien und Papierstapel sorgfältig angeordnet waren.

»Michael Maurberger«, stellte er sich vor, »Herr von Beywegh bat mich, Euer Fürsprech zu sein.«

Maurberger? Der Name erinnerte mich an meinen Schulkameraden Martin Maurberger, dem in meiner Vorstellung immer noch der Schmutz des armen Karrenziehers anhaftete. Aber dieser Mann war adrett bis zu den sorgfältig manikürten Fingerspitzen, während ich meine Nägel abgekaut hatte, damit sie mir nicht zu Krallen wuchsen. Ein Floh sprang von meiner Seite des Tisches zu ihm hinüber. Mit einer ruhigen Handbewegung zerquetschte er das Tier. Er war also kein ätherisches Wesen.

»In meiner Schulzeit hatte ich einen Kameraden, der Martin Maurberger hieß.« Ich sah ihn gespannt an. »Mit Verlaub, ist der Herr mit ihm verwandt?«

»Das tut nichts zur Sache«, erwiderte er knapp.

»Doch! Wir waren Freunde. Ihm galt unsere Freundschaft aber nichts.«

Er schlug kurz die Augen nieder und sagte ernst: »Die Freundschaft galt mir viel.«

»Mein Fürsprech ist also Martin Maurberger?«

»Ja, ich habe jetzt meinen zweiten Namen als ersten genommen. Das schien mir hier in Köln opportun.«

»Und unsere Freundschaft war damals nicht opportun?«

»Das sind hässliche Worte«, wehrte er ab.

»Die Wahrheit ist eine giftige Kröte, doch Gift kann heilsam sein.«

»Und töten! Gut, damals wollte ich kein kurioser Kauz mehr sein und sehnte mich nach dem Üblichen – nach Freunden unter Meinesgleichen. Den Umgang mit Euch und sogar meine Konfession opferte ich dem neuen Leben. Ihr habt's wohl nicht verstanden.«

»Nein, für mich war's eine – Treulosigkeit«, ich vermied das Wort Verrat.

»Treulos? Dann sollte ein anderer Advokat die Sach …?«

»Nein«, unterbrach ich ihn, »wir waren damals Kinder und … ich bin schon elend lang hier im Turm.«

»Ja, das ist allerdings verwunderlich«, erwiderte er leidenschaftlich, »mehr als zwei Monate sind die wenigsten hier, die meisten werden schon nach wenigen Tagen oder bei schwerem Verdacht nach ein paar Wochen freigelassen oder dem Greven ausgeliefert.«

»Man hält mich in Haft, weil der Hofrat mich wohl freiließe und versucht zudem ein Geständnis zu erpressen.«

»In der Tat ist's höchst sonderbar, was der hochweise Rat hier ins Werk setzt.«

Er rieb sich das Kinn.

»Um es frank und frei zu sagen, der Rat missbraucht sein Recht, ein *praeiudicium iurisdictionis* zu treffen. Dieses Vorentscheidungsrecht der Stadt dient allein dem Schutz von Kölner Bürgern vor dem Zugriff des Landesherrn. Nur wen der Rat ausliefert, über den darf das Hohe Weltliche Gericht des Kurfürsten richten. Einen Edelmann gefangen zu halten, den schon der Hofrat für unschuldig hält und die Untersuchung in extenso zu verschleppen, ist ein

Rechtsbruch. Warum der Hofrat gegen diesen Übergriff aber kaum protestiert, ist gleichfalls unverständlich, es sei denn, Ihr habt dort Feinde?«

»Ja, ja, das ist wohl so, doch was ist zu tun?«

»Ihr könnt Klage beim Reichskammergericht in Speyer erheben oder beim Reichshofrat in Wien«, erklärte er.

»Ich kann doch gar nicht an die Reichsgerichte appellieren, sondern nur an ein kurkölnisches Gericht.«

»Richtig, aber man kann sagen, es verstößt gegen das gemeine Recht und gegen die Gesetze des Reiches, welche die Stadt Köln verletzt, wenn sie einen Mann mit gutem Namen und Leumund einkerkert und nicht ohn' Verzug eine gerichtliche Untersuchung erfolgt, wobei wir natürlich nur ein Urteil vor dem landesherrlichen Gericht anstreben.«

»Ja, zum Henker, warum ist man dann nicht gleich stracks nach Speyer oder Wien gegangen?« Ich schlug mit der Hand so heftig auf den Tisch, dass der mich bewachende Turmknecht zusammenfuhr.

»Gemach!« Maurberger hob besänftigend die Hände. »Ob dieses Recht überhaupt durchsetzbar ist, ist fraglich, da seit dem Westfälischen Frieden die landesherrlichen Befugnisse zu Lasten des Reiches weit ausgedehnt wurden. Aber wenn die Kölner Actiones beim Reichshofrat bekannt werden, wird ein scharfes Wort aus Wien durchaus Effekt haben.«

»Und warum hat mein Advokat die Zeit mit nutzlosen Suppliken an den Kurfürsten und den Rat vertändelt?«

»Die Kölner verletzen primär kurfürstliche Rechte …«

»Nein, der Herr Advokat will sich's nur nicht mit den Ratsfreunden verderben!«, überbrüllte ich ihn, »vielleicht spekuliert diese Krämerseele aufs Amt des Subsyndicus und der Herr Schwiegervater will ebenfalls ein achtbarer Bürger bleiben und den löblichen Rat des heiligen Köln in Wien nicht an den Pranger stellen. Da mag der Schwiegersohn wie ein toller Hund in Schande verrecken. Und jeden Tag hoff ich auf Befreiung …«

Geduldig hörte er sich Salven gepfefferter Verwünschungen eines verbitterten Gefangenen an, bis meine Stimme versagte.

»Ich bin hier, um zu helfen«, mitfühlend berührte er meine Hand, »ich setze die Klagschrift auf und zeige dem kölnischen Magistrat an, dass wir nach Wien gehen.«

»Nein, zur Höll mit den Krautkrämern!«

»Aber bis Nachricht vom Reichshofrat kommt, dauert's Monate. Ein Angebot an den Rat kann die Sach beschleunigen.«

»Bisher hat's den Herren nur gefallen, mich zu quälen!«

»Wir müssen jetzt alle Wege nutzen, um den Herrn flugs in Freiheit zu bringen«, beschwor er mich.

»Dazu gehört auch, meine Ehr wiederherzustellen. Ich verlange eine kniefällige Entschuldigung der Bürgermeister für das begangene Unrecht!«

»Gewiss, 30 000 Gulden für die *Iniuria*?«

»Nein, ich verkauf meine Ehr nicht, nur die Abbitte.«

»Wie der Herr wünscht.« Er seufzte. »Ich habe die Verhörprotokolle und Eure *Relatio* studiert und mir kommt, mit Verlaub, manches phantastisch vor.«

»Phantastisch?«

»Ja! Dieser Robert Justus ergattert das grüne Wams, lockt Euch in die Nähe eines Ortes, an dem er einen Überfall plant, und Ihr folgt stracks seinen Anweisungen, um ihm zur rechten Zeit ins Garn zu gehen.«

»Ich musste eine ganze Weile warten«, warf ich ein.

»Gut, Ihr folgt ihm, werdet im Wald niedergeschlagen, jedoch der Pächter, der nur zufällig mitkam, wird ermordet. Ihr aber habt den Justus erkannt, nicht der Pächter, doch Ihr überlebt. Warum? Wenn dieser Justus Euch erstochen hätte, wäre dies doch viel vorteilhafter für ihn gewesen. Ein toter, höchst verdächtiger Mann kann sich nicht mehr gegen den Vorwurf wehren, Anführer der Räuber gewesen zu sein und der Pächter hätte auf der Folter vielleicht gestanden.«

»Ja, das ist allerdings sonderbar. Doch es war so.«

»Ein so präzis ausgeführter Plan und dann dieser Lapsus?«

»Glaubt der Herr Advocatus mir etwa nicht?«

»Doch, nur fragt sich das jeder. Die logische Antwort ist weniger das kunstvolle Gebilde der Wahrheit, sondern eher – *salva venia* –, dass der Herr mit dem Pächter einen Mitwisser beseitigen wollte – er also mit dem Raubgesindel unter einer Decke steckt. So denken die Kölner!«

»Mag sein!« Hilflos hob ich die Hände. »Doch es war kein Lapsus oder gar Mitleid, dass dieser Robert Justus mich am Leben ließ. Die Ausführung des Planes war ohne Erbarmen. Nein, er wollte nur den Niedergang meines Ansehens. Weiß Gott, diese Schmach ist schlimmer als der Tod.«

»Wer hasst Euch so bis aufs Blut?«, fragte er.

»Nein, man muss anders fragen: Wem traue ich die Gewissenlosigkeit zu, sich so zu rächen?«

»Und?«, fragte er, »gibt es einen Verdacht?«

»Verdacht? Ja, gewiss, aber ich denunziere niemanden.«

»Und der Name Justus, der Gerechte? Und Robert, der rohe Bert. Ungewöhnlich für einen Knecht, der für solche Feinheiten wenig Sinn haben sollte.« Ich zuckte müde die Achseln. »Nun gut, doch ich bitt dringend um die *permissionem*, mich noch einmal an Magistrat und Rat wenden zu dürfen, bevor ich die Klage an den Reichshofrat nach Wien sende.«

»*D'accord,* aber ohne große Verzögerung der Klage.«

»Nein, das verspreche ich«, erklärte er, seine Papiere zu einem Stapel aufschichtend.

»Eine arge Welt«, sagte ich, als er sich schon verbeugte, »man sperrt einen Mann wider allen Rechts in den Turm. Ich sollte fliehen. Mit Geld öffnen sich auch Gefängnistüren!«

»Aber nein!« Maurberger schielte auf den neben ihm stehenden Turmknecht.

»Der brave Gesell wird sich auch kaum gegen einen Batzen Geld wehren«, fuhr ich fort, »wer heutzutag ein Amt hat, der sieht zu, dass es etwas abwirft, vom Stadtknecht bis zum Bürgermeister, das ist à la mode – so ist's in Frankreich wie hier. Warum soll ich das ungenutzt lassen?«

»Nein«, Maurberger schüttelte den Kopf, »bedenkt, nach einer Flucht könnt Ihr keinen Fuß mehr in die Stadt setzen.«

»Auch ohne Flucht wird mir danach kaum mehr der Sinn stehen. Der Herr Advokat ist verlässlich?«

»Verlässlich bis zur Langeweile«, versicherte er und ging.

Ich glaubte ihm, wenn auch in einer Ecke meines Herzens ein kleiner Zweifel blieb, er könne mit dem Rat doch noch unter einer Decke stecken. Den anderen bösen Gedanken, Ernst von Kolff lenke den Verdacht zielgerichtet auf mich, hatte ich bisher eisern beiseite geschoben. Jedoch das blitzartige Verschwinden ganzer Wagenladungen, was manche für ein Zauberstück hielten, legte die Mutmaßung nahe, ein begüterter Hintermann gewähre den Mordgesellen Unterschlupf. Wie herrlich musste es sein, zuzusehen, wie der Mann, der seinen Bruder zum Krüppel machte und seine Schwester verschmähte, um eine Kaufmannstochter zu heiraten, von seinen neuen bürgerlichen Freunden gejagt und aller Würde beraubt, im Turm starb! Ob diese Genugtuung es allerdings wert war, sich mit Raubgesindel einzulassen? Zumindest die zögerliche Behandlung meines Falles beim Hofrat wie auch die unfassliche Gleichgültigkeit meiner Standesgenossen gegenüber meinem Schicksal waren sein Werk.

Juli 1664

Dicke Regentropfen zogen gläserne Spuren über die Fensterscheiben – Glasperlenketten hinterlassend. Sobald die Sonne schien, würden sie langsam vergehen. Regen liebte ich, weil man es dann üblicherweise vorzieht zu Hause zu bleiben. Die Gefangenschaft ist an trüben Tagen in der Tat leichter zu ertragen als bei Sonnenschein und Vogelgezwitscher, obwohl beides fast nie zu mir drang. Das stets gedämpfte Nordlicht, die eintönigen

Glockenschläge und die kahlen Wände hatten mich ganz auf mein Inneres zurückgeworfen. Um den Tag zu unterteilen, verrichtete ich im Rhythmus der Chorgebete der Zisterzienser meine Andachten.

Dann erweiterte sich mein Verlies zum Chor der Abteikirche: Ich sehe die zum Himmel strebenden, starken Pfeiler, die das Gewölbe in Ewigkeit tragen können und rieche den jahrhundertealten Moderduft der Kirche, der Ehrfurcht vor der Zeitlosigkeit Gottes einflößt. Ich stehe bei meinen singenden, sich in Demut verneigenden *Confrates.*

Diese Visionen trösteten, führten mich jedoch von der Realität immer weiter weg. Das Fortschreiten der Pest, Jackels Lieblingsthema, ließ mich unberührt. Selbst den Tod des pestkranken Gefangenen, den man im Verlies tief unter mir verdursten ließ, weniger aus Hartherzigkeit als aus namenloser Furcht vor Ansteckung, nahm ich gleichmütig hin. Alle Hoffnung setzte ich auf Martin Maurberger und dessen ernsthafte Zuverlässigkeit, die man den Protestanten nachsagt, obwohl er ja Konvertit war.

Jackel schloss die Tür auf und ließ zwei mir unbekannte Knechte herein. Sie fesselten meine Hände für ein Verhör, wie sie sagten und legten mir den Mantel um. Verwirrt, freudig und doch beklommen stolperte ich die vielen Stufen hinunter. Kaum hatte ich unten den Fuß vor die schwere Tür gesetzt, wurde ich in eine Kutsche gestoßen und ein dunkel gekleideter Mann setzte sich neben mich. Ein Knecht schlug die Tür zu. Wir rollten los. Der Fahrwind spielte mit dem Vorhang und trug den Regen durch die scheibenlosen Fenster. Nachdem ich monatelang nur modrig stehende Kälte erduldet hatte, erschien mir der Luftzug wie ein Hauch Freiheit. Wind, Regen – welche Köstlichkeit! Ich hob die gefesselten Hände und zog das Tuch leicht zurück. Ruckartig schloss mein Begleiter den Spalt wieder und fauchte, die Miasmen besser draußen zu lassen. Ja, draußen lauerte der Pestdunst, aber wir kamen aus einem Pesthaus, was schadete da noch ein Luftzug? Da begriff ich: ein neues Verhör, das die hohen Herren aus Angst vor Ansteckung an einen anderen Ort verlegt hatten. Das Ziel, der zyklopenhafte Bayenturm, lag unweit vom Frankenturm ebenfalls an der dem Rhein zugewandten Seite der Stadtmauer. So schnell wie grob zog man mich aus der Kutsche und sperrte mich in ein Verlies. Auf den stinkenden Strohsack wollte ich mich nicht setzen, so blieb ich an die Tür gelehnt lange im Dunkeln stehen, bis mich zwei Knechte vor das Tribunal führten, das wieder aus zwei Turmmeistern und dem *Stimmeister* Herrn zum Putz bestand. Dem kleinen Rest Hochgefühl folgte die völlige Ernüchterung, weil man mir die Fesseln nicht abnahm. Michael Maurberger begrüßte mich mit angespanntem Gesicht und flüsterte mir zu: »Ich habe zwei *Defensionsschreiben und eine Protestationsschrift* wegen der Verhaftung an den Kölner Rat übergeben.«

»Und die Klagschrift an den Reichshofrat?«

»Geht flugs ab, wenn die Kölner Euch nicht freilassen.«

Im Namen Gottes und der Dreifaltigkeit eröffnete der Stimmmeister das Verhör und zählte meine vier Missetaten auf. Dann sagte er: »Factum ist, dass der Verhaftete bei zwei Überfäll zugegen war, aber nur unbedeutende Wunden davontrug, während andere totgeschlagen wurden. Es wäre an der Zeit, dass der Verhaftete *cum confessione* das Herz vor Gott und den Menschen öffnete, was doch allemal besser ist, als im Kerker die Seel auszuhauchen und die Seligkeit zu verlieren.«

»Ich sagte stets die Wahrheit und hab daher nichts weiter zu bekennen«, erwiderte ich, wie schon so oft zuvor.

»Salva venia, hochgeachteter, ehrsamer Herr Stimmeister«, meldete sich Maurberger, »die Facta sind genugsam dargetan. Ich bitt daher demütig, auf meine jüngst übergebene Protestationem einzugehen, in specie de protracta criminali iustitia *in hoc casu*.«

»Ja«, stimmte ich ihm zu, »man kann das lateinische Wortgepränge auch auf gut Deutsch ausdrücken, nämlich dass der hochweise Rat schelmisch einen Prozess über alle Maßen verschleppt, um mich in Turmhaft zu halten, in der Hoffnung, ich würde gestehen oder das Zeitliche segnen.«

Zum Putz zupfte an seinem weißen, altmodischen Kragen, das einzig Helle an seiner dunklen Erscheinung. Maurberger fasste mich am Ärmel und flüsterte, ich solle schweigen.

»Der Herr hüte seine Zunge!«, wies mich der Stimmeister mit seiner leisen Stimme zurecht; danach wandte er sich an Maurberger: »Die üblen Missetaten und die Schwierigkeiten, Licht ins Dunkel zu bringen, erforderten die lange Haft und sind keineswegs eine Prozessverschleppung.«

»Dunkel?«, protestierte ich, während Maurberger mich vergeblich zurückhalten wollte, »oh gewiss, die Dunkelmänner des Rates vernebeln alles, was jeder Blinde sieht!«

»Hütet die Zunge!«, wiederholte zum Putz schneidend.

»Nein, ich war zu lange geduldig wie ein Lamm vor einer Meute Wölfe!«, fuhr ich ihn an, den verzweifelnden Maurberger abschüttelnd.

»Genug!« Zum Putz schlug auf den Tisch. »Genug! Gleich wird der Verhaftete verstehen, warum der ehrsame Rat keine andere Wahl hat!« Dann sagte er zu meinem Fürsprech: »Das Anliegen wird berücksichtigt, *domine advocate*.«

Er kündigte eine »confrontatio«, also eine Gegenüberstellung, an. Nicolaus Levenbergh – herausgeputzt in einem neumodischen dunkelblauen Justeaucorps aus Samt und Seide – trat ein. Er verneigte sich tief. Die Augen dieses Paradiesvogels inmitten dieser schwarz-grauen Welt streiften mich nur. Zum Putz fragte Levenbergh, ob ich der Mann sei, der ihn im letzten Jahr überfallen habe. Der Zeuge drehte sich langsam um, kniff die Lippen zusammen, musterte mich abfällig und nickte.

»Ja, es ist der Mann, wenn auch schmaler, als ich ihn zuletzt gesehen habe. Mit seiner Mörderbrut hat er mich an einem meiner finstersten Tage ausgeraubt. Über dreitausend Gulden war allein das Tuch wert, ganz zu schweigen vom Fuhrwerk, den Pferden und allem, was bis zum heutigen Tag verschwunden ist. Außerdem hat er mich und die Fuhrleut übel zugerichtet. Einer ist tot. Nachdem dieses Rabenaas mit der Beute durchgegangen ist, besaß er die Frechheit zurückzukehren, um sich als Samariter aufzuspielen, damit niemand Verdacht schöpfte. Das Stücklein ist ihm aber missraten, denn es ist sonnenklar, dass er der Übeltäter war.«

»Und da hat er keinen Zweifel?«, fragte der Stimmeister.

»Nein, wahrhaftig nicht!« Er stieß ein verächtliches Lachen aus. »Zuerst glaubte ich den Beteuerungen dieses Edelmannes, obwohl ich ihn an seiner Gestalt, an seinem Bärtlein, am Haar, Wams, Pferd und selbst an der Wunde, die ich ihm kurz zuvor beigebracht hatte, wiedererkannte. Erst später merkte ich, welchem üblen Mordbrenner ich aufgesessen bin. Er dachte, wenn er sein verräterisches Wams mit einem Mantel verdeckt, würde ich keinen Verdacht schöpfen. Er gab sich auch alle Müh, uns schnell nach Plittersdorf zu bringen, damit uns nicht einfiele, seine artigen Freunde samt der Beute zu verfolgen. Seine Knechte mimten die edlen Wohltäter. Möglich, dass das Gesinde auch nur die gute Seite des janusköpfigen Herrn kennt und derjenige, der hinter seine Maske blickte, musste auf der Stell sterben.«

Das folgende Frage- und Antwortspiel zwischen dem Stimmmeister und dem weitschweifigen Zeugen entwickelte sich zu einer einseitigen Darstellung des Sachverhalts zu meinen Lasten. Maurberger warf mir Blicke zu, die sagten, »das habe ich befürchtet«. Berichtigende Einsprüche brannten mir auf der Zunge, doch schon bei der kleinsten Unmutsbewegung legte mein Fürsprech die Hand auf meinen Arm und bat, die Ratsherren nicht weiter zu reizen. Als der Stimmeister den Zeugen schon verabschiedete, begehrte Maurberger mit einem Schwall unterwürfiger Höflichkeitsfloskeln noch eine Frage an Levenbergh richten zu dürfen, was man gestattete. Mein Fürsprech stellte sich vor den Zeugen.

»Der werte Herr sprach von vielen veränderlichen Äußerlichkeiten: das gleiche Pferd, Farbe und Aussehen des Wamses, der Degenstich, der durchs Wams gegangen ist. Hingegen habe ich wenig über das Gesicht und die Gestalt des Spitzbuben gehört.«

»Wer kann hinter Masken sehen?«, brummte Levenbergh.

»Gut, doch was kann Er zur Größe des Mannes sagen?«

»Nun ja, es ist schon eine Weil' her…«

»Gewiss, aber denkt nach! Der Fechtkampf!« Maurberger ging in Fechtstellung, »der Herr sticht zu und verwundet den Kerl. Er erinnert sich? War der Mann so groß wie er?«

»Etwa gleich groß, nein … ein wenig kleiner.«

»Viel kleiner als Er selbst?«, insistierte Maurberger.

»Ich sagte, ein wenig kleiner, aber er war kräftiger.«

»Also etwas kleiner und gedrungener?«

»Man kann's wohl so sagen«, stimmte Levenbergh zu.

»Wenn's beliebet, so bitt ich um die *permissionem*, dass der Verhaftete sich erhebt, damit wir sehen können, ob die Aussag des Herrn Zeugen zutrifft«, wandte sich Maurberger wieder an das Tribunal, woraufhin die Herren allesamt bedächtig nickten.

Ich stellte mich neben Levenbergh. Er war deutlich kleiner als ich.

»Wie zu sehen ist«, – Maurberger gönnte sich ein Lächeln –, »ist Herr von Merhoffen größer und keineswegs von gedrungener Gestalt!«

»Die Turmhaft hat an ihm gezehrt«, blaffte Levenbergh.

»Gewiss«, Maurberger nickte, »doch gebe ich mein Wort, dass der Verhaftete seit letztem Jahr nicht gewachsen ist.«

»Ha, was soll die Komödie?«, brauste ein Turmherr auf.

»Der ehrsame Rat will doch die Wahrheit wissen. Die Wahrheit ist, dass Herr von Merhoffen unschuldig ist!«

»Die Größe ist im Fechtkampf schwer abzuschätzen, *domine advocate*«, widersprach der Stimmeister, »dennoch, wie erklärt sich der Herr Zeuge den Fehlgriff?«

»Er war's, auch wenn er mir im Fechtkampf kleiner vorkam, was verzeihlich ist«, beharrte Levenbergh, »sonst ist der Herr so haargleich mit dem Raubgesellen, dass nur sein Zwillingsbruder mich hätte täuschen können. Das schwör ich bei meiner Seel und lege jeden Eid drauf ab.«

»Da sei Gott seiner Seel gnädig und er verzeihe, wie ich verzeihe«, sagte ich.

»Ich hoffe, der wohlgeborene Herr verfault im Turm«, zischte er mir zu, »denn seitdem er dort sitzt, hat's keine Anschläg mehr gegeben!«

Der Stimmeister nahm ihm den Eid ab und entließ ihn. Es folgten zwei Knechte des Kaufmanns, die ebenfalls beschworen, ich sei der Anführer der Raubgesellen gewesen.

»Ihr werdet wohl dem kurfürstlichen Gericht ausgeliefert«, wisperte mir Maurberger ins Ohr, als der letzte Zeuge ging, »Gott sei's geklagt, mehr ist kaum zu erwarten.«

Draußen hellte sich der Himmel auf, als mir das Tribunal noch einmal ein Geständnis nahe legte, was ich ablehnte, um »meine Seel nicht mit einer Lüge zu beschweren«.

»Mit Verlaub«, meldete sich Maurberger zu Wort, »alle schwören, Herrn von Merhoffen zwar nicht von Angesicht gesehen zu haben, sich aber an eine ähnliche Gestalt – kleiner oder größer – zu erinnern. Das alles bestreite auch ich nicht! Die Frag ist doch, welche *conclusionem* daraus zu ziehen ist, ob man der Erklärung eines Edelmanns glaubt oder nicht. Um einem geachteten Herrn Missetaten in die Schuhe zu schieben, braucht man nichts weiter als ein Wams, lockt ihn zum Ort eines Überfalls und macht am End mit einem Degenstich auf einen Wehrlosen alles perfekt.«

»Nicht so hastig, *domine advocate*«, antwortete der Stimmeister, »unbestrittenes Factum ist, dass er bei zwei Überfällen vor Ort war, in Besitz von Diebsgut war und außerdem Umgang mit landbekannten Verbrechern hatte, wie aus diesem Brief an einen der Anführer der Räuberrotte zu ersehen ist!« Zum Putz hielt mein Schreiben hoch, das der Henkerswirt dem Silbernen Gerg einhändigen sollte, was er stattdessen aber wohl den Kölnern übergeben hatte.

Mein Fürsprech sprang auf, um das Blatt, das bisher keine Rolle gespielt hatte, in Augenschein zu nehmen.

»Hier steht nur, Herr von Merhoffen bittet einen Freund um ein Gespräch. Kein Adressat!« Achselzuckend gab er den Brief zurück.

»Das war der Silberne Gerg, einer der Raubgesellen, der sich wohl auch Justus nennt«, belehrte ihn zum Putz.

»Wer behauptet das?«, fragte mein Fürsprech.

»Der Wirt, der den Brief hatte«, der Stimmeister sah mich eindringlich an, »und wenn dem wohlgeborenen Herrn die Wahrheit so am Herzen liegt, wird er's bestätigen!«

Alle Augen richteten sich auf mich, wobei Maurbergers Blick ängstlich flehte.

»Ich habe bisher stets die Wahrheit gesagt und so will ich's weiter halten«, erklärte ich, »ja, der Brief war an den Mann, den man den Silbernen Gerg nennt. Allerdings sind er und der Justus zwei verschiedene Männer. Der Silberne Gerg hat mir einmal das Leben gerettet. Ein Zufall führte uns nach langer Zeit wieder zusammen. Er kam viel herum und ich hoffte, er wisse etwas über die Mordgesellen.«

»Ha, dass der Umgang mit dem Gesindel keineswegs Zufäll waren, wie der Herr uns immer glauben machen will, wird die nächste *confrontatio* zeigen«, rief ein Turmmeister, wozu der Stimmmeister stumm nickte.

Scheu jeden Fuß vor den anderen setzend, als liefe er neben einem Haifischteich, betrat ein halbwüchsiger Junge mit widerspenstigem Haar den Raum. Er vermurmelte seinen Namen so, dass der Stimmeister ihn aufforderte, sich verständlicher zu äußern. »Simon Inhäuser« verstand ich. Es war der Fuhrknecht des Hendrick de Vriesz, der mich damals zu dem grauenhaften Ort des Überfalls geführt hatte. Gefragt, ob er mich erkenne, drehte er sich nur kurz nach mir um und nickte sofort. Das war dem Stimmeister zu wenig und er musste mich ein zweites Mal mustern. Stockend erzählte der Junge, ein Mann, der sich Justus Schiffer nannte, habe sich ihrem Kaufmannszug angeschlossen. Dieser Halunke habe sie in einen Hinterhalt gelockt. Simon sei dem Tod nur entronnen, weil er rechtzeitig ins Gebüsch gesprungen sei. Von da hätte er gesehen, dass der Justus Schiffer auf Kisten gedeutet habe, die auf den Wagen geladen wurden, mit dem die Räuber später fortgefahren seien. Auf die Frage, ob er mich bei dem Überfall gesehen habe, schüttelte er den Kopf.

»Und wann hast du den Herrn hinter dir zum ersten Mal gesehen?«, fragte der Turmmeister, musste aber die Frage wiederholen, weil Simon schwieg.

»Ja«, flüsterte er endlich, »ich hab ihn vorm Überfall mit dem Justus gesehen.«

»Ja? Wann? Sprich!«, forderte ihn der Stimmeister auf.

»Mein Fuhrmann traute dem Justus nit und sagte mir, ich sollt den im Aug behalten. Am Tag vor dem End unserer Reis' wollte der Justus nach den Pferden sehen und ich schlich ihm nach.«

»Und? War er bei den Pferden?«

»Nee, er lief ins Feld. Nach einer Weil', blieb er stehen und hat mehrere Tön' gepfiffen. Aus einem Wäldlein kam die Antwort mit gleichen Tön' und der Herr von Merhoffen kam geritten.«

»Du hast ihn genau erkannt?«, fragte der Stimmeister.

»Ei ja!« Simon lachte, er hatte sich in Eifer geredet. »Wie die so schwatzten, bin ich zum Justus hin und hab gesagt, er sollt zum Fuhrmann kommen. Da sah ich dat Gesicht des Herrn da«, er deutete auf mich, »vom Justus bekam ich eine Maulschell'. Dat war schlechter Lohn.«

»... und dies hier ist ein schlechter Dienst, Bube«, rief ich, »denn das ist eine freche Lüg. Und das weißt du! Du sollst kein falsches Zeugnis ablegen ist das achte Gebot ...«

»Der Verhaftete hat kein Recht, den Zeugen zu unterbrechen«, polterte ein Turmmeister los, »wir waren so großmütig, den Herrn hier zu belassen, damit er sieht, was die Glock geschlagen hat. Aber er dankt das mit *Impertinenz*!«

»Der Verhaftete soll sich nun jeder ungefragten Äußerung aufs strengste enthalten, sonst nehmen ihn die Turmknechte in ihre Obhut«, wies mich der Stimmeister zurecht und wandte sich wieder an Simon, »und du, lieb's Kind, fahr fort. Sag die Wahrheit!«

»Ja, aber dat war alles«, erwiderte Simon einsilbig.

»Hast du's deinem Herrn erzählt?«, fragte der Stimmeister.

»Nee!«

»Und warum nicht?«

»Ja«, Simon dachte nach und sagte dann: »Der Justus war sehr zornig und hat gesagt, Lauscher täten ein übles End nehmen. Dann gab er mir ein *Fettmännche* und er versprach mir ein' Taler, wenn ich die Sach nit wie ein dumms Waschweib gleich ausplaudern tät.«

»Und hast du den Taler erhalten?«

»Nee, und jetzt bekomm ich auch nichts, weil ich's ja ausgeplaudert hab«, erklärte er treuherzig.

Der Knabe war keineswegs so naiv, wie er sich gab, denn im Hinausgehen warf er mir einen verblüffenden Blick zu, voller Erleichterung und Triumph.

»Der Zeuge hat sich erst vor kurzem gemeldet, was den ehrsamen Rat bewogen hat, wegen dieser neuen *indices* den Herrn noch weiter in Haft zu halten«, erklärte der Stimmeister.

»Salva venia, ehrsame Herren«, Maurberger schüttelte nachdenklich den Kopf, »dieser Zeuge lässt sich leicht ein X für ein U vormachen. Vielleicht hat ihm jetzt einer zwei Taler versprochen, damit er einen Edelmann denunziert.«

»Es war doch alles glaubhaft«, knurrte ein Turmmeister.

»Nun ja, der Reiter aus dem Wald, der auf einen Pfiff hin angeritten kommt, klingt wie ein Märlein«, widersprach Maurberger, »man glaubt einem Buben, der für ein Fettmännchen schweigt oder redet...«

»*Domine advocate*«, fiel ihm der Stimmeister ins Wort, »wir wollen's gern glauben, wie's der Verhaftete erklärt, nur sind's zu viel Zufäll. Vor allem ziehen seit der Turmhaft des Herrn die Kaufleut unbehelligt durch Kurköln und der Rat muss auch in Zukunft Unschuldige schützen. Wir haben, weiß Gott, alles wohl erwogen, aber die Vorfäll, die gleich vier Zeugen unter Eid bestätigen, binden uns die Hände. Da erwiesen ist, dass der Verhaftete ohne Zweifel den Anschlag auf den hochgeachteten Herrn Nicolaus Levenbergh verübt hat, item begründeter Verdacht besteht, dass er den grausamen Anschlag auf Herrn Hendrick de Vriesz begangen hat, bei denen zusammen drei Knechte hingemordet wurden, liefert der ehrsame Rat den Verhafteten Freiherr Christoph Salentin Sechem von Merhoffen dem Hohen Weltlichen Gericht des Erzbischofs und Kurfürsten des Erzbistums Köln aus. Gott sei seiner Seel gnädig…«

»Nein, salva venia, nein«, rief Maurberger dazwischen.

»Was protestiert Er schon wieder, Teufel auch! Er ist wahrhaftig ein elender Protestant!«, brüllte einer der Turmmeister. Maurberger schoss das Blut in den Kopf. Zum Putz hob würdevoll die Hand und bedeutete meinem Fürsprech, seinen Einspruch zu begründen.

»Ehrsame, hochgeachtete Herren«, begann dieser atemlos, »ich bitte meinen Ausbruch gütigst zu entschuldigen und hoffe auf gnädiges Wohlwollen.«

Die Turmherren nickten huldvoll und Maurberger zwang sich zu einem dankbaren Lächeln.

»Ehrsame Herren, dies ist ein ganz besonderer *Casus*, der auch einer besonderen Behandlung bedarf.«

Er machte eine Pause. Ich hing an seinen Lippen, begierig, die nächsten Worte dieser blutleeren Juristensprache zu hören, deren Formeln mich immer bis in die Knochen gelangweilt hatten und die jetzt über mein Leben entscheiden sollte.

»Es ist Usus, dass der Rat einen Verhafteten nur nach einem Geständnis an das Hohe Weltliche Gericht ausliefert und an einem Geständnis mangelt es hier. Ergo ist der Verhaftete auf freien Fuß zu setzen.«

Der Turmmeister, der meinen Anwalt eben noch getadelt hatte, riss bestürzt die Augen auf.

»Ihr habt in einem Punkt recht«, erwiderte der Stimmeister ungerührt, »ein besonderer Fall bedarf besonderer Behandlung. Da der Verhaftete keiner *Peinlichen Befragung* ausgesetzt wurde, war in diesem *Casus* auch kein Geständnis zu erwarten. Üblicherweis' liefert der Rat nur solche Verhaftete an das Hohe Weltliche Gericht, die gestanden haben. Nach Reichsrecht ist's jedoch ausreichend, wenn zwei unbescholtene, ehrsame Zeugen beeiden, dass sie einen Angeklagten in flagranti gesehen haben. *In hoc casu* sind es sogar drei und mehr Zeugen. Bei diesen Factis ist ein Todesurteil zu erwarten und der Verhaftete muss vor ein Gericht gestellt werden.«

»Nur ist's nicht statthaft, ohne weiteres von einer Übung abzuweichen«, beharrte Maurberger, »ohne Geständnis kann der Rat pro forma nicht von der Schuld überzeugt sein.«

»Das ist eine Frag, *domine advocate*, über die sich die Gelehrten die Köpf zerbrechen mögen«, wiegelte zum Putz ab, »es ist just der Beschluss, den der Herr mit der angekündigten Klag vorm Reichshofrat gegen die Reichsstadt Köln erstrebt. Nun hat er ihn, auch wenn er ihm wenig gefällt.«

»Wenn's die hochweisen Herren so entschieden haben, so erweise ich dem dienstschuldigst meine Ehrerbietung«, gab Maurberger nun großzügig schon längst verlorenes Terrain auf, »dennoch sollte der Herr vor ein standesgemäßes Gericht gestellt werden.«

»Auch dies ist bedacht«, seufzte zum Putz, »es wird wie folgt verfahren: Der Verhaftete wird dem Hohen Weltlichen Gericht des Kurfürsten in Köln ausgeliefert, das ihn einem standesgemäßen Gericht in Bonn überstellt.«

Bonn also! Erleichtert atmete ich auf.

»Der Verhaftete soll sich aber nicht einbilden, er käme damit eilends frei«, trumpfte einer der Turmmeister auf. »Nach Bekunden des Kanzlers wird man mit ihm auch in Bonn hart ins Gericht gehen und mit den Zeugen wird er dem Scharfrichter kaum entgehen.«

Es machte mir nichts, wieder in eine fensterlose Kammer gebracht zu werden, denn die Aussicht, bald aus den Klauen des Rates befreit zu sein, ließ mich hoffen. In Bonn konnte mir mein Schwager Andreas Frohen helfen und der Kanzler Peter Buschmann kannte mich. Dort hatte man mir geglaubt und man würde sich jetzt nicht selbst Lügen strafen.

Die Tür öffnete sich. Ein Turmknecht steckte einen Kienspan in einen Wandring und Maurberger trat ein.

»Man war so gnädig, mir zu erlauben, Lebwohl zu sagen«, schlug er einen aufmunternd frischen Ton an, während hinter ihm die Tür verriegelt wurde.

»Das Urteil war schon zu Beginn gefällt?«, fragte ich.

»Ja, eine üble Intrige!«, sagte er, mit tiefem Bedauern in seiner Stimme, »die Gaffeln, allen voran die der Kaufleut, fordern die Hinrichtung und alle verzweifelten Bemühungen des Herrn Schwiegervater waren vergebens.«

»Man fürchtet wohl, dass ich, sobald ich in Freiheit bin, jeden Kaufmann wie ein tollwütiger Hund anfalle. So hatte der hochweise Rat wohl keine andere Wahl.«

»Das ist's nicht allein. Man will dem Kaiser das Unvermögen des Kurfürsten vor Augen führen, Schuldige abzuurteilen. Der Kölner Rat will an die Stelle des kurfürstlichen Hohen Weltlichen Gerichts sein Gericht setzen. Wenn *Justitia* dem Kurfürsten genommen wird, hat er hier keine Rechte mehr und Köln ist unanfechtbar freie Reichsstadt.«

»Das wird der Kurfürst zurückweisen«, wandte ich ein, »in seiner Apologia hat er deutlich gesagt, dass er alle Rechte Kölns als freie Reichsstadt für null und nichtig erachtet.«

»Ja, aber das war vor fünf Jahren.« Er seufzte.

»Kurz und bündig, man wird mich in Bonn hinrichten, um den Kölnern zu zeigen, wie ernst der Hofrat die Belange der Stadt nimmt und dass man auch Edelleute nicht schont.«

»Das ist sehr drastisch gesagt.« Er senkte den Kopf. »Andererseits ist's auch gut möglich, dass der Kurfürst zu seiner ersten Entscheidung steht, Euch freilässt und so den Kölnern umso nachdrücklicher zeigt, wer Herr im Haus ist.«

»Dazu sagt der *advocatus diaboli*, dass er den Krieg verloren hat, wenn die Überfälle wieder beginnen.«

Er wiegte den Kopf: »Man muss sehen, wohin der politische Wind weht. Ich dachte, nur die rechtswidrige Haft anprangern zu müssen, um den Herrn zu befreien. Aber der Rat hat sich jetzt mit dem Kurfürsten geeinigt. Nun rügt der Kurfürst nicht einmal die Anmaßung des Justizrechtes der Kölner.« Seine schmalen Lippen lächelten mühsam und im schwächer werdenden Fackelschein verlor sein Gesicht die übliche Maskenhaftigkeit, als er sagte: »Es war mutig, sich zu dem Brief an den Silbernen Gerg zu bekennen, auch wenn's mich wenig gefreut hat.«

»Nur mein Leib ist in ihrer Gewalt, nicht meine Moral.«

»Ich hätte gerne mehr für Euch erreicht.«

»Für mich ist's ein Sieg gegen die Willkür«, beruhigte ich ihn, »ich kann wieder hoffen. In Bonn wird man mich wohl bei meiner Schwester unter Arrest halten und die schmähliche Turmhaft bleibt mir erspart.«

»Ja, vielleicht!«

Wie ein störrisches Kind starrte er zu Boden, bevor er mich wieder ansah. »Ich wollte Euch danken für die Hilf damals, als ich noch ein elender Karrelzieher war. Ihr habt mich auf eine andere Bahn gebracht.«

»War's denn die richtige?«

»Nun ja! Die Studien im Tricoronatum waren der Himmel«, er lächelte versonnen, »die Messen aber waren die Hölle! Und so ist's bis heut geblieben. In der Messe fühle ich mich manchmal als Verräter, manchmal wie ein Heuchler, aber immer wie ein Fremder. Mein verehrter Stiefvater hatte recht. Er sagte, vieles dürfe man dem Wohlergehen opfern, nur niemals die Seele. Warum Christen andere Christen verfolgen, nur weil sie den Papst ablehnen, auf andere Art das Abendmahl feiern, verstehe ich nicht.«

»Warum wird Er nicht wieder protestantisch? Von dem Ausweisungsdekret unkatholischer Bürger macht der Rat ja keinen Gebrauch mehr.«

»Man duldet reiche Protestanten, die den Stadtsäckel füllen. Aber wer vertraut sich einem geduldeten Advokaten an? Nun, es freut mich von Herzen, zu Diensten gewesen zu sein. Soll ich dem Herrn Schwiegervater etwas sagen?«

»Ich möchte ihn bitten, für die Bemühungen meines Fürsprechs noch etwas auf das Salär draufzulegen.«

»Nein kein Salär, es war ein Freundschaftsdienst!«

»Lieber Fürsprech! Es gibt keine Freundschaftstaler. Freundschaften kommen aus dem Herzen. Die Courage für mich gegen das Stadtregiment einzutreten, war ein Freundschaftsdienst, das andere aber bleibt ein Geschäft. Das Angebot der Freundschaft nehme ich aber gern an.«

Ich streckte ihm die gefesselten Hände entgegen. Wortlos drückte er sie. Während die Fackeln verglühten, nahm er mir die Stricke ab und wir saßen schweigend im Dunkeln.

»Gott behüt Euch, lieber Freund!«, verabschiedete er sich.

»Lebwohl!« Ich umarmte ihn und er murmelte ein bedrücktes »Gott helf Euch, Gott segne Euch«.

Er ging, allerdings in die falsche Richtung und fiel mit einem leisen Fluch auf mein Strohlager.

»Der Herr Advokat wollte doch gehen oder gefällt's ihm so gut hier, dass er mit mir das Bett teilen will?«, scherzte ich, half ihm auf und führte ihn zur Tür, gegen die er schlug.

»Könnt Ihr in der Dunkelheit sehen?«, fragte er.

»So weitläufig ist mein Gemach nicht, dass ich mich darin verirren könnt!«

Ohne Erbarmen ließ man mich elf Tage in der schwarzen Totenstille des Bayenturms. In einem Anfall von Wahnwitz griff ich einen Turmknecht an. Sein Begleiter drückte mir die Gurgel zu, bis ich in die Knie ging. Auf meinem Kopf hatten sich viele Sippschaften Läuse angesiedelt, die hinter den Ohren Hochzeitsschmäuse abhielten, weil es dort am schlimmsten juckte. Mein Tod im Turm war wohl nicht nur den Kölnern willkommen, sondern auch dem Kurfürsten. Der politische Wind mochte wehen, wohin er wollte, für mich stand er nie günstig.

❧ August 1665 ❧

Am zwölften Tag in meinem Verlies brachten mich die Turmknechte in die Wachstube, wo mich der wortkarge Mann erwartete, der mich aus dem Frankenturm geholt hatte. Draußen dämmerte es, aber ich war hellwach, froh, der Qual der ewigen Finsternis entronnen zu sein. Der Mann saß, die Beine weit von sich gestreckt, an einem Tisch, auf dem verstreut Spielkarten lagen. Ohne Zeit für eine Begrüßung zu verlieren fragte er: »Kann er reiten?«

»Mit wem hab ich die Ehr?«, erkundigte ich mich artig.

»Nur ich stell die Fragen!«, blaffte er.

»Wenn der Herr die Höflichkeit besitzt, die Frag…«

»Verflucht, was erlaubt Er sich!« Er schlug auf den Tisch. »Er weiß sehr wohl, dass ich Commissarius bin im Auftrag des ehrsamen Rates. Also?«

»Nun gut, Herr Beauftragter, jeder Edelmann kann reiten!«

»Ach ja, als Adam grub und Eva spann, wo war denn da der Edelmann?«, sagte er verächtlich.

»Ja, das waren paradiesische Zeiten, da gab's noch keinen Magistrat mit aufgeblasenen Gewaltdienern.«

Er sprang auf und hätte mir fast ins Gesicht geschlagen.

»Bindet ihn mit Lederriemen. Aber recht fest, damit der Grobian Manieren lernt!«, befahl er.

Ehe ich mich versah, trampelte ich, an den Händen gefesselt, die ausgetretenen Stufen des Bayenturms hinunter und saß bald auf einem stämmigen Apfelschimmel, der allerdings seine feurigen Zeiten schon lange hinter sich hatte. Wir ritten – der Commissarius vorneweg, dann ich mit zwei Knechten neben mir und einem weiteren dahinter – zur »Hacht«, dem kurfürstlichen Gefängnis, einem heruntergekommenen Bau, den eine Justitiastatue krönte. Mir graute vor dem feuchten Verlies, das mich jetzt wohl erwartete. Aber der Commissarius suchte dort nur jemanden auf. Anschließend ritten wir zur Hahnenpforte, einem in Richtung Bonn gelegenen Tor, wo ich dankbar ein Stoßgebet zum Himmel sandte.

Im Morgengrauen waren die Straßen noch menschenleer und die Stadttore geschlossen. Nach mehrmaligem Pochen erschien das verschlafene Gesicht einer Wache, aus deren Mund uns gleich entgegenscholl: »Die Pfort ist noch zu!« Der Beauftragte wischte dem verdutzten Mann mit einem gesiegelten Papier übers Gesicht, woraufhin dieser im Innern des klobigen, zinnenbewehrten Stadtturms verschwand und das Tor öffnete. Der Commissarius spähte hinaus, als erwarte er noch jemanden. Wir stiegen ab und ich las einen Aushang mit einem Edikt des Rates gegen die »Contagion und pestilenzialische Krankheit«, die einige Bürger Kölns in diesen Tagen heimsuche. Der Rat ordnete an, dass an jedem Haus, in dem eine Person an einer solchen Krankheit gestorben sei oder der Verdacht hierfür bestehe, ein erkenntliches Zeichen nebst den Worten »*Salvator Mundi Salva Nos*« aufgenagelt werden müsse; jeder offene Laden in einem Pesthaus sei zu schließen und man solle sich mit Essigwasser oder wohlriechenden Stoffen vor den schädlichen Miasmen der Erde schützen. Die Gassen seien reinlich zu halten und Kleider von Pesttoten dürften nicht verkauft werden. Im Dämmerlicht waren mir einige Häuser mit Schildern über der Tür aufgefallen, deren frisches Weiß sich dem Auge aufdrängte. Ein Schauer lief mir über den Rücken und ich war froh, endlich die Stadt verlassen zu können, aus deren Gassen todbringende Dämpfe aufstiegen. Bevor man mich in eine Kammer im Turm der Hahnenpforte sperrte, entnahm ich aus Gesprächsfetzen, dass wir auf kurkölnische Abgesandte warteten. Es schlug zehn, als man mich aus dem Gefängnis holte. Der kurfürstliche Abgesandte, in einem Lederkoller, schielte und hatte ein grobes, aber gutmütiges Soldatengesicht. Sein Knecht befreite mich von den Fesseln. Und dann, hinter dem Hahnentor, betrat ich das Paradies: die freie Luft, das weite Land, die Wärme der Sonne, die Bewegungen des Pferdes. Die Vielfalt der lichtdurchfluteten Farben, die Lebendigkeit der sich leicht im Wind wiegenden Gräser und Bäume überwältigten mich – den aus dem Grab Auferstandenen. Ich kniff die Augen zusammen, weil nach der ewigen Nacht der Glanz der Sonne schmerzte. Mein Hut war mir ja in der Kölner Fastnacht gestohlen worden und so ritt ich barhäuptig durch die Hitze eines Hundstages. Ich legte mir den Mantel über den Kopf und sah wohl wie eine Nonne aus. Nur so und mit halb geschlossenen Lidern war die Helligkeit erträglich. Wir trabten den Treidelpfad am Rhein entlang. Während meine Kölner Begleiter in gespanntem Schweigen aus allen Richtungen Gefahr zu wittern schienen, erzählte der kurfürstliche Abgesandte lauthals Reisegeschichten.

»Sapperment, was gibt's in *Neu Zembla* für merkwürdige Tiere«, schwafelte er, »Affen mit zwei Köpf, mannsgroß – ich hab sie mit diesen meinen Augen leibhaftig gesehen. Da wachsen Blumen, über und über mit Blüten bedeckt, aber fleischfressend.«

»Blumen?«, fragte ein Kölner, »da ist doch nur Eis und Schnee.«

»Sapperment, hol mich, brat mich!«, fluchte der Kurkölner. »Ja, im Winter ist's jammerkalt, dat verschlafen die Affe' in Erdlöchern, über die sich klafterweis' Schnee türmt. Aber im Sommer ist's noch heißer wie heut. Dann blühen die Riesenblumen, die dir den Arm wegschnappen. Hier! Mein Fleisch war schon eingesoge'.«

Er streifte einen Ärmel zurück und zeigte eine riesige Brandnarbe, die seinen Gesprächspartner wohl überzeugte, denn er schluckte auch, dass es in Rom einen Heringsmarkt gäbe, Zitronen in England wüchsen und die bankrotten Spanier die Kunst des Goldmachens verstünden. Der Commissarius des Kölner Rates, dem durch die nachlässige Art seines kurfürstlichen Kameraden ohne Streit die Führungsrolle zugefallen war, bat ihn einmal, doch zu schweigen, woran sich jener nur kurz hielt, bevor er mit seinem »Sapperment« den Faden wieder aufnahm.

Wir kamen an einem Galgenplatz vorbei und scheuchten Rabenvögel auf, die sich an dem Leichnam eines auf das Rad gebundenen Räubers in luftiger Höhe gütlich taten. Ein Gehängter, dem das Fleisch um den Mund herum halb weggefault war und dessen Blick aus leeren Augenhöhlen ins Unendliche ging, verbreitete Verwesungsgeruch. Die beiden anderen Galgen warteten noch auf Kundschaft. Zum ersten Mal während des Rittes sah mir der Commissarius ins Gesicht und grinste. In Sichtweite dieses schönen Platzes beschloss er, einen Imbiss einzunehmen. Da alle nach einer Rast lechzten, nahm niemand Anstoß an dem wenig einladenden Ort. Man aß und trank im Schatten eines Baumes, wobei man auch mich versorgte. An Händen und Füßen gefesselt und von einem Knecht bewacht, saß ich abseits nahe beim Rhein. Das träge fließende Wasser glänzte und wenn der Sommerwind nicht den sumpfigen Flussgeruch herangefächelt hätte, der mir immer noch Ekel verursachte, hätte ich mich in die Fluten gewälzt. Stattdessen schüttelte ich Läuse aus meinen Haaren. Abgesehen von der Läusepest hatte ich erstaunlich wenig Ungeziefer an mir. Vier Reiter kamen den Treidelpfad entlang und gesellten sich zu meinen Bewachern. Sie luden zu einem guten Schluck ein, was der kurfürstliche Abgesandte freudig annahm, worauf sich der widerstrebende Kölner notgedrungen anschloss. Angesteckt von der allgemeinen Fröhlichkeit entglitten mein Bewacher und ich dem wachsamen Auge des Commissarius. Mein »Leibwächter« wollte sich nun gleichfalls das Leben versüßen. Er befreite mich von den Fußfesseln, schlang das Lederband um meinen linken Arm und zog mich wie eine Kuh am Halfter zum Fluss, wo wir die Füße ins kühle Wasser hingen. Hinter uns rief der kurfürstliche Abgesandte lauthals, er sei von Frankreich nach England geschwommen und wer's nicht glaube, dem wolle er seine Schwimmkunst zeigen. Unter dem Grölen der Saufkumpane stolperte er nur mit der Hose bekleidet dem Rhein zu. Einer der Ankömmlinge, ein hochgewachsener Mann, versuchte ihn aufzuhalten, stachelte aber mit seinen Bitten, das Wagstück zu lassen, den Ehrgeiz des Angetrunkenen nur noch mehr an. Kaum planschte der Narr im Wasser, kümmerte sich die Saufgesellschaft nicht mehr um ihn. Aufgeregt wandte sich nun der fürsorgliche Mann an meinen Bewacher und bat ihn, den Herrn doch an Land zu bringen.

»Dat ist nit min Herr!«, lehnte der Kölner brüsk ab.

»Aber man kann ihn doch nit einfach ersaufen lassen.«

»Ich kann nit schwimmen und bewach den Gefangenen.«

»Schwimmen kann der auch nicht«, beharrte der Besorgte, »Gott, er steht schon bis zum Bauch im Wasser, tu ein gutes Werk für dein Seelenheil und rette sein Leben!«

Der Knecht schüttelte den Kopf. Da hielt der Fremde eine Münze hoch. Was der gute Mann nicht für sein Seelenheil tat, machte er allzu gern für ein Fettmännchen. Eilfertig sprang er ins Wasser und watete auf den Betrunkenen zu.

»Ich hätte nie gedacht, dass dies so einfach ist, Herzbruder!«, sprach mich der Fremde an – da erst erkannte ich meinen älteren Bruder Georg Heinrich, edel herausgeputzt.

»Teufel, du wagst dich in die Höhl' des Löwen!«, begrüßte ich ihn, »hast du den Aufschneider ins Wasser gejagt?«

Er nickte und beobachtete, wie der Knecht versuchte, den Betrunkenen zum Ufer zu dirigieren.

»Das kann für ihn tödlich enden«, sagte ich.

»Eine Heldentat mehr, ein Narr weniger«, er zuckte gleichgültig mit den Achseln. »Aber ich wag nicht Kopf und Kragen für artige Plauderei, sondern will wissen, ob der Herr fliehen will.«

»Wie? Jetzt?«

»Wann sonst? Auf mein Zeichen schlagen meine Freunde dort die Stadtkölner nieder und die Kurkölner kenne ich. Die leisten keinen großen Widerstand!«

»Nein! Ich bin unschuldig.«

»Nein?« Er sah mich erstaunt an: »Sie werden dich hinrichten, Herzbruder, wie unschuldig du auch bist!«

»Das denke ich nicht und auf der Straß will ich nicht mein Leben fristen.«

»Ich habe einen Bauernhof, wo man gut lebt. Gütiger Gott, komm, es bleibt keine Zeit für langes Überlegen!«

»Danke! Mein Weib, meine Tochter warten auf mich.«

»Verflucht, Christoph, nichts als der Tod wartet! Die Frau Gemahlin hat sich schon längst mit unserem würdigen Herrn Bruder getröstet, der schon der neue Herr ist …«

»Das ist nicht wahr!«, brüllte ich, ihn wegstoßend.

»Kennst du die Schwachheit der Weiber nicht?«

»He hola, was habt ihr für Händel!«, hörte ich die Stimme des Commissarius hinter mir, »Sackertürken, wer bewacht den Gefangenen! Raus aus dem Wasser, du Hurenhund!«

Ich spürte die Degenspitze des Commissarius im Rücken. Seine Befehle stellten in Windeseile die aus den Fugen geratene Ordnung wieder her, in die sich auch der inzwischen abgekühlte kurfürstliche Abgesandte fügte und nicht widersprach, als man mir die Handfesseln beließ. Unser Trupp war schon abmarschbereit, da flüsterte Georg Heinrich dem Ratsbüttel etwas zu, worauf der mürrisch nickte. Mein Bruder ritt zu mir und bot mir seinen Hut an.

»Bitte, nehmt dies als Entschuldigung für die groben Worte, die ich herzlich bereue«, verkündete er mit lauter Stimme. Als ich mich zu ihm hinüberbeugte und er mir den Hut auf den Kopf drückte, flüsterte er: »Es sind ein paar Münzen im Hut. Gott steh dir bei!«

»Danke für das großmütige Geschenk«, rief ich und raunte ihm zu: »Tausend Dank für die Treue, aber keine Hilfe mehr, selbst wenn ...« Der Satz blieb unbeendet, da wir lostrabten.

Wir verließen den Treidelpfad und nahmen einen kürzeren Weg. Der Hut leistete mir unschätzbare Dienste, denn die Sonne brannte unbarmherzig und erstickte sogar die vielen Worte, die dem redseligen kurkölnischen Abgesandten wohl noch auf den Lippen lagen.

Die Fesseln schnitten ein, scheuerten meine Haut blutig, meine Hände schwollen an und wurden taub. So gut ich konnte, bewegte ich die Finger und biss die Zähne zusammen.

Unweit von den Toren Bonns in der Nähe des Siechenhauses stellte sich uns eine Kette zerlumpter Leprosenbettler in den Weg. Sie hatten die Klappern von Aussätzigen in den Händen und wollten sich dafür, dass sie uns unberührt ließen, bezahlen lassen. Über den harschen Ton des Commissarius machten sie sich lustig, was ihn in Rage brachte. Während des Disputs erlaubte der kurfürstliche Abgesandte, dass man mir die Fesseln abnahm. Dann pflückte er einen unreifen Apfel, steckte ihn unter die Achsel und ritt nach vorne.

»Macht den Weg frei!«, kommandierte er.

»Hoho«, höhnte der Anführer des Bettelvolks, »aber erst, wenn wir's *Fettmännche* kriege. Wir han Aussatz! Und die Pest, die gibt's für Geizhäls noch umsonst obenauf.«

Er streckte die Hände aus und kam näher.

»Dat trifft sich gut«, rief der Kurkölner aus dem Sattel gleitend, »wir kommen geradewegs us Kölle und han auch die Pest. Da, meine Pestbeul«, er deutete auf die Ausbuchtung des Apfels unter seinem Wams und ging »putt, putt, putt« rufend auf die Jammergestalten zu. Die Bettler stoben auseinander. Dann drehte er sich um, breitete grinsend die Arme aus und der Apfel fiel herunter.

Das Kölner Tor in Bonn passierten nun die Kurkölner zuerst, während die Stadtkölner die Nachhut bildeten. Gleich neben dem Tor hielten wir bei den beiden runden Wehrtürmen der Stadtmauer mit den Spitzdächern. Ein Kurkölner klopfte nacheinander an die Türen der Türme, doch niemand öffnete. So zottelten wir weiter. Obwohl ich ungebunden war und die Zügel meines Pferdes in den Händen hielt, waren die Blicke der Passanten Stiche, die mir die Schamröte ins Gesicht trieben. Man kannte mich wie meine Begleiter hier nur zu gut. Zu allem Überfluss sprang einer der Bettler, die uns vor dem Tor aufgelauert hatten, neben mir her und brüllte, ich brächte die Pest.

Ich sah stur nach vorne und dann in den rosigen Abendhimmel. Hoch über mir jagten die Mauersegler. Ihre langgezogenen Rufen weckten in mir eine schmerzhafte Erinnerung an glückliche Tage. Der Blick auf die Bonner Windmühle, die mir immer, wenn ich aus Merhoffen kam, als erstes ins Auge gefallen war, da sie, auf der zurückliegenden Stadtmauer errichtet, über dem Festungsgürtel Bonns zu schweben schien, vermittelte mir das unsinnige Gefühl, gleich meine Schwester zu sehen. Der Ritt endete jedoch an dem

Ort, an dem er begonnen hatte – nämlich im Turm, diesmal im Turm neben dem Zollschlosstor am Rheinufer. Das alte Gemäuer hatte ich stets übersehen, weil der schlanke sechseckige Turm des Zollschlosses meinen Blick immer auf sich gezogen hatte. Gut, den Kölnern musste man dieses Szenario bieten, damit sie beruhigt abzogen. Doch auch nachdem sich die Tür hinter ihnen geschlossen hatte, stieß meine Bitte, gegen Kaution in das Haus meiner Schwester entlassen zu werden, auf taube Ohren.

»Ich habe Order, den Herrn hierher zu bringen. Mehr steht, leider Gott's, nit in meiner Macht«, bedauerte der kurfürstliche Abgesandte.

Kaum war er gegangen, stellte der Turmwächter Brot und Käse auf den Tisch in der Wachstube vor mich hin. Das war gewiss ein Privileg. Freundlich dankte ich dem schmächtigen Mann, der mit seinem graumelierten Wuschelkopf an einen Kobold erinnerte. Sein Gehilfe, ein halbwüchsiger Junge mit Namen Gierhart, wurde um Bier geschickt. Mein Blick fiel auf eine Schere, die auf einem Schemel lag. Ich ergatterte sie und schnitt mir die Haare ab, die von Läusen und Nissen durchsetzt sich zu dicken Strähnen zusammengefilzt hatten.

Der schwerhörige Turmwächter bemerkte erst, als er sich zu mir umdrehte, dass mein Haupthaar kurz wie ein Stoppelfeld im Herbst war. Nur hinten und an einer Schläfe war meine lange Lockenpracht noch stehen geblieben. Mit einem Aufschrei entriss er mir die Schere.

»Ich habe die Läusepest«, erklärte ich und holte wie ein Zauberer aus meinem Hut einen Taler, der unter dem Hutband versteckt war, den ich ihm anbot, »ich bitt, mir den Rest der Haare auch abzuschneiden.«

Der Kobold starrte auf das Silberstück, nahm die Schere und erfüllte meinen Wunsch.

September 1665

Die Zeit glückseliger Zuversicht war kurz. Ein dienstbeflissener Abgesandter des Amtmanns, ein Schreiber und ein vornehmer Herr, der es versäumte, sich vorzustellen, unterzogen mich zwei Tage nach meiner Ankunft in Bonn einem Verhör. Die Kölner hatten das Feld inzwischen gut bestellt, denn auch die Inquisitoren des kurfürstlichen Tribunals äußerten Zweifel, ob mein Gewährsmann, der Wirt, nicht doch von mir bestochen worden sei, um die Pfandnahme des grünen Wamses zu bezeugen. Daher lehnten sie auch meinen Wunsch, gegen Kaution in das Haus meiner Schwester entlassen zu werden, unerbittlich ab. Der Vornehme vertröstete mich auf den Gerichtstag, an dem das endgültige Urteil, die Definitivsentenz, wie er es nannte, gefällt werden sollte, was aber nicht »gar bald« wäre, weil die Pest alle Herren aus der Stadt gejagt habe. Als ich ihm vorhielt, bis zu einem fernen Gerichtstag im Turm vielleicht schon krepiert zu sein, versicherte er mir mitfühlend, dass der Kurfürst keinem Edelmann die Schande zumute, im Turm zu sterben. Um diesem schönen landesherrlichen Grundsatz Ausdruck zu verleihen, gebrauchte er viele, meines Erachtens zu viele Worte, denn je mehr Worte, desto weniger Taten. Man schickte mir auch einen Advokaten. Er gelobte, sich um meine Sache zu kümmern, was aber ein weiteres papierenes Versprechen war. Hatte sich der Kölner Rat noch bemüht, zumindest eine Rechtfertigung für meine Haft zu suchen, so schien man mich in Bonn gänzlich vergessen zu haben.

»Voce mea ad Dominum clamavi«, betete ich oft, ja, sang es auch. »Herr, ich schreie zu dir, meine Zuflucht bist du, mein Anteil im Land der Lebendigen, höre doch auf mein Flehen, denn bitterarm bin ich. Meinen Verfolgern entreiß mich, sie sind mir zu mächtig…« Der Psalm tröstete mich in den unzähligen Stunden elender Verlassenheit, obwohl meine Hoffnung auf das Kommen der »Gerechten« schwand. Ich war krank geworden und eine Erlösung durch den Tod schien bald wahrscheinlicher als eine Befreiung.

Meine von den Fesseln wundgescheuerten Handgelenke heilten nicht. Von Leibschmerzen und Durchfällen geplagt, wurde ich von Tag zu Tag schwächer, trotz der guten Kost, die mir meine Schwester zukommen ließ. Ich vermutete schon, die Speisen seien vergiftet, weil es mir nach den Mahlzeiten besonders übel ging. Der Turmwächter holte den Henker, zu dessen Aufgaben es zählte, sich um kranke Gefangene zu kümmern. Der Mann hatte sich ein mit würzigen Essenzen getränktes Tuch vor das Gesicht gebunden. Er bat mich, mein Hemd hochzuschieben und fragte, ob er mich berühren dürfe. Ich lachte und antwortete, auf die ehrbaren Bürger anspielend, die jede Berührung mit einem »Unehrlichen« vermieden: »Nur zu, Meister Hans, meine Handwerkerehre ist schon lang verloren.«

»Ihr würdet Euch wundern«, sagte er, während seine breiten Hände behutsam meinen Leib betasteten, »Ihr würdet Euch wundern, wie viele ehrsame Leut sich heimlich um meine Heilkünst' bemühen.« Er nahm das Gesichtstuch ab und stellte fest: »Die Pestilenz habt Ihr nit.«

»Das hab ich auch nicht angenommen!«

»Der Turmwächter hat mich gerufen, weil Ihr über Hauptschmerz klagt – so beginnt oft die Pest und in der Stadt läuft's Gerücht um, Ihr habt die Pest«, plauderte er, während er meine Handgelenke besah.

»Was sagt man denn?«, fragte ich.

»Ihr habt die Pest in die Stadt gebracht und sie geht erst wieder, wenn Ihr fort seid.«

»Oder tot bin?«, ergänzte ich, worauf er schwieg und Gierhart, dem Helfer des Turmwächters, befahl, Wasser zu holen. Seinen Worten entnahm ich, dass Gierhart sein Sohn war und sagte etwas Freundliches über den Jungen.

»Ach was«, der Scharfrichter machte eine wegwerfende Handbewegung, »aus dem Verrecklich wird nichts. Seine beiden Brüder sind aus ganz anderm Holz, aber seine Arme sind dünne Zweiglein und schon beim ersten Schrei bei der *Peinlichen Frag* rennt er fort. Feinmaler will er sein, nur, wer nimmt den Sohn des Henkers in die Lehr. Ein armer Maler aus Holland hat ihm einiges beigebracht. Er zeichnet recht zierlich, nit wahr, mein Sohn?«

Gierhart war mit einem Krug Wasser zurückgekehrt, in den der Scharfrichter Essig schüttete.

»Wenn der Herr will, zeichne ich ihn«, bot er mir an, während sein Vater meine Handgelenke wusch. Das Essigwasser bereitete mir heftige Schmerzen, die langsam nachließen, nachdem er die Wunden mit honiggetränkten Tüchern verbunden hatte.

»Narben werden bleiben«, sagte der Scharfrichter, »gegen die Leibschmerzen sollt der Herr vor jeder Mahlzeit einen Löffel von der Arznei nehmen, die ich dem Turmwächter geb.«

»Und, wie steht's um mich?«, fragte ich, um meine Gesundheit besorgt.

»Dat entscheiden die Herrn, die über Euch Gericht halten«, erwiderte er, meine Frage missverstehend, »aber wenn Ihr verurteilt werdet, so müsst Ihr nit bang sein, denn jede Enthauptung von mir war glatt mit ein' Streich. Ihr werdet nit viel leiden, dat kann ich versprechen.«

»Oh, ich hoffe, diese Dienste nicht in Anspruch zu nehmen!«

»Aber Edelleut werden enthauptet und nit gerädert oder gehenkt!«

»Am liebsten ist mir weder das eine noch das andere!«

»Gut, dat nehme ich ganz und gar nit übel«, er lachte.

Die Handgelenke heilten, doch die Arznei half nur kurz, dann nahm meine Schwäche wieder zu.

Aus einer Welt kommend, die mich vergessen hatte, ergoss sich das Sonnenlicht wie ein Wasserfall durch das winzige Fenster über mir in die Dunkelheit meines Turmgefängnisses. Ich saß auf dem Boden in dem Lichtschein und hörte draußen die Rufe der Mauersegler. Die drei Zeichnungen, die Gierhart von mir angefertigt hatte, lagen ausgebreitet vor mir. Sie waren erstaunlich kunstfertig und gerade in ihrer Meisterschaft erschreckend. Ein fremdes, hohlwangiges Wesen mit übergroßen Augen blickte mir entgegen. Gnadenlos ließ das kurze Haar die fleischlose Knochigkeit meines Antlitzes hervortreten.

Die übrigen Bilder waren nur wenig besser: ein stolzerer Blick, ein angedeutetes Lächeln. Doch die magere Bitterkeit überdeckte stets die kleinen Zeichen der Hoffnung. Trotz meiner Hinfälligkeit hatte man meine Bewachung verschärft und dem Turmwächter den kräftigen Niklas zur Seite gestellt. Man wollte mir also keine Gelegenheit zur Flucht geben. Flucht? Ein Eingeständnis meiner Schuld! Trotzdem, warum nicht? Sollte sich Felicitas mit Philipp trösten. Er war so geschickt, unserem Namen wieder Geltung zu verschaffen und ich konnte in einem Kloster Unterschlupf finden. Ein stilles Leben mit Gott in Demut ... zu spät! Jetzt fehlte mir jede Kraft, meinen Peinigern über Stadtmauern und Wälle zu entkommen.

Mühsam stand ich auf und legte die Bilder auf den Stapel der Aufzeichnungen für mein Monatsbüchlein. Ein wenig Papier und ein Grabstein, das würde wohl bald alles sein, was von meiner Existenz zeugte. Das irrationale Fünklein Hoffnung, das jeder Atmende besitzt, hatte zwar auch ich, obwohl ich mir nicht vorstellen konnte, welcher Hilfe sich die himmlische Macht bedienen mochte, um mich noch zu retten. Wieder auf meinem Lager sprach ich ein Gebet. In der Einsamkeit war meine Nähe zu Gott gewachsen – mein einziger Verbündeter, der mit mir sprach, meine Not kannte.

Ich starrte noch auf meine Hinterlassenschaft, als Gierhart in Begleitung eines Jünglings eintrat.

»Mein Meister ist bei einer Kindstauf und ich bin Turmwächter, bis der Niklas wieder da ist«, verkündete er stolz, »und da darf der Gesell hier einmal zu Euch, aber wenn der Niklas kommt, muss er fort!«

Krachend schob er draußen den Riegel zu, so dass der mich anstierende Besucher zusammenfuhr.

»Gelobt sei Jesus Christus«, grüßte ich den Fremden.

»In Ewigkeit, Amen«, antwortete er, »ich bin's, Base Henrietta! Christoph Salentin?«

Ich streckte der als Mann verkleideten Henrietta die Hand entgegen, die sie scheu ergriff: »In welche Gefahr begibt sich das wilde Mädgen!«, warf ich ihr sanft vor.

»Keiner sonst hatte den Mut, dabei ist's so einfach, schon ein Vierteltaler reicht.«

»Oh ja, man kommt hier wie in eine Fischreuse leichtlich rein, aber schwer wieder raus!«

»Ich schon! Gott, der Herr Vetter sieht erbärmlich aus!«

»Ja, trotz guter Speis' und faulem Leben will ich nicht so recht Speck ansetzen«, scherzte ich.

»Eine Krankheit?«

»Ja! Das, was ich esse, gebe ich schneller wieder von mir, als mir lieb ist.«

»Wie lang geht das so?«, fragte sie besorgt.

»So präzis weiß ich's nicht, die Tage verschwimmen hier. Aber, liebe Base, wie geht's Lieb-Belle und Felicitas?«

»Felicitas ist mit Lieb-Belle bei Sophia und kämpft um die Freilassung, aber damit steht's nicht gut. Wegen der Kölner Protokolle glaubt kaum einer an Eure Unschuld. Der liebe Herr von Kolff gießt noch eifrig Öl ins Feuer der Widersacher.«

»Gott steh mir bei!« Ich zögerte, bevor ich die bittere Wahrheit aussprach: »Dann ist mein Tod beschlossen. Entweder ich sterbe hier oder werde hingerichtet.«

»Ja, manchem wär's lieb, wenn der Herr Vetter hier verscheidet, sonst müssen sie den Kölnern zum Gefallen einen Edelmann hinrichten. Man lässt sich deshalb gern Zeit mit dem Gerichtstag, meint Schwager Andreas.«

»Ach, daher hat Sie die Weisheit, die Sie mir so ungeschminkt präsentiert?«

»Ja, ich sage doch immer alles recht unverblümt, so ganz ohne Schleifen, Rosetten und Bänder, wie man's heutzutag so gern am Leib wie auf der Zunge trägt.«

Obwohl ich mich keinen Träumen hingegeben hatte, in so grellen Farben der Ausweglosigkeit hatte ich mir die Zukunft nicht ausgemalt. Henrietta sah sich meine Porträts an.

»Recht gut getroffen«, stellte sie bewundernd fest.

»Ja, auf jedem Totentanz wär ich ein guter Sensenmann.«

»Ja, der Tod ... perfekt und wahr!«

»Irgendein tröstliches Wort kommt meiner herzlieben Base heut wohl nicht über die Lippen?«

»Nein, ich will helfen, nicht jammern«, sie kam zu mir und nahm meine Hand, »mit dem Konterfei könnte ich vielleicht etwas ausrichten!«

»Eine Zeichnung soll die Türen meines Kerkers öffnen?«

»Sie soll die wenigen Freunde beim Hofrat aufrütteln. Solang noch kein Urteil gesprochen ist, muss der Kurfürst einem Edelmann die Gnad gewähren, außerhalb des Turms zu sterben.«

»Gnade?« Ich richtete mich auf. »Nein, keine Gnade ... es ist ein Recht: Ohne Urteil kann man mich nicht schmachvoll im Turm sterben lassen.«

»Ja, es ist ein Recht«, pflichtete sie mir bei.

Draußen wurde der Riegel zurückgeschoben – Gierhart winkte und Henrietta eilte mit meinem Porträt davon.

Eine Zeit der Hoffnung hätte wieder beginnen können, doch ich war zu matt, um noch Freude empfinden zu können. Am nächsten Tag traten zwei Herren an mein Krankenlager. Der eine fühlte meinen Puls, meine Stirn, schwenkte das Harnglas, während der andere nur meinen abgehärmten Leib betrachtete. Am folgenden Morgen suchte mich ein kurfürstlicher Commissarius mit einem Schreiber auf und eröffnete mir, dass ich wegen großer Schwäche gegen Kaution, die mein Eheweib bereits hinterlegt habe, freigelassen werde. Ich musste *Urfehde* schwören, mich wegen der erlittenen Haft an keinem zu rächen. Großmütig erließ man mir das Zehrgeld, da mich nach einem Tag meine Verwandten ohnehin versorgt hatten. Seltsamerweise musste ich nicht nur versprechen, mich in Kurköln für den Gerichtstag zur Verfügung zu halten, sondern auch, dass ich die Stadt gleich am nächsten Tag verließ. Man fuhr mich zu meiner Schwester. Gestützt auf einen Begleiter betrat ich das Haus »Zum Goldenen Sattel«, schleppte mich dann allein die Treppe hinauf und trat in die Stube, in der Sophia mit ihrer Stieftochter die Morgenschokolade trank. Sie hielt der vor ihr auf dem Boden spielenden Lieb-Belle eine Puppe entgegen. Kaum sah mich Sophia, stieß sie einen Schrei aus und ließ die Puppe fallen. Meine Tochter versteckte sich im Rock Sophias.

»Ich bin's!«, sagte ich. Dann verließen mich die Kräfte.

Als ich wieder zu mir kam, lag ich auf dem Himmelbett in der Stube. Neben mir saß Felicitas im Hauskleid. Sanft strich sie mir über das Gesicht. Ich schlang meine Arme um sie und wir küssten uns. Nach den bitteren Monaten genossen wir die rosigen Minuten des Glücks. Vergessen war der hässliche Handel, der uns zusammenführte, vergessen die heftigen Wortwechsel wegen tausenderlei Belanglosigkeiten. Die Hölle, durch die wir beide, wenn auch jeder für sich, gegangen waren, einte uns nun und in diesem Augenblick betraten wir zum ersten Mal ein Paradiesgärtlein.

»Wir müssen morgen fort«, flüsterte ich.

»Ja, ja, ich suche schon einen Schiffer«, antwortete sie.

»Mit dem Schiff nach Merhoffen?« Ich musste lachen.

»Nein, wir fahren nach Köln!«, entgegnete sie bestimmt.

»Nein, nicht Köln! Köln ist mein Tod ... Merhoffen.«

»Nein, in Merhoffen ist der Tod, denn dort gibt's weder Arzt noch Apotheker.«

»Entgin wird helfen ...«, hauchte ich.

»Entgin kuriert Bauern.« Sie nahm meine Hand. »Saltin, nur in Köln gibt's wahre Hilfe. Die Kölner können uns nichts mehr anhaben, denn der Casus liegt jetzt beim kurfürstlichen Gericht.«

»Gott, nein ... wenn ich als freier Mann in die Stadt komme, ist das eine himmelschreiende Provokation. Was sagt der Herr

Schwager dazu?« Sie schwieg und schob trotzig die Unterlippe vor. Ich begriff, die Kölnreise war allein ihr Entschluss. »Nach Merhoffen, bitte«, drängte ich.

»Nein, schon die Fahrt ist eine Tortur für einen Kranken, während die Reis' per Kahn schnell und sanft ist. Wir können ja außerhalb Kölns bleiben. Ich kenne einen Hof in Mauenheim, die Bauersleut sind freundlich und hilfsbereit.«

Schon der Gedanke, die Türme Kölns wiederzusehen, ließ mein Herz angstvoll schlagen, aber ich war zu schwach, Widerstand gegen Felicitas' Starrköpfigkeit zu leisten. Nur das Versprechen, mich dort außerhalb der Stadt unterzubringen, rang ich ihr ab.

Alle bemühten sich um mein Wohlergehen. Man wusch mir mit warmem Wasser den wochenalten Dreck wie den Kerkergeruch von der Haut. Hennes verrichtete Barbierdienste. Tränen tropften in seinen ergrauenden Bart und er drückte mir mehrmals die Hand. Wie im Morgendunst sah ich die besorgten Gesichter über mir und spürte die Geborgenheit und Wärme. Ich schluckte tapfer die Speisen, die man mir einlöffelte, obwohl ich das Wenigste bei mir behielt. Schließlich bekam ich nur noch Brühe, die meine Eingeweide noch akzeptierten.

Es war Abend, das Nachtmahl beendet, zu dem auch Henrietta mit Charlotte gekommen waren. Hinter den vorgezogenen Vorhängen des Himmelbettes hörte ich Andreas Frohen Henrietta loben, weil sie mein Elendsbild beschafft hatte, mit dem es meinem Schwager gelungen war, den Hofrat zu meiner Freilassung zu bewegen.

»Henrietta war's nicht allein«, bemerkte Charlotte, »alle sagen, Christoph Salentin hat die Pest gebracht und sie geht erst wieder, wenn er die Stadt verlassen hat.«

»Das ist barer Unsinn«, verteidigte mich Felicitas.

»Doch, es stimmt«, widersprach nun Anna, Sophias Stieftochter, »die Leut sagen, er steht mit einem Geist im Bunde, der die pestilenzischen Miasmen aus dem Boden bläst.«

»Gott, was für abscheuliche Lügen!«, rief Sophia.

»Warum?«, widersprach Charlotte hitzig, »wenn man mich so übel traktierte wie Saltin, dann wünschte ich allen die Pest an den Hals und der Geist führt's für ihn aus.«

»Aberglaube, liebste Schwester!«, meinte Henrietta.

»Charlotte hat, Gott erbarm's, recht.« Andreas Frohens behäbige Stimme beruhigte die Gemüter: »Der Hofrat hat vorgestern eine Supplik vom Bonner Rat erhalten, den Herrn Schwager aus Bonn hinauszuexpedieren. Man wünscht keinen Tumult. Zudem weiß man nicht, warum die Seuch' jetzt so wütet, da schöpft man alle Möglichkeiten ...«

»Oh pfui«, unterbrach ihn Sophia, »wenn die Leut bessere Christen wären, dann strafte Gott sie nicht so hart.«

»Gewiss, liebste Sophia«, sagte Frohen, »aber die Angst verwirrt so manches Hirn. Je verzweifelter die Umständ, desto leichter hat's der Teufel. Aber wir sollten jetzt sehen, unserem lieben Freund eine gute Herberge außerhalb Bonns zu verschaffen.«

»Ja, wir fahren morgen nach Köln«, erklärte Felicitas.

»Liebste Schwägerin!«, sagte Frohen, »lasst endlich von diesem unsinnigen Vorhaben. Es bringt den Gatten in große Gefahr und so wirft man nur Heu in die Flammen der Zwietracht zwischen dem Kurfürsten, der ihn befreit hat, und den Kölnern. Es ist Wahnwitz!«

»Alles andere ist Wahnwitz, weil wir sonst auf der Straß krepieren«, fauchte Felicitas, »keiner nimmt einen Pestbringer auf. Es ist schon mühevoll, einen Schiffmann zu finden, der uns für schweres Geld fortbringt. Ich war heut in den Hafenschänken und ein Wirt hat mir versprochen, einen zu finden, der weder Tod, Teufel noch die Pest fürchtet.«

»Wahrhaftig, in der Rheingass?«, fragte Charlotte voll Hochachtung, doch da wurde das Gespräch von einer Magd unterbrochen. Ein Schiffer wollte Felicitas sprechen.

Wenig später verkündete Felicitas stolz: »Ich habe einen Schiffmann, der uns mit einem Gehilfen morgen früh nach Köln bringt.

Er ist so redlich, dass er erstaunlich wenig verlangt, obwohl er weiß, wen er führt.«

»Nun ja, einer, der nichts aufs Gerede gibt«, bestätigte Frohen, »dennoch: Ich hoffe, das bereitet dem Gatten nicht das Grab, verehrte Frau Schwägerin.«

»Und der Herr Schwager hat stets nur das Wohl des Kurfürsten im Aug«, trumpfte sie auf.

Der Schlammgeruch des Flusses verdrängte die klare Morgenluft. Die Kutschfahrt zum Rhein war die Hölle gewesen, doch jetzt lag ich wie auf Wolken gebettet in dem sacht schaukelnden Kahn, auf einem mit einer Kohlenpfanne vorgewärmten Lager. Eine solche Aufmerksamkeit war ungewöhnlich für die Zunft der rauen Schiffsleute. Felicitas saß zu meinen Füßen. Eine sich über uns wölbende Plane schützte uns vor der Kühle des Morgendunstes. Lieb-Belle schlummerte neben mir so unschuldig wie das Jesuskind auf der Flucht vor der Rache des Herodes. Auch ich schlief bald, bis sich das Kind rührte. Felicitas schlug das Tuch zurück und zeigte Lieb-Belle das Ufer. Das Sonnenlicht ließ sich nur mit halb geschlossenen Augen ertragen.

Neugierig fixierte ich den »redlichen« Schiffer. Er hatte den Hut ins Gesicht gezogen, so dass ich nur die Nase und seinen Mund sah, auf dem ein rätselhaftes Lächeln lag. Schließlich nahm er den Hut ab und rief Felicitas zu: »Madame, mit Verlaub, wie gefällt Euch die Fahrt?«

Ich riss die Augen auf und hoffte auf einen Irrtum, aber er nickte mir mit einem frohlockenden Grinsen zu, als wollte er sagen: »Ja, ich bin's!« Fassungslos starrte ich ihn an. Kein Zweifel! Ich hatte mich schutz- und wehrlos mit Weib und Kind dem Teufel selbst ausgeliefert. Der Mörder Jans führte den Kahn, der Mann, der mich mit seinen höllischen Anschlägen in den Turm gebracht hatte: Robert Justus! Ich schloss die Augen, aber dieser siegessichere Blick – so beglückt wie damals im Wald, nachdem er Jan erstochen hatte – verließ mich nicht.

»Wenn's der gnädigen Frau und dem Herrn genehm ist, legen wir dort eine Rast ein«, verkündete Justus plötzlich, auf einen fernen Punkt in der Einsamkeit des Ufers deutend.

Ihre Arme dehnend stimmte Felicitas freudig zu. Unruhig schaukelte das Boot auf glitzernden Wellen dem Sandstrand zu. Hilf dir selbst, dann hilft dir Gott, dachte ich und nahm Lieb-Belle in die Arme. Ich betete. Das Ufer war nur noch einen Steinwurf entfernt. Hinter dem Treidelpfad stand ein großer, dichtbelaubter Baum. Ein leichter Wind fuhr durch die Blätter, deren anmutige Bewegung so klar zu sehen war, dass ich meinte, ihr Rauschen zu hören. Ich musste Felicitas warnen! Doch was würde das helfen? Mit dem Kind konnte sie den Männern niemals entkommen!

»Ein herrlicher Platz!«, rief sie mir fröhlich zu, während mich der Baum an die Buche erinnerte, an dem Michel, der Soldat, für den Jan vor vielen Jahren um Gnade gebeten hatte, sein Leben aushauchte.

Ein Ruck, das Boot schleifte auf Sand, neigte sich zur Seite. Lieb-Belle klammerte sich an mich. Der Gehilfe nahm das Kind und setzte es an Land. Dann trug er mich zu dem Baum, bei dem Felicitas mit Lieb-Belle auf mich wartete.

»Was macht er da?«, schrie Felicitas und deutete auf Robert Justus, der unsere Habseligkeiten aus dem Kahn räumte.

»Madame«, sagte Justus, der auf ihr Gejammer hin zu uns kam, »zu meinem Bedauern ist die Kahnfahrt hier zu End.«

»Was fällt dir ein! Bis Köln war abgemacht!«

»Unmöglich! Aber wir sind bei Wesseling, dort gibt's einen guten Apotheker. Er wird den Herrn heilen.«

»Nein, keinen Krautdoktor, ich hab für Köln bezahlt«, zeterte Felicitas.

Justus trat drohend an sie heran: »Bis hierher hab ich den Lohn erhalten. Ihr geht jetzt zum Apotheker Servatius Pflug. Der soll Euren Mann mit einem Heuwagen holen.«

»Hier, du Geldwolf, hier ist mehr!«, schrie sie und schleuderte ihm einige Münzen vor die Füße.

»Bist du taub, Weib!« Justus packte sie am Arm. »Du nimmst dein Balg und gehst stracks mit meinem Knecht.«

»Felicitas, bitte geh! Schnell«, flehte ich, »bitte, geh, es ist ernst.«

»Ihr steckt wohl unter einer Decke?«, zischte sie, zwischen mir und Justus hin- und hersehend.

»Blitzhur, pack dich und tu, wat dir geheißen!«, brüllte Justus.

Er riss mir meine Tochter aus den Armen und gab sie seinem Gehilfen, der sich nach einem Puff seines Herrn mit Lieb-Belle auf den Weg machte. Notgedrungen lief Felicitas hinterher. Der Knecht war wohl ein gerader Kerl, denn er blieb nach einigen Schritten stehen und ließ sie das brüllende Kind beruhigen. Danach wanderten sie einträchtig weiter. Erleichtert blickte ich durch das Blätterdach in den blauen Himmel, von dem nur einige Flecken sichtbar waren, gerade so viel, um zu wissen, dass es ihn noch gab. Ich dankte Gott, Felicitas mit Lieb-Belle vor diesem rohen Mörder gerettet zu haben.

»Und nun zu dem wohlgebornen Herrn!« Justus trat mir in die Seite.

»Der Mörder kann da weiter machen, wo er damals aufgehört hat«, forderte ich ihn auf und nahm meine Hand von der Brust. Sein Knecht hatte mein Hemd zerrissen und Justus musste die Narbe sehen, die von der Wunde stammte, die er mir damals in dem Wäldchen beigebracht hatte.

»Euch zu erstechen, ist zu mild.« Er grinste.

»Warum die Grausamkeit?«

»Die Erd ist hart, der Himmel fern.« Er starrte zum Rhein.

»Für mich ist der Himmel nicht mehr fern«, murmelte ich.

Ein hasserfüllter Blick traf mich: »Ihr schmort in der Höll!«, und da ich nichts erwiderte, fuhr er fort: »Ich kenn Eure Sünden von Kindesbeinen an und Gott hat mich zum Werkzeug seiner Gerechtigkeit gemacht.«

»Ach ja, Justus, der Gerechte, dein falscher Name!«

»Ei, der Herr hat's bemerkt? Wie scharfsichtig!«, höhnte er, »ein lateinischer Name passt auch nit zu einem groben Knecht. Doch ist der Herr auch so gewitzt, meinen wahren Namen zu kennen?« Er sah mich gespannt an. »Nein? Wahrhaftig! Ha, da hab ich mit ihm Katz und Maus gespielt und Herr Wohl- und Edelgeboren tappt im Dunkeln. Aber einem Strohkopf nützt auch die ganze Schulweisheit nichts. Dem Böhm seid Ihr ja auch elend auf'n Leim gegangen oder seid Ihr, trotz Eurer Mönchskutt, doch ein Schurk', der einen der übelsten Räuber zum Freund hat?«

»Du weißt sehr wohl, wer hinter den Überfällen steckt!«

»Jaa, ich weiß es! Aber alle anderen wissen einen Quark«, spottete er, »ja, wer sich unter die Wölf mischt, wird mit ihnen gefangen. Dass Ihr den verfluchten Böhm damals am Lüfthildisgraben nit verrecken ließt, war Euer Verhängnis. Die Merg, diese Bluthex, hat gelogen, als sie sagte, der Böhm sei kein Marodebruder. Und dieser wüste Strauchdieb, der Böhm, baut sich mit seinem Blutgeld ein feines Haus auf Eurem Grund, während mein Vater, dem der Hund das Haus angezünd't hat und der Euch die Wahrheit unter die Nas rieb, mit Schimpf und Schand aus'm Dorf geprügelt wurde. In Verzweiflung ist er ins Wasser gesprungen. Leben und Seligkeit hat er der Gerechtigkeit geopfert … und ich, sein Sohn, werde ihm in die Höll folgen.«

»Du bist Hermann Pleiß?« Er nickte stolz. »Du bist wahrhaftig ein treuer Sohn! Nicht aus Habgier zum Mörder zu werden, sondern um in die Höll zu kommen, ist außergewöhnlich. Nur: Gottes Wege sind unergründlich und seinen Richterspruch kann kein Mensch voraussagen.«

»Doch! Da könnt Ihr jeden Priester fragen, der Selbstmörder kommt wie der Mörder in die Höll!«

»Und wenn man dich erwischt und hängt, dann hast du nach der Lehr deine Missetaten gesühnt und das Paradiesgärtlein steht dir wieder offen, während dein Vater verdammt bleibt.«

»Mich kriegt keiner«, sagte er markig, »bald bin ich über alle Berge und komm nit mehr, denn dann ist alles getan.«

»Und das erbärmliche Leben und der Tod des Vaters sind gerächt!«, ergänzte ich leise.

»Hei, jetzt begreift Er! All die Jahr' im Elend hab ich den jungen Herrn vor mir gesehen, wie er auf'm Ross sitzt, sich freut und lacht – ja, er lacht, weil man uns prügelt. Dann ist er abgestiegen und hat gegafft, wie wir mit dem Dreck von seinem Gaul beschmiert werden. Das Leben eines Mörders, den vermaledeiten Jan, hat er geschützt und für mein' Vater, der nur Gerechtigkeit wollte, hat er kein' Finger nit gerührt. Verflucht, der untätige Gaffer ist genauso schuldig wie der Übeltäter! Schätze wohl, der Herr erinnert sich nit mehr.«

»Doch, ich lachte damals, weil ich's zuerst für einen Fastnachtsaufzug hielt. Und um Gerechtigkeit ging's, aber nicht nach Gutdünken einer erhitzten Meute.«

»Ha, Schönrederei!«, brauste er auf, »Gott hat den Herrn in meine Hand gegeben, damit er endlich dafür bestraft wird, dass er unterm Mäntelche' eines frommen Heuchlers sich mit den schlimmsten Mördern und Dieben gemein gemacht hat. Meinem Vater habt Ihr den Hof und mir's Erbe gestohlen! Ihr seid schuldig an seinem unseligen Tod! Für all das habt Ihr niemals Mitleiden empfunden oder gar Reue.«

»Doch, Mitleid habe ich, weil du unter einem Unstern lebst. Du sagst Gerechtigkeit und meinst Rache. Gerechtigkeit ist auf der Erde nur Stückwerk, so unvollkommen wie wir Menschen. Deshalb schiel nicht nach den anderen, was sie sind, tun und welches Glück sie haben, sondern freue dich an dir selbst und deinen guten Taten. Nur man selbst kann gerecht und barmherzig sein. Von der Welt kann man's nicht erwarten.«

»Es war Unrecht, einem Mörder zulieb uns ins Unglück zu stürzen«, beharrte er auf dem alten Thema.

»Nur die Nachbarn jagten deinen Vater davon, nicht wir.«

»Lüge!«

»Nein, so war's! Und wäre dein Vater nicht gegangen, hätte man ihn für den Mord im Wald hingerichtet.«

»Mein Vater hat keinen totgeschlagen!«

»Den Mord wird er dir kaum gebeichtet haben.«

»Zum Henker, halt's Maul!« Er trat gegen meine Schulter, dann kniete er sich neben mich hin: »Würmlein, du bist jetzt in meiner Hand! Ja, ich war redlich, bis ich auf einen Söldner traf, der wohl mal ein vornehmer Herr war. Er verstand sich auf die Griff', die Pfeffersäck ohne Blutvergießen zu erleichtern – *purgieren* nannt er's. Nach zwei Überfäll hatte er genug. In einer Schänke sagte einer, der Herr von Merhoffen sei mit Dämonen im Bund, aber einem Edelmann könnte selbst ein so böser Leumund nichts anhaben. Seltsam: Viele Jahr hab ich davon geträumt, Euch endlich das zu geben, was Ihr verdient und wie einer sagte, es ist unmöglich, beschloss ich's zu tun. Der erste Anschlag bei Merhoffen ist übel missraten. Dann spielte mir der Himmel das Wams in die Händ', ha: ein guter Plan, ein gutes End! Eins folgte dem anderen, wie die Glieder einer Kette, so als hätte der Himmel nur auf den Anstoß gewartet. Ehrlos und elend seid Ihr und ich kann Euch leicht die Kehl zudrücken.«

Er legte die Hände um meinen Hals. In seinen Augen war wieder dieses triumphierende Leuchten einer befriedigten Gier. Mein Herz klopfte angstvoll – Gott verzeih' mir meine Sünden! Herr Jesus! Er drückte zu. Ich rang nach Luft, zuckte und meine Hände griffen nicht abwehrend, sondern hilfesuchend nach dem Mörder. Da ließ er mich los.

»Warum tust du's nicht richtig?«, fragte ich hustend.

»Gemach, ich überlass Euch dem Herrgott. Wie mein armer Vater werdet Ihr Euch langsam in Ehrlosigkeit zu Tod quälen. Jetzt könnt Ihr's auskosten, wie's ist, wenn man bei geringen Leut um Hilf flehen muss. Anders aber wie Ihr gaffe ich den Hilflosen nit an, sondern tu meine Christenpflicht. Der Servatius Pflug ist tüchtiger als mancher Arzt. Er kennt mich nur als Schiffmann, denkt also nit, er ist einer meiner Handlanger. Wenn Ihr noch genug Kraft habt, wird er Euch am Leben halten, damit's der Henker beendet. Hört Ihr?« Er tätschelte meine Wange und ich öffnete die schweren Lider. »Ich bewahr Euch sogar vor den Kölnern. Was ist mit Euch?«

»Sterbensmüd«, flüsterte ich und die Augen fielen mir zu.

Ich erwachte aus einem schwarzen Schlaf. Warme Hände glitten über meinen Leib und fassten die Handgelenke. »Bert«, sagte eine angenehm sonore Männerstimme, »dat ist zu viel. Er hat zwar gute Kleider und kein Pestzeichen, aber der kommt wohl schnurstracks aus'm Turm: ungewöhnlich weiße Haut und schlecht verheilte Fesselstriemen. Einen Kranken schmuggle ich noch ins Dorf, aber einem Spitzbub gewähr ich nit mal dir zulieb Unterschlupf.«

»Herr Sechem von Merhoffen«, stellte mich Pleiß vor.

»Und der war im Turm?«

»Ja, dat ist der, der wegen der Anschläg auf die Kaufleut in Köln im Turm saß und den der Kurfürst jetzt frei ließ. Hola, Servaß, davon hast du doch gehört?«

»Ei ja, aber die Jammergestalt – Edelmann?«

»Auch Edelleut sind krank! Keine Sorg, er entlohnt dich.«

»Wenn er überlebt«, ergänzte Servaß.

»Wenn nit, sein Weib ist reich und du hast schon manch' arm' Teufel für Gotteslohn gerettet.«

»Doch keiner hat bei mir logiert, auch noch mit Weib und Kind«, klagte Servaß, »und jetzt müsst ich Tag und Nacht arbeiten, um den Leut dat zu geben, wat sie wollen. Nur noch Amulette hab ich, aber keine Pestwurz.«

»Sein Weib wird dir helfen!«

»Die sieht nit so aus, als wollt sie den Kessel schrubben.«

»Dann lass ihn liegen. Ich muss weiter, adieu.«

»Hola, he, wart, Bert«, rief Servaß, »du kannst ihn doch nit so einfach den Raben überlassen?«

»Ei doch!« Pleiß kam wieder näher. »Sein Weib find' schon Obdach.«

Servaß seufzte hörbar. »Er braucht gute Pfleg«, brummte er nachdenklich, »nun gut! Diesmal noch, weil du meinen Sohn damals nach Haus gebracht hast.«

»Topp, Servaß!« Pleiß umarmte den kleineren Servaß. »Ich wollt's nit erwähnen, aber wenn du mir den Dienst erweist, sind wir quitt und ich frag nach nichts mehr.«

Servaß sah brummig zu mir hinunter. »Ach, Ihr seid wach«, sprach er mich an und kniete neben mir nieder, »Ihr habt Fieber, der Leib ist gebläht und in arger Unordnung. Ich bin der Servatius Pflug und helf, wenn Ihr wollt.«

»Danke«, flüsterte ich. Tränen liefen mir über die Wangen.

Er drückte tröstend meine Hand. Seine Augen hatten die Güte des Alters, obwohl sein Haar nur wenige weiße Strähnen aufwies. Der Gehilfe von Hermann Pleiß trug mich zu einem Leiterwagen mit Heu, in den er mich legte.

Dann erschien wieder das Gesicht des Servatius. Er sagte: »Ich muss Euch mit Heu bedecken, damit die Leut nit sehen, dat ich mit'm Kranken ins Dorf komme. Das bringt nur Unruh wegen der Pest. Deshalb liegt still!«

Er bedeckte mein Gesicht mit einem Tuch und streute Heu über mich. Kaum war der Wagen angezogen, überwältigte mich die Müdigkeit. Erst im Dorf weckten mich Stimmen.

»Ja, ja, alte Hex, wat macht der Teufel?«, rief eine jugendliche Stimme.

»Halt dein ungewaschen Maul«, schimpfte eine alte Frau, »den Alten glaubt keiner, aber erst führt der Gevatter Servaß dat Heu weg und dann kommt er damit wieder zurück.«

»Da ist nichts weiter dran, Moen Ann«, sagte Servatius, »ich hab nur die Habe meiner Gäste eingesammelt, sieh!«

Er hob zu meinen Füßen einen Packen an.

»Ei, bewahre«, rief die Alte, »nee, der Gevatter bringt wohl dat Pestpulver zu de Baure druße', weil die mehr gebe' als unsereins, und uns sagt er, er hat nichts mehr.«

»Ja, und dat Geld der arm' Schlucker bring ich in Säck heim«, scherzte Servatius.

»So viel kriegst du?«, fragte sie ernsthaft.

»Besser arm gelebt als reich gestorben, alte Vettel«, mischte sich die jugendliche Stimme ein. Die Alte schimpfte, der Wagen rumpelte weiter. Und dann wurde es dunkel.

Glutrote Flammen loderten in tiefschwarzer Nacht. Phantastische Schreckensgestalten entstiegen dem Feuer, heftige Übelkeit verursachend. Sie drückten mir den Hals zu, so dass ich in Todesangst nach Luft rang. Ich hörte die dumpfen Trommeln, die einen zum Tode Verurteilten auf seinem letzten Gang begleiteten. Zeit und Ort verloren jede Bedeutung. Wenn ich in die Wirklichkeit zurückkehrte, so blickte ich in die Augen Felicitas'. Sie flößte mir bitteren Theriak und Brühe ein. Alle Kraft zusammennehmend fragte ich einmal nach einem Priester.

»Keine Sorg, es ist nur die Krisis, wie der Servatius sagt. Ich bete eifrig. Mit Gottes Hilf wird alles gut.«

Ich hauchte: »Priester … bitte«.

»Ich würde die Bitt gern erfüllen, aber der Pfarrer hat die Pest. Wir müssen fest vertrauen … Mut, Mut …!«

Tage später erwachte ich. Der Morgen dämmerte herauf. Ich lag auf einer einfachen Bettstatt in einer Dachkammer. Das Licht der aufgehenden Sonne, so golden glänzend wie ein geöffnetes Schmuckkästlein, umhüllte mich. Draußen sangen die Vögel ihr Morgenlied. Durch das Kammerfensterchen sah ich in das Blätterwerk eines Kirschbaums, in dem ein Spatz saß. Felicitas schlief auf einem Strohlager auf dem Boden und neben ihr träumte Lieb-Belle. Mit diesem Bild vor Augen schlummerte ich ein. Ein drittes Mal hatte der Sensenmann angeklopft, aber ein gütiger Gott und die Wundermittel meines Gastgebers erhielten mich. Langsam fand ich ins Leben zurück. Der treue Hennes, den Felicitas mit der Kutsche voraus nach Köln geschickt hatte und der uns dort nicht antraf, hatte rheinaufwärts fahrend jedes Dorf nach uns abgesucht, bis er uns endlich fand.

»Esst!«, ermahnte mich Servatius fünf Tage nach meinem Erwachen.

»Ich löffel ihm so viel Maulfutter ein, bis der gnädige Herr so feist ist wie'n Schwein kurz vor der Schlachtung«, bot Hennes an.

»Die Krankenpfleg sollt dann doch in Frauenhand bleiben«, entschied Servatius kühl.

»Du gehst besser zurück nach Merhoffen, Hennes«, schlug ich vor, »unser Wohltäter kann uns nicht alle beherbergen.«

»Oh, nein, Herr«, flehte Hennes, »Ihr braucht mich mehr als der gnädige Herr Bruder.«

»Lasst nur«, unterstützte ihn Servatius, »Hennes versteht's schon ganz gut, mit Mörser und Stößel umzugehen und ich brauch jetzt jede Hand.«

»Hennes kommt wohl mit meinem Bruder schwer aus«, bemerkte ich zu Felicitas, nachdem beide gegangen waren.

»Ich auch«, sagte sie nach einigem Überlegen.

»Das verwundert mich. Max erzählte etwas anderes und mir sind Dinge zu Ohren gekommen, die wenig ehrenhaft sind.«

»Ach, die Leut schwatzen halt«, sie griff nach einer Laute, die sich in das Haus des Winkelapothekers verirrt hatte und begann, ungewöhnlich langsam eine Galliard zu spielen. Feenhaft schwebend verbreiteten die Töne eine friedliche Heiterkeit. Anmutig trat der einzelne Klang in die Welt und verhallte mit dem zweiten Ton, was der lustigen Melodie einen Hauch von Traurigkeit gab.

»Es ist jetzt nicht die Zeit, Tanzliedchen zu spielen«, unterbrach ich sie.

»Tanzlieder müssen immer gespielt werden, es ist nur schad um die Zeit, in der man sie nicht spielt und das Fröhlichsein vergisst«, widersprach sie weiterspielend.

»Dennoch: Was ist die Ursach des Geredes, dass sich mein Eheweib mit meinem Herrn Bruder vergnügt?«

»Das ist eine freche Lüg.« Sie legte die Laute so rüde beiseite, dass die Saiten im Missklang widerhallten.

»Felicitas, ich will jetzt alles wissen, ohne barmherzige Rücksichtnahme. Bitte, die hässliche Wahrheit!«

»Für Hässlichkeiten ist's noch zu früh«, widersprach sie und da ich den Kopf schüttelte, nahm sie mit einem Seufzer meine Hand, »ja, es sind hässliche Dinge, aber nicht so, wie mein lieber Gatte vermutet. Ja, ich habe den Herrn Schwager bewundert – wegen seiner gediegenen Kleidung, seiner Reden von Paris und seiner Galanterie. Das alles muss jede Frau entzücken. Als er mir in meinem Unglück seine Hilfe anbot und die Frau Mutter mich anflehte, ihrem Sohn nicht die Tür zu weisen, stimmte ich zu. Es ging recht gut, bis unser Sohn geboren war.« Sie presste die Lippen aufeinander. »Philipps tröstende Umarmungen wurden inniger, aber noch so, dass ich ihm keinen Vorwurf machen konnte. Schließlich gestand er mir seine Liebe und behauptete, sein Bruder sei so gut wie tot. Doch ich sagte ihm, mein Ehemann käme wieder und wenn nicht – wie er vermeinte –, so wäre mein Sohn der Erbe, niemals aber er. Darauf verlachte er mich wegen meiner Traumbilder eines heimkehrenden Helden, der doch nur ein Galgenschwengel sei. Wenig später entschuldigte er sich und tat sehr reumütig, doch dann versuchte er mit Wein ... er versuchte ... nun, er versuchte, mich zum Ehebruch zu verleiten, was ich nicht zuließ. In der Not ging ich zur Frau Mutter. Die aber ergriff ganz die Partei ihres Sohnes. Ja, sie beschuldigte mich, ihn zu *flattieren* und tändelnd zu reizen. Alles wurde nur noch schlimmer. Eines Tags begann er den kleinen Christoph zu liebkosen, obwohl er sich zuvor nie um ihn gekümmert hatte. Zwei Tage später war unser Sohn krank und ...«, sie schluckte, »nein, kein Merhoffen mehr! In Köln findet Lieb-Belle Freunde und balgt sich nicht mit Bauernkindern oder fällt gar in die Hände ihres ruchlosen Onkels.«

Sie war schmal geworden, ihr voller Mund verkniffen und die Augen hatten die Dumpfheit einer alten Frau. Zu lange hatte sie eine zu schwere Last getragen.

»Fahr nach Köln!« Ich streichelte ihre Hand. »Mein Schatz muss hier nicht die Tage an meinem Bett vertrauern. Der Theriak des Servaß wirkt auch so Wunder.«

»Mag sein«, sie lächelte zaghaft, »aber der Servaß ist doch nur ein armseliger Winkelapotheker und Wasserbrenner, einer für die Fuhrleut und Schiffmänner. In Köln ...«

»Köln ist mein Tod! Ich käme sogleich wieder in Turmhaft. Ein gütiges Schicksal hat mich vor dieser Stadt bewahrt«, widersprach ich, »sobald ich laufen kann, fahre ich nach Merhoffen.«

»Nein, dort lauert der Tod! Philipp wird's nicht dulden!«

»Es wird ihm nichts anderes übrig bleiben. Ich bin der wahre Herr!«

»Ja, aber das macht die Sach doch so gefährlich.«

»Will er mich ermorden?« Sie senkte stumm den Kopf. »Felicitas, ich kann Philipp auch allein hinauswerfen.«

»Nein, kein allein mehr!«, begehrte sie auf, »ich … ich bin so glücklich, dass wir jetzt zusammen sind – Herzliebster.«

Sie warf mir einen herausfordernd feurigen Seitenblick zu und ihre Worte sanken auf meines Herzens Grund, denn es war die erste Liebeserklärung aus dem Mund, den ich schon tausendmal geküsst hatte. Ich zog sie zu mir hinunter und wir küssten uns so süß und sanft, wie Amor es will.

Oktober 1665

Der kindliche Amor, der in jedem Lustgarten in Stein gehauen seinen Bogen spannt, dem man aber besser ein Netz in die Hand geben sollte, weil er die Menschen unentrinnbar eher in ihr Glück oder Leid einzuspinnen versteht als sie verwundet, dieser Amor legte mir endlich das zu Füßen, wonach ich mich schon lange gesehnt hatte. Felicitas – kapriziös, starrsinnig, eigensüchtig – hatte ich erobert, nicht als strahlender Held, sondern mit zäher Duldsamkeit und als kranker Mann. Die unglücklichen Umstände hatten ein magisches Licht entzündet, das die alten bösen Worte ins Dunkel verbannte. Das Unrecht wie meine Krankheit und der Kampf dagegen einte uns. Die Zeit der Trennung, die uns die Bedeutung des anderen bewusst gemacht hatte, verband uns. Oft suchte Felicitas meine Hand, um sich zu vergewissern, dass ich bei ihr war und dann gab ich ihr einen Kuss, was ihr wohl gefiel, weil sie ihn stets erwiderte. Über unsere Liebe hätte kein Dichter ein Wort verloren, denn es war weder die sehnsuchtsvolle, die lüsterne, noch die himmelhochjauchzende Liebe, sondern die allzu alltägliche Zuneigung, die erst über Jahre zu dem ruhigen See wird, den man zwar schätzt, über den man aber selten spricht.

Wie ein altes Ehepaar saßen wir in der Oktobersonne auf einer Bank hinter dem Haus des Apothekers und beobachteten die Spatzen, die gierig unsere Brotkrumen aufpickten und wenn es nicht genug gab, sich vor uns postierten und die Schnäbel aufsperrten. Dort traf uns auch Hennes an, den ich nach Köln geschickt hatte, damit er etwas über das Befinden der Beyweghs in Erfahrung brächte. Der Stallknecht erzählte, nur mit Hilfe von Gerwin von Beywegh in die Stadt gelangt zu sein, der mit einer Magd und einem alten Knecht dort ausharrte, um Haus und Hof vor Plünderungen zu schützen. Mein Schwager erfreute sich guter Gesundheit, nur der »tägliche Schrecken« – wie sich Hennes ausdrückte – hatte ihm einen schwermütigen Zug ins Gesicht gedrückt. Die Pest hatte Köln hart im Griff. Das Läuten des Sterbeglöckleins war eingestellt worden, weil sein ständiges Anschlagen die Menschen ängstigte. Aber niemand konnte die Augen verschließen, vor den vielen Totenkarren, vor der zunehmenden Zahl der Häuser mit dem Schild »*Salvator Mundi Salva Nos*«, vor den vermummten, durch die Straßen eilenden Gestalten, die mit Masken oder Tüchern vor dem Gesicht sich vor Miasmen zu schützen suchten, vor den Bittprozessionen schwarzgekleideter Bußfertiger und vor dem Rauch, der aus den Fenstern der von der Pest heimgesuchten Häuser zog.

Die Stadt lebte – aber stiller.

Umherschwirrende Gerüchte, wen die Krankheit angesprungen oder hinweggerafft hatte, wurden nur hinter vorgehaltener Hand weiterverbreitet, da man kein weiteres Unglück herbeireden wollte. Der Nachbar wurde argwöhnisch beobachtet, ob er nicht zu oft nieste. Doch selbst wenn er gesund war, mied man ihn. Nur das junge Volk kostete das Leben bis zum letzten Tropfen aus und versammelte sich lieber in den Schänken, als, im Gebet versunken, den Tod zu erwarten. Wer konnte, verließ die Stadt, doch es blieben noch genug, so dass der Tod reiche Ernte hielt.

»Gewiss vierzig am Tag verscharren sie«, behauptete Hennes, »und seit der letzte Alexaner-Mönch verreckt ist, kümmert sich keiner mehr um die Kranken, die alle einsam und hundsjämmerlich krepieren …«

»Es ist gut, Hennes«, fiel ich ihm ins Wort, »ich danke dir, bald geht's zurück nach Merhoffen.«

»Ach, Herr Jesus, jetzt schon?«, murrte er.

Mit düsterer Miene ging er. Wir folgten ihm ins Haus. In unserer Dachkammer trat Felicitas ans Fenster, um den Brief ihres Bruders zu lesen, den ihr Hennes überbracht hatte. Doch wie eine Statue stand sie da, den rot gesiegelten Brief in der Hand.

»Hennes schmückt alles recht derb aus, so schlimm wird's nicht sein«, tröstete ich sie.

»Nein, es ist schlimm«, sagte sie apathisch.

Sorgsame Pflege, gute Speisen und Arzneien brachten mich in bemerkenswert kurzer Zeit zu Kräften. Ich aß, als wollte ich auf einmal all die Gerichte in mich hineinstopfen, die ich während meiner Krankheit verschmäht hatte. Sobald ich auf einen Stock gestützt einen Spaziergang machen konnte, ergriff mich ein Lebenshunger, der mich unruhig werden ließ und nach Hause drängte. Mitte Oktober verabschiedeten wir uns von unserem guten Gastgeber Servatius.

Fröstelnd, mit steifen Gliedern stiegen wir am Abend in Merhoffen aus dem Wagen. Es regnete. Die Hunde bellten und jaulten. Eine uns unbekannte Magd kam auf uns zu.

»Was wünscht der Herr so spät?«, fragte sie übellaunig.

»Das hat mich hier noch keiner gefragt und auch dir steht's nicht an, mich das zu fragen!«, erwiderte ich und schritt auf einen Stock gestützt zum Herrenhaus.

Felicitas und Hennes, die schlafende Lieb-Belle auf dem Arm, folgten. Die Magd stellte sich mir in den Weg.

»Bitte, aber der gnädige Herr wünscht keine unangemeldeten Gäst!« Ihre Kuhaugen flehten mich an. »Ich bitt den Herrn, zunächst mit einem Obdach außerhalb des Herrenhauses Vorlieb zu nehmen; es ist wegen dieser pestalensische Seuch – hört Ihr?«

»Ich höre sehr gut«, entgegnete ich, »nur, du redest Unsinn! Der Herr dieses Anwesens bin ich und ich betrete mein Haus, wann und wo ich will.«

»Oh nein, der Herr ist schon im Haus«, widersprach sie.

»Und wie heißt er?«, fragte ich belustigt.

»Ei, das ist der Herr Philipp von Merhoffen.«

»Gut, das ist mein Bruder, also mach Platz!«

Sie starrte mich wie einen Geist an. Ich ging weiter.

»A... aber der Herr Christoph ist doch tot?«, stotterte sie.

»Nein, er lebt, und du halt dein dumm's Maul!«, hörte ich Hennes hinter mir sagen.

Im Haus war es still und dunkel. Flackernder Feuerschein aus dem Speisezimmer spendete etwas Licht. Felicitas und Hennes mit dem Kind in den Armen eilten nach oben. Jost kam und fiel vor mir auf die Knie, voller Freude seine hohlen Laute von sich gebend.

»Jost, was gibt's da?«, rief Philipp aus dem Speisezimmer.

Jost zuckte zusammen. Ich öffnete die Tür weit. Das prasselnde Feuer verbreitete einen warmen gelben Schein, der die vertrauten Gegenstände weich konturiert und beseelt erscheinen ließ. Es lud dazu ein, sich in einem Armstuhl zurückzulehnen, die dunklen Stunden hinter den Fenstern zu lassen und sich mit einem Glas Wein lustig zu machen. Philipp saß, mir den Rücken zukehrend, vor dem Feuer, die Beine von sich gestreckt.

»Füll die Karaffe noch einmal mit Rotwein!«, befahl er.

»Das werde ich nicht tun!«, erwiderte ich.

Der Stock klackte auf dem Steinboden, bis ich auf den Teppich kam. Irritiert drehte er sich um und fuhr zurück. Er griff nach einer Kerze, ließ die Hand aber sinken.

»Ach, der Herr Bruder ist von den Toten auferstanden.«

»*Profecto*!« Ich wandte mich an Jost: »Bring dem Herrn den Wein, denn dies wird der letzte Wunsch sein, der ihm hier erfüllt wird. Morgen in aller Früh verlässt er das Haus – für immer. Gut Nacht!«

Langsamer als ich wollte stakste ich wieder zur Tür.

»Non, Christoph«, rief Philipp und sprang auf. Vor der Tür stellte er sich mir in den Weg und herrschte mich an: »*Morbleu*, was soll dieser rüde Fußtritt? Ist das der Dank, dass ich mich hier viele Monate lang elendig geschunden habe, damit nicht alles vor die Hunde geht?«

»Niemand hat danach verlangt, Monsieur Philipp. Das Einzige, worum ich bat, war, dieses Haus nie mehr zu betreten und das war mein bitterer Ernst! Nun geh mir aus dem Weg!«

Er zögerte, trat aber zur Seite.

»*Bien*, Christoph, die Frau Mutter wünschte, dass ich komme«, seine atemlose Stimme hallte im Flur, während ich die Treppe hinaufstieg, »so ohne ein Wort? *Mon dieu*, so höre mich doch wenigstens an, bevor du mich verurteilst!«

Auf der Treppe drehte ich mich um: »Gute Worte, böse Taten, Herr Bruder! Ich vergebe alles, nichts trage ich nach, nur um eines bitt ich: Betretet nie, nie wieder mein Haus!«

»Es ist mein Vaterhaus, das du mir verbietest!«, schrie er und spottete dann: »Ja, das gefällt dem Herrn, mit seiner gnädigen Hand seine *faveurs* zu verteilen oder zu verdammen – diese verfluchte Überheblichkeit eines scheinheiligen Betbruders! Pfui Teufel … ja pfui und werde selig mit deiner dumpfen Bigotterie.«

Er schmiss die Tür zu und ich stand im Dunkeln. Oben sah ich Kerzenschein. Meine Mutter wartete an der Treppe auf mich.

»Welch eine Gnad, dass Gott meinen lieben Sohn gerettet hat.« Sie schloss mich in die Arme. »Geh schlafen und habe schöne Träume!«, wisperte sie, als ich mich von ihr löste.

»Ach, besser keine Träume. Sie sind meist schlecht.«

Liebevoll strich sie mir über die Wange und sah mich nachdenklich an: »Christoph, eben habe ich laute Worte gehört. Ich bitt um Großmut gegenüber Philipp. In den schwarzen Tagen war er mir eine große Hilf.«

»Morgen verlässt er das Haus«, erwiderte ich müde.

»Gütiger Himmel, warum dies?«

»Es kann keine zwei Herren geben.«

»Er ist doch nur ein Gast«, sagte sie und ich schüttelte stumm den Kopf. »Christoph, ja, ich weiß ... Der Vorfall mit Felicitas war ein Missverständnis. Sie ist ein wenig gefallsüchtig und Philipp hat sich Manieren eines französischen Kavaliers angeeignet. Das, was in Paris als schicklich gelten mag, kann hier schon wie ein Bedrängen aussehen.«

»Es mag aussehen, wie's will, aber ich muss meinem Eheweib glauben. Da liegt meine Zukunft und Philipps Zukunft ist niemals Merhoffen, sie ist Frankreich und der Hof – das, was er vor Jahren gewählt hat. Deshalb muss er fort! Zögern und Zaudern nützen keinem.«

»Wie unbarmherzig!«, fuhr sie mich an, »Philipp ist damit auf der Straß. In Frankreich ist er einer Intrige zum Opfer gefallen. Sobald er französischen Boden betritt, wird er ohne viel Fragen in den Turm geworfen.«

»Dann sollte er besser auch Kurköln verlassen. Nicht dass man ihn noch an Frankreich ausliefert.«

»Nein, in Bonn hat man Philipp gesagt, wenn er ein unauffälliges Leben führt, ist er hier sicher wie in Abrahams Schoß. Ich bitt um Barmherzigkeit!«

»Und ich um Vergebung, liebste Frau Mutter, wenn ich's abschlage«, antwortete ich leise, »ich verstehe Ihren Schmerz, aber ich hab's mir wohlweislich überlegt und habe keine Wahl, auch wenn's so scheinen mag.«

Ich griff nach ihrer Hand. Sie wandte sich jedoch brüsk ab, mir jede Zärtlichkeit verweigernd.

Felicitas schlief schon und in ihren Armen lag Lieb-Belle. So beschloss ich, die Nacht in meiner alten Schlafkammer zu verbringen. Den kleinen Raum hatte Felicitas zu einem fürstlichen Gemach ausgebaut, indem sie eine Wand herausreißen ließ und das neue Zimmer mit einem bequemen Himmelbett und einem persischen Teppich ausstattete. Merkwürdigerweise nutzte sie es ausschließlich zu Repräsentationszwecken. An die Enge der Stadthäuser gewöhnt, konnte sie sich wohl schwer mit der neuen Geräumigkeit anfreunden.

Nach meinen Aufenthalten in den Turmverliesen gefällt mir das Prunkzimmer nun ausnehmend gut. Die Weite des Raumes, der weiche Teppich, der den Fuß warm umfängt und jeden Tritt dämpft – alles, was mir zuvor in seiner pompösen Üppigkeit lächerlich, ja unbehaglich vorgekommen ist, schmeichelt jetzt meinem Herzen. Ich stoße das Fenster weit auf und atme frische Regenluft ein. Die letzte Helligkeit der untergegangenen Sonne zeichnet die Umrisse der Gebäude Merhoffens nach. Ein Vogel segelt vorüber, ein Hund kläfft leise. Hinter mir höre ich Jost eintreten.

»Jetzt müssen schon die Fledermäuse fliegen«, sage ich.

Zustimmend brummend will er das Fenster schließen, damit kein Pesthauch in das Gemach gelangt, doch ich halte ihn davon ab und bitte ihn auch die Tür offen stehen zu lassen. Seit meiner Gefangenschaft habe ich einen Widerwillen gegen das Verschließen von Räumen.

Jost bringt mir Sauermilch, die ich mit Behagen löffele und er stellt noch einen Teller mit Äpfeln und einem Messer auf ein Tischchen neben meinem Bett. Im ruhigen Licht einer dicken Kerze fallen mir die Augen zu. Das Knarren der Dielen weckt mich – oder ist es doch noch ein Traum? Der Vorhang am Fenster bläht sich und das Licht flackert. Ich rufe nach Jost. Stille! Nur der Wind spielt mit dem Tuch. Die lautlose Bewegung des Stoffes fächelt aus der Grabesschwärze die giftigen Ausdünstungen der Erde herein.

Das warme Kerzenlicht lässt mein Herz wieder ruhiger pochen und ich schließe die Lider. Wieder knackt es und etwas fällt neben mir zu Boden. Philipp steht gebückt neben mir, in der Hand ein Messer.

»Willst du reinen Tisch machen?«, spreche ich ihn an.

»Ja, ja, reinen Tisch …«, stößt er hervor.

Sein Atem offenbart: Er hat Stärkeres als Wein getrunken.

»Leg das Messer weg!«, bitte ich sanft im Ton einer Mutter.

Verwundert blickt er auf das Obstmesser, gehorcht, holt einen Stuhl und setzt sich.

»Was schleicht er herum wie ein böser Geist?«, frage ich.

»Ja, ein Geist – ein Geist bin ich.« Er streicht mehrmals flüchtig über sein linkes Ohr. »Und mein Bruder macht mich nun zum ruhelosen Gespenst.«

»Das war deine Wahl, damals in Paris!«

»*Mon dieu*«, sein Blick wird lebendig, »ja, in Paris dachte ich, für Ehr und Wohlleben unseres Hauses dort dienlicher zu sein als hier. Gut, nichts ist ewig auf der Welt, am wenigsten die Gunst der Großen.«

»Was machte eine Flucht notwendig?«, will ich wissen und gebe damit meinen Plan auf, keinen Anteil mehr an seinem Leben zu nehmen.

»Eine Intrige! Der Chevalier de Lorraine und der Marquis d'Effiat duldeten mich als Plaisir für den Bruder des Königs, bis ich drohte, sie aus der Gunst zu drängen. Sie denunzierten mich als Spitzel des Finanzministers Nicolas Fouquet.«

»Eine Behauptung reichte, um den Favoriten des Herzogs von Orléans aus dessen Gunst zu verdrängen?«

»Nun ja! Fouquet war sehr generös und verehrte fast jedem am Hof Geld, so auch mir. Nachdem der König an diesem denkwürdigen 5. September vor vier Jahren Fouquet verhaften ließ, wurden sogleich der gesamte Besitz und alle Papiere des Ministers eingezogen. In den drei Jahren des Prozesses gegen ihn blieb ich unbehelligt. Erst nach dem Urteil tauchten Schriftstücke auf, in denen mein Name stand. Wahrscheinlich waren sie gefälscht.«

»Gefälscht?«

»Ja!« Er zuckt mit den Achseln. »Der König wollte ein Todesurteil gegen Fouquet. Er verweigerte ihm sogar einen Advokaten. Der Minister verteidigte sich aber selbst so brillant, dass man ihm nur eigene hohe Schulden vorwerfen konnte, aber kaum Unterschlagungen zu Lasten des Staates. Ich weiß, dass Colbert, der neue Minister des Königs, Zeugen bestach und Schriftstücke fälschen ließ. Trotzdem verurteilten die Richter Fouquet nur zur Verbannung. Der König aber nutzte sein Gnadenrecht dazu, um Fouquet mit ewiger Festungshaft zu bestrafen.«

»Eine Gnade zur Strafverschärfung?«

»Ja, just das«, bestätigt Philipp, »zum ersten Mal hat ein König sein Recht zur Strafmilderung zu ihrer Verschärfung benutzt. Aber nun zu mir: Nach Abschluss des Prozesses gegen Fouquet zeigte mir der Chevalier de Lorraine die Kopie eines Schriftstücks, aus dem hervorging, dass ich für Fouquet Geld ins Ausland gebracht hätte. Es war eine Fälschung. Doch Fälschungen sind in Frankreich wohl probate Beweise, wenn man damit sogar den mächtigsten Minister Frankreichs fast an den Galgen bringt. Der König wünschte aber nun Schweigen um Fouquet. So konnte ich Frankreich bequem verlassen. Wäre ich aber geblieben, hätte der König wohl einen *lettre de cachet* erlassen. Ich verkaufte das Haus in der Rue de l'Echelle und mein Rittergut wenig vorteilhaft. Deshalb Herzbruder, bitt ich, im Unglück....«, er sah mich flehend an, »um Gottes Willen, nur eine Kammer!«

»Unmöglich!«

»Und warum? Was soll die Bizarrerie?«

»Schrullen? Du wirfst mir Schrullen vor? Weiß Gott, mit so einem Bruder kann man zum komischen Kauz werden!«

»Ach ja, und was missfällt dem Herrn?« Er umklammert die Stuhllehne. »Ist es, weil ich Margaretha nach Paris mitgenommen habe? Sie ist dort glücklich und unterweist die Töchter einer Freundin. Oder hätte ich der Frau Mutter in den letzten Monaten nicht helfen sollen?«

»Philipp, es ist nicht das ›Was‹, sondern das ›Wie‹. Du hast Margaretha entführt. Hier warst du keineswegs ein bescheidener Gast. Und mein Bruder überbrachte mir den Uriasbrief mit der Einladung nach Köln...«

»Das ist zu viel!«, faucht er, »wie sollte ich ahnen, dass die Einladung seiner Exzellenz des Nuntius an kurkölnische Edelleut eine Falle ist?«

»Weil die Einladung von Ernst von Kolff kam!« Eine Vermutung, auf deren Bestätigung ich schon lange brenne.

»Woher … wer hat das gesagt?«, fährt er mich an.

»Ich weiß es, und du weißt, dass dieser Herr mir alle Übel der Hölle an den Hals wünscht.«

»Ja, aber ich vermutete doch nie eine Hinterlist, herzlieber Bruder«, säuselt er, mich treuherzig anblickend.

»Ein liebender Bruder hätte mir gesagt, dass die Einladung aus der Hand meines Erzfeindes kommt. Nein, du bist, wie du bist und ich wäre ein Strohkopf, wenn ich nichts aus dem Vergangenen lernen wollte. Eitle, schonungslose Selbstsucht, Unaufrichtigkeit sind mein Bild von dir und dieses Bild ziert ein Rahmen von Überheblichkeit, ewigem Unfrieden und Vertrauensbruch bis hin zum Verrat, der mich fast das Leben kostete. An der Illusion des redlichen Bruders kann ich nicht mehr weiter spinnen.«

»Das ist das letzte Wort?«

»Ja«, sage ich müde, »ich will dieselben bitteren Enttäuschungen nicht immer und immer wieder von Neuem erleben. Es schmerzt! Und ein eloquenter Edelmann mit perfektem Französisch, gewandtem Auftreten und vertraut mit dem Hofleben muss sich nicht hier vergraben, bis er selbst zu Asche wird. In Düsseldorf, Mainz oder Trier wird sich schon ein Amt finden.«

»Es ist wahrhaft beachtlich, wie's mein Bruder versteht, den Grausamkeiten noch das Mäntelchen der Güte umzuhängen – ein wahres Kunstwerk der Heuchelei. Zum Teufel mit dir!«

Er steht auf, entzündet eine Kerze und löscht die meine, mir in kindischer Weise zeigend, wer der Meister ist.

Obwohl meine Mutter wie eine Löwin für meinen Bruder und gegen meine Hartherzigkeit kämpfte, fuhr Philipp am Morgen des übernächsten Tages in seiner vornehmen Kutsche zum Tor hinaus.

Wegen der Pest fürchtete sie um sein Leben. Aber die Seuche war überall und viele begaben sich gerade auf die Straße, um dem Grauen zu entfliehen. Der Nuntius ging nach Lüttich; die Fürstenbergs, der Kurfürst und diejenigen Hofräte, die es sich leisten konnten, verkrochen sich dort, wo es noch keine Pesttoten gab. Doch nirgends gab es Sicherheit vor der Gottesgeißel.

Hingegen wurde Merhoffen zum Anziehungspunkt Hilfesuchender. Hennes braute Elixiere des »hochberühmten Gelehrten Servatius« und pries sein Mittelchen mit dem Lockspruch an, es habe seinen Herrn von der Pestilenz geheilt. Es ging nämlich das Gerücht um, ich hätte pestkrank Bonn verlassen, und nun konnte jeder sehen, dass ich lebte und mich guter Gesundheit erfreute.

Unter den Hunderten von Wunderarzneien gegen die Pest, die nun allerorts feilgeboten wurden, war der Heiltrank meines Stallknechts am begehrtesten.

Ich redete Hennes ins Gewissen, den Schwindel einzustellen – er sei weder Apotheker noch habe er die notwendigen Vorrichtungen zur Herstellung von Medizin. Er betrüge nur die armen Leute, die ihre letzten Heller für eine nutzlose Arznei hergaben. Ich musste sein alkoholhaltiges Elixier kosten und hoffte, dass es nicht Spinnenbeine, Krötenblut, Urin oder andere Unappetitlichkeiten enthielt.

»Das Elixier divinum mache ich genauso wie die Herren Apotheker und die nennt keiner Betrüger«, verteidigte er sich.

Immerhin verhökerte er nun sein Mittel in einem Wirtshaus. Dennoch riss der Strom der Pilger nach Merhoffen nicht ab, weil nun in einer Eiche in der Nähe der Gertrudiskapelle einem Pestinfizierten der heilige Rochus erschienen sein sollte. Man erzählte, der Heilige habe verkündet, wer seine Hand auf die Rinde des Baumes lege und zehn Ave-Maria bete, werde so wie der Herr von Merhoffen geheilt und Gesunde schütze dies vor der Seuche. Meinen Verdacht, Hennes wäre der Urheber dieser Mär, um ohne Wirtshausbesuche sein Mittelchen loszuwerden, wies dieser von sich.

»Herr, was hätt' ich davon! Die Eiche kann ich nit verkaufen. Seid froh, dass der Heilige Rochus nit gesagt hat, legt eure Beulenhände auf den Arm des Herrn von Merhoffen.«

Er hatte recht. Das Erscheinen eines Totgeglaubten verlangte nach einer Erklärung und wenn ich den Kranken verweigerte, mich zu berühren, so war zumindest der Ort, an dem ich lebte, für die Verzweifelten ein Platz der Hoffnung, den ich keinem nehmen wollte.

Die Seuche wütete den ganzen Oktober hindurch, so dass man die Leichen nur noch in große Gruben warf, die man, sobald sie gefüllt waren, ohne viele Zeremonien zuschüttete. Thierry, der inzwischen seine Gret geheiratet hatte, kroch mit ihr in Merhoffen unter, weil die vielen Pesttoten in ihrer Nachbarschaft sie in Angst und Schrecken versetzten. Merhoffen jedoch blieb mit oder ohne wundersame Eiche von dem Jammer verschont. Mehrmals am Tag betete ich mit dem Gesinde um Schutz vor der Pest. Die Tore blieben streng geschlossen. Bettler erhielten Brot nur noch mittels eines Korbes, der vom Torturm zu ihnen herabgelassen wurde. Wöchentlich ließ ich alle Räume mit Essigwasser säubern, die Wirtschaftsgebäude und Keller ausräuchern und Pestkraut hing in den Ecken aller Kammern. Ansonsten hüteten sich alle vor dem Kontakt mit der Außenwelt. Nur Hennes lief in die Schänken, stöhnte dann über »Hauptweh« und zog sich in einen leeren Ziegenstall zurück. Jeder wusste, was das bedeutete. Jost fasste sich ein Herz und klopfte an die Tür. Mit schriller Stimme rief Hennes, die Pest zu haben und er solle sich fortscheren, wenn ihm sein Leben lieb sei. Jedem war sein Leben lieb und so blieb der Kranke einen Tag lang ohne Hilfe. Schließlich wagte ich mich zu ihm. Sollte er tatsächlich pestkrank sein, wollte ich mich in eine Kammer der Wirtschaftsgebäude in Isolation begeben, denn wer sich dem Atem oder dem Geruch eines mit der Contagion Infizierten aussetzt, bei dem durchdringt die Effluvia, also die Ausdünstung, sogleich die Organe. Man ist dann todgeweiht und gibt die Seuche weiter. Mit einer Laterne leuchtete ich in den Stall. Hennes schrie sofort, ich solle gehen. Ich bat ihn, das Hemd hochzuziehen. Ich sah nur rote Stellen auf Brust und Armen, aber keine Beulen.

»Hennes, das ist nur die Krätze.« Ich trat näher.

»Oh nein, Herr, bleibt weg, es ist die Pest!«

»Unfug!« Ich beleuchtete seinen Leib. »Mit deinem Elixier kannst du gar keine Pest bekommen.«

»Doch, Ihr hattet recht. Ich sterb an meiner Dummheit.«

Er fieberte und der kalte Stall zehrte seine Kräfte auf. Ich kniete mich neben ihn, aber er brüllte, ich solle gehen oder ich sei des Todes.

»Hennes, so oft hat mich der Himmel schon vor dem Tod bewahrt, vielleicht nur, um dir zu helfen.«

»Eurem Stallknecht?« Er lachte trocken.

»Ja, just meinen Stallknecht kann ich nicht elend verrecken lassen. Bitte, mache mir den Dienst nicht so schwer!«

»Ihr seid irre, toll!«, flüsterte er, ließ sich aber aufhelfen und auf mich gestützt verließ er den Stall.

Draußen wartete das Gesinde. Betretenes Schweigen herrschte, als wir aus der Tür traten. Ruppig befahl ich allen zu gehen, da ich die Pest vielleicht allzu optimistisch ausgeschlossen hatte. Zögernd wichen sie zurück. Hennes versorgte ich allein. Nach drei Tagen war er wieder wohlauf. Obwohl uns die Pest diesmal erspart blieb, schlief ich weiterhin außerhalb des Herrenhauses. Ich machte wieder Ausritte und setzte mich dabei – mehr als die anderen – der Seuchengefahr aus.

November 1665

Mit dem ersten Kälteeinbruch ging die Anzahl der Pestfälle zurück. Aber die unsichtbare Gefahr blieb, noch immer starben Menschen den schmerzhaften Tod. Aus Köln kamen keine zuverlässigen Nachrichten, was die Gerüchteküche beflügelte, den leeren Platz durch Spekulationen zu füllen. Jede gute Neuigkeit wie jede Schreckensnachricht musste man mit einem umgedrehten Fernrohr betrachten, was bekanntlich alles verkleinert.

Doch die allgemeine Verwirrung und Regellosigkeit während der Pestzeit bewahrten mein Leben. Manchmal kam mir der vermessene Gedanke, die Gottesgeißel wütete nur deshalb so erbarmungslos, um mir eine Gnadenfrist vor meiner Hinrichtung zu gewähren. Doch die Zeit würde kommen, in welcher der Kölner Magistrat geruhte, sich meiner zu erinnern und der Hofrat wieder aufgrund der untertänigen Anfragen dienstbeflissener Kölner Amtsleute erneut meine Akten öffnete. Dann war ich verloren, denn meine Gegner waren so zahlreich wie unnachgiebig. Ich begann wieder nach dem Versteck des Raubgesindels um Hermann Pleiß zu suchen, obwohl nach so langer Zeit wenig Hoffnung bestand, noch eine Spur von ihnen zu entdecken. Es war auch aussichtslos! Immer niedergeschlagener kehrte ich von meinen Ausritten zurück. Trotzdem, es war das Einzige, was mir zu tun blieb und zugleich konnte ich die Not unzähliger Hilfsbedürftiger lindern. Die Landstraßen waren sehr belebt. Obdachlos waren Knechte und Mägde, die den Dienst verloren hatten, weil die Herrschaft geflohen war, Krämer, die wegen eines Pestfalls ihren Laden schließen mussten, oder Händler und Handwerker, die keine Kunden mehr hatten. Die Not unter diesen Armen war groß, denn aus Angst vor der Seuche verjagten die Bauern die Fremden oft mit Hunden. Ich nahm immer Brot und Speck mit, um den Hungernden etwas zu geben. Max, der Köln bald nach mir verlassen hatte, um unserer Mutter beizustehen, wollte mich begleiten, was ich aber nicht zuließ. Doch als ich das erste Mal zu Fuß zur Gertrudiskapelle ging, ließ er sich nicht mehr abschütteln. Wegen der wundersamen Eiche hatte ich diesen Ort bisher gemieden, um nicht dem Aberglauben weitere Nahrung zu geben. Auf dem Weg dorthin sahen wir einen Verschlag aus Brettern und frischen Zweigen, vor dem sich drei Männer an einem qualmenden Feuerchen wärmten. In einiger Entfernung blieben wir vor ihnen stehen. Scheu erwiderten sie meinen Gruß.

»Gute Leut, was treibt euch hierher, um so armselig zu hausen?«, fragte ich, weil sie mit ihren Stiefeln und dicken Mänteln keineswegs wie Lumpengesindel aussahen.

»Ach, dat ist die liebe Not«, klagte ein kleiner drahtiger Mann, »der Andriss und ich« – er deutete auf dem neben ihm sitzenden langen Burschen –, »wir sind Hausknechte aus Köln. Unser Herr ist wegen der Pest fort und wir warten hier, bis die Seuch vorbei ist.«

Caspar, so hieß der kleine Mann, hatte mit seinem Freund Andriss Gruben für die »Beulenleichen« ausgehoben. Für die gut bezahlten Totengräberdienste kauften sie Brot, Stockfisch und Pökelfleisch, das sie an die Menschen, die zur Rochuseiche pilgerten, verkauften. Der dritte Mann, dessen Blick mich nur einmal gestreift hatte, war Bäcker in Bonn gewesen. Nachdem Weib und Kind an der Pest gestorben waren, musste er seinen Laden schließen. Arzt und Apotheker hatten seine Mittel aufgezehrt und so stand er auf der Straße. Ich hätte ihn gerne nach Merhoffen mitgenommen, um ihn zu pflegen, denn seine Augen glänzten fiebrig, doch diesen Großmut musste ich mir jetzt versagen. Max bewunderte den Mut von Andriss und Caspar, Pesttote begraben zu haben.

»Dat mussten wir«, plapperte Caspar, »entweder verhungern oder sich die Pest auf den Hals ziehen. Da der Hungertod länger dauert, verscharr' ich lieber Tote, aber solang wir noch wat zu beißen habe, geh ich der Pest aus'm Weg. Die soll arge Schmerzen machen. Und wer seid Ihr?«

»Wir kommen von der Burg«, antwortete ich.

»Der Herr muss wohl grausam sparen, wenn seine Leut so ausgehungert sind«, sprach Andriss Max an, den er wohl für den Vornehmeren hielt.

»Der Herr ist das selbst«, erklärte Max auf mich deutend.

»Ach, Vergebung, gnädiger Herr«, stotterte Caspar, »aber Herren laufen sonst nit zu Bettlern, wat wir – Gott erbarm's – nun mal jetzt sind.«

»Du verstehst's, die Worte gut zu wählen«, lobte ich ihn, »ich gebe euch trockenes Holz und Obdach in der Kapelle.«

»Dat wär ein Paradies«, rief Andriss, »hunderttausendmal Dank und wir sind Euch *obliganter* bis ins Grab.«

»Vielleicht kann ich Euch einen Dienst erweisen«, brüstete sich Caspar.

»Ach, halt's Maul, Caspar«, knurrte der lange Andriss.

»Ja, sag's nur, ohne umständliche Vorred!«, bat ich.

»Wie Ihr wünscht. Nun, mein Herr schickte mich einmal nach Bonn. Da die Stadttore schon geschlossen waren, nahm ich Quartier in einer Schänke. Trotz des wahrhaft abscheulichen Bieres, und ich sag Euch – es war so dünn, dass man's Rheinwasser raus schmecken konnt – war die Hütt' zum Bersten voll. Hinter mir waren zwei grobe Geselle. Je mehr die soffen, um so lauter protzten sie ihre Heldentaten raus. Einmal schnappte ich Euren Namen auf und da ich ihn von Köln her kannte, lauschte ich, wat es da gab. Einer sagte: ›Im Wald hat er den wohlgeborenen Holunken nur mit dem Degen gekitzelt und ins Gesicht gespuckt, der Teufel weiß, warum er den geschont hat, aber darauf wett ich, bald macht ihm der Meister den Garaus.‹ Der andere lachte und meinte, der Herr von Merhoffen würde dann bald verrecken, verzeiht Herr, aber so war die Red. Deshalb, gnädiger Herr, spaziert nit so im Wald herum.«

»Was weißt du noch über diese Männer, ihre Namen?«

»Name?« Caspar kratzte sich am Kopf. »…ja, sie nannten sich Wüst Genug und Selten Satt.«

»Ha, wahrhaftig, solch christliche Namen geben Eltern gern ihren Kindern«, platzte Max heraus.

»Ne, dat waren nit die richtigen«, meinte Andriss.

»Erstaunlicher Scharfsinn!«, bemerkte Max.

»Was haben sie sonst gesagt – einen Ort genannt?«

»Es waren abgedankte Soldaten – lose Brüder, die mal den Galgen zieren. Solch Gesindel ist überall und nirgends zu Haus.« Caspar überlegte: »Aber … doch ja, sie sagten wat vom Reuterhof.«

»Reuterhof«, wiederholte ich, »doch das ist was – ja, ich danke dir, guter Caspar und wenn dir noch etwas einfällt, dann komm nur, es wird dein Schaden nicht sein.«

Die Nachricht hatte mich so aufgewühlt, dass ich vor der Kapelle zunächst auf und ab lief, um mit mir selbst ins Reine zu kommen. Max beobachtete mich erstaunt.

»Lieber Bruder«, sagte er, »mit Verlaub, Wüst Genug und Selten Satt haben Ihm wohl das Hirnhäuselein verwirrt. Einen Reuterhof gibt's in jedem Dorf.«

»Ja, Reuterhof, Max, auch am Rhein steht so ein Hof.«

»Dieses verfallene Gemäuer?«

»Ja, genau das ist das Nest der Mörderbrut. Jan Harsch hatte mir das als gutes Versteck genannt. Ich hielt's auch immer für unmöglich, doch jetzt weiß ich: Jan hatte recht!«

»Na, ob die Geschicht mit dem Selten Satt stimmt?«

»Ja! Er sagte, der Meister habe mir damals im Wald ins Gesicht gespuckt. So war's auch! Darüber hab ich aber nie geredet und nur ich, Hermann Pleiß und der Bursche, der nach dem Mord an Jan noch da war, wissen das!«

»Nun gut, aber was nützt uns der Reuterhof? Sollen wir uns dort einquartieren bis die Raubvögel einmal die Güte haben, uns die Ehr zu geben?«

»Ja, es ist wenig, doch wer nichts hat, für den ist wenig viel.«

Am Abend stand Felicitas in meiner Kammer. Ich beschwor sie zu gehen, aber sie schüttelte den Kopf. Sie wolle lieber mit mir gemeinsam in der elenden Kammer schlafen als weiterhin allein im Herrenhaus.

»Mein lieber Schatz, noch etwas Geduld, bis gewiss ist, dass die Seuch nicht in mir ist«, bat ich.

»Und wann ist das?« Sie kam mir einen Schritt näher und ich wich zurück. »Heute hat sich mein Ehemann mit Max unter Vagabunden gemischt, die Pesttote begraben. Die Frau Mutter hat getobt. Weiß Gott, sie hat ihr Lebtag genug Kinder zu Grab getragen, da muss sie am End nicht noch sehen, wie alles verdirbt, nur weil ihr Herr Sohn vermeinet, er müsse jedem Bettler das Schweißtuch reichen.«

»Ach, Felicitas, ich will nichts weiter, als wie ein Christ handeln in einer unchristlichen und grausamen Welt.«

»Wie ein Christ?«, spottete sie, »ein Christ setzt seinen unerfahrenen Bruder nicht Todesgefahren aus. Er kümmert sich um Weib und Kind und tut nicht alles, um aus ihnen Witwe und Waise zu machen. Da nützt kein Fasten, in die Mess' laufen und Almosen geben. Nein, Christoph, solche Frömmigkeit trägt keine Früchte.«

Wie gerne hätte ich sie tröstend in den Arm genommen, was ich aber nicht wagte.

»Ja, weiß Gott, ich bin ein erbärmlicher Gatte, Vater und Edelmann«, erwiderte ich, »und nach diesem Prolog will ich auf die Vorwürf antworten. Sollte ich Hennes im Ziegenstall verrecken lassen, bloß weil alle nur noch sich selbst kennen? Sollen wir jetzt jede menschliche Barmherzigkeit wie einen Schatz vergraben, um sie für bessere Zeiten aufzuheben, wo sie jetzt doch so bitter nötig ist? Ich setze mich gewiss nicht tollkühn Gefahren aus, dennoch will ich den Meinen den größten Schutz zukommen lassen und halte mich deshalb fern von ihnen. In Wesseling, liebste Felicitas, hat uns ein wildfremder Mann aufgenommen, obwohl ich ihm den Tod ins Haus bringen konnte. Soll ich den Unglücklichen da draußen jetzt den Rücken kehren?«

»Aber ich saß am Bett meines sterbenskranken Mannes, nicht die Bettler. Ich habe ihm Mut zugesprochen, obwohl ich selbst keinen mehr hatte und ich habe ihm Tag wie Nacht Theriak und Brühe eingeflößt. Und jetzt hab ich keine Kraft mehr und all der Schrecken soll ein End haben, ein End!«

Sie fiel mir in die Arme.

»Geduld, Herzliebste, Geduld«, ich streichelte ihre Schulter, »wir wissen beide, der Schrecken ist nicht zu Ende. Der Scharfrichter steht noch immer hinter mir, denn der Hofrat glaubt mir inzwischen genauso wenig wie die Kölner. Sie meinen, ich hab den Wirt bestochen, der die Übergabe meines Wamses an das Gesindel bezeugt. Dem Zeugnis meiner Knechte traut keiner. Aber vier glaubwürdige Zeugen schwören gegen mich. Und ich? Ich kann ihnen nur die kurios klingende Wahrheit entgegenhalten.«

Sie drückte ihren Kopf an meine Brust: »Ich will davon nichts hören!«

»Doch, geduckt wie ein Häslein sollten wir dem Verhängnis nicht entgegenbangen, mein Schatz. Gestern hat mir einer der Bettler einen Fingerzeig gegeben, wo ich die Raubvögel finden kann. Ich weiß nicht, ob sie in ihr Nest zurückkehren, doch will ich dort auf sie warten und hoffe, dass mich der Hofrat nicht vorher in Haftung nimmt.«

»Ja, aber wenn uns vielleicht nur noch eine kurze Zeit bleibt, dann sollten wir sie auch zusammen verbringen und wenn's Gott gefällt, wird er uns weiter vor Pest und Henker verschonen. Komm ins Haus!«

Schweren Herzens tat ich ihr den Gefallen.

Es war ratsam, mit einem möglichst großen Trupp den Raubgesellen auf den Pelz zu rücken. Deshalb bat ich die drei Bettler um Hilfe. Der Bäcker war zu schwach, aber der lange Andriss und der stämmige Caspar konnten reiten und sogar schießen, wenn sie auch nie trafen. Mitte November machte ich mich mit ihnen sowie mit Thierry, Max, Melchior und Hennes zum Reuterhof auf. Unsere stattliche Zahl mochte Eindruck machen, aber außer Thierry war kaum einer kampferprobt oder im Vollbesitz seiner Kräfte. Den Reuterhof hatte ich als Ruine in Erinnerung und eine andere Bezeichnung verdiente das zugewucherte Gemäuer auch nicht.

»Bei dem Hundepissewetter gibt's da nur fette Ratten zu fangen!«, schimpfte Hennes.

»Da war seit Jahrhunderten keine Seel«, stimmte ihm Thierry zu, »das Gestrüpp hat sogar die Tür verbarrikadiert.«

»Seltsam ist, dass es überhaupt noch eine Tür gibt und sogar zwei Fensterläden, sonst wird doch alles gleich weggemaust«, gab ich zu bedenken.

»Wer zerreißt sich gern die Kleider, um sich ein Süpplein zu wärmen«, knurrte Hennes.

»Soldaten nehmen immer alles«, widersprach Thierry.

»Ei ja, diese Höllenhunde gewiss«, sagte Melchior, »aber die Bauren nehmen nichts, denn dat hier ist ein verfluchtes Haus, auf dem ein gräulicher Zauber liegt.«

»Uuh«, höhnte Thierry, »jetzt kommen gleich die arm' Seelen, die durch die Nacht gespenstern.«

»Ach, halt's Maul, Thierry«, wies Melchior ihn zurecht, »Herr, in dem Haus lebte einst ein Mann mit seinem Weib und drei starken Söhnen. Die sind wegen ihres Glaubens aus ihrem Land gegangen. Der Mann war früher Bergmann und ein erbärmlicher Bauer. Man munkelte, er sei Schmuggler, aber gewiss ist: Er hatte einen Pakt mit dem Bösen geschlossen. Jedenfalls hörte nachts ein Hirt Lärm im Haus, dann weinte einer so hohl, als wär's nit von dieser Erd. Der Hexenkommissar ging eines Tags da hinein und fand fünf schwarze Leichen, die höllisch stanken, denn der Teufel hatte ihnen die Seel aus'm Leib gebrannt. Die Hessen brannten den Hof später nieder. Doch der Teufel erstickte die Flammen und so kohlte das Haus nur schwarz ein. Ich geh nit ins Höllenhaus.«

»Ich bin kein Waschweib und komm mit!«, erklärte Thierry, Melchior triumphierend angrinsend.

Hennes schloss sich Max und mir noch an, die anderen sollten Wache bei den Pferden in einer Scheune halten, die abseits des Hauses stand. Sie war in einem sehr schlechten Zustand. Jemand hatte in der Scheune einen Unterschlupf für zwei Männer zusammengezimmert, der den Wachen Schutz vor Regen bot, während sich die Pferde über die freie Sicht in den grauen Winterhimmel freuen konnten. Max, Thierry, Hennes und ich nahmen unsere Reiterpistolen und suchten einen Weg, um in das Haus zu gelangen. Das aber schien aussichtslos zu sein. Dorniges Gestrüpp bildete einen dichten Festungswall um den ganzen Hof. Hennes grinste.

»Da stehen wir nun mit Pistolen und Degen! Die nützen uns so viel wie ein Nadelkissen«, spottete er, »mit Verlaub, Herr, das Haus ist ein taube Nuss, da ist nichts zu finden.«

»Das denke ich nicht«, widersprach ich, »die Scheune ist gut zugänglich geblieben, also muss jemand das Buschwerk dort beseitigt haben, vielleicht um zeitweilig einen Kaufmannswagen zu verstecken, und das verrufene Haus mit seiner Dornenhecke bietet zweifach Schutz vor ungebetenen Gästen, wo man Diebsgut länger lagern kann.«

»In das Haus kommen aber nur Engel«, Thierry lachte.

»Ja, dass es so gar keinen Weg gibt, ist seltsam, aber vielleicht gibt's einen Geheimgang«, sinnierte ich, »Melchior hat doch von einem Bergmann erzählt, der hier lebte und in Kriegszeiten wär mancher froh über einen geheimen Fluchtweg gewesen. Also sehen wir nach, ob das nicht doch das Mausnest des Raubgesindels ist.«

Thierry begann, sich durch das Gestrüpp zu zwängen. Der Widerstand der Dornen war im ersten Drittel vehement, dann überwog dornenloses Buschwerk. Wir hoben einen Fensterladen aus den Angeln und zerschnitten ein Fenster, das anstelle von Glas mit Stoff aus Hanf und Flachs bespannt war. Bald standen wir in der guten Stube, die erstaunlich gut erhalten war. Das schadhafte Dach hatte man mit Holz und Stroh abgedichtet. Auf einem Tisch lag ein riesiges Paket, das Atlastuch enthielt und von der Decke hingen wie Würste fünf gut verpackte kleinere Seidenstoffballen. Außerdem fanden sich ein halb volles Fässchen Branntwein, ein Fässchen Schießpulver, zwei Säcke Hafer, Geschirr, Kienspäne, Talglichte, Feuerzeug, eine abgeschabte Kuhhaut und ein Säcklein Dörrfleisch. Eine Falltür führte in einen kleinen Keller, der mit Unrat angefüllt war. Hennes öffnete die Tür zum ehemaligen Stall, dessen Dach nur noch aus einigen verkohlten Balken und Sparren bestand. Dort fand Thierry einen geheimen Fluchtgang.

Er war unter einem mit moderndem Stroh angefüllten Brunnen versteckt. Das Stroh klebte an einer soliden Falltür, die wir öffneten. Steigeisen führten ins Schwarze. Thierry erkundete den Gang, der zum Rhein führte. Allerdings war die Ausgangstür von außen verriegelt, so dass er nicht hinauskam. Ich beschloss, im Haus zu übernachten. Alle leisteten mir Gesellschaft, sogar Melchior überwand seine Furcht vor dem Höllenhaus und bahnte uns einen Weg durch das Dornengestrüpp.

Im Schein dreier Talgkerzen verzehrten wir in der Stube unser Nachtessen. Keinem war es geheuer und selbst Thierrys Fröhlichkeit erstickte die Memento-mori-Stimmung. Trotzdem nickte jeder feierlich auf meine Frage, ob sie zwei Tage mit mir hier ausharren wollten.

Zwei lange Tage beobachteten wir den Rhein und den Treidelpfad, doch keiner der Vorbeiziehenden beachtete die Ruine. Wir blieben eine weitere Nacht. Am folgenden Tag, an dem die Sonne nach langer Zeit wieder schien, saß ich auf Wache und beobachtete das gegenüberliegende Rheinufer. Der Fluss führte bereits Eisschollen. Schon jetzt war es gefährlich, ihn zu passieren und bei zunehmender Kälte würde es bald unmöglich sein. Thierry kam zu mir.

»Die Leut fragen, wann wir heimreiten«, sagte er.

»Sie können reiten!«

»Sie? Kommt Ihr nicht mit?«

»Nein, wenn ich aufgebe, ist das mein Todesurteil.«

»Aber Ihr seid doch frei? Geht's nicht nur noch um die Ehr?«, fragte er und ich schüttelte traurig den Kopf. »Dann flieht«, schlug er vor.

»Nein, damit bestätigte ich, ein Mordgeselle zu sein und würde obendrein Weib und Kind in Schande zurücklassen. Wenn's sein muss, so mögen sie mich hinrichten.«

»Ihr fügt Euch in eine Enthauptung?«

Ich nickte: »Ich habe aber eine Hoffnung! Die kostbaren Stoffballen verderben bis zum Frühjahr. Sie müssen bald kommen.«

Mein Blick ging zum anderen Ufer stromauf in Richtung Königswinter. Ich reckte den Hals, denn von dort kommend kämpfte ein Fischerboot gegen die Wellen.

»Kein Wetter, um Netze auszulegen«, meinte Thierry.

Der Kahn drohte zu kentern. Ich schloss die Augen. Die Vorstellung des kalten, reißenden Wassers drückte mir fast die Luft ab und ich nahm das Boot als Orakel: Falls es unterginge, wäre es sinnlos, länger zu warten. Es meisterte die Gefahr, kam aber in dem strudelnden Wasser sofort wieder in Bedrängnis, aus der sich der tollkühne Fischer mit Mühe herauswand. Sie waren zu dritt. Ich schöpfte Hoffnung und schickte Andriss zu Melchior, um ihn zu warnen und mit ihm die Pferde zu bewachen. Die anderen versammelten sich mit geladenen Pistolen im Stall.

»Alle Heiligen, steht uns bei, die Teufel kommen!«, rief Hennes, der als Ausguck den Treidelpfad beobachtet hatte und als Letzter zu uns stieß.

Ich schärfte allen ein, dass die Burschen mir nur lebend etwas nützten. Thierry und Hennes sollten den Ersten gefangen nehmen, ich und Max den Zweiten, Caspar den Dritten. Wir stellten uns so auf, dass der aus dem Loch steigende Ankömmling uns den Rücken zukehren musste. Wir warteten. Ein Scharren war zu hören.

»Still! Keine actiones, bis ich's befehl!«, flüsterte ich.

Knarrend öffnete sich die Falltür und ein Mann erschien. Er seufzte und rief nach unten, die Falltür sei auf, worauf jemand antwortete, das sehe er. Dann kletterte er heraus, streckte sich, drehte sich um und erschrak, da er fünf Pistolen auf sich gerichtet sah. Ich legte den Finger auf den Mund. Der Mann blieb stocksteif stehen, unfähig ein Wort herauszubringen. Währenddessen stieg der Nächste aus dem Brunnen. Es war Hermann Pleiß. Er merkte, dass etwas nicht stimmte, denn er drehte sich sofort um, nachdem er ein Bein über den Brunnenrand gesetzt hatte. »Jetzt!«, rief ich und stürzte mich auf ihn. Max griff nach seinem Arm.

»*Har, Vopper, wir sin geklemst*«, brüllte Pleiß.

Er schüttelte Max ab und stieß mir wie ein wütender Stier seine Fäuste in den Leib, doch ich umklammerte ihn und versuchte ihn niederzuringen, war aber zu schwach. Er flüchtete zum Brunnen. Dort hielt ihn Max fest. Gemeinsam rissen wir ihn zu Boden. Thierry kam uns zu Hilfe und setzte sich rittlings auf ihn, doch immer noch wehrte sich Pleiß.

»Ola, *mon ami*«, rief Thierry, sein Opfer in den Würgegriff nehmend, »soll ich ihm eins drübergeben, Herr?«

»Nein, wir sagen höflich guten Tag: Gelobt sei Jesus Christus, Hermann Pleiß«, begrüßte ich ihn.

»Kein Tag zum Loben«, keuchte er, »pfeift den Hund zurück! Verflucht, nimm deine *Grifflinge* von meinem Hals.«

Die heftige Gegenwehr nützte ihm nichts. Hennes und Caspar hielten seinen Gefährten in Schach. Beiden Gefangenen banden wir die Hände vorne zusammen sowie einen Strick um den Leib, damit wir sie wie die Hunde festhalten konnten, und machten uns mit ihnen auf den Rückweg. Thierry vertraute mir leise an, dass der andere Mann, der sich Wüst nannte, einer der Halunken war, denen er wegen seiner Spielschuld mein Wams verpfändet hatte. Mein Glück, gleich zwei der Rädelsführer gefangen zu haben, konnte ich kaum fassen. Mit gesenktem Kopf schritt Pleiß vor mir her, ohne auf die Dornenranken zu achten, die sich in seiner Kleidung verhakten. Wir führten die Gefangenen zur Scheune und ich drängte zum Aufbruch. Ich gab Hennes Order, die Fesseln noch einmal zu überprüfen. Noch bevor er dies bei Pleiß tun konnte, hatte dieser die Hände frei, riss dem überraschten Stallknecht den Degen von der Seite und stürmte damit zum Ausgang. Ich war schon im Sattel, um mich zu vergewissern, dass der entwischte dritte Mann uns nicht auflauerte. Mit meiner Pistole bedrohte ich Pleiß, aber er hetzte weiter zu einem Gebüsch, damit ich ihm zu Pferd nicht nachsetzen konnte. Ich sprang ab und verfolgte ihn. Er stolperte, raffte sich wieder auf, floh weiter, kam aber im Dickicht nicht schnell genug voran und stellte sich mir entgegen. Ich warf die Pistole weg und zog den Degen.

»Die Waffe weg!«, forderte ich ihn auf.

»Unter welcher Bedingung?«, stieß er hervor.

»Keine ... auf Gnad und Ungnad!«

»Zu wenig«, brüllte er und drang auf mich ein.

Seinen stürmischen Angriff parierte ich, ebenso die folgenden wilden Hiebe. Er war immer noch ein miserabler Fechter, ging aber mit dem Mut der Verzweiflung auf mich los. Bei der ersten Gelegenheit verletzte ich ihn am Oberarm und mit dem nächsten Hieb an der Schulter. Er ging in die Knie und setzte sich schwer atmend ins Gras.

»Ich hätte dich leicht erschießen können«, sagte ich.

»Und ... warum habt Ihr's nit getan?«

»Weil ich's nicht will.«

»Dann lasst mich laufen. Etwas anderes als den Tod hab ich kaum zu erwarten.«

»Ja, du büßt für die Taten, die man mir anlastet.«

»Hei, das war ein wackeres Werk, es Euch einzutränken.« Grinsend wechselte er plötzlich seine Strategie. »Denkt nit, es hat ein End. Zur Höll mit Euch! Auf der Folter schwör ich beim Seelenheil, dass Ihr die Überfäll ausgeheckt habt. Ha, auf dem Richtplatz schreie ich Eure Untaten heraus. Fürwahr, meine letzten Worte schenk ich Euch!«

»Warum der unbändige Hass? Ist dir's Himmelreich nichts wert, wo du doch auf der Erd noch wenig zu erhoffen hast?«

»Das Himmelreich?« Er lachte. »Gott hat mich schon lang vergessen und ich ihn. Und die Höll ist mir allemal lieber.«

»Hass ist also das Einzige, was dir geblieben ist!«

»Ja! Deshalb sorg ich auch für Eure Hinrichtung!«

»Nun denn, so muss ich mein Kreuz tragen. Dich aber liefere ich deinem Richter aus, schon um redliche Menschen vor deiner Mordlust zu bewahren. Und jetzt steh auf!«

Mühsam folgte er meinem Befehl. Der linke Ärmel seines Wamses war bis zum Ellbogen blutdurchtränkt. Max und Andriss waren uns nachgekommen und hielten die Pistolen im Anschlag.

Plötzlich sah Pleiß mich reumütig an und bat um ein Wort unter vier Augen. Ich gab den beiden ein Zeichen, außer Hörweite zu gehen, was sie zögernd befolgten.

»Nun, was gibt's noch?«, fragte ich unwillig.

»Seit dem Überfall mit dem Wams war ich ehrlich. Im Bergischen Land hab ich einen Hof und meine schwangere Frau wartet da auf mich. Bei meinem Leben, ich schwör, bis zu meinem unseligen End rechtschaffen zu sein. Redliche Arbeit war mein Lebtag lang das Einzige, was ich kannte, bis der Zufall mir die Gunst verschaffte, die Gerechtigkeit ins Gleichgewicht zu bringen. Ich bitt um Barmherzigkeit nit für mich, sondern für meine Frau, das Kind und für meinen Gefährten.«

Er wollte vor mir niederknien, was ich verhinderte: »Hast du jemals nach Weib und Kind deiner vielen Opfer gefragt?«

»Viele Opfer? Nein! Nur dem Böhm hab ich den Rest gegeben. Der war bei den Lothringern und hatte genug Schandtaten auf'm Gewissen.«

»Darüber kann nur Gott und ein Gericht urteilen!«

»Ihr wisst, wie's mir ergeht, wenn Ihr mich ausliefert?«

»Ja, am End steht der Strick!«

»Nein, das Rädern! Und die Kölner fordern's gewiss von unten nach oben, nicht umgekehrt!«

Der Scharfrichter würde ihm mit dem Rad Beine und Arme zerschlagen und darauf die gebrochenen Glieder auf das Rad flechten, bis er ihm vielleicht den Gnadenstoß geben durfte oder er ließ ihn sich auf dem Rad langsam zu Tode quälen. Das übliche Rädern von oben ist milder, weil der Henker zuerst den Kopf zertrümmert.

»Wenn dir die Straf nicht behagt, dann hättest du Raub und Mord lassen sollen!«, hielt ich ihm vor.

»Ja, aber jetzt ist's zu spät! Und bedenkt, damals in Wesseling hab ich Euch's Leben gerettet. Die gute Tat kann doch nit mein Leben kosten. Ja, wenn Ihr meint, ich sollte den Tod des Böhm sühnen, dann seid so gnädig, wie ich's bei ihm war und gebt mir jetzt den Tod. Ich sag Euch auch, wie Ihr die Wahrheit ohne mein Geständnis aufdeckt.«

Er sah mich flehend an.

»Nein! In Wesseling hast du mich geschont, weil ich durch den Henker sterben sollte. Um der Barmherzigkeit willen würde ich dir den Dienst gern erweisen, um den du bittest. Aber ich verurteile meine Nebenmenschen nicht nach meinem Gutdünken zum Tod, sondern überlass es den Richtern. Danach bitte ich für dich um Gnad, wenn's vonnöten ist. Das verspreche ich!«

Verzweifelt blickte er auf Andriss; der richtete noch immer seine Pistole auf ihn. Plötzlich gab er mir einen Stoß und sprang auf Andriss zu. »Nicht feuern!«, schrie ich, doch der Kölner drückte ab. Die Kugel pfiff an mir vorbei, dann hatte ich Pleiß am Kragen und riss ihn zu Boden.

»Ich bin wahrhaftig verflucht, wenn mich auf fünf Schritt keine Kugel trifft«, seufzte er.

Er konnte nicht wissen, dass der brave Hausknecht noch nie getroffen hatte.

Ich nahm die Gefangenen mit nach Merhoffen, um sie dem Amtmann auszuliefern. Doch am folgenden Tag regnete und schneite es. Pleiß hatte viel Blut verloren und war schwach, so dass ich ihn nur in der Kutsche fortbringen konnte. Die aber wäre im Morast versunken. Drei Tage später waren die Wege wieder passierbar und die Kutsche stand bereit. Ich ließ aber wieder ausspannen, weil Pleiß noch sehr elend war und ich um sein Leben fürchtete, wenn er in ein Turmverlies geworfen wurde. Zu frisch waren meine üblen Erinnerungen an die Turmhaft.

Am Nachmittag desselben Tages besuchte mich Merg mit ihrem Ehemann, um Pachtfragen zu klären. Ich schickte ihren Mann zu Gillis. Merg stand in ihrem dunklen Sonntagskleid vor mir und richtete fragend ihre klaren Augen auf mich.

»Merg, was ich jetzt sage, bitt ich, ganz und gar für dich zu behalten. Ein Wort gegenüber anderen kann mir eine Mörderbrut auf den Hals hetzen.« Sie nickte. »Dein Bruder Hermann ist mir ins Garn gegangen.« Ihre Augen weiteten sich vor Erstaunen oder Erschrecken – sie wusste also von nichts. »Er ist verletzt. Wenn du willst, lasse ich dich zu ihm.«

»Gott sei seiner Seel gnädig«, sagte sie leise, » ich dank Euch für die Güte, ihn ein wenig zu trösten.«

»Du willst zu ihm, obwohl er deinen Mann ermordet hat?«

»Das ist doch meine Schwesterpflicht!«

Dezember 1665

Der Tag, an dem ich die Kutsche anspannen ließ, war die letzte gute Gelegenheit, die Gefangenen auszuliefern. Danach war das Wetter sehr schlecht und Hermann Pleiß erholte sich nur langsam. Mir war nicht wohl, die Verbrecher zu beherbergen. Von Tag zu Tag wuchs die Gefahr einer gewaltsamen Befreiung durch die Spießgesellen. Zumindest musste ich dem Amtmann die Sache anzeigen, doch Thierry, dem ich ein entsprechendes Schreiben mitgegeben hatte, dass er *de manu in manum* dem Amtmann in Godesberg aushändigen sollte, kam unverrichteter Dinge zurück, weil er, trotz mehrerer Versuche, nur einen Sekretär angetroffen hatte und er es – entgegen meiner Weisung – diesem nicht übergeben wollte. So machte ich mich Anfang Dezember allein nach Godesberg auf. Allerdings war auch mir das Glück nicht hold. Der Amtmann weilte in Bonn und der Sekretär war erst am Nachmittag abkömmlich. Missmutig beschloss ich, zunächst zu Mittag zu essen.

Im Gasthaus wurde ich gleich mit Schießerei begrüßt. Junges Volk ließ Knallfrösche – mit Schießpulver gefüllte Säckchen, die nach Abbrennen der Lunte explodierten – vor meinen Füßen los, was mir einen gehörigen Schrecken einjagte. Nachdem sich der Pulverdampf verzogen und das Gejohle der zehn Burschen gelegt hatte, sah ich zwei von Gästen besetzte Bankreihen. Nur bei den jungen Laffen war noch Platz und so setzte ich mich wohl oder übel an das Ende ihres Tisches. Meine Sauf- und Raufzeit lag zwar kaum mehr als drei Jahre zurück und meine Tischgenossen waren auch nur wenig jünger als ich, aber in ihrer Gesellschaft fühlte ich mich wie ein alter Mann, der nur Kopfschütteln für ihre laut hinausposaunten Zoten übrig hatte.

»Monsieur, wenn's Euch angenehm ist, könnt Ihr mit uns speisen, wir rücken gern zusammen«, flüsterte mir ein Herr ins Ohr und deutete auf den anderen kürzeren Tisch. Ich dankte und gesellte mich zu ihm. Er war *Präzeptor* und begleitete seine beiden Schüler auf einer Kavalierstour. Sie waren im Spätsommer von Rom aus bis München gekommen und hatten wegen der Pest ihre Rückreise ins Brandenburgische auf den Winter verschoben. Sie überlegten nun, eine ursprünglich geplante Reise nach Paris doch noch zu unternehmen, da die Seuche zu verlöschen schien.

Der Wirt selbst brachte eine dampfende Schüssel Kraut- und Rübeneintopf, wozu es Brot gab.

»In Köln ist die Pestgefahr wohl noch groß?«, fragte der Präzeptor, kaum dass ich ein »Gesegne Gott, wünsche wohl zu speisen« gesagt hatte.

»Die Herren logieren besser außerhalb«, empfahl ich.

»Auch außerhalb Bonns?«

»Ja!« Seine Schüler machten lange Gesichter, so fügte ich noch hinzu: »Wenn's auch nicht die Gefahr birgt wie Köln.«

»Allen Städten auszuweichen ist nicht gerade Sinn einer Bildungsreise«, meinte er, »deshalb sollten wir wenigstens die Residenzstadt sehen. Hat der Herr das gleiche Ziel?«

Um nicht erklären zu müssen, weshalb ich mich in Godesberg vergnügte, nickte ich nur, zumal ich gerade kaute.

»Es wär eine große Freud, wenn wir uns dem Herrn anschließen dürften«, schlug der Präzeptor vor, »dann können wir Bonn nicht verfehlen.«

»Oh«, ich verschluckte mich und bekam einen roten Kopf, »Bonn liegt am Rhein und ist kaum zu verfehlen, wenn man stromab reitet, da ist Paris schwieriger zu finden.«

»Ei, das ist wahr«, antwortete der Präzeptor manierlich, während seine Schüler kicherten.

Ich überlegte: Bonn durfte ich ohne Erlaubnis des Rates der Stadt nicht betreten und es war auch kaum mein Wunsch, schlafende Hunde zu wecken. Andererseits lebte ich schon zu lange im Ungewissen und die Zeit drängte. Warum sollte ich mich mit einem blasierten Sekretär abgeben, der mich wie ein Lakai warten ließ? Besser, ich suchte gleich den Amtmann auf. Seitdem ich Hermann Pleiß festgesetzt hatte, konnte mein Stern nur noch steigen. Kurzerhand beschloss ich, die Reisegruppe zu begleiten. Während des Rittes erwies sich der Präzeptor als überaus redselig, eine Eigenschaft, die man bei Lehrern häufig findet. Er verwickelte mich in ein philosophisches Gespräch über René Descartes, den er für den überragendsten Geist seit Aristoteles hielt.

»Wir müssen alles in Zweifel ziehen und *cum ratione* die Welt neu erkennen, die Ursachen der vielen Übel erforschen und nicht alles als gottgegeben hinnehmen, wenn wir die Herren unseres Geschickes sein wollen«, dozierte er.

Pater Senfft hatte in unseren stillen Stunden mir die Denkmethoden des Philosophen erklärt, obwohl dessen Schriften in den Giftschrank der Jesuiten gehörten. In Paris hatte ich schon wilde Diskussionen über die cartesische »Gottesidee« erlebt, so dass ich den Gedankenflügen meines Begleiters durchaus gewachsen war, was den guten Mann geradezu begeisterte.

»Weiß Gott, die meisten Menschen sind wie die unvernünftigen Tiere, da freut's einen, wenn man einen gebildeten Herrn trifft, der da heraussticht«, schmeichelte er mir.

Allerdings war er mehr entflammt für Descartes' Schlüsselsatz »cogito ergo sum«, »ich denke, also bin ich«, als dass er wirklich tief in die komplizierte Gedankenwelt seines Idols eingedrungen wäre. Allmählich störte mich seine schwatzhaft schulmeisterliche Art. Nach kurzem Ritt passierten wir das Stadttor. Bei der gut gekleideten Gesellschaft sah die Torwache nicht so genau hin und so schlüpfte ich unerkannt in die mir verbotene Stadt. Ich wollte mich von meinen Begleitern verabschieden, doch der Präzeptor und seine Schüler baten mich, mit ihnen noch einen Krug Wein zu leeren. Höflich schlug ich das Angebot aus, was sie wohl als Ausdruck kultivierter Bescheidenheit werteten, da sie auf der Einladung beharrten. Am Stadttor schlitterten einige Lehrjungen auf einer zu Eis gefrorenen Pfütze entlang. Ein abseits stehender Knabe sah ihnen zu und unsere Blicke trafen sich. Ich erkannte Gierhart, den Sohn des Scharfrichters. Ich winkte ihn heran. Zögernd kam er zu uns und grüßte schüchtern.

»Ach, schon am Tor begrüßen Euch die würdigen Standspersonen der Stadt«, bemerkte der Präzeptor, der von der ansehnlichen Kleidung Gierharts darauf schloss, den Sohn eines Ratsherrn vor sich zu haben. Gierhart wurde rot.

»Nun ja«, ich legte die Hand auf die Schulter meines ehemaligen Bewachers, »das ist der Sohn des Henkers von Bonn, wenn die Herren Bekanntschaft zu machen wünschen?«

»Oh, nein, nein, um Himmels willen«, wehrte der Präzeptor ab und dann lachte er, »der Herr scherzt!«

»Keineswegs!«

»Wie … wie kommt Er zu der Ehr dieser Bekanntschaft?«

»Als ich hier in Bonn im Turm saß.«

»Im Tu … Turm«, stotterte der arme Mann und ich nickte.

»Weswegen?«, wollte nun der jüngere Schüler wissen.

»Raub und Mord hat man mir vorgeworfen!«

»Und Ihr seid frei?«, fragte der Präzeptor fassungslos.

»Ja, da man bei mir die Pest vermutete, hat man mich der Stadt verwiesen!«, gab ich bereitwillig Auskunft, woraufhin alle einen Schritt von mir wegtraten und bestürzt schwiegen.

»Ihr versteht's zu scherzen«, platzte schließlich der ältere Schüler heraus, »gewiss will der Herr jetzt anfragen, ob er wieder in den Turm muss und hat daher keine Zeit.«

»Just so ist's!«, bestätigte ich.

»Mit Verlaub«, sagte der junge Mann, »es gibt simplere Methoden, eine Einladung abzulehnen als solche Schauermärlein!«

»Doch wohl kaum amüsantere?«, entgegnete ich, »nichts für ungut, meine Herren! Ich bitte um Vergebung, wenn ich nun adieu sagen muss und wünsche eine gute Reis' nach Paris.«

Plötzlich hatten es meine Freunde eilig und ich hoffte, sie nie wiederzusehen. Gierhart hing aber nun wie eine Klette an mir. Diese wenig ehrenvolle Begleitung war mir unangenehm. Doch hatte ich nicht das Herz, den Jungen wegzuschicken, der sich in meiner Notzeit stets freundlich um mich gekümmert hatte. Er flehte mich an, ihn nach Merhoffen mitzunehmen, er wolle jede Arbeit verrichten, auch Sau- oder Schafshirt sein, wenn er nur keine Verliese, Wunden, Folterkammern und die Richtstätte mehr sehen müsste.

»Mein Vater hat kein Einsehen«, klagte er, »jetzt ist auch noch einer meiner Brüder gestorben und der andere will nach Andernach heiraten.«

Vor dem Haus meiner Schwester riss mir der Geduldsfaden: »Was jammerst du?«, herrschte ich ihn an, »warum folgst du nicht deinem Vater, der die Welt besser kennt als du? Als Schafhirt überstehst du kein Jahr in Kälte und Nässe. Justitia braucht den Scharfrichter, die Gefangenen deine Heilkunst, die du von Kindesbeinen an gelernt hast.«

Erschrocken blickte er mich an und rannte davon.

Sophia nähte zusammen mit ihrer Stieftochter in der Stube. Das Mädchen blickte mich misstrauisch an. Meine Schwester begrüßte mich freudig.

»Er sieht gesund aus, liebster Bruder, wenn auch etwas mager«, stellte Sophia fest.

»Ein Dickwanst störte beim Reiten, Schwesterlein.«

»Ach, ab einem gewissen Alter ist eine maßvolle Leibesfülle doch respektheischend – achtunggebietend und passend für eine Standsperson!«

»Glücklicherweis' habe ich dieses Alter wohl noch nicht erreicht oder bin keine Standsperson.«

»Oh pfui, wer will schon wie ein Bauer aussehen?«

»Warum nicht?«, reizte ich sie, »das ist besser als der Galgenvogel, für den mich alle halten.«

»Ja, wenn man am hellen lichten Tag mit dem Sohn des Scharfrichters durch die Gassen läuft, wie ich's eben durchs Fenster sah, dann kann man kaum erwarten, dass die Leut einen hoch *estimieren*.«

»Christus bekannte sich zu den Ehrlosen und wird gerade deswegen hoch geachtet.«

»Aber das war vor mehr als 1600 Jahren«, widersprach sie hitzig, »die Zeit hat sich geändert.«

»Ja, liebe Schwester, in der Tat. Wir schlagen uns über die Frage, wie man den Himmel erwerben kann, die Köpfe ein, aber tun immer weniger das, was Christus fordert. Seine einfachen Ansprüche sind für uns Menschen wohl nicht erfüllbar?«

»So wörtlich wie die Protestanten soll man die Bibel nicht nehmen! Aber es ist gefährlich, in die Stadt zu kommen.« Sie blickte mich ängstlich an.

»Ja, ich weiß, die Stadt ist mir verboten. Nur, wie soll ich erfahren, was der Hofrat mit mir vorhat. Seit Tagen laufe ich ohne Erfolg dem Amtmann hinterher.«

»Aber es ist doch gut, wenn man die Sach vergisst!«

»Sie wird nie vergessen, dafür sorgen schon meine edlen Feinde wie die Kolffs. Ich will niemanden inkommodieren und geh auch gleich wieder.«

»Ja, Saltin, sonst liefern wir wieder Speisen in den Turm.«

»Gewiss nicht, denn jetzt kann ich meine Unschuld beweisen, nur brauche ich Zugang zum Hofrat. Ich habe eine dringende Botschaft, die auch für den Kurfürsten von Wichtigkeit ist, weil sie die Wogen mit den Kölnern glätten wird.«

»Das wird Andreas bewerkstelligen«, versprach sie, »aber bitte, liebster Bruder, verlasst sogleich die Stadt!«

»Nein, Sophia, das duldet keinen Aufschub. Morgen Schlag acht Uhr bin ich wieder hier!«

Um den kurfürstlichen Kammerrat Andreas Frohen nicht dem Vorwurf auszusetzen, er habe seinen aufsässigen Schwager beherbergt, schlief ich in einem weit entfernten Gasthaus. Um kein Aufsehen zu erregen, ging ich am nächsten Morgen zu Fuß zu meiner Schwester. In der Nähe des Hauses »Zum Goldenen Sattel« stand eine schäbige Kutsche, vor der zwei Männer in dunkelblauen Mänteln offensichtlich auf jemanden warteten; der eine spähte zum Markt hinauf und der andere die Gasse hinab. Als ich näher kam, starrten mich beide an. Sofort begriff ich, was dies bedeutete. Ich blieb stehen. Für einen würdigen Rückzug war es zu spät und seit meiner sinnlosen Flucht in Köln hatte ich wenig Lust davonzurennen. Widerstandslos ließ ich mich von den beiden Stadtbütteln festnehmen. Derjenige, der mir den Degen abnahm, kannte mich, weil er mich damals aus dem Turm zu meiner Schwester gebracht hatte. Sie drängten mich in die Kutsche, die sofort anfuhr. Keiner von ihnen machte sich die Mühe, die Vorhänge zuzuziehen, im Gegenteil, sie schienen mich mit Wonne dem staunenden Volk präsentieren zu wollen. Ich drückte mich tief in die abgewetzte Bank, die noch aus Zeiten des Prager Fenstersturzes stammen musste und fragte, wie ich denn zu der Ehr käme, eine Spazierfahrt in dieser noblen Karosse zu unternehmen.

»Das dürfte dem wohlgeborenen Herrn bekannt sein«, entgegnete der mir vertraute Büttel mit unbewegtem Gesicht.

»Das Factum, dass ich ohne Erlaubnis die Stadt betrat?«

»Er hat den Nagel auf den Kopf getroffen!«

»Ich hab eine höchst wichtige Botschaft an den Hofrat.«

Gleichgültig zuckte er mit den Schultern. Im eisigen Schweigen erreichten wir die Stadtmauer. Die Sonne kam hinter den Wolken hervor, aber auch sie konnte mir den Anblick des Turmes mit seinem grauen Bruchsteinmauerwerk kaum versüßen. Ich bezwang meine Wut über die erneute unwürdige Behandlung.

Der Schein eines Kienspans fiel auf feuchte Wände, ein Strohlager und einen Blecheimer. Der Wasserkrug fehlte! Noch bevor ich etwas sagen konnte, fiel die Tür zu, der Riegel wurde vorgeschoben und ich stand im Dunkeln. Der Geruch von Exkrementen, Urin und schimmelndem Moder drückte mir die Kehle zu. Ich lehnte mich gegen die Tür, weil Holz wärmer ist als Steinwände – ein Behelf, sich vor Kälte zu schützen, die mich jedoch in absehbarer Zeit besiegen würde. Ich hoffte, mein Schwager hatte mein Anliegen weitergegeben und mich stattdessen nicht noch ans Messer geliefert. In der Finsternis kamen mir Bilder vor Augen, in denen die Mörder in Merhoffen eindrangen, um Hermann Pleiß zu befreien. Erschöpft fiel ich auf das Strohlager. Ich betete. Zuversicht kam in mein Herz. Aus wie vielen hoffnungslosen Lagen war ich errettet worden und jetzt standen doch meine Sterne gut! Die Kälte kroch mir in die Glieder. Irgendwann glaubte ich Kirchenglocken zu hören – das Mittagsläuten. Damit war ich schon fast vier Stunden im Kerker. Irgendwann schob ein Turmknecht dann doch den Riegel beiseite. Wortlos wurde ich einem gut gekleideten Herrn übergeben, der sich höflich nach meinem Befinden erkundigte.

»Nur wenig besser als gerädert«, antwortete ich mürrisch.

Draußen dämmerte es schon. Der Herr forderte mich höflich auf, in eine Kutsche zu steigen. Nach einer kurzen Fahrt hielten wir vor dem kurfürstlichen Schloss. Ich atmete auf.

Man brachte mich in die Kanzlei, in der zwei Kopisten im Kerzenschein eifrig schrieben. Das Kratzen ihrer Federn erinnerte mich an meine Schülertage. Der Kanzleidiener meldete mein Eintreffen einem mit »Herr Secretarius« titulierten Mann, der mich freundlich begrüßte und sagte, ich werde bereits vom Herrn Kanzler erwartet. Ich segnete im Geist meinen Schwager, der den Kanzler wohl dazu bewegt hatte, sich selbst meiner Sache anzunehmen.

Man führte mich in ein Kabinett, das ein mächtiger Schrank zierte. Hinter einem kunstvoll gedrechselten Tisch, auf dem sich neben zwei dickleibigen Akten ein Leuchter, Tintenfass, Streusandbüchse und ein Bündel Schreibfedern befanden, saß der Kanzler Peter Buschmann, ein Herr mit schulterlangem, fast weißem

Haar. Die Linien, die sich tief in die Stirn eingegraben hatten, gaben ihm einen strengen Gesichtsausdruck, was der schmallippige Mund und die schwarze Kleidung noch unterstrichen. Seine Stimme jedoch schien eher darauf aus zu sein, zu überzeugen statt zu befehlen und milderte diesen Eindruck. Ich zupfte einen Strohfaden, an dem sein Blick hängen geblieben war, von meinem Wams. Freundlich bot er mir einen Stuhl an.

»Wohlgeborener Herr, seit geraumer Zeit schüttet Er uns viel bitteren Wermut in den ohnedies nicht gerade vorzüglichen Wein«, begann er, »jetzt hat es uns viel Überredungskunst gekostet, ihn aus dem Gewahrsam des Rates der Stadt zu befreien. Wir leben in gutem Einvernehmen mit den Bonnern, doch wenn die Edelleut der Landschaft sich leichten Sinnes über Verbote hinwegsetzen, trübt dies unseren Umgang. *Gravamina* und Protestschreiben sind nicht das, womit wir gern die Zeit ausfüllen.«

»Der Tadel, hochgeehrter Herr Kanzler, trifft mich zu recht und ich bitte um Vergebung«, gab ich reuig zu, »jedoch war's mir unmöglich, den Amtmann anzutreffen …«

»Der Hofrat ist nicht dazu da, die Geschäfte des Amtmannes zu besorgen«, unterbrach er mich streng.

»Gewiss, doch ist mein Anliegen auch für den Hofrat von Wichtigkeit und duldet keinen Aufschub. Wie wohl bekannt ist, werfen mir die Kölner vor, Kaufleute um ihr Hab und Gut gebracht zu haben.« Er nickte stumm und legte eine Hand auf einen der Aktenstapel. »Dies ist nicht wahr. Den wahren Missetäter samt einem Komplizen habe ich gefangen und in Merhoffen eingesperrt. Es ist Hermann Pleiß, der sich auch Robert Justus oder Justus Schiffer nennt.«

»Das ist wahrhaft erfreulich – exzellent! Dann ist dem hochweisen Kölner Rat der Versuch, *Justitiam* in Köln an sich zu ziehen, gründlich missglückt.«

»Allerdings«, bestätigte ich, erstaunt über die vorbehaltlose Zustimmung, »zwar hasst mich dieser Justus bis aufs Blut und will mich selbst auf der Folter als Rädelsführer beschuldigen, aber sein

Spießgeselle wird schnell die Wahrheit bekennen, vor allem die Sach mit dem Wams.«

»Ja, dieses unselige Wams, das so manche Seite der Protokolle ziert«, er lachte, wurde aber gleich wieder ernst und ließ den Amtmann und den Kanzleisekretär rufen.

In allen Einzelheiten berichtete ich über meine Entdeckungen. Dem Amtmann übergab ich meine *Relatio*, die er dem Sekretär aushändigte, der sie einem Kopisten brachte, damit er für den Hofrat eine Abschrift fertigte. Über den Eifer, aus einem Papier gleich zwei zu machen, schmunzelte ich. Aber der Hofrat entschied nur auf der Grundlage von Akten und blutleeres Papier war sein Handwerkszeug.

»Ich hoffe, man lässt mich jetzt gehen?«, fragte ich.

»Gewiss, der Herr Amtmann wird jetzt diesen Pleiß und den Wüst in Haftung nehmen«, sagte der Kanzler, wozu der Amtmann nickte, »ja, im Übrigen, was sagt der Herr Secretarius, wie sind wir mit dem Rat der Stadt verblieben?«

»Dem Rat ist's recht, wenn der Herr bei seinem Herrn Schwager nächtigt«, erklärte der Sekretär, »aber morgen, spätestens Schlag drei, muss er die Stadt zur Stockenpfort hinaus verlassen haben. Der Herr Schwager bürgt dafür, dass dies auch so geschieht.«

»Ich bin also frei?«, fragte ich ungläubig.

»Ja«, erwiderte der Kanzler, »sofern sich alles als wahr herausstellt, woran ich keine Zweifel habe, obwohl's eine wunderliche Geschicht ist.«

Der Amtmann begleitete mich hinaus und versprach mir sogleich, seine Knechte zu schicken, die Pleiß und Wüst in Gewahrsam nehmen sollten. »Der Herr hat maßloses Glück«, sagte er mir zum Abschied, »es stand lange Zeit übel, und der Hofrat hatte mir schon nahe gelegt, ihn wieder in Haftung zu nehmen. Aber heute ist sein Glückstag!«

»Glückstag? Dann ist meine Fortuna wohl ein kraftloses Runzelweiblein, wenn ich meine Glückstage im Kerker verbringe«, scherzte ich.

Dennoch, es war ein Wunder, wie flugs meine Hoffnungsfunken Realität wurden. Schon daran gewöhnt, dass alle meine Beteuerungen in Zweifel gezogen wurden, musste nun ein Engel den vorsichtigen Kanzler für mich gewonnen haben. So plötzlich und unerklärlich wie der Albtraum begonnen hatte, verflüchtigte er sich wieder. In einer vornehmen Kutsche brachte man mich zum »Goldenen Sattel«.

Sophia hieß mich mit einem köstlichen Essen willkommen und man kann sich meine Wonne kaum ausmalen, mit der ich den Karpfen mit dem Gemüse, das zarte Brot, die Konfitüren und das Marzipan in mich hineinschaufelte. Das weiße Tischtuch, das warme Kerzenlicht, die blauweißen Fayenceschüsseln und die behagliche Stimmung gaukelten mir vor, ich sei aus der Hölle des stinkenden Kerkers über das Fegefeuer verstaubter Akten direkt in den Himmel geschwebt. Mein Schwager tadelte mein »junkermäßiges« Einreiten in die Stadt, was ich reumütig über mich ergehen ließ. Ihm verdankte ich es, noch am gleichen Tage aus der Turmhaft befreit worden zu sein. Sophia hatte den Stadtbütteln, die nach meinem Weggang bei ihr anklopften und mir angeblich eine Botschaft überbringen sollten, gesagt, dass sie nicht wisse, wo ich sei. Am nächsten Tag musste Sophia meine Verhaftung vom Fenster aus mitansehen, ohne etwas für mich tun zu können. Sie lief selbst zum Schloss, um es ihrem Mann zu melden. Mein Schwager war daraufhin mit einem Gesuch des Kanzlers, mich freizulassen, zum Bürgermeister Dr. Loltgen gegangen. Das Erscheinen eines leibhaftigen Hofrates mit einem Brief des Kanzlers machte Eindruck.

Nach mehrmaligen Versicherungen, dass die Rechte der Stadt in Zukunft besser geachtet würden, willigte der Bürgermeister schließlich in meine Freilassung ein. Zusammen mit Henrietta und Charlotte feierten wir den glücklichen Ausgang des Abenteuers und machten uns alle lustig. Die Weiber kamen ins Plappern. Mein Schwager bat mich in sein winziges Schreibkabinett, wo wir uns eine Pfeife ansteckten.

»Werter Herr Schwager«, er sah mich bedeutsam an, »ich hab etwas erfahren, was ich eigentlich als Kammerrat nicht weitersagen darf und bitte um Verschwiegenheit.«

»Ich halte reinen Mund bei meiner Seel und Ehr!«

»Gut, aber ein unbedachtes Wort kann mich und andere in höchste Schwierigkeiten bringen.«

»Ich mag zwar ungestüm sein, aber ein Schwätzer bin ich nicht. Doch will ich meinen lieben Schwager, weiß Gott, nicht zu etwas drängen, was gegen das Gewissen ist.«

Er blies einige Kringel in die Luft. Schließlich begann er zu reden: »Als Kammerrat bin ich mit Gerichtsdingen nicht betraut, aber wenn der Name Merhoffen fällt, sperre ich die Ohren auf oder wenn er auf einem Zettel steht, so lese ich ihn, was sonst nicht meine Art ist. Gestern sah ich einen Brief vom Kölner Syndicus bei einem Kopisten liegen. Es geht um einen Simon Inhäuser.«

»Oh ja, das ist der Bube, der gesehen haben will, wie ich mich mit Hermann Pleiß vor einem Überfall beriet. Er hat das Blaue vom Himmel gelogen und war wohl bestochen.«

»Just so ist's jetzt an den Tag gekommen.«

»Was? Wie ist das möglich?«

»Diesen Simon Inhäuser hat die Pest angesprungen. Da er keinen Beichtvater fand, hat er, aus Angst vor der Höll, sein Schuldbekenntnis im Dom von Sankt Peter in der Mess' herausgeschrien. Er stellte sich an den Altar, brüllte, er habe die Pest, riss sein Hemd auf, so dass man einen Bulbus sehen konnte und niemand wagte, ihm nahe zu kommen. Er bekannte, falsch Zeugnis abgelegt zu haben gegen den Herrn von Merhoffen. Er flehte alle an, die Wahrheit ans Licht zu bringen. Zwei Tage später ist er gestorben.«

»Gott sei seiner Seel gnädig! Er war ein einfältiger Knabe, der verführt wurde. Doch wer hat ihn dazu verleitet?«

»In dem Brief des Syndicus steht, dass nach dem Überfall bei Merhoffen ein Justus Schiffer den Simon Inhäuser aufsuchte, den Simon im Dom als den einzigen Anführer des Räuberpacks bezeichnete.«

»So hab ich's sogar beschworen, aber keiner glaubte mir.«

»Ja, und außerdem sagte der Simon, dieser Justus habe ihm für die falsche Aussage sechs Taler gegeben. Der Justus soll ihm versichert haben, es wäre ein gutes Werk, wenn er gegen den Herrn von Merhoffen etwas sage, da dieser nur fromm und wohltätig scheine, aber schon viele arme Leut um Gut und Geld und Seelenheil gebracht habe und ihn auch zu dem Überfall bei Merhoffen angespitzt hätte. Ohne Simons falsches Zeugnis könne man ihm aber nichts anhaben.«

»Und das beschwören auch diejenigen, die das hörten?«

»Keine Sorg! Im Dom waren zwar nur wenig Leut, aber alle hatten mit dem reuigen Sünder Mitleid und gaben ihr Zeugnis bereits zu Protokoll. Man war da sehr eifrig, um mit dieser guten Tat sich göttlichen Schutz vor der Pest zu verdienen.«

»Dem Himmel sei Dank«, seufzte ich auf, »und so kurz vor dem Tod wird selbst ein Simon Inhäuser, der's sonst mit der Wahrheit nicht so genau genommen hat, kaum gelogen haben, um dann doch noch in der Höll zu schmoren, was er ja mit seinem Geständnis gerade vermeiden wollte.«

»*Profecto!*« Frohen nickte. »Und noch etwas. Zum Schluss sagte dieser Simon, er sei von der Unschuld des Herrn überzeugt. Nach einer wüsten Zecherei habe nämlich einer der Konsorten des Justus damit geprotzt, gemeinsam mit Justus jenen Plan ausgeheckt zu haben, mit dem sie den Herrn von Merhoffen für einen Überfall in den Turm gebracht hätten, den dieser gar nicht begangen habe. Zwei Taler warf der arme Simon im Dom auf den Boden, dann brach er zusammen.«

»Jetzt müssen Levenbergh und seine Knechte den Irrtum eingestehen.«

»Bisher haben die sich allesamt geweigert, obwohl man sie dazu drängt, um nicht Gottes Zorn auf sich zu laden, den man zur Zeit mehr fürchtet als sonst.« Er nahm einen Zug aus seiner Pfeife. »Der Zeuge Inhäuser war wohl ein wenig einfältig, so dass man an dem Wahrheitsgehalt seiner Aussage später wieder zweifeln mag, wenn die anderen Zeugen ihren Irrtum nicht eingestehen. Lieber Herr Schwager, seht zu, dass bald die Geständnisse der wahren Missetäter des Überfalls auf Levenbergh dem Hofrat vorliegen. Erst dann ist der Kopf sicher.«

»Ich danke von Herzen.« Ich drückte seine Hand. »Nur, warum hat mir der Kanzler den Kölner Brief vorenthalten?«

»Der Richter muss alles wissen, Zeugen und Beschuldigter hingegen nur das, was sie selbst gesehen haben. Jedes weitere Wissen verfälscht die Wahrheit. Der Kanzler, der auch der Älteste Gelehrte Hofrat ist, gilt als allwissend, weil er immer genau zuhört und wenig preisgibt.«

Eine innere Unruhe trieb mich am nächsten Morgen schon früh aus dem Haus und ich war froh, in Merhoffen alles so vorzufinden, wie ich es verlassen hatte. Seitdem die Gefangenen in meinem Gewahrsam waren, hielten stets zwei Leute mit schussbereiten Waffen Wache. In der ersten Nacht meiner Abwesenheit hatten die Hunde im Hof angeschlagen. Zwei Burschen, die über die Mauer steigen wollten, wurden mit Schüssen vertrieben. Keiner liebte diesen Belagerungszustand, der allzu sehr an Kriegszeiten erinnerte. Und die Knechte des Amtmannes ließen auf sich warten.

»Sie sind wohl nicht willens, die Mordbuben hinter Schloss und Riegel zu setzen!«, schimpfte Felicitas, doch was dann folgte, verschlug selbst mir die Sprache. Erst kurz vor Einbruch der Dunkelheit am vierten Tag kamen sie; nur drei Mann, von denen einer noch ein halbes Kind war! Mit kaum bemäntelter Erbitterung begrüßte ich sie im Wirtschaftshof.

»Will der Amtmann die Holunken mit Fleiß entwischen lassen?«, fauchte ich den Befehlshaber des armseligen Häufleins an, »mich haben sechs starke Männer von Köln nach Bonn geführt und die beiden wahren Mordgesellen bringen jetzt nur drei fort, wo deren Handlanger wohl schon im Gebüsch liegen, um sie zu befreien.«

»Mit Verlaub, gnädiger Herr«, der Mann kratzte sich am Hals, »ein Knecht ist gestern an der Pest gestorben, ein anderer krank und sonst ist keiner zur Hand.«

Hans Hüsgen war zweifellos ein wackerer Mann. Deshalb beließ ich es bei dieser Nörgelei und versprach ihm sogar meine Begleitung, was wohl erwartet wurde, obwohl sich Hüsgen tausendmal bedankte. Jost führte die drei in ihr Quartier, vorbei an Merg, die der Stallknecht eingelassen hatte. Einen Korb in der Hand blickte sie scheu den Amtsbütteln nach. Sie bat mich, Hermann noch einmal sehen zu dürfen. Ich schlug ihr die Bitte ab, weil ich vor den Amtsknechten keine Zweifel an der Strenge der Bewachung aufkommen lassen wollte. Zuvor hatte ich sie schon zweimal zu ihm gelassen, dennoch tat es mir leid, denn damit blieb ihr als letzte Begegnung mit ihrem Bruder nur noch sein Gang zur Richtstätte.

Die frühe Morgensonne ließ Schneekristalle aufblitzen, als wir am nächsten Tag aufbrachen. Der Jüngste lenkte die Kutsche, in der die beiden mit Stricken gefesselten Gefangenen saßen, die der Knecht des Amtmanns bewachte. Hüsgen trabte vorneweg, während Hennes und ich die Nachhut bildeten. Hennes ritt griesgrämig neben mir, denn er hatte wenig Lust, für den Amtmann seine Haut zu Markte zu tragen, wie er sagte. Ich erklärte ihm, mein Leben sei erst mit der Ablieferung der wahren Schuldigen außer Gefahr und sofort erwachte sein alter Eifer. Trotzdem, auch mir war nicht wohl, denn die Wachmannschaft in Godesberg galt als unbestechlich, so dass ein Befreiungsversuch spätestens jetzt erfolgen musste. Wir umfuhren unübersichtliches Gelände, aber die schlechten Winterwege zwangen uns doch durch einen Wald. Kurz bevor wir die Felder erreichten, blieb die Kutsche stehen. Ich stieg ab und lief nach vorne. Hüsgen war ebenfalls aus dem Sattel und deutete auf einen umgestürzten Baum, der den Weg verlegte. Dies konnte auf einer natürlichen Ursache beruhen oder aber auf einem der ältesten Wegelagerer-Kniffe der Welt. Hüsgen hatte schon sehr früh angehalten, was für die im Hinterhalt Lauernden überraschend sein mochte, uns aber Zeit verschaffte. An beiden Seiten bot entlaubtes Gestrüpp nur wenig Deckung. Dennoch konnte das Gesindel hinter den Bäumen stecken.

»Eine Falle, kehren wir um!«, warnte ich, doch Hüsgen ging voran. Alles blieb still. Aber wie einen Vogel mit scharfem Schnabel spürte ich die Gefahr im Nacken. Brandgeruch stieg mir in die Nase.

»Zurück!«, rief ich, sprang hinter Hüsgen her und drängte ihn von der Straße ins Gebüsch.

»Habt Ihr den Verstand verloren?«, fragte er entrüstet.

»Nein, nur Lunte gerochen«, versetzte ich.

Noch bevor er antwortete, blendete uns ein Blitz. Ein ohrenbetäubender Knall warf uns zu Boden. Durchgehende Pferde wieherten, die Räder der Kutsche rasten an mir vorbei, mich mit Dreck bespritzend. Trampeln, Wiehern, Prasseln und Schreie folgten. Ich hörte Hennes' Stimme und einen Schuss. Schwaden des Pulverdampfs hüllten uns ein. Dann Stille. Der beißende Dampf verzog sich. Die Kutsche war umgekippt und von den Pferden bis zu dem umgestürzten Baum geschleift worden. Ein Bursche half Hermann Pleiß aus dem Wagen, während sich Hennes mit einem Kerl ringend im Dreck wälzte. Pleiß stolperte mit einem der Halunken davon. Unterdessen wollte ein anderer Wüst aus dem Wagen ziehen. Mit Wutgeschrei stürzten Hüsgen und ich uns auf ihn. Sofort ergriff der Helfer die Flucht. Wir kümmerten uns nicht um ihn, sondern verfolgten Pleiß mit seinem Begleiter. Sie liefen um den umgestürzten Baum herum. Pleiß hinkte und einer seiner Konsorten rief etwas. Ein weiterer Mann kam uns entgegen. Er richtete eine Pistole auf mich. Ich duckte mich, er feuerte. Die Kugel pfiff knapp an mir vorbei. Ich fiel auf die Knie. Hüsgen kauerte neben mir. Es war so sinnlos wie lebensgefährlich ihnen nachzusetzen, da wir unsere Waffen bei den Pferden gelassen hatten und der Mann noch eine zweite Pistole in der Hand hielt. Sie saßen auf und sprengten davon.

Zuerst sahen wir nach Hennes, der seinen Gegner bereits überwältigt hatte. Wir zogen den Wüst und Hüsgens Knecht aus dem Wagen. Der Knecht hatte eine Wunde in der Schulter. Von ihm erfuhren wir den Hergang. Während der Fahrt hatten die Gefangenen unbemerkt die Handfesseln durchtrennt. Als die Kutsche hielt, hatte der Knecht hinausgeblickt und mich vorbeilaufen sehen. Als er sich wieder umdrehte, stand Pleiß mit gezücktem Messer vor ihm und stach zu. Gleichzeitig fiel ein Schuss und die Rauchbombe explodierte. Es war eine stümperhafte Befreiungsaktion, die den Verhafteten leicht das Leben hätte kosten können. Aber die Helfer hatten wohl mit einer größeren Bewachung gerechnet und die Gefangenen waren ohnedies todgeweiht, was die waghalsige Tat rechtfertigen mochte. Der Mann, der uns in die Fänge gegangen war, war kaum älter als sechzehn Jahre und behauptete, für diese Aktion, deren Zweck er angeblich nicht kannte, von einem Herrn für viel Geld angeworben worden zu sein. Tatsächlich fanden sich zwei Taler in seiner Tasche, die zu seinem abgerissenen Äußeren wenig passten, wohl aber zu der Geschichte, die er erzählte.

Der Kutscher, der sich beim Absprung vom Bock den Fuß verrenkt hatte, blieb mit dem verletzten Knecht bei der schadhaften Kutsche zurück. Trotz eines Armbruchs musste Wüst aufs Pferd. Beide Gefangenen lieferten wir beim Amtmann ab, der sich wortreich bedankte. Hennes sorgte dafür, dass das halbe Dorf mit ihm loslief, um die beiden Verletzten zu holen.

Hungrig und müde ging ich ins Wirtshaus. Es war schon spät, dennoch bediente mich eine Magd.

»Gesegne Gott, wünsche wohl zu speisen, der Herr«, sagte sie knicksend und setzte mir Kraut mit Pökelfleisch vor, was nicht so recht in die Fastenzeit passen wollte. Aber ich hatte einen Wolfshunger und rechnete auf Gottes Großmut, der den des Herrn Pfarrers gewiss um vieles überstieg. Während des Essens blickte ich zum Fenster hinaus in den grauen Winterhimmel und meine Gedanken spazierten zurück. Das Messer! Woher hatte Pleiß es? Eine Nachlässigkeit von Melchior oder Hennes? Kaum denkbar.

Sie hatten ihn ausgezogen, verbunden, die Kammer wurde mehrfach durchsucht. Es gab nur eine Möglichkeit!

»Herr Wirt, die Zech!«, rief ich und da niemand kam, warf ich eine Münze auf den Tisch und ging.

Schnee fiel sacht, als ich den Süllhof erreichte. Ich sprang vom Pferd und polterte in die Stube.

»Wo ist die Hausmutter?«, brüllte ich und drei Kinderaugenpaare starrten mich an.

»Der Vater ist krank!«, sagte ein Junge.

Er deutete auf den Bettverschlag in der Ecke. Mein Pächter schlug den Vorhang zurück.

»Was wünscht Ihr, Herr?«, fragte er.

»Wo ist Merg, wo ist die Blitzhex?« Er wollte aufstehen, fiel aber wieder aufs Bett zurück. »Sie hat mich in eine Falle laufen lassen, die mich und andere fast das Leben kostete.«

»Unmöglich, mein Weib acht' Euch hoch«, stammelte er.

»Das ist ein Irrtum! Nun, wo ist sie?«

»Im Stall, beim Schweinschlachten für die Weihnacht.«

Schon war ich zur Tür hinaus. Ein kleiner Junge versuchte mich aufzuhalten. Vor der Stalltür stellte er sich mir in den Weg und rief: »Herr, Ihr dürft der Mama nichts tun!«

Seine blauen Augen blickten flehend. Er stand mit ausgebreiteten Armen da – wie ich damals am Lüfthildisgraben, als ich Jan vor dem wütenden Brausekob schützte.

»Christoph, ich tue deiner Mutter nichts an«, ich legte die Hand aufs Herz und er ließ die Arme sinken.

Merg kam mir entgegen, während sie ihre Schürze abnahm. Sie hüllte sich in ein Umschlagtuch und wollte mit mir zum Haus gehen. Ich hielt sie fest.

»Das, was wir zu bereden haben, sollte kein anderer hören.« Sie senkte den Kopf und zog das Tuch enger. Schneeflocken schwebten auf ihr Haar. »Merg, ich dachte, du bist meine treueste Pächterin!«

»Gewiss, edler Herr«, versicherte sie.

»Gut, und deshalb verwundert's mich, dass du mich vorhin in einen Hinterhalt laufen ließest, aus dem ich nur mit Beistand aller Nothelfer mit dem Leben davongekommen bin.«

»Herrje, Ihr seid mit Hermann …?« Sie bekreuzigte sich.

»Ja, und er ist geflohen!«

»Dem Himmel sei Dank!«

»Bedauerst du etwa, dass der Wüst nicht entkommen ist?«

»Der nit?«, fragte sie klagend.

»Ja, zu meinem Glück«, fuhr ich sie an, »ohne Zeugen muss ich für die Untaten deines Bruders büßen. Merg, deine *Affektion* zu diesem Satan wundert mich. Du hast meine Güte übel ausgenutzt und ihm ein Messer zugesteckt, mit dem er um ein Haar fast die nächste Mordtat begangen hätte. Kümmert's dich nicht, wenn Unschuldige sterben, nur damit dein verruchter Bruder der Gerechtigkeit entgeht?«

»Ach, ich hab doch Hermann in den Jammer gestoßen!«

»Weib, dein Bruder hat deinen Mann ermordet! Ohne Mitleiden hat er ihm den Degen zweimal in den Rücken gerammt. Gilt dir das nichts?«

»Doch, aber Jan wollte, dass ich seinem Mörder vergebe!«

»Du redest irr! Jan ist in meinen Armen gestorben und konnte kein Wort mehr mit dir reden!«

»Ja, aber Ihr selbst habt mir doch seine Botschaft gebracht!« Sie blickte geradewegs in meine Augen. »Er bat um Vergebung, nit mich, denn ich schuld ihm nur Dank. Nein, er bat um Vergebung für sein' Mörder.«

»Himmel! Wie kommst du darauf?«

»Jan hat schon lang gewusst, so zu Tod zu kommen.« Sie holte tief Atem. »Er hoffte, wieder in der Gnad Gottes zu sein, weil er ihm ein Weib, Kinder und einen schönen Hof gab. Dennoch ging er manchmal nachts ums Haus, weil er meinte, die Kinder und ich könnten überfallen, gefoltert und ermordet werden. Später war er ruhiger und sagte mir einmal, er hätt' drum gebeten, dass Gott uns behüt, aber er als Sühne für seine Taten gewaltsam zu Tod käm. Er wär zu oft dabei gewesen, wie vielen all das genommen wurd', woran er jetzt seine Freud hätt' und er wollt wenigstens im Sterben ihre Not erleben, um einmal auf ihrer Seit' zu sein, nit auf der Seit' der Mörder – ja, so hat er's gesagt.«

»Warum ging er nicht zur Beichte, um sich von der Schuld zu befreien?«

»Ach, davon hielt er nie viel und dat Grauen, so ihn peinigte, wollt er auch keinem Priester nit auf die Seel binden, so sagte er. Ja, weniger die eigenen Missetaten lagen ihm auf der Seel wie die Schandtaten, die er hilflos ansehen musst'. Deshalb konnt er nit schlafen, denn wahre Mörder schlafen gut«, sie schluckte, »allein, für ihn war's eine Gnad, so zu sterben, auch wenn's viel zu früh war.« Tränen traten ihr in die Augen. »Seinem Mörder wollt er vergeben und er bat mich, falls man den Mann fing, ihm beizustehen. Ja, und weil's mein Bruder war, hab ich wohl mehr geholfen. Die Sach mit dem Messer ist mir herzlich leid, aber Hermann versprach's bei seiner Seligkeit, es nur zum Aufschneiden der Fesseln zu brauchen.«

»Er versprach's bei seiner Seligkeit?« Ich lachte. »Weib, dein Bruder gibt nichts auf die Seligkeit – nur Rache ist seine Seligkeit.«

»Ja, dieser blindwütige Gerechtigkeitswahn steckt in ihm, wie er im Herrn Vater gesteckt hat … Herr, Ihr verzeiht mir?«

Ich nickte. Der Schnee fiel dichter. Mergs Ehemann trat, in eine Decke gehüllt, aus dem Haus, blieb aber an der Tür stehen und hielt die Kinder zurück, die zu uns laufen wollten.

»Gott behüt dich«, verabschiedete ich mich.

»Gott behüt Euch, lieber Herr.«

Ich ging, drehte mich aber noch einmal um: »Merg, eine Frag hab ich noch. Damals, der Mann auf dem Dachboden in Friesdorf … es war Jan und er hat dich gerettet?«

»Da fragt Ihr noch?«

Zum ersten Mal hörte ich sie laut lachen.

Historischer Hintergrund

Das lateinische Wort Vanitas bedeutet Eitelkeit und steht im 17. Jahrhundert für die sinnlose Überheblichkeit, die den neuzeitlichen Menschen vom mittelalterlichen unterscheidet. Das moderne Streben nach Geld, Macht, Ruhm und Schönheit (Putzsucht) wurde als nutzlos und vergeblich angeprangert, da alles Irdische todgeweiht ist und im Nichts vergehen muss. Die Trauer, dass die Ewigkeit nur Gott vorbehalten ist und von dem einzelnen Menschen, trotz aller seiner Bemühungen, nach seinem Tod nichts bleibt, fand ihren Ausdruck in Gedichten und Bildern (Totentanzbilder, Stillleben mit Totenschädeln und Sanduhren). Gegen diese resignierende Haltung wandten sich vor allem die niederländischen Künstler, die in ihren Genrebildern das Einzige feierten, was dem Menschen wirklich gehört: der Augenblick. Der Vergänglichkeit trotzend hielten sie schöne Augenblicke in ihren Bildern fest, so wie es auch Abraham Storck mit dem ersten Ölgemälde von Bonn mit der Ansicht vom Bonner Rheinufer und dem Zollschloss (1674) getan hat, das auf dem Einband dieses Buches zu sehen ist. Deutlich drückt diesen lebensbejahenden Gedanken auch Andreas Gryphius in dem Gedicht aus, das ich dem Roman vorangestellt habe.

Merhoffen und der Süllhof entspringen meiner Phantasie, wie auch die meisten Protagonisten. Ihre Denk- und Handlungsweisen entsprechen aber den Vorstellungen der damaligen Zeit. Um dem Leser ein möglichst authentisches Bild des frühen Barocks vor Augen zu führen, habe ich die Sprache der des 17. Jahrhunderts angenähert und viele Redewendungen wie auch Ausdrücke der Gaunersprache »Rotwelsch« aus der zeitgenössischen Literatur entnommen, z.B. aus Werken von Andreas Gryphius, Hans Jakob

Christoph von Grimmelshausen, Christian Reuter und Michael Moscherosch. In dieser Zeit wurde bei Substantiven und Verben oft, allerdings auch nicht immer, am Wortende das »e« weggelassen, also »Ehr« statt Ehre gesagt oder »behüt« statt »behüte«. Bei vielen Worten habe ich, wie im zeitgenössischen Schrifttum üblich, auch das »e« ohne Apostroph ausgelassen, also Bitt, End, Leut oder Sach geschrieben. Ebenso habe ich – insbesondere in der direkten Rede der Bauern – anstelle des »nicht« das zu jener Zeit häufige »nit« verwandt, wobei damals daneben auch »nicht« gesagt wurde. Das Plattdeutsch der Bauern ist nur angedeutet. Das »Unsystematische« der Sprache des 17. Jahrhunderts ist für uns heute ungewohnt; ich wollte aber auf dieses zeittypische Merkmal nicht verzichten.

Die Zauberpraktiken, Lebensumstände, Gebräuche, Rechtsfragen, die Schauplätze (Lüfthildisgraben, die Wildnis, das Gymnasium Tricoronatum, die Häuser und Straßen in Bonn, Köln und Paris) sind historisch belegt, ebenso alle »tagespolitischen« Fragen. Selbst die Wetterverhältnisse sind, soweit bekannt, den damaligen Gegebenheiten entsprechend dargestellt. Anfang Mai 1649 fiel in einigen Gegenden Deutschlands tatsächlich Schnee. Im 17. Jahrhundert herrschte die sogenannte »Kleine Eiszeit«, in der es in Europa auffallend viele harte Winter und verregnete kühle Sommer gab, die oft Missernten und Hungersnöte zur Folge hatten.

1665–1667 wurde auch Kurköln von der letzten europaweiten Pestepidemie schwer heimgesucht.

In Bonn brach die Pest am 6. September 1665 aus und erlosch erst 1669.

Ferdinand von Bayern (1577–1650), von 1612 bis 1650 Erzbischof und Kurfürst von Köln, erlag dem Hexenwahn. Er baute die kurkölnische Verwaltung auf und schützte durch seine Neutralitätspolitik sein Land so gut wie möglich vor den Verwüstungen des Dreißigjährigen Krieges.

Maximilian von Bayern (1573–1651), seit 1597 Herzog von Bayern, dem der Kaiser 1623 die Kurwürde (Titel Kurfürst) verlieh, die er dem vertriebenen Friedrich V. von der Pfalz (dem böhmischen »Winterkönig«) aberkannt hatte. Im Dreißigjährigen Krieg unterhielt er ein eigenes Heer (bekannte Heerführer Johann Tserclaes von Tilly, Franz von Mercy, der in der letzten großen Schlacht der bayerischen Armee zusammen mit dem kaiserlichen Heer gegen die Franzosen am 3. August 1645 bei Allerheim fiel). Maximilian unterstützte den Kaiser, jedoch nur im Rahmen seiner eigenen machtpolitischen Ambitionen, worunter sein Land schwer litt. Ab 1632, vor allem aber auch am Ende des Dreißigjährigen Krieges musste, die bayerische Bevölkerung nicht nur die Gewalttaten fremder Heere erdulden, sondern auch die der eigenen Armee, gegen die sich der Bauer Michael Maurberger mit 20000 Mitstreitern auflehnte. Nach Niederschlagung des Aufstandes wurde Maurberger am 28. April 1634 in Burghausen durch Vierteilung hingerichtet.

Max Heinrich von Bayern (1621–1688), seit 1651 Erzbischof und Kurfürst von Köln, Neffe des Erzbischofs Ferdinand, ein frommer aber schwacher Kurfürst, der die politischen Entscheidungen in die Hände seiner ersten Minister – Franz Egon und Wilhelm Egon von Fürstenberg – legte, die Bündnispartner Ludwigs XIV. waren. Der Geheimvertrag, den die Fürstenbergs 1658 mit Ludwig XIV.

mit der Klausel schlossen, französische Truppen zu unterstützen, blieb bis zum Ende des Reiches tatsächlich geheim.

Carl Caspar von der Leyen (1618–1676), von 1652 bis 1676 Erzbischof und Kurfürst von Trier, wurde gegen den Willen des Landesherrn Kurfürst und Erzbischof Philipp Christoph von Sötern (1567–1652) 1650 vom Trierer *Domkapitel* zum *Koadjutor* gewählt. Von der Leyen war kaisertreu, während Sötern fest an der Seite Frankreichs stand, weswegen ihn der Kaiser 10 Jahre lang in Gefangenschaft hielt, der ihn aber im Rahmen des Westfälischen Friedens auf Druck Frankreichs freilassen musste. Das Trierer Domkapitel floh vor seinem Kurfürsten nach Köln. Rechtswidrig ernannte Sötern den Domherrn von Reifenberg zu seinem Stellvertreter und Nachfolger, den das Domkapitel nicht akzeptierte. Wie der Konflikt zwischen dem Trierer Domkapitel und dem Kurfürsten gelöst wurde, ist nicht mehr eindeutig feststellbar. Ich habe mich der Darstellung von Petri/Droege, Band 2, Rheinische Geschichte (S. 228) angeschlossen, wonach das Domkapitel gegen den Kurfürsten einen Feldzug initiierte. Es wird aber auch die Auffassung vertreten, dass der Streit friedlich durch Rücktritt des Domherrn Reifenberg beigelegt wurde.

Karl IV. von Lothringen (1604–1675), 1633 von den Franzosen vertrieben, verbündete sich mit dem Kaiser, um gegen Frankreich zu kämpfen. Seine undisziplinierten Truppen marodierten auch nach dem Friedensschluss in Kurköln, da Karl IV. nicht in den Westfälischen Frieden einbezogen war. Erst 1661 erhielt er sein Land zurück.

Kaiser Leopold I. (1640–1705), von Erzbischof Maximilian Heinrich am 31. Juli 1658 zum Kaiser gekrönt, musste in seiner Regierungszeit seinem Wahlspruch »klug und beharrlich« gemäß sich gegen die Machtansprüche Ludwigs XIV. und die Türken politisch und militärisch wehren.

Ludwig XIV. (1638–1714) und sein Bruder Philipp, Herzog von Orléans (Monsieur) (1640–1701), hatten in ihrer Jugend die Versuche ihres Onkels Gaston miterlebt, die Macht an sich zu reißen, was in dem Aufstand des Adels (Fronde) gegen die Königin und Kardinal Mazarin gipfelte, der erst 1653 endete. Das französische Wort Fronde bedeutet Schleuder. Gemeint war die Schleuder der Pariser Straßenjungen, mit der sie sich angeblich gegen die königliche Macht wehrten. Damit sollte suggeriert werden, dass der Bürgerkrieg vom Volk ausging. Das Volk schloss sich zwar dem Aufstand des Adels wegen der kriegsbedingten hohen Steuern an, hatte aber nicht die Waffen, um maßgeblich in die Auseinandersetzungen einzugreifen. Der Bürgerkrieg zwischen Königstreuen und Aufständischen hätte schon in eine Revolution münden können; es fehlten aber noch die Ideen der Aufklärung, die dann im folgenden Jahrhundert zur französischen Revolution (Beginn 1789) führten. Für Ludwig XIV. blieb der Aufstand der Fronde ein Trauma. Um den Adel zu kontrollieren, verpflichtete er die maßgebenden Herren in Paris zu bleiben. Später band er sie durch Pomp und Feste an seinen Hof. Sein Misstrauen blieb aber zeitlebens bestehen, auch gegenüber seinem Bruder Philipp, der ein fähiger Feldherr war, von Ludwig XIV. aber aus Angst vor Umsturzplänen zu einem untätigen Leben verurteilt wurde. Philipp von Orléans war homosexuell. Dennoch heiratete er zweimal: Henrietta von England und Elisabeth Charlotte von der Pfalz (Liselotte), mit der er zwei Söhne und eine Tochter hatte.

Paul Scarron (1610–1660), französischer Schriftsteller, der angeblich die Fronde unterstützte. Sein bekanntestes Werk ist der »Roman Comique« (Komödiantenroman). Mit 28 Jahren erkrankte er wohl an Arthritis, die ihn zu einem schmerzgeplagten Krüppel machte. Von seinem Geist fasziniert, scharte sich eine Gruppe adliger Freunde um ihn. 1652 heiratete er die schöne *Françoise d'Aubigné* (1635–1719), eine hugenottische Waise, deren Verwandte sie andernfalls in ein Kloster gesteckt hätten. Nach dem Tod Scarrons war sie die Geliebte von Louis de Mornay, Marquis de Villarceaux (1619–1691), der sie aus Standesdünkel nicht heiratete; sie trennte sich von ihm. 1669 übernahm sie die Erziehung der nichtehelichen Kinder Ludwigs XIV. Der König verliebte sich in sie, erhob sie in den Stand einer Herzogin (Madame Maintenon) und heiratete sie 1684 heimlich.

Gerwin von Beywegh († 24.10.1686), Kaufmann, handelte mit Branntwein, Wein und Metallen, seit 1676 im Rat der Stadt Köln, 1682 und 1686 war er Bürgermeister. Seine Söhne Johann Arnold und Gerwin wurden Kaufleute im großen Stil.

Adam Kasen (1585–1653), 1625–1653 Regens des Gymnasiums Tricoronatum, mit Ausnahme der Jahre 1647–1650, während derer er das Jesuitenkolleg in Düsseldorf leitete.

Franziskus Schäffer (1582–1666): 1628 zum Abt von Heisterbach gewählt, am 2.9.1661 aus Altersgründen zurückgetreten.

Der Kammerrat *Andreas Frohen*, der Notar *Thomas Muser*, der Stimmeister *Johann zum Putz*, der Bonner Bürgermeister *Dr. Loltgen* und der Kanzler *Dr. Peter Buschmann* wie einige andere Nebenfiguren sind ebenfalls historische Gestalten.

Glossar

accipio (lat.) ich nehme an
accipio pro re (lat.) ich akzeptiere nach Lage der Dinge
ad rem (tandem) (lat.) (endlich) zur Sache
ad proprias (lat.) persönlich
Affektion Zuneigung
Akzise Steuer auf Handelsgüter, Umsatzsteuer
alcht euch (rotwelsch) trollt euch
Alumnes, alumni (lat.) Zöglinge, Schüler
Ambassadeurs (frz.) Botschafter
amicus, amice (lat.) Freund
amor vinumque nihil moderabile suadent (lat.) Liebe und Wein verdienen keine Mäßigung
Antiphon Wechselgesang der Mönche beim Chorgebet
apprendiret gelernt
argumentum momenti (lat.) entscheidender Beweis
armiert oder **armatu manu** bewaffnet

Baccalaureat Abitur
Bandalier Schulterband, an dem der Degen oder Pulverhorn, Kugelbeutel und Patronen getragen wurden
Bärnhäuter Faulpelz, auch Betrüger
Barchent billiger Stoff aus Baumwolle und Leinen
Battungsland Land des Pächters zur eigenen Nutzung
bien (frz.) gut, in Ordnung
Billette hier: kurzes Schreiben
Böser Feind Teufel
bonne chance (frz.) viel Glück
bosche muj (tsch.) mein Gott (richtig: bože můj)

Bräune Diphterie
broutschku muj (tsch.) mein Käferchen (richtig: bročku můj)

cane odioso (ital.) stinkender Hund
caro amico mio (ital) mein lieber Freund
casus extremae necessitatis (lat.) Kriegsfall
casus (criminalis) (lat) Fall (Kriminalfall)
centum (lat.) hundert
cautio(nis) pecuniarum (lat.) Kaution
Commerzien Handelsgeschäfte
Complet letztes Chorgebet des Tages
conclusio(nem) (lat.) Schlussfolgerung, Beschluss
Conditiones (lat.) Bedingungen
Confratres (lat.) Mitbrüder
cum confessione (lat.) mit einem Geständnis
cum ratione (lat.) mit Vernunft

d'accord (frz.) einverstanden
deliberieren beraten, diskutieren
demeurez là, donnez dessus (frz.) stillgestanden, Gewehr auf
Defensionsschreiben und Protestationsschrift Verteidigungsschreiben und Einspruchsschrift
dic mihi bona fide (lat.) sag es mir wahrheitsgetreu
Dic, quid tibi velis, mi filii? (lat.) Sag, was wünschst du mein Sohn?
děkuji pane/broutschku (tsch.) danke Herr/danke mein Käferchen
dobře (tsch.) gut
domine/domine advocate (lat.) Herr/Herr Advokat
Domkapitel selbständige Körperschaft zur Wahl des Erzbischofs, die auch mitregierte

educatio (lat.) Erziehung, Bildung
englischer Gruß Ave-Maria, Sterbegebet

ennuyieren (frz.) langweilen
estimieren schätzen
Etter Zaun, der ein Dorf umschloss
exempli causa (lat.) Beispiel gebend (für alle)
exemplum, exemplo (lat.) Beispiel, Vorbild

flattieren schmeicheln
faveurs (frz.) Gunstbezeigungen
Felleisen Ranzen, Reisesack
Fettmännchen kleine kölnische Münze
forum competens (lat.) zuständige Behörde oder Gericht
Franzosen(krankheit) Syphilis
Frater, Fratres (lat.) Bruder, Brüder

Gaffeln Zünfte, Vereinigung der Berufsgruppen
Gaddemen fest gebaute Verkaufsbuden
Gassenlaufen Spießrutenlauf, eine Militärstrafe
grandis momenti (lat.) von großer Wichtigkeit
gravamina (lat.) Beschwerden
Greve Richter des kurfürstlichen Gerichts
Grifflinge (rotwelsch) Finger

Habit Mönchsgewand
Ha, fradello mio illustrissimo (ital.) Ha, mein viel gerühmter Bruder
Halfe Pächter (Pacht: die Hälfte des Ertrags)
Har Vopper … geklemst (rotwelsch) fliehe, Vopper, wir sind gefangen
heimliches Gemach Toilette
Heimsteuer Mitgift, Erbausgleich für die Braut
Hodie Christus natus est (lat.) Heute ist Christus geboren
Hospitium Gästehaus
humores (lat.) Flüssigkeit, hier Lebenssäfte

Indices (lat.) Indizien, Merkmale, Beweise
infirmaria, infirmar (lat.) Krankenkammer, heilkundiger Mönch
in hoc casu (lat.) in diesem Fall
Injurie Beleidigung
Inquisitio Amtliche Befragung eines Beschuldigten
in specie (lat.) insbesondere
Impertinenz, impertinent Frechheit, frech
ita profecto (lat.) jawohl
item (lat.) ebenso, gleichfalls
itinerarium (lat.) Reiseroutenbeschreibung
iuvenis (lat.) junger Mann, Jugendlicher

Justitia(m) (lat.) Gerichtsbarkeit

Kellner für alle wirtschaftlichen Belange eines Klosters verantwortlicher Mönch
klecken gelingen
Klems (rotwelsch) Gefängnis
Koadjutor (lat.) hier: Stellvertreter des Erzbischofs
Konverse Laienbruder, nicht gelehrter Bruder
Kümmerer (rotwelsch) Kaufmann

Laufplatz Platz zum Anwerben von Soldaten
Laudes Chorgebet der Mönche am frühen Morgen
Lettner Abtrennung zwischen Mönchschor im Altarraum und den Laien im Kirchenschiff
Lettre de cachet (frz.) Haftbefehl des frz. Königs, jemanden ohne Gerichtsurteil gefangen zu setzen
lharsch (tsch.) Lügner (richtig geschrieben: lhář)
Lizentiat akademischer Abschluss, hier: Jurist
Lumpengeusen Schimpfwort für Protestanten aus den spanischen Niederlanden

maladie vénérienne (frz.) Geschlechtskrankheit
materia(m) rerum publicarum Politik
Meriten Verdienste
Michaelis Tag des heiligen Michael (29. 09.)
minieren Mauern zur Sprengung untergraben
modest bescheiden
mon (cher) ami (frz.) mein (lieber) Freund
mon dieu (frz.) mein Gott
mon frère Mein Bruder
Morbleu (frz.) Zum Teufel (wörtl. Gottestod)
Morbus (lat.) Krankheit

nemoschne (tsch.) unmöglich (richtig: nemožné)
nihil est difficile volenti (lat.) nichts ist schwer, wenn man nur will
Non Mittagsgebet der Mönche
non e cosa più chiara, furfante (ital.) Nichts könnte klarer sein, Spitzbube
Novasemla oder **Neu Zembla** richtig: Novaja Semlja (neues Land): vor Russland liegende arktische Insel, 1594 entdeckt
nunc oremus (lat.) lasst uns jetzt beten

Observantio strictioris strenge Ordensregel, Benedictusregel
obligiert verpflichtet
obnegiert, obliganter verballhornt soll obligiert heißen,
o puer optime, o princeps gloriae, trahe me post te (lat.) o bester Knabe, o Fürst des Ruhms, nimm mich mit dir
ora et labora (lat.) bete und arbeite
oratio(nem) (lat.) Rede
ordre de bataille (frz.) Schlachtordnung
Orgia Bacchi Erotisches Fest des Weingottes Bacchus

Papist Papstanhänger, Schimpfname für Katholiken
Pasquille Schmähschrift

pecunia(e) Geld
Peinliche Befragung / Frage Verhör mit Folter
Placet Zustimmung
permissio(nem) (lat.) Erlaubnis
Petschierring Siegelring
Pfaff(e) abwertender Ausdruck für Priester
Pickelhering Hanswurst, lustige Figur in Komödien
Plickschlager (rotwelsch) nackter Bettler
Pistolen hier: Goldmünzen, Louisdor
Podagra Gicht
Potz (Velten, Blut) Gotts (Valentin, Blut), ein Fluch
Präzeptor Privatlehrer
praeiudicium iurisdictionis (lat.) rechtliche Vorentscheidung
Probae Prüfung
Profoss Büttel, vollstreckte Strafen der Militärgerichte
profecto (lat.) sicherlich, tatsächlich
propositio Vorschlag
purgieren Reinigung des Darms mit Abführmitteln

qualité (frz.) Qualität, hier: von Stand
Quatember die vier Bußwochen im Kirchenjahr
qui va là (frz.) wer da!

Ranzion Lösegeld
recte et candide (lat.) offen und ehrlich
Rectene vales (lat.) Geht es dir gut?
Regens Direktor einer Internatsschule
relatio(n) Bericht
reputatio(nis) hier: Ruf, Ansehen
Risponte Gegenangriff beim Fechten
roten Hahn aufs Dach setzen ein Haus in Brand setzen

salva venia (lat.) mit Verlaub
salve multum, iuvenis (lat.) Sei vielmals gegrüßt, junger Mann

salve multum exoptate, mi filii Sei sehr willkommen, mein Sohn
salve pater magister, peto libertatem Seid gegrüßt, Pater Magister, ich suche die Freiheit
Salvator Mundi Salva Nos (lat.) Erlöser der Welt, rette uns
Satyr Waldgottheit der griechischen Sage
schmieren (rotwelsch) aufhängen
sehen durch die Finger nicht genau hinsehen, da die Finger viel verdecken
silentium vulcanus venit (lat.) Ruhe, Vulcanus kommt
si vous permettez, Madame (frz.) wenn Sie gestatten, Madame
Societas Jesu Gesellschaft Jesu – Jesuitenorden
Stimmmeister für die innere und äußere Sicherheit Kölns zuständiger Ratsherr, eine Art Polizeipräsident
succès (frz.) Erfolg

tacet (lat.) er schweigt
toujours (frz.) immer
tribulieren Soldatenausdruck für quälen

Urfehde Eid, bei dem die Parteien nach Beilegung eines Streits (Fehde) schwören, sich nicht zu rächen

valor (lat.) Wert
vermonen (rotwelsch) betrügen
Virginal Tasteninstrument, Vorläufer des Klaviers
Vitzliputzli Kriegsgott der Azteken

Wehr Waffe, auch Synonym für Degen
Weinmonat Oktober

Zünfte Berufsvereinigungen, die dafür sorgten, dass nur von ihnen zugelassene Meister in der Stadt arbeiteten

Danksagung

Auch wenn Autorinnen und Autoren meist allein in Klausur arbeiten, gibt es doch zahlreiche Menschen, die dabei helfen, dass aus einem Haufen beschriebenen Papiers ein Buch mit »Hand und Fuß« wird.

An erster Stelle meiner heimlichen Helfer steht meine Großmutter *Margarete Rutschke geb. Wetzke* (1882–1984), der ich dieses Buch als Dank für ihre liebevolle Geduld widme. Unermüdlich las sie ihren Enkelinnen und Enkeln alles vor, was sie interessieren konnte: Märchen, biblische Geschichten, eine kindgerechte Version der Odyssee, Historisches, bis hin zu Literarischem. Am meisten faszinierten mich die Märchen. Das mag der Grund meiner Vorliebe für das Leben im 17. Jahrhundert sein, einer Zeit, in der das Mystische des Mittelalters sich mit dem neuzeitlichen Forschungs- und Entdeckungsdrang mischte und viele alte Märchen wohl auch ihren Ursprung haben.

Ohne die vielen Sachbücher über die Politik und das Leben der Menschen im 17. Jahrhundert wäre ich nicht in der Lage gewesen, die damalige Lebenswelt authentisch darzustellen. Bücher über die Geschichte des alten Reiches und des Rheinlands, über die Kultur, das Recht und Denken der damaligen Menschen, waren mir eine unverzichtbare Hilfe. Stellvertretend für die vielen Historiker, welche die Forschungsgrundlage dieses Buches erarbeiteten, möchte ich nennen: *Philippe Ariès, Wolfgang Behringer, Renate Blickle, Günther Buhlmann, Edith Ennen, Bernhard Diestelkamp, Richard van Dülmen, Bernhard Duhr SJ, Eva Labouvie, Paul Münch, Heinrich Nassenstein, Ferdinand Schmitz* und *Michael Stolleis. Christoph Daxelmüllers* Werk »Zauberpraktiken« entnahm ich den Zauberspruch auf dem »Passauer Zettel« des Jan Harsch.

Eine sehr gute Gesamtdarstellung des Lebens und der politischen Verhältnisse im frühen Barock in Köln und Kurköln gibt *Hans-Wolfgang Bergerhausen* in seinem Werk »Köln in einem eisernen Zeitalter (1610–1686)«.

Neben den Müttern und Vätern, die das geistige Fundament dieses Romans legten, fand ich auch tatkräftige Helfer, denen mein Dank gilt. Spontan bot mir meine Freundin *Elfi Reif* an, mein Buch zu lektorieren, was ich dankbar annahm. Ihre Begeisterung für meinen Roman gab mir neuen Mut, aber sie machte mir auch klar, dass ich noch lange nicht am Ende meiner Arbeit war. *Michael Wegner* musste ein Jahr später wieder von Neuem mit der Lektorierung beginnen. Neben Zeichensetzung und Grammatik lag sein Augenmerk mitleidlos auch auf logischen Brüchen sowie Formulierungen, die ihm zu romantisch waren. *Dr. Kirsten Blanck*, der Lektorin des Verlages, fiel schließlich die Aufgabe des Feinschliffes zu. Latein, Französisch und Tschechisch korrigierte sie mit großer Fachkunde; die meisten ihrer Vorschläge übernahm ich, manches aber, vor allem in der direkten Rede, ließ ich so stehen, wie ich es in der zeitgenössischen Literatur gefunden hatte. Durch ihre einfühlsame Kritik fielen einige der letzten Bastionen der »Romantik«, wenn auch die sture Autorin sich nicht von allen trennen mochte.

Das Bild des Zollschlosstores von Abraham Storck auf dem Umschlag des Buches hat die Direktorin des Bonner Stadtmuseums, *Dr. Ingrid Bodsch*, freundlicherweise zur Verfügung gestellt.

Schließlich danke ich meinem Verleger *Winrich C.-W. Clasen*, der schnell, routiniert und mit viel Einsatz aus dem Manuskript ein Buch machte.

Königswinter, im Sommer 2011

Gabriele Hamburger

Eine alte Handschrift und eine Entführung

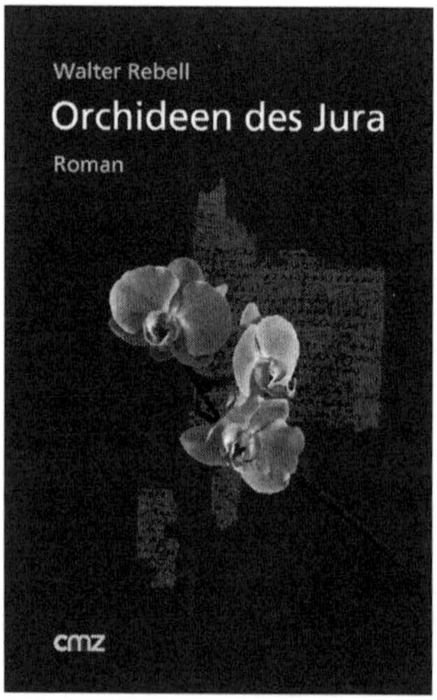

Walter Rebell
Orchideen des Jura
Roman

207 Seiten, 12,8 × 19,8 cm, Broschur
ISBN 978-3-87062-301-2

Die Handschriftenspezialistin Lieselotte Kronenberg verbringt den Sommer im Schweizer Jura. Zwei Männer, Verleger von Beruf, quartieren sich gegen ihren Willen bei ihr ein. Ein Fluchtversuch scheitert.

cmz